天下

春秋战国

宋中锋 著

（下）

河南省2021年度重点文艺创作项目

郑州大学出版社

第十二章 征战蛮楚

1

处理完陈国的事情，寤生带领联军火速赶到了申国。刚进入申国，他就命令大军停下来，就地休整。

在这里，寤生遇到了伯灵。当伯灵出现在他眼前时，他一下子愣住了，他紧紧抓住伯灵的手，嘴里呢喃着："这不是做梦吧，不是做梦吧……"

两年未见，寤生消瘦了很多，也成熟了很多。伯灵看着寤生憔悴的样子，眼里噙满了泪，满眼痴情地低声说道："君上，您不是做梦，灵儿是专程来见您的。"

寤生摇了摇脑袋，展开双臂把伯灵紧紧地抱在了怀里，一时泪流满面，哽咽着说："灵儿，我想你想得好苦!"

是呀，自从伯灵只身前往秦国，寤生就无时无刻不在想念伯灵，特别是夜深人静之时，那种刻骨的思念常常令他彻夜难眠。也是这种思念和痛彻心扉的挚爱一直激励着寤生，不论多难，不论承受多大委屈，都要实现他和伯灵当初的愿望。

寤生紧紧地抱着伯灵，生怕她从身边离开。

伯毅看两个孩子爱得如此之深，眼里也噙满了泪。此刻，他真后悔，当初就应该成全他们。

高渠弥、祝聃等人也被眼前的一幕深深地感动了，他们将脸扭到一旁，一个个眼圈都红了。

寤生深情地注视着伯灵，感伤地说：“灵姐姐，你不要走了，寡人……寡人再也不让你离开了！寡人想请你照顾我的饮食起居，你不会反对吧？”

伯灵长长地吁了口气。她何尝不想留在寤生身边，时时刻刻地守护着他。可理智告诉她，现在她还不能留在寤生身边，还有许多事情需要她帮助寤生去做。

望着寤生那祈求的眼光，伯灵心如刀割。她真想当即回复寤生，她愿意，非常愿意和他厮守在一起！可她又不能这样做，楚国的事情尚未办完，还需要她抓紧回去。

不过，这次面见寤生让伯灵强烈地意识到，寤生的确需要一个女子来照料他的饮食起居。她忽然产生了一个强烈的想法，她要为寤生觅得一聪慧女子，来照顾他的饮食起居。

伯灵答非所问：“君上，伯灵此次前来是专程向您汇报楚国国情和军情的，楚国之事未了，我必须及早回去。”

伯毅连忙说道：“灵儿，你快说说你们在楚国经营得怎么样，还有楚军，其作战特点如何，另有何紧急军情要报？”

伯灵说道：“我们的商社在楚国都城已建立起来，我们的人也已潜入楚国公室和重臣家中，我们随时可以得到楚国的各种重要消息。”

寤生说道：“祭足已向寡人报告，他的楚国之行多亏你从中斡旋，使他得以顺利面见楚君熊通，才有了当今之局面。祭大夫说，没有你在楚国的运作，他是难以激怒和说服楚君的。”

伯灵微微一笑，说道：“祭大夫过誉了，楚君出兵，关键还在于他本人早就有意愿要攻伐汉阳诸姬。楚君杀兄夺位，他在楚国的地位并不巩固。他之所以急于发动一场战争，就是为了平衡国内反对势力。他的这一想法与君上不谋而合，所以经祭大夫一番游说，便挑起了这场战争。”

寤生若有所思地问道：“楚国政局不稳？那么，我们就可以给楚君来个双线作战！”

伯灵高兴地说道：“君上，我亲自赶来见您，正有此意。前世子熊章在楚国一直蠢蠢欲动，试图取代熊通夺取君位，我们的人已成为他的心腹。在下以为，此人完全可以为君上所用。”

寤生脸上露出了兴奋的笑容，激动地说：“灵姐姐，寡人心中已有主意，不过此事还需和太傅细细筹划，你先说说楚军的情况吧！”

伯灵知道寤生定是有了克制楚君熊通的计策，只是目前无法在众人面前说明，便不再追问，就走到沙盘跟前，说道：“君上、各位将军，楚国大军分东、中、西三路同时出击，以‘品’字形向前推进，相继占领了赊、吕、唐三邑，看似气势汹汹，实则虚张声势，相互难以支援。君上可以快制敌，分而攻之。”

众人纷纷向沙盘跟前围了过去，听着伯灵的讲述，不由得频频点头。开始，大家还对应战熊通充满恐惧和担心，伯灵的一番述说，让大家对战胜蛮楚有了十足的信心。

寤生见众人一个个脸上呈现出兴奋之色，知道伯灵的这番话起了作用，他索性再鼓舞一下士气，让大家彻底吃个定心丸，从内心深处产生决战决胜的信心和底气。

想到此，寤生哈哈大笑道：“伯灵，如此说来，熊通不过是一个绣花枕头，外强中干，中看不中用！大家说是不是？”

众人顿时哄堂大笑起来，高声喊道：

“驱逐蛮楚，活捉熊通！”

“驱逐蛮楚，活捉熊通！”

在寤生的极力要求下，伯灵在郑军大营又停留了半日。

傍晚时分，寤生一直将伯灵送到了路口。

他深情地望着伯灵，依依难舍。

伯灵看着寤生那如生离死别般的目光，知道此时此刻寤生定是心如刀绞，她心中又何尝不是这样痛苦难耐？

二人拉着手，谁也没有说话，四目相对，一直在深深地注视着对方。

伯灵再也控制不住自己的感情，泪水夺眶而出。

寤生的泪水在眼里直打转，硬是控制着没流出来。

伯灵泣声说道：“生儿，再忙也要注意保重身体……要……要好好照顾自己。”

寤生一把将伯灵揽在了怀里，再也控制不住，泪水潸然而下，他悲声说道：“此一去，不知何日才能相见。灵姐姐，我真不想让你走，真的不想让你走呀！有时候，寡人真想放弃这一切，找个无人的地方，与你一起去过那男耕女织的生活。”

伯灵用衣袖擦拭着寤生的泪珠，说道：“生儿，不要说傻话，我此生就是希望你成为改天换地的英雄，为了实现这一目标，我万死不辞！生儿，你有你的使命，姐姐有姐姐的任务，等使命和任务完成了，我一定全身心地陪着你。姐姐此去，还有一个重要任务，就是要为你觅得一个能够照顾你的人。”

寤生搂紧了伯灵，低声呻吟道：“寤生谁也不要，此生只要姐姐！寤生谁也不要，此生只要姐姐！”

伯灵挣脱寤生，说道：“生儿，好好保重身体，我走了！”

寤生木木地站在那里，冲着伯灵的背影用力地摆手。

伯灵已走得没了踪影，他仍在不停地摆手。

祭足上前一步，低声说道：“君上、君上，伯灵姑娘已经走远了。”

寤生无神地看了祭足一眼，身子一歪，四面朝天地躺在地上。

一时间，泪如泉涌。

2

申侯带领的王庭联军已连失三邑，被打得丢盔卸甲。更令他心惊胆寒的是，楚军并非一线平推，占领赊邑、吕邑和唐邑，目的就是对身处宛邑的王庭联军形成三角包围之势。一旦楚军三支部队实施合围，王庭联军将插翅难飞。

申侯很清楚，一旦王庭联军退出宛邑，就意味着整个申国要被楚军夺去。他急盼着与寤生会师，就是为了让寤生帮他解决这退无可退守无可守的困境。他几次派人催促，寤生却始终止步不前。无奈之下，他只好带着虢公和卫庄公亲自来到了寤生的大营。

申侯双眼红肿，身形整整瘦了一圈，眼神中再也没了往日的狂妄和霸道。看得出，他已经多日没睡好觉了。虢公和卫庄公一个个耷拉着脑袋，也是满脸的疲惫。

寤生听说申侯等人到了，亲自到大帐之外迎接。看到寤生，三人如同见到救星，一路小跑地迎了过去。

申侯一把抓住寤生的手，颤声说道："生儿，你终于来了！你终于来了！"

寤生早已了解前线战况，故作不知地问道："舅舅，您怎么来了？蛮楚战力如何？联军的战况如何？"

申侯的脸一红，低声说："战况很不好！走，到大帐之内我再给你详细叙说。"

一行人走到帐内，寤生直接在帅案位置坐了下来，申侯看了看寤生，见寤生没有反应，只好在帅案左侧坐了下来。

待大家都落座后，寤生说道："舅舅，您给大家介绍一下这段时间的战况吧。"

申侯苦着脸说道："我没想到蛮楚战力如此强大，楚国将士个个凶神恶煞一般，上了战场就没命地拼杀，第一仗我们就被他们打得折损了不少将士。没办法，我们只能后退。为了打好第二仗，我把三国和汉阳诸国的兵力都集中了起来，然而还是顶不住他们的猛烈冲击，又折损了不少人。我们只能后退，就撤到了这里。"

寤生问道："目前王庭联军的士气怎么样？"

卫庄公抢先说道："大家都被楚兵吓破了胆，要不第二仗后我们怎能连失两城呢！那帮楚兵真是太厉害了，他们简直就是一群野兽，我们根本抵御不住他们的攻击！"

寤生觉得虢公忌父向来比较稳重和理性，对先前发生的战争定会有相对公正的评价，因此他很想听听虢公对楚军和前两场战役的认识和判断，于是将目光转向了虢公，问道："虢公，楚军战力与北狄相比如何？"

虢公正了正身子，说道："上卿，楚军凶如豺狼，猛如虎豹，且打仗不讲章法，其战力绝不亚于北狄，我们联军中也许只有郑军才能够克制住楚军。”

陈桓公连连撇嘴，轻蔑地环视了申侯、卫庄公和虢公三人一圈。虢公的一席话把他的好胜心又调动了起来，他很不满虢公所说，暗骂虢公忌父也是个马屁精。他不相信楚军有他们说的那么厉害，更不相信只有郑国军队才能克制住楚军。他觉得，越是众人认为不可为的事情他越要积极为之，只有这样才能显示出他的雄才大略，才能让他在天下诸侯面前扬名。他暗下决心，要主动请缨决战楚军，通过重创楚军一雪前耻，改变被寤生活捉的窝囊形象。

想到此，陈桓公起身，阴阳怪气地说道：“虢公，你咋能如此长别人的威风，灭自己的志气，我不相信楚军就那么厉害！”说着，他转向寤生，抬高声调说，“上卿，在下请缨迎战楚军！”

申侯疑惑地看着陈桓公，心中暗暗好笑。他没想到这个没用的家伙竟然在此时跳出来，而且还主动请缨要迎战楚军！此刻，他开始为自己当初的选择暗自庆幸。这样一个好大喜功、外强中干的庸才，根本就不是寤生的对手，也根本不值得自己费心思去扶持。更令他感到失望的是，此人不但爱慕虚名，而且极不可靠，他从陈桓公望向自己的目光中已看到了背叛和不满，看到此人已彻底被寤生收服。他故意在寤生面前示弱，故意把楚军说得如何如何强大，原本是想激起寤生的好强之心，让郑国军队去当炮灰。现在既然陈桓公跳出来自愿找死，何不让他吃吃苦头？对这样的背叛者，正好可以借蛮楚之手狠狠地整治一番，也好让他长点记性。

想到此，申侯起身说道：“上卿，陈侯年少有为，聪慧而有谋略，陈军兵强马壮，定能一举阻击楚军！既然陈侯主动请缨，不妨派他们前去迎敌。”说完，向身边的卫庄公和虢公忌父挤了挤眼。

寤生也没想到陈桓公会主动跳出来，他本想详细了解一下楚军的情况，这样才能对症下药制定对战楚军的战略战术。他觉得，在对敌军情况不明的情况下，不能贸然出兵。他看了看申侯，想出言拦阻，没想到却被陈桓公抢过了话题。

得到申侯如此高的评价，陈桓公顿时飘飘然起来，也更加坚定了迎战楚军的信心。他大步走到大厅中央，躬身施礼说道：“上卿，恳请您允许我带领陈军迎战蛮楚，在下必当一举夺回汉阳三邑！”

还没等寤生回话，卫庄公和虢公也快步走到了陈桓公身边，施礼说道：“上卿，吾等以为可派陈侯迎战蛮楚，来场大捷以提振联军士气，夺回蛮楚抢走的三邑之地！”

宋国世子与夷生怕寤生派宋军首战楚军。他深知，在敌情不明的情况下开打第一仗是何等艰难和危险，联军中的诸国谁都不愿冒这个险。但他也很了解叔父子和的性格，寤生是整个联军的统帅，也是他的女婿，叔父子和定会主动为寤生担难担险，打这第一仗的。

与夷正在暗暗为此纠结，见陈桓公请缨迎战楚军，心中暗自庆幸，又见申侯、卫庄公和虢公都在劝说寤生让陈军出战，急忙起身抢着说道：“上卿，既然诸位都主张让陈军迎战楚军，在下以为可行！”

晋国世子姬平心里也打着和与夷一样的小算盘，他也不想让晋军打这第一仗，尤其是听申侯说过楚军的战力之后，更不愿贸然出兵，此刻他见陈桓公自愿出头，早已喜上眉梢，也起身说道：“上卿，在下也以为陈军迎战蛮楚可行！”

寤生了解陈军的战力，他内心深处是不想让陈军打这第一仗的，可见众人一致赞同让陈军出兵，便起身说道：“好，陈侯主动请缨征战蛮楚，精神可嘉，寡人自会满足你的心愿，让陈军担当主力，剿灭楚军。”

公子吕看了一眼陈桓公，站起身来，直直地看着寤生，想出言阻拦，话到嘴边又咽了回去。

申侯生怕公子吕出言相拦，忙跟着站了起来，说道：“上卿，您和联军何时赶往宛邑？我三国军队都在翘首以盼，急切地等待着上卿与我们会师呢！忌父兄，您说是不是？”

虢公急忙附和：“上卿，我们早已将您的帅府准备好，请上卿尽快赶往宛邑指挥整个王庭联军作战。”

寤生淡然一笑，说道：“感谢各位关照，你们先返回宛邑，不出三日，寤生定当赶到宛邑。”

3

待众人走后，公子吕略带生气地责问道："君上，您明知道陈国军队根本就不是楚军的对手，怎能贸然同意呢？您这不是让陈军去送死吗？这可是首战楚军，您知道此战对我们多么重要吗？一旦败了，整个王庭联军的心就散了！"

对于叔父的责问，寤生没有回答。在当时那个情况下，他着实没有退路，只能表态同意让陈侯带兵迎战楚军。由于他还没想好对楚军的整体战略部署，不但叔父公子吕不知道他是怎么想的，宋、晋、陈三国的统帅更不知道他将如何迎战蛮楚。更为重要的是，他目前还不想让申侯等人了解他的战略意图，在这种情况下，他只能顺势而为，含糊地答应陈侯的请缨。

寤生打心里是感激陈侯的。正是陈侯的一番慷慨陈词，让他坚定了自己三线作战的想法。

连日来，他一直在思考如何迎战楚军。在众位将领面前，他虽然表现出对楚军和熊通的蔑视与轻视，但他内心深处对熊通还是非常重视的。他细细研读了伯灵带来的有关熊通和楚军的资料，越读越感到熊通是个可贵的对手，此人不仅勇猛神力，而且智慧超群，非常懂得运用战略战术。另外，熊通训练的楚军也有超常的战力，除了郑国的黑骑军，其他国家的军队根本就不是楚军的对手。伯灵说得对，他要想战胜熊通，必须两线作战，一方面在楚国都城鼎力支持熊章造反，从而动摇前线楚军的军心；另一方面以快制动，以迅雷不及掩耳之势斩断熊通的两个牛角，在牛头处跟他进行大决战。

寤生已看出了熊通的作战意图。楚军兵分东、中、西三路，相继占领了赊、吕、唐三邑，如同长着两个锐利长角的牛头，以"品"字形向前推进。熊通的中军以唐邑为根据地逼近宛邑，意图非常明显，就是想一举围歼王庭联军，从而占领整个中国。

寤生很清楚，牛角虽然锐利，但远没有牛头坚固，要想给楚国以痛击，必须让熊通产生战略误判，从而在不知不觉中削掉他的两个牛角。

他之所以支持陈侯带兵迎战楚军，一是见陈侯如此斗志昂扬，不忍心削弱他的士气；二是他要在申侯面前演戏，从而掩盖偷袭吕、赊两邑楚军的战略目的。

寤生的战略意图很明确，他要带领宋国军队以四国联军之名赶往宛邑，由郑国的两军和陈、晋两国军队兵分两路，分别赶往赊邑、吕邑，集中优势兵力对楚军发动伏击战，彻底歼灭楚的东、西两路军。只要重创了楚国的东、西两路大军，熊通围歼联军的战略意图就彻底破灭了。

伯毅见寤生没有回答，哈哈一笑，上前解围道："上卿，难道你没看出申侯等人的险恶用心吗？在那种场合，君上只能顺势而为呀！"

公子吕的脸一红，刚才话一出口他就后悔了。此刻的寤生已经是郑国的君上、王庭的上卿，还是联军的统帅，他如此当面质问着实让寤生面子上过不去，也显得自己故意在托大。公子吕急忙俯身施礼说道："君上，老臣口无遮拦，出言不当，请您降罪！"

寤生摆了摆手，说道："叔父不必为此计较，我知道您是为整个联军考虑，也怪寡人没有事先将战略意图说清楚。"说着，转向伯毅，问道："尚父，您以为楚军有他们说的那么厉害吗？"

伯毅点了点头，说道："据祭足所言，楚军战力并非很强，并且熊通在军中的地位也不是十分稳定，许多将士对他还是面服心不服。申侯等人之所以把楚军捧得那么高，原因无非有三：一是以此来掩盖他们的愚蠢和无能，二是为了吓阻晋、宋、陈等国军队贸然出头打第一仗，三是想让我郑国军队在情况不明的情况下打头阵，从而折损战力，让您出丑。多亏陈侯出面帮您解围，否则极有可能打乱您的整体战略部署。"

寤生冷冷一笑，说道："我这个好舅舅，他时时刻刻不忘伤害于我。祭大夫呢，还不现身？"

祭足早已来到了帐外，听到喊声，匆忙走了进来，笑呵呵地说道："君上、上卿，你们看祭足的易容术怎么样？"

公子吕紧盯着祭足，急声说道："你怎么成了虢国的兵士？还别说，你如果不说话，我还真认不出你！"

祭足笑了笑说："上卿，实不相瞒，我不仅化身为虢国兵士，还以商人身份去了趟楚国。”

寤生满意地看着祭足，说道：“祭大夫，快快请坐，给寡人说说楚国的情况。”

祭足走到几案后面，并未坐下，站着说道：“楚君熊通杀兄继位，尚未摆平国内的各方反对势力，此次北伐实乃他转移国内矛盾的手段。别看他来势汹汹，实乃外强中干，一旦战场受挫，国内的反对势力很快就会趁机反扑，他绝不敢跟我们打持久战。”

寤生连连点头，问道：“你此次前去楚国，都见到了哪些人，是否已与楚国宗室建立了稳定联系？”

祭足向外面望了望，见帐前的守卫早已换成了郑国士兵，便低声说道：“君上，我虽然没有见到楚国前世子，但他已可为我们所用，另外臣下还和楚国宗室的几位宗主建立了稳定联系。”

寤生沉思了一会儿，说道：“祭大夫，你即刻带队易容为商人，再次入楚。祝聃，你从军费中拨出千金交与祭大夫，让他作为运作经费。”

祭足顿时愣住了，不过他很快明白了寤生的用意，激动地说：“君上，您要资助楚前世子熊章起事吗？”

还未等寤生说话，公子吕急声说道：“君上，这千金可是我郑国大军一个多月的后勤给养呀！难道您想一个月内结束这场战争？多国军队参与其中，楚国又来势汹汹，怎么可能一个月就结束战争呢？一旦郑军补给出现问题，我们势必不战自败，后果严重！”

寤生笑了笑，说道：“叔父，我们远道作战，后勤补给本来就是问题，必须速战速决。我们仅带来了两个月的给养，如果一个月结束不了战斗，两个月就能结束吗？再说，我们将钱用在楚国国内逼迫楚君退兵，远比用在战场上牺牲将士来得好呀！”

伯毅起身说道：“君上所虑极是。此战的目的，绝不是攻占楚国土地，我们的目的是在诸侯中立威，在王庭站稳脚跟。当前，我们的工作重心仍在王庭，绝不能缠在这场战争中。只要楚国退回到原来的位置，只要我们帮汉阳诸姬夺回了被楚国抢走的城池，只要从申侯手中夺回对汉阳诸姬的掌控权，这场战争我们就算完胜了。”

寤生连连点头，转向公子吕说道："要实现在王庭站稳脚跟的目的，这场战争我们必须打得漂漂亮亮，必须打得熊通口服心服！叔父，对于熊通来说，你觉得是国内的稳定重要，还是争夺一两个城池重要呢？"

公子吕虽然还不清楚寤生的战略意图，但从寤生将政治权谋融入战争之中这一点，就说明寤生对如何迎战蛮楚有了全面的规划和考虑。寤生采用政治手段开展战争背后的政治斗争，着实高明！事实上，哪场战争不是政治斗争外在的表现形式呢？此时，他才真正发现寤生长大了，寤生的雄才伟略绝不亚于他父亲武公！寤生能想到用政治手段打击熊通，在一线战场定有克敌制胜的奇谋高招，定会打得那熊通猝不及防。

4

楚君熊通知道寤生是个难缠的对手。他很清楚，这场战争最终还是他和寤生的较量，寤生打出"戎狄是膺，荆楚是惩"的攘夷旗号，就决定了他和寤生早晚有一仗要打。既然早晚要打，早打总比晚打好。趁寤生在王庭尚未站稳脚跟之时，跟他来一场大决战，他坚信自己有把握战胜寤生。

熊通虽然对打败寤生充满信心，但他丝毫没有看轻寤生，他专门研究分析了寤生征战北狄的战略战术，对寤生自继位郑国国君以来的所作所为进行了详细的了解，越了解越觉得寤生是个可怕的对手。他认为寤生不仅冷静理性，还极善伪装和施展诡计，从不按常规套路出招。为做好迎战寤生的准备，他特意把斗伯比、道朔、薳章等人召到了大帐之中。

熊通开门见山地说："诸位爱卿，你们说说我们该如何迎战寤生？"

军师斗伯比看了看道朔、薳章二人，没言语，一副冥思苦想状。

道朔本想发言，可看斗伯比如此神态，只好闭紧嘴巴，将到了嘴边的话又咽了回去。

薳章见二人都没吱声，大大咧咧地说道："申、虢、卫三国联军被我们打得丢盔卸甲，我看那寤生和郑国军队也不足为虑。君上，微臣请求带兵迎战联军，臣定当把他们杀得片甲不留！"

道朔听后，摇了摇头，说道："薳将军不可轻敌，当初北狄大军正是因为轻视寤生才遭惨败，不仅寤生不能小视，郑国军队的战力也不比我军差到哪里去！”

熊通微笑着看了薳章一眼，说道：“看来道大夫对寤生也下了番功夫，此人着实不能小视，否则我们会吃大亏的！军师，你说是不是？”

斗伯比起身说道：“君上，寤生在迎战北狄的战争中，采用伏击战重创狄军，说明他根本不讲战争礼法，故我们决不能以常规战法来迎战郑军。”

道朔接过话说道：“军师说得极是，我们要谨防寤生对我军发动伏击，这个狡猾的家伙，根本就不讲战争礼和规则。”

熊通起身走下帅台，说道：“二位爱卿说得很好。我认真研究了寤生继位以来的所作所为，发现这个人极为务实，从不拘泥于礼法和陈规陋习，我们着实需要谨慎从事，你们说说我们当如何应对呢？”

“以不变应万变！”斗伯比坚定地说。他看了看熊通，继续说道，“现在着急的是寤生，在我军的乘胜追击下，王庭丢城失地，联军溃不成军，寤生必须通过一场大胜仗来鼓舞联军士气。君上，您放心，寤生自会主动向我们挑战的，我们可以根据他的战略战术灵活采取对策。”

道朔笑了笑，说道：“军师定是有了制约寤生的妙策！”

斗伯比说：“妙策目前还说不上，不过对于寤生来说一定有很大的杀伤力。”

熊通眼里顿时冒出了亮光，急声说道：“军师快说！”

斗伯比说道：“君上，您知道寤生的软肋在哪里吗？就是那自命不凡的申侯和卫侯，他们在王庭与寤生争夺掌控权，又被我们打得溃不成军，您想，他们怎么会甘心让寤生打胜仗？一旦寤生打了胜仗，他们还如何在王庭立足？”

道朔激动地说道：“如此说来，王庭联军数倍于我军就不足为虑了！我还一直担心王庭联军兵多将广，如此说来真是不足为惧！不过，那申侯会甘心为我们所用吗？”

熊通何等聪明，哈哈一笑，说道：“据寡人所知，那申侯心胸狭窄，贪而好胜，只要让他得到眼前利益，他定会为我所用！”

斗伯比阴阴地说："道大夫，你别看王庭联军表面上兵力数倍于我楚军，只要我们运作好，让申侯等人为我所用，寤生所能指挥的兵力也不比我军多多少，我们还是有把握打败寤生的。"

熊通大步走到帅位之上，坐下后，高声说道："军师，就依你所定策略，你看由谁前去游说申侯为好？"

斗伯比看了看道朔，嘿嘿一笑，说道："这恐怕要道大夫辛苦一趟了，道大夫辩才名扬列国，相信他定能不辱使命！"

熊通转向道朔，说道："爱卿，此项重大而艰巨的任务有劳您出马了！"

道朔站起身，神态安然地说："君上，臣定当全力以赴！不过，君上，能不能成功游说申侯不在于微臣的辩才，更在于他能得到的好处。微臣该如何向他承诺呢？"

熊通想都没想，大方地说："爱卿，你可全权代表寡人，对他提出的要求尽管全盘同意，只要我们打赢了寤生和王庭联军，他就只顾狼狈逃窜了，还敢跟我们提要求吗？"说完，哈哈大笑起来。

道朔深深一揖，说道："君上，如此，臣定当不辱使命。"

5

申侯在厅堂里来回走动着，嘴里骂骂咧咧："妫鲍这个蠢货，当初他是怎么说的，誓死要和寤生斗到底，谁知被寤生打了一顿，竟成了他的马前卒！"

虢公和卫庄公坐在几案后，一个个耷拉着脑袋。他们三个本来是计划好的，故意在寤生面前示弱显蠢，为的是激起寤生的骄狂之气，让他冲动之下贸然开战，郑军必然会在楚军的强势进攻下大吃苦头。这样，他们就可以给周天子和汉阳诸姬交代了，他们败于楚军并不是没本事，而是楚军的战力太强。这样，他们就有了和寤生争夺联军主导权的资本。可千算万算没算到，陈侯妫鲍竟然跳起来当寤生的挡箭牌。他们深知寤生的本事，一旦他妫鲍横插这一杠子，不仅打乱了他们的计划，而且寤生一旦了解楚军战力，必定会想出克制楚军的制胜之策，特别是再打一场完胜楚军的漂亮仗，到时候战争的指挥权必定会牢牢地掌握在寤生手里，那他们可真要陷入左右为难的尴尬境地了。

想起迎战北狄的战争，虢公和卫庄公就越想越觉得憋气。北狄一战，虢、卫两国将士损伤最多，可功劳全都成了寤生的，他不仅一战成名，坐稳了上卿位置，还处处排挤他们，试图把他们在王庭仅有的一些权力给夺走。此次征战楚国，他们决不能再像上次那样被寤生牵着鼻子走。

申侯心中憋满了气。他原本想着，有申、虢、卫三国联军，再加上南申及汉阳诸姬的兵力，两倍于楚军，完全可以一举重创楚军。他完全没想到，狡猾的熊通竟然一点也不遵从战争礼，本来约好的在随国边境决战，楚国竟在行军途中对他们进行伏击。更为可耻的是，楚军还在夜间对他们实施偷袭。两仗下来，把他们打得溃不成军、损失惨重。令申侯倍感窝囊的是，刚到前线，他们就吃了暗亏，而且还没法向人诉说；如果不是他托大，不是他盲目相信蛮楚，不是他过于自负，他们的大军岂能被熊通调到伏击地，又怎能一而再，再而三地被熊通欺骗呢？

申侯偷偷瞄了一眼虢公和卫庄公，看二人垂头丧气的样子，忙止住辱骂和抱怨。他深知，气可鼓不可泄。一旦二人的情绪再这样低沉下去，那么这次征战蛮楚他们将无所建树，也会白白地将战争指挥权交给寤生，这是他绝不能接受的。

想到此，申侯故作轻松地叹了口气，说道：“二位贤弟，打起精神来，我们先看看寤生和那妫鲍如何打这一仗。从他贸然让妫鲍迎战的情况看，我断定寤生还没想好迎战蛮楚的对策。妫鲍上赶着充当牺牲品，真是个蠢货！”

虢公顿时来了精神，激动地说：“这是寤生的一贯作风，迎战北狄时，他就让卫军当牺牲品，他……”他猛然想到，卫庄公就在身边，脸一红，接着说道：“寤生就是个狡猾的狐狸，从不管友军的死活。”

卫庄公恨恨地说道：“寤生不但狡猾、虚伪，还十分善于伪装，当时我要不是被他懦弱的样子欺骗了，卫军也不会损失那么大！他当面一套，背后一套，真是太阴毒了！”

申侯冷笑着说道："寤生，你有你的千条计，我有我的老主意！只要妫鲍败了，我们就联合起来趁机向寤生发难，一举夺回战争的指挥权。"

虢公皱起了眉头，慢声说道："联军之中，目前我们已与寤生形成分庭抗礼之势，只要我们能把宋、晋两国军队的统帅拉过来，寤生就成了孤家寡人！"

卫庄公撇了撇嘴，说道："估计很难！晋国一直视申侯为仇人，根本就争取不过来。至于宋国，上卿子和之女已嫁给寤生，他能弃寤生于不顾？"

虢公很清楚，卫庄公还是对他刚才的那句话有意见，尴尬一笑，说道："只要我们争取，我想还是有机会的。宋国子和虽然不会倒向我们，但是我们可以做世子与夷的工作。与夷、子和二人面和心不和，与夷巴不得借助我们的力量夺得对宋军的控制权。至于晋世子姬平，他是个聪明人，只要妫鲍遭受重创，他定会对寤生的能力和用心产生怀疑，到时候我们的机会也就来了。"

申侯激动地说："你说的有道理，有道理！只要妫鲍败了，不但晋军会对寤生产生怀疑，宋军也不会再相信他。"

正在这时，侍从从门外走了进来，对申侯耳语道："宗主，楚国大夫道朔求见！"

申侯顿时睁大了眼睛，颤声说道："什么？快、快、快，快请！"

6

寤生和伯毅、公子吕、子和、妫鲍、姬平等人围在沙盘四周，大家个个神色凝重。

妫鲍的神情尤为沉重。那天，他冷静下来后就后悔了，为自己的冲动和冒失深感懊恼。他深知，以楚军强大的战力，如果仅以陈国军队前去应战，无异于飞蛾扑火。可大话已经说出去了，并且寤生也已同意，泼出去的水又怎能收回？所以，一听说寤生召集众人研究作战部署，他饭都没吃就跑了过来，他期盼寤生能感受到他的艰难，派出多国兵力来共同迎战楚军。他甚至都想好了一番求援的说辞，哪怕被人耻笑也要觍着脸把陈军独自迎战楚军的艰难说出来。

寤生岂会不知陈军根本就不是楚军的对手，岂会不知对战楚军的首场战役输了的后果。如果首战楚军大败，不仅会严重影响整个联军的士气，申侯、卫庄公等人一定会借机向他发难，与他争夺战争的指挥权，到那时不用楚军进攻，他们联军内部就要先打起来了，这是他绝对不允许出现的局面。更为可怕的是，由于申、虢、卫三国联军连遭惨败，此刻王庭联军士气本来就不高，如果这一战再败了，对整个王庭联军的影响将是难以估量的。此战，他必须集中力量给楚军以重击，让楚军好好看看王庭的实力。下定决心后，他安排手下把晋、卫、陈三国的统帅全请了过来。

寤生指着沙盘，说道："大家看，这是楚国三路大军的位置，熊通带领中军处在牛头位置，东、西两路大军如同牛的两角分布在两侧。"

伯毅顿时明白了寤生的用意，笑道："看来君上是想斩熊通的牛角了！熊通绝不会想到，我们会先从他的牛角下手。"

寤生看了看伯毅，说："兵者诡道也。我们打的就是熊通他们的意想不到之处。更为重要的是，熊通的主力都集中在牛头位置，东、西两路军向前推进很快，主要是因为这两支部队全是骑兵，看似实力很强，其实兵力并不多。只要我们把他们引进预定战场，就可以集中优势兵力加以围歼。"

听寤生说要先对楚军的东、西两路军动手，妫鲍心中便有了底。他深知仅靠他陈国一国军队，是很难对楚军开展伏击战的。想到此，他问道："上卿，您打算派谁来佯攻，谁来伏击呢？"

寤生看着妫鲍，坚定地说："此战虽然要伏击楚军，但正面攻城战绝不是佯攻，是真战实战。只有攻城战打得激烈，熊通才不会怀疑我们会对他们进行伏击。"

子和想了想，问道："那我们还南进宛邑和申侯他们会师吗？"

寤生说道："当然要前去会师了，而且要大张旗鼓地前去。否则一旦我们的战略目的败露，再打伏击战就很难了。诸位，下面我作一下战略部署。"说着，目光转向了沙盘。

众人一齐靠近沙盘，聚精会神地听寤生讲解。

寤生手指着距离赊邑二十余里的地方，说道："姬平世子、尚父，你们带领晋国军队和郑国两旅军士负责斩熊通的左角，务必于后天上午赶到此地进行战场埋伏。之后由郑国骑兵旅前去攻城，等把楚军引入包围圈，先用弓弩齐射，再用车兵进行围歼。"

姬平和伯毅齐声领命。

寤生又指向吕邑附近的一处地方，说道："陈侯、叔父，你们来负责斩熊通的右角，务必于后天上午赶到那里设伏，采用同样战法彻底歼灭楚军。"

妫鲍和公子吕一齐拱手领命。

子和问道："上卿，郑国军队分两路去了赊邑、吕邑，您带什么人前往宛邑呢?"

寤生感激地看着子和，笑道："我可以带郑军的兵车给养随上卿赶往宛邑呀!"

子和豁然清醒，说道："上卿所说的大张旗鼓赶往宛邑，就是让熊通看不出郑军主力已分兵去到赊、吕两邑!"

寤生重重地点了点头，说道："我们要严格保密，不仅不能让熊通知道，当下就连我们的联军将士也不能知道。随后，我会下达军令，下午联军就要拔营启程，分东、西、中三路赶往宛邑。"

晋世子姬平问道："上卿，围歼楚军之后我们将如何?"

寤生斩钉截铁地说："即刻赶往宛邑与我们会合!"

公子吕不放心地说道："君上，郑国精锐全被我们带走了，一旦熊通狗急跳墙向你们发动攻击怎么办?"

寤生信心满满地说道："不怕，以宋军的实力抵御楚军几天时间应该不是问题，希望你们速战速决，尽快赶往宛邑。"

伯毅激动地说："君上为了给我们争取伏击时间，不惜以身犯险，吾等必将以迅雷不及掩耳之势剿灭楚军，随后星夜兼程赶往宛邑。"

7

道朔大步进了厅堂。

申侯端坐在几案后，拉着脸，冷冷地说："道大夫在两军大战之际前来造访，难道是要离间我和寤生的关系吗？我告诉你，寤生乃寡人亲外甥，虽然我不喜欢他，但你要知道打断骨头还连着筋呢！"

道朔看虢公和卫庄公也是一脸严肃的样子，呵呵一笑，说道："申侯，在下冒险前来是向三位寻求合作。"

虢公忌父冷冷地问道："合作？是你本人要与我们合作，还是熊通要与我们合作呀？"

道朔脸上挂着笑，坦然地说道："当然是我家君上了！"

申侯一听熊通要与他合作，忍不住急声说道："熊通要与我合作？合作什么？怎么合作？"

卫庄公跟着问道："我们是敌人，怎么可能合作？"

道朔不屑地看了看卫庄公，说道："卫侯此言差矣！我们是敌人吗？我们是朋友！要说敌人，寤生才是我们共同的敌人。"

申侯不解地望着道朔，欲言又止。

道朔接着说道："三位都是明白人，大家应该都知道这场战争发起的缘由吧？无非就是那寤生为了跟在座的各位争夺王庭的主导权！你们也很清楚，寤生为什么让祭足前来向我们君上发布檄文，又为什么故意激怒我们君上，不就是想通过我们的手来撼动你们在王庭的权力吗？"

道朔一席话说到了申侯的痛处，他何尝不知道寤生发动这场战争的目的。只是由于熊通突然袭击，不仅破解了他对寤生的羞辱围堵，还让他丢城失地、损兵折将。他没想到，此时楚国也看到了寤生的险恶用心，如此他和熊通还真是有了合作的基础。

想到此，申侯一拍几案站了起来，激动地说："道大夫说的有道理，我们真正的敌人是那寤生！来来来，快请坐。"

卫庄公心中还深深记恨着楚军的伏击，很不友好地说道："既然你们的敌人是寤生，那你们楚军为何对我们三国联军下手这么狠？因为你们的偷袭，我们损兵折将了多少人！”

道朔走到几案后，坐下来喝了口茶，说道：“两军作战，死伤是难免的，再说我们不给寤生点厉害瞧瞧，怎么能令他心生恐惧，以至于惊慌失措呢？”

申侯暗暗佩服熊通高明，尚未与寤生交手，就已率先实施了心理战。当前整个王庭联军的确是谈楚色变，大家都被楚军强悍的战力吓破了胆。另外，他能感觉出，寤生在迎战楚军上也心存畏惧，要不他为何急于了解楚军的情况，怎会那么轻易同意妫鲍的出战申请呢？他让妫鲍那个蠢货打头阵，就是为了测试楚军的真实战力，这样他就可以有的放矢地制定应对之策。由此来看，此时寤生已在心理上输给熊通一着。

想到此，申侯阴阴地说：“你们想如何与我们合作？我们又能得到什么好处？”

道朔心中暗笑，这申侯果真是势利小人，心中想的全是利益。不过这样更好，只要用利益牵着，他就会为楚国所用。他直直地看着申侯，低声说道：“只要申侯诚心跟我们合作，你们想要什么都可以。”

卫庄公睁大眼睛，急声说道：“道朔，你能代表楚君吗？我们提的要求你说了算吗？”

道朔微笑着说：“我已得到君上授权，可以全权代表君上，只要你们不提过分要求，我有权代他答应。”

虢公问道：“你们到底想让我们怎么合作？若是有超越底线的事情，即使给天大的利益，我们也不会做。”

道朔看了看虢公，说道：“虢公放心，我们的合作仅限于对付寤生，绝不会损害你们三国的利益。其实，我们只需要你们做三件事：一是及时将寤生的作战方案告知我们，二是在与我军作战时出工不出力，三是想办法离间寤生与晋、宋两军的关系。”

申侯心中暗想：好你个道朔，还说仅三件事，这三件事件件都能要寤生的小命，楚国不拿出令他满意的交换条件，他是决不能答应的。他看卫庄公伸着脖子又想发言，就冲卫庄公挥了挥手，说道：“道大夫，你至今还没说交换的条件，我们可不会做亏本的买卖。”

道朔呵呵一笑，说道：“申侯放心，我定会端出让你们满意的条件。只要你们答应帮我们做好那三件事，我们就帮你们实现三个心愿：一是帮你们从寤生手里夺得王庭联军的指挥权；二是在以后的作战中楚军只杀郑军，不再折损你们一兵一卒；三是等你们掌握了联军指挥权，我们可以象征性地让你们打几场胜仗，也好让你们回去交差。”

申侯陷入沉思。说实话，道朔说的三个心愿都是他所愿所盼的，都是他梦寐以求的。只要这三个心愿实现了，他这次征战楚国的战略目的也就实现了。他很想当即答应下来，不过为了稳妥起见，他还是硬生生地压下了心头的欣喜，转身向虢公望去。他很清楚，虢公忌父向来老谋深算，对道朔说出的三个条件定有自己的想法和意见。

虢公确实有自己的想法。他觉得楚军的条件看似很诱人、很实惠，却没有任何实质性内容。特别是不折损他们一兵一卒，这纯粹是睁着眼说瞎话，两军开战怎么会不损兵折将？他见申侯让他发言，便咳嗽两声，清了清嗓子，说道：“道大夫，可否容在下说几句？”

道朔拱手说道：“虢公，您说！”

虢公说道：“您如果想让我们回去好向大王交差，恐怕只让打两三场胜仗是难以平大王和天下人的悠悠之口的。我们可以帮你们对付寤生，但是你们抢夺我们的土地和人丁必须归还。”

这下，道朔开始陷入了沉思。虽然熊通赋予他全权，但虢公忌父提出的条件着实太为苛刻。归还了抢夺到手的城池和人丁，这场仗还怎么能说是楚国打赢了呢？他回国又该如何向楚国人交代呢？

申侯心中暗竖大拇指，关键时刻还是虢公忌父冷静，心中暗暗庆幸不已。想到此，申侯跟着说道：“道大夫，忌父兄说的乃是我们最大的心愿，你们掠夺的城池和人丁若不归还，我们着实无法向大王交代。再说，你们连这一点都做不到，我们所谓的胜仗胜在哪里呢？这样的合作有意义吗？”

道朔知道他说的是假话，冷冷一笑，说道：“我说让你们打一两场胜仗，自然会有打胜仗的样子。申侯，你觉得寤生能保得住这座城吗？我告诉你，你们身后的两邑我们也要拿下。只要帮我们拿下三座城池，等你掌管了整个王庭联军后，我们自然将这三座城池交还给你。至于目前我们所夺之城嘛，请诸位不要算计了。”

道朔不但脸色沉重，说话也很是决绝，与刚来之时的喜笑颜开简直判若两人，气氛顿时冷了下来。

申侯、虢公和卫庄公三人都陷入了沉默，但每人心中都在急切地算计着。他们了解楚军的战力，知道道朔的话并不是危言耸听，楚军完全有能力拿下这三座城池，甚至更多的地方。如果双方不开展合作，楚军最多是打得辛苦点，损伤的兵将多一些，但最终还是会取得全胜。他们三人可就亏大了，这期间受寤生的窝囊气不说，作为联军指挥长的寤生定会把他们三国的军队作为替死鬼、挡箭牌，到最后他们还要在周天子那里承担兵败的罪责。

道朔看三人一言不发、凝眉深思，就知道他们打内心深处不愿意放弃合作，于是故作强硬地冷冷说道：“三位主公，我楚军已经拿出了最大的诚意，想想你们仅帮我们动动口舌，就能得到想要的联军指挥权，还有被我们夺取的城池，做人不能贪得无厌呀！”说着，站起身来，故意做出欲走状。

申侯见道朔如此强硬，慌忙跟着站了起来，连声说道：“道大夫、道大夫，您先坐下，一切都好商量！卫侯、虢公，你们说是不是？”

卫庄公也跟着站了起来，脸上堆着笑，说道：“是的、是的，一切好商量，好商量！”

虢公走到道朔身边，硬是把他按在了座位上，笑道：“道大夫，既然谈合作，就需要好好地谈。你不是想知道寤生的迎战之策吗？实不相瞒，我们三人正在议论此事。申侯，我们不妨给大夫说说？”

8

道朔带着满意的结果回到了楚军大营。熊通和斗伯比正在焦急地等待着他。

熊通上前一把抓住道朔，急声说道：“道大夫，如何？谈得怎么样？”

斗伯比在一旁说道："君上，道大夫出马哪儿有不成功的道理？看他一脸轻松的样子，定是已经说服了那申侯。"

道朔满脸喜色地说："君上，那申侯的确是个势利小人。君上猜得不错，他果真是在和痦生争夺这场战争的指挥权，一心想要置痦生于死地。"

熊通高兴地把道朔拉到座位之上，亲自倒酒递给了他，说道："来，先喝酒！申侯定是将痦生的战术安排告知你了吧？"

道朔喝了口酒，放下酒爵，说道："说了，全说了！他们说，痦生总体上对我们还抱着谨慎和观望心态。不过，倒是陈侯不知死活，叫嚣着要第一个出战。"

斗伯比凝望着道朔，问道："痦生同意没有？"

道朔回答："同意了！据虢公分析，这是痦生赶往前线的第一仗，痦生绝不会只派陈国军队参战，他定会派出两至三国军队前来攻城。"

熊通眯缝着眼睛，大声说道："好呀，仗越大越过瘾！就怕他缩在龟壳内不出来，以拖应变，我们就麻烦了。"

道朔见熊通这样说，顿时警觉起来，急问道："君上，是不是国内有了风吹草动？"

斗伯比点了点头，说道："前世子熊章在国内极其活跃，他不仅四处拜访宗族长老，还将手插到了军中，这场战役我们必须速战速决，久拖下去，国内定要生变。"

道朔转向了熊通，熊通也点了点头，说："军师说得对，看来这场战争我们只能见好就收了。熊章如此活跃，时间久了，国内必然生变。"

道朔说道："申侯说，现在整个王庭联军对我军已产生了畏惧心理，只要我们在与痦生的首场较量中给他们以重创，定会彻底灭了王庭联军的士气，那申侯也可借机夺取痦生的指挥权。我想，只要让申侯取得了整个王庭联军的指挥权，什么时候结束战争全由我们说了算！"

斗伯比想了想，说道："君上，我们想通过这场战役尽早结束战争，痦生同样也想通过这场战役鼓舞士气，巩固他在联军中的地位，双方谁都不愿意输。因此，这场战役将非常残酷，我们必须坚决打好这一仗，最好能全歼来犯之敌。这样，我们就可以完全地掌握战争的主导权了。"

熊通却没有急着表态，他仰起头沉思了许久，方才说道："就依军师所言，我们再打一个漂亮的歼灭战！有了这一战，我们就可以很快返回楚国了。军师，你说说吧，如何进行战略部署?"说着，向沙盘走去。

斗伯比和道朔忙起身来到了沙盘前。斗伯比解下佩剑，指着沙盘上的城墙说道："君上，我意留一军守护城墙，两军隐藏在城墙两边。一旦寤生的军队开始攻城，左右两军便从两侧杀出，全力围歼敌军。"

熊通颔首称是："可以，守城的军队要多备弓箭、垒石和滚木，到时寡人要亲自登上城墙参战。"

道朔说道："君上放心，此城高大，即使王庭联军全部出动，短时间内也难以攻破。只要围歼了寤生的联军，我们就可趁势夺了他们的樊城。"

熊通脸上露出兴奋的笑容，高兴地说："好，我们再夺他几个城池，也好让那周天子和寤生知道羞辱楚国将是什么样的结果!"

9

祭足虽然在寤生等人面前表现得轻松自然，其实他心中的压力非常大。寤生将郑国近一半的军饷交给他在楚国打点关系，充分说明对他的这次楚国之行看得多么重要。此事如果办砸了，不能按君上的计划及早结束战争，势必成为整场战役形势转变的导火索。到时候，他的罪过可不是丢官罢职那么简单，说不定会掉脑袋。

到了楚国，祭足就把楚国的商社统领和隐藏在楚国的各个暗桩庄主召集到了一起。

商社统领由卫高兴地说："祭大夫，经过您先前的一番游说，前世子熊章简直像换了一个人，不但容光焕发，而且争夺大位的信心也被完全调动了起来。"

祭足满意地点了点头，说道："抓紧把我们埋藏在各世家的暗桩启动起来，君上有大事交代。"

众人一听有重大任务，个个都竖起了耳朵。

祭足望了望众人，说道："为配合前方的战争，君上要求我们全面激活埋在楚国的暗桩，全力支持前世子熊章抢位夺权，动作越大越好。”

由卫面带苦色地说：“激活暗桩不难，但要让熊章下定造反的决心可不容易。别看他现在闹腾得挺欢，可多是在试探，他在试探宗族之中有多少人支持他，试探朝中的文臣武将有多少人还向着他。说实话，以他目前的实力，还真不是熊通的对手。”

祭足冷冷一笑，说道：“你说的情况君上已考虑到了。”祭足又降低声音说道：“君上让我带来了万金，作为熊章的起事费用。有了这些钱，熊章还怕没人支持他吗?”

听祭足这样说，众人都瞪大了眼睛。他们何曾见过万金，普天之下也只有郑国能拿得出这么多钱，也只有寤生能有这么大的魄力。

由卫的脸色却变得异常沉重，叹气道：“祭大夫，我没猜错的话，这将是我郑国大军一半的军饷。君上如此看重我们，所以不论千难万险，我们都要完成这项任务。”

祭足眼里噙着泪花，低声说道：“由统领说得没错！君上确实把郑军一半的军饷交给了我。君上说，这万金与牺牲郑国成千上万儿郎的性命相比，值得!”

众人看祭足眼泪都涌了出来，深感肩负的责任重大，齐声说：“祭大夫，让我们干什么，你尽管安排吧，吾等必当以死报效君上。”

由卫看了一眼众人，坚定地说：“这些年来，君上以高出其他商社一倍的经费来供给我们，养兵千日，用兵一时，此刻正是我们报效君上的时候。”

祭足拍了拍由卫，动情地说：“由统领，你现在应该理解君上当初为何派你来楚国了吧！君上常说，好铁要用在刀刃上，提前安排你来这里，就是让你我来完成这异常艰巨的任务呀!”

由卫看着祭足，激动不已，自信满满地说：“祭大夫想何时与那熊章见面？在下觉得，这项任务的关键就在熊章，您只要说服了熊章，其他宗族长老和大夫、将军，我负责做他们的工作。”由卫之所以如此自信，就是因为这些年他着实没有辜负寤生所托，成了楚国上下炙手可热的人物。他不仅可以自由进出楚国各将军、大夫的家中，还在楚国最有权势的官员家中布置了自己的眼线和暗桩，可以说他在楚国的谍报网络已经布到了各个角落。

祭足说道：“越快越好，君上赶到前线之后的首场战役很快就要展开，我们必须在开战之前让熊章知道君上与他联手的决心。”

由卫将目光集中到了身边的暗桩由强身上，说道：“由强，明日上午，我和祭大夫前去拜访熊章，能办到吗？”这由强乃由卫的亲弟弟，被安排在熊章身边做门客，深受熊章的信任。

由强站起身抱拳说道：“没问题，我保证能让祭大夫按时面见前世子熊章。”

祭足满意地看着由强，说道：“好果断！没想到这小子经过几年的历练，竟然能独当一面了。”

由卫说道：“他倒是有几分聪明劲，深得熊章的信任和依仗。祭大夫，我们明日面见熊章，是否为他带去礼品？”

祭足果断地说道：“当然要带，留下一千金用于公关楚国宫廷大夫，其余的要全部带去，要让熊章充分看到我们的诚意。”

由卫吃惊地睁大了眼睛，担心地说：“一次就把我们的本钱全带了去，万一我们说服不了他，怎么办？”

祭足胸有成竹地说：“我们所议之事，可是掉脑袋的，不用重金，熊章能放心与我们合作吗？”

由卫暗暗佩服祭足的胆量和机智。是呀！不用重金降服熊章，他是绝对不会向他们展示真心的。如此大事，一次面谈不成，当然就不会有第二次机会了。想到此，他起身说道：“祭大夫，如此，恐怕见面地点要改在商社了。另外，那千金也不需要留，我们商社就是砸锅卖铁，也能凑齐宫廷大夫的公关经费。”

祭足大为感动，他感激地望着由卫，说道：“如此更好！带着这么多金子前去熊章的府邸确实不妥。由统领，见到君上后，我一定给你报头功。”

由卫摇了摇头，说：“祭大夫客气了，我由卫怎是那贪功之人。为君上分忧，为郑国出力，是吾等的荣幸！”说着，他转向由强：“由强，你不论想什么办法，一定要在明天上午把前世子熊章请到商社，我和大夫在商社聚贤居等你们。”

10

自从和道朔会面后，申侯简直像变了个人一样，浑身上下充满斗志。一想起要从寤生手中夺回联军的指挥权，想起他作为联军统帅凯旋，他就有说不出的激动和兴奋。更令他期盼的是，如果借助楚国的军队除掉寤生，那将是他最大的胜利和收获。此时此刻，他已下定决心，只要这次除掉了寤生，回到雒邑之后，他就着手逼周天子退位。为了这个目标，他已经忍了很多年了，他再也忍不下去了。

他暗想，一定要通过这次与楚军的联合，与蛮楚建立良好关系。将来他取代周天子安抚天下之时，说不定还要借助这蛮楚的力量。所以，只要这次楚国能依道朔之言给足他面子，哪怕再给他们几座城池又何妨？他的目标绝不是这一城一地，他要的是夺取姬姓的江山和天下。

申侯一直记着道朔的话。其实即使没有道朔的所谓“合作”，他也打算离间分化寤生与晋军、宋军的关系，他早已将目标瞄在公子与夷身上。特别是听说与夷险些被陈侯妫鲍斩杀后，兴奋得半夜都没睡着觉。他暗暗庆幸，真是天助申国也！

他知道与夷同子和一直在争夺君位，两人虽然表面上很是亲近，却是面和心不和。子和是寤生的岳父，寤生就天然地站在了与夷的对立面，无论寤生怎么做，都会引起与夷的怀疑和抵触。有了与夷出使陈国这件事，他就可以此来做文章，让与夷对寤生怀恨在心。

想好计策之后，申侯与卫庄公一起来到了与夷的大帐。

对申侯和卫庄公的造访，公子与夷简直有点受宠若惊。他根本就没想到，手握王庭大权的申侯能亲自过来看他一个不受国君待见的公子。慌得他又是施礼又是作揖，把二人让到主位之上，自己在侧位坐了下来。

申侯满脸笑容地说道：“久闻与夷公子英勇神武，今日一见，果真是一表人才。”

卫庄公接过话恭维道："申侯，您不知道，世子不但长相好，且文韬武略，在诸国公子中可是数一数二的。"

申侯故作惊讶地问道："是吗？原来与夷公子的名望这么大？"

卫庄公说道："是呀！您一天到晚忙于国事，怎会知道诸国公子之事，与夷世子早已名扬天下了。"

与夷顿时被二人吹捧得飘飘然起来，心中比喝了蜜还甜。真是天赐良机，他没想到这二人如此看好他，如果借此机会和他们攀上关系，那么将来与子和争夺君主之位时定会多出几分胜算。他很清楚申侯和卫庄公在王庭的地位，有了他们的支持，他在王庭就有了自己的势力，再也不用担心寤生为子和撑腰了。

与夷起身上前为申侯和卫庄公一一倒酒，说道："承蒙申侯和卫侯看得起我，只要是用得着与夷的，我定当全力以赴。"

申侯欣赏地看着与夷，叹了口气，说道："哎呀，子力糊涂，糊涂呀！有子如此英勇神武，却一心将君位传给那德才皆缺的子和，真是糊涂呀！"

卫庄公阴阴一笑，说道："您不了解子和那人，虽然他无德无才，可很善于迎合上意，他一天到晚把宋公哄得团团转，所以才有了当今的局面。说实话，我真为与夷公子感到委屈和不平。咱们可一定要为与夷公子做主呀！"

公子与夷听二人这样说，委屈得险些掉下眼泪。这些年他着实感到诸多不公平，他不解父亲竟然如此糊涂，别人都是想方设法将大位传给自己的儿子，君父竟然天天想着把君位传给叔父子和，真不知道他是怎么想的。他在恨君父糊涂的同时，更恨叔父子和横插一杠子跟他抢夺君位，如果不是子和在君父面前搬弄是非，他怎能始终得不到君父的认可和欣赏呢。他见卫庄公主动提起要申侯为他撑腰，忙将目光转向申侯，急切地等待着申侯的态度。

申侯一副全局在胸的样子，傲然说道："这个主相信我还是做得了的，等回去后我给大王提一提，决不能放任子力违背周礼，由着自己的性子胡来。"

与夷感动得浑身颤抖，他真想给申侯跪下来磕三个响头。他很清楚，申侯能够这样说，就等于已经答应做他的坚强后盾。有了申侯的支持，他就有了和叔父一决高下的资本，再也不用在外人面前示弱装孙子了。

与夷一揖到地，满含热泪地说："与夷何德何能得到申侯的青睐和支持，从此以后与夷就是您的人。您只要帮我夺得君位，不仅与夷，整个宋国都全凭您差遣！"

卫庄公起身上前扶起与夷，说道："公子，实话告诉你，吾等非常看重你，我们不能眼睁睁地看着子和把宋军乃至宋国给糟蹋败尽。"

还未等与夷反应过来，申侯接过了话，说道："可悲呀可悲！那子和为了讨好寤生，竟然不惜牺牲宋国的儿郎，硬生生地把宋军将士往火坑里推。"

与夷被二人这无头无尾的话弄得一头雾水，疑惑地看着二人，急声说道："你们说的我为何听不懂？难道我叔父有背叛宋国的行为？"

卫庄公故作惊异地睁大了眼睛，问道："与夷公子，难道你不知道？"

与夷越听越迷糊，忙问道："卫侯，到底怎么回事？我真的不知道呀！"

申侯叹了口气，说道："与夷公子呀，看来子和真没把你当回事儿，妫鲍那蠢货叫嚣着要第一个迎战楚军，可他在哪儿呢？还有晋国世子姬平，他也没到宛邑呀！"

与夷说道："寤生安排联军从东、西、中三个方向赶往宛邑，兴许他们很快就到了。"

卫庄公笑了起来，说道："与夷公子呀，你真是实在，你被寤生、子和他们骗了。寤生何苦要分三路行军，分明就是想让陈、晋两国军队晚到一段时间，好让宋军去打头阵。这么大的事情你竟然不知道，子和也太不把你放在眼里了！"

与夷的脸一下子红到了耳根。他着实不知道此事，刚刚他还同子和见面，子和竟然连一个字都没给他透露。更令他感到羞辱和愤恨的是，他作为宋国世子和这次出兵的副统帅，如此重大的军事行动，叔父子和竟然一个字都不告诉他，难道在子和眼里，他连一个守门的卫士都不如吗？

与夷气得双目充血，怒视着前方，不停地喘着粗气。

卫庄公拍了拍与夷的肩膀，说道："公子，莫要气愤。生气解决不了任何问题，斗争是要讲求策略的。既然子和这样不把你当回事儿，你还跟他讲什么情义？"

申侯冷冷一笑，说道："情义？自从子和决定跟你争夺君位起，你们之间已经没有任何情义了，有的只是仇恨和你死我活的斗争！"他站起身，接着说道，"公子，据我们得到的消息，楚军可能要围歼你们，明天出战时你一定要注意个人安危呀！"

强烈的愤懑令与夷感到头晕目眩、两耳发蒙，浑身不停地颤抖，他赶忙闭上了眼睛。

卫庄公冷冷地望了与夷一眼，说道："公子，你要记住，吾等愿意当你的靠山，有难处随时来找我们。"说着，和申侯一起大步向外走去。

与夷呆呆地站着，许久才从混沌状态中清醒过来。此刻，申侯和卫庄公早已走远。他赶忙追出大帐，可早已没了他们的身影。

回到大帐，与夷气得脸色铁青，牙齿咬得咯吱咯吱响。他再也控制不住自己，大步向子和的营帐走去。

11

第二天上午，由强果然按时把熊章请到了商社。熊章之所以对由强言听计从，有由强聪明能干和二人建立了良好信任关系方面的原因，最重要的还是他知道由强是由卫的亲弟弟，他需要由卫这个金主；没有郑国商社强有力的资金支持，别说拉拢势力夺回君位，他想在楚国过上衣食无忧的日子都很难。为了防他篡位，熊通不但收了他的封地，连日常供应开支也给他压得很低，甚至连牛车都没给他配。这段时间，他之所以能在楚国四处活动，关键还在于郑国商社为他提供了资金支持。商社不仅提供牛车供他长期使用，就连联络朝中权贵的礼品和宴请都是他们安排的。

人穷志短！此刻，熊章确实体会到了这句话的含义。为了夺回本该属于他的一切，他必须和由卫兄弟处好关系。他也很清楚，由卫兄弟为何愿意在他身上下这么大的本钱，特别是见过那个郑国商社总领之后，他已隐隐感到由卫兄弟的身份绝非商人那么简单，他们十有八九是郑国的间谍。为了兴国大业，他觉得和郑国合作值得，只要郑国帮他夺回君位，他就给郑国国君想要的东西。舍得舍得，没有舍哪儿能有得？所以当由强告知他祭足又来了楚国之时，想在聚贤居与他会面，他想都没想当场就答应了。经过这段时间的运作，他对夺回君位越来越充满了信心。

看熊章进了房间，祭足上前一步，施礼说道："郑国大夫祭足见过公子！"

熊章见祭足这样说，顿时惊得睁大了眼睛，急声说道："你，你……"说着，转向由卫问道："由强不是说见的是你们商社总领吗？"

由卫急忙说道："公子，实话告诉您，祭足总领除了是我们商社的总领，还是我郑国大夫。"

熊章如梦初醒般地摇了摇头，说："早就听说郑国有位年轻大夫深得寤生的信赖，原来竟是先生？"

祭足微微一笑说道："此次，祭足受我家君上所托，专程来拜见公子。"

熊章警惕地望着祭足，说道："受你家君上所托？此刻我们两国大战一触即发，贵国国君让您专程前来见我，是想窃取我国情报，还是想让我鼓动军队投降？我实话告诉你，熊章虽不才，但决计不会做出卖国求荣之事。"

祭足摇了摇头，说道："公子误会了！祭足此次前来丹阳，一不为窃取军情，二不会让公子背负卖国的骂名，我是来帮公子夺得本该属于您的东西的。"

熊章疑惑地望着祭足，问道："帮我？你们如何帮我？"

"公子，请跟我来。"祭足说着，带熊章向里屋走去，三人来到了地下一个宽敞的密室。只见十个大箱子一字摆开，箱盖大开着，里面全是黄澄澄的金子。

熊章快步上前，抓起一块金子看了又看，放下后又走到另一只箱子跟前，抓起一块金子放在手里掂了掂。

祭足远远地看着熊章，眼中充满了失望。他心中暗想，以熊章这种德行怎能从熊通手中夺得君位。看来君上扶持熊章的计划恐怕要改变一下了，不过他既然已经带着金子来到了丹阳，就绝不能无功而返，那样他祭足可真成了郑国的罪人。

由卫明显感觉到了祭足脸上的变化，低声说道：“祭大夫，你看……”

祭足看了看由卫，示意他止言，向前走了几步，来到了熊章跟前，说道：“公子，如何？”

熊章激动地说：“有了这些金子，我必能从熊通手中夺回君位。”接着诡秘一笑，说道：“祭大夫，君上如此慷慨，绝不仅仅是因为看上我熊章了吧？说吧，你们到底想要什么？”

祭足脱口而出：“牵制申国和汉阳诸姬！我们君上扶持公子的目的，就是与楚国缔结盟约，让楚国制约申国和汉阳诸姬。”

熊章仍不相信地望着祭足，问道：“真的如此简单？”

祭足认真地说：“公子莫要猜疑。实不相瞒，我家君上自从到王庭担任上卿之后，最大的麻烦就是那申侯处处掣肘。如果说西申是申侯的大本营，那南申统领的汉阳诸姬则是申侯的后院，我国发动这场战争就是为了和申侯争取对汉阳诸姬的主导权。只要公子愿意跟我们合作，我们不仅会帮公子谋取君位，将来还会运作帮公子提高爵位。”

熊章脸上挤满了笑，他相信祭足说的全是实话。寤生为了战胜申侯，先从申侯的后院下手不失为高明之举；可要拿下申侯的后院，必须和楚国合作，没有楚国的帮助，寤生根本不可能取得胜利。

全面了解到郑国的意图，熊章的身心顿时轻松下来，以俨然君侯的神态傲然地望着祭足，问道：“祭大夫，这些金子何时运到寡人府上？”

祭足冷冷一笑，说道：“公子，在下让公子看这些金子只是为了让您了解我郑国的诚意和为公子投下的本钱，我们可以用这些金子扶持您上位，但不是要送与公子。”

熊章不高兴地说：“两者之间有差别吗？”

祭足异常严肃地说道：“差别大了！如果公子不愿合作，我们完全可以推另一位公子上位。”

熊章一愣，随即哈哈大笑起来，说道："祭大夫真会说笑，我熊章用的牛车都是郑国提供的，怎可能不跟郑国合作呢？由先生，你说是不是？走，咱们上去好好商议吧！我正想向二位请教下一步的行动呢。"

第十三章　独山会战

1

申侯等人离开后，与夷当即走出营帐，在联军营地四处溜达起来。他转遍了整个联军大营，不但没见到陈、晋两国的一兵一卒，就连郑国的主力部队也没有见。

与夷心中无比愤懑和怨恨！他怨恨父亲为何如此信任子和，更怨恨子和为了迎合寤生竟然如此枉顾宋国将士的生死。他真想不管不问，任由宋军被楚军围歼，看他子和回国后如何向父亲和国人交代。可又想起自己是宋军的副帅，宋国的江山是君父和他的江山，宋国的子民是君父和他的子民，他怎能眼睁睁地看着这些将士去送死？子和可以不管宋军将士的死活，可他作为宋国世子，怎能不管这些宋国儿郎的死活？

与夷满腹怒气地回到营帐，子和正在和手下将军商议出兵之事。

看到与夷，子和不高兴地问道："与夷，你去哪里了？外出营帐也不报备一下，我一直派人在找你，一上午都没见到你的踪影。"

子和的抱怨顿时令与夷火冒三丈，与夷三步并作两步走到子和跟前，大声吼道："子和，你还好意思问我干什么去了？你为了讨好寤生，竟然枉顾我宋军将士的生死，你到底是郑国的上卿还是我宋国的上卿？"

众将士四散开来，一个个目瞪口呆地望着与夷。

与夷的大不敬顿时激怒了子和。他本来就对与夷的无故离开充满了怨气。大战之际，作为副帅的与夷竟然失踪了一个上午，也让他心神不宁了一上午。子和抓起几案上的酒爵摔在了地上，怒道："与夷，你发什么疯？你说，这一上午你去了哪里？"

与夷毫不示弱，鄙视地看着子和，说道："我去了哪里？我探军情去了，亏了我出去这一趟，否则宋军就要全部败坏在你手里了！"

一帮将士看看这个，望望那个，不解地望着这对各不示弱的叔侄，没有一个人敢上前搭话。

子和气得直打哆嗦，高声说道："与夷，你说清楚，宋军怎么就要败坏在我手里了？"

与夷走到子和跟前，连珠炮似的质问道："你说，陈、晋两国的军队怎么还没有赶到？郑国的主力部队去了哪里？陈侯不是要当先锋打头阵吗，为什么现在还没有赶到？你知不知道，楚军已在城门周围布下了重兵，准备彻底围歼我军呀！我不知道寤生许了你什么好处，你就这样甘心带着宋军为他前去送死？"

子和冷冷地看着与夷，问道："谁告诉你楚军要围歼我军？还有，你去哪里刺探军情了？"

与夷回答道："申侯。他说楚国大夫道朔亲口告诉他楚军要围歼联军攻城部队。申侯还说，寤生派你打头阵就是让我宋军送死。"

子和看了众将士一眼，恨恨地说："这个吃里爬外的戎贼，果然又在私下暗通楚国。将士们，你们说申侯的话值得相信吗？"

众将士一片哗然，七嘴八舌地说道：

"申侯所言不可信！"

"这戎贼真是可恶！"

"临阵叛敌，该杀！"

此刻，与夷才意识到自己是多么蠢，竟然说出那样的话来，顿时没有了之前嚣张的气焰。

子和鄙夷地看着与夷，厉声问道："你是到申侯的大营刺探军情了吧，并且还是申侯请你去的吧？"

与夷惊恐地看着子和，后退了一步，正了正身子，又壮起胆子大声说道："我去申侯大营怎样？他请我去的怎样？申侯他暗通楚国又如何？关键是我从他那里探得了楚军围剿我们的军情！"

子和一阵冷笑，说道："与夷，难道你还是三岁小儿吗？净在这里痴人说梦！申侯既然里通楚国，他会给你我说真话？他会向你提供有利于我军的情报吗？你呀，真是个长不大的娃娃，怨不得你君父对你事事不放心！"

一旁的几个将士也跟着笑了起来。

与夷顿时羞得满脸通红，大声辩解道："我说的都是实情！明日攻城就等同于送死，你们一定要相信我！"

子和冲身边的将士摆了摆手，说道："看来世子还没睡醒，来人，请世子回营帐休息吧！"

两个将士上前架起与夷就往外走，营帐里的其他将士笑成了一团。

回到自己的营帐，与夷又气又羞，恨得直跺脚。

冷静下来，与夷心里别提多后悔了！他后悔自己太冲动，没有想好如何对付子和，就冲进大营和他理论，结果偷鸡不成蚀把米，还让他在宋军将士那里彻底丢了脸。尤其子和那句说他是长不大的娃娃，君父对他事事不放心，都是说给身边将士们听的，其用心之狠毒，让他感到毛骨悚然。

与夷暗暗告诫自己，能否夺得君位，最大的敌人不是子和，而是自己爱冲动的毛病。这一毛病改不了，他将永远不是子和的对手。韬光养晦，伺机而动，三思而行，以后就是他行事的座右铭。

独自想了一会儿，与夷觉得这次闹剧虽然丢了面子，但也有收获。将来一旦宋军被楚国围歼，他就有充分的理由洗刷罪责。到时候，他会哭着告诉君父，他是如何被子和羞辱，如何被将士架着扔到营帐的。福祸相倚，这样也好，子和不听他的建议，到时候全军覆没，他正好可以借机一举扳倒子和。

2

送走熊章，祭足把由卫、由强二人单独叫到了密室。

由卫看祭足一脸严肃的样子，小心地问道："祭大夫，您是否对熊章很失望？"

祭足苦笑着说："怨不得熊通能顺利夺得君位，熊章此人着实言过其实，徒有虚名！"

由强沮丧地说："您是不是准备放弃扶持熊章夺位的计划了？"

祭足摇了摇头，说："非也！我们非但不能放弃，而且还要立即实施。只是……只是对成功不要抱太大希望。"

停顿了一下，祭足接着说道："我观熊章此人贪而多疑，绝非成大器之人，只能利用，不能抱太大希望。"说着，他转向由卫，低声说道："由统领，我们恐怕要改变原来的战略部署了。"

由卫当即抱拳施礼说："一切听从祭大夫安排。"

祭足果断地说："从明天起，商社总部由楚国秘密转移到邓国，暗室的金子留下一半，其他全部转移到邓国。"

由强问道："公子熊章呢？"

祭足说道："至于熊章，你们仍按照我们原定的方案抓紧实施各项行动，这些行动全部由地下转为明动，并且动作越大越好，影响越大越好！"

由强不解地望着祭足，问道："您本就不看好熊章，又这样大张旗鼓地扶持他夺位，成功的希望不就更小了吗？"

久久无言的由卫接过了话："由强，你为何还不懂祭大夫的心思呢？我们已在熊章身上下了那么大的本钱，既然他不具备夺位的才智，我们就得好好利用这个废材为我们前线作战做些贡献呀！"

祭足说道："由统领所言甚是！只要熊章能在丹阳闹得熊通乱了心思，闹得他不得不班师回国，君上的战略目的就达到了。"

由卫不解地问道："后勤给养是军队的命脉，剩余的那一半金子，您为何不带回军中却要运到邓国呢？"

祭足叹了口气，掏出一个锦囊，伸手将锦囊中一卷帛书递给了由卫，说道："实不相瞒，这一切都是君上的安排。临行前，君上反复安排我要认真观察熊章。若熊章不具备君侯之气，就让我打开锦囊，自可明白下一步的战略安排。"

由卫看完帛书，感叹地说："看来君上早早就为战争结束以后的事情安排布局了！君上的眼光真是独到，当今楚国，能左右熊通的只有其夫人邓曼，君上让我们将商社总部搬迁至邓国，一为保护我们，同时也为运作邓侯争取邓曼支持铺路呀！"

祭足重重地点了点头，严肃地说："你们要牢牢记住君上此次伐楚的目的，既不是把熊通拉下君位，也不是夺取楚国的地盘和子民，君上的目的是从申侯手中夺取对汉阳诸姬的主导权，让楚国与汉阳诸姬和睦共处。明白了君上的目的，你们做事就知道该往哪个方向用力了。"

此刻，由强方才真正领会了寤生的用意，连声说道："君上圣明！原来君上早已坚信能打赢这场战争，如此作为不过是他战略布局中的一环。"

由卫看了看祭足，问道："您准备何时返回军中呢？"

祭足说道："明日我即赶往邓国，等把邓国的各项事务安排妥当，就返回军中。另外，我提醒你们，熊通回国后定会对郑国商社进行清洗，你们兄弟二人，还有熊章见过的人务必要在熊通赶回国内之前离开丹阳，留在楚国的郑国商探全部转到地下。由卫，君上对你寄予厚望，你务必为郑国留下充足的商探。楚国这一切，全拜托你们了！"

由卫、由强二人慌忙起身，深施一礼，说道："请祭大夫放心，我们定不负君上所托。"

3

伯毅和姬平星夜兼程，按时赶到了寤生指定的地点——赊邑的下洼。

姬平极目四望，只见下洼像一个盆地一样被群山环抱着。山虽不高，却是丛林茂密，非常适合隐蔽军队，心中暗暗佩服寤生高明，不由得说道："上卿真乃神人也，他身在百里之外，怎知这里能藏兵？"

伯毅颔首微笑，此处就是他推荐给寤生的。自从战端一开，他就把郑国分布在各国的商探全部调动了起来，不但收集各国的政治动态、军事调动，还对各国的地形、地貌进行了仔细勘探，哪里适合开展伏击，哪里适合进行大规模正面战，逐一进行了标注。他虽然知道内情，却不愿告诉姬平，他要在姬平心中塑造寤生英武如神的形象。

伯毅看得出，经过收服陈国和分兵斗楚，姬平已彻底转变了对寤生的看法和态度。这位心高气傲的世子不仅消除了抵触心理，还对寤生佩服得五体投地。为了寤生以后能够推行新政，他必须在诸侯国中树立寤生的权威。

姬平见伯毅没有回答，又问道："太傅，你说楚军会老老实实听我们的，跑到这里被我们伏击吗？"

伯毅自信地说："公子请放心，我定能将楚军引到这里，来个瓮中捉鳖。"

姬平疑惑地望着伯毅，没再说话。

伯毅知道他心里还有忧虑，便说："楚军自出兵以来所向披靡，特别是大败申、虢、卫三国联军之后，更是骄狂无比。自古以来，骄兵必败，我家君上正是吃定楚军这一行军大忌，方才谋划开展了这次斩角行动。"

姬平问道："太傅，你看两国军队谁来佯攻，谁来设伏为好呢？再者，我们何时开展行动？"

伯毅大方地说："世子，你晋军尽管在这里设伏就行，佯攻的任务交给我郑军。兵贵神速，今天晚上我们必须做好充分准备，明日一早郑军就要前去攻城。"

第二天，天蒙蒙亮，郑国军队便开始了攻城。一阵箭雨过后，郑国的骑兵便高喊着拥到了城墙下。

由于围城的目的是把楚军从城里引出来，所以伯毅让将士们将气氛营造得非常足，不仅战鼓轰隆，进军号、喊杀声更是响彻天地。为了把戏演得足够真实，伯毅特意让将士们穿上了申国军服。

听到喊杀声，楚军将领斗缗慌忙带领人马冲到了城墙上。当他看到城墙边一个个被射杀的楚军士兵，不由得暴跳如雷。自开战以来所向披靡的他，根本就没有将申国军队看在眼里。斗缗眼见稀稀拉拉围在城墙周围的申国军队，心里禁不住笑了，冲城下军队不屑地喊道："一帮待宰的羔羊，待本将军下去取尔等性命。"

下了城墙，斗缗命令大开城门，跨上战马一马当先地冲了出去。顿时，楚军像潮水般涌出了城门。

扮作申国将领的公孙子都提枪向斗缗冲了过去，一来二往，二人战作一团。同时，楚军和郑国士兵也开始了面对面厮杀。

公孙子都边战边看四周的战况，他不得不佩服楚军的战力。前来攻城的郑国军队都是精锐，虽是佯攻但并没有惜力，惨烈的厮杀场面令他不忍直视。他觉得该撤退了，虚晃一枪，转身就跑。

在后面观战的伯嶽一看公孙子都假装露出败象，急令号手吹响了退军号。听到号声，郑国将士丢下楚军，转身后撤。

“哪里跑？”正打得兴起的斗缗大吼一声，向前追去。

前面的没命地跑，后面的没命地追，很快就把楚军引到了伯嶽事先布置的战场，郑军骤然停下，一字排开拉起了长阵。

斗缗猛拉马缰停了下来，他还没有明白怎么回事，狂风暴雨般的弓箭便射了过来。

楚军顿时被射得人仰马翻，乱作一团。

此刻，斗缗才发现自己被引进包围圈了。他一边挥舞长矛拨打着弓箭，一边掉转马头，高声喊道：“快撤，快撤！”

此时，就听战鼓雷动。晋军和郑军从四周杀出。刚刚还不可一世的楚军发出阵阵哀鸣，来不及还手就被斩杀在地。

广阔的山间盆地中，横七竖八地躺的全是马尸和人尸。

斗缗的贴身卫队已死得仅剩两人，他们高喊着：“斗将军，我们保护你，你一定要冲出去呀！”

斗缗杀得浑身是血，好不容易退到了山谷出口，却被一队排列整齐的郑国大军拦住了去路。

公孙子都已换上郑国军服，他提枪跃马来到了斗缗跟前，高声说道：“斗将军，你已被重重包围，下马投降吧！”

斗缗此时才彻底明白过来，自己已插翅难飞，悲愤地怒骂道：“郑国贼人，你们施奸计骗人，侥幸获胜算得了什么英雄？要杀要剐，悉听尊便！”

伯嶽一催战马冲了过来，说道：“斗缗，你休要出口伤人，更不用在我们面前逞英雄，技不如人就应甘心认输，我们如果想杀你易如反掌！实话告诉你，我们不但占领了赊邑，还占领了吕邑，斩杀了那里的守军！”

斗缗往身后看了看，所带楚军已无一人生还。他心中明白，完了，彻底完了！即使他有幸突出重围，也无法向君上熊通交代。他本有以死报国之心，但听到吕邑也被郑军拿下之后，顿时改变了寻死的想法，长叹一声，扔下了手中的长矛，跳下战马，拱手施礼，绝望地说道：“斗缗败在郑国太傅伯毅手中无话可说，要杀要剐，悉听尊便！”

伯毅呵呵一笑，说道：“我既不杀你，也不会剐你。你走吧，回去告诉熊通，多行不义必自毙，不日我王庭联军必将一举剿灭楚军！”

斗缗不相信地望着伯毅，大声问道：“太傅真的愿意放斗缗回去？”

伯毅高声说道：“众将士，让出道来，放将军归楚！”

郑国大军闻声而动，拉开了一个大大的口子。

斗缗提起长矛飞身上马，绝尘而逃。

4

熊通做好了伏击的一切准备，就等着寤生出兵。然而三天过去了，王庭联军却好像睡着了一样，一点动静都没有，寤生非但没有派出陈国军队攻城，连战书都没下。

熊通开始坐不住了。以他对寤生的了解，这平静的背后肯定没有好事。再者说，如此等待下去，楚军将越来越被动。为了寻求新的对策，他特意让人把夫人邓曼请到了帅堂之上。

邓曼不仅有倾城的美貌，还有过人的智慧。她常常以独特的视角来判断形势和分析问题，每次都有独到的见解，并且提出的对策往往都能很好地解决难题。

熊通对她不仅迷恋，而且极为倚重，任何重大事项都要听取她的意见。这次他特意把邓曼请到帅堂之上，让她来和斗伯比、道朔一同议事，足见熊通心中是何等的焦虑。

邓曼刚落座，斗伯比和道朔就急匆匆地走了进来。

二人见邓曼也坐在帅堂之上，一同施礼，说道："君上、夫人!"

熊通站了起来，说道："二位爱卿，坐下说话。"

邓曼冲二人微微一笑。

斗伯比神情严肃地说："君上，王庭联军那里一直没有动静，臣下预感不妙。"

道朔苦着脸说："君上，申侯那里传来消息，郑军主力和陈、晋两国军队至今尚未赶到宛邑，寤生一直按兵不动也许与此事有关。"

熊通脸色骤变，急声说道："什么？郑军主力和陈、晋两国军队至今未到？"

斗伯比小心地说："君上，你说他们会不会去了赊邑和吕邑？"

邓曼冷冷一笑，说道："以寤生治军之严厉，郑国主力至今未到宛邑，定是去了赊邑和吕邑，楚军危矣!"

熊通顿时慌了起来，急声问道："夫人何出此言？"

邓曼看了看熊通，说道："君上，我曾劝说您要好好研究寤生，您觉得以他的严谨和聪明，如果没有极为重要的军事行动，他会让自己的主力部队远离他五六天时间吗？他带领老弱之卒前来宛邑，不过是迷惑我们的手段，从而为他实施另外的军事行动争取时间。"

熊通的冷汗顿时冒了出来，他走下帅堂，来回走动着，说道："如此，斗缗他们危矣！寤生不是一向遵礼守制吗？我不相信那寤生有如此胆量和气魄!"

邓曼扑哧一声笑了出来，说道："君上，寤生绝非那好大喜功、志大才疏的申侯，你别看他把遵礼守制喊得震天响，但他从不循规蹈矩、因循守旧。他为了推行武公之略，不惜违背其父遗诏分封公子段。他为了牵制申侯，不惜违背周礼，推出'能攻诸夷，即有其地'的政策。特别是他在征战北狄之时，根本就不讲战争礼，先是故意示弱，后又重兵围歼狄兵。如此之人，君上怎么能怀疑他的胆量和气魄呢？"

邓曼顿了顿，接着说道："君上、二位大人，你们可知寤生何以能重创北狄？"

三人面面相觑，均答不上来。

邓曼说道："我以为，关键在于郑军的改革。郑军不仅训练出了步军，还训练出了可怕的骑兵和弓弩兵，当前郑军的战力远比我们楚军强大。"

一席话说得斗伯比和道朔连连点头。

熊通虽然没有反驳，但对郑军强于楚军之说，心里却有点不服气。他苦着脸走上了帅堂，正要说话，就见斗缗踉跄着闯了进来。

刚进大帐，斗缗就一头栽在了地上。

道朔慌忙上前扶起了斗缗。

斗伯比也慌忙离座，看着斗缗干裂的嘴唇，急声喊道："水、水，快拿水来！"

几口水下肚，斗缗方才醒了过来，他见熊通站在自己跟前，随即匍匐在地，放声大哭起来，边哭边说道："君上，臣该死，臣该死呀！"

熊通蹲下身子，急声问道："斗缗，到底怎么了？是不是赊邑丢了？"

斗缗连连磕头，额头上都见了血，泣声说道："郑、晋联军突袭我赊邑，楚军……楚军全军覆没！"

熊通一把拽起斗缗，厉声说道："你仔细说来，即使他们突袭赊邑，我楚军也不至于全军覆没呀？"

斗缗抬起头，绝望地说："他们故意示弱，把我军引到下洼盆地，实施了围歼。君上，臣该死！"

熊通身子一晃，差点跌坐在地，连声说道："寤生果真奸诈，果真奸诈也！"

斗缗流着泪说："君上，郑国太傅伯毅说，吕邑的楚军也被他们全歼了！"

"什么？吕邑楚军也被全歼了？"熊通怒视着斗缗，高声说道，"寤生，你好狠……真是气杀我也……"他一时气急攻心，晕倒在了地上。

众人顿时慌乱了起来，邓曼赶忙上前，推开众人，用力狠掐熊通的人中。不久，熊通醒了过来，大声吼道："姬寤生，此仇不报我熊通枉为人君！"

5

伯毅和公子吕都牵挂着寤生的安危，生怕在他们赶回之前，熊通对王庭联军发起攻击，所以在战胜了赊邑和吕邑的楚军之后，二人带着郑军主力火速赶到了宛邑。这时，祭足也从邓国回到了宛邑。寤生大摆宴席，君臣欢聚一堂。

寤生听完伯毅和公子吕的战况介绍之后，哈哈大笑道："那熊通听说我斩了他的牛角，一定会气得抓狂！"

祭足举起酒爵，高声说道："君上真是神机妙算，臣敬您！不过，我们还须小心熊通气急败坏偷袭我们联军。"

伯毅喝了口酒，放下酒爵，说道："君上，那熊通自出征以来所向披靡，心气异常之高，今日我们重创楚军，他一定不会善罢甘休！"

公子吕也跟着说道："君上，太傅说得对，我们不得不提防熊通狗急跳墙！"

高渠弥见三人如此谨慎，走到伯毅身边，笑道："太傅，我郑军兵强马壮，还怕他熊通个鸟！"

祝聃也跟着大笑起身，大声说道："鸟！楚军就是个鸟！"

寤生一蹾酒爵站了起来，厉声说道："休得无礼！不要忘了楚军为何败得那么惨！骄兵必败！"

高渠弥和祝聃的脸一红，顿时从醉态中醒了过来。

寤生看了看高渠弥和祝聃，接着说道："胜不骄，败不馁，这是为将的基本素质！你们以后要切记！"

伯毅起身说道："据暗探密报，斗缗已经赶回熊通大营。我们需要抓紧商议一下对策了，熊通目前还不知道我郑国主力已星夜赶回，很可能今晚就会对郑军发动攻击。"

一旁的公孙子都顿时明白了伯毅放回斗缗的用意，激动地说："怨不得太傅要放回斗缗，原来还有更深的用意。"

寤生说道："尚父判断今晚楚军会攻击我军，尚父，可否给大家说说您的依据?”

伯毅说道:“君上,那熊通异常骄横,如今我郑军重创他的两翼楚军,他岂能甘心受挫?赊邑、吕邑距离宛邑有两百余里,斗缗单人单骑两天能赶回来,他绝对想不到郑国大军也能赶回来,那个狡猾的斗伯比一定会出主意让熊通夜袭我郑军大营。兵贵神速,熊通定会在今天晚上发动攻击!”

公子吕佩服地说:“怨不得太傅反复叮嘱我,结束伏击楚军的战斗之后,一定让郑军全部换作轻骑星夜赶回宛邑。太傅让我将军队安置在独山之上休整,是否也是为了应对楚军的突袭?”

伯毅叹了口气,说道:“上卿,君上为了能让我们出其不意歼灭楚军,一直在和熊通唱空城计,你可知道楚军了解我军意图之日,就是他们袭击君上之日。如今斗缗已经回去,相信吕邑的溃军也已到了熊通的营帐。熊通为了报仇,定会在今晚对郑军大营发动突袭。”

寤生感激地望着伯毅,说:“感谢尚父,感谢叔父,你们日行百里,寤生岂能不知你们的护主之心。”说着,他环视了一下众人,大声说道:“感谢上苍赐予寤生你们这些股肱之臣,众位爱卿,来,寤生敬大家。”

众人纷纷举爵,一饮而尽。

寤生放下酒爵,大步来到沙盘跟前。众将军也跟着向沙盘围去。

寤生指着沙盘,说道:“各位爱卿,我当初选择在这独山脚下安营扎寨,也是事先和尚父商量好的,就是为了防止楚军偷袭。尚父和上卿故意将军队放在独山之上休整,也是为了今天晚上的军事行动。”

大家一听寤生这样说,深知伯毅之话绝非虚言,晚上的军事行动在所难免,酒意顿消,一个个耳朵支棱了起来。

寤生指着两侧的山谷说道:“尚父、上卿,你们带的军队已早早隐藏在这两侧的山谷之中,非常好!等到晚上,我会安排郑军大营的宋军和郑军退守在营房后面的山包之上,待到楚军突袭大营之时,你们从两侧杀出,我们从后面杀出,这样我们三面出击,将楚军切为若干段,对他们实施各个歼灭。”

公子吕若有所思地说:“此战能否打好,关键在于,其一楚军能否全部进入我们的包围圈,其二我和太傅何时杀出山谷。”

高渠弥附和道：“上卿所言甚是，我们杀出山谷的时机必须把握好，早了不行，晚了更不行！”

祭足上前一步，指着营帐后面的一处山包说：“这个大家不用担心，君上早已想好了应对之策，已派人在这里建了烽火台。一旦楚军抵达大营，我们即刻燃起烽火，放出响箭，到时候大家看到烽火和响箭，火速出谷。”

公孙子都高兴地说道：“如此，必可重创楚军。”

公子吕问道：“君上，此战的作战方案是否告知宋国军队？”

寤生想了想，说道：“熊通此时对我定是恨之入骨，他绝不会分兵突袭宋国大营。另外，我已反复告诫子和将军，提高警惕，严防楚国偷袭，相信他们那里不会出问题。”

伯毅上前一步，说道：“我赞同君上意见，还是不告知他们为好。各位，刚才上卿说了此次伏击战的两个关键，我觉得还有一个关键需要大家谨记，就是保密问题。一旦让楚军了解了我们的战略意图，一切谋划就全泡汤了，所以请大家务必保守秘密。”

寤生重重地点了点头，严肃地说道：“此次伏击战略仅限我们几人知道，先不要向下传达，到了天黑调动军队之时再告诉大家，请大家务必保密。”

公子吕等人见寤生说得如此严肃，一起拱手施礼道：“谨遵君上命令！”

寤生拔起宝剑，点在沙盘的郑军大营上，狠狠地说道：“各位爱卿，寡人为你们的两支军队各备了五车黄牛肉，晚上让将士们饱餐一顿，一定要将此处变为楚军的坟墓！”

6

熊通挣扎着从邓曼怀里站了起来，痛心疾首地说：“我的两师楚军呀！就这样没了？”

一个踉跄，熊通险些又要摔倒。邓曼赶忙上前，扶着他坐了下来，低声劝慰道："君上，胜败乃兵家常事，您一定要保重身体！"

熊通紧紧抓住邓曼的手，愧疚地说："夫人，熊通后悔没听夫人之言，没有很好地把寤生给研究透，让他打了个措手不及。我已经下功夫研究那寤生了，没想到他是这么狡猾和奸诈！夫人，我们此次伐申的战略意图恐怕要难以实现了。"

邓曼温柔地说道："君上，即使这次不成功，我们还有下次呀！君上刚上位，以后建功立业的机会多着呢。君上经常给邓曼讲，大丈夫不计较一城一池的得失，此刻您又何苦为此事折磨自己呢？"

经过邓曼的一番劝说，熊通慢慢地从痛楚的情绪中走了出来，威严地扫了一下众人，瞪着血红的眼睛说道："大家说说，如何痛击郑军？不能让我楚军将士这样不明不白地死去，血债还需要用血来还！"

斗缗蜷缩在地上，吓得大气也不敢出。

斗伯比上前拉起斗缗，说道："起来吧！我来问你，你是怎么回来的？回来途中你可在路上有所耽搁？"

斗缗没敢说自己是被伯毅放回来的，眼里涌着泪说："是近卫舍命拼杀，侄儿才得幸冲出了郑军的包围圈。为了向君上报告军情，侄儿自逃脱以来一直纵马狂奔，不敢有丝毫耽搁！"

道朔看了看斗缗干裂的嘴唇，问道："斗将军，是不是一路上连口水都没喝？"

斗缗点了点头，又低下了脑袋。现在，他只求熊通快点处置自己，好早点安心。

斗伯比沉思了一会儿，眼睛慢慢地亮了起来，说道："君上，臣下以为，赊、吕两邑距离宛邑二百余里，郑军主力绝不可能在两天之内赶回来，我们……"

显然道朔也想到了这一点，他激动地说："君上，军师说得对！斗缗单人单骑一路不停地纵马狂奔方才赶回，郑国大军即使将收拾战场的任务交给晋、陈两国军队，他们也不可能今日赶回！不妨趁郑军空虚，给他们来个突袭。只要我们生擒了那寤生，两师楚国将士就死得其所了！"

斗伯比见道朔和自己想到了一处，脸上露出了喜色，上前一步拱手施礼，说道："君上，微臣冒死请命带兵夜袭痞生，愿以一死求君上宽恕斗缗的失职之罪。"

熊通是何等聪明之人，他也早已想到了夜袭瘠生，见斗伯比这样说，哈哈一笑，说道："军师年迈，熊通怎舍得让你深夜袭击瘠生大营。道朔、斗缗，寡人命你们各带一旅军卒深夜突袭瘠生大营。"

斗缗见熊通非但没有治他的罪，还给了他戴罪立功的机会，扑通一声跪在地上，泣声说道："斗缗必当以死报答君上！"

道朔拱手施礼："臣定当不辱使命！"

这时，久久未言的邓曼开口了，她看了看熊通，说道："君上，我不反对夜袭瘠生大营，但是我觉得还是谨慎一点为好，今晚的夜袭我楚军三师要尽出，让一师军士前去偷袭，两师军士在后面接应。假如郑军没有埋伏，我们就全军尽出，一举擒杀瘠生。一旦郑军有埋伏，这两师将士也好接应前去偷袭的楚军。"

斗伯比深施一礼，说道："还是夫人考虑得周全，斗伯比建议君上以夫人之言安排。"

熊通满意地看着邓曼，说道："就依夫人之言，安排一师偷袭，其余两师在后面接应，寡人要亲自会会那瘠生。"

虽然得到了熊通和斗伯比的一致认可，邓曼的脸上却没表现出喜悦之色，而是神情严肃地说："道大夫、斗将军，你们谁愿率军前去偷袭郑军大营？"

两人一起上前，齐声说道："臣愿前往！"

斗缗看了一眼道朔，双膝跪下，说道："夫人，斗缗本是该死之人，幸得君上宽容，让斗缗戴罪立功。这次偷袭郑军大营的任务求夫人一定要交给斗缗，斗缗求您了！"说着，连连磕头。

邓曼看了看熊通，从他的眼睛中已经看到斗缗是他属意之人，微微一笑，说道："好吧！就由斗将军带兵前去偷袭敌营！斗将军，过去之事休要再提。起来吧，好好准备一下，晚上找那瘠生为你的一旅将士报仇雪恨。"

7

斗缗满心想着活捉寤生一雪前耻。他早早地就把队伍集结了起来，满含热泪地做起了战前动员。

斗缗在队伍前来回走动着，大声说道："楚国的勇士们，狡猾奸诈的郑国军队丝毫不讲战争礼，血洗赊邑、吕邑，像砍牛宰羊一样杀我楚军，烧我军旗，辱我大楚。楚国的勇士们，是可忍，孰不可忍，我们要以牙还牙，为死去的楚国冤魂报仇！我们要活捉寤生，守护楚军百战百胜的战魂！楚国的勇士们，大楚万岁！君上万岁！"

"报仇，报仇！"

"活捉寤生，杀光郑军！"

"大楚万岁，君上万岁！"

这两师军士本就和斗缗在赊邑所带的军士同属斗家军，可谓血脉相通，骨肉相连。当他们听说自己的兄弟亲人全死于郑军的偷袭，一个个血脉偾张、怒火满腔，齐声高喊着，恨不得立马冲进郑军大营，杀个片甲不留。

一直等到子时，斗缗一声令下，一师军士如狼似虎般冲进了郑军大营。

进了大营，斗缗就感到情况不妙。他们连烧了十多个营帐，竟然没有发现一个兵卒。他以为走错了营寨，往后看了看，门口的大旗上赫然写着"郑"字。他命令士卒继续深入，却发现各个营帐依旧是空无一人。

斗缗大叫一声："不好！快快撤退！"然而，他话音刚落，就听一声响箭鸣起，前方赫然亮起了一片火海，狂风暴雨般的火箭顿时射了过来，随之，四面八方响起了喊杀声。

熊通和斗伯比等人听到响箭声，就知道斗缗又陷入了郑军的包围。二人立刻带领大军前往营救，等他们冲到郑军大营，前去偷袭的战役已经结束。

郑国大军一字排开，当中跪着前去偷袭的楚国战俘。

熊通极目远望，一师两千多人的队伍，竟然在一瞬间仅剩下了几百人。再看这些降卒，要么被箭射伤，要么被烧伤，个个身上血肉模糊。

寤生骑着马站在队伍的最前列。熊通一催战马来到了寤生前面，大声说道："好个奸诈的姬寤生，尚未照面就损我三师！敢不敢与我熊通单打独斗？"

公子吕一催战马来到了跟前，高声喝道："楚子熊通，你少在大周上卿面前逞匹夫之勇，来，老夫与你大战百回合！"

寤生淡然地看着熊通，说道："楚君，今夜是你带兵前来偷袭我的大营，怎么能说我奸诈？你趁王庭联军不备，突袭申、卫、虢三国军队，我夺回赊邑、吕邑不过是以彼之道，还施彼身。"

熊通的脸一红，手指着寤生，怒道："姬寤生，都说你郑军天下无敌，你敢不敢依战争礼跟我真刀真枪打一仗？！"

寤生哈哈笑道："有何不敢？在下早听说楚军威武，也很想向你讨教一番。把你的伤兵全部带走，五日之后，我们就在独山脚下一较高下。"

熊通大声说道："五日为限，一言为定！"说完，转身欲走。

寤生高声喊道："楚君，请等一等，待我把话说完。"

熊通掉转身子，疑惑地望着寤生，冷笑道："怎么，这么快就想反悔了？"

寤生说道："君子一言，驷马难追！我只是想和楚君定个君子协定。"

熊通问道："什么样的君子协定？"

寤生说道："五日之后的会战，楚君若是败了，请即刻退回楚国，奉还抢掠的城池和土地！"

熊通冷冷地看着寤生，说道："若上卿败了呢？"

寤生斩钉截铁地说："如果寤生败了，不仅双手奉还赊邑、吕邑，还即刻退兵，任由你进攻汉阳诸姬。"

熊通眼睛大亮，高声说道："上卿敢不敢与我击掌为盟！"

寤生催马上前，两个宽厚的手掌重重击在了一起。

8

为了打赢寤生，熊通着实绞尽了脑汁。依礼进行会战，原是两军对垒，敌我两军分别编成战车在前、步兵在后的巨大方阵，在宣读完战斗檄文之后，擂动战鼓，吹响战号，两军开始交锋。

熊通觉得按照传统战法，楚军明显处于劣势。中原各国多年以来一直采用战车加步兵的战斗队形，有着丰富的战斗经验。而楚军的优势在于有独立的骑兵和步兵，作战灵活，战力远高于车兵。为此，他特意派道朔进见寤生，提出会战以三局两胜定输赢。所谓三局，就是一局以步兵对步兵，一局以车兵对车兵，一局以骑兵对骑兵。

听完道朔的述说，寤生笑了。

道朔以为寤生不同意，急声说道：“上卿，你提出的君子协定我家君上可是满口同意的，至于仗怎么打得由我们说了算。”

公子吕早对熊通的花招窝了一肚子气，这时又听见道朔说话如此强硬，顿时冒火，起身就要和他理论。

寤生急忙拦住公子吕，说道：“叔父，道大夫说的有道理。楚君守信在先，我们也不能太小气了！”说完，转向道朔，笑道：“道大夫，你回去后告诉楚君，就依他所言，我们三局两胜定胜负。另外，三局是同时展开，还是依次进行呢？”

道朔拱手施礼道：“我家君上以为同时展开为好！”

寤生一拍几案站了起来，爽声说道：“好！那我们就依他所求，三局同时展开！”

道朔离开后，寤生看了看公子吕，问道：“叔父，可有异议？”

公子吕解释说：“臣下并非异议，只是看不惯道朔那嚣张跋扈的气焰，三战三败，我不知道他们楚人为何还如此嚣张？”

寤生笑着说道：“败不馁！虽遭重创，但仍旧士气高昂。叔父，这也许就是我们需要向他们学习的地方。”

伯毅感叹道：“君上，由此可见熊通也是一位难得的大才，汉阳一线恐怕以后难守了。”

寤生点了点头，说道：“尚父，寤生正是认为熊通是位能屈能伸的大才，才想彻底征服他，以信义换取汉阳一线几十年的和平。”

祭足直直地看着寤生，内心深处充满了敬仰和崇拜。他暗暗感叹寤生布局之长远，设计之高明。他可能早就预感到熊章难成大器，所以早早地就在邓国布下了暗棋。

寤生走下帅堂来到了沙盘跟前，命人揭去了沙盘之上的麻布。

众人顿时都觉得眼前一亮，只见宽大的沙盘上摆满了用泥捏的战车和军卒。

寤生指着沙盘，说道：“高渠弥，你可知道沙盘之上摆的是什么战斗队形？”

高渠弥上前一步，兴奋地说：“这不就是鱼丽阵吗？这种队形臣下整整训练了一年有余，闭着眼睛都能展开，岂有不知之理？”

寤生高兴地说道：“好！众位爱卿，这就是鱼丽阵的战斗队形，步兵以五人为单位，分散配置在战车的左方、右方和后方，这样步兵就可以和车兵相互掩护，协同作战，战斗力就会成倍增加。不过，这还远远不够。”说到这里，寤生停了下来。

众人一齐向寤生望去。

寤生离开沙盘几步，众人也跟着离开了沙盘。他远远地指着沙盘，说道：“大家再看看那个沙盘，像什么？”

祭足抢先发言：“渔网，整个沙盘就像一张大网。”

寤生坚定地说：“说得好！我们整个战斗队形就是一张网，一张网死楚军这条大鱼的网。”

寤生说完，再次走到沙盘跟前，指着鱼丽阵形，说道：“在这张大网中，每个鱼丽阵形就是一个网结。渔网要想网住大鱼，需要每个网结的同心协力，更需要各个网结的相互支援。因此，每个战斗单元相互配合、相互支援非常重要，就如同人之手指，只有合拢起来形成拳头，才能发挥百倍千倍的威力。高渠弥，你听懂了吗？”

高渠弥眯缝着眼，一副胸有成竹的样子，双手抱拳说道：“君上放心，臣定会打得那蛮楚满地找牙!”

寤生看了看高渠弥，满意地说：“养兵千日，用兵一时。此一战，要打出我郑国国威，更要打得楚国心服口服!”

公孙子都看寤生一直在讲解鱼丽阵法，早已按捺不住了，他走上前来，瓮声瓮气地说：“君上，您也说说我们骑兵怎么对战楚军呗?”

寤生笑了笑，说：“子都，你知道我为什么让你们黑骑兵团训练刀戈战阵吗?”

公孙子都望着寤生，不知如何回答。

寤生大声说道：“就是为了今天，就是为了对付楚国的骑兵!”

公孙子都顿时明白了寤生的用意，笑道：“原来君上排练这一战阵就是为了对付楚军的。”

寤生正色道：“楚军骑兵的优势在于第一波暴风骤雨般的冲击，与之对抗的军队大多是在第一波冲击中就被打得七零八落。狭路相逢勇者胜!应对他们最好的办法就是跟他们硬对硬地扛，他猛，我们要比他们更猛!在第一波的冲击中，他们的猎刀远远赶不上我们的长戈，只要我们的长戈比他们更猛更硬，就一定可以完败他们!”

公孙子都脸上露出欣喜的笑容，说道：“原来这就是君上选择力大无穷的勇士参加长戈队的目的，只要长戈队打乱了楚军的第一波冲击，我们的猎刀队就能像切西瓜一样砍杀楚军的头颅。”

公子吕上前一步，说道：“君上，步兵的拼杀就交给老臣吧。”

寤生微笑着看了看祝聃。

祝聃慌忙走到公子吕面前，急声说道：“上卿，郑国的步兵一直是末将在集训，这次步兵拼杀您可不能跟我争!”

伯毅哈哈笑了起来：“上卿，战争是最好的磨刀石，就让这帮娃子好好历练历练吧!”

公子吕不放心地说：“君上、太傅，你们想过没有，这一战可是关系此次南征的成败呀！一旦有稍许差池，君上和郑国将极其被动!”

寤生理解公子吕的担心。此战只能胜不能败，他已与熊通有了君子协定，一旦战败了，此次南征就彻底失败了，同时他在王庭的一切努力就会随之成为泡影。不过，他绝对相信高渠弥、祝聃等人的能力。北狄之战、赊邑之战、吕邑之战，经过这三次大战，他们已完全能够担负起统率一军的能力。

寤生环视了一下众人，深情地说："叔父，玉不琢，不成器！我相信高渠弥、祝聃、子都三位将军定会不负王庭联军所托，定会不负我郑国三军将士所望！"

高渠弥、祝聃、公孙子都三人一齐走到寤生跟前，单腿跪下，齐声说道："臣等定当不负我王庭联军所托，定当不负我郑国三军将士所望！一定杀得楚军血流成河！"

9

熊通对战胜寤生有十成的把握。他之所以提出三战决胜负，而且三战同时展开，是经过精心设计的。他对楚国的骑兵、步兵无敌于天下坚信不疑，北方王庭和诸侯各国多年来一直是车兵的天下，根本就没有独立的骑兵和步兵，他不相信寤生临时拼凑的骑兵和步兵能抵御住他的虎狼之师。

熊通对楚国的车兵也充满了自信。这些年来，他对车兵的战法战术有很深的研究，并针对北方车兵的弱点对楚国的车兵进行了改革，创立了车兵加步兵的战法模式，与申国的实战充分验证了这种战斗队形的强大威力。不论是申国的车兵，还是驻申的王庭军队，都被楚国的车兵打得落花流水。

熊通之所以提出三战同时展开，就是为了消除王庭联军的兵力优势。他很清楚，两军对垒的正面战，兵力优势是决定战争胜负的重要因素。目前王庭联军总兵力是楚国兵力的五倍以上，如果三战不同时展开，寤生绝对会将其他各国的军队充实到郑国军队中去，这样就不再是楚军和郑军的较量了。既然公平比武，就要做到真正的公平。

熊通对战胜寤生做了充分的准备，制订了万全的计划，然而他千计划万计划，却没有计划到自己的都城丹阳。正当他一切准备完毕，第二天就要和寤生决战时，驻守丹阳的薳章飞马前来求救。

薳章曾是熊通的伴读，俩人打小一块长大，深得熊通的信任。薳章素以少年老成著称，说话做事不紧不慢，很有主见，也很有章法。熊通之所以让他守卫都城，看重的就是他的稳重。

看到薳章惊慌失措的样子，熊通的心一下子就提到了嗓子眼。他已预感到都城出大事了。

斗伯比急声问道："薳将军，看你如此落魄，难道丹阳出事了？"

薳章哼哼了两声，想说话，嗓子却干得说不出话来。

道朔慌忙端了碗水递给了薳章。

夫人邓曼倒是一脸的平静，沉声说道："薳将军，莫要惊慌，是不是丹阳出事了？你慢慢说来。"

薳章一口气喝完了整碗水，扑通一声跪在了地上，泣声说道："君上，臣有罪，臣有死罪呀！臣请君上责罚！"

熊通一把拉起薳章，急声问道："丹阳到底怎么了？"

薳章抹了一把泪，怯怯地说道："熊章……熊章造反了！他不仅控制了丹阳驻军，还控制了整个丹阳城。"

斗伯比疾步上前，怒视着薳章说道："薳章，军队在你手中，那熊章如何能控制住丹阳驻军？丹阳到底发生了什么事情？"

薳章痛心疾首地说："都怪我大意了呀！熊章以祝寿为名邀请宫廷文武大臣前往府中庆贺，我本不愿去，他却请出令尹前往军中邀请我参加，言讲君上正在前方打仗，我们后方应团结一致为君上提供坚强保障。为了维护国内团结，微臣前去赴宴，谁知刚进熊章府邸就被他控制了起来。"

道朔问道："薳章，丹阳驻军曾是君上的近卫，即使熊章拿了你的兵符，他们也不一定会听从熊章的号令呀？"

薳章苦着脸说："从熊章府中逃出来后，我方才知道，熊章在君上离开丹阳之后就已开始行动，国中宗族、大夫，他一一结交，已经早早地把他们收拢在手中。"

道朔顿时明白了，颤声说道："你是说各宗族宗主介入了熊章哗变？"

薳章点了点头："令尹带着各族宗主前往驻军之中劝降，并说君上已兵败王庭联军，亡……亡于宛邑，我楚国三军全军覆没了！"

熊通望着远方，脸上的肉在不停地抖动，牙咬得咯嘣咯嘣响。

斗伯比脸上挤出一丝冷笑，厉声问道：“哼，熊章他何时有了如此大的本事？”

薳章说道：“是郑国！郑国大夫祭足不仅亲自赶往丹阳，还是这次熊章哗变的幕后主使，听说祭足带去了千金用于资助熊章哗变。郑国商社的商探已渗透到我楚国宫廷的角角落落，他们出人出力出金子来帮助熊章，才有了今日的局面。”

“郑国！寤生！奸诈狡猾的家伙，我熊通一定要让你付出血的代价！”熊通身子猛地一颤，拔起利剑，向眼前的几案狠狠地砍去。顿时，长长的几案被一分为二。

邓曼看了看熊通，淡然说道：“薳将军，你放心，有君上在，我们一定能很快收复丹阳。道大夫，你带他下去歇息吧！”

道朔明白邓曼在楚国军中的地位和说话的分量，应声带着薳章走出了大帐。

邓曼走到熊通跟前，伸手拉住熊通的手，满眼温柔地望着熊通，柔声说道：“君上，小小的熊章翻不出什么大浪！君上切莫因为丹阳之事影响与郑国之战的士气和决心！”

斗伯比心头一惊，暗暗佩服邓曼的沉着冷静。是呀！以熊章在楚国的势力，即使夺得都城丹阳也不足为虑，当前最大的事情还是与郑国的决战，只要战胜寤生，熊通挥师南下，就可以一举灭掉熊章。可一旦败给郑国，就给了熊章分裂楚国的口实。熊章完全可以拿此事大做文章，从而鼓动国人反对熊通，到那时再斩杀熊章可就真的难了。

想到此，斗伯比说道：“君上，夫人说得对，那熊章不足为虑。当下我们的首要任务是决战郑国，只要完胜郑国，先前的战略目的仍然能够实现。”

熊通紧皱的眉头慢慢地舒展开来，收起利剑，大声说道：“寤生，你真够狠的！竟然还会在背后给老子捅刀子，这次我一定让你尝尝惹了寡人的代价！军师，告知三军将士，明日之战给我狠狠地打，斩杀郑军十人奖一金，斩杀百人者奖十金，灭郑国一军者授爵位！”

10

独山脚下。

天刚蒙蒙亮，两国大军就已早早陈列在战场两侧，如同两张巨大的地毯覆盖在独山脚下的平原之上，分别延伸了十几里。

郑国架起了高耸宽大的指挥台，王庭各国的诸侯将领齐聚指挥台，指挥台两侧一字摆放了上百个大鼓和长号。

寤生一身戎装，神情坦然地望着对面的楚军。

申侯则是满脸凝重，低声和卫庄公、虢公说道：“你们说寤生仅凭一国之力能战胜楚国的虎狼之师吗？”

卫庄公一脸坏笑地说：“战胜怎样，战败又怎样？”说着，把声音又压低些许，“败了，不正是您想要的结果吗？”

申侯恼恨地看了一眼卫庄公，没好气地说：“你是站着说话不腰疼！败了，我南申可就没了！”

虢公摇了摇头，冷笑一声，将目光转向楚国的将台。

楚国的指挥台丝毫不比郑国的低矮。将台之上，楚国从君主到将军、大夫几乎全是一身戎装，就连夫人邓曼也是一身铠甲，唯有军师斗伯比一身宫廷礼服站在熊通身边。

斗伯比拿着檄文向熊通望去。

熊通点了点头，将目光移向了郑国大军，心中油然生出一阵莫名的焦躁。虽然他对打赢这场战争有绝对的信心，但不知什么原因，此时此刻他心中却突然慌张起来。他试图从郑军整齐划一的队形上找原因，又盘算着是不是因为薳章的到来扰乱了他此刻的心境。总之，他真的担心起来。

斗伯比上前走了三步，展开檄文，大声咏读起来。紧跟着，伯毅也展开檄文读了起来。二人各唱各调，读了足足一刻钟。

宣读檄文的仪式刚结束，双方的战鼓和冲锋号便响了起来。一时间，几百盘大鼓和几百个长号同时响起，轰隆之声、嗡嗡之声震天撼地。伴随着鼓号声，两国军队发起了冲击。

熊通最关注的就是车兵方阵。他不知道自己的车兵与步兵阵形能否克制郑国的车兵。当他看到郑国车兵的鱼丽阵形后，顿时睁大了眼睛。郑国什么时候也对车兵实施了改革，同样采取车兵与步兵结合的队形了？不可能，绝不可能！寤生不可能在这么短的时间内训练出如此整齐划一的战斗队形！

熊通的冷汗瞬间冒了出来。郑国车兵的鱼丽队形明显比他楚国的车步兵组合更加科学合理，并且郑国的各个小战斗队形结合得非常紧密，一个队形打散了，旁边的很快就能补充上来。各个战斗队形既可各自为战，又能与其他战斗队形合为一个整体。很快，两国的车兵混战在了一起。郑国车兵和步兵的灵活组合明显占了上风，楚国车兵和步兵面对郑国鱼丽队形的冲击，顿时被冲得七零八落。各自为战的楚军，哪儿经得住郑军的群体作战，顿时被杀得人仰马翻。

寤生的目光则集中在了骑兵方阵上。担任冲锋任务的长戈旅，全是寤生精挑细选的勇士，就连他们的战马都是寤生花重金从西戎选购的。这些勇士中，有郑国的死囚，有北狄的俘虏，也有各国的游侠，总之这些人不但骑技娴熟、力大无穷，而且都是不要命的死士。

寤生不担心这些人的勇猛和战力，唯一让他顾虑的是他们为郑国赴死之心。不过，他很快便消除了这一顾虑。只见这些人如同猛兽进了羊群，见马就钩，见人就捅。楚兵有的被长戈挑到空中，有的被长戈穿胸而过，有的被长戈横扫下马，还有的被倒下的战马甩出几丈开外，顿时被踩成了肉泥。在长戈旅的猛烈冲击下，楚军骑兵完全被打蒙了，就在他们惊慌失措之时，郑国骑兵弯刀旅又杀到了跟前，楚军还没明白怎么回事，脑袋就已滚了一地。

楚军全面溃败，而且是惨败！楚军将台上，斗伯比看着死伤的楚军将士，每倒下一个，他的心就不由自主地颤动一下。战场流血漂橹，他的心业已千疮百孔。

斗伯比再也控制不住自己，泪水像喷泉一样不停地往外涌，视线很快模糊起来。他再也不忍心看楚军成片成片地倒下了，转身来到熊通跟前，泣声说道：“君上，鸣金收兵吧！君上，给我们楚军留点家底吧！”

熊通又何尝不心疼这些楚军将士，这些人都是多年跟随他的亲兵。他简直不敢相信自己的眼睛，这些令他引以为豪的百胜之师，这些在南方诸侯中被称为野兽的常胜之师，在郑国军队面前竟然如此不堪一击！

夫人邓曼黑着脸，一声不吭地看着台下的三个战场，眉头皱成了疙瘩。

道朔看熊通对斗伯比的请求没有回应，索性来到邓曼跟前，双膝跪下哀求道："夫人，不能再打了，再打我们可就连家底都要打没了！夫人，求求您了！"

邓曼身子微微一颤，转向熊通，低声说道："君上，收兵吧！再打下去，恐怕就难以制约熊章了。"

斗伯比急声说道："君上，君子报仇，十年不晚！夫人说得对，当前我们最棘手的问题是在国内呀！"

熊通闭上了眼睛，一滴清泪徐徐而下。他摆了摆手，无力地说："收兵！"

道朔慌忙从地上爬了起来，大声喊道："鸣金收兵，快，鸣金收兵！"

顿时，楚国的将台上响起了停战的长号声。

听到长号声，伯毅将目光转向了寤生。

寤生坚定地说："尚父，停战，快停止进攻！"

申侯三步并作两步地跑到了寤生跟前，大声说道："生儿，不能停战！现在是消灭楚国的大好时机，机不可失，时不再来，一旦停战，再想消灭楚国可就难了！"

虢公也跟了过来，说道："上卿，申侯说的有道理，我们绝不能这样轻易放过楚国，一旦停战，就等于放虎归山！"

卫庄公知道自己在寤生心中的分量，咂咂嘴，也想阻止寤生，但话到嘴边还是硬生生咽了回去。

公子吕也走了过来，直直地望着寤生，欲言又止。他也是不主张停战的，当前正是消除蛮楚威胁的绝好机会。只要此战彻底打败了楚军，楚国没有几十年的休养生息，绝难成为一流强国。他担心寤生的一念之仁和意气用事，为将来带来无穷的遗患。

寤生根本就没有理会二人，高声喊道："传令兵，收兵！"

寤生话音刚落，郑国将台上立时响起了雷鸣般的大锣声。

申侯气急败坏地跺着脚喊道：“这就结束了吗？这就结束了吗？”

“哎呀！”公子吕紧紧地闭上了眼睛，心中是无尽的遗憾和不甘。寤生还是年轻呀！就为了和熊通的一句约定，放弃了这次打残楚国的大好机会，他日后定会为今日的幼稚付出惨痛代价。可事已至此，他还能说什么呢？

“哼！”申侯恨恨地望了寤生一眼，转身快步向台下走去。虢公、卫庄公紧随其后，个个脸上显现着愤懑之色。

申侯低声说道：“走，寤生如此做法，就是放虎归山！咱们治不了他，我不相信大王收拾不了他！”

卫庄公愤愤然地说：“寤生如此做法，定是有不可告人的目的。咱们要联合上奏大王，无论如何也得让大王治他的罪。”

第十四章　邓国会盟

1

一轮红日冉冉升起，大地一片苍黄。

熊通闭上了眼睛，一行清泪缓缓而下。败了！彻底地败了！他没想到这次北伐浩浩荡荡而来，竟然得到这样的结局。

熊通深知后面的事情一定会令他更为痛楚，寤生虽然如约鸣金收兵，但收兵之后事情并没有结束。寤生定会狮子大开口，向他提出难以接受的割地赔偿条件。还有那个不安分的熊章，说不定他早已和寤生一道给自己设好了圈套。他现在还不知道寤生的条件是什么，一旦寤生提出割地赔偿后，那他在楚国的威望就彻底完了。即使他从熊章手中夺回都城，也再难当稳楚国的国君。楚国的宗室定会对他群起而攻之，楚国的百姓也不会接受他这个割地赔偿的战败之君。

斗伯比看着熊通，想上前劝慰，却被夫人邓曼制止了。

邓曼低声说道："您和道大夫前去将军队带回吧，我和君上在这里再待一会儿。"

将台上只剩下熊通和邓曼，邓曼默默地望着台下的战场，时不时地回视一下仍在默默流泪的熊通。

许久，熊通睁开了眼睛。他极目四望，见空旷的战场上只剩下零散的士兵在掩埋尸体，转向邓曼，擦了擦泪，低声说道："夫人，熊通无能，让夫人见笑了！”

邓曼走到熊通跟前，抓住他的手，感伤地说：“妾身明白，君上流泪是因为爱惜我楚国将士！胜败乃兵家常事。君上意志坚定、心胸宽广，绝不会被眼前的困难打倒的。”

熊通身子一颤，反手将邓曼搂在了怀中，爱意无限地说道：“夫人懂我！有夫人在跟前，熊通无畏任何艰苦！”

邓曼紧紧依偎在熊通怀中，柔声说：“君上在担心寤生的赔偿条件，但妾身以为他是不会让你为难的。”

熊通一愣，急忙抓住邓曼的肩膀，激动地问道：“夫人何出此言？”

邓曼笑了笑，说道：“君上，虽然妾身尚不知道寤生的目的和下一步的行动计划，但从他在大胜我楚军之时顿然收兵就可以看出，他并没有看上那熊章。他也不想把君上逼上绝路，还想让君上任楚国的国君。”

熊通疑惑地望着邓曼，脸上顿时呈现出喜悦之色，他急切地盼望着邓曼继续说下去。

邓曼接着说道：“君上，从寤生分封公子段的事情上就可以看出他是个懂得变通的人。为了在郑国推行武公之略，他不惜违背其父遗训。通过这次战争，我看寤生不仅在郑国实行了经济改革，还进行了重大的军事改革。不知道君上看明白没有，这次战争我楚军为何大败？就是因为郑国军队早已完成了改革，他们不仅对车兵进行了大的改革，还建立了自己的骑兵、步兵和弓弩兵，郑国军队的指挥水平、作战方式、兵员素质、武器装备都要比我楚军强大！如此大智慧的人，如果想把君上逼上绝路，如果真心想扶持熊章上位，定不会因为和君上的一句约定就放过这次一举败楚的机会。”

邓曼一席话说得熊通频频点头。是呀！号称虎狼之师的楚军为何在郑军面前如此不堪一击？这何尝不是他急于寻找答案的问题，夫人邓曼的一席话说到了他心里。回顾战斗的过程，郑国军队的确在指挥水平、作战方式、兵员素质、武器装备等方面高出楚军一筹。真是可悲！他向来以爱动脑筋著称，谁知寤生对他的军队了如指掌，他竟然在丝毫不了解郑军的情况下与寤生决战，怎么可能取胜？

找到了问题的症结，熊通顿时感到浑身轻松起来。他满眼敬佩地望着邓曼，低声问道：“夫人以为我们应该如何做为好？”

邓曼爽声说道：“按约定退兵！当前最重要的事情就是重整军队返回楚国，及早把丹阳从熊章手中夺回来。”

熊通不放心地说：“夫人，你说寤生会派使者前来，跟我们提赔偿条件吗？”

邓曼很有把握地说：“当前不会，也许君上折返丹阳之后，他会派使者前来跟君上会谈。”

熊通不放心地说：“真的吗？夫人，寤生会这么轻易放过我吗？”

邓曼远眺着寤生的大营，悠悠说道：“君上，妾身隐约感到，寤生他是在下一盘天大的棋，不会在乎一城一地。我们还是尽快返回丹阳吧！”说着，拉住熊通的手向台下走去。

2

郑国商社，邓国郡主小邓曼如约前来聚会。

伯灵一到邓国，就听人说郡主小邓曼不但长得貌美如仙，而且聪慧绝伦，邓国国君对她言听计从，是个可以决定邓国国事的关键人物。

一番接触下来，伯灵发现小邓曼果如传言。更为可喜的是，她与小邓曼一见如故，脾气性格十分投缘，俩人在一起有说不完的话。几次交往，便成了无话不说的好姐妹。

小邓曼下了车，被祭足引到了商社的一间密室。

伯灵款款施礼：“郡主请坐！”

小邓曼微微一笑，回礼道：“姐姐请坐！”说完，她翻眼看了看祭足，问道：“姐姐，公子器宇不凡，想必不是商社之人？”

伯灵看了看祭足，说道：“妹妹果真火眼金睛，此乃我郑国大夫祭足。”

祭足忙向小邓曼施礼：“在下祭足，见过郡主！”

小邓曼摆了摆手，大方地说：“祭大夫请坐！”

小邓曼说着，转向伯灵，感叹地说："姐姐，看来郑国真是卧虎藏龙，看到祭大夫，我愈加想会一会你们君上寤生了。"

祭足直起身子，满怀敬重地说："小人相比于我家君上，好似燕雀与鸿鹄，小人岂敢与君上相提并论。"

小邓曼撇了撇嘴，想说什么，欲言又止，又想了想，说道："好了好了，他是你们君上，你们当然奉若神明。祭大夫，我来问你，你们君上的文韬武略相比于我姐夫熊通，谁更胜一筹呀？"

祭足当即说道："当然是我们君上！郡主还不知道吧，熊通已被我们君上打得一败涂地了！"

小邓曼一惊，不相信地望着祭足，急声问道："你说什么？郑、楚两国礼战，楚国败了？怎么可能？"

祭足笑了笑，说道："三战三败，我郑国大胜楚军！若不是我家君上及早鸣金收兵，恐怕楚军连家底都要折在独山战场了。"

小邓曼不相信地望着祭足，低声呢喃道："怎么可能……怎么可能呢？楚军的战力不弱于郑军，为何败了？"

伯灵笑道："怎么样？我就说寤生定会让你姐夫败得心服口服吧，你还不相信，现在怎么样？郡主，你说说，我们打的赌还算数吗？"

小邓曼的脸一红，说道："算又怎么样，不算又如何？寤生要是一个丑八怪，难道也要本郡主因为那一句诺言嫁给他吗？"

伯灵指了指小邓曼，叹了口气，说道："你呀，真是身在福中不知福！你不是早就耳闻我家君上是名扬天下的美男子吗，现在为何又说他是丑八怪呢？祭大夫，你让她看看君上的画像吧！"

祭足起身把寤生的画像展现在二人面前，说道："在下手拙，没有画出君上的神韵，我们君上身高八尺，远比画像英俊威武！"

小邓曼直直地看着画像，深深地被画像之上的男子吸引住了。

伯灵在一旁取笑道："妹妹，怎么样，姐姐没骗你吧？"

小邓曼感激地望着伯灵，说道："姐姐专门让祭大夫前来送你家君上的画像，妹妹深为感激。你可知妹妹并非讲求容貌之人，寤生的种种行为早已印在妹妹心中，妹妹已对他倾心许久，即使寤生面目丑陋，妹妹也会以身相许。”

伯灵继续取笑道：“你呀，看到我们君上的画像才说出这样一番话来，真是所有的好处都被你占了。”

小邓曼的脸一红，反唇相讥道：“姐姐，别以为我不知道，寤生最爱的是你，你心里也深深地爱着他。你们既然彼此相爱，你为何不在他跟前守护，为何千里牵线，让妹妹前去照顾他呢？”

祭足看小邓曼说到了伯灵的痛心处，急忙解释道：“郡主，你不知道我们君上与伯灵姑娘的事情，你……”

祭足还想说下去，却被小邓曼生生地打断了：“祭大夫，你怎知我不知道姐姐和寤生的故事，姐姐与寤生青梅竹马，多次舍身救寤生性命，为了寤生，她只身前往北狄、秦国、楚国，不惜牺牲自己的生命，包括这次她来我邓国，无不是为了寤生。”

祭足吃惊地望着小邓曼。他没想到她对寤生与伯灵的事情知道得这么清楚，伯灵前往北狄的事情，寤生和他，包括公子吕、伯毅都不清楚，这个小邓曼竟然了然于胸。他很想为寤生和伯灵的事情向小邓曼做些解释，刚要说话，却又被伯灵拦住了。

伯灵向祭足摆了摆手，含着热泪说道：“妹妹，姐姐福薄，与生儿有缘无分！所以姐姐非常期望你能与向往之人成为眷侣！”

小邓曼起身来到伯灵跟前，拉着伯灵的手，流着泪说：“姐姐，对不起，不是曼儿故意想伤你的心，只是曼儿不理解，姐姐如此深爱寤生，为何……为何要这样折磨自己呢？”

伯灵拉起小邓曼的手，凄然一笑：“姐姐知道妹妹没有恶意，妹妹，你可知，生而为人，每个人有每个人的使命，每个人有每个人的命运。姐姐与生儿有共同的追求，有一生的誓言，姐姐愿意为那共同的追求，愿意为那一生的誓言牺牲一切，包括感情！”

小邓曼一阵战栗，她感到整个灵魂都在颤抖，用力抓紧伯灵的手，泣声说道：“姐姐舍己为人，令曼儿自愧不如！曼儿不才，愿意一生追随姐姐！”

伯灵脸上露出灿烂的笑容，她看了看祭足，说道：“祭大夫，你回去吧，告诉生儿，我给他觅得一个好妻子，为我郑国觅得一位好夫人！”

3

申侯没想到熊通败得那么惨，更没想到寤生会放过熊通，忍不住张口大骂起来：“寤生这个兔崽子，为了对付我，他竟然不惜放过熊通这个王庭祸患。”

虢公垂头丧气地说：“我没想到熊通这么窝囊，更没想到楚军在郑国军队面前如此不堪一击。难道我们真的老了吗？在我们面前，熊通是那样厉害，可面对寤生，他咋没有以前的凶狠勇猛了呢？”

卫庄公一直阴沉着脸。此刻，他心里有说不出的绝望。以前，他还总以为寤生是靠时运，靠牺牲他们才取得迎战北狄的胜利。这次迎战蛮楚，他才真正感觉到了寤生的不凡。他打内心深处感觉到了自己与寤生的差距，同时对从寤生手中夺取上卿之位也彻底失去了信心。他很清楚，对楚这一战，不仅牢固奠定了寤生在王庭的地位，就是周天子和申侯也再不敢小视寤生了。

三人刚落座，宋国世子与夷就探头探脑地走了进来。

看到与夷，申侯脑中突然闪出一个念头。他觉得，也许眼前的这个年轻人就是他将来对付寤生的一把利剑。想到此，申侯一改沮丧的神态，哈哈一笑，说道：“世子，快请坐！来，上酒！”

待与夷坐下后，申侯举了举酒爵，叹声说：“自古英雄出少年，我没想到寤生小小年纪竟然如此机智英勇，一举大败蛮楚。世子，恐怕从此以后那寤生更加看不起你了。”

与夷冷冷一笑，说道：“不是寤生很强，而是对手太弱。我没想到熊通这样外强中干，真是徒有虚名！”

申侯用余光扫了扫虢公。

虢公顿时会意，嘿嘿笑道：“世子说的有道理！这也说不定是寤生与那熊通提前约定好的攻守同盟，我听说寤生曾让祭足带千金去了楚国丹阳。”

申侯故作惊讶地说道："忌父兄，你说的可是实情？如果真是这样，那寤生太胆大了！他竟然私通楚国，不惜花重金买熊通退兵，他这样做，可对得起大王，对得起王庭联军？"

卫庄公看申侯和虢公一唱一和地谈说此事，他看看这个又望望那个，感到一头雾水。他不明白，刚才两人还都在嫉妒寤生的英勇呢，为何与夷一来，又说成寤生私通楚国呢？他张了张嘴，想探问一下申侯到底是何意，转念又想到如果直接去问，申侯定要说自己脑子反应慢，便硬生生地将嘴边的话咽到了肚里。

与夷恨恨地骂道："你现在才知道吗？那寤生就是个沽名钓誉的小人，为了眼前私利，他什么底线都没有，什么礼制也不讲。哼！就是这样一个小人，却天天喊着遵礼守制，这不是滑天下之大稽吗？"

"唉！"虢公叹了口气，说道，"谁叫人家是王庭上卿呢？话语权掌握在人家手里，他想怎么说都是正确的。世子呀！不在那个位子上，你就没有话语权；没有话语权，你就什么也不是！人家说你是英雄你就是英雄，说你是狗熊你就是狗熊！"

申侯故作悲愤地说："忌父兄真是一语中的，你们就等着看吧，等寤生回到王庭，必然会把吾等说得一无是处，也必然会把他自己描绘成天大的英雄。更可叹的还是与夷世子呀，被陈国痛打之事一定会被各国诸侯传为笑柄。"

卫庄公终于听明白了申侯和虢公的话外之音。原来这二人一唱一和地和与夷谈论寤生，都是为了激起与夷对寤生的仇恨！他巴不得寤生多一个仇敌和对手，忙附和道："二位，既然寤生私通楚国，我们要联合起来禀报大王，不能让他逍遥法外。"说到此，他好像想起了什么，看了看与夷，说道："我还真是忘了，与夷世子还没有资格上书大王。世子，你可要努力啊，绝不能让你君父将爵位传给子和；一旦子和当上宋国君侯，你别说话语权，恐怕会死无葬身之地呀！"

听卫庄公这样说，与夷脸色骤变，双眼充血，双手已握成了拳头。

申侯知道卫庄公的话已敲到与夷的麻骨上，跟着说道："世子，我们是得好好谋划一番了。以目前寤生在王庭的地位，他若硬推子和继位，恐怕大王和天下诸侯没有人敢提出反对。”

“他敢!”与夷的一个拳头重重地砸在了几案上，“寤生如果真的敢强推子和上位，我与夷此生与他势不两立!”

虢公急忙打圆场，说道：“世子英武！在下佩服世子的勇气。不过，眼下还是低调为好。世子返回宋国后，一定要遮盖锋芒，设法取得你君父的信任。王庭这里，我们三人共同给你在大王面前美言。只要我们上下配合，即使寤生再强势，他也不会一手遮天。”

此时，申侯和颜悦色地说：“世子，虢公说的有道理，你不要灰心丧气。你继位之事，包在我们三个身上，只要我们上下同心，我不相信扳不倒那个木讷的子和。”

4

庆功宴上，公子吕一直闷闷不乐。一直硬撑到宴席结束，人都散了，他方才只身去了伯毅的营帐。

看到公子吕，伯毅春风满面地说：“上卿还在为君上的鸣金收兵生气吗?”

公子吕一屁股坐了下来，没好气地说：“你还笑呢，也不劝劝生儿，净由着他的性子胡来，这是多好的消灭蛮楚的机会呀，竟然被他白白地糟蹋了!”

伯毅起身给公子吕倒了一爵黄酒，问道：“上卿，你真的觉得此战我们能消灭楚军吗?真的以为打残了熊通对我郑国就是最好的结果吗?”

公子吕抬起头来，直直地望着伯毅。还未等他说话，伯毅接着问道：“你真的以为一仗就能消除蛮楚对中原的威胁吗?”

伯毅重重地摇了摇头，又说道：“一切都不是你想的那么简单！君上此举是有他的长远考虑呀!”

公子吕急声问道：“难道君上此举不是意气用事?”

伯毅坚定地说：“当然不是！自主政以来，你何时见君上意气用事过?”

公子吕看伯毅说得如此坚定，恨恨地说道："我也知道，解除了蛮楚之忧，得利最大的是申侯那个戎贼！这样，他就可以继续掌控汉阳诸姬，就可以在王庭继续抗衡和制约寤生了。可你们想过没有，如此放过熊通，对整个大周、对整个中原却并不是一件好事。为了个人私利而枉顾大周，这可不是我们家寤生这个上卿应有的格局呀！"

伯毅呵呵一笑，说道："上卿，你这话只说对了一半。寤生胸怀天下，岂能因为个人私利而牺牲整个大周的利益。"

"太傅说得好呀！"祭足说着话，大步走进了大帐，向伯毅和公子吕拱手施礼道，"太傅、上卿！"

伯毅看到风尘仆仆的祭足，站起身来，高兴地说道："祭大夫，你从郑国回来了！快坐下说话！"

祭足也不客气，刚坐下就抓起桌上的酒肉吃喝起来。

伯毅转向公子吕，说道："上卿，刚刚在庆功宴上，君上告诉在下，他原本是想彻底打残熊通的，可就在楚国鸣金收兵的一刹那，他改变了想法。"

公子吕紧盯着伯毅，问道："为了什么？"

伯毅说道："君上说，熊通是何等骄傲之人，既然主动认输，他是一定要给熊通这个面子的。否则，不但将熊通和楚国彻底推到了自己的对立面，还会激起楚军的誓死反击，真的到了那个时候，我郑军和楚军将是两败俱伤。君上没有了强大的郑军，他将如何在王庭立足，如何号令诸侯？"

听伯毅这样说，公子吕脸上顿时发热起来，此刻他才感到了后怕。多亏是寤生亲自指挥作战，如果他是这次的三军统帅，并由着自己的性子胡来，虽然胜了楚国，但郑国却要面临灭顶之灾。消灭蛮楚的确重要，可真要是因为决战楚国而拼掉了郑国这些家底，郑国很快就会国将不国，被周边的诸侯吃掉。

伯毅看公子吕脸上冒出了虚汗，继续说道："上卿，君上此举也并非仅仅为了保存郑国实力。君上以为，消除蛮楚对中原的威胁，决非一战就能解决，杀了一个熊通，很快就会有第二个熊通，甚至会更加疯狂地侵扰中原。"

祭足接过话来："其实，君上早就有和楚国会盟之意。君上想以战促和，通过战争逼迫熊通谈判，通过谈判推动汉阳诸姬的和平共处。一开始，君上将目光放在了熊章身上，想通过扶持熊章寻得和平。可当微臣告知他，那熊章根本没有国君之才后，君上便产生了与熊通和好会盟的想法。"

祭足拿起酒爵喝了口酒，接着说道："上卿，您知道君上为什么又特意安排我出使邓国吗？他是在为下步的会盟提前铺路！"

伯毅满意地看着祭足，看祭足已经酒足饭饱，便问道："此次出使邓国，邓侯吾离的态度如何？"

祭足直起身子，笑道："太傅，吾离这个老滑头果真是个人精，他不但对君上赞赏有加，还非常愿意促成君上与熊通的会盟。另外，此次邓国会盟，我郑国还会有一天大的喜事。"

伯毅忙问道："什么喜事？"

祭足说道："迎娶邓曼！"

公子吕急声问道："什么？邓曼？熊通夫人邓曼？"

祭足哈哈一笑，说道："上卿差矣！此邓曼非彼邓曼也！太傅、上卿，你们可知熊通夫人邓曼还有个孪生妹妹，姐妹俩不但长得一模一样，智慧也是个个超群，而且名字也叫邓曼。"

伯毅仰天长叹道："真是天助君上！一旦君上迎娶小邓曼，那么会盟熊通就成功了大半。祭足，你是怎么想到给咱们君上找夫人的呀？可是那吾离提出来的？如果是他提出来的，你就应该当即应允下来！"

公子吕长长舒了口气，满脸的笑："这着实是一桩喜事。生儿迎娶了小邓曼，不但可和楚国和平共处，还可以通过邓国掌控所有的汉阳诸姬，这的确是一桩大大的喜事，大大的喜事！"

祭足喝了口酒，接着说道："上卿、太傅，哪儿是在下想到的，这都是伯灵姑娘一手策划的呀！你们还记得吗？上次伯灵姑娘回来，就提出要为君上觅得一佳偶来照顾他。她到了邓国，发现郡主小邓曼貌若天仙、聪慧绝伦，就动了为君上觅偶的想法。在下这次前去邓国，也见到了那小邓曼，果真是人间仙子，才智与伯灵姑娘不相上下。在下以为，君上若能娶得小邓曼，实乃我郑国之福。不过，在下不知如何向君上提起此事，他除了伯灵姑娘恐怕谁也看不上。我怕君上因此迁怒于我，还请上卿和太傅能护祭足周全。”

公子吕大步上前扶起祭足，慨然说道：“祭大夫，不用害怕，此事包在老夫身上。”

伯毅不放心地问道：“祭大夫，你说此事不是吾离主动提起的，那吾离是什么态度？还有那小邓曼，愿意嫁给我们君上吗？”

祭足笑着说道：“太傅，你还不了解伯灵姑娘吗？如果事情没有十成的把握，她会让我答应邓侯吾离吗？小邓曼对君上倾慕已久，她与伯灵已情同姐妹，她们愿意辅助君上成就大业！”

伯毅说道：“祭足呀祭足，邓国一行，你说话怎么变得颠三倒四？这桩姻缘最后到底是谁提出的？是灵儿，是小邓曼，还是吾离呀？”

祭足赔着笑，说道：“太傅，在下真是太高兴了，所以说话颠三倒四的。小邓曼对我们君上有情，邓侯吾离对我们也甚是钦佩，专门向在下提出了联姻之事，在下按照伯灵姑娘的要求就替君上应承下此事。你们了解君上，他要是知道我替他应承了这桩婚事非怪罪于我不可。所以，祭足需要二位帮我向君上解释啊！”

公子吕连忙说道：“祭大夫，你只管放心，我相信寤生会给老夫几分薄面，一切包在老夫和太傅身上！”

祭足仍不放心地说：“上卿、太傅，那咱们可先说好了，这件事得你们跟君上提出来，而且还得说是你们答应邓侯吾离的！君上的逆鳞就是伯灵，我真怕君上因此降我个不请之罪。”

5

大战结束了，寤生浑身感到说不出的轻松。早早地，他就起床了。练了一个时辰的剑，他开始在院子里散步，边走边思索下一步的行动方案。熊通已退兵，下一步就是说服他参加会盟。

关于会盟的地点，寤生早就想好了，就放在邓国。一则邓侯吾离是熊通的岳父，熊通最易接受；二则吾离本人智慧过人，且与周边各国关系处得都好。不过，对于熊通能否前来参加会盟，寤生心里的确没谱。前有郑国资助熊章哗变，后有此次大战令楚国颜面尽失，熊通对他定是恨之入骨，岂能轻易与他会盟？

走到凉亭处，寤生坐了下来。凝眉远眺，寤生陷入了沉思。他觉得，只要劝说方法得当，讲清楚利害得失，熊通是能来参加会盟的。以他对熊通的了解和分析，熊能是个拿得起放得下的大格局之人，虽然对自己有恨，但绝不会被仇恨蒙蔽了双眼。当下，最重要的是能让熊通了解他祈盼民族和睦、天下一统的良苦用心。可是，他该派谁前去说服熊通呢？

祭足也该回来了，不知道他出使邓国的情况怎么样？想到此处，寤生起身向帅堂走去。

简单用过早膳，寤生便坐在了帅堂上。很快，高渠弥、祝聃、公孙子都等人陆续走进了帅堂。大家施礼请安后，各自按长幼顺序坐了下来。

寤生看看左侧首位又看看右侧首位，两个位子都空着。他拿起竹简又放了下来，眉头不由得紧皱了起来。尚父伯簌和上卿公子吕向来都是最早前来议事的，今天怎么了，二人怎么都没到呢？还有那祭足，也该回来了，怎么一点音信也没有呢？难道是邓国之行出了变故？

正在这时，伯簌和公子吕一同走了进来。

寤生看二人春风满面的样子，悬着的心顿时放了下来，站起身说道：“尚父、上卿，快请坐。”

待二人落座后，寤生说道：“高大夫，你向诸位说说楚国退兵的情况。”

高渠弥起身，拱手向众人环施一礼，说道：“君上、太傅、上卿，我带人伪装成当地百姓，一直跟随在楚军身后。那熊通果真是守信之人，履约将军队撤回了楚国，目前申国大地已无楚军一兵一卒。”

寤生问道：“一路上，你们可听到楚军对我郑国的怨恨之言或诅咒之语，或者听到对寡人的咒骂？”

公孙子都接过话说道：“君上，一路上，我们听到楚军对郑国的怨恨之语并不多。不过，倒是听到很多对楚国夫人邓曼的赞美之声，楚军上下无不称颂邓曼沉着智慧、贤惠宽仁，不但劝说熊通履约退兵，说服楚将愿赌服输，还亲自为军卒诊治疗伤，对普通士卒亲如兄弟。”

寤生凝望着公孙子都，说道：“早听说楚国夫人邓曼极得熊通宠爱，熊通事事对邓曼言听计从，看来此言不虚!”

公子吕起身说道：“君上，老臣也听说这邓曼夫人不仅人长得漂亮，而且聪慧过人，参与制定了楚国很多重大决策，我郑国也需要一个这样的夫人，也需要一个这样的邓曼呀!”

寤生的心一紧，一股钻心的痛令他的脸色顿时阴了起来。他心中很清楚，伯灵的美貌和聪慧一点也不比邓曼差，为什么就不能成为他的夫人？为什么就不能时刻伴随在他身边呢？有时候，他很羡慕熊通，上天是如此眷顾他，得此爱侣，夫唱妇随。他也有夫人，宋国子和之女，二人虽然相敬如宾，心意却始终无法相通。他的最爱还是伯灵，可至今他和伯灵仍旧是有缘无分。

伯毅看寤生脸上呈现出痛苦之色，知道他心中还记挂着伯灵。他很清楚寤生仍深爱着伯灵，也很想成全这两个孩子，可是武姜私心过重，为了制约他伯家，竟然坚决不同意寤生和灵儿的婚事。她还放出话来，后宫之中有她就无伯灵！此言一出，事实上已堵住了灵儿进入郑国后宫之路。事后，他曾劝慰伯灵不要在意武姜之言，没想到伯灵却是异常冷静，言讲即使武姜同意，她也不会成为寤生的夫人。并且她已说服爷爷，终身不嫁。伯灵说，她很清楚寤生对她的感情，而一旦她和寤生成了亲，寤生必然会事事把她排在第一位，不会同意再娶任何一位夫人。她深知各国夫人的价值，无不是诸侯间合作联姻的结果。一旦她当上了郑国夫人，就等于堵住了郑国的联姻之路。她宁可终身不嫁，也绝不能因为自己影响寤生的前途。伯灵的一席话令他心痛而又高兴，他为有情人难成眷属而心痛，也为有这样一个深明大义的女儿而高兴。此刻，他才真正明白祭足为何从邓国回来后不敢单独觐见寤生了。现在看来，贸然提出与郑国联姻之事还真会激怒寤生。不过，事已至此，不提出来怎能蒙混过关？

想到此，伯毅起身说道：“君上，祭大夫从邓国回来了。”

寤生脸上顿时露出了欣喜之色，高声说道：“什么？祭大夫回来了，他怎么不来觐见寡人呢？快，快让他过来。”

祭足就在大厅外等候，闻声快步走了进来，来到寤生跟前，双膝跪地，沉声说道：“君上，微臣回来了。”

寤生看祭足一脸沉重的样子，忙说道：“祭大夫，快起来。难道是邓侯不支持会盟？”

祭足没有起身，说道：“君上，邓侯对会盟之事非常积极，也非常支持，他对君上推崇有加，言讲愿听从君上一切差遣。”

寤生脸上露出了微笑，说道：“这说明你差事办得很好嘛！你为何还跪着呢？快起来！”

祭足苦着脸说：“君上，还有一事微臣需要向您禀报。邓侯提出要将小女儿邓曼许配给君上，微臣……微臣替君上应了下来。”

“什么？”寤生脸色骤变，拍案而起，怒声吼道，“祭足，你什么时候学会管起寡人的家事了？你的手是不是伸得太长了？”

“臣有罪！”祭足拜伏在地。

伯毅和公子吕慌忙起身，走到了祭足跟前。

公子吕大声说道：“君上，此事不怪祭大夫，一切都是老臣做的主，是老臣让祭大夫同意这桩婚事的。”

伯毅也跟着说道：“君上，您若治罪，就治老臣的罪吧。此事的确与祭大夫无关，与邓国联姻是老臣的主意。”

寤生怒视着伯毅和公子吕，气得浑身直打哆嗦，用手指着二人：“你……你们……”说完，顿足向后堂走去。

堂下的一众文臣武将从没有见寤生发过这样大的火，一个个黑着脸，不知如何是好。

伯毅向众人挥了挥手，说道：“大家都下去休息吧！”

大家你看看我我看看你，纷纷起身向外走去。他们都很清楚寤生最忌讳什么，就冲寤生如此暴怒的态度，事情绝不会轻易终了。

6

寤生独自坐在后堂之中，脸上的肉一阵阵颤动。

身边的寺人一个个噤若寒蝉地站在门口，吓得大气也不敢出。

伯灵走了过来。寺人们看到伯灵，紧皱的苦瓜脸顿时舒展开来，低声问好："伯灵姑娘，您可来了！"

待伯灵进门后，寺人忙关上门，知趣地离开了。

寤生知道有人进来，他虽然没有抬头，但出气却明显粗了起来。他猛地站起身，眼里喷着怒火，正要大声吼叫，看到来人是伯灵，顿时愣住了。

伯灵低声说道："君上！"

寤生快步上前，一把抱住伯灵，泪水喷涌而出："灵儿，你……"一时间哽咽得说不出话来。

伯灵紧紧依偎在寤生怀中，许久不愿分开。

伯灵为寤生擦拭着眼泪，说道："你生气发怒，又不忍心责罚他们，可你也不能惩罚自己呀，身体怎么受得了呢？"

寤生依旧紧拉着伯灵的手，问道："灵儿，你怎么来了？是他们叫你来的吗？灵儿，我已经下定决心了，回到王庭我就奏明大王，让他给我们赐婚，即使母后反对，我也要明媒正娶地娶你。"

伯灵没有说话，眼泪却流了出来。寤生憔悴的脸庞、呆滞的目光，何尝不令她肝肠寸断。

她拉着寤生坐了下来，柔声说道："如果那样，灵儿只好永远离开你，让你再也见不到灵儿！"

寤生了解伯灵的性格，也清楚伯灵的能力，以她伯家在诸侯各国的强大势力，她要隐藏起来，谁也不会找到的。他疑惑地望着伯灵，颤声说道："为什么，灵儿？为什么？"

伯灵柔声说道："生儿，灵儿不在乎名分。只要你不嫌弃，灵儿会终生守护在你身旁。"

寤生的泪水又涌了出来："灵儿，这样对你太不公平了！"

伯灵叹声说道："生儿，每个人生来都有自己的使命。灵儿最大的愿望就是帮助你实现安抚天下的远大理想，灵儿不允许自己成为你霸业的包袱和累赘。灵儿决心已定，一旦发展成那样，会毫不犹豫地离开。"

寤生陷入了沉默，无尽的痛楚令他一句话也说不出来。所有的一切，他都很清楚，包括灵儿的苦衷和无奈！深爱自己的灵儿比谁都盼着与他终成眷属，可为了成就他的事业和理想，灵儿不惜牺牲自己。如果他足够强大，就不会因为母后阻拦，就不会因为与其他诸侯国的联姻而断送与灵儿的婚事！如果他足够强大，就不会在乎周围所有人的意见，就不会因为利益被人左右，就可以任性而为、随心所行！

伯灵离开寤生，坐到了他的对面，说道："生儿，你不要再任性了！你要想在邓国会盟，想掌控汉阳诸姬，迎娶小邓曼是解决问题的最好办法。只有和邓国联姻，方能建立与楚国联系的通道，寻得掌控汉阳诸姬的抓手。这一点，我想你比谁都清楚。"

寤生悲痛地望着伯灵，眼里含着泪，叹声说道："灵儿，我是不是很无能，是不是很窝囊？我连自己心爱的女人都保护不了，却一天到晚梦想着保护天下苍生，是不是很可笑，是不是很可悲？"

伯灵一阵哽咽，眼泪喷涌而出："生儿，你不能这样说，君子有所为有所不为。在灵儿心中，在天下人心中，你就是个大英雄！我们……我们只是有缘无分，为了天下苍生而牺牲灵儿，值得，真的值得！"

伯灵顿了顿，接着说道："生儿，实话告诉你吧，这桩婚事就是我一手促成的，也是我让祭大夫答应邓侯吾离的。"

寤生不相信地望着伯灵："怎么可能？怎么可能？灵儿，你不要再劝我了，寤生早就暗暗发誓，除了你伯灵，寤生一生再不娶妻！"

伯灵认真地说："怎么不可能？上次我回来就说要觅得一良人来照顾你。真是上天垂怜，我到了邓国，众人都在传颂郡主小邓曼之美、之智。几番接触，我发现此女容貌和才智一点不比楚国的那个邓曼差，更是远胜灵儿一筹，就动了为君上觅得佳偶的心思。我就向她提及君上，没想到她对君上亦倾心许久，对天下局势和我郑国事情更了然于胸，将来她一定能够成为你的贤内助。另外，当前郑国后宫也的确需要一位贤能的夫人来帮你处理和太后的关系。”

寤生连连摇头，低声说道：“灵儿、灵儿，你别说了，在寤生心中，谁也比不上你，我是不会答应这桩婚事的！除了你，我不会再让任何一个女人进入郑国后宫。”

伯灵站起身来，黑着脸说道：“生儿，你这是要逼灵儿离开你！你如果真的不听灵儿所劝，今日一别将是我们的诀别，以后你休想再见到灵儿了！”说完，大步向外走去。

寤生飞奔上前紧紧抱住了伯灵，哀求道：“灵儿、灵儿，你莫要走！生儿一切听你的，一切听你的就是！”

伯灵转过身子，脸上露出了笑容：“这就对了！我就知道，生儿一定会听姐姐的话！”

寤生依旧紧抱伯灵，说道：“灵儿，生儿答应了你，你也得答应生儿一个条件。”

伯灵说：“什么条件?”

寤生说道：“你要陪我去邓国！我要免掉你商社总领的职位，你以后就是生儿的内侍总管，我要你时刻跟在生儿身边，再也不离开我了！”

伯灵陷入了沉默。

7

离开独山战场，熊通带着人马星夜兼程，赶回了丹阳。

熊通憋着一肚子的气，如果不是熊章在背后捣乱，他也不可能败得那么惨。他发誓，一旦抓住熊章，定将他碎尸万段不可。

到了丹阳城下，熊通就命令大军将城门团团围了起来。以熊通之意，当即就要攻城；破城之后，凡参与谋反之人一律格杀勿论，却被夫人邓曼拦住了。

邓曼说道：“君上、军师，你们听我一言可否？楚国独山一役损兵折将，再经不起折腾了。城中将士谋反，多是受熊章胁迫，迫不得已而为之。而且君上继位不久，对这些人并无恩德。我们不如先礼后兵，喊话城中，主动投降的，谋反之罪既往不咎。君上，此次如果您以宽厚的胸怀对待城中将士和文武百官，他们以后定会对君上感恩戴德，定会为君上所用!”

斗伯比频频点头，说道：“君上，不如给他们一次改过自新的机会，这样既能显示君上之仁厚，又能减少内耗，兵不血刃地解决熊章。”

道朔和薳章也急忙附和：“君上，再给他们一次机会吧！知错能改，善莫大焉，只要他们主动投降，就别再追究了!”

熊通慢慢冷静了下来。他虽然对熊章等人满腔怒火，但内心深处也不想让丹阳城血流成河。他何尝不知这种内耗对楚国的伤害，杀人容易，可杀人之后却要拿出百倍千倍的努力去抚慰伤痕。夫人说得很含蓄，其实是在告诉他，他在楚国的根基并不稳。他从侄子手中夺得君位，此事本就招来了国人的诟病和非议，如果再大开杀戒，即使得到丹阳城，也会失去人心。一个失去人心的诸侯，别说以后与各国诸侯争雄，其君位也会朝不保夕。

熊通的目光向邓曼望去，眼里充满爱恋和感激，大声说道：“就依夫人所言，先礼后兵！道大夫，对城内喊话，给他们一天时间，主动献城的，以往所做之事既往不咎；若知错不改，城破之时就是他们的灭族之日。”

熊通大军刚刚兵临城下，城内的士兵就乱成了一团，个个如热锅上的蚂蚁，四处乱窜，不知道如何是好。

许多人收拾钱物想逃走，可四门被围，早已断了逃跑的去路。特别是那些跟随熊章带头哗变的宗室，更是一个个胆战心惊。他们都了解熊通的性格，恩怨分明，杀伐果断，此次回来定然不会放过他们，定然会把他们逐一灭门。

无奈之下，众人一齐找到了熊章。此刻，楚国宫廷内外站满了人，大家都盼着熊章出面给拿个主意。

其实，熊章的恐慌心情并不比那些宗室子弟轻多少。一听说熊通兵围丹阳，他就已经惊慌失措了，当即把楚国令尹熊政召了过来，哆嗦着说：

“阿叔，熊通回来了，你快说怎么办，怎么办呀!”

熊政眼看熊章如此胆小怕事，心中顿时生出了一股怨气，怒道：“要知现在，何必当初？你当初意气风发的张狂样哪儿去了？”

熊章苦着脸说道：“阿叔，你别再说过去的事情了，我不是受了那郑国大夫祭足的蛊惑吗？祭足那个小人，都是他害了我呀!”

熊政轻蔑地看了熊章一眼，转身要走，却被熊章拦住了。

熊章带着哭腔说道：“阿叔，你千万不能走呀！你走了我怎么办？你看看外面的那些人都在等着你来拿主意，你走了我可如何是好呀!”

“唉!”熊政长叹一声说道，“一失足成千古恨！我还想着你能登高一呼，带领全城百姓誓死抵抗呢，没想到你竟然如此不成器!”

熊章死死拉住熊政，问道：“阿叔，如果我们誓死抵抗，能挡住熊通攻城吗？”

熊政冷冷地说：“你是君上，能不能挡住熊通，你应该最清楚!”

熊章：“……”

看熊章如此表现，熊政已心如死灰，淡然说道：“君上，既然大家都来了，咱们就到外面去说吧，是战是降公开决议。”说着，大步向外走去。

熊章耷拉着脑袋，跟着熊政走到了人群中。

熊政高声喊道：“静一静，大家不是要君上拿主意吗？现在我已经把君上请了过来，是战是降，大家一起议议吧！战，我们可能会全部死在城墙之上；降，要杀要剐就任凭熊通处理了。”

听熊政如此一说，人群中顿时炸了窝，大家七言八语地议论起来。

有人高喊：“战！战死城墙也比任由熊通随心宰杀要强!”

有人低声嘀咕：“还是降了好，说不定熊通会发善心放过我们呢!”

很快，两种截然不同的声音把人群分成了两个阵营。两个阵营一方喊战，一方喊降。

熊章也不知道如何是好，求救般地向熊政望去：“阿叔，你说是战是降？”

熊政直直地看着熊章，连连冷笑。他暗恨自己真是瞎了眼，稀里糊涂上了这个窝囊废的战车，非但让他晚节不保，还要连累家人。

正在这时，一名守城将士带着蘧章快马来到了众人跟前。

守城将士飞身下马，高声喊道："大家静一静，君上来诏，请蘧将军宣诏。"

蘧章大步上前，高声说道："各位，君上特意让蘧章前来告诉大家，他已知道事情缘由，大家并非真的背叛君上，这一切都是郑国之谋。君上说了，只要大家愿意认错，对以往事情既往不咎！"

熊章一听这话，第一个跳了出来，大声说道："是的是的，这一切都是郑国的阴谋，我们愿意当面向君上认错！寺人，快快快，快把我绑起来，我要向叔父请罪！"

众人看熊章如此作为，齐刷刷地跪在了地上，纷纷说道："吾等愿意认错！"

8

果然不出寤生所料，熊通兵不血刃就拿下了丹阳城。他感到，是该前往邓国商议会盟之事了。为此，寤生特意请来了邓国上卿子初。

寤生特意将申侯、虢公等人一齐召集到了帅堂之中，指着子初说道："各位君侯、世子，这位是邓国上卿子初！"

子初向众人环施一礼，说道："子初见过诸位君侯、世子！"

寤生大声说道："上卿，请上座！"

子初信步来到宋国上卿子和旁边的位置上坐了下来。

寤生大声说道："各位，在大家的共同努力下，此次我王庭联军不仅收回了被楚国占领的城池，还重创了楚国军队，可谓取得了重大胜利！"

申侯坐在台下，连连撇嘴，低声冲旁边的虢公说道："寤生把邓国上卿请来，不知又要生出什么是非来。"

虢公小声说道："事出反常必有妖，吾等还是静看他如何作为吧！"

寤生看二人窃窃私语，并未制止，接着说道："此次大胜楚军虽然解除了汉阳诸姬的眼前之忧，但并没有从根本上解决问题，待蛮楚养精蓄锐之后，还有可能侵扰我汉阳诸国。"

申侯一阵冷笑，起身说道："这还不是拜你所赐吗？你现在想起来没能从根本上解决问题了，大战之时你为何中途放弃进攻？"

申侯越说越生气："如果你当时不鸣金收兵，一定能全歼楚军，活捉熊通！现在又说没能从根本上解决问题，真不知道你安的什么心！"

面对申侯的当众指责和发难，寤生依旧面带笑容，坦然说道："舅舅，您只知其一，不知其二，您可知人无信则不立，我已和熊通签订战争盟约，岂能不遵从战争礼制？我身为王庭上卿，一举一动都代表着王庭和天子，言而无信实在是不能也不屑而为之。"

申侯怒视着寤生："你……你竟然说我言而无信？"

寤生不再与申侯纠缠，一转话题说道："诸位，邓侯向寡人提出了一个一劳永逸解决汉阳诸姬之忧的建议，他还特意让上卿子初来与大家见面，就是想当面与大家谈谈。子初上卿，你给大家说说邓侯的建议吧。"

邓国上卿子初应声起身，来到了帅堂中央，拱手施礼道："各位君侯、世子，我家君上想让王庭上卿在邓国组织楚国与汉阳诸姬会盟，通过和平谈判促进汉阳各国永续和平，我家君上已为大家准备好了美酒佳酿，特意让在下邀请各位到邓国做客，恳求诸位赏光！"

寤生带头称好，连声说道："好，好，好！邓侯真是用心良苦，会盟的确是和平解决问题的好办法！为了汉阳诸国的永久和平，寤生愿意前往邓国。"说着，向台下望去。

南申、曾两国君侯一直担心王庭联军走了之后，熊通会卷土重来再次侵扰他们，一听子初提出要与楚国会盟，兴奋地站起身大声说道："好，好！会盟好，吾等愿意前往邓国！"

虢公急忙转向申侯，眼里充满了不解。

申侯恨不得上前抽二人几个嘴巴子。

"哼！"他猛地站起身，气愤地大步向外走去。

邓国上卿子初看申侯要离开，急忙上前拉住了他，问道："申侯还去我邓国吗？"

"我去不去与你何干？我要回王庭！"申侯用力甩开子初，大踏步向外走去。

虢公和卫庄公看申侯走了，也跟着站起身，说道："上卿，属国有事，吾等也要返回了，我们就不去邓国了！"

寤生脸上含着笑，冲二人摆了摆手。说实话，他内心深处还真盼着他们早点返回王庭，这样会盟就没有了扰乱之人，他也好静下心来与邓侯吾离、楚君熊通好好谈谈汉阳诸国之事。

申侯、虢公等人刚离开，与夷就跌跌撞撞地闯了进来。他直接走向子和，远远地喊道："叔父、叔父，宋国急报！我君父……我君父病危！让我们速归！"

子和当即冲到与夷面前，一把夺过宋国快马送来的急报，匆匆看过之后，拱手施礼道："上卿，宋国危急，吾等就不能陪您前去邓国了，我们要立即返回宋国。"

寤生也慌忙站了起来，说道："好的！"说着，转向公子吕，"叔父，您和子都带上兵马随他们赶往宋国吧，请代我向宋公问安！"

与夷不满地看了寤生一眼，随子和快步向外走去。他很清楚寤生派公子吕前去宋国的目的，就是拥立子和继位。

与夷心中暗暗骂道："寤生呀寤生，我宋国的事情你也管，你的手伸得太长了，我与夷早晚会和你好好算算这笔账的！"

9

申侯等人带领军队离开南申之后，寤生就和晋国世子姬平、陈桓公妫鲍一起去了邓国。

听说寤生要来，邓国郡主小邓曼心里充满了忧虑。

这个自命不凡的女子，早就下定决心要嫁一个超越姐夫熊通的人物。自从姐姐嫁给熊通之后，她便开始暗暗在天下诸侯中为自己选择佳婿了。了解了寤生的所作所为后，她已经对寤生暗许芳心。特别是在寤生一举打败熊通后，她对寤生愈加崇拜了，就一天到晚缠着父亲吾离，信誓旦旦地言讲要嫁给寤生。

吾离笑骂道："你一女子主动要求嫁给他人，羞不羞？"

小邓曼却没有一丝害羞，大方地说："我要嫁给心仪之人，有何害羞，为何要害羞？再说，我嫁给寤生也是为了邓国的将来考虑。君父与楚国联姻，虽是为了解决当前的燃眉之急，可您想过没有，这也可能是养虎为患，一旦熊通强大起来，第一波吞并的就是我邓国。我们只有与郑国联姻才能进可攻退可守，既不用担心楚国的威胁，又不用再受申、曾等国的欺负，说不定还能称雄于汉阳诸国呢！"

吾离感到心头一紧。小邓曼一句话说到了他心中的要害之处，这些年他苦心经营，包括将大女儿嫁与熊通，不就是为了邓国不受人欺负吗？南申依仗有申侯的支持，常年讹诈欺凌汉阳诸国，大家因惧怕申侯和王庭驻军，对南申敢怒不敢言。他费尽心力让大女儿嫁与熊通，并暗中支持熊通攻伐申国，其目的也是改变南申一国独大的政治格局。对于熊通攻伐申国，他心中原本是非常矛盾的。一方面，他着实对申侯忍无可忍，想让熊通好好教训他一下。另一方面，他又不希望熊通夺得申国太多的城池，一旦把熊通的胃口喂大了，他早晚会把夹在中间的邓国一口吃掉。

吾离一直关注着王庭的动态，他很清楚寤生与申侯已经水火不容，寤生故意激怒熊通发动北伐，目的就是和申侯争夺对汉阳诸姬的掌控权。然而，王庭和郑国距离汉阳甚远，寤生要想控制汉阳诸姬，必须选择亲近之国为依托，继而统领各国。女儿说得对，一旦与郑国联姻，寤生定会让邓国取代申国，成为汉阳诸姬的统领，可寤生会同意与邓国联姻吗？

想到此，吾离问道："小曼，为父尊重你的选择，同意你嫁给寤生，可人家寤生会看上咱们吗？万一郑国无此意愿，我们主动提出，人家不同意，到时候我们可就丢人丢大了！不过，以我女儿的美丽和智慧，嫁与寤生还真是便宜他了，老夫还真不舍得你远嫁郑国呢！"

吾离这话的确也是肺腑之言。对这两个女儿，他有绝对的自信。二人不仅貌如天仙，而且智慧过人。自大女儿下嫁熊通后，邓侯吾离对小邓曼很是依赖。国事、外交等重大事项，他都要和小邓曼商议一番。女儿的分析和判断常常超出他的想象，特别是她对事情发展趋势的预测和把握出奇地精准。把这个女儿远嫁到郑国，他心中着实有十二分的不舍。

小邓曼微微一笑，说道："君父，女儿心中若没几分把握，岂能让君父自取其辱?”

吾离不解地望着小邓曼:“此话怎讲?”

小邓曼说道:“君父，你可知寤生多次派郑国大夫祭足光临邓国，其目的就是结好邓国，想借邓国之手掌控汉阳诸姬。所以，君父对郑国所提诉求，尽可全部答应。只要君父答应他们的诉求，我们再提出和亲，我想他们断不好拒绝。”

吾离点着小邓曼的脑袋:“你呀!就是个鬼丫头!”

吾离仰望苍天，叹了一声，说道:“时也运也!如果真如你所说，寤生想通过邓国掌控汉阳诸姬，与邓国联姻也是他的必由之路。”

这时，小邓曼却苦着脸说道:“君父，话虽如此，但也并不乐观。据女儿所知，那寤生的心思全在伯家长女伯灵身上，他本人不一定会同意与女儿的婚事。不过事在人为，只要君父能把寤生请到邓国，女儿定会有办法让寤生答应婚事。”

吾离只好答道:“为父保证能把寤生请到邓国，至于后面的事情就看你的了。”

吾离面见祭足后，未等祭足向邓国提出诉求，第一时间就说出了两国联姻之事。他没想到，祭足竟然二话没说，当即应允，令他深感意外的同时，又隐隐觉得寤生恐怕早已将联姻之事算计在内。祭足提出，寤生想在邓国组织汉阳诸国会盟，为了确保汉阳诸国长久和平，想请邓国协调楚国前来会盟。

原来寤生的底牌是会盟!吾离顿时喜笑颜开。他做梦都想当汉阳诸国的雄主，在邓国会盟，岂不等于把他推向了盟主之位?

吾离未作深思，当即表态说道:“祭大夫放心，上卿如此看重吾离，吾离定当义不容辞!”

然而，事情的发展远超吾离所料。

在熊通夺取丹阳后，吾离当即派大夫公子楚去了楚国。表面上是前去慰问，实际是为了游说熊通。小邓曼也觉得新败之后熊通前来会盟的希望不大。果然，大夫公子楚在熊通面前碰了一鼻子灰，满怀兴致而去，垂头丧气而回。

小邓曼在深感问题棘手的同时，也看到了赢得寤生赏识的机会。她认为，只要她能成功说服熊通前来会盟，寤生定会对她另眼相看。

10

寤生带领众人来到邓国后，邓侯吾离举行了一场隆重的欢迎宴会。

宴会之上，伯毅两次提到楚君熊通参加会盟之事，吾离却是躲躲闪闪，顾左右而言他。

寤生看在眼里，料想吾离定是尚未说服熊通。他早就意识到说服熊通不是一件容易事，熊通刚被自己打得丢盔卸甲、颜面尽失，岂愿跟自己坐在一起谈判？他心里很清楚，邓侯吾离虽然是熊通的岳父，在熊通和邓曼心中有一定分量，但涉及国之大计，没有重大利益诱惑，仅靠吾离的面子是难以让熊通信服的。可眼前他又能给熊通什么，又能拿什么牵住熊通的心呢？连日来，这个问题一直萦绕在他心头。给钱给物？富裕的熊通根本就看不上；给人给地，不但周天子不同意，汉阳诸姬哪个也不会同意。他理解邓侯吾离的苦衷，所以宴会结束时并没有急着赶回驿馆，他特意留下来，要单独和吾离谈谈。

单独会谈转移到了邓国内宫，寤生仅留下了伯毅和伯灵。

寤生等人刚刚坐下，一个高挑清丽的白衣女子从里面走了出来。只见她丝毫没有一般女子的做作娇羞，而是仪态端庄地走到邓侯吾离跟前行了礼，紧接着转向寤生等人，一一施礼道：“小女邓曼，见过王庭上卿，见过郑国太傅，见过伯灵姑娘。”

寤生顿时瞪大了眼睛。自宴会开始，吾离一直跟他在一起，没有吾离的介绍，这小邓曼如何能认得他们三人？再者，人人都说小邓曼貌如天仙，如今一见，果真是人间尤物，气质不凡。

邓侯吾离哈哈笑道：“上卿，这就是小女邓曼。阿曼，快给上卿、太傅还有伯灵姑娘斟酒。”

小邓曼蹲下身子，逐一给三人斟酒，之后在伯灵身边坐了下来。

小邓曼边说边笑，天真烂漫的神态与之前的端庄大方简直是判若两人。

瘛生心里暖暖的。说实话，他也喜欢上了这个女子。尤其是眼前这副孩童般的天真笑容，让他动了恻隐之心，感到自己此生有责任保护好这样一个好女孩。

他生怕伯灵看出自己的关爱之情，忙转向邓侯吾离，说道："邓侯，是不是那熊通很难说服？"

吾离摇了摇头，叹声说道："不瞒上卿，为了达成上卿会盟的心愿，寡人提前安排大夫公子楚去了楚国，向熊通讲明会盟的百般利益和好处，可那熊通根本就不为所动。更为气恼的是，我那大女儿邓曼，竟然也对会盟之事不感兴趣。上卿，此事着实让寡人非常为难，上卿可有说服熊通的好计策？"

瘛生张了张嘴，欲言又止。对于如何说服熊通，他的确还没有想好，贸然说出来，只怕会影响自己在邓侯心中的形象。

伯毅忙接过话，说道："邓侯，熊通不来参加会盟，有刚刚大败而羞于见人的缘故，但最关键的还是他尚未看到会盟给他带来的切实好处，没有重大利益牵引，是很难说服他的。"

瘛生点了点头，正要说话，小邓曼却抢先发了言。

小邓曼坐正身子，说道："太傅所言甚是！以熊通的胸怀和格局，他不会因为面子而影响对国之大事的决策。熊通之所以不同意会盟，是因为他觉得参加会盟是自设牢笼，将会困住他开疆拓土的意志和决心。"

小邓曼一语掷地，令在座之人无不汗颜。熊通不愿参加会盟，问题的根源就在这里。他们都知道，熊通是个极有野心和能力的有为之主，他的最大理想就是开疆拓土、强大楚国，岂能因参加会盟而自缚手脚。

瘛生的脸色顿时沉重了起来。他着实没有想到这一层，他原想着汉阳诸国和平共处是各国的共同心愿，也是利人利己的大好事，熊通刚刚夺位需要国内稳定，以发展经济，与北方各国达成和平协议，有利于楚国发展，也有利于熊通稳定国内各种势力。小邓曼如此一说，让他真切地感到自己并没有把熊通的所思所想琢磨透。可如果不能实现与楚国的会盟，他先前所做的努力不但都付诸东流，还很有可能成为申侯攻击自己的把柄。

伯毅也想到了这一层，不过他一直不愿承认。他觉得熊通刚夺得君位，精力应该在国内，其对外用兵发动这场战争的目的也是平复国内的反对势力。现如今，熊通被寤生打得大败而归，国内又有熊章哗变，应该会消除开疆拓土的雄心。现在想来，熊通这样一个意志坚定之人，岂能因暂时的困难而忘记本心？

想到此，伯毅说道："依姑娘如此说来，那熊通定是不会参加会盟了？"

小邓曼微微一笑，说道："太傅，小女以为事情也并非没有转圜之机，就看上卿能够开出哪些让他心动的条件了。"说着，含情脉脉地向寤生望去。

寤生直身施礼，老老实实请教道："郡主以为寤生应该给他开出什么条件呢？有劳郡主！"

邓侯吾离见寤生如此谦卑，急声说道："上卿这是要折杀小女呀！"

寤生又施礼道："邓侯，寤生是真心向郡主请教，还请郡主教我！"

面对寤生的虚心请教，小邓曼毫无扭捏做作之态，大方地说："小女以为，上卿既不需要给钱给物，也不需要给人给地，给熊通一道诏令即可。"

寤生急声问道："封侯？"

小邓曼笑着摇了摇头说："封侯需要周天子诏书，这样岂不是难为上卿？上卿只需要向楚国发布一道'能攻诸夷，即有其地'的诏令即可。"

久久无语的伯灵顿时明白了小邓曼的心思，兴奋地说道："郡主好谋略！你是想拿着这道诏令劝说熊通放弃北方，转向南方去开疆拓土呀！"

小邓曼重重地点了点头，高兴地说："还是姐姐聪明，我们想到一起去了！"

11

正如小邓曼所料，熊通一口拒绝会盟的确是为将来考虑。他很清楚，寤生虽然厉害，但他的精力在王庭和北方，不会在汉阳之地跟他争夺地盘。再者，楚国地域狭小，要想强大起来，开疆拓土是必由之路。参加会盟，就等同于废除了他向北扩张之路，这是他万万难以答应的。

为此，熊通特意向夫人大邓曼解释：“夫人，不是熊通不给邓国面子，熊通不能因为一己之私而断送楚国的强大之路。”

大邓曼微微一笑，说道：“君上不用为此挂怀，我也不同意您前往邓国会盟。邓曼既已嫁给您，此生定会与君上荣辱与共，我岂能为了母国的面子而让君上自缚手脚，影响楚国的兴国大业？”

熊通一把将大邓曼揽在了怀里，激动地说道：“感谢夫人！”

这时，寺人来报，邓国郡主求见。寺人话还没说完，小邓曼已快步走进了内宫。

熊通忙松开了大邓曼。

小邓曼一脸坏笑地说道：“姐夫、姐姐如此恩爱，真是羡杀妹妹了！”

大邓曼抿了抿秀发，斗嘴道：“妹妹用不着羡慕我们，听说妹妹就要嫁给瘪生了，以妹妹的倾国倾城之美，将来那瘪生还不把你当作神仙一样供着。”

熊通故作不知地说道：“是吗？谁说小妹要嫁给那瘪生了，我怎么不知道？”又故作着急地说：“小曼，你怎能嫁给瘪生？你是知道的，熊通向来疼爱小妹，心中一直盼望着效仿帝舜，也盼着你们姊妹再创娥皇女英的佳话。”

面对熊通的嬉笑，小邓曼毫不示弱，瞪着眼撇着嘴说道：“姐夫就是在睁眼说瞎话，小妹的大婚您都不参加，还说疼爱小妹，你说这话羞不羞？”

熊通急声说道：“小妹大婚？熊通知道了，岂有无故不参加之礼？”

大邓曼见熊通已经进入了妹妹的圈套，嫣然一笑，说道：“妹妹，你此次楚国之行恐怕又是来给那瘪生当说客的吧？”

熊通顿时反应了过来，也跟着说道：“看来小妹尚未嫁与那瘪生，就开始与夫家一心，为夫家做事了。”

小邓曼未作正面回答，走近熊通夫妻，说道：“姐夫、姐姐，你们何时变得如此胆小怕事了？难道是因为独山之战吗？胜败乃兵家常事，你们也不能因为此战而如此惧怕见那瘪生呀？”

独山之战着实是熊通的腹心之患，熊通闻言脸色骤变，他冷笑两声，怒声辩解道：“小曼，熊通是那拿不起放不下之人吗？我岂能因为一场战争就惧怕见那瘸生小儿，真是可笑！”

小邓曼诡秘一笑，说道：“我就知道姐夫是拿得起放得下的大英雄、真汉子，也知道姐夫对独山之战心有不甘，既然姐夫心有不甘，何不与那瘸生当面论战？”

熊通猛然起身，直直地看着小邓曼，爽声说道：“小妹，你放心，在你大婚之日熊通必定前去贺喜，寡人也很想再会会那瘸生小儿。”

大邓曼连连摇头。她知道自己这个鬼精的妹妹楚国之行的目的，就是劝说熊通前去邓国。她一直担心熊通着了小邓曼的道，可绕来绕去，熊通还是被她绕进了圈套。可熊通话已出口，她再想阻拦已经晚了。

大邓曼指着小邓曼笑道：“你这个鬼丫头，我们夫妻二人联手都算不过你呀！你的目的既已实现，还有什么好说的？”

小邓曼走到熊通跟前，笑嘻嘻地说：“姐夫，我饿了，我要吃鹿肉！”

熊通怜爱地用手指点着小邓曼的脑袋，笑道：“你这个丫头呀，真是便宜了那瘸生！”他知道小邓曼最爱鹿肉，就让寺人给小邓曼端上了一大盆鹿肉。

小邓曼盘腿坐在熊通对面，抓起鹿肉吃了起来。

吃着吃着，就听小邓曼“哎哟”一声大叫了起来。

熊通忙问道：“小妹，你怎么了？”

小邓曼苦着脸说：“咬到骨头上了！”

大邓曼数落道：“那么大一盆肉也不够你吃，放着好肉你不啃，非要啃骨头？”

小邓曼白了大邓曼一眼，说道：“我这是跟姐夫学的！”

熊通哈哈大笑，问道：“小妹，此话怎讲？我何时有这样愚蠢呀？”

小邓曼放下骨头，正色道：“姐夫，你可知独山之战为何大败，你可知你和瘸生的不同之处在哪里吗？”

如此一问，熊通当时就怔住了。连日来，这两问何曾不是他苦思冥想的问题？独山之战，他败得“干净利落”，心中虽有不甘，却真心佩服瘸生。唯一让他难以释怀的就是，他至今没有弄明白自己为何就这样败给了寤生。他曾将原因归在了熊章身上，认为是熊章哗变影响了军心，可楚国大军之中知道此事者不超过五人，并且他还严令封锁消息，以此为理由着实有点说不通。难道自己真的不如那寤生？向来自信的他，经常一遍又一遍地问自己。可仅凭独山这一战，就让他对寤生甘拜下风，他着实不能甘心！

大邓曼心中也清楚，熊通最闹心也最不愿提及的，就是这两个问题。平时，她都不敢提及这两个问题，却被这个不知深浅的丫头提了出来。她生怕因此激怒熊通，急忙打圆场说道："你这丫头，吃肉也堵不住你的嘴，净在这里说胡话！"

小邓曼根本没理会姐姐，直直地望着熊通，问道："姐夫想知道你和寤生的差距在哪里吗？"

大邓曼吓得脸色骤变，颤声说道："小妹，你……你休要胡言乱语！"

熊通一阵大笑，高声说道："夫人，你不要担心，熊通不是那心胸狭隘的鲁莽之人。小妹，你说说，姐夫哪里不如寤生？"

小邓曼又拿起骨头，说道："变通！那寤生为了推行武公之略，不惜违背其父遗训，而迎合母后封段于京地；为了笼络秦国打压申侯，不惜颁布'能攻诸夷，即有其地'的诏令。姐夫虽懂得变通之术，却一直未行变通之道。"

"什么？！"熊通疑惑地望着小邓曼。

小邓曼说道："难道不是吗？姐夫明知征伐北方诸国犹如啃这难啃的骨头，却还要执意而行。"

熊通问道："熊通毕生愿望就是开疆拓土，强大楚国，不征伐北方的周边各国，我向哪里争夺城池和人口？"

小邓曼冷冷一笑，说道："姐夫为何不想着往南发展呢？南方诸部落不但土地肥沃、人口众多，而且易征伐，姐夫为何放着大块的肥肉不吃，却非要啃北方那难啃的骨头呢？"

熊通和大邓曼无不为此一惊，真是一语点醒梦中人！他们二人对周边各国的形势了如指掌，南方各部落不论是军队数量还是部队战力，都弱于汉阳诸姬，对楚国来说，着实是块大大的肥肉。

小邓曼接着说道：“汉阳诸姬，不说诸国联合起来对付楚国，如果君侯英明，仅靠一国之力就足以对付楚国。姐夫先前攻打南申之所以那么顺利，并非因为南申的国力不如楚国，而是因为南申国君昏庸，因为汉阳诸姬内部严重不和！现如今，寤生在邓国组织汉阳诸姬会盟，汉阳各国势必会团结一致，共同对付楚国。我想，姐夫如果再次北伐，可就不是啃到硬骨头硌断牙齿那么简单了。”

小邓曼的话在熊通心中产生了强烈共鸣。这段时间，他最担心最苦恼最憋气的就是寤生又将汉阳诸姬聚成了一团，堵住了他的北伐之路。如果此生因为寤生此举难有作为，岂不要活活地憋死他？小邓曼的话，不仅为他苦闷的心胸开了天窗，还为他尽早实现抱负指了一条光明大道。

熊通感到萦绕胸中多日的雾霾一扫而净，浑身上下有说不出的轻松。目光也由当初的恼怒不满转变成了感激和求助，他脸上堆着笑，说道：“小妹教训得甚是，熊通今天真是受教了！小妹，寡人如果向南征伐，你能保证寤生不会趁机攻打楚国国都丹阳吗？”

大邓曼跟着附和道：“是呀，小妹，我们攻伐南方各部落，如果寤生和汉阳诸姬趁丹阳空虚，攻伐楚国怎么办？”

小邓曼放下手中的骨头，擦了擦手，说道：“姐夫可以与寤生结盟呀！只要寤生与姐夫盟约今生不再攻伐楚国，我想那汉阳诸姬绝不敢私自攻伐楚国。”

大邓曼说道：“如果汉阳各国私自行动怎么办？寤生远在千里之外，岂能时刻关注汉阳之地？”

小邓曼从衣袖中拿出一卷帛书交与熊通，说道：“姐夫，只要你参加会盟，寤生就会向你颁发王庭‘能攻诸夷，即有其地’的诏令。”

熊通笑了。此刻他终于明白小邓曼的目的了，他直直地看着小邓曼，说道：“看来寡人与寤生会盟是必走之路呀！”

第十五章　宋国生变

1

熊通带着庞大的团队赶到了邓国。他特意向邓侯吾离提出，要在会盟之前单独见见寤生。他想面对面与寤生进行一番论战，看看他们二人的胸怀见识、文治武功到底谁强谁弱。

在邓国后宫，邓侯组织了二人的会面。

双方带的人都不多。寤生只带了祭足和伯灵两个人，熊通也只带了大邓曼和斗伯比两个人。

因为是家宴，邓侯吾离居中，熊通和寤生分坐左右。

小邓曼原本是和父亲吾离坐在一起的，此时她却大大方方地走到寤生身边，坐在了寤生的右侧。

熊通看了看小邓曼，笑着摇了摇头，他在暗暗佩服小丫头敢作敢为的同时，心头也涌起了无尽的醋意。他见寤生文质彬彬，又素闻寤生聪慧好学，料想自己在武功方面定会高他一筹，便说道："上卿，可敢与熊通比试剑招，以助邓侯酒兴?"

小邓曼见熊通一上来就要比武，顿时慌了。她深知熊通力大无比且剑术高明，真怕寤生当场出丑，当即要起身阻拦，却被寤生挡住了。

寤生微笑着冲小邓曼点了点头，转向熊通说道："寤生愿意陪同楚君过几招!"

小邓曼着急地向伯灵望去，想让伯灵制止寤生。伯灵却笑着向小邓曼眨了眨眼，顺手将宝剑递给了寤生。

熊通和寤生一齐走到宽敞之地，拱手施礼之后便开始了对战。

二人各不相让，刚一出手就施展了自己的绝招。一方剑招雄浑有力，一方剑招飘忽诡异。二人你来我往，不一会儿就战了几十回合。

众人纷纷站了起来，聚精会神地看着二人过招，大气都顾不得出一口，个个看得惊心动魄。

刚一交手，熊通就知道他碰到了对手。他没想到寤生看似瘦弱，剑术的进攻力竟然如此之强，稍有松懈就会被他击中要害，索性把自己的看家本领全部施展了出来。

伯灵始终一脸微笑，坦然地看着二人比试。

小邓曼悄悄走到伯灵跟前，拉了拉伯灵，低声说："姐姐，你就一点也不担心君上？那熊通可是楚国的第一勇士，而且还是剑术大家呢！"

伯灵转向小邓曼，胸有成竹地说："放心！熊通已是强弩之末，不出十招，他必败！"

伯灵话音刚落，就听叮当一声刺耳的声响，熊通的剑已被寤生击落在地。

寤生收手道："楚君承让了！"

熊通看了看坠落在地的剑，哈哈一阵大笑："熊通败了！不过这场比试令在下感到浑身痛快，痛快！此刻，熊通才知道山外有山，天外有天，上卿剑术高明，在下甘拜下风！"说着，走到几案之后坐下来，他端起酒爵，高声说道，"来，上卿，熊通敬您。"

熊通饮完之后，又是一阵畅快的大笑。

大邓曼看熊通浑身是汗，忙拿起手巾帮熊通擦拭。

邓侯吾离忙举起酒爵说道："这叫不打不相识！你们都是老夫的佳婿，来来来，老夫敬你们二人！"

众人纷纷举起酒爵，一饮而尽。

熊通放下酒爵，正色道："熊通想请教上卿，您此生最大的心愿是什么？"

寤生认真地说："天下太平，黎民苍生安宁！"

熊通扑哧一声笑了出来："天下太平，黎民苍生安宁？上卿你刚上朝领政，就打出'戎狄是膺，荆楚是惩'的大旗，发动各国诸侯征伐四方部落，引发连绵战事，你现在又说什么天下太平，黎民苍生安宁，这不是自欺欺人吗？难道你中原各国的黎民百姓是苍生，中原之外各个部落的百姓就不是苍生？"

熊通一连串毫不客气的质问，令吾离心惊胆战，他真怕因此触怒寤生，二人当庭反目，闹得不欢而散，忙向寤生望去。

寤生却是面色沉静，认真地听着熊通的质问，一直等熊通将话全部说完，方才坦然说道："楚君真是爽快人，说话直来直去，寤生喜欢！寤生这就一一答复楚君！"

寤生顿了顿，接着说道："寤生之所以打出'戎狄是膺，荆楚是惩'的大旗实乃无奈之举，楚君很清楚，近年来四夷交侵中原诸国，黎民百姓苦不堪言。不少国家想以割地赔偿解决问题，可到头来四夷对中原各国的侵扰越来越严重。寤生以为，要想寻得四海太平，必须以战止战，通过战争让大家回到谈判场上来，然后通过谈判签订条约维护和平，通过对话来解决和管控分歧，这也是寡人想方设法请楚君前来参加会盟的目的和用心。"

熊通冷笑道："你一边提出'荆楚是惩'，把我楚国作为打击对象，一边又要与我会盟，言讲通过谈判追求和平，这不是明显的说瞎话骗人吗？"

寤生依旧不恼不怒，平静地说："我说的荆楚，指的是荆楚之地的蛮夷部落，并不是针对楚国。楚国乃大周册封之国，遵礼守制，那些蛮夷部落如何能与楚国相提并论？"

此时，熊通想起小邓曼拿出的诏令，脸上现出喜悦之色，说道："你是说周天子和王庭一直没有把我楚国当作蛮夷之国？"

寤生坚定地说："楚国乃我大周诸侯，天子怎能把你们当作蛮夷之国呢？当年周成王封贵国先祖熊绎子爵，楚自此立国。一直以来，楚国上下遵周礼、习周俗，与中原各国诸侯早已融为一体。非但天子，就是中原各国也早已将楚国视作兄弟之国。"

熊通看了看大邓曼，又不放心地问道："上卿是说，王庭对秦国的'能攻诸夷，即有其地'的政策也适用于我楚国？"

寤生重重地点了点头，说道："是！只要楚国遵周礼，能与周边各诸侯国和平共处，王庭给秦国的政策同样也可以给楚国。您如果对我的上卿诏令不放心，我可以请示大王专门给您下道诏书。"

熊通连忙说："相信、相信，我熊通岂有不相信上卿之理！"

寤生举起酒爵，慨然说道："来，楚君，我们共饮此爵！"

熊通喝完酒，一拍胸脯，说道："上卿如此信赖我熊通，熊通在此向您立誓，只要王庭尊我楚国是诸侯之国，只要上卿信赖我熊通是自家兄弟，熊通此生决不攻伐汉阳诸国！"

"好！"寤生起身说道，"寤生在此也向楚君立誓，寤生定把楚国当作兄弟之国，把楚君当作手足，此生决不犯楚！"

"好！"熊通也站了起来，走到寤生跟前，两人的手紧紧地握在了一起。

2

未等寤生赶回雒邑，他与熊通在邓国会盟的消息就传到了王庭。

申侯心中郁郁不乐。此刻他才真正弄清了寤生的目的，原来他是要依托楚、邓两国掌握汉阳诸姬！这个狼子野心的小子，原来一开始就是冲着他来的，就是为了与他争夺对汉阳诸姬的掌控权，怪不得他会放弃剿灭熊通的机会，任由熊通撤兵而去。

申侯原本和虢公、卫庄公商议着，要以此为由大做文章，在周天子面前好好参寤生一道，斥他里通蛮楚、叛国卖国。现如今，楚国和汉阳诸国会盟，签订盟约要共遵周礼、和平相处，再说寤生里通蛮楚实难说得过去。

听到这个消息，申侯气得一夜难眠。

卫庄公比他更厉害，竟然怒火攻心，一口鲜血喷了出来，当即就晕了过去。

得知卫庄公晕倒了，申侯和虢公慌忙前来探望。

卫庄公躺在病榻上，一脸蜡黄，他拉住申侯，无力地说："我们败了，真的败了！败给寤生小儿，我不甘心，不甘心呀！"

申侯轻轻地拍着卫庄公，说道："卫侯，好好休养，等养好了身子，我们再一起跟寤生斗。我就不相信他的时运会一直那么好！"

虢公也跟着说道："卫侯，申侯说得甚是！你现在什么也不要想，身体要紧，等你把身体养好，我们再一起跟他斗！"

卫庄公有气无力地摇了摇头，叹声说道："唉，恐怕我这身体不行了！今日请两位来，就是告知二位，姬扬不日就要返回卫国了，姬扬不能客死他乡呀！"

听卫庄公这样说，一旁站立的公子州吁扑通一声跪在地上，哭了起来："君父，你要有个三长两短可让州吁如何活呀？州吁不如随君父而去吧，也好在阴间照顾君父！"

卫庄公慈爱地看着州吁，说道："你这个傻孩子，净说傻话，你年纪轻轻怎么能陪君父而去？"说着，他转向申侯，一脸祈求地说道："申侯、忌父兄，当前世间姬扬唯一牵挂的就是这个孝顺的孩子，二位看在和姬扬多年共事的分上，求你们在姬扬百年后，能对这个苦命的孩子照顾一二，否则姬扬将死不瞑目呀！"

申侯举目向州吁望去，见这青年尖嘴猴腮，一对三角眼一眨一眨的，目光游离不定，一看就是个阳奉阴违、唯利是图的奸诈之徒。他心中不由得暗笑道：姬扬呀姬扬，这样的儿子你竟然当作宝贝一样！不过也好，这样的人我才好利用和控制。

想到此，他故作悲伤地说道："姬扬兄呀，都是为兄不才，让寤生把你害成这样，你放心，我和忌父兄绝不会放过那寤生，我们一定会为你报仇。"说着，眼睛向州吁望去。

州吁愤然起身，大声说道："寤生，州吁今生与你势不两立！君父，您就等着看吧，儿子必取那寤生的狗头！"

申侯连忙夸赞道："公子好志气，小小年纪竟然不惧怕王庭上卿，真是年少有为！"

虢公也跟着赞道："姬扬兄好福气，养得一个如此有志气的儿子！"

州吁顿时飘飘然起来，顺口说道："君父如果立我为卫国世子，我现在就带兵灭他郑国！"

申侯连竖大拇指，说道："有志气，公子真有志气！"

离开卫庄公的府邸，虢公心中有说不出的悲凉。人生真是苦短！姬扬是个何等强势之人，就这样黯然退出了政治舞台。将来有一天，自己是不是也要如此灰溜溜地离开王庭。想到此，他不禁仰天长叹道："唉！真是造化弄人！"

申侯却一扫来时的悲观丧气，走起路来虎虎生威。他笑着看了看虢公，意气风发地说："忌父兄，你这是怎么了，是在为姬扬感到不甘吗？"

虢公不解申侯为何突然如此兴奋，问道："姬扬一走，我们如同断了一个臂膀，您难道不为此感到痛心和惋惜？"

申侯冷冷一笑，摇着手说道："断了一个臂膀？非也，非也！今日见到那公子州吁，寡人心中已有了对付寤生的新招，真是不虚此行呀！"

虢公顿时明白了申侯的心思，问道："您想利用州吁？州吁、与夷、公子段？不错，不错，这三人如果能连为一体抱成团来跟寤生斗，可就不用我们再出面了！"

申侯阴阴地笑了，恶狠狠地说："这三人可都是胆大包天之徒，只要我们稍加引导，他们什么事情都能做出来，忌父兄，你就等着看好戏吧！"

听申侯这样说，虢公却没有露出高兴之色，依旧阴沉着脸说："寤生与熊通在邓国会盟，二人把酒言欢，如果熊通将我们的简帛交给寤生可就麻烦了，寤生回来后，定会参奏吾等谋反之罪。"

申侯脸色骤变，颤声说道："忌父兄所言甚是！那熊通十有八九会将手头的证据交给寤生，一旦大王听信于寤生，你我将面临灭顶之灾！"

虢公停下了脚步，眼望着远方，喃喃道："好在寤生还未赶到雒邑，只要我们运筹得当，鹿死谁手还难说呢！"

3

在邓国组织完会盟，寤生与小邓曼完婚，然后带小邓曼和伯灵即刻赶回了王庭。

一路上，熊通的话一直萦绕在寤生的耳边。会盟结束后，他和熊通又进行了一次单独会面。熊通将一些简帛递给了他，语重心长地说："此去王庭，劝君谨防一人，那申侯对您已起必杀之心，您要早做打算，否则必受他所累。"

寤生接过简帛，问道："这是？"

熊通说道："这是申侯写给我的简帛，他言讲，只要能杀死您，愿将汉阳之地尽交与我楚国，他甚至还想让我助他取天子而代之，之后将与我平分天下！由此可见申侯其人野心之大！"

寤生吃惊地望着熊通。他顿时明白当初申侯为何要他绝杀熊通了，原来他是想消灭私通楚国的罪证。他这个舅舅呀！上次北狄之战，他就试图联合北狄兵围雒邑取天子而代之，此次南征他竟然再次动了联合楚国颠覆大周的不臣之心，此人如此狼子野心，绝不能再容他在王庭走动。

熊通说道："这些证据已经充分证明了申侯意图推翻天子的不臣之心，只要将它们交与天子，天子定会处决那申侯。我看那申侯就是一害群之马，有他在王庭，您早晚要受他所害。但愿上卿赶回雒邑后能一举扳倒申侯，还王庭清净。"

寤生满眼感激地望着熊通，双手抱拳，激动地说："楚君如此关心帮助寤生，寤生深表感谢！君如此真诚，寤生此生定不负君！"

可证据确凿就一定能扳倒申侯等人吗？北狄之战，他拥有申侯通敌的铁证，周天子也知道申侯的不臣之心，却故意装糊涂，对他提供的证据视而不见、充耳不闻。

当时，寤生理解周天子的苦衷，他惧怕申侯在王庭的势力，担心贸然动手势必会逼他当众造反，到时候两败俱伤、天下大乱，周朝可就真的完了。现如今，自己已基本全面掌控大周的局面，动手惩治申侯，只要运筹得当，应该不会带来天下各诸侯国的混乱。

可周天子会按照他的意愿行事吗？寤生想起周天子的阴柔性格，心中不禁又打起鼓来。他很清楚，周天子对他并非完全相信。在朝政大事问题上，周天子看似授予他极大的权力，其实他能真正行使的并不多。说白了，周天子给他的都是事权，是为了让他为王庭办事。涉及人的权力，周天子仍紧紧地把在手中，一点都没交给他，王庭关于人的所有重大事务还是要由周天子最后定夺。现在的他已不是政治新兵，他很明白掌控权力最重要的是人事权，抓不住人事权，拥有其他再多的权力关键时候都是白费。

更让寤生担心和顾虑的还是周天子的生性多疑和老谋深算，他觉得周天子心中根本就没有是非对错，判断问题的标准是自己王位的稳定与否，用人的标准是寻求权力的制约和平衡，所做的一切都是为了保住自己眼前的王位。并且他已隐隐感觉到，周天子正在试图让他与申侯相互制约，从而维持王庭的稳定和平衡。如果周天子真有这种意图，他即使有申侯通楚的铁证，周大子也不会下狠手处理申侯的。

伯毅心中也记挂着申侯之事，他见寤生一路上眉头紧锁，料想定是还未想好应对之策。他了解寤生，对事情没有决断之前，寤生会一直窝在心中。事实上，对参奏申侯之事他并不看好。他隐隐感到，即使证据确凿，周天子也不会查办申侯。周天子这个玩平衡术的高手，是不会让任何人在朝中独大的。当初，他用郑武公掘突制衡申侯。武公去世后，周天子将军权交与宋宣公，试图用宋宣公制约申侯。北狄之战，王师几乎损伤殆尽，他手中已无强大的军队可使，就紧紧抓住寤生，不断给寤生放权，其实意图很明显，就是想让寤生尽快成长起来，成为制约申侯的棋子。此刻周天子刚刚寻得王庭的权力平衡，岂能自损阵脚，任由寤生做大？

伯毅虽然不看好此事，但他没有主动向寤生提及。他忘不了寤生看到那些简帛时的神情，那种激动和喜悦之情令他很是心惊。寤生向来注意掩饰自己的情绪，如果不是触及心灵深处的重大事情，他是不会表现出情绪波动的。由此也可以看出他对申侯已厌恶之深，急于清除障碍推行改革。正是基于这一考虑，他才不忍心扫了寤生的兴。因此，他想等一等，等寤生有自己的定见之后，再说出自己的意见和想法。

眼看就要到雒邑，祭足看寤生和伯毅一直未召集大家商议此事，心中便开始着急起来。记得刚拿到那些简帛时，他简直欣喜若狂，心想依据这些铁证定能扳倒申侯。王庭之上没了申侯的制约，他们就可以协助君上一展宏图，在各国全面推行武公之略了。他料想着，寤生定会在行军途中召集大家商议参奏申侯之事，提前商议好对策，进了雒邑就能即刻禀明周天子，一举拿下申侯等人。可一等再等，现在马上就要到达雒邑了，也没有等到寤生的召集。他不知道为什么寤生到现在还没有找他们商议，不过他坚信，如此重大的事情，寤生必会和他们商议的。

这天，祭足实在是等不下去了，他不敢直接跟寤生提，就先找到了伯毅，开门见山说道："太傅，君上为何至今对参奏申侯之事只字不提？难道他想放过那申侯，难道这事就这样了结了？"

伯毅微笑着说："你觉得此事会这样了结吗？"

祭足急声问道："那君上为何至今没找我们商议？太傅，我看君上肯定是还没最后下定决心，咱们应该主动去找他，不能就这样轻易地放过申侯！"说着，拉起伯毅就要往外走。

伯毅也觉得到了和寤生说道说道此事的时候了，就起身与祭足一起来到了寤生的营帐。

营帐内，寤生在看竹简。小邓曼和伯灵二人坐在棋盘前，一人执黑一人执白，杀得不亦乐乎。

伯毅和祭足一齐拱手施礼："君上！"

寤生放下竹简，直起了身子，说道："二位爱卿，快请坐。"

小邓曼和伯灵急忙收起棋盘，站在了一旁。

祭足坐下后，抢先说道："君上，连日来微臣对申侯之事一直萦绕于心，越想越觉得生气，越想越感到窝火。联军伐楚，他申侯不说同心协力，还在我们背后捅刀子。臣以为，此事绝不能悄无声息地不了了之。"

寤生看了看伯毅，说道："此事，尚父以为该当如何呢？仅凭这些简帛，大王会治申侯的罪吗？"

伯毅直身说道："君上，此事恐怕不是我们想不了了之就能不了了之的。"

祭足急声说道："难道申侯会主动向大王禀报自己的通敌之罪？"

小邓曼说道："这可说不准！"

伯灵接过话说："祭大夫，你可知什么是恶人先告状？君上在邓国组织会盟，那申侯定能想到楚君会将这些简帛交给君上，以他狡诈的性格，岂能坐以待毙？说不定早已在大王面前参奏过君上了。”

祭足气愤地说道：“他申侯有不臣之心，还私通敌军，却反过来参奏我们，这还有天理没有？我不信大王能相信他的话！”

伯毅摇了摇头，说道：“以申侯的狡诈和聪明，他肯定不会说君上其他的，可如果他说君上示好楚君、掌控汉阳诸姬有其他目的呢？”

寤生身子一颤，不过很快镇静了下来，平静地说：“尚父以为，寤生当如何做为好呢？”连日来，他最担心的就是邓国会盟引起周天子的忌讳，如今伯毅都能这样想，申侯定会拿此事在周天子面前大做文章，一向多疑的周天子十有八九会相信申侯的胡言乱语。事实上，这就是他对参奏申侯迟迟下不了决心的原因。他觉得，既然参不倒申侯，还不如不提。一旦提到明面上，势必引起朝中两派势力的一场恶斗。周天子不论是否严惩申侯，都会给王庭的威望带来难以估量的损害和影响。对王庭弊大于利的事情，他宁可委屈自己也不愿意做。

伯毅起身说道：“君上，臣以为这些简帛需要向大王呈报，但呈报方式宜私不宜公，绝不能以参奏申侯的形式递交。君上可在单独向大王汇报南征情况和邓国会盟成果时，顺便将这些简帛呈报给大王。”

寤生起身在营帐里来回走动起来：“寡人明白了。尚父之意，我们只需让大王知道申侯有取而代之的不臣之心即可，至于大王是否跟申侯计较及如何惩治，由大王自己定夺。”

伯毅说道：“大王何尝不知道申侯的不臣之心，君上此举就是让大王明白，只要条件允许，那申侯什么事情都能做得出来，甚至能亲手杀了大王。”

小邓曼激动地说：“好！还是太傅考虑事情周全！”

伯灵说道：“就眼下王庭形势，仅凭这些简帛，大王断不会惩治申侯。我们明知不可为而为之，把大王逼到墙角，让大王为难，如此不但会失去大王的信任，还要碰一鼻子灰，得不偿失！”

寤生频频点头，低声说道：“就依尚父之策！这次我们即使不动他，也要在大王心中给他摁个钉子！”

4

与夷和子和火速赶到宋国后，宋宣公已躺在病榻上不能动弹。

看到君父奄奄一息的样子，与夷快步上前，跪下身放声痛哭起来：“君父、君父，你走了，与夷可怎么办呀？”

宋宣公已经连说话的力气都没有了，他看了看身边的寺人，又望了望子和，示意他和与夷跪下接诏。

子和慌忙上前拉住与夷，低声说道：“与夷，别哭了，快跪下接诏吧！”

宋宣公又望了望前来探望的周公黑肩和郑国上卿公子吕，有气无力地说：“周公……上卿……请你……你们代我秉明大王……宋……宋国国君由子和继……继位……宣诏吧！”说完，大口大口地喘起气来。

与夷顿时大怒，未等寺人宣诏，猛地站起身，指着宋宣公吼叫起来：“君父，我问你，我哪一点不如他，你为何将君位传与他？”

已近油枯灯灭的宋宣公强撑到现在，就是怕继位问题引起与夷、子和反目，从而造成宋国内乱。为此，他还特意请示周平王派周公黑肩前来监督，为的就是帮助子和平稳继位。他见与夷如此无礼，竟然当众质疑诏令，怒声骂道：“逆子，你这个逆子！”头一歪，便昏了过去。

与夷恨恨地看了宋宣公一眼，扭头气哼哼地大步向外走去。

经过疾医一阵推拿针灸，宋宣公缓缓地醒了过来，他喘着气说道：“子和，让宗室和百官进来吧，这里有周公见证，寡人……寡人即刻给你行加冠礼。”说完，又闭上了眼睛。

一直在外面守候的宋国宗室长老和文武大臣，听到诏令当即走进了宋宣公的寝宫。

子和望向身边的寺人，痛苦地说道：“宣诏吧！”说完，率先跪了下来，众人慌忙跟着一起跪了下来。

寺人展开诏书念了起来，一直等诏书念完，宋宣公方才睁开了眼睛，说道：“诸位宗室、爱卿，此事……此事寡人已秉明大王和上卿。上卿特派郑国上卿公子吕前来看望寡人并监督我宋国新君继位。子和尊礼崇德、温良恭正，会是位称职的君主，望各位尽力辅佐……辅佐之。”说完，闭上了眼睛。

下面顿时有人窃窃私语：“我宋国新君继位何用他郑国前来监督？他寤生以为自己是谁？”

公子吕机警地向四周观望了一下，走近子和，低声说道：“君上，先让臣下跪安吧！”

子和当即站起，用身子挡住了宋宣公，大声说道：“各位爱卿，寡人还有要事与君上商议，孔父嘉留下，其余人跪安吧！”

宗族大臣刚一离开，子和就冲到宋宣公跟前哭喊道：“阿兄，阿兄！”

许久，宋宣公方才有气无力地睁开眼睛，说道：“阿弟，逆子与夷少不更事，你切莫与他计较，宋国就交与阿弟了！阿弟……”说着，头一歪，再无气息。

宋穆公子和抱住宋宣公，放声大哭起来。

公子吕走近宋穆公，拍了拍他的肩头，说道：“君上，请节哀，宋国稳定乃当前首位。”

子和心头一惊，忙止住了哭声，起身施礼说道：“多谢上卿提醒！”此刻，他才真正觉察出了寤生的先见之明。遍看宋国，危难之时的心腹之人也只有孔父嘉。如果没有公子吕带兵前来，与夷趁机叛乱，他还真的难以应对。宋国不能乱，阿兄刚把宋国交到他手上，他决不能让宋国因争夺君位陷入混乱。

孔父嘉上前一步，说道：“君上，公子与夷故作负气而走，足见他已起夺位之心，君上应及早提防！”

宋穆公沉思了一会儿，拿起兵符交与孔父嘉，说道：“与夷犯上作乱之依仗无非是城外华都掌控的重兵之卫。孔父嘉，寡人封你为大司马，掌管宋国所有军队，你即刻拿着寡人的兵符，封锁四门，全城戒严。特别是对与夷和华都的府邸，都要派兵包围起来，违令者即刻缉拿。”

孔父嘉忙跪地谢恩，满眼担忧地说：“君上，臣担心您的安危。”

一旁的公孙子都说道：“此事大司马不用担心，这里有郑国两千龙骑卫，我们自会保护君上安全。”

孔父嘉看了看宋穆公，脸上依旧写满了为难的情绪。

宋穆公冲孔父嘉摆了摆手，自信地说道：“寡人的安全问题大司马不用担心，尽管前去调兵维稳，王庭上卿特意安排郑国军队跟寡人一同前来，就是为了保护寡人的安全。”

孔父嘉闻听此言，向公子吕和公孙子都深施一礼，说道：“这里一切有劳上卿，有劳将军了！”说完，大步向外走去。

孔父嘉走了几步，又回转身子，走到宋穆公跟前说：“君上，为防万一，我意还是请郑国龙骑卫进宫护驾为好。”

公子吕拱手向宋穆公请示：“君上，大司马所虑极是，我们是否现在就调一批郑国士兵进宫守卫？”

宋穆公转向身边寺人，说道：“宫正，快传内宫统领前来面见寡人。”

很快，内宫统领进了宫。

宋穆公直直地看着内宫统领，威严地说：“李将军，你来安排郑国军队进宫。从今日起，宫内所有岗位实行双岗制，内卫一人、郑军一人，即刻前去安排！”

内宫统领施礼领命。

公子吕向公孙子都点了点头，公孙子都跟着内宫统领向外走出去。

待一切安排完毕，宋穆公长长出了一口气：“上卿，您看可还有遗漏之处？”

公子吕说道：“君上思虑周全，应该再无闪失，唯一令人忧心的还是公子与夷，如能宣他前来为先君守孝，则诸事安矣！”

宋穆公连忙说道：“宫正，你到公子与夷府中宣诏，先君已薨，让他即刻随你前来后宫为先君守孝。”

公子与夷故作赌气，就是为了到外面找他的小团队商议对策。刚走出后宫，他就安排身边人火速将华都等人请到了府中。

见到华都，与夷就心急火燎地说：“那个老糊涂真的把君位传给了子和，你说怎么办？”

华都气急败坏地说：“世子，你怎么把郑国军队带来了？郑国的重兵之卫已经将大营安扎在我们的营房对面，这明显就是为了监控我们呀！”

与夷大声说道：“你说什么，郑国的重兵之卫驻扎在你们对面？寤生呀寤生，你这分明就是针对我！”

华都泄气地说：“看来那子和也是早有准备！他把郑国军队搬过来，应该是已经想好了与我们刀剑相向。”

与夷跳起来吼道：“我怕什么！在宋国的地盘上，难道我还怕他郑国的军队？”

华都说道：“世子，你别忘了子和手中还有腹心之卫，两军联手，我们没有任何胜算。”

与夷疑惑地看着华都：“难道我们就这样甘心认输，任其屠戮？”

华都脸上挤出一丝阴笑：“这就要看李将军的了，只要他能在宫中将子和控制住，一切不就由我们说了算吗？”

与夷顿时会意，上前拉住华都：“走，咱们一起进宫！”

两人说走就走，刚到门口，迎面碰到了前来宣诏的宫正。大司马孔父嘉一身戎装，手握宝剑紧跟在宫正后面。

宫正展开诏书，高声读道：“先君已薨，新君命令公子与夷即刻前往宫中为先君守孝。”

与夷顿时慌了，他看了看华都，不知如何是好。

宫正合起诏书，说道：“公子，随小人走吧！”

华都起身，试图从侧面溜走。

孔父嘉上前拦住了他的去路，说道：“华都大夫，君上命你一同前往宫中面君，快走吧！”

华都和与夷对望了一下，很不情愿地随宫正进了宫。

进了后宫，看见遍地都是郑国军士，与夷不禁闭上眼睛，连连暗叹道：“完了，全完了，一切全坏在寤生手里了！眼下之计，也只能暂时蛰伏起来，以图将来夺位！”

5

处理完宋宣公的葬礼，与夷就悄悄地潜伏到了王庭。

见到申侯，与夷便张嘴大哭起来：“申侯，那寤生真是欺人太甚！他派大军进驻宋国，公子吕与子和沆瀣一气，硬是修改我君父的遗诏，夺走了我的君位。”

看到与夷悲愤万分的样子，申侯知道他是在演戏，心中暗笑道：小子，都到这个时候了，你还跟我玩虚的，老子就跟你好好玩一玩！

申侯故作一副痛心的样子：“与夷呀！这叫人在屋檐下不得不低头，谁叫人家是王庭上卿呢？认命吧，你根本斗不过寤生！”

虢公忌父对申侯的意图心知肚明，跟着说道：“与夷世子，南征蛮楚，你已亲身体会到了寤生的专横霸道。现在的他，别说不把你宋国放在眼里，就是大王他也不屑一顾。你知不知道，他竟然越过大王，私自在邓国组织会盟，他心中还有周礼吗，还有大王吗？唉！与夷世子，你现在根本就不是寤生的对手！”

公子与夷本来就对寤生满腔怨气，二人如此一说，更是被激得火冒三丈，只见他气得浑身发抖，眼睛血红，哆哆嗦嗦着说：“此事难道就算了？难道你们也怕得罪那寤生吗？”

申侯自然不会放过这次利用与夷的机会。为了诬告寤生，连日来他已做了多项功课。先是给周平王送去了从汉阳诸国搜集来的大量宫廷用品、玉器摆件、当地食材，不久又送去了十个南方美女，想方设法讨取周平王的欢心。他之所以一直未告发寤生怀有不臣之心，就是在等一个机会，或者说一个告发的借口，好让周平王对寤生产生怀疑，彻底动摇对寤生的信任。看到与夷，他顿时觉得机会来了。他完全可以带领与夷以找周平王参奏为名，趁机向周平王诉说寤生的各种违制行为，告知周平王寤生想取而代之的不臣之心。

申侯装作一副无奈的样子：“世子，看你痛苦的样子，寡人着实为你感到不平。好吧，寡人索性就带你跟寤生斗一斗！现在，就看你敢不敢与寡人一起面见大王？”

与夷来王庭的目的，就是想到周平王那里参奏，当即欣喜而泣：“愿意、愿意，我愿意与您一起面见大王！”

虢公说道：“世子，既然去告，咱们就要有个告的样子。这需要世子受点苦，明天面见大王时，你不仅要衣衫褴褛、蓬头垢面，最好身上还有点伤。这样，大王看到你之后，方能相信你所说。申侯，你说是不是？”

申侯看了看与夷，急声说道：“这样自然最好！这样一来，大王才更能相信我们所说的话。不过，世子，你愿意这样做吗？”

与夷胸脯一挺：“这有何难，只要能告倒寤生，再大的苦、再大的罪我都能忍受。”

申侯眯着眼睛，心中油然又生出了一个毒计。既然与夷这样说，他何不借机弄残与夷，这样与夷就与寤生结下了血海深仇，而且任何人都难以解除。与夷每天看着自己的残体，就会时刻心恨寤生。

想到此，申侯转向虢公说道：“虢公，既然与夷世子能够忍受，我们不妨就把事情做真、做到位。与夷公子，你随虢公去吧，让他找人给你包装一下。”

“好的！多谢申侯帮助，日后与夷定当报答！”与夷转身向外走去。

申侯看与夷已经转过身子，向虢公挤了挤眼，用力往腿上捶了捶。

虢公顿时明白了申侯的意思，将与夷带到府中后，暗中吩咐手下硬生生地打断了与夷的小腿。

可怜的与夷虽然及时被治疗处理，但是钻心的疼痛令他一夜都没合上眼。仅仅一天一夜的时间，与夷已被折磨得不成人样。

与夷像一摊泥一样被人抬着去了王庭。申侯和虢公看着与夷凄惨的样子，心中不禁暗笑：与夷这小子定会恨透寤生，终生与他为敌！

见到周平王，与夷满腔的悲愤、郁闷、痛苦、怒气全涌到了心头，禁不住放声大哭起来。

周平王惊疑地望着地上这个衣衫褴褛的青年，问道：“申侯，他……他……他是谁呀？”

申侯躬身施礼：“大王，这是宋国世子与夷呀！子力唯一的儿子与夷!”

“大王、大王，您要为小人申冤呀!”与夷拖着残腿向周平王艰难地爬去。

周平王吓得连连后退：“子力的儿子！你怎么变成了这样?”

与夷边哭边说道：“大王，您要为我申冤！那寤生专横霸道，派郑国公子吕带大军入侵宋国，公子吕在宋国与子和狼狈为奸，私下篡改我君父遗诏，硬是推子和继承君位，还把我打入死牢。多亏宗室搭救，将我送至王庭。大王，您要为我做主呀!”

周平王疑惑地望着与夷：“上卿他怎么能这样做呢?这样岂不有违周礼?”

申侯上前一步，说道：“大王，寤生已非昔日之寤生也！他让公子吕率大军入驻宋国，不知向大王您请示没有?”

周平王当即说道：“没有，他从未向寡人提及此事。”

虢公说道：“大王，寤生虽贵为王庭上卿，可不请示大王您就直接插手诸侯国继位之事，实在是有违周礼，请大王为世子与夷做主!”

申侯双膝跪地，大声说道：“请大王为与夷做主！求大王惩治寤生，维护周礼尊严，还各国诸侯以公平!”

“这这这……”周平王为难地看着申侯和虢公二人，说道，“此事……此事还待从长计议!”

与夷又向周平王爬去，泣声说道：“大王、大王，您一定要为小人做主呀!”

周平王连连后退：“好的，好的，寡人给你做主，给你做主！你……你……还是先退下吧!”说着，求救般地向申侯望去。

“将与夷世子抬下去吧!”申侯吩咐身边的寺人，随后走到与夷身边，“世子，你先去我府中养伤，这里一切有我，我定会让大王给你主持公道。”

与夷退下后，周平王连声说道：“这个与夷，浑身是伤，真是吓人!”

申侯故作痛苦地说：“寤生真是太过霸道，如此对待王庭诸侯，大王如果不能为与夷主持公道，天下诸侯谁还会敬仰大王，谁还愿意来到王庭朝拜大王?”

虢公附和道:“是呀，大王，您想想，如果任由寤生这样胡作非为下去，大王您的威望和颜面将要尽失呀！天下诸侯不但不再敬仰大王，还会嫉恨大王偏袒寤生，不为他们做主。”

周平王显然已经认可了这二人的话意，脸色慢慢地阴沉起来，恨恨地道:“这个寤生，寡人诚心对他，他竟然如此不知收敛，胆大妄为!”

申侯一阵冷笑:“大王，那寤生岂止胆大妄为！他早就有了取大王而代之的不臣之心!”

周平王顿时脸色骤变，直直地看着申侯，怒道:“此话怎讲?”

未等申侯说话，虢公接过话来：“大王，您可知寤生在邓国私自主持楚君熊通与汉阳诸姬会盟?他以大王的身份主持会盟，不说有违周礼，这分明就是不臣之举呀!”

“什么?寤生竟以寡人的身份主持诸侯会盟，他想干什么?他这是要干什么?”周平王气得浑身发抖，连声说道，“寤生呀寤生，你竟然如此狂妄自大，你……你以为寡人治不了你!”

申侯扑通一声跪在了周平王面前，泣声说道：“大王、大王，都是微臣之罪呀！微臣囿于骨肉亲情，不愿在大王面前说他的是非，以致造成今日之局面，求大王治微臣以死罪!”

周平王上前拉起申侯，问道:“难道寤生还有不臣之举?”

申侯擦了擦泪，说道：“大王，您看看寤生的一系列作为，他为何拉拢秦国、结交楚国，为何掌控宋国、讨好晋国，又为何示好齐、鲁两国，管控汉阳诸姬?这一切的一切，都是为谋权篡位呀，大王!”

虢公也跟着跪在了周平王面前：“大王，大奸似忠，大佞似信！寤生小儿极善伪装。他现在虽然没有实施篡位，主要还是因为他在王庭和诸侯中立足未稳，还未真正掌控天下诸侯。一旦让他掌控天下诸侯，我们可都要成为他的阶下之囚！请大王三思呀!”

周平王怒视着远方，鼻孔里直出粗气，心中暗暗感到震惊和后怕。多亏当初他留了个心眼，没有赶走申侯和虢公，真要赶走二人，恐怕他现在已成了寤生的阶下之囚。他没想到，寤生小小年纪竟然有如此大的野心，竟然想夺他的王位，真是比当初的掘突还要狂妄！

申侯向周平王连连作揖，痛心疾首地说：“大王，如果臣猜得没错，寤生回来后定会参奏老臣有不臣之心，参奏臣里通楚国，意图谋反！大王切莫听信寤生之言，切莫陷老臣于不义呀！”

虢公上前拉住申侯：“你放心，大王心中自有决断，大王是不会听信寤生的一面之词的！有我们在，寤生想篡位谋反，是万万难以实现的。”

周平王感激地望着申侯和虢公：“二位爱卿放心，你们的忠心寡人心中有数，寡人是不会受那寤生欺骗的！你们就等着看吧，寤生回来之后，寡人定会让他给宋国世子与夷一个说法，也要让他对主持邓国会盟之事给寡人和天下一个说法！”

6

为了向国人展示此次南征的战果，寤生早早就安排人前去向周天子呈报王庭联军到达雒邑的具体时间。为的是让王庭举行一个盛大的欢迎联军凯旋的仪式，从而凝聚人心、鼓舞士气，进一步增加王庭在诸侯中的威慑力和影响力。

寤生知道周天子是个办事不太靠谱的人。为此，他特意致函周公黑肩，让周公黑肩从中运作，一定要把欢迎仪式搞得重大隆重。他还特意嘱咐周公黑肩，让他游说周天子，欢迎仪式上要带领百官出城迎接，尤其是身在雒邑的各国君侯务必跟随周天子参加仪式。他这样做的目的，一是想让周天子借机拉拢人心，让各国诸侯积极为王庭效力；二是想在天下诸侯面前展示王庭联军威武之师、雄壮之师的形象，借以威慑天下诸侯，让他们从此不敢再轻视王庭。为了确保这一目的顺利实现，他特意在雒邑郊区停留半日，对王庭联军进城的队形，以及拜见周天子的仪式进行了设计和排练。

进城这天，寤生一马当先走在了队伍的最前面。这些天，他心中一直七上八下的，生怕周天子把这次欢迎仪式给搞砸了。到时候，他不仅在王庭联军面前无法交代，关键也怕错失了这次难得的让王庭立威的机会。他在给周天子的上书和周公黑肩的简帛中，已经把这层意思说得很明确，他觉得周天子和周公黑肩应该能明白他的苦心。

寤生远远地看，发现城门口既没有迎接的队伍，也没有营造氛围的彩旗，只有正常进进出出的百姓。他心中一阵颤抖，难道是周天子和周公黑肩搞错了联军进城的日子，要不王庭上下怎么没有一点动静呢？

寤生让队伍停了下来，催马向城门口飞奔而去，伯毅和祭足慌忙策马跟了过去。

看到王庭一点反应都没有，祭足的心提到了嗓子眼，他真为寤生担心。这下，寤生怎么给联军的各国统帅交代呀！并且他们还特意停留半日，对联军进城队形和参拜周天子的仪式进行了排练，言之凿凿地说周天子要亲自出城迎接联军。

三人到了城门口，才发现迎接的队伍只有周公黑肩一人。周公黑肩独自站在城门口，正在焦急地凝望远方。

三人飞身下马，快步来到了周公黑肩跟前。

寤生脸上阴得简直能拧出水，怒声说道："周公，这……这……怎么会这样？"

周公黑肩满脸苦色地说："上卿，本来一切都准备好了，可谁知大王……大王他临时变卦，取消了迎接仪式。任凭我怎么劝说，他就是不听！我……我……我……我着实没有办法呀！"

祭足大怒，冲上前吼道："什么？临时取消？他这不是耍人吗？这样，我家君上如何给在战场上出生入死的王庭联军交代？大王如此行为，你让为王庭征战的各国诸侯怎么看，让天下诸侯怎么看？周公，大王这样做不是在打我家君上的脸，而是打他自己的脸！"

周公黑肩愧疚地望着祭足："我……我……我……"

寤生瞪了祭足一眼，怒道："祭足，不得无礼！"

伯毅上前一步，问道："周公，大王临时决定取消欢迎仪式，是不是申侯等人在大王面前说了什么？"

周公黑肩老实地说："就是因为申侯。我听说他带着宋国世子与夷到大王面前参奏您，说上卿干涉宋国君侯继位，在邓国以大王身份组织会盟，说上卿对大王有取而代之的不臣之心。听说大王为此暴怒，我想这就是他取消欢迎仪式的根本原因。”

祭足气愤地说：“我家君上一心为王庭，带兵苦战楚军，取得了南征的重大胜利。申侯在前线不但出工不出力，还暗通楚国，叛国卖国。现在南征胜利了，他竟然跑到王庭诬告我家君上有不臣之心，这还有天理没有?”

周公黑肩一副无奈的样子：“上卿，老臣反复劝说大王，可他就是不听。就在刚刚，老臣还受了他一番训斥。”

寤生心头的怒气依旧没有消除。他恨恨地看了一眼周公黑肩，果断地说：“祭大夫，你回去让各国军队就地安营扎寨，我去见见大王。尚父，走，咱们去见大王。”说完，他翻身上马向城里驰去，把周公黑肩一人扔在了城门口。

寤生之所以把周公黑肩扔在了那里，是因为他内心深处对周公黑肩的和稀泥行为非常不满。周天子临时取消迎接仪式，作为这项任务的总协调，周公黑肩应该第一时间向他传递消息，而不是一个人在这儿等待。由此他对周公黑肩有了两个新的认识和判断：一是此人格局不高，根本没有复兴大周的大局意识；二是虽然他已把周公黑肩当成了自己人诚心待之，但此人并未把自己当作自己人。整个王庭的人都说周公黑肩是个忠诚老实之人，现在看来他其实是个外表忠厚、内心圆滑且胆小怕事之人。他见周天子开始信任申侯，就想选择向申侯靠拢，这种墙头草着实不值得信任和重托。

伯毅看了一眼寤生，他想阻止，随即又改变了自己的想法，策马追了过去。

二人一前一后跑了一阵，寤生忽然掉转马头，回到了城门口。

热脸碰上了冷屁股！周公黑肩尴尬地站在城门口，脸羞得通红。他为寤生的无礼而愤怒，但他更为周王朝的未来而担忧。他真怕年轻气盛的寤生一怒之下自立为王！现在寤生兵临城下，一旦他和周天子吵翻，说不定真会废了周天子，到了那时，整个周朝，包括他可就真的完了。此刻，他才忽然意识到，申侯包藏祸心，说不定他早就盼着寤生废了周天子，这样天下大乱，他正好可借机经略中原。想到此，他愈加感到了事情的严重性，心中暗暗祈祷寤生千万要冷静下来，千万别做出出格的举动。他甚至暗下决心，只要这次寤生不做出格之举，以后他一定事事唯寤生马首是瞻。

周公黑肩呆呆地站着，正急得六神无主，寤生和伯毅骑着马又回到了自己跟前。

寤生身在马上，高声说道："尚父，大王病了，无法出城主持欢迎联军入城的仪式，请您前去告诉各位联军统帅，让他们安营扎寨，改日大王定会亲自出城迎接他们。周公，您说是不是？"

周公黑肩连声说道："是的、是的，大王病了，病了！"

伯毅脸上露出了笑容，他对寤生今日的表现由衷地感到高兴。寤生果真是成熟了，不仅拥有了强大的文治武功，还能很好地控制自己的情绪。面对眼前的危机，他也曾想了好几种办法，但比较起来，还是寤生的办法最为稳妥。

伯毅翻身下马，走到周公黑肩跟前："周公，大王病了，你骑着我的马快随我家君上去面见大王吧！"说着，冲周公黑肩点了点头。

周公黑肩顿时会意，接过缰绳飞身上马，说道："上卿，咱们去见大王吧！"

寤生早已掉转马头去了王庭，周公黑肩快马加鞭撵了上去。

7

申侯派人一直紧盯在城门口，当得知寤生扔下周公黑肩独闯王庭之后，高兴得差点跳起来。

虢公脸上堆满了笑容，朝上指了指："你说寤生会不会借机废了那人？"

申侯诡秘地说："废了才好！不正称了我们的心吗？到时候你我随即起兵杀了寤生，共治这天下，不就实现了我们多年的心愿？"

虢公恨恨地说："起兵之后，第一个灭的就是晋。那晋侯不仅灭我庙堂，还霸占了虢国一半土地，此仇一直令我如鲠在喉。”

申侯笑道：“只要我们掌管了这天下，灭谁还不是你忌父兄一句话！”

虢公说道：“申侯，我们是不是需要做些什么？”

申侯低声说道：“你只要让虢军做好万全准备即可，我已悄悄将申国士兵调到城中，只要那寤生敢做出忤逆之举，就可一举将其击杀。到时候还需要忌父兄带领虢军在城外抵御郑国军队的攻击。”

虢公心中一阵悸动。他没想到申侯说做就做，竟然把军队调进了城内，看来他早已等不及了。他忽然想到，申侯天天说要和他共分这天下，可为何将申国军队调入城中如此重大之事，竟然没有提前向他透露半分？他还背着自己做了哪些事情？申侯会不会兔死狗烹，最后把他也一块儿收拾了？以申侯的阴毒，他绝不会和别人共享这天下。

此刻，虢公才明白过来，申侯原来是想让他的虢军与郑军杀得两败俱伤，到时候就可以一锅烩了他和寤生。

虢公故作苦色，说道：“郑军的战力您是清楚的，再加上城外还有晋国、陈国的军队，我虢军一国之兵怎能是他们的对手？”

申侯看了一眼虢公，笑道：“怕了？此事我早已谋划周详，到时候我会将寤生和伯簌的人头扔到城外。你想想，寤生死了，晋国和陈国谁还愿给他陪葬？再就是郑国的军队，一半人马都去了宋国，虢军是郑军的一倍以上，难道还抵挡不住他们的第一波攻击吗？待申国军队稳定住王庭上下，就可以出城与你兵合一处。只要你虢军能挡住他们的第一波攻击，我们就赢了！”

虢公忧虑地说道：“郑军的第一波攻击，我倒是能够抵御。可您想过没有，王城出事，驻扎宋国的郑军必定会星夜赶来，还有郑国本土的腹心之卫，一旦郑国三军兵合一处，恐怕我们两国的军队也不是他们的对手。”

申侯哈哈大笑，说道：“此事你不用担忧！我为何让与夷星夜赶回宋国，就是让他伺机而动，一旦王城有了风吹草动，与夷就带兵在宋国境内全歼郑军。至于郑国国内的军队，我已经安排公子段做好截击郑国腹心之卫的准备。忌父兄放心，以郑国目前在王庭的兵力，只要我们击杀了寤生和伯簌，他们群龙无首，在王庭翻不出什么大浪！”

虢公陷入了沉默。他心中飞快地盘算着自己的利益得失，越想越觉得还是尽快逃离雒邑为好。不说能否抵御郑国军队的攻击，也不说这次叛乱他能从中得到什么好处，就是出于自身安全的考虑，他也应该抓紧回到自己的军队中。只有到了自己军队中，他才是最安全的。离开自己的军队，他就是一只待宰的羔羊，申侯想杀他，不过举手之劳。狡兔死，走狗烹，他决不能做那样的蠢人。

虢公独自想了一阵，故作兴奋地说道："高明，真是高明！原来您早就想好了如何利用那与夷，如此，忌父无忧矣！忌父这就出城，带领虢军随时准备阻击郑国军队。"

申侯连连摆手，说道："无须忌父兄亲自动手，你只需将兵符交给手下将领，让其前去抵御郑国军队即可。你我稳坐在这城中，静等消息。"

申侯如此一说，虢公更加确定了自己的猜想。心中暗骂道：好狠的戎贼！果然想卸磨杀驴，连我一块儿给烩了，我忌父岂是那任人宰割的蠢人？他暗暗告诫自己，冷静，冷静，一定要冷静！一定不能让申侯觉察出自己的心思。

虢公连连摇头，许久，满脸顾虑地说道："申侯，郑国军队凶如猛虎，连野蛮的北狄、楚军都不是他们的对手，一旦我虢军抵御不住他们的攻击，您可想到我们的下场？真要到了那时，我们可就死无葬身之地！郑国军队一定会将我们千刀万剐，来为寤生和伯毅报仇。到时候，我们别说共享天下，死都得不到一个全尸。"

申侯岂能不知郑国军队的战力，这也是他最为担心的。尤其是郑军和楚军的正面战，他是亲身经历的。特别是郑国黑骑军强大的战力，相信目前天下各国的军队谁也经不起其一波冲击。虢公忌父说的有道理，一旦虢国军队抵御不住郑军的进攻，让郑国军队冲到城中，一定会对他进行疯狂报复，到时候还真有可能将他千刀万剐。想到此，申侯禁不住一阵颤抖，急声问道："忌父兄，你有何良策？"

虢公忌父叹了口气，说道："郑军虽刚猛，但只要我们避其锋芒，攻其不备，相信还是能够挡住他们的进攻。只是当前虢国军中无一善于用巧之人，他们只知道摆兵布阵、拼命冲杀，却不懂得施计用奸。为保险起见，在下觉得还是我亲率大军抵御郑国军队为好！否则，以目前虢军的将领，绝难抵御住郑国军队的进攻。”

申侯见虢公说得掏心掏肺，心中自然也消除了对虢公的警惕。是的，相对于控制虢公，抵挡住郑国军队的进攻更为重要。一旦郑军打入城内，他和父亲这些年来一切的经营和算计就全完了。不但他完了，整个申国也必将遭到中原各国的疯狂报复，姜氏一族定会被屠杀清洗。此时此刻，他绝不能拿整个申国来冒险。

虢公见申侯陷入了沉思，索性闭上了眼睛，表现出一副全凭申侯做主的神态。此刻，他绝不能在申侯面前表现出急于出城的心思。一旦让申侯看穿，申侯定然会把他牢牢控制在城内。他很清楚，此刻他与申侯玩的就是心理战，谁先沉不住气，谁就会一败涂地！

申侯偷偷地瞄了虢公一眼，见他依旧一副忧虑重重的样子，终于下定决心说道：“忌父兄，那你就尽快出城吧！但你一定要保证，无论采取什么办法，一定要给我争取两天时间。只要等我顺利击杀寤生，率军出城，我们就稳赢了。”

虢公站起身，拱手说道：“您放心，忌父这就返回军中。我定会时时关注着郑国军队的一举一动，做好充足准备，拒敌于城门之外。您安心在城里对付寤生，城外的郑国军队就交给我了，我就是战死，也要给您争取两到三天的时间！”

说完，虢公忌父急匆匆地向外走去。

8

寤生和周公黑肩快马加鞭赶到宫廷门口，却被伯灵拦住了。

看到伯灵，寤生顿时惊喜万分，上前拉住伯灵，急声说道：“灵姐姐，你怎么在这里？回来的路上你怎么就悄无声息地离开了呢？此次一别，你知道我有多么思念吗？”

伯灵看了一眼周公黑肩，拱手低声说道：“君上，事情紧急，可否借一步说话？”

寤生知道伯灵想避开周公黑肩，大方地说："无妨，周公不是外人。"

周公黑肩大为感动，但还是知趣地向后退了一步。

伯灵压低声音说道："申侯将军队调到了城内，虢军、卫军也正在城外集结。"

寤生顿时睁大了眼睛，疑惑地望着伯灵。

伯灵接着说道："卫国公子州吁已掌控卫军，宋国前世子与夷昨日见过大王后星夜赶回了宋国。"

寤生转向周公黑肩，周公黑肩连忙点头。

寤生脸上挤出一丝冷笑，自语道："原来如此，怨不得出现今日之变故。"说着，他转向伯灵："你准备几匹马，再安排几个护卫穿上王庭守卫军服，在王宫后门等我。"

伯灵点了点头，转身离去。

周公黑肩已经预感到了事情的严重性，不由得冷汗直流。他没想到申侯等人竟然如此胆大包天，私自将军队调入城中，这明显是要忤逆谋反！此刻，他也真正明白了申侯诬告寤生有不臣之心的险恶用心，原来他是一石二鸟，让周天子逼迫寤生造反，而后他再跳出来，一举击杀周天子和寤生，并将一切罪过全推到寤生身上。

寤生一脸凝重地说："周公，咱们快去见大王。"

周公黑肩连忙说道："好，好，快走！"

二人疾步进了后宫，寺人要拦，周公黑肩怒声斥道："走开！上卿有要事求见大王。"

周平王正在饮酒作乐，看到寤生和周公黑肩急匆匆地闯了进来，霍然站起，怒道："你们……你们？"

周公黑肩挥手赶走了乐池中的歌伎，急声说道："大王，大事不好，申侯已私自将军队调入城中，看来他是铁了心要谋反呀！"

"什么？"周平王一屁股坐在了地上，颤声说道，"什么？他前日来告知寡人说上卿要反，今日你却说他要谋反，寡人到底要相信谁？"

寤生冷冷地看着周平王没言语，心中对眼前的这个天子倍感失望。他虽然从没指望周平王雄才伟略、指点江山，但只求周平王能够信任他、支持他，他定会拼死将这天下治理出一个盛世来。然而，周平王的私心、短见和糊涂，着实让他感到无比心寒和痛楚。

周公黑肩说道：“大王，申侯不仅将申军调进了城内，还安排虢、卫两国军队在城外集结。他的意图很明显，就是想利用大王，只要大王与上卿因为欢迎仪式翻了脸，他就会带兵冲进王宫斩杀大王，并将一切罪过推在上卿身上！”

周平王不相信地望着周公黑肩，问道：“周公，你怎知申侯有谋反之心？”

寤生见周平王如此望着周公黑肩，知道周平王在怀疑周公黑肩已经为他所用，怀疑他们二人是在他面前演戏。他摇了摇头，从怀中掏出简帛递给了周公黑肩，说道：“将这些简帛呈给大王看看。”

周公黑肩慌忙递了上去。

周平王一一翻看，每个简帛都足足看了三遍，他一拍几案，怒道：“哼！他还想与熊通共分这天下？寡人待他不薄，他为何三番五次想夺寡人的天下？寡人一不争名，二不争利，放手让他掌管这天下，他为何还要对寡人赶尽杀绝？”

周公黑肩上前一步，说道：“大王，事情紧急，现在可不是抱怨的时候，如何办，您要尽快拿出定见呀！”

周平王站了起来，直直地走到寤生跟前，哀声说道：“上卿，寡人受那申侯蛊惑，错怪了上卿，寡人在此向你赔罪！”

寤生慌忙跪了下来，大声说道：“大王不可，不可！您这是要折杀微臣了！”

周平王把寤生扶了起来，轻声说道：“上卿，寡人糊涂呀！申侯拉着残腿垢面的宋国前世子与夷前来告状，信誓旦旦地说上卿派兵驻扎宋国，强推子和继位，还说上卿在邓国以寡人之名主持汉阳诸姬与楚国会盟，所有的一切，都是为了取寡人而代之。寡人一时气愤，才如此慢待冷落上卿，一切都是寡人之过，希望上卿看在天下黎民百姓的分上，不要和寡人计较，尽快解决当前王庭之危机！”

周公黑肩走到寤生跟前，深施一礼，说道：“上卿大义！当前一念之差，天下就会大乱！在下乞求上卿为了天下苍生，力挽狂澜，救大周于水火！”

寤生说道：“大王，等会儿我会换装易容离开王宫，你们要营造出我仍在宫中的假象，只要我回到军中，定会派人前来护驾。周公，外松内紧，你抓紧调集宫廷护卫封闭宫门，守卫好王宫。”

周平王问道：“上卿是要缉拿那申侯？这样也好，王庭没有了这个祸害，以后就清净了！”

周公黑肩担忧地向寤生望去，吞吞吐吐地说：“上卿，虢国军队已潜入城中，缉拿申侯势必造成城内厮杀……”

寤生顿时明白了周公黑肩的意思，微微一笑，说道：“放心，我不会对他动手。只要我回到军中，申侯、虢公等人定然不敢轻举妄动。他们不动，我们为何要妄起兵祸？大王，三日之后还请您带领百官到城门口迎接联军凯旋。至于欢迎仪式，我会派人配合周公妥为安排！”

周平王不放心地问道：“上卿，你这是要放过申侯了？是想悄无声息地化解兵祸吗？”

寤生重重地点了点头：“大王，现在对王庭而言最重要的是稳定。申侯在王庭中有申、虢、卫三国军队，动他必然会造成王庭大乱，弄不好还会天下大乱！寤生毕生追求天下太平，绝不会当那造成生灵涂炭的罪人！”说完，拱手道：“大王、周公，寤生这就返回军中，我们三日后城门口见！”

9

寤生赶到郑军军营时，众人齐聚在营帐中，正在围着太傅伯毅七嘴八舌地争论。

晋国世子姬平愤愤不平地抱怨道：“什么大王病重，他早不病晚不病，偏偏这天病了？我看他纯粹是不想给我们举行凯旋仪式。我们出人出力给他卖命，他竟然连起码的尊重都不给我们！”

陈桓公妫鲍接过话说道：“大王怎么能这样绝情呢？他如此绝情，看以后谁还愿为王庭出力！”

郑国众将士虽然没有说话，但一个个脸上都表现出了愤愤不平之色。他们心里很清楚，周天子这样做，就是在给他们的君上寤生下马威，就是故意让寤生在天下诸侯面前难堪。树大招风，功高震主。他们在深感悲哀的同时，对周天子的无礼之举着实充满了愤怒和委屈。

祭足忍不住说道：“诸位，我们南征蛮楚，不仅完胜熊通，还硬是让他坐下来与汉阳诸姬签订和平盟约，王庭却这样对待我们！我想定是那申侯从中作梗，说了大家不少坏话。”

伯毅瞪了祭足一眼，怒道：“祭大夫，不得胡言，一切等君上回来再说！”

伯毅话音刚落，寤生大步走进了营帐。

众人看寤生全身宫廷卫士的装束，围上来问道：“君上，您……您怎么穿着这样的衣服？”

“上卿，难道王庭出事了？”

“上卿，大王是不是病了？”

寤生高声说道：“刚才祭大夫猜测得没错！大王并没有病，这一切都是那申侯搞的鬼！他将军队悄悄调到城中，为的是要在凯旋仪式之后将我们全部斩杀！”

众人一听这话，个个惊得目瞪口呆。

姬平忍不住恨恨地骂道：“这个戎贼好狠心，他不仅想忤逆篡权，还想击杀我们，我姬平此生与他势不两立！”

寤生看了众人一眼，接着说道：“王宫已被申军包围，大王为了我们大家的安全，才不得不以装病为由拒绝参加凯旋仪式。大王此举虽然看似薄情，却是为了我们大家的安全考虑，请大家务必体谅大王的良苦用心！”

寤生这一解释，大家心头的怨气顿时消除，他们又围住寤生，争相问道：“上卿，我们该怎么办？”

“我们要救大王呀！”

“我们要即刻缉拿那申侯，保护大王周全！”

寤生冲众人摆了摆手，说道：“寡人已与大王商定了应对之策，大家少安毋躁！”

众人顿时静了下来。

寤生将目光转向了祝聃，严肃地说道：“祝将军，你带人骑快马火速赶往宋国，告诉上卿公子吕，三日后大王要亲自举行联军的凯旋仪式，让他务必在凯旋仪式之前将郑国军队带到雒邑！”

祝聃拱手领命：“臣定当不辱使命！”说完，转身快步向外跑去。

寤生又转向高渠弥：“高将军，你立即带两千黑骑兵赶往王宫与周公会合，到后一切听从周公安排。这三日内务要守护大王安全，举行联军凯旋仪式之时，你们就是大王的仪仗队，陪同大王欢迎联军归来。”

高渠弥深感事情重大，领命后急匆匆地带兵出了营。

伯毅上前一步，问道：“申侯、虢公等人如何应对？”

寤生淡然一笑，说道：“申、虢、卫三国军队也参与了南征，凯旋仪式上自然也不能少了他们呀！祭大夫，你前去告知他们，让他们派出一支分队，参与我们的合练。”

祭足明白寤生这是让他前去游说虢公和卫侯以大局为重，莫要参与申侯的谋反，说道：“君上放心，我们定会让他们派出分队，参与合练。”

寤生点了点头，转向姬平和妫鲍，严厉地说道：“二位，申侯忤逆之事已成功化解，此事以后切莫再提。你们尽快赶回营中，一要严格约束军队，没有你们的手令谁也不准出营；二要提高警惕，随时准备应对可能发生的变故。二位，当今王庭波诡云谲，请务必小心谨慎，切莫给人留下口实，到时候害人害己，谁都不好收场！”

妫鲍和姬平看寤生说得如此严肃，一个个黑着脸应答道：“吾等一定谨遵上卿命令，严格约束军队，同时提高警惕，随时待命！”

众人走后，寤生方才长长地出了口气。

伯毅上前一步，说道：“好险！我们险些上了那申侯的大当！”

寤生端起水碗，咕咚咚一阵狂饮，放下水碗，感叹地说：“是呀！多亏当时控住了情绪，否则后果真是不堪设想，真要是因此造成天下大乱，寤生就要成千古罪人了！”

伯毅说道：“君上，您准备如何处置申侯？”

寤生摇了摇头，说道：“还能怎么处理？以他目前在王庭的实力，以及在天下诸侯中的影响力，此时此刻我们还不能与他翻脸。一旦翻了脸，顿时就会导致诸侯混战，天下大乱。尚父，这可不是我们的初衷呀！”

寤生说着，眼遥望着远方，痛苦地说：“寤生打小就立志要安抚天下，造福苍生。如果因为寤生的处置不当，造成天下大乱，民众流离失所，寤生定会抱憾终生！”

这时，小邓曼从内堂走了出来，说道：“君上，您忧国忧民，为天下苍生计，上天定会保佑您的。”

寤生转向小邓曼，温柔地说：“夫人！”

小邓曼转向伯毅，说道：“太傅，申侯之所以在王庭有恃无恐，所依仗的不外乎虢公和卫侯。现在卫侯病重，争取虢公就是关键之关键。要想确保申侯按兵不动，必须先说服那虢公。私以为，还得太傅亲自出面，方能说服那虢公。”

寤生看着小邓曼，满眼赞许的目光。众人离开后，他心中仍感到隐隐不安，他对祭足能否说服虢公心中没底。现在夫人一语说出问题所在，让他深感佩服的同时，愈加坚定了自己的预感。

小邓曼接着说道：“太傅，申侯和虢公看似铁板一块，但也并不是没有裂痕，从虢公急匆匆地返回军队，就可以说明他对申侯有了提防之心。关键时刻，太傅可将此物拿给那虢公。”说着，将一卷申国诏令交给了伯毅。

伯毅迅速看完，急声问道：“此物从何处而来？”

小邓曼微笑着说：“这是伯灵姐姐交给我，让我交给您的！”

寤生急声问道：“灵姐姐？她在哪里，怎么不来见寡人？”

小邓曼说道：“灵姐姐说还有急事要办！”

伯毅急忙把诏令收好，拱手说道：“君上，事情紧急，老臣这就赶往虢军大营！”

寤生说道：“稍等，我险些忘了，这里还有大王的诏令，请一并带上。”诏书是寤生临走之时，周平王主动送给他的，说关键时刻兴许管用。

寤生原本不想在虢公面前展示诏书的。他很清楚，一旦展示了诏书，就等于给周平王与虢公搭建了一个亲近的桥梁。看到这诏书，他预感到不久的将来，虢公很可能取代申侯，成为周天子用来平衡权力、制约自己的棋子。

10

祭足赶到虢军大营就和虢公吵了起来。

虢公打心底就没把祭足当回事，眯缝着眼，心不在焉地和祭足对话。当他从祭足口中得知寤生已经返回军中，心就已经失落到了极点，想一切都完了。不仅申侯的计谋完全失败，等寤生缓过来，势必会对他进行政治清算。不过，也说不定寤生很快就会拿他开刀，对他动手。心中不由得连连暗骂申侯愚蠢，上万大军竟然看不住一个寤生，让他活生生地离开了王宫。

祭足前来游说，让他带一支分队参加联军的合练，虢公第一反应就是这是寤生的阴谋。寤生想把他骗到郑军大营，而后一举将他拿下。因此，不论祭足说得天花乱坠，他绝对不会前往郑军大营。

祭足见虢公一直在敷衍，任凭自己怎么劝说，始终不肯说句朗利话，便开始有点不耐烦起来，急声说道："虢公，让你们去合练，为的是三天后的欢迎仪式，你怕什么呢？"

虢公冷哼一声，不高兴地说："我怕？怕什么？你回去告诉那寤生，别人怕他，我忌父一点也不怕他！"

祭足怒视着虢公："你……"

虢公轻蔑地看着祭足："我怎么了？你休要再跟我胡搅蛮缠，你回去告诉寤生，他的好意我心领了，参加不参加合练，等我考虑好了再说！"

祭足无奈地说："我家君上诚心诚意邀请您参加联军合练，为的是在大王面前展示虢军在这次南征中所立之功，在大王面前为您请功！没想到您竟然这样不领情。"

虢公一阵冷笑："寤生为我请功？那我谢谢他的好意了！我看他是猫哭耗子假慈悲吧？"

祭足怒道：“你……”

就在这时，伯毅大步进了营帐：“虢公，这次您可真的误会我家君上了！”

虢公看伯毅进了营帐，忙起身迎接。他虽然在祭足面前托大摆架子，但对于伯毅还是非常尊重的。不说伯毅曾在王庭理政，就凭伯家在诸侯各国的势力，也让他不敢小觑。

虢公满脸带笑地拱手施礼道：“太傅光临，请恕忌父有所怠慢，太傅，请上座。”

伯毅也不客气，面带微笑地走到宾客上座位置坐了下来。

虢公高声说道：“上酒！”

伯毅冲祭足点了点头，示意他到自己身边坐下，而后端起酒爵喝了一口，说道：“仰韶酒，果真甘甜！君上，您可知伯毅此次前来是替谁来请您的？”

虢公顺口说道：“当然是上卿了！”

伯毅连连摇头：“非也，非也！”

虢公看了看祭足，又看了看伯毅，问道：“刚才祭大夫还说是根据上卿安排前来见寡人的，难道这一会儿就变了？”

伯毅坦然说道：“祭大夫前来的确是奉我家君上之名，但在下前来却是奉的大王之命。”说着，将诏书递给了祭足：“祭大夫，请将大王诏书呈给君上。”

祭足起身将诏书摆在了虢公案头。

虢公快速地看完诏书，疑惑地望着伯毅，说道：“上卿他……他这是唱的哪出戏呀？”

伯毅叹了口气，说道：“实话相告，这也是我家君上的无奈之举！我家君上对您和申侯从来就是区别看待的！”

“哦？”虢公不解地望着伯毅。

伯毅接着说道：“申侯之心，在于夺我大周天下；而君上之心，却是守卫大周。您不过是想在王庭谋得高位，更好地为大周黎民百姓服务。你们平常虽然走得很近，但志向却是南辕北辙，您说我说的是不是？”

虢公心头一颤，没有吱声。

伯毅接着说道：“其实，你们之心，大王和我家君上都很清楚。他们之所以一直包容申侯，就是不想王庭内部再起兵祸，弄得天下大乱、民不聊生。”

虢公疑惑地问道：“您把寤生说得这么好，难道他真的无忤逆之心？那他为何以大王身份在邓国组织会盟？”

伯毅正色道：“虢公，您误会了！我家君上自小就立志安抚天下、强国富民，邓国会盟组织者是邓侯吾离，我家君上只是以王庭上卿身份参与其中，怎么能说他是以大王身份主持会盟呢？”

虢公问道：“果真如此？”

伯毅说道：“若不相信，您可以派人前往各国进行调查。虢公，您觉得那申侯真的会与您共享这天下吗？不妨看看这个诏令。”

祭足再次起身，将一卷申侯诏令送到了虢公案头。

虢公看完诏令顿时色变，浑身颤抖地说道：“他好狠的心，竟然连我的家人也不放过……多亏我当初留了个心眼，否则我真要成了他的案上肉了！”

伯毅起身说道：“虢公，大王对您信任有加，希望您能与我家君上精诚合作，协力解决这次王庭危机！还望三思！”

虢公也站起身来，坚定地说：“请太傅禀告上卿，忌父即刻派兵前去参加凯旋仪式的合练。请您告知上卿，忌父做事自有分寸，绝对不会做出伤害王庭之事！”

第十六章 以退为进

1

自从得知寤生已经逃出了城外，申侯就预感到自己在王庭的夺权之路已经走到了尽头。此次他私自将申军调入王城，已经坐实了篡权的罪证，周平王绝不会再对他网开一面。另外，寤生也不会放过这次扳倒他的绝好机会，让他继续留在王庭。特别是周平王以最高礼遇出城迎接南征联军，他更加坚定了自己的判断。

不过，他坚信以目前申国的实力，周平王还不敢把他怎么样，但囿于寤生等人的压力，定会罢免他在王庭的职务，这也意味着他很快就要退到权力争斗的幕后。虽然退居幕后，但他决不能远离权力中心。他要做幕后的提线人，以无形之手左右王庭的政治格局。换句话说，他要与周平王、寤生下一盘更大的棋。他很清楚，他现在之所以还能以棋手的身份与周平王、寤生下棋，关键在于他手上还有虢公、与夷、州吁三个棋子。他只要将三人推到关键的位置，就有了下棋的资本。

想清楚这一点，申侯带着厚礼找到了周公黑肩。

一见面，申侯就苦着脸高声说道："黑肩兄救我，黑肩兄救我！"

周公黑肩看了一眼申侯，将目光全集中在了他带的几大箱子礼品上。他见申侯带来如此厚重的礼品，暗暗钦佩申侯会来事，什么事情到他手中都做得让人有台阶下，做得让人愿意全心为他付出。

周公黑肩心里明白，申侯虽然坏事做尽，犯下了天大的死罪，但目前王庭仍旧不能法办他，最多也只是罢官免职，以示惩戒。这就需要申侯降下姿态提前去给周平王请罪，这样周平王也可顺势下坡，免除申侯的死罪。这样做，周平王也好给寤生有个交代。申侯毕竟是寤生的舅舅，他都负荆请罪主动认错了，寤生即使再想杀他，也不能明面上对他太过绝情。

申侯看到周公黑肩贪婪的眼神和满脸的笑容，心中就已经知道这次他不虚此行，索性也不再装了，微笑着低声说道："黑肩兄，一箱金、一箱玉器，还有一箱棉帛，这是小弟的一番心意，务请收下！"

周公黑肩笑道："申侯总是这么客气，需要黑肩为你效劳的，尽管安排就是！"

申侯又丧气地说："寤生兵围京城，小弟为护佑大王安全，私自将军队调入城内，犯下这天大的死罪，小弟糊涂呀！还望黑肩兄给小弟指一条生路，亦需黑肩兄在大王面前斡旋，小弟定会终生感激。"

周公黑肩暗笑道，这个申侯真会给自己编理由，不过这个理由还真能说过去，非常之时的非常之举，虽违周礼但也不能算是大错，况且他还说自己是为了护佑大王，便顺着申侯的话意说道："解铃还须系铃人。您的引兵入城之举，虽违周礼，但也是为了大王呀！您只需负荆请罪，向大王说明原因，相信他定会原谅，此事根本就不用我插手，您说是不是呀？"

申侯一听就知道周公黑肩想要滑头，这人是怕得罪寤生，怕寤生知道自己跟他走得近。越是这样，他越要拉着周公黑肩去找周平王，而且还要把能脱罪的所有功绩都安在周公黑肩身上。这样，寤生定会对黑肩心生怨恨和猜忌。如不被寤生信任，在以后的日子里，黑肩这个墙头草也只能为他所用。几箱物品买周公黑肩今后的立场，申侯觉得真是太值了！

申侯走近周公黑肩，深施一礼，严肃地说道："周公，负荆请罪我定会去做，不过为保我一家老小性命，请您一定要陪我一起前去面见大王。在下求您了，请您万万莫要推辞！"

周公黑肩面有难色："这这这……"

申侯双膝跪地，指天发誓说："寡人在此立誓，只要大王免我死罪，以后黑肩兄全家每年的吃穿用度全由我申国负责，需要多少我供应多少！"

周公黑肩连忙去拉申侯，急声说道："这是干啥？我陪您见大王就是了，您的吩咐我何时有不从的？"

申侯和周公黑肩商议好对策，第二天一早，二人就一起去了王宫。

为了把戏份做足，申侯不仅背负着满是刺的荆棘，还把赤裸的上身搞得血肉模糊。

周平王根本没想到向来趾高气扬的申侯竟然这样来见他，惊得目瞪口呆，连声问道："你这是干啥？这是干啥？"

申侯双膝跪在周平王跟前，放声大哭，边哭边说道："大王，大王呀，老臣一心护主，为了守护大王安全，私自将军队调入城中，犯了死罪，请大王责罚！"

周平王转身看了看周公黑肩。

周公黑肩说道："大王，当时上卿带联军兵围雒邑，申侯他为了守护大王的安全，未来得及请示大王，便私自将军队调入城中。虽然有违周礼，但也情有可原。"说完，向周平王眨了眨眼。

周平王顿时心知肚明，忙走到申侯跟前，将申侯扶了起来，低声说道："你为何不早说？你一心护主，寡人怎能怪罪于你？快起来，你看你还背这荆棘干什么？"说着，向身边的寺人喊道："快，快帮申侯取下。"

寺人帮申侯解下了身上的荆棘，又拿了件衣服给他穿上。

申侯又双膝跪下，说道："老臣感谢大王隆恩！"

周平王长叹了一声，说道："你好糊涂呀！寤生已与朝中大臣联名上书寡人，强烈要求寡人治你的罪。你可知道，寡人也很为难呀！"

申侯流着泪说："大王，老臣知道您的难处。无论您如何处理老臣，老臣都无怨言。老臣只是心疼您以后恐怕会更难，朝中没有老臣的制衡，那寤生定会愈加猖狂和无法无天。大王，如果不是寤生兵围雒邑，老臣怎会犯下此等重罪呀！"

周平王陷入了沉默。是的，没有了申侯的制衡，以后他该如何与寤生相处呢？以寤生敢作敢当的性格，自己是很难驾驭得了他的。另外，这寤生毕竟还不同于申侯。寤生正值壮年，血气方刚，而且胆大包天，他是什么事情都做得出来的。更令他担忧的是，他能感觉出寤生急于在王庭推行新政，以此树立自己在朝中的地位。可他却并不想去折腾，他要的是无为而治，平平安安维持王庭当前的局面。执政理念的不同，决定了他不可能与寤生和睦共处。

申侯看周平王沉默不语，求救般地向周公黑肩望去。

周公黑肩上前一步，说道："大王，申侯说的有道理，寤生的性格桀骜不驯，老臣也担心他把王庭带入险境。"

周平王直直地望着周公黑肩，问道："周公，你也认为寤生可能会把王庭带入险境吗？"

周公黑肩重重地点了点头。

周平王转向申侯，说道："如何解决当前之困境，你可有对策？"

申侯擦了擦泪，说道："老臣决不会让大王为难，愿辞去朝中所有职务。不过，为了制衡寤生，老臣愿意退居幕后，替大王看住那寤生。"

周平王顿时睁大了眼睛，他要的就是申侯的这个态度。

申侯接着说道："为了能制衡寤生，老臣要向大王推荐三个人，只要大王把他们三个用好了，我敢保证大王一生无忧，寤生在王庭绝对翻不出浪花。"

周平王惊喜地说："你快说，用谁？怎么用？"

申侯心中一阵窃喜，他没想到事情比他想的还要顺利，看来大王对寤生的防备和猜忌也不弱于他！如此，他就可以大胆地给周平王出主意了。

想到此，申侯故作沉思地想了想，说道："老臣以为，可任周公为中卿，忌父为下卿，至于宋公和卫侯的职位，可由世子与夷和公子州吁继任，如此老臣在朝中就有了制约寤生的力量。"

周公黑肩心中一颤，申侯终于亮出了手中的底牌。现在申侯竟然提出让他出任中卿的建议，就等于在堵他的嘴。

周平王频频点头，问道："周公，你觉得申侯的建议如何？"

周公黑肩连忙说道："申侯考虑得甚是周全，只是老臣才疏学浅，不适合中卿一职。"

周平王哈哈笑道："周公谦虚，就依申侯之策。"

周公黑肩偷偷地向申侯望去，看申侯又恢复了不可一世的神态，心中暗想，寤生若知道这个结果，肯定气得吐血。

2

兵不血刃地解决了王庭危机，盛大的欢迎仪式结束后，寤生长长地出了口气。接下来，就该对南征大捷的有功之臣论功行赏了，同时他也该好好地整顿一下朝纲了。这些年来，申侯一直把持着朝政，整个王庭被他弄得乱七八糟，不但每天的早朝没有了，连廷议也是很多天都不组织一次。王庭没有了正常的秩序，所以众大臣也每天跟放牧一样，都在各自忙各自的事情。

令寤生觉得更为可怕的，还是王庭的权力掌握在一帮不干事的人手中。申侯、虢公、卫侯等人一天到晚想的都是本国的事情，都是为了巩固个人的权力，他们根本没有大局观念，根本就没有站在王庭的角度上考虑过问题。长此下去，大周可真的要完了。他决心利用这次扳倒申侯的机会，将王庭中那些不干事的人清除出去，换上一些想干事、能干事、干成事的人。

寤生私下里对朝中的几个关键位置进行了部署。目前宋宣公已死，卫庄公也已辞官返回了卫国，再加上治罪申侯后，大周四司仅剩下了虢公忌父。他想着推荐齐僖公姜禄父接替申侯担任司徒，由晋国世子姬平接替卫庄公出任司空，由陈桓公妫鲍接替虢公忌父出任司寇，至于司马的位置他想亲自兼任。他很清楚，宋国前世子与夷不是个省油的灯，时刻想着取宋穆公子和而代之，为了宋国的稳定，子和不适合来王庭任职。

寤生对王庭的改革还有更深远的考虑，他现在之所以不愿将步子迈得太大，主要还是因为自己在王庭的根基不牢固。他想等完全掌控了王庭，再大刀阔斧地推行新政。他甚至对将来王庭的组织架构都想好了，他要将王庭的四司改为六卿，分别为“当国”“为政”“司马”“司空”“司徒”以及“少正”，六卿上面设太宰卿和左卿、右卿。到时候，要把秦国、楚国、鲁国、宋国、晋国、卫国、邓国等国诸侯都请到王庭任职。这样，不但有利于王庭对各国诸侯的掌控，也更容易在整个大周推行新政。对于王庭的诏令，只要这些大国诸侯带头执行了，那些小国岂敢不遵从。为了确保自己的计划能够顺利实现，他特意把伯毅和祭足召到了内室。

听说君上召他前去议事，祭足心中充满了兴奋。他感到自己一展抱负的时机来了，他相信寤生一定会抓住这次难得的机会，对王庭中申侯的势力来一次清洗。只要寤生彻底掌控王庭，他们就可以在整个大周推行新政了。申侯、虢公等人犯下滔天大罪，他不相信周天子还会留着他们。

见到寤生，祭足便喜滋滋地说："君上，现在整个雒邑都在议论说申侯完了，连百姓都认为大王不会再保申侯了，这说明啥？说明他的末日到了，我们一定要抓住这个机会，绝不能放过他，包括虢公那个小人，一个也不能放过。"

伯毅微笑地看了祭足一眼，说道："祭大夫，形势可能没有你想的那么乐观。我听说今天一大早，申侯就在周公黑肩的陪同下，去给大王负荆请罪了。"

寤生脸色顿时变了，急声问道："什么？负荆请罪？还是周公黑肩陪他见的大王？"

伯毅叹了口气，说道："君上，以目前申国的势力，即使申侯跟大王硬挺，大王也不敢治他的死罪。现在他主动向大王示弱，我看最多也就是让他罢官免职，所以我们也得改变一下策略，把治罪申侯的请求改为将他逐出雒邑。只要他人不在王庭，就没了再坏我们大事的机会。"

寤生沉思了一会儿，幽幽地说道："尚父所言甚是，把他驱逐出雒邑很有必要，但最关键的还是我们的人要占住王庭的位置。尚父，您刚才说我舅舅到大王那里负荆请罪，这样主动示弱，会不会还有其他目的呢？"

祭足满怀怨气地说："大王总不会糊涂得连好坏都不分吧？君上为大周立下不世之功，所做之事又全是为了王庭，难道大王不想让大周强大吗？"

伯毅冷笑着说："我们这位王可没有天下之念，他想的只是个人的王位，想的只是当前的安乐。"

寤生说道："尚父，我现在最担心的就是我们上报的人选能否被大王起用，您有何计策能让姬平等人成功上位呢？"

伯毅摇了摇头，说：“君上，老臣实话说，很难！申侯之所以如此大张旗鼓地向大王赔罪，他十有八九是为了保住手下的人，为了将来他退居幕后能继续在王庭施加影响力。”

祭足急声说道：“太傅，您说我们推荐的人选大王还不一定采用，是吗？”

伯毅苦笑道：“君上，恕老臣直言，当前之局恐怕是死局，无解！”

祭足问道：“为何？”

伯毅说：“因为大王不是创业之君，君上也不是大王可信之人，还因为当前的王庭僵而未死！干大事者，时也势也，命也运也！”

寤生一直没有言语，胸口在隐隐作痛。他不理解大王为何始终对他无端猜测，他一心想复兴大周，一心想造福天下，他在王庭所做的任何事情没有一件是为了郑国，为何到现在还得不到大王的信任呢？他在深感彷徨的同时，对未来的改革之路也充满了忧虑。

3

在寤生的再三催促下，周平王终于重新开启了朝会。按说，对南征有功人员的封赏，周平王在欢迎宴会上就应该宣布。不知道为什么，宴会刚开始，周平王就喝得烂醉如泥，被人抬回了后宫。宣读封赏的诏令自然也就搁置了起来，这样一等就是十来天。寤生几次前去催促，周平王总以身体不适来搪塞，始终不愿意组织朝会，直到寤生忍无可忍地怒道：“大王，连朝会都不开，如此下去，王庭还叫王庭吗？”周平王见寤生真的动怒了，这才同意第二天召开朝会。

一大早，寤生就带着伯毅、姬平、妫鲍等人进了朝堂。为了推荐姬平和妫鲍，他又专门找了周平王两次，每次周平王都是笑眯眯地说好好好，让他们到朝堂任职就是。虽然周平王答应得很爽快，寤生心里却一直没底。此次南征，姬平、妫鲍，还有子和着实出了力，有大功于王庭，依礼，周平王也着实应该给他们加官晋爵。姬平和妫鲍二人一直待在雒邑，为的也是等待周平王晋封。自从寤生和二人交流了想让他们在王庭任职的想法后，二人着实对留在王庭充满了期待。

寤生等人刚到朝堂不久，虢公忌父带着与夷和州吁一身盛装地进了大殿。与夷和州吁二人皆昂着头，眯着眼，一副趾高气扬的样子。二人来到寤生跟前，非但没有施礼请安，还特意哼了一声。

寤生正想斥责他们，寺人高声喊道："大王临朝!"

众人慌忙站好，一齐施礼问安。

周平王坐下后，说道："诸位爱卿，此次南征大捷，扬我王庭军威，上卿等人功不可没!"说完，转身向身边的寺人望去。

寺人上前一步，展开诏令，大声念道："上卿寤生统率联军大胜楚军，厥功至伟，特晋升为太宰卿。"

寤生赶忙上前施礼谢恩。

寺人接着念道："虢公忌父等人齐心协力辅助上卿，功不可没，现分封如下：周公黑肩晋升王庭中卿，虢公忌父晋升王庭下卿，宋公子力在王庭的差事由其子与夷负责，卫侯在王庭的差事由其子州吁负责，晋国世子姬平封为侯爵，陈侯妫鲍晋升伯爵。"

寤生直直地望着宣读诏令的寺人，气得浑身发抖，脑子里一片空白。他的用人方案，周平王非但没有采用，竟然还把与夷和州吁给提了起来。二人虽然没有明确的官职，但周平王将司马、司空如此重要的职权暂时移交二人，这明显是在堵他的口。更为可气的是，姬平很快就要继位，以后自然是侯爵。妫鲍本身就是伯爵，这次却是晋升为伯爵，真是滑天下之大稽!

忌父、与夷和州吁三人一齐施礼，故意大声喊道："谢大王隆恩!"

妫鲍和姬平则连谢恩都没有，二人恨恨地看了寤生一眼，转身向大殿外走去。

寤生身子一阵颤抖，险些晕倒在地上，伯毅慌忙上前扶住了他。

伯毅低声说道："君上，咱们回吧!"

寤生不知道自己是怎么走回府邸的。他这次着实被周平王耍得不轻，不仅让他在王庭颜面尽失，还永远失去了姬平和妫鲍这两个盟友。

寤生心里怒不可遏！他真后悔没有听尚父的话，如果及早采取对策，也不至于弄得现在如此狼狈。他一直对周平王抱有幻想，觉得自己一心为王庭，所提交的用人方案也是为大周兴盛强大，周平王应该有基本的判断，再说他又是这次南征的统帅，周平王应该会按照他的方案来论功行赏。他也曾预感到，周平王可能不会完全按照他提的方案去做，但他绝没想到周平王会离谱到如此程度。不说他提拔虢公忌父、公子与夷和州吁是不是合理，对妫鲍和姬平的封赏真是太令人难以接受了，这哪儿是封赏，完全是在耍人。只要二人稍许有些骨气，此后定会对王庭的诏令不屑一顾。身为天子，他这样做不仅寒了晋、陈两国之心，也寒了天下诸侯的心。

得知寤生在王庭险些气晕的消息后，小邓曼慌忙从内室跑了出来。

寤生坐在主位之上，铁青着脸，牙咬得咯吱咯吱响。

伯毅悄声向小邓曼讲述了事情的经过。

小邓曼认真听完，并未表现出惊疑和不平之色，在一旁轻声劝道："君上，你也用不着再跟他发怒生气。对于一个丝毫不讲公益的自私之人，我们就不能拿常人的标准来要求他。我以为，此事对君上也不是全无坏处。最起码让我们彻底看透了大王，以后再也不会对他抱有幻想了。"

伯毅接过话说："君上，夫人说的有道理，此事让我们彻底认清了大王的德行，既然他非正常之人，那我们以后行事就要采取非常之策了。"

二人的一番劝说，让寤生的脸色慢慢恢复正常。他长长地叹了口气，悲伤地说："尚父，寤生推行新政的心愿恐怕又要延迟了！"

小邓曼温柔地说："君上，大王之所以故意让你难堪，怕的就是你推行新政。你以为他不知道齐侯到王庭任职是天大的好事吗？你以为他真的不知道那妫鲍本身就是伯爵吗？他故意做这样的荒唐之事，就为断你推行新政的臂膀。"

伯毅望着小邓曼，满眼赞许，说道："夫人真是一语中的！君上，现在看来在王庭推行新政将是举步维艰，我们是该对未来的发展重新谋划了。"

4

前面的路该如何走，难道真的需要重新谋划吗？伯毅的话犹如晴天霹雳一般，令寤生顿时感到无所适从，迷茫、失落、痛苦和不甘一股脑向他涌来。前期那么多的付出，那么多的谋划，那么多的畅想，那么多的委曲求全，无不为的是在王庭推行新政。现在推行新政刚刚有了希望，却又要胎死腹中，他岂能心甘，岂能说停下就停下？

寤生骤然感到身体像被抽干一样，大脑中一片空白，身子像棉花一样，一点劲也提不上来。

他想为天下人做点事情为何就这么难？不知不觉中，大滴的眼泪从眼眶之中流了出来。

小邓曼默默地看着寤生，眼里也涌满了泪水。她了解寤生的远大志向，也知道他急于改变大周四夷交侵的落魄局面，更加理解他事业遇挫的痛苦。她明白，这种痛苦往往是钻心的、触及灵魂的！

小邓曼很想上前劝慰一番，不过很快就改变了主意。只见她眼里含着泪，默默地看着寤生，他软弱无力得如同一个祈求主人保护的羔羊。她很清楚，对于寤生来说，此刻能治愈他心里创伤的灵药，不是导师般的教导，而是要重新激起他男人的雄性和斗志。

小邓曼低声唤道："君上……"

寤生的目光转向了小邓曼。

四目相望的一瞬间，寤生浑身一阵战栗。小邓曼楚楚可怜的样子，令他顿时感到热血沸腾。他在灵魂深处问自己，连身边的人都保护不了，何谈守护这天下？眼前的挫折和困境怨不得别人，关键还在于他自己不够强大。无论将来的路有多难走，他都要勇敢面对，奋力争取！功成，不必在我，但必须有我！不论成败如何，最起码，自己努力了，奋斗了！

寤生站起身，走到小邓曼跟前，紧紧拉住她的手，温和地说："夫人，你不用担心我，这点困难还压不倒我！"

伯毅欣慰地看着寤生和小邓曼，正想说话，却见公子吕领着祭足、高渠弥、公孙子都、原繁等人走了进来。

众人都已经知道了朝堂上发生的事情。

公子吕听到消息，就慌忙往朝堂上赶。他很了解寤生诚实耿直的性格，他可以忍受拒绝，但决不允许欺骗。大王如此耍弄寤生，他真怕寤生年轻气盛，做出什么出格的事情来。他赶到朝堂时，寤生和伯毅已经离开了，便掉转马头，火急火燎地赶来了寤生的府邸，在门口正好遇见祭足等人。

公子吕看寤生已经恢复了常态，悬着的一颗心终于放到了肚里。公子吕又想起侄儿受到的不公和委屈，不由得眼睛一酸，泪水在眼里直打转，颤声说道："君上……生儿……"

寤生看了公子吕一眼，知道叔父在心疼自己，松开小邓曼，走到主位之上坐了下来，大声说道："叔父，快请上座。诸位爱卿，大家都坐下来吧，寡人正有要事和大家商议。"

众人都坐了下来。

寤生问道："尚父，我们离开郑国已有多长时间了？"

伯毅感伤地说："君上，我们离开郑国有十多年了！"

寤生仰了仰头，大声说道："寡人想家了，寡人想回郑国了！"

寤生一句话，令在座的人眼睛全红了。

公孙子都哽咽着说："君上，咱们回郑国，不在这里受那些恶人的气了。"

众人跟着齐声说道："走，走，我们回郑国，不在这里受他们的恶气！"

祭足连连咂嘴，求救般地向伯毅望去。

伯毅微笑地望着众人，丝毫没有阻拦的意思。

祭足有着与寤生相同的远大理想，就是要在王庭推行新政，要革故鼎新，改变这天下，他们的改革梦想如果因此而断送，他岂能甘心？他悄悄走到伯毅跟前，低声说道："太傅，难道我们就这样甘心认输了吗？难道我们推行新政的远大理想就因此而夭折了吗？"

伯毅摇了摇头，说："以退为进，何尝不是一种为政之道。君上如此大功于王庭，却遭到大王如此耍弄，你觉得我们留在这里还能做什么？”

祭足顿时明白，看来返回郑国已成定局。当前，君上乃至郑国已成为天下的笑柄，他们在王庭再做事情，不论对错都已经没了号召力和感召力。与其徒劳无功地做，还不如暂时隐退，等待时机成熟后再一展抱负。

想到此，祭足心头油然涌出一丝悲哀！这一走，老天还会给他一展才华的机会吗？

寤生冲众人摆了摆手，说道：“大家都回去准备一下，打点一下行装，明天我们就离开雒邑，返回郑国。”

高渠弥问道：“君上，留在王城的郑军也回去吗？”

寤生不高兴地反问道：“你觉得还有留下的必要吗？”

高渠弥慌忙走出几案，双膝跪地，大声说道：“微臣遵命，这就回去整顿军队，明日一早，大军开拔，返回郑国！”

众人纷纷起身向外走去。

待众人都离开大厅，公子吕小心问道：“君上，我们离开王庭，不用和大王说一声吗？”

寤生连连冷笑道：“既然王无王样，他岂能再要求臣有臣规？我们只管返回郑国，不用理会他！”

伯毅转向公子吕，说道：“上卿，大王这样无情无礼地对待我们，我们虽然不能明着对抗，但并不表明我们没有意见，并不表明我们没有态度。既然王庭不再需要我们，我们还跟他客气什么？悄然隐退，已经是给他最大的面子了。”

寤生笑了笑，说道：“叔父，王庭如此，大王如此，眼前所有的一切，都远远超出了我们当初所料。我们的确需要静下心来好好思虑一下以后的发展方向了！”

伯毅上前一步，说道：“君上，您连日来为国事操劳，也需要回郑国好好休养一番了，也该要个世子了！”

寤生看了看小邓曼，笑道：“夫人，你可不要辜负尚父的期望呀！你要给寡人多生几个公子来，为郑国开枝散叶！”

小邓曼丝毫没有娇羞做作之态，悄声说道：“君上，您要说话算话，妾身亦盼着为郑国添丁!”

寤生哈哈大笑起来:“寡人说话算话。螽斯羽,揖揖兮。郑之子孙,绳绳兮!”

说完,走到小邓曼身边,挽起她向内室走去。

5

申侯万万没有想到事情竟然是这样一个结局。虽然他被免官罢职,寤生却一气之下回了郑国。不仅他府中之人全回去了,连驻扎在王庭的郑国军队也全部撤了回去。离开时,连向周平王告假辞行都没有,显然是摆出与王庭老死不相往来之势。这下好了,寤生的离开等于王庭又回到了他的手中。连日来,申侯高兴得连做梦都能笑出声来。

兴奋之余,申侯对今后的发展进行了全面调整和规划。他觉得,这也许是上苍给他的最后一次机会。他必须充分抓住这次机会,尽早把周平王这个糊涂之君给撸下来。当初就是因为他的犹豫和顾虑,想等待最好时机,一举颠覆大周的政权,才造成寤生的崛起,险些被寤生逼到万劫不复之地。现如今寤生赌气离开了王庭,他绝不能再给寤生第二次崛起的机会。

申侯很清楚,他要起事必须紧紧地把虢国、卫国和宋国抓在手中,有了这三国,他就有了和中原各国一决高下的资本,即使寤生举兵平叛,他也不怕。虢公忌父一直是他的死党,虢国他不用忧心。要想成事,必须尽快帮州吁和与夷夺得君位。他能感觉出这两个小子的着急与焦虑,他们都想借寤生离开王庭的机会夺得君位,即使将来寤生回到了王庭,可他们继位已成事实,寤生也不会拿他们怎么样。为了君位,二人天天找申侯,缠着他想办法。说是找他想办法,无非想借助他的势力和影响力。尤其是州吁那小子,自从其兄姬完继承君位后,天天在申侯面前骂姬完。说姬完就是一呆子,根本不懂治国统兵,卫国在他手中早晚会完蛋。还信誓旦旦地保证,只要帮他夺得君位,以后卫国就是他申国的马前卒,会处处唯申侯马首是瞻!

申侯在暗叹州吁急功近利的同时,对下一步走向已经有了定见。他之所以稳坐不动，并不是心里不急，而是想再等等看看，看看寤生是不是在跟他耍花招，是不是在玩欲擒故纵的把戏。他一等再等，非但没见寤生返回王庭，就连郑国对王庭的供给也断了。

申侯觉得是该动手的时候了。这天，他特意把虢公忌父、与夷、州吁请到了家里。

忌父、与夷、州吁三人也在时刻关注着寤生的一举一动，当他们得知寤生在郑国豪言，此生决不再踏入王庭后，一个个激动得心简直要跳出来了。

见到申侯，州吁就忍不住高声说道："我们再也不用怕那寤生了，他已经宣布此生再也不会踏入王庭。"

与夷瞪了州吁一眼，不高兴地说："谁跟你我们，我什么时候怕过那寤生？在我与夷眼里，他算个什么东西！"

州吁本就是个火暴脾气，顿时变了脸色，挖苦着说道："你不怕他？你当初身为世子，怎么没有直接继位呢？为何只身偷偷跑到王庭向申侯求救呢？"

与夷大怒："你……"

虢公忌父忙起身打圆场："真是一个槽上拴不了俩叫驴！看看你们俩，三句话不到就掐起来了，这样我们还如何能团结一致成大事呢？"

申侯摆了摆手，说道："你们也别再斗嘴了，机会稍纵即逝，我们还是抓紧时间议一议大事要紧！"

与夷和州吁眼里顿时亮起了狼一样的光芒，二人都知道申侯话外的意思，看来他已经下定决心帮他们谋取君位了。

申侯转向州吁，问道："掌控卫国军队，你有几成把握？"

州吁想了想，说道："八成！王庭的卫军将领，已全部换成了我的人，至于卫国国内的军队，我相信石厚能控制八九。"

申侯疑惑地望着州吁："石厚？石厚是谁？"

州吁爽口说道："我的死党！我让朝东他不朝西，叫他撵狗他不打鸡！"

虢公忌父补充说道："石厚乃卫国大夫石碏的儿子，是卫国腹心之卫的统领。”

申侯猛地一拍手，兴奋地说道：“如此，大事成矣！这样……”说着，他向三人招了招手。

三人忙聚拢过来，勾着头围在了申侯的身旁。

申侯低声说道：“州吁，你君父的忌日不是快到了吗？你要以祭祀君父为名，带兵返回卫国。”说着，他转向虢公忌父和与夷：“你们二位也要带兵前往卫国一趟。”

与夷急声问道：“我们去卫国干什么？以何等身份去？”

申侯说道：“去卫国助州吁夺取君位！你们以王庭下卿和司空的身份前往卫国。理由就是替大王前去吊唁卫庄公。忌父兄，等会儿你向卫国发一诏令，就说不日王庭下卿将代表大王前往卫国吊唁先君，让那姬完提前做好接待你的准备。”

州吁兴奋地说道：“有这么多的军队聚集卫国，看他姬完敢不退位！”

虢公忌父惊疑地望着州吁，问道：“难道你想硬逼姬完退位？”

州吁一副无赖的样子，做出抹脖子的动作：“当然了！他不退位，我就杀了他！我手中有兵，在卫国我想怎样就怎样！”

虢公忌父无语地看了看州吁，将目光转向了申侯，说道：“州吁身为王庭司空，若硬逼姬完退位，这样明目张胆地违犯周礼，在下觉得似是有些不妥。”

州吁顿时感到非常不爽，心中暗骂道：你个老杂毛，管得可真多！真是饱汉子不知道饿汉子饥，老子都已经等了这么长时间，你还在这里说这说那的。他正想发作，却被申侯拦住了。

申侯诡秘一笑，说道：“忌父兄放心，此事我早已谋划，不会让你和州吁有话柄留给天下诸侯。”

虢公忌父疑声道：“哦？”

申侯说道：“实不相瞒，我早就派影子团深入卫国了，他们已在那里做好充分准备，只待我们一声令下，就可让姬完去见他的君父。姬完一死，州吁不就可以顺理成章地继承君位了吗？”

虢公忌父和与夷的脸色顿时变了，他们早就听说申侯手下有一批影子杀手，专门执行对各国君侯公卿的暗杀任务。

州吁脸上显现出一丝阴险的笑容。他早已做好刺杀姬完的准备，根本用不着申侯的什么影子团。他之所以迟迟没有动手，就是在等申侯的决心和命令。现在既然申侯已经下定决心帮他篡位，回到卫国后，他就可以毫无顾忌地大干一场了。

6

对于州吁和与夷的任命，周平王是经过反复思量的。他之所以没有直接任命二人为王庭的司空和司马，就是怕寤生等人当庭反对，跟他翻脸。他原本想着，寤生可能对此会心里不痛快，最多也就是事后闹腾一下。万万没想到，寤生竟然不告而别，带着自己的人全部撤回了郑国，而且还撤走了军队，断了郑国对王庭的供给。撤走军队他倒不怕，短时间内四夷还打不到雒邑，但对于郑国的断供，很快他就撑不住了。

仅仅几个月的时间，王宫中别说山珍海味、鸡鸭鱼肉了，连蔬菜粮食都几乎断了。

周平王让周公黑肩找申侯接供，申侯双手一摊，冷笑着说："我又不是王庭太宰卿，现在是无职无权之民，凭什么让我给王庭供给？"

周公黑肩苦着脸说："现在大王已经是吃了上顿没下顿了，我该找谁来供给？"

申侯冷冷地说："你去找寤生呀，他不是太宰卿吗？寤生不在，你去找忌父、州吁呀！他们占据着王庭的位置，凭什么让我申国来供给？"

周公黑肩热脸贴上了冷屁股。申侯不仅拒绝为王宫供给，索性连给黑肩家的供给也停了。随后，周公黑肩先后三次上门求救，都被堵在门外，最后连申侯的影儿也没见着。

无奈之下，周公黑肩又找到了虢公忌父。忌父倒是很热情，信誓旦旦地说："这事儿应该找公子州吁，他虽不是王庭司空，但目前却行使着司空的职权，你去找他吧，我敢保证，他一定能帮你解决这个问题。"

说实话，周公黑肩真不愿意去找公子州吁。他受不了州吁那个不讲礼节、吊儿郎当、说话没轻没重的无赖样，尤其是州吁看人的眼神，从来都是带着轻蔑、不屑和高高在上，好像他高人一等似的，根本就不知何为尊重。

周公黑肩来到州吁府中，本来他心里就发怵，又见州吁端坐在几案后，头也不抬，对他爱理不理的样子，心中更是紧张起来，结结巴巴地说："公子……公子……你……你……"

州吁抬起头，厌恶地瞪了周公黑肩一眼，说道："你是叫我吗？"

周公黑肩慌忙说道："是呀，公子！"

州吁一拍几案，怒道："你懂不懂规矩？我现在是王庭的司空，连官称都不会喊吗？亏你还是掌管礼制的王庭中卿，你学的周礼都去哪里了？"

周公黑肩被州吁骂得满脸通红，急声辩解道："谁封你的司空？大王不过就是让你临时负责这摊差事！"

州吁抓起几案上的竹简向周公黑肩砸了过去，怒道："你是来看我笑话的？看我不揍死你！"

周公黑肩躲闪不及，竹简愣生生地砸在了脑门之上，顿时血流不止。

州吁看周公黑肩满脸是血，不由得哈哈大笑起来，指着周公黑肩骂道："你现在知道我的厉害了吧？我告诉你，以后见到本司空，你给我客气点，否则我见你一次打你一次。"

周公黑肩气急败坏地说："你这狂徒怎敢对本卿如此无礼？我告诉你，大王下诏，从此以后让你卫国负责王宫的供给，你即刻给王宫送去一些布匹衣食。"

州吁站起身，走出几案，鄙视地望着周公黑肩："我就知道你这个老家伙来找我没好事！让我卫国供给，做你们的美梦去吧！大王让我做个没有名分的假司空，如此刻薄吝啬，还想让卫国提供给养，你们的脑子是不是被驴踢了？"

周公黑肩指着州吁，愤然说道："你……你敢骂大王？"

州吁一巴掌扇在了周公黑肩脸上："我骂他又怎么样，惹恼了我，我一把火烧了他的王宫！别以为我不知道，都是你出的坏主意，你还敢来我的府邸，信不信我把你扔到粪坑里？"说着，伸手向周公黑肩抓去。

周公黑肩吓得连连后退，转身就跑。

州吁手指着周公黑肩的背影哈哈大笑："吃不上饭了才想起我州吁，想起我卫国来了，有粮食我就是喂狗，也不给你们这些老东西！"

周公黑肩何曾受过此等侮辱和委屈，回到王宫，见到周平王，忍不住悲从心来，放声大哭起来。

周平王看周公黑肩满脸是血，急声问道："爱卿，你这是怎么了？"

周公黑肩边哭边说道："还不是被州吁那个狂徒打的！"

周平王问道："他为何打你？"

周公黑肩止住哭声，生气地说："那州吁就是个畜生！见到老臣，他二话不说，张口就骂，抬手就打，对老臣极尽侮辱。他……他还骂大王脑子被驴踢了，还说他的粮食就是喂狗也不供给王庭。老臣……老臣……还差点被他扔进粪坑。大王，老臣可真被羞辱死了！"

"畜生，畜生！"周平王气得浑身发抖，"当初就不该让他暂接其父之职！唉！这可咋办？申国、卫国都不愿为王庭提供供给，要不，劳烦爱卿再去求求虢公忌父和公子与夷吧！"

周公黑肩泣声说道："大王，我已经求过他们了，他们都不愿意管，都说此事应该由州吁来管，要不然我怎会去找那个狂徒！"

周平王顿时慌了，连声说："这可如何是好？这可如何是好？"

周公黑肩哭丧着脸说："大王，我们恐怕还得请寤生回来主持大局！"

周平王当即说道："那快给寤生下诏，让他抓紧时间回王庭履职呀！"

周公黑肩为难地说："大王，恐怕寤生不会来！"

周平王生气地说："这都是什么臣子？动不动就给寡人撂挑子，实在不行，你就去郑国代表寡人请他！"

7

极度的气愤和郁闷，让寤生患上肺疾，时常咳嗽不止。

得知王庭断炊的消息，尤其听说申侯、州吁等人把王庭折腾得哀鸿遍野之时，寤生心中愈加感到悲凉和痛心。

寤生几次想让人前往王庭送些粮食，都被身边人劝阻了。他并不是一时心软感念周平王，而是觉得泱泱大周，天下共主，竟然到了饿肚子的地步，今后王庭和周天子还有何颜面和威望号令天下？

王庭出现这样的情况，完全是周平王等人咎由自取。可这样一来，他在大周王庭和天下诸侯推行新政的计划就彻底告吹了。

每每想起这一点，寤生内心就忍不住充满愤懑和怨恨。为了大周能够一统天下、号令诸侯，为了让周天子真正成为天下共主，他呕心沥血、殚精竭虑、委曲求全，全身心地为王庭付出，得到的却是周天子的猜忌和欺骗。

他不理解大王是怎么想的，为何如此昏庸糊涂！自己明明是在为他安抚这天下，申侯等人明明是在祸害大周，大王竟然一点也不念他的好处，竟然还是那样信任申侯，任由他危害这天下。

他不明白老天为何这样不开眼，奸臣当道、小人横行，他胸怀天下、心系苍生，满心想着造福黎民百姓却落得当下的结局，而申侯等人利欲熏心、坏事做尽，却能逍遥快活于王庭。这样下去，大周必然四分五裂、国将不国。

他不清楚命运为何如此多诡，在他事业刚刚要打开局面的时候，给他迎头棒击，直打得他晕头转向。虽然他也认为此举是以退为进，可命运能否让他东山再起着实难说。

他不知道自己的理想和愿望还能不能实现。有此一劫，王庭势必在天下诸侯间彻底失去威望，他也失去了推行新政的绝好机会，即使他以后能够顺利回到王庭，但要推行新政，推行力度和效果都会大打折扣。

寤生独自踱步在花园中，忧虑、委屈、愤怒、不甘、绝望一波接一波地踩踏着他的心灵，让他感到痛楚万分。

“行道迟迟，载渴载饥。我心伤悲，莫知我哀！”

“心之忧矣，如匪浣衣。静言思之，不能奋飞！”

“知我者，谓我心忧；不知我者，谓我何求？悠悠苍天，此何人哉？”

寤生驻足在院中，凝视着连绵的邙山，愈加思念身在远方的伯灵，他真后悔当初把伯灵留在王庭，接着咏道：

"青青子衿，悠悠我心。纵我不往，子宁不嗣音？青青子佩，悠悠我思。纵我不往，子宁不来？挑兮达兮，在城阙兮。一日不见，如三月兮！"

咏着咏着，寤生的泪水已流满了脸庞。

此时此刻，伯灵已悄无声息地来到了寤生跟前。听说寤生忧愤而疾的消息后，她马不停蹄星夜从雒邑赶了回来。

忽然间，寤生佝偻着身子，紧接着是一阵剧烈的咳喘。

伯灵慌忙上前扶住了寤生，泣声说道："君上，您这是怎么了？怎么病成这个样子？"

听到伯灵的声音，寤生转过身来，边咳嗽边直直地看着伯灵，激动得一句话也说不出来。

伯灵慢慢地为寤生擦拭脸上的冷汗。

寤生一把抱住了伯灵，然后又推开，目光恍惚地说："灵儿，真的是你吗？我不是在做梦吧？"

伯灵泪眼婆娑地望着寤生，低声呢喃道："君上，是灵儿，灵儿回来了！君上，您怎么瘦成这个样子了？"

寤生再次抱紧伯灵："寡人没事！你回来了，寡人的身体就好了！"说着，牵着伯灵的手，向凉亭走去。

二人在凉亭坐了下来。

伯灵关切地问道："君上，让我来给您把把脉，您咳喘得这么厉害，疾医开了什么药？"

寤生摆了摆手，说："寡人身体无碍，可能是受了风寒，很快就好了。你快说说王庭那边的情况，听说大王连吃的都接不上了。"

伯灵抓起寤生的手，一边把脉一边埋怨道："你呀你，他都那样对你了，你还牵挂着他？"

寤生痛苦地说："大王作为天下共主，竟然连吃饭都成问题，这要传到各国，大王还有何脸面掌管天下，号令诸侯？天下各国谁还把王庭的诏令当回事儿？"

伯灵笑了笑，说道："君上是否还在为推行新政之事烦恼？"

寤生悲伤地说："我们前半生所有的筹谋、运作，无不是为了这一目标，如今半途而废，虽是造化弄人，但寡人心中着实不甘。灵儿，你说我们的愿望还有可能实现吗？”

伯灵叹了口气，说道：“当年周公旦成功推行新政，关键在于他能完全执政。细细想来，君上遭此挫折，本也在情理之中。即使没有这一变故，上有大王猜忌，下有申侯等人掣肘，君上推行新政之路也很难顺利走下去。”

寤生失望地说：“灵儿，难道说从开始这就是一条走不通的路吗？”

伯灵看了看寤生，说道：“君上，您以退为进，负气返回郑国，虽然对推行新政影响巨大，但也未必不是一件好事，君上可以借此机会实现完全执政。”

寤生疑惑地望着伯灵：“完全执政？我还有机会到王庭领政吗？”

伯灵坚定地说：“有，完全有！据我掌握的信息，大王已派周公黑肩来郑国请您返朝了。下面就看君上有没有定力和他们讨价还价了，如果大王不同意您完全执政，灵儿建议您就不要再去雒邑了。”

寤生陷入了沉思，许久方才说道：“你说的有道理，如果不能完全执政推行新政，寡人返朝还有什么意义？”

伯灵信心满满地说：“君上放心，大王为了让您返朝，定会满足您提出的一切条件，但这要看君上是否有足够的定力。当今王庭经申侯、州吁等人一番胡乱折腾，可不仅仅是在天下诸侯中颜面尽失，而是时刻面临着垮台灭亡的危险。您可知，雒邑已经乱了起来，王师在城内到处烧杀抢掠，用不了多久，他们可能就要闹到王宫了。”

寤生吃惊地问道：“为何闹到了这般田地？”

伯灵说道：“州吁不仅断了王庭的供给，王师的供给也给断了。王宫那里有一些大臣的救济，短时间内不至于饿死人；可王师就不同了，断了粮草供给，他们只能靠抢夺来维持生活。”

寤生重重地一拍几案，怒道：“一帮小人，祸国殃民！如此下去，我大周亡矣！”

伯灵凝望着远方，伤感地说道：“一旦大周亡了，这天下可就彻底地乱了，到时候诸侯混战，哀鸿遍野，民不聊生呀！”

寤生一跃而起，坚定地说道："有我寤生在，决不让天下出现这种局面!"

伯灵也站了起来，说道："君上，莫要再为返回郑国之事烦恼了，打起精神来，置之死地而后生，方显英雄本色。人的一生重在过程，不在结果。只要我们为夙愿争取了、奋斗了，只要为这天下努力了、打拼了，只要我们没有遗憾，一切都值得!"

寤生眼里显现着激动的光芒，伸开双臂抱紧伯灵，连声说道："灵儿、灵儿，我的好灵儿！感谢上天将你赐予寤生，感谢上天把你和寤生安排在一起!"

伯灵偎在寤生怀中，闭上了眼睛，低声说道："生儿，我们如果天天这样在一起，该有多好!"

寤生的手在伯灵脸颊上轻轻抚摸着："灵儿，我的好灵儿，寤生何尝不想我们天天这样在一起？都怪寤生无能，让你四处为寤生奔波。寡人已经下定决心，再也不让你出去了。寡人要让你天天陪着我，一起终老!"

伯灵低声吟唱道："彼采葛兮，一日不见，如三月兮！彼采萧兮，一日不见，如三秋兮！彼采艾兮，一日不见，如三岁兮!"

8

当州吁绘声绘色地讲述完他如何调戏周公黑肩后，申侯、虢公和与夷三人都哈哈大笑起来。

申侯笑得眼泪都流了出来。笑着笑着，他忽然想到，王庭闹粮荒不正给他提供了机会吗？他们只要停了王庭直属军队的供应，用不了多久那帮人非造反不可。只要把王庭的直属军队逼反了，等他们闹腾起来掀了周天子的摊子，他就可以顺理成章地趁机夺了大周的天下。现在，他在王庭手握申国、虢国、卫国、宋国四国之兵，等的就是王庭内乱这样一个机会。

申侯偷偷地瞄了三人一眼，心中有了新的主意。他很清楚，虢公忌父、与夷和州吁三人虽然此时听命于他，但这个想法是不能明着给他们说的。说了之后，一旦有人反水，此事就是他家灭族的证据。这些年，他之所以能一次又一次逃脱大周礼法的惩治，就是他自认为没有证据和把柄留在周平王和寤生手中。他要用其他手段牵住他们的心，让他们为己所用。

等众人都止住了笑，申侯对着虢公说道："忌父兄，你的机会来了，可一定要抓住呀！"

虢公忌父警惕地问道："我的机会？什么机会？"

申侯诡秘地笑道："当太宰卿呀！现在寤生已经离开了王庭，太宰卿不是空着吗？你正好可以利用宫廷缺粮的机会，向大王讨要太宰卿之职。"

与夷跟着说道："申侯说的有道理，你可借这次机会把太宰卿讨到手，顺便也让大王把我和州吁的职位给明确了。"

虢公忌父犹豫地说道："他会给我吗？"

州吁瓮声瓮气地说："如果这时候还不给咱们，咱们还伺候他干甚！跟我要粮食，一粒粟子也不会给他！"

申侯笑了笑，说道："州吁说的也不无道理，如果此时大王还是这么吝啬，我们还用忠心耿耿地伺候他吗？"

虢公忌父看了看众人，说道："那我就试试？"

虢公虽然嘴上说试试，其实心中已对谋取太宰卿之位有了七八分的把握。他暗想，就用粮食供应跟周天子和周公黑肩谈条件，只要周天子让他当上太宰卿，以后王室的供应他虢国全包了。现在寤生负气而走，等于和王室彻底决裂了，周天子要维持王庭运作，也亟须他填补上来上朝领政。否则，不说其他，没有他主持大局，周天子连吃饭问题都解决不了。

申侯说："州吁，为了配合虢公谋取太宰卿，从明天开始，你就停了王室直属军队的供应，让他们去逼大王。只要把他们惹急了，他们什么事情都能做得出来的！"

州吁笑道："不瞒您说，我早就把他们的供给减半了。"

申侯恶狠狠地说："这还不够，要彻底断供！"

此刻，与夷已经看出了申侯的心思，阴声怪气地说："最好把他们给逼反了，等他们闹腾大了，我们不如把那人的王位夺来算了，省得天天在这儿算计，真费脑筋！"

申侯连忙说道："公子可真会说玩笑话！不过，这话在我们几个面前说说算了，在外面可真不能说，这可是杀头的重罪！"

州吁也跟着笑道："我们都不怕那人，你会怕他？"

虢公忌父知道再和这些人一起说这没有王法的话绝没有好下场，忙站起身道："三位，我家中还有些事情，先告辞了！"说着，也不等申侯回话，直直地向外走去。

申侯脸上露出一丝狞笑，酸酸地说："你们快别说了，忌父兄都被你们吓跑了！"他能看得出来，虢公还是不想周天子倒台的，多亏刚才他没有向虢公亮出自己的底牌。

州吁不屑地望了一眼虢公忌父的背影，大大咧咧地说："这个老家伙，就是一胆小鬼！"

与夷说道："哼！他不是胆小，他是在牵挂着自己的太宰卿！"

与夷说得没错，虢公忌父现在心里想的的确全是太宰卿这个职位。他离开申侯府邸，并没有回府，而是直接去了周公黑肩家。

周公黑肩心中对虢公充满了怨气。寤生离开了王庭，现在事实上就是虢公在主持着王庭的工作，王室的供应等一切诸事本就是他管理的事情。可他不但不积极想办法，还推三阻四地耍滑头，让自己在州吁那个狂徒面前丢尽了颜面。

周公黑肩的冷淡表情，让虢公看出了他心中的怨气，虢公笑着道歉道："黑肩兄，都怨在下考虑不周，让您受委屈了！全是在下的错，今天特来给您请罪了。"

周公黑肩不高兴地说："你不知道州吁有多狂，对我张口就骂，抬手就打！你看看，我这头被他打得到现在还流血呢！"

虢公故作生气地说道："州吁如此不懂礼节，回头我定会训斥于他，让他登门向您负荆请罪。"

"唉！"周公黑肩深深地叹了口气说，"你也别让他给我负荆请罪了，让他快点恢复王庭的供应吧！再不供应粮食蔬菜，大王真的撑不下去了。"

虢公说道："我也着急呀！可我不是领政的太宰卿，说话没有权威，只要大王让我当太宰卿，我保证王室有充足的供应。还有，那州吁如果再对您不敬，我即刻拿他下狱！”

周公黑肩顿时明白了虢公忌父此行的目的，原来他不是来向自己道歉的，而是来请求自己帮助他谋位的。黑肩心中暗骂道：大王的死活你不管，心中却一心想着当官，如此狼子野心，大王岂会把王朝领政之职交给你？他很想借机辱骂虢公忌父几句，可话到嘴边又硬生生地咽回肚里。现在的王庭，寤生走了，还是虢公和申侯等人的天下。得罪了他，自己绝不会有好果子吃。

虢公见周公黑肩迟迟没有言语，忍不住说道：“在下想请周公跟我一同面见大王。我知道大王最信任您，请您一定帮忌父在大王面前多多美言。您放心，只要您帮忌父谋得太宰卿一职，以后您家的所有供应我虢国全包了！”

周公黑肩心中暗暗冷笑：以前申侯就曾信誓旦旦地向他保证，以后他家的吃穿供应申国全包了，可转脸就不认账了。今天，虢公忌父又说出这样的话，他还能相信吗？不过，不信归不信，眼下他是绝对不能得罪虢公的。

想到此，周公黑肩说道：“好吧，我可以跟你见大王，不过大王是否同意你当太宰卿，我可就爱莫能助了！”

虢公兴奋地说：“好，好！那我们现在就去找大王！”

9

虢公忌父带着周公黑肩兴冲冲地来到周平王的后宫。

周平王正在生闷气。周公黑肩受到了侮辱，让他深感羞耻的同时，也不得不对自己这些年的所作所为进行反思。这些年来，他从镐京逃到雒邑，无非就是为摆脱申国的掌控。可真的做到了吗？由于他的软弱无能和昏庸糊涂，他根本没有逃出申侯父子的掌控，现在竟然混得连吃饭都成了问题。他一个堂堂的天下共主，混得竟然向自己的臣子讨饭吃，也真是窝囊到家了。

如果寤生还在王城，绝不会出现这样的事情。想起寤生入朝领政以来的诸多好处，周平王愈加怀念起寤生来。寤生不就是想在大周推行新政吗？他推行新政的目的也是让大周强盛，让黎民富裕，自己何苦非要拦着他呢？

周平王连连暗骂自己昏庸，他下定决心，只要寤生愿意再来王庭领政，他一定把王庭的大权全交给他，放手让他去推行新政。

正在这时，虢公忌父喜滋滋地向周平王叩首请安："大王，忌父给您请安了！"

周公黑肩哭丧着脸，一句话也没说。

看到虢公忌父，周平王心中的气就不打一处来。忌父这个老滑头，如果他能担当作为，自己现在怎能如此狼狈？当初真是瞎了眼，让他当王庭下卿。等寤生回到王庭，就罢免忌父的所有官职，让他滚回虢国去。

虢公忌父看周平王黑着脸没吱声，便又讨好似的问道："大王，今日的餐食可好？要不，我……"

一句话激起了周平王的怒火，向来温和的周平王怒声吼道："来看寡人的笑话是不是？告诉你，寡人还没饿死呢！忌父，你身为王庭下卿，现在又代理朝政，竟然让寡人连饭也吃不上，你不怕天下诸侯笑话你，不怕青史留名吗？你你你……"

周平王气得浑身发抖，一时竟说不出话来。

周平王一连串的质问，弄得虢公目瞪口呆，连声说道："我……我……我……都怪那州吁！大王，您别生气，我马上就安排州吁给王室供应。"说着，求救般地向周公黑肩望去。

周公黑肩故意装作看不见，低着头，一声不吭。

慢慢地，周平王平静了下来，有气无力地说："寡人累了，你们还有事吗？没事儿就回去吧！"

虢公忌父恨恨地瞪了周公黑肩一眼。心想，事情既然到了这个地步，不如大胆地说出来吧。如果自己的诉求被大王答应了，那么以后的事情好说好商量，否则……

虢公忌父站起身说道："大王，王室断供，臣是有罪，但是臣也冤枉呀！常言道：不在其位，不谋其政。我一个下卿，又不领政，谁会听我的？如果大王能授予臣太宰卿之职，臣即刻……”

周平王冷笑着打断了虢公忌父的话：“你还想当太宰卿？你连个王庭下卿都做不好，还想当太宰卿？回家做你的美梦去吧！”

虢公忌父没想到周平王把话说得如此寡恩和恶绝，不由得站直身子，怒道：“大王，我忌父这些年对您忠心耿耿，自以为对得起王庭，对得起您的信任，没想到您竟然这样评价我！”

周平王眼里喷着火，说道：“你还忠心耿耿？忠心耿耿就是让我饿肚子，就是让我跟你讨饭吃？”

虢公忌父正要解释，就见统领王庭直属军队的右将军姬畅大步走了进来。

右将军姬畅看虢公忌父也在，还没向周平王施礼，就怒道：“正好下卿也在这里，你给我说说那州吁为何把我们军队的粮饷给减半了？你们这是想干什么，造反吗？”

周平王一听，才知忌父等人竟然连王庭军队的粮饷也给减半了，暴怒道：“忌父，你们到底想干什么？难道真的想造反？！”

虢公忌父没想到周平王对自己的误会竟然这么深，看来这个太宰卿是绝对没希望了，说不定自己的王庭下卿之职还会被拿掉。既然这样，他在这个王庭待着也没什么意思了，还不如一走了之，回他的虢国。

无欲无求便无畏。想到此，虢公忌父油然感到浑身轻松了起来，他站直身子，连连冷笑，说道：“你们冲我发什么火，有本事找那州吁发火去！有本事找那瘩生发火去！我忌父不在其位，不谋其政，你们饿肚子与我何干？”

周平王见虢公忌父竟敢公然顶撞自己，气得浑身发抖，连声说道：“你……你……你……”

虢公忌父索性抛开一切顾忌，怒道：“我怎么了？你如此寡恩，连个太宰卿都不给我，还有那州吁和与夷，本该授予他们司空和司马，你却吝啬着不愿分给他们，他们心中岂能痛快，岂能甘心为你卖命？”说着，他转向右将军姬畅，大声说道：“还有你，右将军，你要不到粮饷，谁也不要怨，要怨你就去怨他昏……”他本想骂周平王昏庸，但最终还是忍住了。

周公黑肩见虢公忌父越说越离谱，忙上前一步，说道："虢公，你怎么了？我看你是气昏了头，你还是快走吧！"

虢公忌父见周公黑肩竟然也敢数落自己，顿时大怒，吼道："黑肩，你算什么东西，竟敢数落寡人？我让你干什么来的？你这个墙头草，四面倒，你非但不替我说话，还跟他们一道陷害我！"

周公黑肩羞得满脸通红，他没想到虢公忌父竟然像疯狗一样逮谁咬谁。说来说去，当今之局面，都是自己贪图便宜引起的。当初要不是他为申侯所骗，没从正面引导周天子，令寤生气走郑国，哪至于出现当今之局面？所有这些，都是他咎由自取！他恼怒地看了一眼虢公忌父，退到一边，没再言语。

虢公忌父显然已经感到自己说得有点过分，知道若再留在这里，定会更加惹恼周天子，便深施一礼说道："大王，微臣告退。"

说完，虢公忌父转过身，疾步向外走去。

10

虢公忌父怒气冲冲地出了王宫。在宫门口他犹豫再三，最后还是决定去申侯府邸。此刻，与夷和州吁还在申侯那里喝酒。

三人见虢公忌父喜滋滋地去，却满脸怒气而回，已知他定是在大王那里吃了闭门羹，可三人却故意装作不知的样子，决定联合起来逗一逗虢公忌父。

申侯迎上去把虢公忌父拉到了座位之上，笑道："你去找大王了吧，结果怎样，他答应了吗？"

与夷接过话，说道："他应该会答应，现在寤生走了，王庭亟须有人上朝领政，大王巴不得有人替他分忧呢！州吁，你说是不是？"

州吁连忙说道："是、是、是，虢公在王庭这么多年，没有功劳也有苦劳，现在主动揽责，大王怎会否他的薄面？"

虢公忌父的脸一会儿红一会儿黑，抓起酒爵，一阵狂饮，高声说道：

“你们别说了！大王好狠心，今日之辱，我忌父与大王再无君臣之情！”说着，将头深深地低了下来。

申侯故作关心地说：“忌父兄，怎么了？”

许久，虢公忌父才抬起头，满脸泪花。他擦了一把泪，惨笑着说：“自取其辱，自取其辱呀！没想到我忌父在大王心中竟然如此不堪！”

申侯心中暗笑，他早知道周天子根本就不会把太宰卿给虢公忌父，他故意让忌父去求，就是为了挑起二人的矛盾，让忌父更好地为他所用，于是装作不知地说道：“难道大王没有同意你的诉求？”

州吁站起身，高声说道：“我就说大王不是个好东西，你们偏不信，现在知道了吧？”

申侯故作不解地说道：“不应该呀！现在都什么时候了，他连饭都吃不上了，还是那么吝啬？照我看饿着他不亏！”

与夷怒道：“既然大王不仁，就别怪我们不义！州吁，你即刻停了王庭军队的军饷，看他们能拿我们怎么办！”

州吁幸灾乐祸地说道：“等那帮家伙和大王闹起来，这王城就要有好戏看了！”

申侯阴狠地说：“忌父兄，你还是太心急了，你把他们想得太好了！我太知道大王为人了，他非常苛刻吝啬，不把他逼到绝路，他是不会给你想要的东西的！”

虢公忌父丧气地说：“我心已死，现在他就是求着我当那太宰卿，我也不会干了。我已下定决心，助州吁公子夺位后就返回虢国。今日特来告知诸位，各位珍重，忌父走了！”说着，向三人挥了挥手，蹒跚着走出了大厅。

周平王没想到，愤怒中他的几句无心之言竟然又气走了虢公忌父。寤生再不回王庭，王城恐怕真的会乱了。他知道，向寤生发布诏令已经不管用，只得让周公黑肩亲自前往郑国去请寤生。

寤生虽身在郑国，心却一直在雒邑。收到周平王的诏书，他本想起身前往王城，却遭到众人的一致反对。

公子吕第一个反对：“君上，他如此欺骗您，如果仅凭一道诏令就把您叫回去，以后他仍不会珍惜您，定然还会欺骗您。如果再遇到那种情况，您将如何面对？”

祭足接着说道：“君上，上卿所言有理。如果我们这样轻易地回去，不但那周天子，就是天下诸侯也会看轻我们！回去之后我们推行新政，定然还是阻力重重。如果在王庭不能推行新政，我们还去那里干什么？”

寤生看了看伯毅和小邓曼，他想听听他们二人的意见。

小邓曼说道：“君上，别说一道诏令，就是大王派人来请，我们也不能回去。祭大夫说得很好，如果不把大王逼到绝路，他定会还对您的新政设置重重障碍；如果在王庭不能推行新政，我们去那里干什么？还不如留在郑国，好好地经营我们郑国呢！”

寤生直直地看着伯毅，问道：“尚父以为呢？”

伯毅这才说道：“君上，为推行新政考虑，王庭不开出过硬的条件，我们着实不能回去。大王私心重，耳根子又软，不让他尝到苦头，他是不知道到底谁好谁坏的。推行新政，是改天换地之举，没有大王的支持，抑或君上在王庭未掌握绝对的权力，是绝难推行开的。”

伯毅顿了顿，接着说道：“君上，您知道我们为何在王庭半途而废吗？就是因为您在王庭没有掌握绝对的权力，就是因为大王没有对新政鼎力支持。所以，这次不是返回去那么简单，大王只有赋予您绝对的权力，您才能回去！”

寤生脸上浮现出满意的微笑，说道：“那寡人就听各位的，暂时先不回，把咱们郑国经营好！”

周公黑肩满心忐忑地来到郑国，见到寤生，一路小跑地迎了上去，连连施礼，带着歉意说道：“太宰卿，黑肩向您请罪来了！黑肩替大王正式向您道歉，大王说了，只要您回王庭领政，以后王庭大小事务全由您说了算！”

寤生冷笑着说：“周公，我记得此话大王说过可不止一次，可他真的做到了大小事务让寤生说了算吗？”

周公黑肩的脸一红，说道：“太宰卿，您就别和大王计较了。现在虢公也走了，王庭军队天天在王城闹事，王室也已经快要断炊了，求太宰卿早点回去主持大局吧，否则王城可真要乱了!”

祭足在一旁忍不住说道：“乱了？乱了跟我们有何干系？这时候想起我们君上了？”

寤生冲祭足摆了摆手，说：“周公，你回去吧，如果王室确实没吃的了，我郑国可以再给你们一些粮食，不过，这可是最后一次了。”

寤生说完，冲祭足点了点头，转身向内室走去：“祭大夫，替寡人送客!”

周公黑肩急声说道：“太宰卿、太宰卿，您听我说，您听我说……”

寤生已走得没了身影。

祭足上前拉了拉周公黑肩，说道：“周公，走吧！我家君上已经下定决心，他是不会再返回王城了。”说着，从怀中掏出一卷棉帛：“这是我们君上给你们的粮食，你到雒邑郑国商社亮出此帛，他们自会给你们需要的粮食，就当是我们君上最后的心意，你们权当救急吧!”

周公黑肩拿着棉帛，很不甘心地回到了雒邑。

周平王听完周公黑肩的诉说，急得出了一身汗，他来回走动着，不知如何是好。

现在他自己饿肚子倒不怕，最怕的是王庭军队的几千兵马，这些人不但天天来王宫催要粮饷，还在王城内烧杀抢掠，抢了不少王公大户。现在王城之内草木皆兵，许多诸侯都逃回了国内。他真怕有朝一日，这些军队来他王宫抢东西。

周平王心里很后悔！他真后悔当初不该欺骗寤生，要是寤生还在雒邑主政，那州吁也不敢明目张胆地干出这种恶事。

这天一大早，周平王就催人将周公黑肩喊到了宫中，他指着清水一样的稀饭，怒道：“周公呀，你看看，你看看，他们就让寡人吃这东西，寡人已经半个月没见一点油腥了!”

周公黑肩黑着脸说：“大王，您还有稀饭可喝，老臣已经两天没有吃一口米面了!”

周平王生气地说：“我让你去请寤生，他怎么还不回来？”

周公黑肩哭丧着脸说：“大王，我好话说尽，我把您给他的许诺都给他说了，可寤生就是不来，我能怎么办？我着实没有办法呀，大王！”

周平王叹了口气，说道：“看来寤生是不相信寡人之言呀！这样，为表达寡人的诚意，你带着太子再去一趟郑国，将太子作为人质留在郑国。如果他日寡人对他的承诺不能兑现，太子在郑国任由他处置。”

周公黑肩为难地说：“这……这……大王，这于礼不合呀！”

周平王急声说道：“都这个时候了，还讲什么礼！与其让太子跟着寡人饿死在雒邑，还不如让他在新郑为质，最起码不会饿死！还有，你看看这段时间天天有人上书，逼迫寡人严惩州吁；还有人威胁寡人如果王庭对州吁置之不理，他们从此将不再遵从周礼，不再尊寡人为王。寤生不来雒邑主政，用不了多久，我们就国将不国了。此刻，我们还讲什么周礼，还顾什么尊严呀？”

周公黑肩这才说道：“好吧！大王，老臣这就带太子再去趟新郑。老臣就是死在寤生面前，也要将他请到雒邑！”

11

终于等到了扬眉吐气的机会，州吁激动得一夜未眠，他感到再待在雒邑已经没有意义了，就带着驻扎雒邑的卫军返回了卫国。他走的时候把能带的东西全部带走了，就连营房的门板都给拆了带走。别看州吁表面上是个大大咧咧、什么都不在乎的人，内心深处却非常细腻。他深知，不当家不知道柴米贵，一旦等他当上国君，卫国需要钱的地方多着呢，所以他卫军能带的要全部带走，任何东西都不能给王庭留下。

带着诸多盆盆罐罐的卫军，行军像蜗牛一样，走走停停。不过，州吁对此并不着急，他甚至想故意走那么慢。虢公让州吁先走，说宋军随后就到。州吁深知虢公的精明，万一宋军不能履约到达卫国，仅凭他和石厚还真不一定能镇住卫国国内的腹心之卫。

临近卫国边境，州吁终于等到了公子与夷和他所带的宋军。

虢公坚持继续前行，却被州吁硬生生地拦住了。

州吁极力恭维道：“您身为王庭重臣，姬完理应高接远送，亲自到卫国边境迎接。”

虢公不知州吁葫芦里卖的什么药，故作推辞地说道：“这样不好吧？”

州吁说道：“在王庭，连大王都敬您三分，满朝王公大臣谁敢不尊敬您？这个礼节还是要讲的，否则天下诸侯谁还把您当回事呀？”

与夷也跟着说道：“我觉得州吁说的有道理，我们代表的是王庭，姬完理应到边境迎接我们。再说，我们此行的目的是助公子州吁上位，借此羞辱一下姬完，正好可以帮州吁赢得人心。”

州吁在稳住虢公的同时，派人暗暗给石厚送信，让他启动准备好的死士，赶在姬完前往边境的路上动手。

州吁又假借王庭，一连下了三道诏令，说周天子专程派虢公前往卫国祭奠卫庄公。卫侯姬完简直被搞得晕头转向，他不明白王庭为何突然对卫国如此重视，对他君父如此尊敬。尤其是让他亲临边境迎接王庭特使的诏令，明显有违周礼。他本不想去，可又想到王庭特使是来卫国祭奠君父的，又专门下诏令让他亲迎，如置之不理，于情于理真有点说不过去。另外，他知道先君素来交好于虢公，出于父辈的感情，他也应该前去迎接。

为此，姬完专门把石碏父子召到宫中商议。

石碏当即提出反对：“虢公虽为王庭特使，如确需迎接，老臣前去即可。他让君上前去迎接实为无礼，君上可不必理会。”

石厚慌忙说道：“父亲，儿子觉得此举恐怕有点不妥。”

“不妥？”石碏疑惑地望着石厚。他不理解这个向来听话乖巧的孩子，为何敢在君上面前提出反对他的意见。

石厚一改往日唯唯诺诺的神态，正色说道：“父亲，王庭派特使前来祭奠，儿子试问，天下诸侯谁能享受这一殊荣？王庭如此给足我卫国面子，我们岂能拒王庭特使于门外？再者，儿子以为，王庭之所以能派虢公和公子与夷来卫国祭奠先君，全是申侯运作的结果。先君生前交好于虢公，虢公一直视卫国为盟友，我们怎能因此而得罪虢公，交恶于虢国。”

石厚一席话说得卫桓公姬完频频点头。

石碏将头扭到一旁，他虽然辩不过石厚，但心里依旧不解。

石厚接着说道：“君上，虢公现为王庭下卿了，我们借此机会交好虢公，将来不论对君上您个人还是对整个卫国都是好事呀！”

卫桓公姬完的眼睛顿时亮了起来。是呀！以先君和虢公的关系，他只要给予虢公足够的尊重，日后王庭有好事，虢公定会处处想着他。不就是到边境迎接一下王庭特使吗？只当外出巡视一番。

想到此，姬完爽声说道：“寡人已经决定，明日前往边境迎接特使。”

石碏还想阻止，却被姬完拦住了：“石大夫，您不必再拦了。先君与虢公最为要好，出于对先君的孝心，寡人也应前去迎接。”

石碏赌气地说：“君上，那虢公并非良善之人，与他结交并非我卫国之福。老臣都不屑与之交往，君上何苦去攀他的高枝？”

卫桓公姬完见石碏始终难消对申侯的成见，不高兴地说：“石大夫既然不屑与虢公交好，此次边境迎接你就不用去了，在这里准备先君的祭奠仪式吧。”

石厚的心激动得快要跳了出来，他期盼的就是父亲留在京城，这样他就可以毫无顾忌地动手了。不过，他很快压抑住了内心的激动和兴奋，漠然地望着父亲。

石碏慌忙说道：“君上，您要离宫，老臣不在身边，岂能放心您的安全？”

姬完笑道：“寡人有石厚将军呢，石厚随行护驾，定然无忧。难道你对自己的儿子还不放心吗？”

石碏转身看了看石厚。

石厚双膝跪在了地上，大声说道：“微臣定当以死护佑君上安全！”

石碏依旧不放心地说：“石厚，你有把握护佑君上安全吗？”

石厚站起身，自信地说：“父亲，您就放心吧！我会带五千腹心之卫随行护驾，他们都是您带出来的兵，一定能护卫君上周全。一路上，我会寸步不离君上，护佑君上安全！”

第十七章　郲鲁之战

1

按照州吁的计划，要在姬完赶到边境之前进行刺杀。

石厚却有自己的考虑，在未见到虢公等人之前，若姬完死了，责任可就全在他身上了。即使将来州吁能放过他，卫国人也不会放过他。别说跟着州吁享受高官厚禄了，说不定在州吁继位之前他就成了被斩杀的替罪羊。因此，他虽然在姬完周围安排了许多杀手，但一直都没有动手。

州吁对石厚迟迟不动手非常不满，二人刚一见面，州吁便怒声训斥道："石厚，你想干什么？我不是给你讲得很明白吗，让你在到达边境之前杀掉姬完，你怎么到现在还不动手？"

石厚并没有表现出丝毫慌张，而是坦然地说："公子，途中刺杀姬完是好，但微臣刺杀君上的死罪也就坐实了。微臣倒是甘愿为您赴死，可您想过没有，一旦臣死了，卫国的腹心之卫谁来掌控呀？"

州吁满腔的怒气这才消了下去。石厚说的有道理，此刻他还真离不开石厚，不说卫国的宗室大臣，光是腹心之卫他就摆不平。这些年来，石厚借助他父亲石碏的权势，着实在卫国笼络了不少人。他要想稳住卫国，还必须借助石家这个卫国的定海神针，州吁随即哈哈一笑，说道："石爱卿，你说的有道理！我就是放弃这次行动，也不能让你以身犯险，我还需要与你共同治理这卫国呢！"

石厚说道："公子，您也不用着急，我已经谋划周详，就在今天晚上动手。晚宴之时，我会想方设法灌醉姬完身边的人。微臣也请您在晚宴上多敬姬完酒，最好也想法把他灌醉，到时候我们动起手来就容易多了。公子您想，目前这里有王庭的人、虢国的人、宋国的人，还有我卫国的人，到时候姬完是谁杀的，谁能说清楚？卫国宫室即使有人追究微臣的罪过，也不过是醉酒失察之过，臣定会自行请罪。"

州吁顿时明白了石厚的用意，笑道："你这个狡猾的家伙！不过，浑水摸鱼，还真是脱罪的办法。好，就这样办！"

对虢公等人的欢迎晚宴，在姬完的营帐中举办。

州吁倒还真是个能屈能伸的人，为了多让姬完饮酒，他和与夷串通起来，轮番给姬完敬酒，完全把姬完当成此次宴会的主角。

喝到兴起，州吁撵走寺人，跪在姬完身边充当起了陪侍，为姬完频频倒酒夹菜。

姬完没想到州吁对他如此尊敬恭顺，感动地说："阿弟，你快入座，这些让寺人来做就是。"

州吁流着泪说："君上，弟弟已有多年未见您，为君上身死也不足以表达对阿兄的思念，您就让州吁好好地伺候、护佑您吧！"说着，向石厚望去："石将军一路护佑很是辛苦，让他下去吧，这里有阿弟在！"

姬完也动了感情，说道："阿弟只要一心对待阿兄，阿兄在卫国定不会亏待你！"他转向身旁的石厚："石将军，这里有我阿弟护佑，今晚你尽可与将士们开怀畅饮。"

石厚拱手谢恩："谢君上恩典！"转身走出了营帐。

出了营帐，石厚便大声喊道："弟兄们，君上让我们开怀畅饮，快摆上酒肉，我们不醉不归！"

一切都是谋划好的，石厚不仅把守卫姬完的将士灌得大醉，他自己也醉成了一摊泥，硬是被将士抬到了营帐中。一直等到丑时，石厚悄然起身，独自溜出了营外。

营外的密林处，早有十多个死士在等着他。

石厚低声说道："中间大帐内的所有人全部杀掉，利索点！"

十多人闻声，猫一样向姬完的大帐围了过去。

守卫姬完的将士们一个个喝得东倒西歪的，都进入了梦乡。杀手们分工十分明确，大家各司其职，分别摸到姬完等人身边，见人就杀。姬完手下的将士还未反应过来，脑袋已经搬了家。

第二天，石厚早早地就起来了，醒来后就高喊道："我怎么在这里呀？快，快去看看君上，是谁在守护君上？"

石厚带着一帮手下急匆匆地来到姬完的大帐。看到遍地的尸体，石厚装作一副惊慌失措的样子，高声喊道："完了，完了！快进去看看君上！"

此刻的姬完已经身首异处，身子早就凉了。

石厚扑在姬完的尸体上号啕大哭起来："君上、君上！臣死罪呀！都怪臣护佑不力，都怪臣喝酒贪杯，臣要随您而去，以死谢罪！"

说着，石厚拔起宝剑就要抹脖子，身边的副将急忙拦住了他，纷纷说道："将军切莫过于悲伤，当前还需将军主持大局，处理后事呀！"

石厚放下宝剑，故作无力地说道："快请公子州吁，处理君上后事等一切事务，还需要他来定夺呀！"

得到姬完被刺杀身亡的消息，虢公、与夷都赶了过来。

州吁抱着姬完的身体哭得死去活来。

虢公冷冷地看着州吁，此刻他才明白州吁为何非要他们一行火速赶往卫国了。他知道州吁在演戏，心中不由得暗骂道：好狠毒的小子，竟然几天都等不得！虢公骤然明白，原来这小子根本就不信任自己，他早就做好了在这里刺杀姬完的准备。州吁之所以在卫国边境等他，就是为了把他拖入这场刺杀之中，以掌控和利用他。

虢公在暗骂州吁的同时，心中也暗暗感佩州吁和与夷这两个年轻人的凶狠毒辣和敢作敢为。虢公心想，如果少些优柔寡断，多些这两人的凶狠果断，说不定自己早已成就了大事。看来自己真是老了，真应该退出政治舞台了。他暗暗下定决心，等此事一了，他就让儿子姬林父来王庭历练，将来他也好平安退回虢国。

公子与夷倒是极力配合州吁的表演，他上前拉住州吁，高声说道："州吁兄，请节哀，现在处理你兄长的后事要紧呀！"

州吁抹了一把眼泪，站起身来，威严地注视着周围的卫国将士，泣声说道："众位将士，我们君上被贼人刺杀，我州吁在此发誓，只要我有一口气在，一定查到凶手，为君上报仇雪恨！"

石厚双膝跪在地上，大声说道："末将护佑君上不力，万死难辞其咎，恳请公子责罚！"

众将士见石厚自求责罚，齐刷刷地跪了下来，齐声说道："恳求公子责罚！"

州吁走到石厚跟前，把石厚扶了起来，拉着石厚的手高声说道："将士们，我卫国的好男儿们，在下知道你们护佑君上付出的辛苦和努力，此刻不是追究责任的时候，我们首先要尽快带君上返回都城，等把君上的后事处理完，再细细盘查杀人的凶手。"

此刻，护佑姬完的将士最怕的就是州吁追究他们护佑不力的责任。见州吁如此宽宏大量、明辨是非，无不激动地高喊道："公子圣明，公子圣明，吾等一切听从公子安排！"

国不可一日无主。在石厚的游说下，州吁赶到卫国都城的当天，就举行了继位大典，虢公忌父代表王庭为州吁举办了加冠礼。

刚刚举办完加冠礼仪，虢公一刻也没停留，就起身返回虢国。他本来是来参加卫庄公忌日祭奠仪式的，却在为州吁主持加冠仪式之后就离开了，给卫国上下留下了无限猜想。

其中就有卫国老臣石碏，他本来就对石厚极力阻止他护驾充满疑虑，又见州吁把卫军在王庭的全部家当都带了回来，这分明就是早有预谋不再返回雒邑了。又见虢公以祭奠之名而来，这又匆匆离去，更加深了他对州吁的怀疑。他怀疑自己的儿子石厚早已被州吁收买。且石厚护佑先君不力，非但没受到处理，还被州吁加封为上将军，统管卫国所有军队。

石碏和一帮老臣密切地关注着州吁和石厚的一举一动。州吁也没有闲着，三天时间不到，他采取明升暗降的手法，将卫国宫廷的关键职位全部换成了自己人，石碏等人一个个都被排除在权力圈之外。

等完全掌控了卫国，州吁立刻露出了狰狞面目。他的魔爪第一个伸向的就是姬完的后宫，他见姬完的夫人貌美，不仅直接霸占了姬完的寝宫，还让姬完的夫人侍寝。

姬完的夫人宁死不从，州吁盛怒之下，竟然拔剑杀了姬完的夫人，还高声怒吼道：“别说是你，整个卫国都是我州吁的！让你侍寝竟然不从，你以为我不敢杀你，实话告诉你，你的夫君姬完就是我杀的！”

很快，州吁杀兄淫嫂的恶行便大白于天下。州吁索性一不做二不休，全盘霸占了姬完后宫的夫人，他甚至连婢女也不放过，日日奸淫折磨姬完后宫的夫人和婢女。

石碏气得大病了一场。他很清楚，现在的卫国已牢牢掌控在州吁手中，虽然他是石厚的亲生父亲，但以州吁的心狠毒辣，只要让他看出自己的不满，他也定会对自己痛下杀手。他能做的只有忍耐，找准时机除掉这个恶魔。

州吁杀兄淫嫂的消息很快传遍了天下各国。

2

周公黑肩吸取了上次的教训，这次他到新郑后并没有急着拜见寤生，而是带着太子直接找到百岁老人太史伯。

见到太史伯，周公黑肩就和太子姬狐一起跪在了他的面前，泣声说道：“老太史，求您救救大周，救救大王吧！”

太史伯虽已百岁，但依旧身体硬朗、精神矍铄，他伸手拉起二人，问道：“黑肩，此人是谁呀？”

周公黑肩擦了擦泪说：“这是太子！大王为向寤生表达诚意和愧疚之心，特让在下带太子来新郑为质。大王说了，只要寤生愿意上朝领政，以后王庭所有事情均由他说了算。而且他还保证，只要不涉及宗室之事，一切事情他概不过问。”

太史伯冷冷地说道：“早知今日，何必当初！”

太子姬狐说道：“老太史，父王已知错。自从太宰卿走后，父王每日都懊悔不已。当下卫国州吁杀兄淫嫂，激起了天下诸侯共怒，纷纷上书王庭，要求严惩州吁，王庭若再不出面讨伐州吁，日后又有何理由让各国遵周礼呢？”

太史伯说道：“你可知，身为王庭太子到属国为质，不感耻辱吗？你可知，这可是要让寤生获罪于天下的呀！”

太子姬狐诚恳地说道：“只要太宰卿能上朝领政，只要能解大周之忧和父王之难，我忍受这耻辱又何妨？”

太史伯叹声说道：“好吧！你们只管在驿馆等待，无论此事成与不成，我定会让寤生前去见你们。”

送走了周公黑肩和姬狐，太史伯起身去了寤生的勤政殿。

听说太史伯来了，寤生和小邓曼、伯毅慌忙迎了过去，三人一直把老人搀扶到了座位上。

寤生笑着说道：“老太史，您怎么亲自来了？有什么事情招呼一声就行了，您要是想见寤生，我可以前去看您呀！”

太史伯说道：“生儿，我听说大王之前派人请你到王庭领政，被你拒绝了。难道你当初护佑天下的理想变了吗，真的想偏安一隅求得自在？”

寤生直直地看着太史伯，痛苦地说：“老太史，我何尝想拒绝他！只是他反复无常，三番五次骗我，我担心如果轻易返朝，他再变卦，我在王庭还是无所作为！”

太史伯脸上露出了笑容，说道：“黑肩又来新郑了，这次还带来了太子姬狐。为了劝你返朝领政，他们先去了我那里，求我来给他们讲情。他们说，大王为表达诚意，特让太子姬狐来新郑为质。”

“什么？太子来新郑为质？”一旁的伯毅惊得差点跳起来，连声说道，“不可，不可！”

小邓曼也跟着连连摇头：“他们此举是要让君上获罪于诸侯呀！不仅获罪于天下，君上还可能因此而青史留名，但是这个名，不是美名而是骂名！”

太史伯看着寤生，问道：“生儿，你怕不怕获罪于诸侯，怕不怕身后的滚滚骂名？”

寤生仰起了头，坚定地说：“天下无道，以身殉道！只要能让我实现在这天下推行新政的愿望，能让我实现改天换地的梦想，获罪于诸侯又如何，滚滚骂名又如何？”

“天下无道，以身殉道！好一个‘获罪于诸侯又如何，滚滚骂名又如何’！”太史伯感叹地说，“生儿，如此就让姬狐在郑为质！”

伯毅急忙阻拦道：“父亲，不可，不可呀！”

太史伯看了看伯毅，说道：“大王保证，只要寤生愿意上朝领政，以后王庭所有事情均由寤生说了算。而且他还保证，只要不涉及宗室之事，一切事情他概不过问。姬狐在郑为质，虽违周礼，但是却能让天下诸侯看到大王请寤生上朝的诚意，也让天下诸侯看到大王支持推行新政的决心，同时姬狐在郑也能时刻提醒他不再阻拦你们推行新政。此举对寤生个人有害，但对推行新政有利！”

寤生眼里显现着激动的光芒，大声说道：“只要能推行新政，寤生不惧那滚滚骂名！”

3

听说寤生要返回雒邑，周平王在城门口等了整整三天。

看到寤生，周平王的眼泪顿时流了出来，他拉着寤生的手说道：“爱卿，寡人糊涂，寡人糊涂呀！”

看着周平王瘦弱的面庞，寤生着实心有不忍，哽咽地说：“大王，臣回来了！”

周平王硬拉着寤生的手说：“爱卿，快上车，与寡人一起回宫。”

回到王宫，周平王便瘫在卧榻之上，佝偻着身子，不停地咳嗽。原来，他已得病多日，是强忍着病痛到城门口迎接寤生的。他这样做，是想弥补心中的亏欠，也是想做给天下诸侯看，以后他要将王庭事务全部交给寤生。

寤生急忙让人喊来疾医为周平王诊治。一碗汤药喝完，周平王的气色略有好转。

周平王让寤生坐到跟前，说道：“爱卿，都是寡人糊涂呀，让爱卿受了莫大委屈，寡人在此给你赔罪道歉。”

寤生说道："大王，事情已经过去了。"

周平王感叹地说："经此挫折，也让寡人看明白了一些人，想明白了一些事。寡人知道，你想效仿周公旦，在大周推行新政。寡人也知道，当前大周已病入膏肓，再不推行新政很快就要难以为继了。"

寤生疑惑地看着周平王，心想，原来他什么都知道呀！

周平王歇息了一会儿，接着说道："爱卿，你知道寡人为什么不愿支持你吗？因为寡人知道，推行新政，革故鼎新，是一件非常难的事情；大周又积弊重重，寡人担心由此引发动乱，动摇我大周的根基呀！寡人自识没有雄才大略，是守成之君，所以寡人害怕改革，不愿改革，也怕你推行改革给寡人惹来麻烦！"

周公黑肩看周平王虚弱的样子，忍不住说道："大王，您歇息吧，改日再和太宰卿诉说心事。"

周平王摇了摇头，说道："周公莫要拦我，今日我要将自己的全部想法说与太宰卿。"

寤生冲周公黑肩点了点头，示意他别再多言。

周平王说道："爱卿，现在寡人想通了。既然大周已成了这样，我何不给你一个机会，你推行的新政，无论进展到什么程度，总归是为了天下苍生。爱卿，以后王庭的大小事务，寡人要悉数交给你了，想干什么事情，你就大胆地干，也不用来请示寡人。寡人已是将死之人，但愿寡人死之前能看到你的改革成效。"

寤生心中一阵感动，低声说道："大王，寤生定会派最好的食医和疾医医治您的身体，您一定会长寿万年的。将来，臣还期盼着让您检验我们的改革成果呢！"

周平王叹了口气，说道："那寡人就好好地活着！你放心，我以后定会坚定地支持你的新政，王庭之事你尽管放手去做，也不用来向我请示。"

令寤生意想不到的是，虽然他请来了郑国最好的疾医和食医，联合起来为周平王调养，但由于长时间的营养不良，再加上担惊受怕，周平王的身体已经彻底跨了下来，一天到晚，大部分时间都是卧在榻上，根本没有精力和心思再管朝中之事了。

没有了周平王的约束和羁绊，寤生做起事来顿时感到轻松了许多。他来到王庭的第一件事，就是撤免了与夷和州吁在王庭的任职，责令他们从此不许再进朝堂。接着，他发出诏书邀请晋国姬平和陈国妫鲍来王庭任职。

此时姬平已继任晋国国君，他也想到王庭任职，但经历了桓叔和潘父之乱后，桓叔在曲沃依旧蠢蠢欲动，晋国自身的不稳定使他根本抽不出身来前往雒邑。妫鲍倒是没有推托，接到诏令之后就赶到了雒邑。

寤生安排妫鲍接替州吁掌管土地和钱粮，并昭告天下任命其为王庭司徒。

对于司寇的职位，寤生想到郕国的君侯。郕国地处卫、宋、鲁三国之间，虽是个子爵之国，却地小人少，经常受卫、宋、鲁三国欺负，但郕子却是个坚强之人，丝毫不向三国示弱。先前寤生号召天下诸侯朝奉王庭，他第一个出来响应，并且依据周礼年年纳贡拜王。

寤生觉得，他就是要提拔这样的君侯到王庭任职，从而为下一步的改革树立导向。

对虢公忌父，寤生并没有及早动他。一是因为忌父乃王庭下卿，贸然动他会引起王庭动荡；二是因为虢公忌父已经主动回到虢国，不再管王庭事务，他没有必要对其赶尽杀绝；三是他想借此再观察观察申侯等人的动静，如果虢公忌父继续与申侯等人串通起来破坏他推行新政，他会毫不留情地免掉忌父的下卿之职。

虢公忌父倒是很明智，寤生刚到王庭，他就带着世子林父从虢国前来拜望，一脸诚恳地说："太宰卿返朝领政真乃大周之福！在您回新郑期间，接连发生卫国州吁篡权和晋国潘父弑君事件，都怨下官无能，下官特向太宰卿请求责罚，请您罢免下官的下卿之职，让下官告老还乡。"

寤生见虢公忌父主动向自己示弱，也不愿意将事情做绝，毕竟罢免王庭下卿还得周平王说了算，便客气地说："虢公，卫、晋两国之事，乃乱臣贼子所为，特别是州吁杀兄，您也是受他的蒙骗，罪不在您！"

虢公忌父赶忙深施一礼，说道："感谢太宰卿体谅和明辨是非！不过，老臣年迈体弱，着实不适合在王庭任职，辞职之事还望您成全。太宰卿如果体念老臣，就请给犬子安排个职位，让他鞍前马后为您效劳。"说着，向身边的姬林父招了招手："林父，快来拜见太宰卿！"

姬林父上前一步，恭恭敬敬地施礼叩拜："林父拜见太宰卿！"

寤生赶忙上前搀扶起姬林父，说道："下卿、世子，你们太客气了，请上座。"

一旁的伯毅静静地注视着忌父父子，暗叹虢公忌父不愧为老狐狸。他放下身段主动向寤生示弱，实乃审时度势的明智之举。更为可贵的是，他能看透名利急流勇退，并且为了防止给人留下话柄，他把自己的儿子推出来留在王庭，既能全身而退，又给自己儿子未来发展创造了空间。

待二人坐下后，寤生说道："下卿，不知您现在和我那舅舅还有来往没有？他现在可好？"

伯毅满意地向寤生望去，连连点头。他明白寤生的心思，他是想要虢公忌父与申侯划清界限，想要虢公忌父当面给他亮明态度，是否还跟申侯串通一气。

虢公忌父正身说道："自从太宰卿离开王城，老臣不久也返回了虢国，已经很长时间没见申侯了。请太宰卿明白，我和申侯不是一路人。当初，是大王执意让忌父来王庭的，也是多亏先君武公提拔，才有了忌父的今天！"

寤生笑道："下卿所言不假，记得寡人小时候，君父经常跟寡人提及下卿，说下卿才华出众，为人仗义，令寤生很是佩服，还望下卿以后多多支持寤生！"

虢公忌父慌忙站起身，深施一礼说道："太宰卿，真是折杀老臣了。老臣已年迈，身体又多病，帮助太宰卿做事，实在是有心无力。老臣现在是一心只求回国养老，此事还望太宰卿成全！"

寤生暗暗佩服虢公忌父真是精于变通的世故之人。过去的虢公忌父是何等傲慢，此刻他能如此放下身段，以如此姿态跟自己说话，仅凭这一点，就足见此人是能屈能伸之人，仅此一点就值得自己学习。

虢公忌父见寤生沉默不语，诚恳地说道："太宰卿，您如果体恤老臣，就让犬子林父在您手下任职吧！这孩子虽愚笨，但忠厚老实，他定会尽心尽力地为您效劳！"说着，眼睛向姬林父望去。

姬林父跪在寤生面前，说道："太宰卿，林父愿意鞍前马后为您效劳，求太宰卿成全!"

寤生忙上前一步，扶起了姬林父，转向虢公忌父，大方地说："既然下卿执意要归隐，寤生定当成全。明日我就请示大王，求他恩准您回国休养。"

4

虢公忌父离开寤生的府邸就带着姬林父去了申侯府邸。

他虽然下定决心要离开王庭，但他要为儿子林父在王庭的生存扫清障碍。他很清楚，以申侯在王庭多年的经营，他是不会轻易败给寤生的，寤生当前虽然风光，但并不能说明他会永远在王庭领权。

申侯正在和州吁、与夷商量与寤生斗争的对策。三人对虢公父子的到来，表现出了截然不同的态度。

申侯起身满脸堆笑地迎上前去："忌父兄，来，入座!"

与夷跟着起了起身，却没有动。

州吁则是动都没动，仰着头，满脸不屑。

待忌父父子坐下，申侯脸上依旧带着笑，说道："听说你去了寤生那里，谈得怎么样?"

未等忌父说话，州吁白了他一眼，抢先说道："胆小鬼，墙头草，你既然已经投靠寤生，还来找我们做甚?"

姬林父霍然站起，怒道："州吁，你敢公然辱我君父，我看你是不想活了!"

州吁跟着站了起来，眯着眼睛说道："我今天就是辱他了，你能奈我何?"

姬林父大怒，"噌"的一声，拔出了佩剑。

虢公忌父慌忙站起，拦住了姬林父，叹声说道："林父，你这是干什么，咋还这么冲动? 快坐下!"

州吁也拔出了佩剑，他见林父收回了佩剑，蔑视地望了一下虢公忌父，说道："如此胆小怕事之人，我不屑与之为伍！"说着，大步向外走去。

姬林父眼里喷着火，用手指着州吁："你……"

申侯连忙起身打圆场："忌父兄，你还不了解这个州吁吗，他就是个不懂礼貌的粗鲁之人，莫要跟他计较。"

虢公忌父坐下后，说道："忌父此次前来是专门向您辞行的，感谢您多年来对忌父的提携和关照。"

申侯摆了摆手："忌父兄，我们共事多年，客套话就不用说了，难道你真的以为寤生能掌控这王庭吗？我实话给你说，用不了多久，他就会从太宰卿的位置上滚下去。"

虢公忌父坦然说道："您莫要多想，我父子此次前去拜见寤生，不过是要履行一下辞职手续，这也是大王特意交代的，让在下一定要向寤生辞行。"

一直未吱声的与夷直直地看着忌父，问道："虢公，您难道真的要离开王庭，难道真的甘心这样败给寤生？"

虢公忌父一阵咳喘，苦着脸说："不瞒世子，在下身子是彻底不行了，与那寤生斗，在下的确是有心无力了！不过，虽然在下离开了王庭，但我把林父给带来了。你们放心，虢国永远会站在咱们这一侧。"

林父忙起身向申侯施礼："以后还请申侯多多关照！"

申侯欣喜地望着姬林父，说道："世子快坐，快坐。"

虢公忌父问道："您刚才说，用不了多久寤生就要从太宰卿之位上滚下来，此话何意？难道大王又要重新起用您，还是要起用与夷世子？"

申侯诡秘一笑，说道："我们已经商量好了，准备让与夷早日回国，让他及早夺得君位。至于那寤生，郑国不还有个公子段吗？只要公子段夺了寤生的君位，看他寤生还能在王庭蹦跶几天？"

削株掘根！虢公忌父暗暗吸了口凉气。是呀！一旦寤生失去了郑国君位，他在王庭的太宰卿之位定然难以保住。别说保太宰卿之位了，说不定早就成了过街老鼠。虢公心中不由得暗暗佩服申侯，运用公子夺位来打击政敌的权术真是让申侯用得炉火纯青。当年，他就是靠曲沃桓叔成功导致了晋国多年的分裂。

想到此，虢公忌父伸出大拇指道："果真高明！"

申侯见虢公赞同他的方案，顿时兴致高涨起来，他看了看与夷，说道："与夷、公子段若都能夺得君位，王庭不就是咱们的了吗？"

姬林父看申侯说得如此前景远大，急声说道："君父，如此，我就不用再看他寤生的脸色行事了。"

虢公忌父看了看申侯，问道："您看当前林父如何在王庭立足？"

申侯想了想，说道："世子，寡人以为，你君父的安排非常正确。当前，与夷将要离开王庭，寡人也被贬在家，我们这个阵营能在王庭走动的只有你。所以，当前无论如何你都不能脱离寤生，不但不能脱离，表面上还需要跟他多亲近，这样我们才能时刻掌握他们的信息。"

与夷望着虢公忌父，说道："虢公，您能不走吗？我们都离开了王庭，这里就剩申侯了，他在这里势单力薄，遇事连个商量的人都没有，如何与那寤生斗呀？"

虢公微微一笑，说道："世子，在下与你的想法正相反，我离开王庭，更有利于申侯，有利于你们。"

听他这样说，申侯、与夷和姬林父三人的目光都转向了虢公忌父。

虢公忌父接着说道："我离开了王庭，你们也离开了王庭，意味着什么？"

众人问："意味着什么？"

虢公笑道："意味着我们这一阵营彻底倒了，可我们倒了吗？我们并没有倒，而是由地上转为了地下，由明处转向了暗处。这样，就可以让寤生彻底放松对我们的警惕，只要他稍有松懈，就给了我们喘息和反击的机会。如此，大事可成矣！"

申侯微笑地望着虢公，用手指点着他，说道："你这个老狐狸，我就知道你不会甘心，我就知道你不会轻易认输！"

虢公忌父看了看姬林父，说道："林父，刚才申侯说的，你要牢牢记住，当前切不可表现出对寤生的忤逆之意，并且明面上也不可与申侯来往过密。能不能时刻掌握寤生等人的信息，关键要靠你了！"

姬林父此刻才真正明白了父亲的用意，站起身向申侯等人深施一礼，说道："父亲放心，申侯放心，林父定不会让你们失望！"

5

寤生免掉州吁、与夷等人的职务后，把陈桓公妫鲍、虢国世子姬林父和郝子夏父提拔到了王庭任职，他让姬林父任司马，妫鲍任司徒，夏父任司空。秦、晋、齐、楚、宋五个大国的诸侯，虽然不在王庭，但他全都委他们以王庭卿位，虚位以待，等着他们随时到王庭来任职。

他之所以提拔郝国这个子爵小国的君侯夏父，为的就是刺激鲁惠公弗皇。自从他入王庭任职，多次向鲁惠公示好，可鲁惠公始终是爱理不理，带头不遵从王庭诏令不说，还公然在天下诸侯面前与他唱反调。

寤生知道，弗皇还记着当初王庭给活人送葬礼之仇。可这一荒唐行为都是申侯一手策划的，跟他根本就没有关系。郝国虽小，战力却极强，这些年经常与鲁国发生战斗，却像打不死似的，越打气势越强。

他觉得，既然弗皇油盐不进，一心要跟他作对，就索性把鲁国的敌国君侯提拔到王庭任职，他要用郝国夏父逼弗皇就范。

安顿好王庭和大国诸侯之后，寤生决定在各个诸侯国开始推行他的新政。不过，他也很清楚，当今之王庭所能管辖的地方也就是雒邑附近的王畿之地。诸侯国各自为政，王庭对于其内部的管理已很难插手。如果仅仅在王庭管辖之地推行新政，那与造福天下苍生的宏愿差得太远了。

如何做，才能实现他造福天下苍生的宏愿？寤生觉得，当前他能做的，一是团结各国诸侯抗击四夷，还天下以太平；二是在各诸侯国兴办乡校，教化子民；三是推动各诸侯通商，自由开展贸易往来，以商富民、以商强国。至于土地改革，他觉得一国君侯推行都很难，隔着各国君侯，让王庭来推根本就不现实。

寤生对即将推行的新政充满了信心，现在他已经完全掌控了王庭，各国诸侯除了申、鲁两国，均已被他摆平，只要他循序渐进地推行改革，相信定能实现他所设想的目标。为此，他一连下了三道王庭诏令，要求各国诸侯兴办乡校、开放通商、解放商人。

然而王庭诏令下发了几个月，各国诸侯却是一点动静也没有，大家对王庭诏令已经习以为常，根本就不当回事儿。

寤生开始坐不住了，他把身边人召集起来，商议对策。

连日来，对于寤生在王庭的几个大动作，祭足、高渠弥等人可谓欢欣鼓舞、喜形于色。

伯毅却一点也乐不起来。他觉得，以申侯的为人和个性，以及他目前在王庭和各国诸侯中的影响和实力，虽然暂隐了锋芒，但他绝不会甘心认输，他定然不会让寤生顺利实现所设想的目标。

议事堂上，祭足兴奋地说："君上，诏令已下，我们必须尽快见到成效。但据臣下掌握的情况，目前各国还在观望，看邻国是如何执行的。臣下建议，必须尽快让我们在各国的商社动起来，让他们前去游说各国的掌权大夫，尽快执行诏令。"

公子元接着说道："祭大夫所言甚是！君上，各国诸侯早以形成习惯，视王庭诏令如无物，如果没有外力强推，恐怕难以落地。"

高渠弥说道："臣下以为，我们可双管齐下，一方面让郑国商社游说各国权臣，一方面可在陈国、宋国、郏国等听命于君上的国家率先施行，以此为试点带动其他各国落实王庭诏令。"

寤生频频点头，他觉得祭足和高渠弥说的都有道理，特别是高渠弥的试点带动之策，如果在以上三国推行开来，必将会带来很好的示范导向作用。

他见伯毅一直沉默不语，探身问道："尚父，您以为二位爱卿所献之策如何？"

伯毅微微一笑，说道："君上，二位所献之策可行，君上可同时推行，特别是在宋、陈、郏三国试行，可发挥示范导向作用。不过，微臣以为，申侯在朝始终对我们是一大威胁，君上还需想办法让他早日返回申国，否则他到处煽风点火、搬弄是非，我们很难集中精力推行新政。"

公子元闻言，急声说道："君上、太傅，据线人呈报，那申侯悄悄去了鲁国。"

伯毅大惊："他去鲁国？定不会有好事！"

寤生走下几案，在厅堂内来回走动着，自言自语道："难道他要鼓动弗皇对郳国动手？如果不是这样，那他前往鲁国干什么？"

寤生此言一出，气氛顿时紧张了起来。大家心里都很清楚，一旦鲁国征伐郳国，不论出于何种考虑，寤生都不能置之不理。寤生既然已答应做夏父的靠山，就必须担起靠山的职责，护佑郳国。

伯毅冷冷一笑，说道："我一直不相信那申侯会老实地待在王庭，会甘心认输，不给我们找麻烦！君上，老臣以为，那申侯前往鲁国，十有八九是为了鼓动鲁国征伐郳国，我们应该早做准备！"

祭足恨恨地骂道："这个戎贼，我们的新政刚刚发布，他又要发动战争，一旦鲁、郳开战，我们推行的新政就全黄了。"

高渠弥愤然起身，吼道："怕他什么！若他鲁国胆敢征伐郳国，我就申请带兵前去灭了他们。这个弗皇，就是一个茅坑里的石头，又臭又硬！他处处和君上作对，我们早就该给他点颜色看看了！"

伯毅说道："君上，老臣以为，为防万一，还是让夏父早日回国为好，这样一旦鲁国有所行动，夏父也好应对！"

6

正如寤生所料，申侯前往鲁国就是为了挑起鲁、郳两国的战争。他挑起两国战争的真实目的，表面上是惩治郳子夏父，更深层次的目的是帮助公子段谋权篡位。他在去鲁国之前，就已派人去了郑国。

申侯断定只要鲁国攻伐郳国，寤生必然出兵。为此，他精心设计了一套连环战。只要寤生出兵鲁国，他就让公子段在郑国起兵夺权。同时，让州吁和与夷一并在卫、宋两国举兵。到时候，寤生首尾难顾，即使他有三头六臂，也难以应对多国同时举兵的局面。削株掘根！只要公子段夺得君位，寤生连容身之地都没有了，别说再推行新政了。他要的就是这一天，只要除掉了寤生，他就可以重新掌控王庭。

对于申侯的到来，鲁惠公举行了隆重的接待仪式。他虽然不喜欢这个申侯，但他更不喜欢寤生。为了对付寤生，他觉得很有必要跟申侯结为同盟。寤生为了逼他就范，不仅把他鲁国世仇郕子夏父提到王庭任职，还下诏强行要求他归还郕国的城池。周平王尚且不敢这样对待他鲁国，寤生不过一上卿，竟然下诏让他归还郕国的城池，这不是在当着天下诸侯的面羞辱他吗？

鲁惠公以王庭公使之礼，亲自到宫廷外迎接申侯，并为他举办了盛大的欢迎宴会。

宴会之上，伴随着笙歌艳舞，申侯频频举爵，很是兴奋。酒足饭饱之后，申侯与鲁惠公转入内室，开始了密谈。

鲁惠公笑眯眯地说道："申侯前来鲁国，不光是看望寡人这么简单吧，有什么事情您尽管说吧！"

申侯故作愤愤然地说："我是为您感到委屈，为您感到不平，所以亲自前来鲁国，与您商议如何对付那狼心狗肺的寤生！"

鲁惠公笑了笑，说道："您可是寤生的亲舅舅呀！他在您面前还敢放肆？"

申侯连连摆手，气哼哼地说道："他就是一忘恩负义的白眼狼！当初要不是我把他推向君位，要不是我游说大王让他继承王庭上卿，哪儿有他的今天？没想到他到了王庭，为了夺权争位，竟然把我往死里逼，免了我在王庭的一切职务不说，还对我的人赶尽杀绝！他这是想要掌控天下呀！"

鲁惠公满脸的不屑："就他，还想掌控天下？黄口小儿，痴人说梦！"

申侯心中暗暗发笑。他已经清晰地感觉到，弗皇对寤生不仅瞧不起，更是极其妒忌和厌恶。只要巧加挑拨，定能实现自己此行的目的。

想到此，申侯故作伤感地说道："唉！话虽这样说，可天下之人谁又能制约得了寤生呢？他不仅在王庭一手遮天，在天下诸侯中也是随意发号施令。前段时间，他一天之内连发三道诏令，你可知他的真实目的？"

鲁惠公疑惑地看着申侯，问道："是何目的？"

申侯说道："寤生要求各国开放关口、自由通商，并且要求各国提高商人的地位，名义上是为了繁荣各国经济，实则是为了给郑国商社在各国的布局铺路。"

鲁惠公顿时瞪大了眼睛，直直地看着申侯，连连点头。

申侯接着说："您应该知道郑国商社的厉害，他们在诸侯各国都有总部和分部，商业网络已遍布天下。不过，目前他们都是在私下做生意，并没有得到各国的认可和支持。一旦寤生下发的诏令得以施行，郑国商社就可光明正大地在各国经营，你可知道这样的后果？"

鲁惠公急声问道："什么后果？"

申侯冷笑着说："这样，郑国不仅可以通过商社掌控各国的经济命脉，还可以通过商社左右各国的政治和政策走向，你说可怕不可怕？"

鲁惠公半信半疑地说："您此言是否太过危言耸听？"

申侯微微一笑，说道："危言耸听？你可知道当初熊通是如何败给寤生的？就是因为郑国商社在楚国都城鼓动熊章等造反，才使熊通首尾难顾，不得已才退的兵。"

鲁惠公的脸色顿时暗了下来。他并非嫡子，君位得来的本就不明不白，因此他在鲁国最怕的就是别人抄他的后路。这段时间，他已经得到线报，郑国商社在鲁国活动极为猖獗。他们不仅四处拉拢鲁国重臣，还将手伸到了宗室。

申侯看了看鲁惠公，觉得是该抛出撒手锏的时候了。他何尝不知道弗皇的心病，他抛出熊章夺位之事就是为了挑起弗皇心中最脆弱之处。他放低声音说道："我听说寤生要在郜国设立商社和学堂总部，以此为据点向东方各国进行辐射，并且寤生还要派大夫祭足担任郜国商社的总领。"说着，申侯故作生气地骂道："一个商社用得着他最信赖的大夫来当总领吗？他插手东方诸国的狼子野心昭然若揭！郜子那个傀儡，竟然甘心当寤生的打手和帮凶，真是可气、可悲、可恶！"

鲁惠公弗皇脸上的横肉在不停地颤动，他的心已经慌了，他强行压制住内心的恐慌，不过是怕申侯借机敲他的竹杠。许久，他方才抑制住内心的激动，长长地吐了口气，说道："您以为，我鲁国该当如何应对？"

"攻伐郜国！"申侯恨恨地说，"只要攻伐郜国，战火一开，寤生哪儿还有精力去推行他所谓的新政？"

鲁惠公顿时明白了申侯的真正目的，心中暗骂道：这老家伙绕来绕去，原来是想让我和寤生打仗呀！是呀，只要战火一开，寤生就没有精力推行新政，他阻挠寤生执政的目的就实现了，可对鲁国来说，战争有可能带来灭顶之灾。鲁惠公很清楚，此刻寤生扶持郗子夏父，制约鲁国是一个方面，更重要的是想在天下诸侯中确立一个样板。他出兵征伐郗国，必然会招来寤生的剧烈反击。

申侯看弗皇沉默不语，陷入了沉思，知道他是在担心打不过寤生，微微一笑，说道："我知道你担心自己不是寤生的对手，不过，你可知道征伐郗国，并不是你一国在作战。我实话告诉你，郑国的公子段、卫国的州吁、宋国的与夷都已做好了准备，只要你能把寤生吸引过来，公子段、州吁和与夷就会立刻起兵，对寤生形成合围之势。到时候，你不仅可以灭了郗国，夺得郗国所有的城池和土地，还是郑、卫、宋三国的恩人，可随时号令他们为你所用。"

鲁惠公慢慢睁大了眼睛，急声问道："您说的可属实？"

申侯摇了摇头，说道："我怎会骗你？如果没有十足的把握，我会亲自前来鲁国吗？实不相瞒，我今日就要赶往郑国，公子段已做好了充分的准备。"

鲁惠公咬了咬牙，沉声说道："您放心，今日我就开始整顿兵马，三日内必征伐郗国！"

7

寤生没想到郗子夏父刚走不久，鲁国就展开了对郗国的攻伐，并且出动了举国之兵。虽然郗国军队顽强抵抗，但终究弱不胜强，仅仅半个月的时间，鲁国军队已攻到了郗国的国都附近，大有一举灭了郗国之势。

郗子夏父为了督促寤生出兵救急，专门派出郗国上卿星夜兼程送血帛来搬救兵，言讲夏父定会与郗国共存亡，必将誓死抵御鲁国侵略，哀求寤生尽快发兵。

抓起夏父的血帛，寤生气得浑身发抖，他没想到弗皇如此胆大包天，不仅公然与王庭作对，还想一举灭了郗国，是可忍，孰不可忍！他定要给弗皇点颜色看看！说实话，在安排夏父回国的同时，他已经开始为出兵鲁国做准备。他很清楚，鲁国欺负郑国，就是做给他看的，就是在故意打他的脸，故意让他在天下诸侯面前难堪！

寤生原想着组织晋、宋、郑三国联军前往鲁国，可他派出的人还未到晋国，晋国已经乱了起来。曲沃桓叔起兵攻打都城，姬平自身尚且难保，哪儿还有兵力分给他攻打鲁国？宋国的情况更是糟糕，世子与夷返回宋国后，四处拉拢宗族元老和朝中重臣，在国内蠢蠢欲动，时刻准备篡权夺位，而此时宋穆公子和却病得奄奄一息。

鉴于晋、宋两国的情况，都不可能再派出部队随他出征。不得已，寤生只好将目光集中在虢国和陈国的军队上。他之所以要组建联军出兵鲁国，并不是担心仅靠郑国军队之力打不过鲁军，主要是因为如果单是郑国出兵，那这场战争的性质就变了，就是郑国干预鲁、郏两国的纠纷，是郑国在拉偏架，在欺负鲁国。

但是如果出兵的是多国联军，他就可以以王庭的名义派兵，那么这场战争就是为了替小国主持正义，就是为了惩治不遵王庭号令和周礼的诸侯，是仁义之战、正义之战。更为关键的是，王庭也需要有军队守护。他如果把郑国的军队都带到了鲁国，王庭势必空虚，一旦北狄趁机侵扰，后果不堪设想。

待一切安排完毕，大家正在商议第二天如何出发时，伯灵却突然出现在了寤生的帅堂之上。

寤生看伯灵行色匆匆，料想定是又有什么大事发生，忙上前拉住伯灵，急声说道："灵姐姐，你怎么来了？"

伯灵深施一礼，说道："君上，郑国危急！"

听伯灵如此说，众人顿时慌了，纷纷起身围到伯灵跟前，七嘴八舌地问道："伯灵姑娘，郑国怎么了？"

"郑国怎么了？"

"出什么事情了？"

"是不是公子段又暗中作恶了？"

伯灵环视了一下众人，缓声说道："大家少安毋躁，听我细细说来。"

寤生沉声说道："大家都归位吧，放心，有我叔父驻守郑国，郑国乱不了！"

伯毅说道："灵儿，是不是公子段开始行动了？"

伯灵点了点头，说道："申侯已潜入郑国，据我们掌握的消息，公子段就等着君上前往鲁国。一旦君上到达鲁国，他们就起兵攻入新郑，篡夺君位。"

祭足再次站起身，高声说道："狼子野心！君上，我们不能再忍了，养虎为患，再不行动，郑国危矣！"

高渠弥跟着站了起来，瓮声瓮气地说道："君上，既然我们已经得到消息，那就必须先发制人，抢先擒拿公子段，否则等他攻入新郑，一切可都晚了。臣下申请带兵前往京邑，您只需给我三千黑骑军，三日内我保证擒获公子段！"

公子元也跟着说道："君上，老臣以为高大夫说的有道理，先下手为强，后下手遭殃！"

公孙子都也站起了身，大声说道："君上，微臣也申请带兵擒贼！"

看寤生久久未语，众人的目光一齐向他望了过去。

寤生冲众人摆了摆手，示意大家都坐下，沉声说道："多行不义必自毙！现在确实到了解决公子段的时候了，我同意大家擒拿公子段的建议，但即使擒拿他，也不是我们先动手，一定要等到其谋反后再动手！"

"君上！"祭足、高渠弥等人还想谏言，却被寤生拦住了。他转向伯灵，问道："灵姐姐，郑国还有什么消息？"

伯灵看了一眼众人，低声说道："好像太后也要介入公子段的夺位行动，他们已经商议好了里应外合之策，只要公子段到达新郑，太后就让人开启城门，放叛军入城。"

寤生满脸痛苦之色，悲伤地说："我那好母亲还是这样宠爱段儿，岂不知是在害他？母亲呀母亲，你为何非要我们母子三人骨肉相残呢！"

寤生说着，两行清泪徐徐流了下来。

厅内顿时静了下来，大家都苦着脸，不知如何是好。

伯毅起身劝道："君上，你对段儿已仁至义尽！不必为这薄情寡义之人伤心劳神!”

伯灵从衣袖中掏出帛巾递给了寤生，说道：“君上，长痛不如短痛，现在确实到了解决公子段问题的时候了!”

寤生接过帛巾擦了擦，点了点头，说道：“公子元听令，明日王庭联军开拔鲁国之时，我会命你和子都带五千黑骑军负责守卫王庭。待大军远行之后，你找机会与子都带黑骑军到城外演练，借机让子都带两千黑骑军星夜赶往京邑，其他三千则由你带回雒邑。”

寤生说完，转向公孙子都，说道：“子都，你所带的两千黑骑军要带足半个月的干粮，到达京邑之后就潜伏在城外密林之中，只等公子段带领军队离开之后，就火速占领京邑。切莫打草惊蛇，你可明白?”

公孙子都顿时明白了寤生的用意，连声说道：“末将明白！末将昼伏夜出，定然不会打草惊蛇!”

寤生满意地看了看公孙子都，转向伯灵问道：“叔父可知段儿要篡位之事?”

伯灵说道：“知道！他已经做好了充分的准备！并且上卿的意见与君上一致，就是要拿到段儿谋反的确切证据之后再动手。如果他知道君上的计策，知道子都将军要出其不意地占领京邑，会更加高兴。没有了京邑，段儿就会束手被擒，他的问题就彻底解决了。”

寤生满脸的痛苦，低声说道：“灵姐姐，寡人真不想让你走！不过，为了大局，还得辛苦你连夜赶回新郑，及早将消息传递给叔父。再者，只要有你在叔父身边坐镇指挥，擒拿段儿定不会出差错。有你在那里，寡人放心!”

8

公子段早就按捺不住了。要不是申侯压制着，寤生带领大军刚离开雒邑时，他就起事了。为这一天，他等的时间太长了，整整二十一年了，连他的儿子都长大了，才终于等到了起兵夺位的机会。连日来，公子段浮躁不安、兴奋不已，七千多个日日夜夜，他无时无刻不盼着这一天。

申侯耐心地劝说道："段儿，二十多年都等了，你难道还在乎这几天？再急也要等寤生和鲁国打起来再动手。"

公子段不满地说道："舅舅，我看你是被寤生吓怕了，你怕他，我可不怕他，他折转回来又如何？我早就想好好跟他面对面地干一仗，正好可以出出多年来心头的恶气！"

申侯不高兴地说道："段儿，你还这么意气用事，你说说到底是出气重要，还是夺得君位重要？你告诉我，仅凭你手中的兵马，能抵得过寤生的三军之力吗？"

公子段红着脸说："当然是夺得君位重要！我要和寤生正面作战，不是想让舅舅的军队介入吗？"

申侯指了指公子段，说道："你呀你！你自己不清楚吗，目前我手里哪儿还有兵？申国的军队大都返回了国内，卫国的军队又被州吁带走了，虢国的军队跟随寤生去了鲁国，我哪儿有军队支持你跟寤生斗呀！"

公子段当即示弱道："舅舅，您别生气了，我一切听您的还不行吗？母后已经差人送信，到时候颍考叔会带一旅之兵接应我们。有颍考叔的一旅之兵，再加上我们的兵马，又加上是突然袭击，定能让公子吕缴械投降。到时候，我们不仅夺得了君位，手里还有两军之兵，与寤生就形成了势均力敌之势，就再也不用怕他了。"

申侯疑惑地问道："难道你不准备留人驻守京邑？这可是你的根据地，一旦起事失败，再丢了京邑，你可是连后路都没有了！"

公子段不高兴地说："舅舅怎么能这样说呢？我们现在是万事俱备，只欠东风！新郑那里有母后和颍考叔的暗中支持，寤生又远在鲁国，起事怎么能不成功呢？"

申侯咂了咂嘴，欲言又止。

公子段知道申侯心中还有顾虑，接着说道："新郑那里，虽然有颍考叔的一旅之兵，但相比于公子吕掌握的军队，我们占不了多大优势，如果我再分兵驻守京邑，怎么确保能完胜公子吕呢？舅舅放心，只要我们顺利夺取君位，我就即刻派人驻守京邑。目前，攻打新郑是最大的事情，所有的一切都必须向其倾斜。"

申侯点了点头，说道：“你既然这样说，就按自己的思路去办吧。不过，我就不跟你去新郑了，明日我要赶往卫国，希望你好自为之!”

公子段心中早就盼着申侯离开。他早就烦透了这个处处对他指手画脚的老头子，现在他要兵没兵，要钱没钱，还用长辈的口气对他指指点点，不让干这不让干那，还动不动就发脾气。

他心里虽然盼着申侯早日离开，但表面还是装作不愿他离开的样子，说道：“舅舅，我才是您的亲外甥呀！为了那州吁，你竟然在这关键时候离开我。不行，我不让您走!”

申侯嘿嘿一笑，说道：“段儿，你就不要在我面前惺惺作态了！我走之后，希望你戒骄戒躁，切莫粗疏大意、任性而为，你那叔父公子吕可是个老狐狸!”

公子段故作诚恳地说道：“舅舅，段儿一定牢记您的嘱托，戒骄戒躁，绝不任性而为!”

公子段说归说，却根本改变不了急躁的本性。申侯离开后，他强忍着等了三天，就带领京邑的所有士兵开往了新郑。偌大的京邑，仅留下了不到百人的士兵。

公孙子都带领两千黑骑军到达京邑之后，便隐藏在了城外的密林中。待一切安顿完毕，他就安排两百士兵化装成附近百姓和郑国商人，分批悄悄潜入了城中。

看公子段仅在城中留下百人驻守，在公子段离开京邑的第二天晚上，公孙子都就让潜入城中的士兵一举端掉了公子段的驻军大营，兵不血刃地占领了京邑。

公子段星夜行军，仅用两天时间就到了新郑城下。武姜也做好了一切准备，专门派申奇赶到公子段的大营传递消息，商讨对策。

见到公子段，申奇喜滋滋地说：“恭喜公子，贺喜公子！公子马上就要得偿所愿了，小人死也瞑目了!”

公子段脸一黑，故作生气地说：“你这个老阉货，真不会说话，还称寡人公子，应该称寡人君上呀!”

申奇连连打嘴，跪在地上说道：“小人该死，小人该死！君上，请君上责罚！”

公子段哈哈笑了起来：“你这个老阉货！快起来吧，我怎么能责罚你呢，快说说母后给我带来了哪些消息？”

申奇站起身，激动地说：“公子，不，君上！您看我这臭嘴！君上，真是天大的好事！昨日，公子吕带人出去围猎了，至今都没回来。太后已经和颍考叔商议好，今天晚上就让公子进城，到时候您和颍考叔的军队兵合一处，直接让公子吕他们缴械投降。”

公子段一拍巴掌，激动地说：“真是天助我也！就依母后之策，丑时我带兵入城。”

申奇站起身，说道：“好！丑时，我和颍考叔将军在城门等您，亲迎您进城！”

按照约定，丑时，公子段如约带领大军来到了城门口。

城门大开。颍考叔和申奇等在门口，三人相互会意地点了点头，便一齐带领军队鱼贯而入进了城，直接向大营奔去。

军队尚未赶到大营，就见前面灯火通明，公子吕身披战袍，骑着战马挡在前面，身后则是密密麻麻的弓箭手。

申奇大惊，惊疑地望着颍考叔，急声说道：“颍考叔，你……你不是说公子吕不在城里吗？”

颍考叔拔起佩剑向申奇砍去。顿时，申奇的脑袋与身子分了家。

公子段吓得脸都白了，他想到的第一个念头就是跑，掉转马头落荒而逃。

公子吕和颍考叔带兵紧追其后。

公子段逃出城外，一直向京邑方向逃去。一直跑到天明，方才摆脱了公子吕等人的追击。他刚想停下休息，却发现一匹战马从京邑方向向他迎面跑来。

此人看到公子段，边跑边喊道：“公子、公子，京邑已被公孙子都的黑骑军占领，公孙子都已占领京邑！”

公子段闻言，稍微愣了一下，掉转马头向南跑去。

京邑前来报信之人，见公子段对他不管不顾，顿时如同泄了气的皮球，一头栽下马来，嘴里不停絮叨："公子、公子，你为何对我不管不顾呀，为何……"

9

寤生身在郏国，心却一直在郑国和卫国。

对于公子段，寤生倒没有太过闹心，他心中早就有数，有公子吕和伯灵在新郑，公子段根本翻不起大浪。

但他对卫国州吁干出的杀兄淫嫂之事，大为恼怒，夜里久久未眠。他知道，这次鲁国之战必须速战速决，他必须让州吁受到严惩。

自进入郏国以来，王庭联军已和鲁国军队开战多次。鲁军诸战皆输，边打边退，已退至两国边境，但丝毫没有退兵的意图。

寤生下定决心，要给鲁军以重创，他要彻底打败打残鲁军，让鲁国再也不敢欺凌郏国。为此，他把联军将领都召集到了帅帐。

郏子夏父早就让人为大家准备好酒肉，他满眼感激地望着众人，举起酒爵说道："各位，夏父谢谢诸位的帮助，我代郏国公室和百姓谢谢各位了！"

众人纷纷举爵，一饮而尽。

伯毅放下酒爵，说道："君上，看来弗皇并无退兵之意，他是想跟我们打持久战。他们边打边退，打一仗退出一个城池，我看他是想等我们粮草用尽退兵之后，再次攻伐郏国呀！"

祭足起身说道："君上，太傅所言极是！据我们安插在鲁国的探子来报，弗皇正将驻守齐、鲁边境的军队调往这里，看来他真是想跟我们死磕到底！"

高渠弥说道："臣下以为，弗皇将鲁国所有主力都调到这里，是真的想跟我们来一次正面较量了，我们不妨等他的主力赶到，跟他正大光明地干一场。"

姬林父附和着说道："太宰卿，我们就在这里等着他，就在这里跟他来一场盛大的攻防战，正大光明地跟他干一场！"

寤生冷冷一笑，说道："大家还猜不出弗皇心中的小算盘吗？州吁在卫国已篡位成功，公子段也在郑国闹腾，他料定我急于返回王庭，所以想以拖求变，逼我自动退兵，他好借机再次入侵郛国。"

听寤生这样说，郛子夏父的脸色顿时变了，他举目向寤生望去，满眼的哀求和绝望。

寤生看了看夏父，严肃地说："您放心，我们此行打不残鲁军绝不退兵，我保证打得他十年之内再不敢侵扰郛国。"

伯毅问道："君上，我们的确不宜在这里多作停留。王庭来人报告，大王因州吁之事，气怒攻心，病情愈加沉重了。与鲁军之战，需速战速决，我们再也不能与他们这样耗下去了。"

寤生沉声说道："从明天开始，我们就主动出击，全力击杀鲁军！"说着，他走下帅堂，向大帐中心的沙盘走去。

众人也跟着他来到了沙盘跟前。

寤生拔出佩剑，指着沙盘标注的密林之处说道："祭足、原繁，你们带着郑国步兵与虢国军队明日出发，十日内务必绕道赶到这里埋伏起来。待鲁国的边境驻军赶来后，郑国五千黑骑军即全部出动，偷袭鲁国军营。到时候郑国黑骑军在前，陈国车兵在后，全力对鲁国的军营进行冲杀，他们逃出来的有生力量势必要往这个地方退却，到时候你们就在这里对鲁军进行伏击。你们不要顾忌，尽可全力击杀鲁军。"

寤生部署完毕，祭足、姬林父、原繁等人躬身走出了营帐。

高渠弥深施一礼，说道："君上，臣下也要去做一番准备。"说着，与陈国的将领一起向外走去。

郛子夏父诚惶诚恐地看着寤生，说道："太宰卿，我郛国军队需要做些什么？"

寤生微微一笑，说道："你郛国军队损失太多，亟须休养生息和补充兵员，就留在国内休整吧！毕竟我们不能在这里久留，我们离开之后，还需要郛国军队抵御鲁国。"

夏父试探着问道："太宰卿是想深入鲁国国内作战吗？"

寤生点了点头，说道："此战我不仅要彻底打残鲁军，还要攻到他们的都城，让弗皇也感受一次即将灭国的滋味，看他以后还敢不敢再侵扰郑国。”

夏父感激的泪水在眼里直打转，哽咽着说：“如此……如此，我郑国无忧矣！”

10

鲁惠公弗皇打的就是以拖待变的战术。几次交锋，他深切地感到了寤生的可怕，尤其是他的黑骑军个个如同凶神恶煞一般，就连他最引以为豪的左军也难以抵御郑军的一波攻击。

弗皇也知道了公子段篡位和周天子病重的消息，他料想寤生现在必定是心急如焚，急于返回王庭，只要他退出了郑国境内，寤生很可能会见好就收，撤军返回雒邑。这样，等寤生返回了雒邑，他就可以再次进入郑国掠城夺地。

不过，为确保万无一失，他也做好了决一死战的准备。假如寤生坚持不退兵，他就依据战争礼，在鲁、郑边境跟寤生来一场面对面的大较量。他不相信，以鲁国的三军之力打不过寤生带来的一军之兵。为此，他甘愿冒着被齐国攻打的风险，将齐鲁边境的军队全调了过来。

弗皇盘算着驻守齐鲁边境的鲁军赶过来需要半月时间，为了稳住寤生，他特意向寤生下了战书，约定好半月之后在邹地开战，其间忙着构筑高台、起草檄文。

接到弗皇的宣战书，寤生笑了。弗皇竟然视他如三岁孩童，跟他搞这种把戏。当即命伯毅回复，同意半个月后依礼在邹地进行正面战。

待鲁国使者走后，伯毅疑惑地问道：“君上，您不是准备夜袭鲁军吗，怎么又同意和他们开展正面战呢？”

高渠弥瓮声瓮气地说：“是呀，君上！为了落实您夜袭鲁军的指示，我们一直在没日没夜地练习夜战，您不会又改变主意了吧？”

寤生竖起食指放在嘴边，示意高渠弥小点声音，低声说道：“弗皇以正面战为名欺骗于我，妄图调来齐鲁边境的驻军跟我们进行大会战，我们不妨就跟他装聋作哑，等他的那些军队来了，给他们来个一锅烩！”

伯毅担忧地说：“君上，我郑国步兵和虢军已前往蒙地设伏，齐鲁边境的驻军赶来后，我们的兵力仅有鲁军的三分之一，夜袭鲁国不会陷入他们的包围圈吧？”

寤生胸有成竹地说：“尚父不用担忧，这就是我为何爽快答应弗皇进行正面战的原因，他欺骗我们，我们何不也骗他一次。”

说着，寤生微微一笑：“弗皇的如意算盘打得很精，他想以拖逼我们早日退兵；我们不退兵，他就集中优势兵力与我们打正面战。我就是让他知道，与我寤生作战，战争的主导权在我不在他！只要他的援军一到，我们就发动攻击，一定要趁他们立足未稳，打他个意想不到和措手不及。”

高渠弥顿时明白了寤生的意图，激动地说：“君上，如此，我五千黑骑军深夜突袭，足以剿灭他两万兵马。”

寤生摇了摇头，说：“此战即决战，关系重大，我们必须有十足的把握。尚父，你即刻组织弓弩兵制造火箭，夜袭之时，我们先发动一波火攻，待鲁军大营着火，军心大乱之后，黑骑军立即发动猛烈攻击，要尽可能多地消灭他们的有生力量。”

伯毅脸上堆满了笑。他心中暗暗佩服寤生思虑周详的同时，对决胜鲁军也有了十足的把握，他知道火攻的厉害。此刻正值盛夏，天干物燥，鲁军背靠大山，实施火攻，鲁军将插翅难逃。

寤生和弗皇各有打算，都在围绕自己的目标做着各自的准备。

时间过得飞快，转眼间过去了十天。

前来支援的鲁军由于日夜兼程，竟然提前五天赶了过来。

鲁惠公看着已经疲惫到极限的鲁军将士，感动得眼泪都流了出来。他赶忙命手下搭建营房，起火做饭，宰牛杀羊，他要犒赏三军，让大家开怀畅饮，好好地庆祝一番。

寤生等人像一群饿狼一样，静静地注视着鲁军的饮酒作乐。

深夜子时，人困马乏、酩酊大醉的鲁军将士早已进入了梦乡。郑军的弓弩兵和黑骑兵像幽灵一样，慢慢地向鲁军大营移动。

陈国军队也已整装待发，只待战火一开，便火速开往鲁军大营。

很快，郑国的弓弩兵摸到了鲁军大营附近。

弓弩兵统领洩驾走到一高岗之处，点起火把来回挥舞起来。随着火把的舞动，万箭齐发，一波又一波的火箭狂风暴雨地落在了鲁军的营帐之上。顿时，鲁军大营成了一片火海。

伴随着士兵痛苦的惨叫声、战马的嘶鸣声，鲁军将士像无头苍蝇一样向大营外拥了出来。

这时，郑国黑骑军进军的号角响了起来，千骑黑骑军像一团黑旋风一样冲向了丢盔卸甲的鲁军，见人就砍，见马就杀。鲁军将士根本来不及抵抗，或被斩杀在地，或被马踏身亡。

后面的陈国军队看到箭雨，便擂起战鼓，一路高喊着开始了冲锋。

喝得醉眼蒙眬的鲁惠公弗皇，被手下将士从营帐里救了出来，一行人簇拥着他爬上战马，落荒而逃。

待到天明时分，只有大约三分之一的将士从火海里逃出来，鲁军元气大伤。

鲁惠公弗皇看着眼前这些逃出来的将士，禁不住泪如涌泉，破口大骂道："寤生，你这个不讲礼制、不讲信用的小人，你明明答应我要依礼对战，却夜袭我大营，我弗皇此生与你誓不两立！"

手下将军劝说道："君上，郑军快要追上来了，我们快逃吧！"

鲁惠公擦了擦泪，说道："君子报仇，十年不晚！走，我们回都城！"

别看鲁惠公嘴上说得强硬，其实他内心深处早被吓破了胆。听说王庭联军还在后面追，一路没命地往都城狂奔。

眼看到了蒙地，他见前方有一片密林，便停了下来，想在林中休息一下。还未等鲁军靠近树林，祭足和姬林父带着郑、虢军队从林中冲出来，挡住了鲁军的去路。

祭足手指着鲁惠公，大声说道："弗皇，我们已经在此等你多日了，还不下马受降！"

鲁惠公一阵惊慌，险些从马上掉下来。他看了看身边的将士，悲声说道："弗皇不才，连累了大家！大家走吧，不要管我，弗皇要以死换取大家的自由。"

说着，鲁惠公策马走出队列，来到了祭足跟前，说道："祭大夫，千错万错都是我弗皇一人之错，求你们放过我的这些将士吧，要杀要剐弗皇一人承担。"

祭足和姬林父没想到鲁惠公会来这一套。之前，寤生曾专门跟他们交代，伏击鲁军切莫伤了或擒获弗皇。寤生的目的是给弗皇以薄惩，并不想擒获弗皇，与鲁国结下死仇。

祭足看了看姬林父，问道："你意如何？"

还未等祭足和姬林父商议出对策，弗皇身后的鲁国将士开始躁动起来。他们被弗皇的大义之举深深地感动了，高喊着要誓死保卫君上，并向郑、虢联军开始了冲杀。

一阵激烈的冲杀过后，双方伤亡都很惨重。最后还是祭足命人鸣金收兵，弗皇才领着残兵败将逃了回去。

逃至鲁国都城，弗皇看着身边的将士，死的心都有了。弗皇深知，此一战鲁国元气大伤，从此沦为二流之国，没有五到十年的时间难以恢复元气。下一步，面对齐、卫、宋等国的攻伐，他将如何是好？

第十八章　折戟沉沙

1

结束了郲鲁之战，寤生领着王庭联军星夜赶回了王庭。

听说寤生回到了王庭，一时间，齐、秦、晋、蔡众多诸侯纷纷向王庭上书，甚至连楚国都发来请愿，要求严惩州吁。随、蔡等国还责问王庭，当初为何让州吁在王庭任职。

天下诸侯的上书和责问，让周平王如坐针毡。他深知，此事如果处理不好，王庭不但颜面尽失，还可能因此成为诸侯们攻击的对象。一旦有人率先对王庭下手，他别说保住王位，恐怕连苟活都很难。

周平王拖着病体，连连召见寤生，急切地要他出兵卫国。

寤生顾及周平王的病体，本想等他身体好转之后再出兵卫国，周平王却一刻也等不及，反复要求寤生出兵。

无奈，寤生只得带着郑、虢、陈、宋四国联军再次出征，浩浩荡荡地来到了卫国边境。

州吁对寤生的讨伐早有准备。他深知，放眼王庭上下，自己最大的威胁就是寤生。所以，他一直关注着寤生的一举一动。当初大王决定让姬狐留郑为质时，他就预感到寤生定会在领政之后讨伐他。为了应对未来的讨伐之战，他在寤生结束郲鲁之战后，就悄悄地将申侯接到了卫国。

面对来势汹汹的联军，申侯和州吁并没有感到惊慌。

申侯淡然说道："州吁，你不用担心害怕，寤生此行不过是虚张声势，我们只需拖他们一段时间，用不了多久他自会退兵。"

州吁问道："您是说寤生并不想跟我开战？"

申侯连连摆手："非也，非也！寤生很想取你性命。不过，据我所知，大王病危，已经时日不多了，只要我们能拖到大王咽气，寤生他自会退兵。现在，寤生的心思全在王庭，讨伐卫国不过是为了给天下一个交代。"

州吁脸上顿时露出了笑容："您的意思是，我们只需坚守城门、按兵不动，就能化解这场危机？"

申侯诡秘地笑了笑，说道："对，我们就是要以静制动，任凭他寤生如何宣战，我们始终闭门不出。不过，若大王那里一直没有状况，我们也得做好跟他们全面开战的准备。"

州吁问道："我们该做那些准备？"

申侯说道："与夷，我们只要把与夷这个筹码利用好了，就能确保卫国无忧。你要想方设法说服与夷，让他带领军队来投奔卫国，以卫、宋两军之力，即使跟寤生开战我们也不一定会败！"

州吁点头说道："还是您考虑周详，只要与夷投奔我们，寤生的四国之军中，虢、陈两国军队并不会真心听他的，真正想跟我们较量的也只有郑国军队。"说到此，州吁又诡秘地笑了笑，"您同意来我卫国，是不是早就预感到寤生此次兴兵定会半途而废？"

申侯故作神秘地说："你只需按我说的做，我保你卫国无忧！"

申侯猜测得非常准确，寤生的心思的确没在这场战争上。他已全面掌控了王庭的权力，百废待兴的王庭有太多的事情需要他去做。最关键的还有周平王的身体，周平王已经开始米面不进，仅靠点水来维持生命，随时都有咽气的可能。

寤生原想着，讨伐州吁这场战争必须速战速决，对州吁稍作惩罚之后就尽快赶回王庭，待真正稳定住王庭之后，再腾出手来彻底解决卫国的问题。他这样想，另外一个原因就是他对卫国还有深层次的考虑。当前，他对卫国涉足并不深，也可以说卫国国内还没有一个他能利用的势力，此举一旦拿下了州吁，将卫国交给谁呢？如果交给一个敌人，那么他将来再想解决卫国的问题可就难了。

为了迎战王庭联军，州吁已带领卫国军队开到卫国边境鄘邑。寤生故意将讨伐阵势搞得那么大，就是为了激起州吁的好战心理，让他主动迎战，好一举重创卫军。

联军临近鄘邑，寤生就向州吁发出了讨伐檄文，言语极尽侮辱，言明要亲手斩州吁首极，并约定在鄘邑城外对战。很快，州吁的回复就来了。回复说得很明白，州吁会遵从战争礼在鄘邑城外和联军进行正面战。不过，联军以三国之兵对卫国一军之力，正面战有失公允，即使取得胜利也是胜之不武，需要给卫军准备的时间。五天之后，州吁定会亲自在战场迎战寤生。

寤生看州吁的回复说得言之凿凿，而且有理有据，从中着实找不出什么破绽，就召妫鲍、林父、与夷等人前来商议，商量看是立刻攻取鄘邑还是等五日后再战。

与夷抢先发言："太宰卿，我王庭联军以仁义之师讨伐州吁的恶行，应当让州吁败得口服心服，莫让天下诸侯非议我们以多欺少。既然州吁同意五日后再战，我们不妨等他五日，五日后一举将他拿下。"说着，求援般地向姬林父望去。

虢国世子姬林父赶忙说道："太宰卿，在下觉得公子与夷说的有道理，州吁说五日后再战，我们等他五日又如何？莫要因为此事辱了王庭仁义之师的威名。陈侯，您说是不是？"

部队刚刚开到卫国边境，人困马乏的，妫鲍也不想立即开战，当即说道："不就五天时间吗，我们等他五天又如何？五天之后，看他州吁还能耍什么花招！"

寤生见众人一致表态同意五日后开战，便说道："好吧，既然大家一致同意给州吁五天准备时间，我们就在五日后开战，请大家严整军队，加强演练，五日后我们合力重创州吁。"

与夷脸上露出一抹奇怪的笑容，但很快就消失了，起身大步向外走去。

走出营帐，与夷长长出了口气，心中说道：州吁，老子又帮你一次，将来你一定得好好报答我。

原来，在王庭联军到达鄘邑郊外的当天晚上，申侯和州吁已经造访了与夷的营帐。

与夷对州吁的造访并不感到意外，只是他没想到申侯也来了。面对一身黑衣的申侯，他吃惊地说："您怎么也在这里？"

申侯笑眯眯地说道："来帮你！"

与夷不解地问道："帮我？此话怎讲？"

申侯正色道："寤生已到王庭领政，你觉得你还能待在雒邑吗？"

申侯一句话说到了与夷心中痛处。寤生到王庭后，虽然没对他采取动作，但是已经把他排除在了王庭的权力决策之外，非但不让他参加有关会议，就是他分管的工作寤生也已安排姬林父去做了。他很清楚，寤生此举，一是为了将他排除在王庭权力圈子之外，二是为了分裂他和林父的关系，让他们相互猜忌和仇视。他觉得，待在王庭，早晚有一天会被寤生害死。他迫切地想回宋国，可此时寤生掌管着王庭的一切，没有寤生的允许他是不能离开雒邑的。

"我……我……"与夷一时不知如何作答。

申侯冷冷地说："你再待在雒邑，只有死路一条！"

与夷脸色顿时变了，痛苦地说："求您救我！我如何才能脱离寤生的魔爪呢？"

申侯斩钉截铁地说："逃亡卫国！"

州吁急忙说："与夷，来我卫国吧，我一定会好好待你。"

申侯接着说道："去卫国是你唯一的出路。现在我正策动帮曲沃桓叔杀君夺权，你到卫国后就可以派人刺杀子和，这样你就能以探望子和之名回到宋国。只要平安到了宋国，我们就可伺机夺位了。"

与夷激动地说："只要我能平安到达宋国，定能从子和手中夺得君位。可您说我如何才能脱离王庭联军呢？"

申侯说道："此战寤生急于速战速决，我们在鄘邑跟他拖延几天后会退到曹邑，你到时候就可以主动申请与姬林父带兵绕到曹邑的北侧，对我们进行围堵。只要寤生放你出去，则大功告成矣。"

与夷欣喜地说："此策甚好！大王病危，寤生心系王庭，的确是急于速战速决。到了曹邑，我定会想方设法说服他兵围曹邑！”

州吁兴奋地说：“瘪生不是一直认为自己用兵如神吗？我们要在这里好好耍一耍他，让他也知道我们不是吃素的！”

与夷不放心地说：“你们到了曹邑，最好再闭门不出一段时间，只有把瘪生拖急了，他才会同意我的围堵之策。”

申侯大方地说：“这你就放心吧！我们自然会想尽一切办法拖延时间，我们故意拖延的目的，就是等大王早日归西。”

与夷连声说道：“好，好，好！一旦大王崩，瘪生他自然就会主动退兵，你们真乃神算也！”

州吁站起身，低声说道：“你就放心吧，申侯将一切都筹划周详了。只要你到了卫国，我敢保证，用不了多久，我们就能帮你谋得君位。”

2

五日后。

早早地，瘪生就命令联军摆好了战斗队形。可一等再等，都日上三竿了，也没见鄘邑城中出来兵马。

瘪生命令探马前去查看，只见城头之上旌旗飘扬，刀枪明亮，却唯独看不到人影。

得到探报，瘪生亲自来到城下，实地查看之后说道：“看来州吁已经跑了，鄘邑已成了一座空城。”

兵士们打开坚固的城门，城中果然空空如也，满城除了躲藏在家的百姓，不见一个士兵。

闹了半天，竟然被州吁给耍了。瘪生怒不可遏，命令大军继续向卫国进军，他一定要让州吁付出代价。

王庭联军追到曹邑，终于发现了州吁的踪影。可任凭联军将士如何叫阵，州吁始终龟缩在曹邑城中不肯出来。

此刻，瘪生已经明白了州吁的意图。州吁分明已经知道王庭的事情，这是在以拖待变，拖延时间等待大王咽气，这样他就不得不半途而废，放弃讨伐而退兵。

如果是这样，他宁可不遵战争礼，也决不让州吁的如意算盘得逞。寤生决定攻城，这次州吁就是跑到卫国都城，他也要破城抓人。

与夷知道，他不能再等了。一旦寤生攻破了曹邑，他就没有带大军出走的机会了。为了说服寤生，他首先找到了姬林父。

姬林父知道君父和寤生一直都不对付，他也知道寤生对他根本就不信任。君父曾让他和与夷多多亲近，所以一路上很多事情他都愿和与夷商量，两人经常聚在一起开怀畅饮，很是投机。

与夷向姬林父身边靠了靠，低声说道："明日攻城，寤生定会让我们打头阵，用我们的军队来消耗州吁的军力，到时候他就可以一举拿下曹邑。你可能不知道，不论是北阻北狄还是南征蛮楚，他都是采取的这种手法。"

涉世未深的姬林父当即吓白了脸，急声说道："那可怎么办？他是主帅，他让我们率先攻城，我们总不能不遵命令按兵不动吧？"

与夷微微一笑，说道："我有一个好办法，不但能避免为寤生当替死鬼，还能立大功。"

"是吗？"姬林父激动地看着与夷，"你快说什么办法？"

与夷说道："寤生不是一直担心州吁再逃吗？我们何不主动请缨带兵绕到后面包围曹邑，给州吁来个前后夹击。只要我们带兵离开了寤生，不就可以不再攻城了吗？"

姬林父当即赞道："这个办法好！"

与夷站起身，说道："既然你同意，走，我们现在就去找寤生。"

二人来到寤生的营帐，一齐拱手施礼。

寤生说道："二位可是对今天的攻城部署有意见？"

与夷急忙说道："太宰卿运筹帷幄，吾等没有意见。就是有个建议想向您请示，吾等担心攻城时州吁从后门逃脱，想带兵绕到曹邑的北侧，像口袋一样把州吁包围起来，这样他就插翅难逃了。"

姬林父跟着说道："太宰卿，州吁为人极奸诈狡猾，如果让他从后面跑了，我们可能又要深入卫国境内，追他上百里呀！"

痦生想了想，说道：“二位说的有道理，你们想一起前往包围州吁吗？”

与夷走到沙盘跟前，指着沙盘说道：“从曹邑退往卫国都城有两条道，一条通往这里丛林，一条通往那里丛林。我意，最好分兵两路，我带兵埋伏在这里等待州吁，林父带虢军埋伏在另一处丛林等待州吁。如此，州吁定逃不出我们的包围圈。”

姬林父说道：“太宰卿，为了早日抓住州吁，林父愿意带兵前去设伏，此次一定不能再放过州吁这个恶人。”

痦生看着沙盘，陷入了沉思。他能感觉出，州吁定是已知大王时日不多，也看出了他想速战速决的心思，所以一味避战，为的是以时间换输赢，逼他中途退兵。不过，他着实没时间再和州吁玩了，王庭天天送来急报，催他抓紧时间撤兵返回。他也已经下定决心，此次曹邑一战，无论能否重创州吁，他都要返回王庭的。他也看出了二人心中的小九九，他们是怕损兵折将，不想当攻城的先锋，不想出力，所以才想借机离开去阻击州吁。其实，对于攻打曹邑，他根本就没指望二人。攻城要的是勇猛拼杀，用他们去攻城，还真不够浪费时间的。

痦生觉得，与其攻城时让他们在一旁观望，还真的不如让他们前去阻击。对于与夷和林父能不能真的在那两个方向堵住州吁，痦生并没有抱太大的希望。不过，有他们拦在那里，终能给溃逃的州吁部将一些惩罚。想到此，他说道：“好吧，二位准备何时出发？”

与夷说道：“为了避免州吁发觉后逃跑，我们两军最好现在就出发，州吁他绝对想不到我们会深夜出兵绕到他后面。”

痦生点了点头，说：“好，什么时候出发，二位自行安排吧！”

第二天，痦生就组织郑军开始了攻城。

曹邑本就是卫国除国都之外的第一大邑，不仅城高坚固，而且四周环水，宽敞的护城河令骑兵和车兵很难靠近。更为精巧的是，河的对岸正好是弓箭射程之极限。郑国的弓弩根本射不着城中的卫军，可当郑国军队刚下河中开始渡河，卫军的弓箭便如同暴雨般齐射而来。

一天下来，郑军先后组织了十多次进攻，都被卫军的箭雨逼退回来。

不仅劳而无功，还死伤了几百士兵。

瘑生急忙叫停了攻城，他知道，这样硬攻，郑军定会死伤惨重。要想突破宽敞的护城河，必须尽快建造出能够防范弓箭的船屋。正当他组织人员大造船屋时，雒邑传来了他最不想听到的消息，周天子崩了！

接到消息，瘑生只得放弃征伐州吁，带兵返回了雒邑。他派人通知与夷和林父撤军，虢军倒是返回了雒邑，可与夷则一去不回，随州吁去了卫国。

3

到了卫国，与夷兴奋不已，也更加急不可耐起来。他决心效仿州吁，不再受申侯的掌控和安排，他要尽早从子和手里夺得宋国的君位。

州吁也看出了与夷的焦躁情绪，出主意道："你干脆也别回王庭了，直接回宋国算了。照我看，依靠申侯那个老东西，净是浪费时间，还不如我们自己干呢！你如果需要，我卫国的死士还有军队，全借给你。"

与夷不放心地说："你是说我们脱离申侯自己干？"

州吁说道："那个老家伙算计来算计去，一天到晚畏首畏尾，听他的，什么事情也干不成！你尽管回宋国大胆地干，我全力支持你，要人给人，要钱给钱！将来等你当上宋国的君主，我们就抱团开疆拓土，把周边这些小国全部吃掉。"

与夷真没想到州吁竟有如此大的志向，笑道："既然这样说，我也就不跟你客气了。其实我对夺位心中早有谋划，当今之宋国，掌兵权者名义上为右司马孔父嘉，实际上却是那左司马华父督，我们只需将华父督争取过来，则大事成矣！"

州吁说道："你既然知道华父督实掌兵权，为何不把他争取过来呢？你看我，就是因为抓住了一个石厚，斩杀姬完如探囊取物一般。"

与夷紧皱着眉头，为难地说："那华父督贪财且好色，而且贪得无厌，没有重金是难以买动他的。"

州吁大方地说："不就是金钱、美女吗？这好办，我来帮你解决！美女二十个，布币玉器两车够不够？不过，这可是借给你的，你得了君位之后可要记得还给我。”

与夷激动得直喘气，连声说道：“够了、够了！有了这些美女和布币定能买通那华父督！州吁兄放心，只要你帮我夺得君位，我会加倍偿还于你。”

州吁笑道：“一句玩笑话而已，我堂堂卫国岂会缺那些许美女和布币？将来你夺得君位，我们还要联手干一番大事业呢！”

与夷感动地说：“只要州吁兄帮我夺得君位，以后我定当唯州吁兄马首是瞻！”

州吁一拍大腿站了起来，大声说道：“与夷兄，有你这一言，我再派出五千兵马随你返回宋国。另外，我豢养的上百死士全给你调去，如何使用你尽管安排。”

与夷紧紧抓住州吁的手，眼里涌出了泪珠，说道：“州吁兄如此对我，与夷定不负你！”

州吁问道：“想好怎么回国没有？”

是呀！他以什么理由返回宋国呢？与夷最发愁的就是这个问题。他很清楚，如果没有任何缘由私自回国，不但于礼不合，势必还会引起子和的责罚和猜忌。到时候，非但刺杀不了子和，还可能提前暴露意图。

与夷为难地说：“现在我发愁的就是这个问题，你可有好办法？”

州吁一脸坏笑地说：“办法自然是有，但看你愿不愿用。”

与夷忙说道：“你快说，啥办法？”

州吁压低声音说：“刺杀！只要把子和刺伤了，你就可以以探病为由顺理成章地回国了！”

与夷脸上露出了一抹奸诈的笑容，暗暗佩服州吁的阴险狠毒，心中不由得连连感叹道，看来想成大事必须心狠手辣！

几日后，宋穆公子和遇刺受伤的消息传到卫国，与夷便带兵火速赶回了宋国。

到了宋国都城，与夷并没有急着去见子和，而是悄悄去了华父督的府中，顺便将从卫国带来的美女和布币玉器全送给了华父督。

重赏之下必有勇夫的道理，与夷还是知道的。他想让华父督为他卖命，必须给够华父督想要的东西。他不但送给华父督钱币美女，还许诺只要他得到君位，就擢升华父督为宋国太宰。

别看与夷在州吁面前说得可怜巴巴的，其实他与华父督早就交好，特别是在南征楚国时，二人都对子和处处迎合寤生的决策有意见，经常聚在一起发牢骚。从此，二人的感情愈来愈深厚。

华父督原想着他在南征楚国时立有大功，急切地期盼着子和继位后能对他提拔重用，最低也会让他接替孔父嘉任右司马。他万万没想到，子和分封了一圈人，唯独没给他加官晋爵。他心里那个怨那个恨呀！有几次喝多了酒，华父督当着与夷的面大骂子和有眼无珠，不臣之心溢于言表。

正是有了这些渊源，与夷虽然明面上与华父督来往不多，但暗地里二人联络非常频繁。子和的一举一动，华父督都会及时向与夷汇报。

华父督看着整车的布币和玉器，眼睛简直都直了。二十个如花似玉的美女，更是让他感激万分，愈加对与夷死心塌地。只见他把胸脯拍得啪啪响："公子，您就说吧，让我如何做？是立刻起兵，还是派人再次刺杀？"

与夷满意地看着华父督，摆了摆手，说道："先等等，我探探他的口风再说。现在我唯一顾及的就是孔父嘉，你跟我说实话，他能真正掌握的兵有多少？"

华父督不屑地说："那人就是个窝囊废！我实话跟你说，现在守卫宫廷的卫士已有大半是咱们的人了，孔父嘉所能掌握的人不过几十而已。"

与夷问道："目前朝中可有子和的死士？"

华父督想了想，说道："应该没有。那人刻薄寡恩，几年来没有提拔一人，朝中大臣都还是先君老臣，这些人心中充满怨言，谁会对他死忠？"

与夷开心地笑了："如此，大事成矣！"

4

宋穆公子和在州吁杀兄继位之后，就预感到宋国的灾难也即将降临。他并不贪恋这君位，当初本就不想继承君位，可无奈兄长苦口婆心地劝他，与夷冲动冒进，很容易把宋国带入万劫不复的境地。经过一些挫折磨炼，兴许能改变他的心性。为了宋国的稳定，为了宋国的将来，需要他勇于担起守护宋国的重任。

子和一直盼着与夷早点成熟起来，他也好将君位交还与夷。正是基于这个原因，这几年他一直坚持的是无为而治，非但延续了宋宣公时的所有政策，连朝中大臣都没动，还是原班人马，为的是与夷继位后好按照他自己的心愿执政。

不过，子和也清楚，虽然他处处为与夷着想，可与夷并不了解他的苦心，也不会买他的账。近几年来与夷的所作所为，他一清二楚。他知道，与夷在雒邑费尽心力与申侯、虢公等人结交，在宋国暗通华父督，所有的一切都是为了夺回君位。他原想着，再等两年，等他把这些朝中老臣的心劲都熬没了，就把君位让给与夷，所以用不着与夷跟他夺位，他就拱手相让了，这样宋国不会出现大的动荡。

卫国州吁的杀兄继位，让子和骤然感到了空前的压力。特别是在遇刺重伤后，他已经知道自己的死劫是逃不过去了。对自己的生死，他倒不担心，唯一担心的就是儿子子冯。以与夷的品行，任凭他如何解释，与夷是绝对不会放过子冯的。要确保子冯的安全，最好的办法就是杀掉与夷。可如果这样，他怎对得起待他恩重如山的兄长。再说，骨肉相残之事，他是绝对做不出来的。天下之大，能保子冯安全的唯有郑国和寤生。

宋穆公子和在遇刺的当天就派人悄悄地将公子冯送到了郑国，顺便还给寤生带去了一卷长信，向寤生详细讲述自己传位于与夷的想法。为了宋国的稳定，为了避免骨肉相残，他只能将公子冯送到郑国，并祈求寤生善待公子冯。

待一切安排完毕，宋穆公子和在宫中平静地等待着与夷的到来。

与夷对面见叔父子和心里充满了忐忑。以他目前手中掌握的兵力，他坚信叔父不敢动他。不过，他也清楚，叔父子和并不是个蠢人，现在人也不糊涂，应该早就看出他的夺位之心。让他不解的是，为何叔父对他的举动没有采取任何防范措施。难道是想找准机会，对他一举击杀？这样势必造成宋国大乱。以叔父沉稳的性格，他是绝对不会这样做的。难道叔父手中还有奇兵或依仗？可他最大的依仗就是郑国和寤生，为何郑国也没有一点动静？他如此大阵仗地带兵回宋国，明眼人都能看出来他来者不善，难道叔父就看不出来？

与夷想象了若干个面见叔父的场景，很可能一进叔父的寝宫，他就被士兵们层层包围，一举拿下或当场击杀，也可能叔父已经老糊涂了，并没有发觉他的不臣之心，还有可能就是叔父在宋国已成孤家寡人，什么人也指挥不动了。如果真是这样的话，他会狠狠地羞辱其一番，以报这些年来所受的排挤之苦。

为了确保与夷的安全，华父督本来要随与夷进宫，与夷反复权衡之下，觉得还是让华父督守在宫门之处为好，一旦里面有个风吹草动，也可避免他们被子和一窝端了。

与夷走近子和的寝宫，谨慎地游目四望，只见这里稀松如常，没有任何反常的迹象，不由得握紧了宝剑，大步跨上台阶，来到了宫门之处。

老寺人深鞠一躬，说道："世子，君上一直在等您，快进去吧！"

"世子！"与夷简直不敢相信自己的耳朵，他什么时候又成了世子？他疑惑地向寺人望去。

老寺人慈祥地看着与夷，说道："世子，快进去吧！"

与夷跟着老寺人大步向里面走去。

子和躺在卧榻之上，非常憔悴。与夷心中一阵战栗，他没想到仅仅几年的光景，叔父竟然变成了这样。血脉之情让他忘记了所有仇恨，忍不住跪到子和跟前，抓住子和的手，说道："叔父，你怎么瘦成了这样？"

子和直直地望着与夷，满眼的慈祥，说道："夷儿，你终于回来了，阿叔也该好好休息了。"说完，向身旁的孔父嘉望去："大司马，宣诏吧！"

与夷这才发现大司马孔父嘉也在跟前，他以为叔父子和要对他动手，惊恐地望着孔父嘉，手不由得向宝剑抓去。

孔父嘉念道："宋君侯诏曰，即日起宋国君位传于世子与夷！"

与夷的头顿时蒙了，他大吃一惊，连声说道："这是真的吗？这是真的吗？"

宋穆公子和虚弱地说："夷儿，这是真的，这君位本来就是你的，阿叔今天还给你！夷儿，这几年你一定很恨你君父，很恨阿叔吧？”

与夷无言地看着宋穆公，不知如何回答。

宋穆公接着说：“夷儿，不要恨你君父，他这样做都是为你好。当初，你君父非要让我继承君位，主要是因为你性子冲动，想让你受些挫折，磨炼一番心性之后再让你继承君位。他这样做全是为了你，为了宋国的长治久安，你要理解他的一番苦心。”

与夷坐正了身子，直直地望着宋穆公，眼里充满了不解和疑惑。

宋穆公接着说道：“夷儿，阿叔从来就没想过贪恋这君位，这几年的所作所为无不是为你继承君位扫清障碍。这些年，我没提拔一人，用的全是先君的老臣，就是为了让你继位后能立即起用新人，建立你自己的执政班底。阿叔知道，我说这些，你可能不信，可你觉得你这几年的所作所为阿叔真的不知道吗？”

与夷的脸一红，低下头来。

宋穆公接着说道：“你在雒邑想方设法讨好申侯、虢公，在宋国结交华父督，还有你和州吁谋取卫国君位，包括刺杀寡人，阿叔都知道，可阿叔为何没有任何行动？就是不想骨肉相残，不想对不起你君父！夷儿，不论你信不信阿叔的话，反正阿叔对你问心无愧！明日，阿叔会亲自给你举行加冠之礼。仪式结束后，阿叔就要去见你君父了，希望你好自为之。”

与夷抬起头来，满眼都是泪水。此刻，他真正明白了君父和叔父的苦心。

宋穆公说完，看了看孔父嘉，说道：“夷儿，阿叔死后，你要善待宋国，善待你君父给你留下的这些大臣。尤其是大司马孔父嘉，他为人厚道，对你君父忠心耿耿，对你也必然会忠心不二。还有一事，我要向你明说。为防止国内有人挑拨是非，也避免有人拿你弟弟子冯做文章，从而威胁你的君位，我已将冯儿送去了郑国，命他终生不得返回宋国。你尽可安心掌管宋国，他绝不会威胁到你的君位。”

与夷心中一热，感觉叔父这样做，还真是让他少了麻烦，真是全心为他继位着想。不过，他很快又改变了想法。叔父将公子冯送到郑国，真的是为他好吗？是不是叔父的权宜之计呢？斩草除根，方能永绝后患！他不能被子和的一番言语所骗，待他稳定宋国之后，一定要把公子冯这个后患给除掉！

5

周平王突然病亡，令寤生措手不及。当他带领大军赶到雒邑时，申侯已在他之前赶回了雒邑。

看到申侯在王庭上蹿下跳，寤生心中有说不出的别扭。特别是州吁和与夷相继在卫、宋两国夺取君位，让他感到空前的压力。申侯之所以重新出山，在王庭活动得这么厉害，所依赖的就是州吁、与夷二人夺取了君位，他游说王室老臣，也是给他们二人入朝任职铺路。寤生敏锐地意识到，一旦这二人来王庭任职，姬林父势必会再次倒向申侯，到时候他和申侯双方又形成了均势。

当前，王庭最急迫的就是两件事，一是办理周平王的丧事，二是迎接太子姬狐回朝继位。寤生原本是不想让申侯参与这两件事的，怎奈王室众人强烈要求申侯参与筹备周平王的丧事。为此，周公黑肩还专门找到寤生，言讲申侯在王庭任职多年，此次他主动要求参与筹备大王的丧礼，于情于理都难以拒绝。

最后，寤生虽然同意申侯参与，却没有给他安排任何差事。令他没想到的是，申侯的脸竟然比城墙还厚，每次议事会都争着参加，而且还以当朝老臣的身份发表意见，处处和寤生唱对台戏。

特别是在迎接新王姬狐的问题上，两人发生剧烈的争执。

寤生提出派伯毅前去迎接新王姬狐。

申侯当即提出反对，直截了当地说："迎接新王，最重要的是他的安全，郑国之人前去迎接，我不放心！"

寤生生气地问："你不放心什么？难道我郑国之人会害大王吗？"

申侯阴声怪气地说："难说！寤生，你以为我不知道你的狼子野心，先王病重时，你在朝中一手遮天，新王继位，他会允许你再这样专权？你现在保不准就有害王之心，只要新王不能顺利继位，你就可以在王庭为所欲为了！"

寤生绝没想到申侯竟然当着满朝王公大臣的面说出这样一番话来，气得浑身发抖，怒道："你休要血口喷人！我寤生一心为公，一心为大王，何时在朝中专权，何时动过害王之心？"

申侯丝毫没有畏惧之色，走到寤生跟前，不依不饶地问："你没有害王之心？迎接新王，王庭满朝大臣你不用，为何要派你郑国的家臣前去？"

寤生反问道："这有什么区别吗？"

申侯冷冷一笑，说道："有区别，而且区别大了！大王乃大周之大王，应该派我大周的重臣前去迎接，要么是你太宰卿前去，要么是下卿姬林父前去。你派伯毅前去迎接，根本就于礼不合！我看你分明就是在故意强化自己在王庭的地位，矮化大王的地位，损伤大王的威名。"

寤生气急，手指着申侯，一阵语塞："你……你……你……"

申侯接着说道："你派家臣前去迎接大王，不就是为了告诉天下诸侯，大王之位是你让他坐的吗？"

周公黑肩见申侯越说越难听，急忙上前劝道："此言差矣！太宰卿怎会有此心呢？他提议伯毅前去，不过是因为伯毅对郑国的情况熟悉，你切莫多想。"

申侯丝毫不给周公黑肩面子，冷冷地说："周公，你莫要给他打掩护，我看他派郑国之人前去迎接新王，就是没安好心！"

姬狐的侄子、太子姬林怒声呵斥道："够了！申侯，你莫要再诽谤太宰卿了！太宰卿一心为国，他怎会有害王之心？再说，太宰卿所说，不就是提出议题让大家商议吗？"

姬林说着，转向寤生，恳请道："太宰卿，在下以为，到郑国迎接新王的确需要王庭重臣前去，否则还真是于礼不合，也会让天下诸侯小看我王庭，要不就让姬林父代表王庭前去迎接新王吧？您看在下所提建议是否可行？"

周公黑肩跟着说道："太宰卿，老臣以为此议可行！您需要在王庭主持大局，难以脱身，让姬林父前去迎接新王合乎周礼。"

寤生看了看身边的姬林父，只见姬林父满脸尴尬，深知如果否决了姬林的建议，不但令姬林和周公黑肩难堪，姬林父定然也十分难堪。可是，让姬林父独自前去，他着实有点不放心。

伯毅知道寤生的顾虑，看他犹豫难决，便起身说道：“君上，在下以为，迎接新王应该依礼由王庭重臣前去。在下建议由周公黑肩随同下卿前去更为稳妥！”

寤生这才点了点头，说道：“周公作为王室总管，的确应该前去迎接新王。好，就依尚父所言，周公和下卿一同前去迎接新王！”

此刻，寤生的心情已坏到了极点，尤其是看着申侯那皮笑肉不笑的无赖嘴脸，他真担心忍不住心头的怒火，做出于礼不当的行为来，顺口说道：“散朝！”说完，扔下众人，大步向外走去。

6

朝中王公大臣见寤生走了，纷纷起身向外走去。

看着众人匆匆离开的身影，太子姬林的脸一阵白一阵红。显然，他在极力压抑内心的愤怒。

很快，大厅内走得只剩下了太子姬林、申侯和小虢公姬林父。

太子姬林这才表现出愤怒之色，恨声说道：“他说散朝就散朝，眼中还有我这个太子没有？”

申侯巴不得太子姬林与寤生闹矛盾，便火上浇油地说：“太子，寤生眼里根本就没把您当回事儿！您看看，您是那样尊敬他，在他面前简直有些低三下四，您的姿态都放这么低了，他但凡懂一点礼节，也不会当众如此羞辱您！说什么让周公和下卿一同前去迎接新王！您在他面前算什么，您说的话就如此被他无视？”说着，申侯向小虢公姬林父眨了眨眼。

小虢公姬林父顿时心领神会，知道是让他再烧一把火。这段时间，他与申侯来往非常频繁。州吁和与夷在卫、宋两国的夺位成功，对姬林父刺激非常大；再加上申侯的反复鼓动，让他产生了在王庭取代寤生之心。

按照申侯的计划，要全力推周平王之孙姬林上位。只要姬林继任大王，以他对寤生的厌恶和急躁冲动的个性，定不会容忍寤生在王庭继续领政。只要姬林赶走了寤生，他姬林父就是王庭太宰卿的不二人选。

申侯反复告诫他，天上不会掉馅饼，好事不会主动落在你的头上，诸事需要运作，需要主动作为。州吁和与夷就是例子，他们如果不积极作为，不可能夺得君位。

申侯的话令姬林父躁动不安。是呀！此刻他谋取太宰卿之位，真是天时地利人和。申侯已老，难再有所作为。州吁和与夷在天下诸侯中已人神共愤，根本就难以跟他竞争。他只要帮助申侯谋得让姬林继位，就可得到他想要的一切。一人之下，万人之上；代替天子，号令诸侯。将是何等威风！

廷议之前，姬林父已经和申侯进行了秘密商议。他们商定好，由申侯提出让他前往郑国迎接新王姬狐。刚才他不发表意见，装出一副无辜的样子，就是做给大家看的，好让寤生放松对他的警惕。

姬林父走到太子姬林跟前，故作担心地向外看了看，低声说道："太子，咱们还是忍忍吧！一旦把寤生惹恼了，他可是什么事情都能做得出来。过去您很少过问朝政，不知道寤生的脾气，您就等着看吧，以后还少不了受他的窝囊气。"

太子姬林再也控制不住自己，拍案而起，怒道："寤生狂徒，王庭有我无他！只要我姬林掌权，我必让其滚出王庭！"

姬林父慌忙说道："太子不可，不可呀！小不忍则乱大谋！此话如果让寤生听去，他定会废了你的太子之位。"

申侯脸上露出诡秘的微笑，低声说道："太子，虢公说得对，此刻您要把所有的不满隐藏起来，千万不能让寤生看出您对他的不敬，否则后果不堪设想！"

姬林痛苦地说："我还要忍到什么时候？我给你说，现在我看到寤生就生气，特别是看到他那不可一世的嘴脸，我真想上前抽他几巴掌。"

申侯笑了起来："太子呀太子，你咋还这么孩子气？你要想不受寤生的气，路只有一条，就是你继任大王。只有你继任了大王，才能把他赶出王庭。否则，你不仅要忍，还要时刻防着他要你的小命。"

太子姬林已经听出了申侯的言外之意，警惕地看着申侯和姬林父，压低声音问道："你们……你们是不是要对我新王……"

申侯脸色沉了下来，一字一句地说："新王在郑国为质多年，对寤生言听计从，他回来继任大王就是一傀儡。你等着看吧，姬狐继任后，寤生会更加嚣张跋扈，愈加不可一世。"

姬林父接过话说："太子，这样一来，您的日子就更难了。为了实现野心，说不定寤生真的会对您动手，取了您的性命。"

太子姬林的心显然是被小虢公说动了，他在大厅内来回走动着，脸色越来越痛苦，越来越难看。最后，他下定决心似的说："好吧，好吧！一切由你们决定吧！"

小虢公姬林父转向申侯，低声问道："如何做，您可想好了？"

申侯从衣袖中掏出一包药塞到了姬林父手中，说道："吃过之后，不会留下任何痕迹。新王悲伤过度，气绝而亡！"

姬林父点了点头，收起药，向太子姬林深施一礼，转身向外走去。

太子姬林无力地闭上了眼睛，一时忍不住泪水直流。

7

寤生一直担心新王姬狐出事，可不幸的事情还是发生了。

当周公黑肩和小虢公姬林父带着姬狐僵硬的尸体回到王庭时，寤生惊得一趔趄，差点摔倒，连声问道："怎么回事？到底怎么回事？大王身体好好的，怎么说没就没了？"

周公黑肩哭丧着脸说："大王悲伤过度，日夜哭泣，谁能想到，他……他竟然一口气上不来，气绝而亡！"

寤生的眼睛向姬林父望去。他不相信姬狐竟因为悲伤过度而亡，他身体好好的，怎么可能因为悲伤而丢掉性命？

寤生命疾医细细检查姬狐的身体，姬狐身上无任何伤痕和中毒的症状。

姬林父在一旁满腹委屈地说道："太宰卿，吾等日夜守护在大王身边，不敢有丝毫懈怠。大王他……他的确是因为悲伤过度，气绝而亡！"

寤生眼睛一直注视着疾医，对姬林父的话充耳未闻。

疾医细细检查了一阵子，站直身子冲寤生说道："太宰卿，大王的确是无疾而终！"

见疾医如此说，周公黑肩和姬林父长长地出了口气。二人的眼睛一齐向寤生望去，问道："太宰卿，接下来怎么办？"

寤生脸色铁青，直直地望着远方，冷冷地说："入殓吧！"

姬狐的尸体刚到宫门口，就被太子姬林拦住了。

太子姬林一身重孝，抱住姬狐的遗体，放声痛哭："叔父！我苦命的叔父呀！你身体好好的，咋说走就走了呢？您睁开眼来看看我，看看我呀！"

周公黑肩上前拉住姬林，泣声劝道："太子请节哀顺变，大王因悲伤过度气绝而亡，太子一定要节哀呀！"

申侯和姬林父也上前劝说："太子节哀！"

"太子保重身体要紧！"

任凭众人怎么劝，太子姬林越哭越痛，抱住姬狐的遗体不放，边哭边数落道："叔父，祖父走了，您也不在了，我大周可该怎么办呀？你们扔下林儿都去了，可叫林儿怎么办呀？你们都走了，谁还来管林儿呀？"

寤生冷冷地看着姬林，一句话也没说。

很快，宫门口围满了前来探望的王公大臣，众人跪在地上，看姬林哭得如此悲伤，个个都在黯然落泪，心中对大周的未来充满了忧虑。是呀！大周半月内连去两王，如果太子姬林再出什么差错，大周可真的要亡了。

几个王室长老一齐来到了姬林身旁，齐声说道："太子节哀！您放心，吾等会坚决站在您的身后支持您帮助您，我们决不允许任何人染指王位。"

寤生虽然没有说话，但他听得出这些话分明是说给他听的。他们生怕寤生自立为王，夺了姬林的王位。

姬林从地上爬了起来，在众人的簇拥下随着姬狐的尸体一起进了王宫。

寤生和伯毅等人竟然如同局外人一样，快快地跟着人群走进了宫。

安顿好姬狐的遗体，几位王室长老俨然成了主角。其中一位年纪较大的，颤颤巍巍地走到厅台，高声说道："各位，我们身为王臣，当做忠君之事。国不可一日无君，现如今我大周连崩两王，非常之时当做非常之事。我们几位王室长老已经进行了商议，即刻请太子姬林继位，大家一起向新王行跪拜之礼。”

申侯和姬林父第一个响应，当即跪下高喊道：“吾王万岁！”

紧接着，周公黑肩、妫鲍等人也跟着跪了下来。

寤生呆呆地站着，脑中一片混沌，他万万没想到事情竟然发展成这样。

伯毅慌忙上前，拉了拉寤生，一同跪了下来。

一直到离开王宫，寤生的头还是蒙的。

回到家中，小邓曼及时给他端来了茶水。一碗醒神茶下肚，寤生慢慢感到脑袋清醒了过来。他回顾着眼前发生的一切，越想越心惊。这一切看似突然发生，却处处透露着诡异和精心安排。

如果一切正常，即使姬狐因悲伤过度而气绝身亡，周公黑肩和姬林父也应该提前向他报告，由他这个太宰卿来主导王庭的一切事务，为什么那些王室的长老会突然出现在王宫门口？还有，太子姬林为何那样撕心裂肺地哭叫，这分明是演戏给大家看的。

寤生的身子不由得一阵颤抖。他已经猜到，眼前的一切都是他那好舅舅做的局。从他闹着让姬林父前去迎接姬狐开始，就已经拉开了这场阴谋的序幕。而申侯所做的这一切，目标只有一个，让姬林继位。这是他们的初步目标，至于下一步就是通过姬林逼他让位。

寤生看了看伯毅，无力地说：“尚父，我们可能又要前功尽弃了！”

伯毅的情绪也低落到了极点，愧疚地说：“君上，微臣之过呀！我没想到周公黑肩竟然这么快就倒向了他们……微臣之过呀！”

寤生摇了摇头，说：“尚父，这怎么能怨你呢？要怨就怨寡人低看了小儿姬林，他在我面前的唯唯诺诺全是装出来的。今日，我方才看清他们的嘴脸，原来他和我舅舅、姬林父等人早就有来往，早就谋划着取代姬狐继位。”

伯毅凄然说道：“君上，姬林上台后，定会百般刁难我们，我们还需早做准备呀！”

寤生冷冷一笑，悲哀地说：“在王庭推行新政的理想恐怕永远也难以实现了！其实也没什么，大不了我们还回郑国！”

小邓曼看寤生绝望的样子，心疼得眼里涌满了泪，她抚摸着寤生的肩头，低声劝慰道："君上，我们回郑国也好，您着实也该好好休息一下了！"

8

寤生虽然对新王姬林没抱希望，但他还是坚持到把周平王和姬狐安然送到了墓穴，之后便称病在家，没有再上朝。

周桓王姬林就盼着寤生不来上朝，在寤生称病期间，他不仅天天主持朝会，而且做出一系列重大决定。

周桓王姬林先是任命申侯为国师，虢公姬林父为上卿，由二人共同主持王庭一切事务，紧接着又下诏免除了晋、秦、楚、齐四国君侯的卿士位。

这样，寤生先前所任命的王庭卿位不仅全部废除，自己的太宰卿也成了可有可无的虚位。

寤生待在家中，静静地关注着王庭朝局的变化。他要看一看姬林还要做出什么样的疯狂举动。

在府中的花园里，寤生独自一圈又一圈地走动着，心中充满了无尽的悲凉。他暗叹，一个人想真正做点事情为何就这么难！他自问自己在王庭没任何私心，所做的一切，包括给秦、晋、齐、楚等国君侯以卿位，还不是为了王庭更好地掌控他们吗？还有他推行的各国通商和兴办教育等新政，无不是强国富民的举措。这一切的一切，都是为了大周，为了大王，可姬林作为大周的王，为什么在这些问题上非要跟他过不去呢？

也正是因为他在王庭没任何私心，所以在王庭的人事布局上，他根本就没让伯毅、祭足等占据王庭的关键位置，才导致了自己现在所处的尴尬局面。如果在宫廷禁卫、王室总管等关键位置，他都换成自己手下的人，姬林绝不敢如此轻视他，把他逼到墙角。

寤生这样想着，脸上不自觉地露出一阵阵冷笑。他不得不佩服舅舅是个权谋高手，为了掌控权力，为了个人私利，他可以毫无底线，不从国家大局和百姓福祉的角度考虑问题。可如果让他再次选择，他依然不会走舅舅这条路。

令寤生更痛苦的是，他所做的一切都是为了帮助大周更好地管控天下诸侯，帮助大王更好地治理国家，可大王怎么就不理解自己的良苦用心！难道姬林不想这个国家发展得更好，难道他不想更好地掌控天下诸侯，难道他就甘心无视各国诸侯对王庭的不礼吗？

寤生最大的忧虑还是他所推行的新政。现如今，姬林不相信他，不支持他，还一门心思挤对他；申侯、小虢公等人处心积虑跟他作对，给他挖陷阱设障碍。他推行的新政本就阻力重重，再有这些人的掣肘，以后更是举步维艰。他甚至已经预感到，姬林和申侯等人势必处处阻碍他的新政。如果姬林强力阻拦，以后他甚至连发布个诏令都会很难。

寤生悲哀地想到，如果不能推行新政，那他留在王庭还有什么意义呢？他想为天下、为百姓做些事情，他不想把有限的人生浪费在与申侯等人的权力斗争中。

寤生停下了脚步，仰望着天空，喃喃自语道："老天呀，你难道这是又要改变我的人生方向吗？"

小邓曼站在厅堂门口，凝视着在一圈又一圈踱步的寤生，她很想走上前去劝慰，可她又能说什么呢？所有的一切，寤生都清楚；所有的道理，寤生都明白，她能说的一切，在他面前都是那么苍白无力。

小邓曼深切地意识到，内心深处的伤口只有靠他自己才能治愈。但看到寤生眉头紧锁、痛苦无望的样子，她为自己帮不上他而深深地心痛。

她就这样呆呆地看着，忍不住泪流满面。

对周桓王的一系列作为，寤生不急，但他手下的祭足、高渠弥等人早就急了。他们知道这段时间寤生心中不好受，怕贸然过来触怒寤生，就一同找到伯毅，央求伯毅带他们拜见寤生。他们不能这样坐以待毙，不能无所作为地等下去，他们要商讨计策，给申侯等人以反击。

他们一起来到小邓曼身边，停了下来。看她满脸的泪，众人心中顿时酸了起来，一时间竟不知如何是好。

祭足眼睛红红的，深施一礼，说道："夫人……"

小邓曼这才发现众人来到了自己跟前，急忙擦了擦泪，粲然一笑，说道："各位来了！我这就去请君上。"

小邓曼快步走到寤生跟前，说道："君上，太傅他们来了。"

"好！"寤生向众人望去，脸上顿时消除了凝重之色，面带微笑地向大家走去。他不想让自己的负面情绪影响了大家，尤其是在这帮忠心耿耿的部下面前，他必须保持足够的定力。

到了跟前，众人一起给寤生施礼。

寤生笑着说道："走，咱们到议事堂去。"

待众人落座后，祭足忍不住说道："君上，大王他……他做得也太过分了，他废除了秦、楚等四国君侯的卿位不说，竟然还起用申侯，提拔虢公，让他们共同领政，这这这……"

高渠弥不满地看了祭足一眼，接着说道："这分明就是要另起炉灶，让我们君上坐冷位子嘛！他凭什么这样对我们，郑国管着王室的吃喝，郑军替他防御四夷，君上为他掌控天下诸侯殚精竭虑，他非但不感激我们，还这样刻薄地欺负我们！"

高渠弥一席话顿时把大家心头的不满和委屈引燃了，个个脸上表现出了愤愤不平之色。

公子元怒道："君上，这一切都是那申侯搞的鬼，还有姬林父那小子，跟他爹一个德行，阴险狡诈！您就等着吧，他们定会鼓动大王做出更多迫害我们的事情。君上，我们可不能坐以待毙！我们得采取措施，给他们以迎头痛击！"

祭足痛心地说道："君上，再这样下去，我们推行的新政恐怕又要中途夭折了！那些改革本就在各国阻力重重，如果大王再不支持，可真的难以再推行下去！君上，我们必须及早采取对策！"

寤生看了看伯毅，没有吱声。

伯毅咳嗽了一声，清了清嗓子，说道："君上，老臣以为，当前的局势可能是个难解的死局。"

伯毅一语惊四座，众人的目光一齐向他聚了过去。

寤生却没有表现出惊讶和疑惑，他平静地望着伯毅，示意他继续说下去。

伯毅接着说道："据我对大王的观察，此人固执、偏执又自以为是，自私又爱自作聪明，志大才疏又好高骛远，他和我们根本就不是同类人，也必然跟君上难以共处。老臣以为，与其在王庭处处受气、难有作为、浪费光阴，还不如回郑国，把我们的国家好好经营一下！"

祭足激动地说："太傅，难道我们又要退走郑国吗？凭什么？当初可是他们三番五次去郑国请我们来的呀，现在我们帮他们稳住了局面，就不用我们了，要赶我们走了？"

高渠弥也跟着说道："是呀！俗话说，请神容易送神难，我们绝不能任由他们摆布！回郑国可以，但他们必须给个说法！"

寤生笑了起来："高大夫，你还想要什么说法？"

众人见寤生笑了，紧绷的心顿时放松下来，也跟着笑了起来。

高渠弥满脸通红地说："最起码……最起码……他们王室吃我们郑国的粮食得还给我们！"

寤生深深地叹了口气，说道："尚父说得对！我们既然在这里难有作为，何苦白白浪费光阴！离开王庭，又何尝不是一条好的出路！说实话，我还真不屑与那些人钩心斗角搞权谋斗争。"

众人看寤生和伯毅都有了离意，心中对姬林的不满和委屈也减去不少，纷纷低下头，盘算着如何离开、何时离开。

祭足心有不甘地说道："君上，即使我们要离开，也应是在他们的逼迫下离开的，我们可不能主动要求离开！"

伯毅冷冷一笑，说道："你放心，说不定他们早就想好了逼我们离开的计策。老臣以为，君上您需要上朝去看看了！"

寤生站起身，说道："好吧，我们明天就一起上朝会会他们！"

9

周桓王、申侯等人也时刻关注着寤生的动静。

他们见这段时间在王庭推行的大动作，寤生那里却没有任何反应，悬着的心便放了下来。

尤其是周桓王，可以说长长地出了口气，心中对寤生的看法也发生了根本变化。他狂傲地说道：“看来寤生也不过如此！他呀，就是一纸老虎，根本就不用怕他！你们就等着看吧，我非把他治得生不如死不可！”

申侯要的就是周桓王不知天高地厚。只有这样，他才能不顾一切疯狂地摆治寤生，让寤生再无立足之地。只见他满脸媚笑地恭维道：“不是寤生无能，而是他在睿智英武的大王面前，根本不是对手。您看看，大王继位以来，连施雷霆手段，把寤生打得无任何还手之力，高明、高明，真高明！”

周桓王羞涩地说：“国师谬赞了，这里面也有您很大的功劳，要不是您处处给寡人出主意想办法，寡人还真不知道如何跟寤生斗！”

申侯连连摆手，说道：“大王真是折杀老臣了，我只不过是在大王面前说了几句心里话，最后做决策拿主意的还是大王。虢公，你说是不是？”

姬林父知道，申侯这是让他跟着一起吹捧姬林，忙说道：“是呀，大王真是大周百年来第一英武能干的君王，以他寤生的能耐，连给大王提鞋都不配，更别提跟大王斗智斗勇了。”

周桓王咧着嘴，脸上笑成了花儿。他高兴地看着二人，兴奋地说：“你们俩尽管安心给我好好干，用不了多久，我就会把寤生赶出王庭。我已经想好了整治寤生的新办法，我不仅要让他在王公大臣面前丢尽面子，还要让他在天下诸侯中灰头土脸！”

申侯故作惊奇地问道：“是吗，大王？您快说来听听，让我们也分享一下大王的英明智慧。”

虢公姬林父跟着献媚道：“不用说，大王想出的办法定是万分高明，定会让那寤生颜面扫地！”

周桓王满意地看了二人一眼，说道：“林父，从明日开始，朝会之上你就坐在寤生的位置上。寤生上朝，我就让他站在你身后，看他怎么在朝堂上立足！”

未等二人说话，周桓王又抢先说道：“我告诉你们，这只是其中的一个办法，我手中还有很多更狠更厉害的招儿呢！他不是在称病吗？等他上朝时，我就说，太宰卿，既然你身体不好，以后就别再过问朝中的事情了，好好在家里养病就好了。如果确实想管点事情，那就协助上卿林父做点事情吧。还有，我会不断跟他郑国要钱要物，逼着他给我提供给养。还有，他不是很能打吗？过段时间，我就让他带着郑国军队去打北狄，还有……还……”

周桓王越说越激动，直说得唾沫星子乱飞，口水进到了气管中，引发一阵急促的咳嗽，说不出话来。

许久，周桓王才缓过气来，沙哑着嗓子说：“太高兴了，太激动了，太兴奋了！”

申侯看着周桓王，心中暗骂道：老天真是不公，这样的蠢货都能做大王！自己文韬武略，深谋远虑，却始终与王位失之交臂。如果不是寤生这个绊脚石，他早已取代周平王坐上了王位，现在也不用觍着老脸拍这个狂妄小子的马屁了。

想到此，他更加痛恨寤生了，恨不得扒其皮食其肉。他很清楚，上天让姬林当王，这也许是给他的最后一次机会，早日把寤生赶出王庭，他还有最后称王的希望。再拖下去，即使姬林拱手相让，他也没有那个身体和精力去做大王了。

虢公姬林父也打着自己的小算盘，现在虽然姬林让他取代寤生上朝领政，但他心中始终战战兢兢的。寤生一日不离开王庭，他心中始终不得安宁。他怕寤生在朝堂之上当众让他下不来台，更怕寤生重新执政掌权，那么他将如何面对寤生，如何跟他相处？当今之际，他必须充分利用姬林对寤生的误解和不满，尽快把寤生赶出雒邑。

想到此，姬林父说道：“大王，非常之人当施非常手段。寤生毕竟是王庭的太宰卿，他留在王庭，对我们始终都是掣肘，我们始终都无法放开手脚。微臣以为，还是尽快把他赶出雒邑为好！国师，您说是不是？”

申侯一直在做他的美梦，听姬林父问他，忙缓过神说道：“是的、是的，还是尽快把寤生赶出雒邑为好，尽快把他赶出雒邑，我们就心静了！”

周桓王见二人异口同声地要求赶走寤生，便当即拍板道：“就依二位爱卿的意见，寡人尽快将那寤生赶出雒邑。不光你们讨厌他，我看见他心里就不舒服，看见他，就想起了叔父在郑国所受的侮辱。他寤生天天满口守护周礼，满口仁义道德，可他搞出来的周郑交质，难道是遵从周礼？我看他呀，就是个嘴上一套、实际做的又是一套的两面人。”

姬林父跟着说道：“是呀，寤生就是一个伪君子、两面人，王庭决不能允许这种人的存在。大王，您真的有办法把他赶走吗？如果他赖着不走怎么办？”

周桓王不满地看了姬林父一眼，说道：“爱卿呀，我看你就是胆小，你就是被寤生吓怕了。我有的是办法收拾他，实在不行，我就直接给他下逐客令，把他赶回郑国去。”

申侯赶忙说：“林父，你就不要再为此挂心了。大王不是说了吗？他有的是办法。不过大王，您要有心理准备，那寤生的脸皮厚得很，他如果赖着不走，您可真得用下逐客令的办法把他赶走。”

周桓王大方地说：“你们就放心吧，我保证下次朝会时就让寤生灰溜溜地滚蛋。”

申侯突然想到一件事情，诡秘一笑，说道：“大王，您知道寤生真正的逆鳞在哪里吗？”

周桓王感兴趣地说：“在哪里？”

“伯灵！伯毅的女儿伯灵！”申侯神秘地说，“寤生此生最在乎的人就是伯灵，只要大王提出要纳伯灵为妃，寤生定会跟你翻脸，他是不允许任何人触碰伯灵的。”

姬林父急忙说道：“大王，我也听说了，寤生此生最爱的女人就是伯灵。只要大王向寤生提出要伯灵，他绝对不会将伯灵拱手相让给大王的。大王因此与他翻脸，既能重重地羞辱他，又让他无话可说。”

周桓王眯缝着眼睛想了一会儿，说道：“这的确不失一条好计策，我不妨就用此事刺激刺激寤生，他若胆敢违背我，我就当场治他的不敬之罪。我不仅要把他赶出雒邑，还要给他安上一个欺君之罪，让他余生再不能上朝领政！”

申侯连竖大拇指，说道：“高明，高明，还是大王高明！改日朝会之时，大王就用此计来激怒寤生！”

10

寤生原本料想着此次上朝就不会舒坦，只是没想到形势比他想象的更为恶劣。

他带着伯毅、祭足等人来到朝堂之上时，堂上之人已来了十之八九，大家都安坐在自己的位置上，静静地等着大王临朝。

寤生一眼看见姬林父坐在他的位置之上，心中顿时生出一丝不快。他沉着脸，径直走了过去。

虢公姬林父早就看到了寤生，很想起身离开把位置给寤生让出来，又担心周桓王和申侯笑话他畏惧寤生，索性硬着头皮闭上眼睛，故意视而不见，心里却是万分的忐忑不安。

寤生和伯毅、祭足等人走到了姬林父跟前，姬林父身边的朝臣纷纷起身。

姬林父依旧闭着眼睛，一副安睡状。

对面的申侯也站起了身，直直地看着寤生等人。

这时，祭足高声说道："虢公、虢公，梦该醒了！"

姬林父睁开了眼睛，看见寤生满脸威严地注视着自己，不由得打了个寒战，身子不自觉地站了起来。

伯毅冷冷地说："虢公，你是不是真的梦游了？为何坐在太宰卿的位置上了？"

姬林父满脸通红，嗫嚅着说："是吗？是吗？"说着，东张西望地看了看，逃命似的向申侯身边走去。

"哎！"申侯闭上了眼睛。他对姬林父简直失望透顶，没想到姬林父竟然如此软弱，根本就难堪大用。

这时，周桓王从里面走了出来。他看下面有坐着的，有站着的，顿时眉头皱成了疙瘩。

台下又恢复了以往的惯例，寤生端坐在主位之上，旁边坐着伯毅等人，周桓王新近提拔之人，则自动站在了一旁。

姬林父站在申侯一侧，脸红红的，一副惊慌失措的样子，不知如何是好。

周桓王走到了王位正中。

礼官喊道："拜！"

众人纷纷起身，一起施礼。

周桓王坐了下来，说道："各位爱卿，都坐吧！"

一些没有座位的大臣，席地而坐。姬林父原来的位置已被申侯占去，申侯坐着不动，他也只好跟着坐在了地上。

周桓王看了看姬林父，转向寤生说道："太宰卿，身体恢复得如何？"

寤生坐直身子，说道："回大王，臣已痊愈！"

周桓王见寤生这样回答，真想抽自己几个嘴巴子，他本想以疾病为由，不让寤生再来参加朝会，如此一问一答，完全堵了自己的后路。一时竟然不知如何是好，嘴张了几张，没有说出话来，便求救般地向申侯望去。

申侯看了看姬林父，没话找话："虢公，你作为王庭上卿，席地而坐像什么样子呀？大王不是让你坐在对面的卿位之上吗，你怎么坐在这里？"

姬林父的脸比红布还红。他知道申侯是在拿他出头，让他因座位问题和寤生唱对台戏。不过，他也不傻，当前形势还不明朗，他才不会直接和寤生对着干的，便起身说道："大王，您看微臣该坐在什么地方呢？"

周桓王见姬林父又将问题抛给了他，不得不说道："太宰卿，国师既然说了，您看您能不能挪一下位置，给上卿留个空间，让他也坐下来？"

寤生翻眼看了看周桓王，问道："国师？上卿？我大周何时又有了国师和上卿？我身为太宰卿怎么不知道？"

周桓王支支吾吾地说："这……这……这是在太宰卿养病期间，寡人封的。"

寤生不满地看着周桓王，怒道："大王，依礼，任命王庭大臣需要与太宰卿共同商议后方可任命。臣以为，以上任命于礼不合，不应该算数。"

申侯猛地站起身，指着寤生气急败坏地说："寤生，你以为你是谁？大王任命王庭大臣还需要跟你请示吗？你再揽权专权，也不能管到大王头上！"

寤生猛地一拍几案，高声说道："你一罪臣，竟敢当庭咆哮和指责太宰卿，来呀，给我轰出去！"

高渠弥和祝聃早就想出手揍申侯，二人快步上前，一左一右地架起申侯就往外走。

周桓王被寤生彻底激怒了，一拍龙案也站了起来，大声说道："放下国师，你们眼里还有没有王法，还有没有寡人？"

伯毅慌忙上前拦住了二人，冲二人点了点头。高渠弥和祝聃猛然抬高申侯，狠狠地向地上摔去。

申侯一阵鬼哭狼嚎，许久才从地上爬起来，一瘸一拐地走到寤生身边，骂了起来："寤生，我可是你亲舅舅，你如此侮辱于我，讲的是什么礼？"

周桓王也跟着喊道："太宰卿，你真是太过分了！"

伯毅起身说道："大王，申侯当庭辱骂大周重臣，依礼的确需要处罚。"

周桓王正愁无处撒气，见伯毅插言，怒道："你是谁，王庭朝会哪儿容得你在这里指手画脚？哦！我知道了，你是伯毅，是郑国的太傅！我告诉你，你不要以为寤生喜欢你女儿伯灵，你就有恃无恐，在王庭耀武扬威。寡人只要愿意，随时可让伯灵入宫为妃，随时都可以灭你伯家！"

寤生见周桓王如此当众侮辱伯毅，而且还提到要纳伯灵为妃，顿时气血灌顶，霍然而起，怒视着周桓王说道："大王，伯家三代王师，太傅伯毅曾是先王之师，先王在世时尚且处处敬他三分，您如此说话怎对得起先王？"

周桓王不甘示弱地望着寤生，冷笑着说："今天我还就侮辱他了！怎么，你还想造反不成？姬寤生，你个假仁假义的小人，我早就看你不顺眼了，早就想把你赶出王庭！你让我叔父入郑为质，让他身死郑国，我跟你有不共戴天之仇！"

寤生一阵冷笑，说道："大王既然如此仇恨寤生，为何还说出那些违心之话？你想让寤生离开雒邑，早说就是！我们走！"寤生说着，向身边人挥了挥手，众人一齐向外走去。

走了几步，祭足折转身子，大声说道："大王，我告诉你，这些年你们王室吃了我们郑国多少粮食，用了我们郑国多少布匹，我可一笔一笔记着呢，早晚有一天，我要让你们全部归还！"说完，跟随着众人大步向外走去。

周桓王手指着寤生等人的背影，歇斯底里地喊："还你粮食！还你布匹！寡人早晚要收回封地，灭了你们郑国不可！"

第十九章　克段于鄢

1

周桓王没想到事情竟然是这样一个结局。虽然他已经实现了赶走寤生的目的，却被寤生气得不轻。他原本以为，寤生会留恋王庭不愿返回郑国，定会当庭向他示弱服软，求他高抬贵手。他还想好好羞辱寤生一段时间后，再将寤生赶出雒邑。

连日来，对于寤生的负气离开，周桓王始终耿耿于怀，心头的怒火始终发泄不出来。虽然寤生带着郑国的人已经离开雒邑，但他对寤生仍然恨之入骨。

周桓王望着申侯和虢公，恨恨地说："寤生狂徒，对寡人竟然如此不敬！两位爱卿，你们有什么办法让寡人出出心头的恶气？"

虢公姬林父看了看申侯，没言语。他已经猜出了周桓王的心思，想让他们征伐郑国。可他知道寤生的厉害和郑国的军力，目前虢国之兵根本就不是郑军的对手。

申侯也看出了周桓王的心思，诡秘地看着虢公，说道："大王的心思老臣明白，您是想攻伐郑国。可目前以王师那么点兵力，根本就不是寤生的对手。虢公，你说该派谁前去征伐呢？"

姬林父顿时紧张了起来，连声说道："我虢军多次随寤生出征，他对虢军的情况了如指掌，虢军前去就是羊入虎口呀！"

申侯冷冷地说："那你说让谁去呢？"

姬林父急中生智，脱口而出道："与夷、州吁可去！"

他停顿了一下，想了想，更加坚定了自己的想法，连声说道："与夷和州吁对寤生恨之入骨，且二人作战勇猛，宋、卫联军定可大破郑军，打得寤生满地找牙！"

狡猾的申侯沉思了一会儿，方才说道："虢公此策可行！"

周桓王忧虑地说："他二人愿意征伐寤生吗？再说，他们在天下诸侯中声名狼藉，如果打着王庭的旗号前去征伐郑国，恐怕……恐怕有损寡人的形象。寡人刚刚继位就与他们为伍，那天下诸侯该怎么看我们呀！"

姬林父坚持说道："大王，现在天下诸侯中敢于和寤生正面对抗的只有卫、宋、鲁三国，并且也只有这三国有征伐寤生的实力和能力。"

周桓公为难地说："鲁国倒是可用，宋国也勉强。至于卫国州吁嘛，他杀兄淫嫂，这样的人如果授予其王旗，着实有损寡人的形象。"

申侯笑了起来，说道："大王，您不用为此忧虑。老臣自有办法，不用王庭出面，让这三国自行攻伐郑国。"

周桓王高兴地说："国师，你快说有何办法？"

申侯狡诈地笑笑，说道："寤生的弟弟公子段不是还在许国吗？我们先让他跟寤生闹起来，这样州吁和与夷就有了出兵郑国的理由。寤生不尊母亲，欺辱弟弟，为天下人所唾弃！"

周桓王连连拍手："不尊母亲，欺辱弟弟！这个理由好！"

虢公姬林父说道："国师，促成此事恐怕还得您亲自出面游说诸国，方能成事呀！"

申侯大方地说："为了完成大王心愿，老臣义不容辞。不过，要想成事，上卿也要出使一国。"

周桓王疑惑地看着申侯，问道："还有谁？国师难道想再拉上一国？"

申侯眼睛一瞪，说道："许国！没有许国的支持，公子段如何才能闹起事来？"

姬林父吞吞吐吐地说："大王、国师，在下以为还有一国需要参与。"

申侯看了看姬林父，问道："谁？难道你虢国也想参与？"

姬林父摇了摇头，说道：“陈国！妫鲍是寤生提拔之人，能不能为我们所用，想必你们也心存疑惑，我们正好借此机会试探一下妫鲍对大王的忠心。”

申侯的眼睛顿时亮了起来，高兴地说：“这个主意好！你还别说，我对妫鲍这家伙还真有点琢磨不透。此次如果妫鲍爽快地同意征伐寤生，说明他的心已经完全倒向大王。如果他犹犹豫豫不肯去，就说明他还念着寤生的旧恩。这样的人，我们决不能用，必须及早把他赶出王庭。大王，您说是不是？”

周桓公满意地看着二人，说道：“二位爱卿考虑得真周全，就依你们所言，让妫鲍随同州吁、与夷攻伐郑国。如果妫鲍表现出丝毫不从，你们就早点下手把他清除出去吧。”

姬林父补充说道：“只要妫鲍参与攻伐郑国，他就与寤生彻底划清了界限，即使他的心仍向着寤生，有此行为，寤生定会与妫鲍心生嫌隙，再也不会和他有所来往。此可谓一箭双雕！”

周桓公连声说道：“好、好、好！当今王庭正是用人之际，能团结的最好还是要团结，能用的还是要用。”

申侯由衷地说道：“大王所言甚是！寤生一走，郑国对王庭的各项供应也就断了，以后还需陈国为王庭做好各项后勤保障呢！由此来看，还是把妫鲍留在王庭为好。”

姬林父也感到了危机。寤生断了王庭供应，目前周桓王信任并重用他和申侯二人，王庭的各项供应自然也就落在了申、虢两国。他很清楚，申国由于连年和秦国打仗，经济实力已今非昔比。再加上申侯这个老狐狸油得很，才不愿当冤大头，王庭的各项保障以后很有可能落在虢国身上。因此，姬林父内心深处是不愿妫鲍离开王庭的。在以后的日子里，有陈国这个垫背的，他事事都能轻松很多。

想到此，姬林父说道：“大王，此事就由微臣向妫鲍传达吧。”

周桓王说道：“你注意观察一下妫鲍的真实态度，如果他还心向寤生，就是一祸害，要坚决把他赶出雒邑！”

2

自从寤生离开雒邑，妫鲍心中天天跟猫抓一样。郲子夏父已经返回了郲国，当初寤生提拔之人仅剩下了他自己。

妫鲍原本也想返回陈国，寤生却不同意，坚持要他留在王庭。他知道，寤生让他留下有深层次的目的，想在王庭埋个线，以便随时掌握王庭的动态。

这段时间，妫鲍明显感觉到了周桓王和申侯等人对他的不信任。不但朝中商议重要事情不让他参加，就连看他的眼光都不一样。

妫鲍明白他们为什么不信任他，他毕竟是寤生提拔起来的人，他们顾忌他的心还向着寤生。因此，他要想在王庭站稳脚跟，必须及早和寤生划清界限。只有消除了寤生的影响，他们才能真正接纳、信任他。

得到周桓王的应允后，姬林父当即来到妫鲍府中。自上朝以来，他和妫鲍相处得很好，说话也比较投机。他觉得，自己在王庭能称得上朋友的，也只有妫鲍一个人。对于申侯，他认为只能利用，不能交心。因此，他非常不想妫鲍离开王庭，非常想让妫鲍融入他们的决策小圈子中。

为了说服妫鲍参与征伐郑国，姬林父一路上想了几种可能遇到的场景，并逐一想好了应对的策略。他想着，第一种情况就是妫鲍满口同意征伐寤生，这样更好，他就不用多费口舌了；第二种情况，若妫鲍犹豫不决，不想和寤生正面对抗，又不想违背大王的指示，他就需要动之以情、晓之以理地劝说了，他要让妫鲍认识到当前的危机；第三种情况，若妫鲍直接拒绝，任凭他怎么劝说都不同意，这样的话，他也不能向大王和申侯实话实说，他必须和妫鲍商量出一个有说服力的理由。总的原则，他要紧紧抓住和利用妫鲍，绝不能让妫鲍轻易离开雒邑。

见到妫鲍，姬林父开门见山地说道："妫鲍兄，大王准备攻伐郑国！"

"什么？"妫鲍惊得眼珠子差点冒出来，连忙问道，"大王为什么要征伐郑国？难道就因为寤生当庭顶撞他？他让谁去征伐郑国？"

姬林父说道："卫、鲁、宋三国，大王也想让你陈国参与。"

妫鲍疑惑地望着姬林父，问道：“卫、鲁、宋三国会听大王的指挥吗？还让我陈国参与征伐，定是那申侯出的主意吧？他是想陷我妫鲍于不义呀！”

姬林父点了点头，说道：“你先别说卫、鲁、宋三国，大王自有办法让他们前去征伐郑国。先说说陈国吧，实话告诉你，我是主动向大王请命，前来劝说你的。咱们是啥关系，我怎忍心看你被大王和申侯赶出雒邑。”

妫鲍急声问道：“谁说要把我赶出雒邑了？”

姬林父连忙说道：“你小点声，小点声！如果让申侯的人听到了，他不知道又要搞什么动作呢！”

妫鲍不满地说：“我尽心尽力地为大王做事，他为何要把我赶出雒邑？”

姬林父叹了口气，说道：“还不是因为你是寤生提拔的人！你应该也能感觉出来，大王和申侯对你根本就不信任，他们总感觉你的心还与寤生在一起。”

妫鲍说道：“你也是寤生提拔的人呀，他们为什么那么信任你？”

姬林父尴尬地笑了笑，解释道：“也许是因为我君父吧，你知道我君父与那申侯的关系非同一般。妫鲍兄，你要想在王庭立足，必须及早和寤生划清界限。这次征伐郑国就是你在大王面前表明心志的最好机会。只要这次考核通过了，我保证让大王提拔你为中卿，我们共同掌管王庭。”

妫鲍陷入了沉思。他内心深处真不愿出兵郑国，可姬林父说得对，这次就是大王对他的考核，如果他不出兵郑国，一定会被赶出雒邑。对留在王庭任职，他倒并不贪恋，关键是他一走，寤生交给他的任务就完不成了。当初，寤生也曾告诉他，为了能沉在王庭，必须早日向大王表明心志，及早和他划清界限。寤生甚至说，万不得已陈国可以出兵征伐郑国，以此来表明对王庭的忠诚。

姬林父看妫鲍久久不语，继续劝道：“妫鲍兄，我觉得寤生对你并不怎么样，他让你来王庭任职，不过是在利用你，你对他用不着怀恩在心。你是聪明人，可不能为了面子做损伤自己的傻事呀！”

许久，妫鲍方才说道："林父兄，谢谢您的关心和扶持。您说得对，其实我和寤生之间也没有啥，他让我来王庭任职，的确就是为了利用我。他内心深处根本就不信任我们，他真正信任的还是郑国的伯毅、祭足等人。我对他也不存在记恩不记恩。说实话，我内心深处还是非常恨他的。当年，他带着王庭联军，攻破我陈国都城，让我在天下诸侯面前丢尽了脸面。我之所以心有顾虑，主要是怕天下诸侯骂我是背信弃义的小人。"

姬林父高兴地说："为大王尽忠怎么能是背信弃义的小人呢！实话告诉你，陈国参加这次征伐不过是表明一下态度，走走形式。真正和寤生争斗的是州吁和与夷，你带兵前去走走过场就可以，不用真正参与战斗。"

妫鲍知道，参加征伐郑国，他已没有退路，便站起身，深施一礼，严肃地说道："妫鲍愿意遵从大王之命，出兵征伐寤生！"

"这就对了！"姬林父高兴地站了起来，兴奋地说，"我这就去报告大王，就说你满口答应攻伐郑国，就说你与寤生早已恩断义绝！以后……以后我们就可以同甘共苦、并肩战斗了！"

3

为了共同商议如何征伐郑国，申侯特意把州吁和与夷约到了卫、宋边境。

见到申侯，二人的感激之情溢于言表。州吁摆下宴席，三人推杯换盏，相谈甚欢。

申侯高兴地说道："现在王庭又成了咱们的天下。只要你们听我的，我保证用不了多久，就让大王授予你们卿位。"

州吁豪爽地说："国师，你就说吧，大王想让我们干什么？你专门把我们俩召集到这里，定是有大事要商议。"

与夷跟着说道："是呀，有什么事情，你尽管说吧，我们之间就不用客套了。"

申侯微微一笑，说道："实不相瞒，大王想让你们征伐郑国。大王对寤生非常不满意，已经把他赶出了雒邑。"

与夷问道："大王是不是给我们下了诏令，让我们组建王庭联军征伐郑国？"

申侯摇了摇头，说道："大王没给你们下诏令，而且征伐时王庭不能出面，你们要以自己的理由讨伐他。"

州吁当即不高兴地说："大王也太抠门了吧？让我们出力攻打寤生为他出气，他连个名头都不舍得给我们，天下哪有这么好的事？"

与夷冷冷地笑了笑，说道："国师，州吁说得对呀！我们为何攻打郑国，总得有个理由吧？我们总不能给国人说，我看寤生不顺眼，要去郑国收拾他，您说是不是？"

申侯连忙说道："你们听我说，大王是有苦衷的。你们想想，大王是寤生扶持继位的，大王上台后就把寤生赶出了雒邑，他再派兵攻打郑国，天下人会怎么评价他？"

州吁大声说道："这我不管，这是大王的事情。他不给我点好处，让我给他卖命不可能。再说，攻打郑国我能得到什么好处？"

申侯笑了笑，说道："什么好处？好处大了，对你们两个国家都有好处。这次攻打郑国，对于你们来说，是难得的机会。"

二人一起望着申侯，满眼的疑惑："难得的机会？什么机会？"

申侯眯着眼睛，问道："与夷，我问你，你最大的心病是什么？不就是身在郑国的公子冯吗？这次只要打败郑国，你就可命令郑国杀了公子冯。这样，岂不就永绝后患了？还有州吁，我问你，你最大的心病是什么？不就是国人的异议？这次你只要打败郑国，再加上大王授予你卿位，以后国内谁还敢反对你非议你？"

与夷阴狠地说："国师，你也知道寤生的厉害和郑军的勇猛，以卫、宋两军目前的实力，与郑军作战，并没有多大的胜算。"

州吁满脸鄙夷之色，嘴张了张，想说的话又咽到了肚里。他虽然不赞同与夷对寤生和郑军的评价，但他却不愿承担任何风险。

申侯看了看二人，说道："谁说只有你们卫、宋两国征伐寤生？此次征伐，不是你们两国，而是六国。"

"六国？"二人一起问道。

"对，六国!"申侯说道，"陈、蔡两国已同意和你们一起征伐郑国，鲁国对寤生恨之入骨，我们还可以把鲁国拉进征伐寤生的阵营。"

州吁急声问道："加上鲁国，才五个国家呀，你说的六国，另外一个国家是谁?"

申侯说道："许国！公子段身在许国。虢公已前往许国，让许国以倾国之力协助公子段攻打寤生。只要寤生与公子段的战争一开，你们就可以为公子段主持正义为名，出兵征伐寤生。"

与夷兴奋地说："只要六国同心合力，定能打败郑国!"

州吁不屑地说："寤生没什么可怕的，给我们同样的兵力，我能打得他满地找牙!"

申侯连忙说道："要不我说这是难得的机会呢？只要这次你们打败了寤生，不仅大王会授予你们卿位，在天下诸侯中你们可就真的扬眉吐气了!"

与夷翻眼看了看申侯，问道："国师，授予我们卿位是你的想法，还是大王亲口所说?"

州吁也跟着问道："是呀，国师，是大王亲口所说吗？别到时候我们打赢了寤生，他再赖账，不授予我们卿位，怎么办?"

申侯嘿嘿一笑，说道："当然是大王亲口所说！我哪儿有权力授予你们卿位。你们放心，只要能打赢寤生，帮大王出了心头的恶气，我一定极力促成大王授予你们卿位。"

州吁说道："为了他出恶气，让我们和寤生去拼命，光授予卿位是不是太便宜他了，王庭得给我们出打仗的粮草和钱物!"

申侯苦笑着说："州吁，你曾当过王庭总管，不是不知道王庭国库的现状，大王能拿什么给你们呀!"

与夷拉了拉州吁，说道："你就别为难国师了，王庭根本给咱们出不了粮草，我们还是商量一下如何说服鲁国吧!"

州吁反问道："鲁国？他们已被寤生打残，哪儿还有兵力参与攻伐郑国?"

申侯说道："此事就这样定吧，你们回国后抓紧准备。一旦公子段与寤生打起来，你们就立刻出兵，这样南北夹击，定能一举打败寤生。”

与夷点头应允道：“好吧，就这样定了！十日后，我们带兵会合。这次，一定要给寤生点颜色看看。”

州吁站起了身，坚定地说：“好，我们就在此处会合，一起征伐寤生！”

4

连日来，各种不利于郑国的消息和情报纷至沓来。特别是公子段在许国的支持下，带兵不断骚扰郑、许边境，令郑国众臣怒不可遏，纷纷请求带兵剿灭公子段。

寤生一直在等待。他一是在等妫鲍的信息，二是在等周边各国进一步的动态。他很清楚，无风不起浪，公子段忽然间动了起来，并且还是在他已回到郑国的情况下，背后定是有人推动。还有卫、宋、陈、蔡等国，不可能凭空出现征伐郑国的讯息。

终于，寤生等到了妫鲍的密报。他当即把公子吕、伯䇓、祭足等人召集到了宫廷政事堂。

寤生将密报递给了伯䇓，说道：“看来尚父猜测的没错，就是那姬林父和我舅舅在背后搞的鬼！”

伯䇓将密报迅速看完后，递给了公子吕，说道：“君上，您有何打算？”

寤生望了一眼众人，说道：“段儿的问题也该到最后解决的时候了，寡人准备亲自率兵。”他停顿了一下，接着说道：“也只有寡人亲自前去，才能彻底解决段儿这个毒瘤。”

公子吕不安地说：“君上，若真如妫鲍所说，卫、宋等五国联军将攻打我郑国，此事远比段儿之事重要，老臣以为您还是驻守都城为好，至于段儿之事就交给老臣吧！上次未能生擒段儿是老臣之罪，请您再给老臣个机会！”

公子元跟着说道：“是呀，君上，处理段儿那逆子就交给我们兄弟二人吧！君上前去处理，世人定会对您说三道四，要落骂名就让我们兄弟二人替君上来背吧！”

寤生笑了笑，说道：“二叔、三叔，寤生做事自问无愧于天，无愧于地，无愧于心，从不惧怕留下骂名！”

祭足满脸忧虑地说：“君上，州吁、与夷等人来势汹汹，与郑国定是一场恶战，微臣以为君上还是留在都城坐镇指挥为好！”

寤生正想说话，就见高渠弥和祝聃神色慌张地疾步走了进来。

祝聃磕磕巴巴地说道：“君……君上，大事不好！”

寤生神态安然地说道：“祝大夫，不要惊慌，慢慢说。”

祝聃深深吸了一口气，控制了一下情绪，说道：“君上，许国全军出动，已侵入我郑国境内，先前公子段带小股部队骚扰只是个幌子，许国这是想与我郑国决战呀！”

场上众人大惊，纷纷表露出愤慨之色。

寤生却还是一副神态自若的样子。他对祝聃的报告没有表态，眼睛却向高渠弥望去。

高渠弥上前一步，说道：“君上，卫、宋、陈、蔡四国军队分别从北、南、东三个方向围攻我郑国。”

听高渠弥如此说，在场之人顿时慌张起来。

祭足恨恨地说道：“他们还真的对郑国下手了！姬林，你好狠的心，我家君上把你扶上王位，你竟然这样对我们！”

伯毅脸色沉重地说道：“君上，五国之兵从三面围剿郑国，兵力是我们的三倍。老臣以为，如果四面开花分兵迎敌，势必会分散兵力，胜算不大。”

公子吕看了看寤生，说道：“君上，如此，您更不能离开都城了！以我郑国一国之力抵御五国，不论是分兵迎敌，还是聚拢应对，我们的胜算可是都不大呀！”

众人一个个神色黯然，唯独公孙子都一副不屑的样子。只见他霍然起身，大声说道：“兵来将挡，水来土掩，怕什么！”

寤生哈哈一笑，说道：“众位爱卿，子都说得好呀！怕什么！我郑国军队久经沙场，何曾败过？大家不用担心，寡人自有应对之策。”

众人见寤生说得如此轻松，紧皱的眉头慢慢舒展开来，一齐向寤生望去。

寤生说道：“五国之兵，看似来势汹汹，实则各怀鬼胎，不足为惧。我们分析一下，五国之中，陈、蔡两国根本就不想与我们作战，不过是受大王胁迫，不得不硬着头皮而来。”

众人纷纷点头。

寤生接着说道：“州吁和与夷虽然嫉恨寡人，想与我们作战，但两国国内都不稳定，他们根本不敢在我郑国久留，再加上他们此时征伐郑国无非是想在国内立威，所以此二人也没有和我们决一死战的决心。五国之中，唯一想和我们决战的就是许国和段儿。所以五国的进攻我们必须区别对待。对许国和段儿需要速战速决，尽快结束战斗；对卫、宋、陈、蔡四国则需要以拖待变，逼他们自动退兵。”

伯毅连连点头，说道：“君上分析得甚是，我们此战的重点是许国。只要迅速打残许国，对卫、宋诸国再拖个十天半月，他们内部必然生变。”

寤生坐正身子，威严地说道：“诸位！”

众人知道寤生这是要部署拒敌任务，纷纷站了起来。

寤生说道：“高渠弥、子都、祝聃，你们带九千黑骑军随寡人前去郑、许边境杀敌。公子元、祭足，你们马上收拢军队退回都城，构筑工事，配合尚父和上卿，务必守新郑十日以上。寡人击退许军之后，会迅速绕到四国联军后面，到时候如果他们识趣，自动退兵倒还好说，一旦他们坚持跟我们硬碰，我们就前后夹击，给他们以重创！”

伯毅担心地说：“君上，您只带九千黑骑军是否太少了？不妨把郑国的弓弩兵也带过去吧？”

公子吕也跟着说道：“是呀，君上，您带的人太少了，您就听太傅的话，把弓弩兵全带过去。您放心，老臣定能守住都城。再说，这里还有元弟、祭足他们呢！”

寤生摆了摆手，说道：“都城的安全万分重要，这里不能有任何闪失。对战许国，九千黑骑兵足矣！兵贵神速，我们打的就是他们的措手不及。”

伯毅见寤生心意已决，便也不再勉强，问道："君上，郑国各邑是否需要强烈抵抗？"

寤生想了想，说道："不用抵抗，只管放他们进来。但是不能给他们留一点粮草，你可让各邑守兵退守在新郑，这样新郑城内就有两万守城之兵，形成硬碰硬拒敌的拳头，将来不论是守城还是夹击敌军，我们都会有更多的胜算和把握。"

众人纷纷点头，暗暗佩服寤生的安排。是呀，分兵迎敌，定然会被各个击破，只有形成拳头，才能对强大的敌人予以痛击。

众人一齐施礼："一切听从君上安排！"

寤生站了起来，高声说道："诸位爱卿，考验我们的时候到了，我们要同仇敌忾，奋勇杀敌，给敌人以痛击！"

5

自从得知五国联军将要征伐寤生的消息，公子段便开始躁动不安起来。他深知，机不可失，时不再来！老天再次给了他夺取君位的机会，他如果抓不住，恐怕以后就要一直流亡他乡了。

许庄公姜弗是申侯姜烈的忠诚信徒，对申侯的话言听计从。虽然国内有不少人反对帮公子段夺取君位，但姜弗却一意孤行，把全国的兵力都调集了起来，亲自带兵与公子段长驱直入，进了郑国境内。

令姜弗和公子段想不到的是，他们在郑国没有遭遇强烈的抵抗，大军一到，守城的军队便弃城逃走了。

许国大军一直打到鄢地停了下来。停下的原因，主要是公子段得到了其母武姜派人送的密报，言讲寤生已经带着九千黑骑军离开了新郑，让他务必小心，切莫与黑骑军正面对抗。

九千黑骑军岂能敌过近两万许军？公子段打心底里就没把寤生当回事儿，坚持要继续进军，要一直打到新郑，与卫、宋等国的联军会师。

许庄公姜弗却不愿继续往前走了，他怕进入郑国纵深过多，万一敌不过寤生，想逃回许国可就难了。另外，鄢地多丛林，他真怕寤生将士兵隐藏在丛林中，给他来个突然袭击，他不会为了公子段赔光自己的家底。

公子段坚决要求进军，姜弗坚决不同意。两人话不投机，吵了起来。

公子段恨恨地骂道："你个胆小鬼，就这么怕那寤生！我真是瞎了眼，当初咋就想着投奔你许国呢?"

姜弗没想到公子段对自己如此不敬，勃然大怒："你这小子，吃我的喝我的，借我的兵为你打仗，还骂我，你有点人性没有?"

公子段不甘示弱地吼道："我吃你的喝你的又怎样，你以为我会感激你吗?你接纳我，还不是因为我舅舅给你下了命令，还不是因为惧怕我舅舅?我要感激，也不会感激你!"

姜弗气得浑身发抖："你这个坏良心的小人，我咋就鬼迷心窍地来帮你了呢?你有本事，胆子大，带着你的人滚吧，老子不伺候了!"

公子段冷冷一笑，说道："姜弗，你给我等着，只要你今日不帮我，等我夺得君位，我一定灭你许国。"

姜弗蔑视地看着公子段："你要灭我许国?还是等你当了君侯再说吧!快滚，你这个坏了心肝的白眼狼!"

公子段以为威胁一下姜弗，他就会主动示弱。万万没想到，姜弗竟然丝毫不低头，还公然赶他走。无奈，公子段只得带着他的五千残兵离开了许军。

刚离开许国部队，公子段就后悔了。在茂密的丛林中，公子段越走越害怕，越走越心惊。他带着部队提心吊胆地往前走了大约几里路，再也不敢走了。

公子段很想掉转方向回去，却又怕姜弗笑话他，只好硬着头皮继续往前走。他恨老天不公，为何让他比寤生晚出生两年，如果他比寤生出生得早，他就是郑国的世子，不用争抢，就可顺理成章地成为郑国的国君。他恨君父有眼无珠，明明他比寤生优秀，君父却偏要寤生继位。他还恨母后和舅舅姜烈太无能，折腾这么多年，竟然还没斗败寤生，让他如同丧家犬一样在许国流亡。他更恨姜弗，竟一点也不顾及他舅舅的面子，当着众将士的面让他滚!

公子段又硬着头皮走走停停地走了一天，走到一片宽阔地，他让部队停了下来，再也不敢向前走下去了。这两天他的右眼皮一直跳，心也常常莫名其妙地猛烈跳动，他预感要有不好的事情发生。

公子段看前面的林子越来越密，真怕寤生从林中冒出来，那他们兄弟二人可真要单挑了！他很清楚，没有许国军队的支援，他的这些残兵败将根本经不起郑国黑骑军的一波攻击。

公子段做梦也没想到寤生正在附近虎视眈眈地看他，并且已形成了对他的包围圈。

公子段命大军原地休息。将士们的盔甲刚刚卸下，黑骑军的攻击就开始了。就见三千黑骑军像一团团黑旋风一样冲进公子段的军中，刚刚坐在地上休息的士兵还没有弄清怎么回事，脑袋已经搬了家。

心中早有预感的公子段，根本就没有卸下盔甲，而是紧靠在战马前，他一看寤生的黑骑军冲杀过来，翻身上马掉头就跑。

仅仅一炷香的时间，公子段带的五千人几乎被三千黑骑军斩杀殆尽。

寤生远远地看着这场屠杀，脸上滚落一串串大滴的泪珠。这些可都是他郑国的男儿呀！就这样给公子段陪葬了！

高渠弥骑马来到寤生跟前，翻身下马，大声说道："君上，公子段跑了！我已经派人前去追赶了，我们是否追过去?"

寤生的眼睛依旧看着屠杀的战场，冷冷地说："祝聃和子都是否已到了指定的位置?"

高渠弥斩钉截铁地说："他们早已到了，正在监视着许军的一举一动，只要得到信号，即刻就会发起进攻。"

寤生看了一眼高渠弥，说道："即刻整军追击段!"说着，提起马缰绳，催马向公子段逃跑的方向追去。

高渠弥翻身上马，高声喊道："即刻追击公子段，追击!"

6

公子段知道被寤生生擒后将是什么样的结果，于是没命地跑。他心里很清楚，只要跑到许军的营地，他的命就保住了。姜弗虽然不喜欢他，但为了他舅舅，姜弗一定会保住他的性命。

许庄公姜弗虽然对公子段讨厌透顶，但他也不愿看到公子段有任何闪失。公子段是申侯制约寤生的一个重要棋子，把他给弄丢了，许庄公还真没法给申侯交代。不过，他也知道公子段的能耐和德行，别看他口气那么霸道和强硬，其实胆小如鼠。没有他的大军跟着，公子段绝不敢走多远，也许用不了多久，就会带着人退回来。

姜弗正是料定公子段会掉转马头撤回来，所以他的军队自从驻扎下来就没有动，就等着公子段返回后择机在此处和寤生决战。

姜弗正躺在营帐里睡大觉，忽然听见一阵箭声响起，紧接着就是进攻的号角。他慌忙从榻上爬起来，提着裤子就往外跑。

此刻，许军大营已经乱了起来，士兵们像无头苍蝇一样在军营乱窜，个个脸上现出惊慌之色，边跑边喊道："黑骑军来了，黑骑军杀过来了！"

姜弗转身就要往营帐跑，公子段像丧家犬一样冲到了他的跟前，哭喊道："许伯救我，寤生杀过来了，黑骑军杀过来了！"

姜弗惊恐地看了公子段一眼，索性也不再进营帐了，高声喊道："快牵马来，保护寡人撤退！"

姜弗的亲兵卫队迅速列队完毕，两个士兵快步上前把他抱上战马，一队人把姜弗护在中间，朝着许国的方向急驰而去。

公子段急忙跟了过去，边跑边骂道："你们这些浑人，怎么不管我，怎么不管我呀？"

九千黑骑军从东、西、北三个方向一齐杀向了许国的军营。许军虽顽强抵抗，但在凶如猛虎的黑骑军面前根本不堪一击。

许军抵抗了一阵，看姜弗跑了，便也放弃抵抗四处逃窜。很快，许军大营血流成河，遍地都是尸体。

公孙子都来到寤生跟前，兴奋地说："君上，没想到许军这样不经打，我们还没杀过瘾呢，战斗就结束了！"

祝聃和高渠弥也围了过来。祝聃担忧地说："君上，这些尸体需要处理，否则很容易引发瘟疫。"

寤生看了三人一眼，说道："祝聃，你们一旅负责打扫此处的战场。

子都，你带着你的黑骑军前去打扫密林处的战场。寡人和高渠弥在前方三十里处安营扎寨等你们。战场打扫之后，要迅速前去与我们会合。”

高渠弥担心地说：“君上，我们只有三千人前去安营扎寨，许军不会给我们来个反包围吧？”

寤生笑了笑，说道：“你看姜弗有那个胆量吗？我料定，此次他定会龟缩许国。”

高渠弥还想说什么，可寤生已经上马，便咂了咂嘴，与寤生一起策马而去。

待祝聃和公孙子都打扫完战场赶到郑国大营，寤生已安排人把酒宴摆上。

寤生高兴地望着眼前这三个最得力的将领，举起酒爵爽声说道：“三位爱卿，首战告捷，来，寡人敬你们！”

三人一齐举起酒爵，兴奋地说道：“敬君上！”

待三人一饮而尽放下酒爵，寤生说道：“祝聃、子都，战果如何？”

公孙子都抢先说道：“密林深处有四千五百具公子段军队的尸体。”

祝聃跟着说道：“许国军士的尸体八千具，缴械投降有三千人，缴获战马四千匹。君上，这三千人怎么办？就地斩杀？”

公孙子都知道寤生心善，生怕他不同意，急忙说道：“君上，我们还要追杀许军，这些人留在身边将是祸害呀！”

寤生重重地摇了摇头，痛苦地说：“三位爱卿，一天之内我们已斩杀万人，决不能再造杀孽！高爱卿，此事由你办理，你和这些战俘谈一谈，愿意留下的可编入我黑骑军，愿意回国的就地释放。”

高渠弥直起身子，施礼说道：“遵命！君上，我们还要追击许军吗？此战已经重创许军，我料想那姜弗再也不敢犯我边境了。此刻，卫、宋、陈、蔡四国联军已抵近我都城，是否就此折回救援新郑？”

寤生微微一笑，说道：“你认为新郑之兵能抵御四国联军多长时间？”

高渠弥老实地说：“我都城之兵如果不出城应战，只做防守抵御，月余应该没有问题。不过……”

公孙子都知道高渠弥想说什么，他见高渠弥不好意思说出口，便替他说道："君上，高大夫想说，我们被他们围上月余不敢应战，岂不是太丢人了！天下诸侯将会怎么看我们？"

寤生哈哈大笑，说道："战争要的是胜负，而不是面子！除恶务尽，不给许国以重创，他必然还会在我南方边境闹事，我们根本就无法集中力量收拾四国联军。今日让大家好好休息，明日起我黑骑军三旅要全速追击许军。"

说着，寤生走下帅台，来到沙盘跟前，指着沙盘之上的颍邑说道："我们要争取在此地追上许军，追上之后就要全力发动攻击，务必在此处重创许军。之后我们由此绕道陈国插进四国联军背后，对他们形成前后夹击之势。"

高渠弥脸上顿时露出了兴奋之色，激动地说："原来君上想要前后夹击四国联军，微臣真是误会君上了！"

祝聃问道："君上，我们夺取颍邑后怎么办？难道要归还给许国吗？"

寤生又走到帅台之上，坐下来说道："这就是我要留下那些俘虏的目的。待攻下颍邑后，我给你留下一千黑骑兵，由你带着这一千黑骑兵和俘虏负责守卫颍邑，你要给我好好守住郑国的南大门！"

祝聃可怜巴巴地看着寤生，低声小心地说道："君上，微臣……微臣很想随您征战四国联军！"

寤生叹了口气，说道："祝聃，寡人知道你一心为郑国为寡人，你可知道守卫好颍邑，比决战四国联军更为重要。你只要替寡人守住颍邑、镇住许国，必然从心理上对四国联军造成巨大震慑！我们也可以放手和四国联军进行生死一搏了！"

祝聃看寤生说得如此决绝，猛地站起身，激动地说道："君上，祝聃定不辱使命！守卫颍邑君上尽管放心，有微臣在，决不允许许国军队踏入半步。"

高渠弥和公孙子都也跟着霍然站起，大声说道："君上放心，我黑骑军定要全歼许国军队！"

7

许庄公这次真正见识到了寤生的厉害和郑国黑骑军的威力。他向来引以为豪的车兵在黑骑军面前简直不堪一击。对于黑骑军摧枯拉朽般的攻击，他至今想起来心里还在害怕。

好在他当初留了个心眼，在颍邑留下了两旅之兵，否则此一战他许国的家底就折完了。

等完全安顿下来，姜弗忽然想起公子段也跟着他一起逃了过来，但到了颍邑之后，他便没有再看到公子段，忙命人去寻找。

许国士兵找遍了整个颍邑也没找到公子段，原来公子段已不知何时开溜离开了颍邑。

姜弗心中后悔不迭。当初就是因为自己一念之差收留了公子段这个祸害，才导致许国一战折损一半军队。当他得知郑军又向南追出了三十里，料想寤生定会对他展开报复，便命令手下将士提高警惕，时刻防备黑骑军的攻击。

大军来到颍邑附近，寤生却命军队停了下来，让大军原地休息。随后，寤生带着高渠弥和祝聃、公孙子都三人，换上商人服装策马直奔颍邑。

四人绕着颍邑整整转了一圈。

寤生低声问道："说说你们的见闻和感受。"

高渠弥说道："君上，颍邑戒备森严，而且兵力充足，硬攻必然损伤巨大！"

祝聃说道："看来姜弗早有准备，他在此处暗藏重兵，就是为了防备我们的突袭，他这是早就给自己留下了后路。"

公孙子都不屑地说："君上，我也看了，颍邑城矮且无护城河，根本敌不过我黑骑军的攻击。只要我们以迅雷不及掩耳之势发动攻击，一定能很快攻破城池。"

寤生摇了摇头，说道："此刻姜弗如惊弓之鸟，必定做好了拼命抵抗的充分准备。你们注意没有，颍邑城墙之上全是弓箭手，白天攻城我们的损伤会太大，决不能跟他们硬对硬！我们还要保存实力同卫、宋联军决战，不能在这里做无谓的损耗。”

祝聃顿时明白了寤生的意图，问道：“君上是不是又想夜袭颍邑，打他们个措手不及？”

寤生点了点头，说道：“我一直担心姜弗会留有后手，所以要带你们来颍邑看看，没想到他在这里还真留有重兵。白天攻城，姜弗势必和我们拼命。此刻，郑国的危急在新郑而不是在颍邑，我们不能在此久留，也不能有太多的消耗和损伤，否则郑国真的危矣！”

公孙子都的脸不自觉地红了。君上虽然没有劝说他不要逞匹夫之勇，但从君上的话语中，他能感受到贸然出击对郑国意味着什么，真是小不忍则乱大谋！

寤生看了看祝聃，说道：“爱卿，你带些人化装成商人，想方设法分批潜入城中，我们还定在丑时行动，一举拿下颍邑！”

姜弗提心吊胆地过了一天，直到深夜才勉强睡去。刚闭上眼睛，就听见外面鼓号轰动、战马嘶鸣，他噌地一下从榻上爬了起来。

这时，就见身边的侍卫慌慌张张地跑了进来，急声喊道：“君上，大事不好，黑骑军杀进城里来了！”

姜弗急声问道：“他们是怎么进来的？快，快扶寡人上马，我们要赶紧逃！”

侍卫哭声说道：“君上，我们快逃吧！黑骑军就是一帮魔鬼！”

姜弗在贴身卫队的护卫下，上马就跑，刚跑到大街上，迎面碰上寤生。

高渠弥一挥手，黑骑军瞬间将姜弗等人团团围在当中。

寤生骑在战马之上，威严地注视着姜弗。

姜弗慌忙跳下马，连连施礼说道：“太宰卿，姜弗错了，姜弗错了！姜弗在此向您请罪！”

寤生催马上前走了几步，问道：“姜弗，你可知道你哪里错了？”

姜弗连连作揖，不停地说道：“姜弗不该收留公子段，更不该听从姬林父鼓动出兵征伐郑国。不过，太宰卿，公子段已经跑了。我本想把他擒获之后，亲自交给太宰卿，并向太宰卿请罪。”

高渠弥冷冷一笑，说道："姜弗，你现在知道错，晚了！你必须为你的贪心和愚蠢付出代价！"

姜弗连连鞠躬，说道："我愿意付出代价。太宰卿只要放过我，割地赔偿，怎么都可以！"

寤生看了看祝聃，问道："爱卿，你想他们怎么赔偿我们？"

祝聃高声说道："放你可以，但你许国要割三邑给我郑国。另外，你们要在明天一日之内，为我黑骑军准备三千头牛。"

姜弗当即答应道："没问题，我保证一天之内给你们凑够三千头牛！想要许国哪三座城邑，你们尽管挑，尽管挑！"

公孙子都鄙夷地看着姜弗，说道："真是个没种的屄货！"

寤生下了马，走到姜弗跟前，一字一句地说道："姜弗，我这次就饶过你！你若屡教不改，再与郑国为敌，下次擒到你，定斩不饶！"

姜弗连声说道："太宰卿，姜弗这次是彻底服了，姜弗以后对太宰卿定唯命是从！"

寤生见他这样说，脑中顿时冒出一个念头，何不让姜弗跟随自己一同去抵御四国联军？姜弗前去，不仅能增加自己的兵力，也可让四国军队亲眼看到许国已被征服。

想到此，寤生边走边说道："姜弗，寡人给你个立功的机会，你愿意随寡人征伐卫、宋、陈、蔡联军吗？"

姜弗暗暗叫苦，心想自己真是嘴欠，后悔刚才那样向寤生表忠心。

寤生见姜弗久久未语，停下脚步，瞪大眼睛望着姜弗，不高兴地问道："难道你不愿意吗？"

姜弗忙赔着笑说道："岂敢，姜弗岂敢！太宰卿给我机会是看得起我，姜弗岂敢违反太宰卿的命令，姜弗愿随太宰卿征战四国联军！"

寤生脸上露出了微笑，说道："这就对了，通机变者，是为英豪。好，明日我们就轻车简从前去迎战州吁。"

8

州吁和与夷没想到征伐郑国竟然如此顺利。自从进入郑国国境，连战十余城都没遭到强烈抵抗，眼看大军已经到了郑国都城新郑周围，二人命大军安营扎寨暂停进攻。

与夷忧心重重地说："州吁兄，寤生葫芦里卖的什么药呀？我们都打到新郑了还没见到寤生，连他身边的几位重要将士都没有遇到，这可不是他的一贯风格呀！"

州吁是个外表粗鲁、内心细致的人。这些天来，他心中一直在思量寤生为何避而不战，难道是怕了他们吗？绝不可能，寤生是何等的凶人，从来就没有把他们二人放在眼中，怎么可能会怕他们？以寤生用兵之诡异，他之所以避而不战，原因只能是一个，就是想诱敌深入，在合适的时机合适的地方给四国联军以痛击。

州吁的眉头拧成了疙瘩，说道："我也发愁此事呢！寤生到底去哪里了？还有他的黑骑军，怎么一次也没出现过呢？还有，姜弗和公子段他们到了哪里？也该过来跟我们会师了！"

与夷下定决心似的说道："不管寤生在卖什么关子，既然我们已杀到新郑城下，就要逼寤生出来跟我们打一仗。"

州吁翻了翻眼，问道："寤生如果坚守不出怎么办？"

与夷说道："那就攻城。一旦攻下了新郑，我们就大功告成了！"

州吁不停地摇头，冷冷地说道："事情绝不会是你想象的那么简单，我们都到郑国的都城了，还没见寤生的影子，这太反常了。我告诉你，事出反常必有妖，弄不好我们可能会被寤生绕进去，还是小心谨慎点为好。"

与夷不高兴地问："那你说怎么办？"

州吁答道："围而不打，就等着寤生露面。这里面一直透着邪气，我们不能上了寤生的当。只要他一露面，我们就可以真刀真枪地与他开战！"

州吁之所以说出这样一番话来，实则是他内心深处不愿再和寤生打了。说实话，此刻他出兵郑国的战略目的已经实现了。回到国内，他就可以向国人炫耀，一直打到了郑国新郑城下，打得寤生只有招架而没有还手之力，龟缩在新郑城内不敢出来。这样，他既没有折损兵力，又能取得战胜寤生的战果。他何苦真要与寤生战得你死我活呢？现在他最重要的是稳定国内，是让卫国人明白他州吁比姬完更适合做卫国的君侯。攘外必先安内！至于和寤生的斗争，也需要等国内彻底安定之后，再和寤生做一番龙虎斗。

与夷见州吁如此说，便不甘心地说道："那好吧，我们就围他几天，看寤生出不出来。如果一直不出来，我们就向他下战书，实在不行就强行攻城。"

州吁听到下战书，连声说道："下战书好！下战书好！我们现在就可以向他下战书，约他三日内城外决战！"

新郑城内，伯毅和公子吕等人急切地等待着寤生应战许国的消息。

眼睁睁地看着卫、宋、陈、蔡四国联军"势如破竹"般地攻打到新郑城下，不光是伯毅和公子吕等人着急郁闷，所有郑国人都觉得万分窝囊和憋气。郑国自在这里立国以来，都是他们攻伐别人，何时受过这样的窝囊气？

反应最强烈的就是公室之人和郑国的几大家族，几乎天天都有人来找公子吕和伯毅理论，强烈要求出兵迎战四国联军。

闹到激烈处，有人赤膊前来请愿，坚决要求开城与四国联军决战。

公子吕大怒，吼道："君上亲带黑骑军在外面与许国军队作战，并让我们坚兵不出死守新郑，用以牵制四国联军！你在这里逞匹夫之勇，名为爱国实为祸国，将他给我吊在大街之上，示警国人。"

公子吕这招还真管用，一下子管住了前来请愿的人。不过，郑国国人对公室的抱怨之心却日渐强烈起来。

祭足和公子元急匆匆地走进了政事堂，满脸忧虑地说："太傅、上卿，现在民怨日渐沸腾，这样下去可不是办法呀！"

公子吕黑着脸，没有吭声。

伯毅叹了口气，说道："再难也要再等上两天！君上已经率黑骑军向咱们这里进发了，待君上的大军一到，我们就可以展开进攻了。"

公子吕目光直视着公子元，问道："四国联军动向如何，有没有攻城的迹象？你要告诫守城将士，无论如何也要给我坚守三天。谁也不许私自出城迎战，违令者杀！"

公子元说道："上卿放心，吾等定会严守军令，坚守新郑。不过，州吁那厮天天命人在城外叫骂，辱我郑国，辱骂君上，的确让人忍无可忍。要不是上卿明令全军违令者定斩不饶，将士们还真会忍不住出城迎战！"

"州吁小子，我们定要让他为今日的行为付出代价！"公子吕怒声说着，转向了伯毅，问道，"太傅，按黑骑军的进军速度，君上该到了，您为何说君上还需要两天时间呢，君上那里会不会出现了什么状况？"

伯毅面带愁容地说："按说君上是该到了，可至今没有消息，难道是……"

就在这时，原繁一阵风地冲了进来，边跑边喊道："君上来消息了，君上来消息了！"

伯毅和公子吕慌忙站起，快步向原繁迎了过去。

伯毅伸手夺过了原繁手中的小布条，只见上面赫然写道："已到新郑城东三十里，午时听响箭对敌发动前后夹击。"

伯毅颤抖着将小布条递给了公子吕，激动地说："君上终于回来了，午时向四国联军发起攻击！"

公子吕快速地浏览了一下，沉着脸走到了帅台之上，威严地说："元弟、祭足、原繁！"

伯毅和公子元等人当即整装站好，直直地看着公子吕。

公子吕下令道："太傅负责带领两旅之兵守城，我带领一旅之兵出东门，元弟带领一旅之兵出北门，祭足带一旅之兵出西门，原繁带领一旅之兵出南门，听到君上的响箭之后，我们同时向四国联军发起攻击！"

祭足当即说道："上卿，围堵西门的是陈国之兵，他们是不会和联军硬对硬作战的，还是由您带兵出西门吧！"

公子吕哈哈大笑道："祭足，你是不是看我年纪大了？我告诉你，老夫身体好得很呢，我定要亲手取州吁那厮的首级。"

祭足还想争取，却被伯毅制止了。

伯毅看了看公子吕，说道：“上卿，留守新郑，一旅弓弩兵足矣，那一旅步兵你还是带着吧。四国联军的主力在东门，那里将有一场恶战。君上之所以绕道东面夹击联军，就是想在那里与他们算总账。”

公子吕没有客气，大声说道：“好吧！各位，我们就分头准备，务必在午时之前做好充分准备，只等君上的响箭响起，我们立即发动对四国联军的凶猛攻击！”

9

瘨生的黑骑军之所以走得这么慢，主要是为了等许国的军队。

他要带上姜弗和许军，有两层考虑：一是担心离开后，姜弗再次对郑国发动突然袭击；二是他想用姜弗迷惑州吁和与夷，在许国军队与卫、宋两国会师的同时，突然发动进攻，打州吁个措手不及。他之所以改变原来的安排，不再让祝聃驻守颍邑，就是因为他看到许国在颍邑的兵力，一千黑骑军根本就镇不住。

从颍邑出发前，瘨生就对黑骑军做了分兵部署。高渠弥带一旅黑骑军绕到新郑城的北面，负责夹击宋军；祝聃带一旅黑骑军绕到新郑城的南侧，负责夹击蔡军。他带着公孙子都伪装成的许军，在东侧对卫军发动攻击。

高渠弥和祝聃早已到达了指定的战斗位置。

一路上虽然瘨生不停地催促，许军的进军速度依旧耽误了两天时间。

眼看就要和卫国军队会师了，许庄公姜弗表现得极其惴惴不安，不停地问道：“太宰卿，还是您直接和州吁见面吧！我……我……他……他……他要是知道我在骗他，非杀了我不可！”

公孙子都眼睛一瞪，怒道：“你少在这里耍滑头，我一直就在身边，定会保你安全！”

瘨生微笑地看着姜弗，说道：“许伯，你不用担心害怕，我们定会保你安全，你只需上前和州吁打个招呼即可！”

姜弗嗫嚅着说：“那好吧！子都将军，你都把我的护卫长赶跑了，你得护卫好我的安全。”

公孙子都不屑地说：“你就把心放在肚里吧，我定能保你安全！”

几个人说着话，已经到了卫军的营地。瘪生早就安排人给州吁送信，言讲许伯于午时赶到。

州吁听说姜弗已经赶到这里，不由得喜出望外。他已经探到消息，瘪生带着黑骑军前去截击许军。姜弗带着军队赶到这里，就说明瘪生已被姜弗打败。

州吁带着手下人喜滋滋地迎出了大帐。瘪生看到州吁，便命人连发三支响箭。

州吁听到响箭，顿时皱起了眉头，不由得停下了脚步，心中直打鼓：这个姜弗在搞什么鬼，他突然放响箭干什么？

州吁身边的石厚惊叫道：“君上，许国什么时候有了骑兵部队？您看姜弗后面的骑兵，我咋看着像郑国的黑骑军呢？”

州吁大惊，那可不就是郑国的黑骑军！除了郑国的黑骑军，中原各国哪儿有这么彪悍雄壮的马匹？

姜弗远远地喊道：“卫侯，别来无恙呀！”

州吁再也顾不得姜弗，转身就跑。

姜弗急声喊道：“卫侯，你……你怎么跑了？”

瘪生向身后的黑骑军一挥手，顿时冲锋的号角响了起来。公孙子都一马当先向卫军大营冲了过去，紧接着，后面的黑骑军像狂风一样扑向了卫军。

与此同时，新郑城内听到响箭声，四门大开，郑国军队像洪水一样从城里涌了出来。

高渠弥和祝聃带领的黑骑军也从北面和南面同时展开了进攻。

不论是三旅黑骑军，还是新郑城里的郑国军队，心里都憋着一团火和一肚子气，现在终于有了发泄的机会。郑军如同狼入羊群一般，见人就杀、见马就砍。

州吁刚跑进大营，就发现新郑城里的军队也杀了过来。

面对郑军的前后夹击，州吁清楚大势已去，拼死抵抗已无意义，随即向石厚大声命令道："传令下去，不要做无谓的抵抗，逃命要紧！"说着，紧催战马，向东北方向逃去。

身在北方的宋国军队正在吃午饭，面对郑国军队的两面攻击，顿时乱作一团。

三千黑骑军冲进宋军大营杀得痛快淋漓！宋军将士仓皇逃窜，未来得及拿起武器抵抗，就被飞奔而来的黑骑军踏在了马下。

与夷跨上战马，高喊着要组织抵御和拼杀。

大司马孔父嘉纵马飞奔来到了与夷跟前，大声说道："君上，快逃吧！郑军两面夹击，来势凶猛，我们不可与其硬对硬对抗！"

与夷立马看着周围宋军被砍杀的惨状，想退却又心不甘。

这时，太宰华父督也冲了过来，急切喊道："君上，快逃吧！州吁已经逃跑了，我们再不逃，就要折在这里了！"

孔父嘉也跟着喊："走吧，君上，快走吧！君子报仇，十年不晚！"

与夷这才恨恨地骂道："寤生，你个狡猾的老狐狸，你等着，我早晚会杀进新郑城！"说完，催马向前跑去。

东面的战场上，州吁带着卫国军队在前面拼命地跑，寤生和公孙子都的黑骑军则在后面慢慢地追。

公孙子都着急地喊道："君上，你怎不让我们加速追赶呢？"

寤生说道："穷寇莫追！寡人这就折回，你们把他们赶出郑国边境即可，莫要再与他们作战。"

公孙子都不解地问道："君上，这次失去擒拿州吁的机会，以后可就再难抓住他了。"

寤生信心满满地说："放心，我不会让州吁活过明年！"

10

经东门之役这一战，郑国大败四国联军，加之重创许国，这次战役取得绝对胜利。

寤生在宫廷中举办盛大的庆功宴会，隆重表彰在这场战争中立功的将士。

寤生坐在正中间，满脸微笑地看着众人。在他的两边，一边是公室、世族的家老，一边是郑国的大臣、将士。众人兴高采烈、开怀畅饮，高声喧哗着，或辱骂着卫、宋等国，又或赞美颂扬寤生，一个比一个兴奋。

这时，武姜穿着一身孝服走了进来，而且边走边哭，一直走到了寤生面前。

寤生的脸顿时黑了起来，怒视着武姜，没言语。

武姜手指着寤生骂了起来："寤生，你这个坏心肝的逆子！你告诉我，你到底杀了段儿没有？"

公子吕忙起身上前去拉，低声说道："太后，您在这庆功宴上哭诉着实不妥，快回后宫吧！"

武姜一把甩开公子吕，怒道："我的儿子公子段死了，你们却在这里大摆宴席，你们还有一点良心没有？段儿也是你们的亲人，你们竟狠心亲手害死他，今天我要当着公室、世族和满朝大臣的面为段儿讨个公道！"

寤生慢慢站起身，怒道："上卿，不要拉她，我今天就还她个公道！"

武姜看寤生如此说，更加生气了，一屁股坐在地上，一把鼻涕一把泪地哭诉道："寤生，你这个不忠不孝、不仁不义的逆子，你亲手杀了你弟弟，还有一点人性没有？"

寤生一阵冷笑，说道："我杀了段儿？你扪心自问，是谁一步一步地把段儿推向绝地？你溺爱段儿纵容段儿，帮他违制，帮他谋反，帮他叛国，天底下有你这样的母后吗？"

寤生越说越气愤，从衣袖里掏出武姜给公子段的简帛，扔在了武姜面前，浑身颤抖地说："母后，寤生难道就不是您的儿子吗，就不是您身上掉下的肉吗？虎毒还不食子，寤生这一生被您派人刺杀和毒害过几次，您心里应该很清楚吧？还有段儿，您与他合谋意图杀寤生篡位，篡位失败后，你们又借许国之兵攻打郑国，意图灭郑。难道为了段儿篡位，寤生就应该不作抵抗白白地被他杀死吗？难道为了段儿篡位，我郑国国人就应该成为亡国奴，任人宰割吗？"

寤生的话顿时引起众人的愤怒。

大家个个眼里喷着火，恨不得生吃了武姜。不少公室的家老喊道："姜氏与公子段背叛郑国，已不配做郑国太后！"

"叛我郑国，该斩！"

"杀！"

"杀！"

公子吕和伯毅真怕寤生盛怒之下做出弑母的大逆之行，急切地看着寤生，连声说道："君上，不可，不可呀！"

武姜看众人非但不同情她，还一致要求治罪于她，索性从地上站了起来，指着众人骂道："你们这帮禽兽不如的东西，亏我平时那样对你们，你们竟然对孤落井下石。"

武姜说着，一阵大笑，指着寤生骂道："寤生，你个逆子，你有本事就杀了为母！反正我也不想活了，来呀，杀吧，杀了我吧！"

寤生怒视着武姜，牙咬得咯嘣咯嘣响，显然他已经愤怒到了极点。

跟随武姜而来的颍考叔，扑通一声跪在了地上，泣声说道："君上！君上！不可，不可呀！"

伯毅和公子吕一齐看着寤生，连连摇头。

许久，寤生方才控制住自己的情绪，颤抖着说道："颍考叔，你带太后前去颍邑吧，我们母子，不到黄泉，永不相见！"说着，转身向内室走去。

颍考叔和公子元一齐上前，架起武姜向外走去。

众人也跟着起身，三五成群地离开了这里，一场盛大的庆功宴就这样不欢而散。

回到内室，寤生一头栽在了卧榻之上，泪如雨下！

伯毅、公子吕和祭足等人紧跟着寤生进了内室，看寤生痛苦的样子，三个人眼睛也是红红的。

小邓曼低声劝道："君上，您别难受了，伯灵姐姐回来了，一直在外面等着你呢！"

寤生一听到伯灵来了，缓缓地坐了起来，四下望了望，哀声说道："她在哪里？快让她过来，快！"

寤生话音刚落，伯灵已经走了进来。她看着寤生满脸的泪痕，眼里顿时冒出了大滴的泪珠。

寤生直直地盯着伯灵，什么时候伯灵已两鬓斑白了?！他猛地站起，上前紧紧抱住伯灵，忍不住泪水又涌了出来，边哭边说道：“伯灵姐姐，你的头发怎么白了?”

二人相拥许久方才分开，寤生反复打量着伯灵，喃喃自语道：“伯灵姐姐，寤生再也不会让你出去奔波了，再也不会让你出去奔波了，再也不……”

伯灵擦了擦泪，说道：“君上，伯灵有幸不辱使命，已经和卫国老臣石碏商定了除掉州吁的计策。”

祭足急声说道：“如何?”

伯毅也跟着说道：“灵儿，你可见到了那石碏?”

伯灵坐下来说道：“石碏虽不问政事多年，但他在卫国的地位无人能撼动。他的门客遍布卫国军队和各个权力部门，他是唯一能撼动卫国政局的人物。”

伯毅说道：“灵儿说得没错，石碏是三朝元老，两次出任卫国上卿，地位无人能撼动。”

公子吕不放心地说：“石碏可是石厚的父亲，石厚是州吁的宠臣，而且州吁的诸多恶行都与石厚有关。石碏能做到大义灭亲吗?”

伯灵看了看公子吕，说道：“上卿，灵儿曾三次面见石碏。此人高义，且对州吁、石厚的恶行痛恨不已，他早就有除掉二人之心，只是一直没有想到稳妥的办法。”

寤生走上前，亲自给伯灵倒了茶递过去，问道：“灵儿，你和石碏定的什么计策呢?”

伯灵接过茶，放在了几案上，说道：“借刀杀人！他会想办法让州吁前往陈国议和，待州吁到了陈国之后，让陈侯妫鲍来擒拿击杀他。”

寤生看了看祭足，问道：“前日你可有见到妫鲍?”

祭足回答道：“臣下见到了妫鲍，他言讲因为身负一项秘密任务，不方便来拜见您，待这项任务完成后，定会来郑国看望您。不过，他让我告诉您，他返回陈国后，再也不前往王庭了。”

伯灵高兴地说：“君上，妫鲍说的秘密任务就是擒杀州吁。前段时间，我穿梭王庭和卫国几次，帮石碏和妫鲍穿针引线，他们已经商定好了合力擒杀州吁。”

祭足问道：“石碏怎么想到与妫鲍合作呢？”

伯毅说道：“石碏和妫鲍早就相熟。你要知道，姬完是妫鲍的亲外甥。州吁杀兄淫嫂，妫鲍对他岂有不恨之理？”

寤生满意地说：“我相信妫鲍，他定会全力擒拿州吁。你们就等着看吧，用不了多久，州吁必定命丧陈国！”

11

原本一手好棋，最后却打成了损兵折将的狼狈逃窜。州吁心里有一万个不甘！

他真后悔不该听与夷的，如果他按照原来的思路及早退兵，不仅可全身而退，而且能大张旗鼓地说打赢了寤生。现如今，被寤生打得落花流水，带去的士兵折损了将近一半，无论怎么说都掩盖不了大败郑国的事实。

回到卫国，州吁越想越憋气，越想越觉得吃了大亏。

他把石厚召到宫中，怒道：“石厚，你亲自去一趟王庭，就找申侯那个老家伙，问问他当初的许诺还算不算数。寡人替他们打仗教训寤生，他们不能连个头衔也不给我。这样，我们岂不是太亏了？”

石厚为此专程去了趟王庭。

申侯把许诺之事推得干干净净，冷笑着说道：“你们被寤生打得狼狈逃窜，还好意思跑来王庭要官位？”

石厚辩解说：“申侯，当初您不是说只要出兵郑国，回来后就力推大王授予我们君上卿位，您怎么说话不算数了？”

申侯大怒，厉声说道：“我什么时候那样说的？我是说你们要重创寤生，让大王好好出口恶气，大王一高兴，兴许会授州吁以卿位。你这个说话不知轻重的小子，要不是看你爹的面子，我立马命人乱棍把你打出去！”

石厚的鼻子差点没被气歪，回到卫国一见到州吁，便添油加醋地把申侯大骂一通。

州吁顿时火冒三丈，蹦着脚骂申侯：“姜烈，你个戎贼，你把寡人坑得真是好苦！你不给我卿位，但这个卿位我还真要定了！”

石厚见州吁这样说，脑子里灵光一闪，满脸堆笑地说道：“君上，您如果真想要这个卿位，臣下倒是有个办法。咱不如去求求我父亲，他定能帮我们运作成此事。”

州吁内心深处并不怎么看重这个卿位，他就是丢不起那个面子。在出征郑国之前，他就在众臣面前夸下海口，不日周天子就要授他以卿位。现在兵败郑国，卿位又没有了，如何给大臣们交代，如何向国人辩解？

州吁疑惑地望着石厚，说道：“你父亲肯帮我们？他向来不喜欢我，对我不理不睬，会帮我运作卿位？再说，他又能有什么路子？”

石厚点头哈腰地说：“君上，现在王庭之中除了申侯，谁还能左右大王呀？”

州吁想了想，说：“虢公姬林父、陈侯妫鲍，除了申侯那老家伙，就只有这二人了！姬林父那小子素来与我交恶，他定不会帮我！你说，妫鲍会帮咱们吗？”

石厚兴奋地说：“妫鲍爱财如命，只要我们给他好处，他定会帮我们。我父亲和妫鲍相熟，由他带着财物游说妫鲍定然可行。”

州吁犹豫地说：“即使可行，但也得你父亲愿意帮我们呀！”

石厚说道：“我感到最近他对我的态度变了，不但愿意与我同案吃饭，还时常询问朝中之事和君上您的情况，看来他已经接纳了我们。只要君上前去请他，他定会给君上这个面子。”

州吁在石厚的陪同下拜见了石碏，果然得到了石碏的盛情接待。

州吁直接说明了来意，石碏沉吟半天，没有表态。

石厚在一旁着急地说：“父亲，您不是和妫鲍很熟吗？就帮我们运作运作此事吧！”

石碏叹了口气，说道：“君上，不是老夫不愿为您效劳，只是老夫和妫鲍相熟是多年之前的事，如今老夫已不在庙堂，不知那妫鲍还会不会给我面子。”

州吁急忙道：“石大夫，那妫鲍贪财如命，只要我们给他足够的财物，他一定会为我们所用。”

石碏这才说道：“君上如此说，那老夫不妨出使一下陈国，试探试探妫鲍的态度。”

州吁给了石碏整整十车财物，石碏象征性地到陈国转了一圈，遂即返回卫国复命。

州吁心急地问道：“大夫，那妫鲍的态度如何？”

石碏笑着说道：“君上真是料事如神，那妫鲍看到我带去的财物，眼睛都直了，还没听清楚我说什么就满口答应了。”

石厚在一旁问道：“父亲，你可给妫鲍说清楚了？别到时候再不承认了。”

石碏白了石厚一眼，说道：“我专门前去办理此事，怎么能不给他说清楚呢？妫鲍专门提出，近日陈国荷花盛开，特意邀请君上前去陈国观赏荷花和佳人，顺便和君上商量一下谋取王庭卿位之事，不知君上可否愿意前往？”

听到有美女，州吁的眼睛顿时直了，当即答道：“愿去，寡人愿去！”

石碏意味深长地笑了起来。

州吁的脸一红，意识到了自己的失态，便解释道：“世人都说陈国的荷花美，寡人还没见过荷花，着实需要前去观赏观赏。石厚，要不咱们一同前去陈国游历一番？”

石厚高兴地回答道：“君上，在下肯定愿意陪您悠游陈国呀！君上外出，哪儿能没有石厚呢？”

为了讨好妫鲍，州吁一行又带了十车财物，还专门从卫国选了十名美女。

妫鲍以国礼迎接州吁一行，专门派上卿公子佗前往边境迎接。到了陈国国都后，直接安排其进了贵宾驿馆。

陈国的热情招待，让原本还怀有忐忑之心的州吁彻底放松了警惕。特别是陈国送上倾城美女陪侍后，州吁对妫鲍更是充满感激和信任。

第二天，上卿公子佗亲自到驿馆来接州吁，言讲妫鲍要在宫廷为他举办欢迎宴会。

州吁二话没说，就上了公子佗的车。

石厚在一旁悄悄问道："君上，是否让卫士跟随？"

州吁大方地说："不用，有陈国上卿作陪和陈国卫士守护，谁敢伤害寡人？"说着，转向公子佗，问道："上卿，您说是不是？"

公子佗笑了笑，说："在下定会保君上安全。"

州吁一行人下了车，直接进了陈国宫廷。

州吁和石厚进去后，当时就傻眼了。只见宫廷里既没有美女，也没有酒肉，两边全是一身盔甲的士兵。

州吁和石厚顿时感到事情不妙，拔腿就想跑，却被两旁的士兵团团围住了。

这时，妫鲍从里面走了出来。

看到妫鲍，州吁高声喊了起来："妫鲍，你不是说宴请寡人吗？这是什么意思？"

石厚也在一旁跟着喊道："你可是收了我卫国财物的，不能言而无信！"

妫鲍连声冷笑，说道："我是收了石碏的财物，不过，他不是让我给你们运作卿位，而是让我擒拿你们给姬完报仇！"

州吁看了看石厚，惊慌失措地说："不可能、不可能，石碏不可能设计害我。石厚，你说是不是？"

石厚跟着喊道："我父亲怎可能害我？妫鲍，你说吧，想要我卫国什么？只要放了我们，条件你们尽管提。"

妫鲍走到州吁跟前，说道："州吁，我要让你死得明白。早在王庭之时，石碏就与寡人设计好了擒拿你们这对禽兽的计策。不信，你看石碏给寡人的简帛。"说着，将简帛扔给了州吁。

州吁看过后，对着石厚破口大骂："石碏，你个老匹夫设计害我，待寡人回到卫国定将你碎尸万段！"

妫鲍冷冷一笑，说道："回卫国？恐怕你回不去了！来呀，将州吁和石厚抓起来押入大牢！"

第二十章 另起炉灶

1

州吁命丧陈国的消息很快传遍了诸侯各国。其中触动最大就是与夷，他很清楚，寤生的下一个目标就是他。

更令与夷忧心的是，郑国世子忽迎娶了陈桓公妫鲍的女儿，郑、陈两国已结成牢固同盟。寤生和妫鲍结盟的目的，就是对付宋国。

与夷知道要想和寤生斗下去，就得有足够对抗的力量。然而就目前宋国的实力来讲，抵御寤生的确有点吃力，他必须广交朋友，形成抵御寤生的统一战线。

与夷对想要结交的国家一一进行了盘点。申侯坚决反对寤生，可他已经病危，并且申国地处遥远的西方，遇到情况根本无法支援宋国。虢公姬林父和寤生也不对付，可那姬林父太狡诈油滑，根本就难以信任和托付。

他思来想去，觉得最理想的战略伙伴就是卫国和鲁国，这两国和郑国交恶多年，并且公子段和其子目前身在卫国，郑国的盟友郕国与鲁国还有血仇，短时间内卫、鲁两国不可能和郑国改善关系。

为了拉拢卫国，与夷放下身段，亲赴卫国参加卫宣公姬晋的继位大典，还送去了大量财物和美女。

对于鲁国，与夷并没有急于行动。过去，宋国和鲁国的关系并不好，在他君父宣公时代，经常和鲁国发生战争。

与夷时刻关注着鲁国的动态，终于让他等到了机会。鲁惠公弗皇薨后，在公室诸公子争斗中，无背景无实力的公子息姑胜出，继承了君位。

与夷当即前往鲁国祝贺，成了息姑继位大典上唯一的他国国君。

鲁隐公息姑对与夷的鼎力支持，打内心深处感激，在继位大典结束之后，专门和与夷进行了深谈。

与夷在公子翚的陪同下来到了鲁国内宫。公子翚向来与宋国交好，与夷此次鲁国之行就是公子翚从中运作的。

见到息姑，与夷命下人将带来的锦盒打开，只见两个晶莹透彻的宝玉通体散发着熠熠白光。

素来喜玉的息姑看到宝玉，当即围上前，惊喜地连声赞道："好玉，好玉，称得上至宝！"

与夷满脸带笑地说："听闻鲁公喜玉，与夷特把宋国的镇国之宝带了过来，特献与您，一表我宋国结盟鲁国的诚意，二表对息姑兄荣登大位的祝贺。"

鲁隐公的眼就没离开宝玉，连声说道："谢谢宋公的美意！息姑愿意与宋国永结同好，愿意和与夷兄结为生死兄弟！"

公子翚看鲁隐公那见宝眼开的丢人样，不由得直皱眉头，冲着寺人喊道："快把宝玉拿下去，我们和君上还有要事要谈！"

寺人上前从鲁隐公手里接过锦盒收了起来。

鲁隐公不放心地说："你可要给我放好，放好！"他看与夷和公子翚都在看自己，顿时意识到了自己的失态，脸色一红，笑着说："宋公见笑了！寡人是第一次见到这样的至宝，非常感谢宋公的抬爱和厚意。来，息姑敬您一爵！"

与夷和公子翚一齐举爵，一饮而尽。

与夷放下酒爵，说道："鲁公，听说郑国又给郝国送去了一批武器，并帮助郝国训练新军，我看寤生这明显是冲着您来的呀！"

公子翚叹了口气，说道："宋公，您有所不知，我家君上当年被寤生擒获过，与寤生有不共戴天之仇。现在君上继位，寤生心中不安，担心鲁国报复，武装郝国也在情理之中。"说完，向息姑看去。

息姑对寤生的确是又怕又恨。之前，寤生带王庭联军帮助郝国征伐鲁国，他被寤生擒获后，被关押了整整两个月，受尽羞辱和折磨。公子翚这样一说，顿时激起了他心中的怨恨，不由得怒道：“寤生老贼，我看他亡我鲁国之心不死，息姑此生定要找他报当年的羞辱之仇！”

与夷心中暗笑道，看来息姑果然痛恨寤生，这就好办了，这样就有了合作的基础。想到此，他故作忧虑地说道：“据寡人掌握的情况，寤生自从被大王赶回郑国后，心中一直愤恨不已，想自立为王，让天下诸侯尊他为共主。”

公子翚连忙接过话，说道：“据我鲁国掌握的情报也是这样。寤生一心想推行他所谓的天下一体，自由通商。他在王庭干不下去了，便想另立王庭，让天下诸侯听命于他，据说手已经伸到了齐国。”

息姑一听齐国，不由得大惊失色，高声说道：“寤生他到底想干什么？一边交好齐国，一边武装郝国，这分明就是在以齐、郝二国逼我鲁国就范！我告诉你们，他寤生越逼我们，我们就越不能听命于他！”

与夷叹了口气，说道：“息姑兄呀！硬抗毕竟不是办法，寤生讲求策略，拉拢齐、郝来对付鲁国。我们也要讲求策略，抱团取暖来应对寤生的挤压和征伐。抱团行凶是寤生的一贯策略，当年伐鲁，寤生如果不是聚集了王庭联军，还不一定是你们鲁国的对手呢，是不是？”

息姑点了点头，说道：“当年他带四国联军攻伐鲁国，兵力是我们的两倍，我们才吃了那么大的亏！”

与夷一拍手，高兴地说道：“是呀，当年的教训我们一定吸取！他寤生搞结盟，难道我们就不能搞结盟吗？只要我们联合，荣辱与共，就有了跟寤生对抗的力量，再也不用怕他了。”

公子翚说道：“君上，只要我们几个国家抱成团，就不怕齐、郝、郑结盟了。”

息姑疑惑地问道：“几个国家？还有谁愿意和我们结盟？”

与夷直起身子，说道：“卫、许、蔡，至少这三国都愿意跟我们结盟！”

息姑眼里顿时亮起了光。与宋、卫、许、蔡等国结盟，不仅是抵抗寤生和齐、郕两国的当务之急，也是他继任国君后的外交成果。对于国内国外而言，都是难得的好事。

公子翚见鲁隐公久久未语，生怕他心有顾虑不同意，急忙说道：“君上，此事涉及鲁国的将来，万不可犹豫不决呀！以鲁国一国之力，根本就难以抵御齐、郕、郑三国的合力征伐，君上，您可要细细思量呀！”

息姑是个外表木讷憨厚而内心精细之人，他已经看出与夷迫切想与鲁国结盟，虽然他心中早已同意和宋国结盟，却表现得并不急切。他故作犹豫，目的就是吊与夷的胃口以增加自己谈判的资本，从而为鲁国谋取更多的利益。

话都已经说到这种地步，息姑还不表态。与夷心头便开始有点着急起来，忍不住说道：“息姑兄，此次会盟由您主持，时间、地点、会盟内容都由您说了算，可否？”

息姑脸上露出了笑容，大声说道：“宋公如此诚意，息姑再不应允可真对不住您了！好吧，寡人答应您的要求。会盟就定在二月二龙抬头这天。地点嘛，就放在我鲁国宿邑！”

与夷起身说道：“好！我们就定在二月二！地点可以放在宿邑，那卫、许、蔡三国君侯谁来通知呢？”

息姑说道：“寡人刚刚继位，与三国君侯并无来往，还要有劳与夷兄从中周旋！”

与夷无奈地说：“好，我来负责游说他们。只要我们能结成同盟，共同抵御寤生，值得！”

2

从王庭回到郑国后，寤生一直在思考自己和郑国何去何从的问题。他在倍感失落和不甘的同时，也为自己的理想难以实现而痛苦。祭足、高渠弥等人曾多次劝他，是该把精力集中到郑国的时候了。以郑国目前的实力，开疆拓土、剿灭周边国家如探囊取物，应该效仿他君父武公，扩大郑国的疆域和民众，只有这样才能令郑国永远立于不败之地。

他也很清楚，郑国地处四战之地，最易受周边国家的蚕食和征伐。一旦国势衰弱，势必会受到周边诸侯的侵扰。可让他放下天下共和、造福万民的理想而去开疆拓土、荼毒生灵，他心中着实不愿。这些年来，他虽然领军打了不少仗，可每次战争过后他都要经历一番心灵的煎熬，看着那么多人死在自己手中，他感到自己的心也在流血。

他多么盼望大王能够支持他推行新政以增强王庭的权威，这样他就可以用王庭威严制止诸侯国之间的攻伐，就可以用王庭的雷霆手段震慑四夷，还苍生以太平盛世。然而小人当道，令人壮志难酬！

有谁能理解他心中的郁闷和愁苦呢？就连最解他心意的小邓曼，都拐弯抹角地劝说他效仿君父，开疆拓土。

他能理解祭足、小邓曼等人向他建言献策着实是为他好，为郑国好，因为当今天下的确已呈乱象。东门之役使他更加清晰地认识到，天下已陷入多事之秋，他的离开使王庭彻底失去了掌控天下诸侯的机会，没有王庭的掌控和制约，没有强有力的人物为天下主持正义，天下很快就会陷入诸侯混战。很快，弱肉强食、相互攻伐就会成为这个时代的主题。他们基于当前形势，出于郑国的长治久安考虑，实施开疆拓土的政策并不错。

可让他改变自己的初衷，背弃自己的理想，为了一己私利而荼毒生灵，说什么他都不愿意去做。可是如果他不去开疆拓土，又能做些什么呢？

此时此刻，寤生又想到了伯灵。他觉得，普天之下，真正了解他的只有伯灵。

伯灵说，给她两个月的时间，她处理完商社的事务后会全心陪他，再也不出去了。

在等待伯灵的日子里，寤生感到度日如年，他从来没有这么迫切地想和伯灵在一起。

好在这次伯灵没有食言，两个月后，伯灵果然按时回到了郑国。

见到伯灵，寤生的眼睛当时就红了。

伯灵笑道："君上，你这是怎么了，怎么多愁善感起来？"

寤生哈哈一笑，说道："是吗？是风，是风将沙子吹眼里了！"

为了不被打扰，寤生带着伯灵去了郊外的行宫。他要在这里好好地休息，与伯灵好好理一理下一步的发展方向和发展思路。

二人漫步在花园中，边走边聊。

寤生说道："灵儿，祭足、邓曼他们都劝寡人改变国策，走开疆拓土之路，你以为呢？"

伯灵莞尔一笑，说道："君上连日来盼着灵儿早日回来，是不是因为此事难以抉择？"

寤生的脸一红，不好意思地说道："灵儿，你还是那样尖牙利齿！盼你回来主要还是想你，不过此事也着实令寡人烦心。"

伯灵笑道："从当前天下的形势来看，从郑国的未来着想，他们提出的这一国策完全是对的。不过，君上，您明知可为之能为之，但您是坚决不会这样做的。"

寤生问道："为什么？"

伯灵脱口而出："因为这样做了，您就不是那个心怀天下、心系苍生的寤生了！"

寤生痛苦地说："寡人当真不知道何去何从了，难道就要这样无所事事地度过一生吗？我们立志实现的理想，我们要创立的天下大治，难道要罢手吗？寡人心里着实不甘呀！"

伯灵心疼地看着寤生，柔声说道："君上，实现人生目标之路千万条，既然王庭之路已走不通，我们何不另辟蹊径，走一条天下人都没有走过的路？！"

寤生惊异地望着伯灵。他很清楚，伯灵如此说，心中定是对郑国下一步的走向有了成熟的考虑，当即说道："灵儿，我就知道你已经替寤生想好了将来的路。"

伯灵笑了笑，说道："君上，您还记得当年在邓国主持的邓之盟吗？正是因为有了您主持的邓之盟，才维持了汉阳诸国十多年的安详稳定。大王既然不用我们，我们完全可以主动和诸侯各国会盟交好。大家一起签订和平共处的盟约，自由贸易，互不征伐，同样可以造就一个四海和平的天下。这样，我们的理想不就实现了吗？"

寤生上前紧紧地抱住了伯灵，激动地说："灵儿，我的好灵儿，我们真是心心相印，每次重大抉择都能想到一处，寤生此生有你无憾矣！”

伯灵小鸟依人般地依偎在寤生怀里，闭上了眼睛，她尽情享受着这炙热的爱情。多年的聚少离多，她已经许久没有和寤生这样相拥了。

许久，二人才分开。

伯灵问道：“君上可考虑过准备从哪里入手？”

寤生凝望着远方，说道：“远交近攻，恩威并济！当今各国，最棘手的就是卫、宋、鲁三国，他们对寡人误会颇深，光靠怀柔政策恐怕难把他们请到谈判场上，必须采取一些手段才能迫使他们就范。”

伯灵笑道：“君上先前向齐国示好，原来是早有预谋。”

寤生起身向前走去，边走边说道：“寡人一直在等机会，一旦时机成熟，寡人想去趟齐国，与齐侯当面商量一下会盟之事。”

伯灵跟了过去，笑道：“君上要的机会现在就有，就看君上愿不愿意利用。”

寤生疑惑地看着伯灵，问道：“什么机会，寡人怎么没有感觉到？”

伯灵说道：“当前齐侯最忧心的就是北狄不断骚扰，令他不胜其烦。君上不妨带兵前去，帮助齐侯给北狄以痛击，他定会对君上感激涕零！”

寤生想了想，高兴地说道：“这的确是绝好机会！寡人将亲自带兵前去帮他们清除北狄之患。”

伯灵想了想，说道：“此事也急不得，不妨让郑国的线人提前和齐侯沟通一下，言讲我郑国愿意帮他们解决北狄之患。得到齐侯的应允，并由他们向君上发出邀请后，君上再带兵前去为好。”

寤生满意地说：“还是灵姐姐想得周到，寡人一切听从你的安排，你就看着办吧！”

伯灵调皮地说：“难道君上还要灵儿掌管商社事务吗？”

寤生慌忙抱住伯灵，生怕她离开似的，急声说道：“你莫要再管此事，寡人会安排祭足办理，寡人再也不会让你离开了，寡人要你天天陪着我！”

3

宋殇公与夷从鲁国回国不久，第二次去了卫国。

第一次前往卫国，卫宣公姬晋热情接待了与夷，不仅以国君之礼，还专门与他单独进行了密谈。

与夷要的就是单独会见姬晋，从而劝说他参与宋、鲁、卫等国的结盟。

与夷讨好地说道："卫侯，寡人在鲁国时，鲁公息姑提起您赞不绝口，他说您聪慧睿智，是位开明之君，定能带领卫国不断发展壮大。寡人也觉得，卫国有您的英明领导，一定能百尺竿头，更进一步，很快就在诸侯各国崭露头角。"

几句恭维话一说，卫宣公顿时觉得轻飘飘的，脸上堆满了笑容，羞涩地说："宋公谬赞！姬晋何德何能，得到宋公和鲁公的赞扬？不过，我的确有强国富民之心，决心励精图治、发愤图强，让卫国显赫于诸侯，扬名天下。"

与夷连竖大拇指，继续恭维道："卫侯年纪轻轻竟然有如此雄心壮志、雄才大略，真乃卫国之福、万民之幸！寡人如同卫侯一般年纪时，只知道嬉笑玩乐，做出了许多荒唐之事！与卫侯相比，真是惭愧万分！"

姬晋心情大好，笑逐颜开："宋公，您有什么事情尽管说吧，只要我卫国能做到，一定尽心照办。"

与夷骤然眉头紧锁地说道："宋、卫两国恐怕要大祸临头了！"

姬晋看与夷说得极其严肃，疑惑地问道："宋公何出此言？你我两国祥和安定，祸从何来？"

与夷低声说道："据我宋国在郑国公室的暗探来报，寤生每每提起东门之役，无不恨得咬牙切齿，他多次发誓要征伐卫、宋两国，以报当年围城之耻辱。"

姬晋不解地问道："他不是已经和妫鲍设计害死了州吁吗？怎么，他对我们的怨恨还没消除吗？"

与夷恨恨地说："你不了解寤生，他貌似忠厚，实则是个睚眦必报、心胸狭窄之人，他发誓要征伐宋、卫两国，并已经采取了行动。你就等着吧，用不了多久，郑国的黑骑军必血洗卫、宋。”

姬晋顿时紧张了起来，急声说道：“宋公快说，他有何动作？”

与夷说道：“寤生目前正在国内积极做战争准备，同时他与陈国联姻，频频和齐国接触，派团出使郕国，送郕国武器，还帮助郕国训练部队，目的就是组建郑、齐、陈、郕四国联军，从四面八方同时向我们两国发动进攻！”

听与夷说得有鼻子有眼，姬晋心中不禁慌了起来，他站起身，在几案后面来回走动着，说道：“这可怎么办？我听说郑国黑骑军个个如同恶鬼猛兽一般，我卫国将士至今提及无不色变，再有齐、郕、陈三国的帮助，我们可怎么应对？”

与夷苦着脸说道：“是呀！宋、卫两国根本就不是四国联军的对手。特别是齐国的介入，更是让我们防不胜防。不过，我们也不是完全没有应对的办法。”

姬晋听与夷这样说，如同见到光明一样，睁大眼睛说道：“你有应对之策？快说，快说！”

与夷说道：“寡人前不久出席鲁公息姑的继位大典，息姑对郑国结交齐、郕两国也甚为不满。他提出宋、卫、鲁三国需要抱团取暖，应对郑、齐、郕等国的挤压和侵扰，他想于二月二龙抬头那天，在宿邑主持我们几个国家会盟。”

姬晋陷入了沉思，心中快速盘算着参与会盟的利害得失。报团取暖的确是应对郑国报复的好办法，有宋、鲁两国当靠山，有他们帮忙作战，自然是好，卫国就有了抵御寤生的力量。不过，他又担心与宋、鲁两国会盟后，卫国的国政外交受这两国的挟持，失去独立自主的决策权。他深知自己还太年轻，又刚刚继位，根本就不懂国政外交，生怕一不小心着了与夷这个老狐狸的道儿。到时候，抱团没取到暖，再被宋、鲁两国挟持，可真的得不偿失了。

与夷看姬晋久久难以决定，又解释道：“我们会盟只为抵御寤生，相互之间互不干涉各国的内政。卫侯，您不用顾虑太多！”

姬晋这才松了口气，红着脸说道："宋公，如此说来，会盟的确是一件好事。"

正在姬晋极其尴尬之时，卫国大夫石碏走了进来，施礼说道："君上，郑国公子段和夫人求见。"

听到公子段，姬晋和与夷一起惊疑地向石碏望去。

与夷急声说道："公子段不是早就死了吗，他怎么会出现在你卫国？"

姬晋面带苦色地说："石大夫，这个祸害来见寡人有何事？"此前，公子段也曾求见过姬晋，都被姬晋找理由拒绝了。没想到他竟然找到了石碏，有石碏引见，姬晋不得不正视此事。

石碏说道："公子段化装成乞丐，历经千辛万苦才来到了卫国。君上，卫国是公子段的姻亲之国，再说其子公孙滑也在卫国共邑，如果我们对公子段见死不救，着实不妥。"

与夷心里简直乐开了花，心想公子段真是自己的福星，有公子段在卫国，不用自己再从中挑拨，卫国必定成为郑国的死敌。想到此，他满含深情地说道："卫侯，依礼对于流亡的公室公子，我诸侯各国都是需要无条件收留的，卫国作为公子段夫人的母国，如果拒之门外，势必为天下诸侯所耻笑和不容。再说，卫国既然收留了公孙滑，早已得罪了郑国和寤生，何不将公子段和夫人也一起收留下来呢？"

石碏说道："君上，宋公说的有道理。我卫国收留公子段夫妇遵从于礼，合乎于情，就是寤生在这里，他也不能说我们什么。"

姬晋见二人一致要求收留公子段，极不情愿地说道："那好吧，寡人就见见他们吧！"

公子段夫妇相互搀扶着，颤颤巍巍地走了进来。二人衣衫褴褛，瘦得像干柴一样。

向来心高气傲的公子段扑通一声跪在了姬晋跟前，泣声说道："郑国公子段求君上收留，给段留条活路，段给您磕头了！"

公子段的夫人也跪了下来，祈求地看着姬晋，流着泪喊道："阿弟，给我留条活路吧！"

姬晋看到姐姐如此狼狈，眼睛也是红红的，忙起身走到姐姐身旁，把她扶了起来，颤声说道："快起来，我岂能不管你呀！"

公子段也跟着站了起来。

与夷起身说道："段兄，你还认得与夷吗？你怎么成这样了？"

公子段转向与夷，深施一礼，说道："君上，段一流亡人不敢高攀，只求卫侯能赏口饭吃，苟活余生。"

姬晋看了看石碏，说道："石大夫，公孙滑身在共邑，就麻烦您老人家送阿姊他们去共邑吧，让他们在共邑安住吧！"

石碏应声带着公子段夫妇走出了内堂。

姬晋和与夷看着公子段夫妇的背影，心中各有感慨。

与夷深有感触地说："卫侯，寤生不除，公子段的今天也许就是我们的明天！"

姬晋重重地点了点头，说："宋公，寡人同意二月二宿邑会盟，我们共同抵御寤生和郑国！"

4

与夷、姬晋和息姑果真于二月二这天在宿邑进行了会盟。蔡侯和许侯原本答应前去会盟，可到了跟前二人又退缩了。

不过，虽然许、蔡两国的君侯没去，却并不没有影响卫、宋、鲁三国会盟。三国君侯在宿邑祭祀天地，昭告天下，此后三国将一荣俱荣，一损俱损，共同抵御来自其他国家的征伐和侵扰。

寤生没想到与夷竟然先他一步与卫、鲁结盟，并且三国的盟诏虽然没有点他的名字，但字里行间明显是在针对郑国和他。他必须尽快采取行动，否则很可能为与夷和姬晋所欺。

在得到齐僖公禄父的应允后，寤生便带领部队去了齐国。

先前曾经败在寤生手下的北狄狼主，听说寤生要帮助齐国对付自己，顿时兴奋了起来。多年的仇恨，多年的不甘，让他激动得彻夜难眠。他将北狄各部全部召集了起来，决心一雪前耻，此次让寤生有去无回。

北狄狼主对双方的战力进行了认真评估，寤生此次帮助齐国，仅仅带了三旅黑骑兵，加上齐国的两军之兵，总共还不到三万人。而他将北狄三十六部的兵力全部集中了起来，兵力近六万，是齐、郑两国的两倍。并且经过多次战斗，他很清楚齐国军队的战力在北狄军队面前根本就不堪一击。他不相信仅凭寤生的九千黑骑军能打赢他的六万雄师，他要让寤生为当年的冒犯行为付出沉痛的代价。

北狄六万大军陈兵齐国边境，简直把齐僖公吓坏了。过去北狄几千人的部队就令他极为头疼，现如今北狄为擒拿寤生，竟然把所有的军队都拉了出来，而且还到处借兵，把各部的兵力全拉了过来。

齐僖公禄父真真切切地后悔了。他真后悔让寤生过来，更不该因此而触怒北狄狼主。他很清楚北狄的凶狠残忍，一旦齐、郑联军抵御不住北狄的进攻，他们每到一处就要屠灭一城，到时候齐国可就真的惨不忍睹！土地丢了，很快就能夺过来，可人被杀光了，齐国几十年也不会再有翻身的机会。

看齐僖公吓得脸色铁青，寤生坦然笑道："齐侯，你莫要被北狄吓着了。别看他们号称六万精兵，实则虚张声势，不足为惧。"

齐僖公结结巴巴地说："太……太……太宰卿，北狄兵就是一群魔鬼，他们每到一地就屠灭一城，我们不到三万兵力，如何抵御他们六万大军的进攻？"

寤生身边的公子忽愤然起身说道："齐侯莫长他人志气，灭自家威风！在下以为，北狄军与我们相比，有四大劣势和不足：一是虽然人数是我军两倍之多，却来自三十六部，没有统一的指挥，其实如同一盘散沙；二是狄人不讲团结而且毫无纪律，根本就难以形成拳头之力；三是狄人贪图财货且相互争功，只要我们巧加利用，就可离间他们；四是狄人失败时相互逃命、互不支援，只要我们乘胜追击，定当大败北狄。"

寤生满意地看着英明神武的儿子，连连点头。

如此说来，六万北狄军果真不足为惧。齐僖公暗暗佩服郑国这个小将对北狄军的了解，转向寤生激动地问道："太宰卿，这位小将军姓甚名谁呀？真是自古英雄出少年，佩服，佩服！"

寤生哈哈一笑，说道："吾儿，这里哪儿有你说话的分儿，还不快向齐侯赔礼？”

公子忽大步走到齐僖公跟前，深施一礼，说道：“齐侯，忽多言了！不过，北狄大军着实不足为惧！”

齐僖公连连摆手，高兴地说：“免礼、免礼，世子一席话，不但令禄父茅塞顿开，而且让禄父彻底消除了对北狄的恐惧，待战胜北狄之后，寡人定要重重赏赐你。”

寤生笑了笑，说道：“齐侯抬爱，寤生在此替小儿谢过了。”

寤生起身来到了沙盘跟前，说道：“北狄三路大军从北、西、南三个方向而来。这三路大军中，要数南方部队的战力最弱，我们就从这支部队下手，一战把他们全部吃掉。”

说着，寤生看了看公子忽、公孙子都和高渠弥，说道：“子都将军、忽儿，你们各带一旅黑骑军，天黑就出发，从东、西两个方向绕到北狄军的后面，务必于明日天亮之前赶到北狄军的南面。高渠弥和祝聃带领一旅黑骑军和齐军一旅车兵也要在明日天亮之前赶到北狄军的北面。明日卯时准时向北狄军发动进攻，要以闪电攻击彻底击溃这支部队。”

高渠弥急忙说道：“君上，我郑国三旅黑骑兵全离开了，北狄狼主前来攻城怎么办？我们不在，您的安危谁来保障？我们不能让您以身犯险。”

祝聃也跟着说道：“君上，我们不能不顾及您的安全，三旅黑骑军不能全离开！”

寤生摇了摇头，说道：“这场战争打的就是寡人以身犯险，就是出其不意攻其不备。只要寡人身在这里，北狄狼主一定以为郑国黑骑军也在这里，断然不敢贸然攻城。你们要速战速决，切不可恋战，你们打得越好，将南方的北狄之军消灭得越彻底，寡人才能越安全。下去准备吧，天黑就出发，希望你们早去早回。”

待众人都离开了大帐，公子忽走到寤生跟前，低声说道：“君父！”

寤生拍了拍公子忽，说道：“吾儿，战争一结束即刻返回，君父的安危就看你们了！”

公子忽眼圈一红，忙转过身大步向外走去。

第二天到了午时，寤生才和齐僖公登上了城楼。

北狄兵在这里叫骂了好几个时辰，看到寤生出来了，北狄狼主纵马来到了城门之下，高声叫喊道："寤生，别来无恙！"

寤生哈哈大笑道："狼主，别来无恙！你还记得当年是如何向寡人承诺的吗？你向天发誓说，此生再不犯我中原。如若来犯，要杀要剐悉凭寤生安排！这才过了多少年，难道你就忘了吗？"

北狄狼主大怒："姬寤生，当年就是因为你屡屡使用诈术，才使老子被俘，老子恨不能吸你的血吃你的肉。这次你既然主动送到我嘴上，老子定要报当年被辱之仇！下来呀，老子要与你大战三百回合！"

寤生坦然说道："你这头背信弃义的老狼，寤生定要再次擒拿你，看你还有什么话可说！"

北狄狼主怒吼道："无耻狂徒，下来受死！"

寤生又是一阵大笑，高声说道："老狼主，待寡人今日喝过齐侯备的接风酒，明日定要亲自与你大战三百回合。快回去吧，寡人要去喝酒了！"

说完，再也不管北狄大军，转身走下了城楼。

5

一路上，齐僖公不安地问道："太宰卿，你说北狄军会相信你的话主动退兵吗？他们会不会攻城呀？"

寤生神色轻松地说："齐侯，你不用担心，只要寡人在这里，他定然不敢贸然攻城，咱们喝酒去！待忽儿他们回来，我们再商量退敌之策。"

果然，天还未黑，公子忽和公孙子都便前后脚进了齐僖公和寤生的营帐。

看着二人干裂的嘴唇，寤生赶紧把酒递给了他们，说道："还没吃饭吧？"

公子忽兴奋地说道："君父，我们全歼北狄军，大获全胜！"

公孙子都说道："君上，战争刚告一段落，我和世子就返回了。"

寤生心疼地看着二人，说道："赶快回去睡觉吧，明日还有一场大仗要交给你们！"

公子忽和公孙子都深施一礼，转身走了。

二人刚走不久，高渠弥和祝聃就赶了过来，深施一礼，说道："君上，全歼北狄军，特来复命！"

寤生起身把二人让到了座位上，说道："来，二位将军，请坐！"

二人坐了下来，齐僖公亲自为他们斟满了酒，感激地说道："二位将军辛苦了！"

祝聃兴奋地说："这仗打得真过瘾！北狄军根本就没想到我们会折回百里对他们发动袭击，真是打得他们措手不及。"

寤生微微一笑，说道："他们的部落狼主可否逃了？"

高渠弥狡黠地笑了笑，说道："跑了，我们的人一直远远地跟着呢！他们现在恐怕已经到了城外。"

寤生满意地点了点头，问道："你们返回的行程他们可有所察觉？"

高渠弥说道："应该不会！我们在放那南军主将逃跑的时候，故意装作贪图财物，争相抢夺战利品，他们肯定以为我们会留下来打扫战场。"

祝聃憨笑着说："君上猜得果然没错，他们这支部队的确是在为北狄大军筹备后勤给养，光带的粮食就有几万担。"

齐僖公惊恐地说道："看来这北狄狼主还真的想跟我们打持久战了？"

寤生高兴地说："齐侯，我们已经打掉北狄的后勤补给，等于成功了一半。我们只要把明天这一仗再打好，恐怕不用我们撵，北狄军就会自动退兵。"

齐僖公站了起来，问道："太宰卿，难道您明天真的准备和北狄军决战？"

寤生也站了起来，走到沙盘跟前，说道："北狄南军主将已经逃到了城外，恐怕我们不想战也不行呀！"

高渠弥和祝聃慌忙站起，来到了沙盘跟前。他们心中很清楚，寤生已经对下场战争考虑清楚，要进行战前部署了。

齐国的上卿和上将军也围了过来。

寤生指着城北门说道："北狄狼主得知他的两万兵马和整个大军的粮草被我们吃掉后，一定会狗急跳墙，明日对我们展开疯狂的攻击。齐侯，你要调集齐国一半的兵力来守城，一定要多准备弓箭和条石滚木，在攻城时尽可能消耗他们的兵力。”

齐僖公说道：“太宰卿，我明白了，您是想在消灭北狄的一些兵力之后，再让郑国的黑骑兵出城跟他们拼杀。”

寤生摇了摇头，转向高渠弥和祝聃说道：“高将军、祝将军，又要劳烦你们深夜行军了，今夜你们和忽儿、子都带着我三旅黑骑兵从城南门出去，务必在天明之前绕到北狄军的后面进行休整，只待北狄军对我们发动攻击两个时辰后，即刻从背后对他们展开攻击。我还是那句话，兵贵神速，我黑骑军要以迅雷不及掩耳之势对北狄军展开雷霆攻击，要彻底打蒙他们，打慌他们，只有这样我们才能以最小的代价和伤亡取得战争的胜利！”

齐僖公顿时明白了寤生的用意。在他的认识中，战争就是双方摆开战阵，依据战争礼进行一对一的硬对抗。所以，他在与北狄的战争中屡屡吃亏。每次与北狄作战，北狄军都会采取不同的策略打得他晕头转向。齐僖公心中不由得暗暗赞叹，原来寤生是这样打仗的，他指挥的战争比北狄狼主还灵活诡异，怨不得每次他作战都是攻必克、战必胜。

想到此，齐僖公问道：“太宰卿，北狄狼主会按照您设计好的思路对我们展开攻击吗？你们的黑骑军都出去了，万一北狄军不攻城，他们应该怎么办？”

寤生笑道：“齐侯，您放心，我保证北狄军明日必攻城，说不定他们现在正在研究攻城的计划呢！”

寤生猜得果然没错，此刻北狄狼主的确正在研究攻城的计划。

南军主将乃北狄狼主的亲弟弟，为了减轻自己全军覆没的罪责，他特意让人砍掉了自己的一条臂膀。

看到南军主将带着两个部属跌跌撞撞地闯了进来，刚进大帐，南军主将就一头栽到了地上，北狄狼主霍然站起，冲上前抱住了南军主将。

北狄狼主抱住南军主将的头，摇了又摇，呼唤道：“阿弟、阿弟，你快醒醒，醒醒！”

许久，南军主将终于睁开了眼睛，看到哥哥，放声痛哭：“阿兄，完了，全被杀完了!”

北狄狼主大声喊道：“快说，到底怎么了?”

南军主将流着泪说道：“今天凌晨，我们还在睡梦中，郑国的黑骑军不知道什么时候已经冲到了我们军营，他们见人就砍，简直就是一帮魔鬼！阿兄，我北狄军那个惨呀!”

北狄狼主怒目圆睁，厉声问道：“我两万北狄兵呢，难道就没有一点抵抗之力，怎么能被他们杀光呢?”

南军主将闭上了眼睛，无力地说道：“郑国的黑骑军足足有万人，还有上万的齐国车兵。阿兄，你不知道，现在郑国的黑骑兵较之以前，不论是马匹、武器还是士兵都不可同日而语，他们骑的战马全是西戎的宝马。”

北狄狼主疑惑地说：“既然如此，你们三人又如何能逃脱?”

南军主将的眼泪又流了出来，哽咽着说：“阿兄，这次寤生是冲着我们的粮草去的，否则阿弟哪儿还有命来见您。正是由于他们把注意力都集中在了我们的粮草之上，才对阿弟逃脱之事放松了警惕。”

北狄狼主一拍大腿，站了起来，气得直打哆嗦，怒道：“姬寤生，你……你……你……你果真奸诈，奸诈!”

北狄狼主在大帐内来回走动着，简直有点抓狂。他真后悔自己没有早早地想到这一点，如果当初让他们加快进军速度早日到达这里，就不会有现在的被动局面。两万南军被全歼，不仅仅意味着他失去三分之一的兵力，最关键的是，他筹备了几年的粮草补给全被寤生抢了过去。现在，寤生不需要和自己正面作战，跟他拖上个把月，他就不得不主动退兵。

北狄狼主快速走动着，忽然停住了脚步，瞪着南军主将，大声喝道：“你说寤生黑骑兵此行主要是为了粮草，可否属实?”

南军主将连声说道：“属实，属实，他们在追赶我时，我听到他们的主将亲口说的。他说，粮草才是君上要的，人就不要追了，快抢粮草，否则都被齐国人抢去了!”

北狄狼主脸上呈现出一丝狞笑。只要寤生的目的是粮草，两日之内，黑骑兵必返回不了石门，没有黑骑军，仅凭姜禄父手下的那些兵，根本抵御不了他北狄军的强烈攻击。他有把握一日内攻下石门，只要能活捉寤生，就能彻底翻牌，不但能要回粮草，还能逼迫寤生和姜禄父为他做一切他想做的事情。

想到此，北狄狼主走到了几案之后坐了下来。他暗暗告诫自己，冷静，冷静，冷静，此刻最重要的就是冷静，他决不能再上寤生的当。怎么办？向不向寤生和姜禄父发起总攻？

北狄狼主闭着眼睛在细细地思量着。机不可失，时不再来，如果等郑国的黑骑军返回石门，他再想生擒寤生和姜禄父可就难了！以黑骑军的战力，若硬对硬地对抗，北狄军还真不一定能战过黑骑军。更重要的是，没有了粮草补给，他如何跟寤生和姜禄父斗下去？

北狄狼主终于下定了决心。只见他猛地站起，高声吼道："各位，寤生欺吾太甚，我们务必在郑国黑骑军赶回之前血洗石门，不仅要生擒寤生和姜禄父，还要杀尽城里的所有人，以泄我心头之恨！各位，即刻回去进行准备，明日辰时准时向石门发起总攻。我要血洗石门，屠城！"

第二天一早，早已准备好的北狄军既没有城前叫阵，也没有提前告知，骤然发起了攻击。

另一边，寤生和姜禄父也做好了准备。他们早早地就来到了城头之上，亲自指挥。

伴随一阵冲锋号的嘶鸣声，黑压压的北狄大军对石门发起了总攻。随之，石门城上的迎战鼓也冲天般地轰隆起来。

伴随着战鼓的轰隆声，上万支箭弩狂风暴雨般地射向了北狄军。北狄军顿时倒下了一大片，很快另一队人马又潮水般地涌了上来。

面对北狄军一波又一波的冲击，石门城上发出的箭雨一阵又一阵。很快，整个石门城外的土地被染成红色，尸体遍地，流血漂橹。

终于，北狄军攻到了城下，架起了云梯。还未爬上城头，就见后面尘沙飞扬，一团团的黑雾旋风般冲击而来。

郑国的黑骑兵发起了攻击。

齐僖公姜禄父被眼前的场景吓呆了，他从来没有见过如此凶猛的军队。黑骑兵所向披靡，向来野蛮凶狠的北狄军在郑国黑骑兵面前简直不堪一击。

被吓呆的不仅仅是齐僖公姜禄父，还有北狄狼主，只见他张着大大的嘴巴凝视眼前发生的一切，不知如何是好。

此刻，多亏身边的卫士提醒："狼主，快逃吧！"北狄狼主这才清醒过来，掉转马头拼命向西跑去。他很清楚，黑骑兵已从后面对他们形成了包抄，往回跑就等于去送死。

看郑国的黑骑兵马踏北狄军，石门城内的齐国军队当即打开城门拥了出来，两军夹击，杀得昏天暗地，日月无光。

公子忽一直记挂着北狄狼主，眼看北狄狼主跑了，当即引兵追了过去。

6

公子忽一直追了上百里，终于将北狄狼主斩于马下。

当他将北狄狼主的首级扔到寤生和齐僖公面前时，整个营帐都要沸腾了。郑、齐两国的公子、大夫和将军，无不对公子忽的勇猛投去了赞赏的目光。

齐僖公兴奋得连声说道："老子英雄儿好汉，有子如此，人生何求？"

寤生也是极其高兴，忍不住说道："忽儿此行将一举终结北狄对我中原各国百年的侵扰，有功于大周，有功于民！忽儿，来，君父替中原万民敬你！"

公子忽慌忙上去接过酒爵，一饮而尽，慨然说道："谢君父！"

齐僖公姜禄父满眼慈祥地看着公子忽，越看越满意，忍不住说道："太宰卿，小女与公子年龄相仿，可否……"

公子忽抢身施礼，说道："忽感谢齐侯抬爱，不过，忽已娶陈君之女，再娶齐国郡主实为不妥！"

祭足见公子忽如此沉不住气，忙瞪了公子忽一眼，又闭上了眼睛。他真想上前说说这个世子！

寤生本想同意这桩婚事，有公子忽和齐国郡主联姻，齐、郑的盟国关系也就稳定了。但他没想到公子忽竟然抢先把话说在了他前面，当面拒绝姜禄父，便不好再说什么。

为了化解姜禄父的尴尬，寤生哈哈一笑，说道：“齐侯如此抬爱小儿，实乃我郑国之幸，可惜这小子福薄。不过，他说的倒是事实，忽儿的确已娶陈侯妫鲍之女为夫人，他担心委屈了郡主！”

当面被拒，姜禄父面子上的确有点过不去，不过他着实太喜欢公子忽了，随即说道：“没关系，没关系，寡人就喜欢世子这性格，直来直去，寡人喜欢！不过，寡人还是要赏你的，世子，你说吧，想要寡人什么赏赐？”

公子忽也感觉到了当面拒绝齐侯美意不够礼貌，歉然说道：“忽感激齐侯的抬爱，忽虽然和郡主无缘百年好合，但愿齐、郑两国能够同心同力，永结同心！”

齐僖公一拍巴掌，站了起来，说道：“好一个同心同力，永结同心！我姜禄父在此发誓，此生定不负郑国！”

寤生也站了起来，激动地说：“寤生在这里对天发誓，此生定当与齐国同心同力，亦决不负齐国！”

众人散去，寤生带着祭足与齐僖公在内室进行密谈。

寤生试探着问道：“齐侯，您对鲁、宋、卫三国的宿之盟怎么看？”

齐僖公直截了当地说道：“禄父很清楚，鲁、宋、卫搞的宿之盟，就是冲着我们齐、郑两国来的。太宰卿有何打算，尽管说吧！”

寤生见他如此爽快，便也不再绕圈子，开门见山地说：“实话实说，寡人也想与齐侯结盟。不过我们的结盟可不同于鲁、宋、卫的宿之盟，我们结盟并不针对其他第三国，我们结盟的目的是两国可以自由通商，搞好经济，造福百姓。”

齐僖公说道：“太宰卿，此一战禄父对您是彻底服了！就冲您将北狄大军粮草给养悉数交给齐国，就说明您是个无私的人。虽然目前我还不懂两国自由通商的好处和作用，但只要是您推行的，禄父就坚信绝对不会有错，绝对是对齐国有益处的。具体怎么做，您就安排吧，禄父定当全力配合，遵照执行。”

寤生举起酒爵，满含深情地说：“齐侯高义，寤生敬您！”

齐僖公喝过后，放下酒爵说道：“太宰卿，您说吧，我们如何会盟？”

寤生看了看祭足。

祭足上前一步，说道："齐侯，我们君上的意见是，想在齐国石门举行会盟仪式，到时候我们将邀请陈国、郕国、鲁国、宋国、卫国、燕国等国君侯前来会盟。"

姜禄父惊疑地问道："鲁、宋、卫？他们会来吗？"

寤生笑道："他们绝对不会来！不过咱们邀请了，来不来是他们自己的事情。"

姜禄父问道："既然明知道他们不会来，何必再去邀请？这不是自讨没趣吗？有何意义？"

寤生摇了摇头，说道："非也！这里面意义大了，最起码此举我们向他们表明了和平友好的态度。这是告知他们，我们组织会盟并不是针对他们，而是想与他们共同发展经济、造福百姓。"

齐僖公说道："虽然太宰卿这样说，但我想他们三国君侯是绝对不会这样想的，他们定会以为我们把他们骗到此处是想要加害他们。"

祭足在一旁说道："齐侯所言确为实情。目前鲁、宋、卫三国对齐、郑两国猜忌颇深，即使我们把心掏给他们，他们也会以为是要害他们。"

寤生叹了口气，仰天说道："寤生此生立志给天下一太平盛世，可有谁能信任寤生、理解寤生？有谁愿意帮助寤生实现这一人生理想？"

齐僖公直直地看着寤生，坚定地说："禄父不管天下人如何看太宰卿，禄父都相信和理解太宰卿，愿意帮助太宰卿实现兼济天下的理想和目标！"

寤生走到姜禄父跟前，两位强者的手紧紧地握在了一起。

7

顺利结交了齐国，但寤生心中总感到空落落的。

小邓曼看寤生闷闷不乐的样子，专程找到了伯灵，说道："灵姐姐，你看出来没有，君上是在我们面前强装笑颜。你最了解君上，现在他已经与齐国缔结了盟约，更重要的是你已经回到了他身边，他还会有何心事呢？"

伯灵说道："妹妹果真蕙质兰心，君上的确是有心事。"

小邓曼忙问道："他在忧心什么呢，是为太后的事？"

伯灵指了指西方，说道："王庭之事。"

小邓曼不解地问道："难道君上还想返回王庭吗？他不是发誓再也不回王庭了？"

伯灵叹声说道："妹妹呀，君上并非贪恋王庭的权力，他心系的还是天下太平。王庭虽已腐朽不堪，但周天子毕竟还是天下共主。君上与王庭和那周天子的关系不改善，他搞会盟让大家共商和平，无论怎么说都名不正、言不顺。"

小邓曼想了想，说道："姐姐所言甚是！我明白了，君上想和那周天子改善关系，可又不想主动示弱丢了面子，他心中始终过不了那个坎儿！姐姐，我们还是一起劝劝他吧！"

伯灵笑了笑，说道："心疼了？"

小邓曼的脸一红，反唇相讥道："难道姐姐不心疼君上？不心疼，你为何能把他心中之事想得这么清楚？"

伯灵拉起小邓曼，说道："好妹妹，我们还是别在这里打嘴仗了。你不是说劝劝君上吗？现在就去找他吧！"

寤生正在勤政殿看书，看到伯灵和小邓曼结伴而来，忙放下竹简，站了起来，笑脸相迎："二位，你们一起来找寡人，定是有大事吧？"

伯灵白了寤生一眼，没好气地说道："大事，天大的事儿！"

寤生急忙问道："什么事儿？"

伯灵严肃地说："你的事儿，你的心事！"

寤生忍不住笑了："我的心事？寡人有什么心事？"

小邓曼看了看伯灵，不知如何是好。

伯灵认真地说道："你一天到晚闷闷不乐的样子，你知不知道夫人有多担心你？"

寤生看了看小邓曼，问道："夫人，寡人是一天到晚闷闷不乐吗？"

小邓曼如实说："君上，妾身能感觉到您的郁闷和忧虑，可不知如何劝慰您，就找到了伯灵姐姐。伯灵姐姐说，您是在为王庭的事烦心，就想和您一起聊一聊。”

寤生感激地看了二人一眼，说道：“让你们为我挂心了！坐吧，我们聊聊。”

伯灵开门见山地说道：“君上，我们与王庭的关系，也到需要改善的时候了。”

寤生面带苦色：“是！可怎么改善呢？当初，我们是被他赶出王庭的，如果我们主动示弱，岂不向天下人说明当初就是我们错了？可是，如果我们与王庭的关系得不到改善，无论寡人为天下和平做什么事情，都要受人诟病，背上有违周礼的骂名！”

小邓曼显然是想明白了寤生心中之苦，激动地说：“君上，妾身终于明白您的苦心了。君上要实现安抚天下的夙愿，需要王庭的大旗，哪怕仅仅是口头上的支持。”

寤生的眉头又拧成了疙瘩，说道：“寡人也曾派人找周公黑肩做了些工作，怎奈那周天子对我成见颇深，始终不愿对郑国和寡人有所恩赐。改善关系，看来难呀！”

伯灵微微一笑，说道：“君上既然有此心愿，并且与王庭改善关系又是形势所迫，为何不大大方方地与祭足等人商议一下此事呢？听听他们的意见，兴许能找到解决问题的办法。”

寤生摇了摇头，说道：“他们会想到解决问题的办法吗？如果有，他们为何不向寡人建议呢？”

伯灵指了指寤生，说道：“你呀你，就是死要面子活受罪，在臣下面前，你提起那周天子就恨得咬牙切齿的，谁还敢给你提建议与周天子改善关系？”

小邓曼也跟着说道：“君上，伯灵姐姐说的有道理。我以为，此事也并非君上心愿这么简单，而是事关郑国如何处理与王庭关系的国策，决定着今后郑国是否尊王的发展走向。君上不妨召集大家，我们好好议议此事，同时群策群力找出解决问题的办法来。”

寤生和伯灵频频点头，二人均感到小邓曼的话有道理。是呀！郑国如何处理与周天子的关系问题，绝对是一项重要国策。

伯灵由衷地说道："尊王当然是而且必须是郑国的重要国策！君上只有尊王方能以天子名义号令诸侯，否则天下诸侯谁会听我们的？"

寤生爽声说道："好，我们就一起议议此事，兴许能找到解决问题的办法来！"

8

郑国勤政殿。

当寤生提出要和王庭改善关系时，当即遭到了高渠弥、祝聃等人的反对。

高渠弥直言不讳地说："君上，周天子那样侮辱您、侮辱我郑国，要不是您拦着，臣下早就带兵征伐他了。我们主动向他示弱，岂不证明当初他把我们赶出王庭是对的？他那样侮辱我们，我们却还要向其卑躬屈膝，那我郑国还有何颜面在这天下诸侯中立足？！"

祝聃则语重心长地说："君上，高将军的话虽然难听，却是实情。一旦我们主动向王庭示弱，天下诸侯定会蔑视郑国。再说，我们主动向他示弱，除了自取其辱，又能得到什么好处呢？"

寤生含笑不语，向众人看去。

高渠弥和祝聃的话显然引起了众人的共鸣，大家纷纷表现出了赞许的神态。

公子元起身说道："君上，大王独宠虢公，如今天下诸侯对王庭的诏令视若无物，已无一国再向王庭纳贡。当下王庭靠着虢国的供给，勉强糊口度日，再无号令天下的威严和影响力。此时此刻，我们主动交好这样一个僵而不死的王庭，有什么意义和价值呢？"

公孙子都嘟哝道："君上，您就等着吧，只要愿意交好那王庭，他们一定又要把我们当作冤大头，三天两头跟郑国要粮食要财物，而且我们给的东西再多，他也不会说我们好。现在天下诸侯对王庭无不是敬而远之，避之如蛇虫，我们何苦要主动招惹他们呢？"

寤生见祭足独自坐在几案之后，闭着眼睛久久未语，便向他望了过去，说道："上卿怎么看待此事？"

自从公子吕去世后，祭足便担任了郑国上卿，他的意见对于寤生和郑国来讲，都举足轻重。

祭足见寤生询问自己，方才睁开了眼睛，咧嘴一笑，说道："君上，臣下的想法与诸位有所不同。"

"是吗？"寤生看了一眼诸位大臣，说道，"上卿请讲，您的想法与大家有何不同？"

祭足起身，向众位环施一礼，说道："君上、各位，在下以为，我郑国如果仅仅想成为一个默默无闻的二等小国，完全可以像其他诸侯国一样，对王庭敬而远之。可我郑国如果想安抚天下、号令诸侯，就必须和王庭改善关系。否则，我们所做的每件事，都会被扣上违背周礼的帽子，都会被人无端地质疑，甚至还要落下滚滚骂名！"

祭足一席话顿时把大家浮躁的情绪压了下去，不少人低下头来，陷入了沉思。

高渠弥霍然起身，冷笑一声，说道："落下滚滚骂名！上卿说得也太杞人忧天了吧？前不久，我们远交齐国，后来组织瓦屋之盟，还有我们之前搞的邓之盟，我怎么没有听到什么负面的声音？"自从祭足当了上卿后，高渠弥时常吹毛求疵，发表与祭足意见相左的言论。

寤生知道，高渠弥心中不服气祭足，对祭足担任郑国上卿心里不舒服。不过，他并没计较。他总觉得，手下的人相互有矛盾和隔阂并不可怕，可怕的是相互藏着掖着，当面一套背后一套，在涉及国家大事上相互拆台，那才是最可怕的事情。

寤生不动声色地看了看祭足，又看了看众人。他想知道祭足作为上卿将如何面对质疑和挑战，也想看看他的这些大臣是否一分为二，已经分裂成了水火不容的两派势力。

祭足表现出极好的涵养，笑了笑，说道："高将军，在下说的骂名，是说后人对我们的评价，师出无名必遭后人评说。还有高将军所说的邓之盟、瓦屋之盟，无不冠以了王庭的名号。"

祝聃起身说道："瓦屋之盟，主盟者为齐侯，他曾以齐国的名义专门向王庭请示此事，王庭有诏书于齐侯，允许他组织瓦屋之盟。”说着，祝聃转向寤生，深施一礼：“君上，臣下以为上卿说的有道理，臣下附议。”

公孙子都、原繁、洩驾等人也跟着说道：“臣下附议！”

“臣下附议！”

“臣下附议！”

高渠弥见众人都支持祭足的意见，便愤愤地了坐了下来，一言不发。

寤生满意地点了点头，说道：“上卿，如何改善与王庭的关系，既要实现我们的目的，又要顾全郑国的尊严，你可有两全之策？”

祭足笑了笑，胸有成竹地说：“臣下有一策，不知是否为两全之策，但君上所说的两点都能做到。”

“哦？”寤生疑惑地望着祭足，说道，“上卿，快说来听听，也让大家共同评判。”

祭足说道：“我们可做一局，先明确失礼于王庭，再以此为由给王庭点好处，从而改善与王庭的关系。”

寤生眼里显现着激动的光芒，显然他已经明白祭足的计策，高兴地说道：“爱卿，如何作为，你详细说来。”

祭足走出几案，深施一礼，说道：“君上，当初我们离开王庭之时，臣下曾当庭发誓，要王庭归还郑国资助的粮食。臣下申请带兵到王庭讨要粮食，此刻周天子正在为粮食之事发愁，他定不会归还我们粮食。当下，正值小麦即将收割之时，臣下讨要粮食不成，就向周天子提出割了王庭的麦子，以此报复。待王庭到了山穷水尽之时，君上不妨再派臣下出使王庭，只要我们送上大王想要的东西，他定会乖乖地为我们所用。”

祝聃当即称快道：“彩！好计策，即使我们向王庭示弱赔罪，也是为了上卿一时激愤的失礼行为而赔罪，我郑国不丢颜面！”

寤生哈哈大笑道：“就依上卿所言，需要多少兵马，你尽管调动，寡人准了！”

9

第二天，祭足就带着一万车兵赶往了雒邑。

听说郑国军队前来讨伐，周桓王吓得腿都软了，连忙召集虢公姬林父、周公黑肩一起赶到了城门之上。

周桓王哆哆嗦嗦地爬上城楼，看城墙外全是郑国的兵马，故作镇定地喊道："寤生，你胆敢带兵征伐王庭，你这是公然造反！你可知天下诸侯人人可对你得而诛之？"

祭足打马冲到了跟前，喊道："大王，此次是我祭足私自带兵前来讨要郑国的粮食，并非郑国征伐王庭。此事也与我家君上无关，请大王速速归还郑国的粮食，祭足即刻撤兵而去。"

周桓王看了看了虢公姬林父和周公黑肩，问道："二位爱卿，怎么办？出兵镇压，还是归还郑国粮食？"

虢公姬林父苦着脸说："大王，郑国军队个个如猛兽，我们根本就不是他们的对手呀！出城迎敌，定然被他们打得落花流水，万一激怒了祭足，他顺势把我们给灭了，一切可就完了！"

周桓王向周公黑肩看去，说道："周公，那我们就还他们粮食吧？"

周公黑肩的脸更难看，眼里噙着泪说："大王，现在王宫也即将断炊，我们哪儿有粮食给郑国呀？他们应该已经知道我们快断炊了，兵围雒邑讨要粮食，分明就是为了难为我们，令我们难堪！"

周桓王生气地说道："你们说怎么办？打又打不过，还又还不了，怎么办？"

虢公姬林父说道："大王，以臣下意见，不妨派周公出城与祭足谈判，看能否让他们通融通融。"

周公黑肩不高兴地说："要谈判，最好你去，我不去！祭足带领大军气势汹汹而来，岂是三两句话就能够打发的？"

虢公姬林父也不生气，赔着笑说道："周公，你可能还不知道，那祭足素来与在下交恶，在下前去谈判非但谈不成事，还会坏事。你周公可就不一样了，素来被天下诸侯敬重，郑国对你也是尊敬有加，王庭中只有你可担此重任。”

周公黑肩依旧冷着脸说：“臣下前去谈判可以，但大王需要给臣下一道诏令。”

周桓王急声说道：“爱卿快说，你需要什么诏令？”

周公黑肩说道：“大王不妨敷衍一下祭足，先承认我们欠他郑国粮食，可以说等麦子收了之后就还他们。”

周桓王问道：“这样做，他们就能退兵吗？”

周公黑肩说道：“大王，这也是没有办法的办法！祭足也知道我们根本没有粮食来还他们，有了这样一道诏令，兴许他也好回去交差。如果双方各不退让，祭足很有可能要兵踏雒邑呀！”

虢公姬林父急忙说道：“大王，周公说的有道理！这次兵围雒邑，寤生为何没来？他就是想让祭足兵踏雒邑，以报大王对他的侮辱之仇。如此，他既报了仇，又可以将恶名一推了之，说此事他不知道，是部下意气用事，在天下诸侯面前最多承担管教不严之责。可一旦祭足兵踏雒邑，王庭可就丢人丢大了！大王，臣下以为周公之策可行。王庭主动示弱，如果祭足再有过分之举，那他寤生在天下诸侯面前可就无法交代了。”

周桓王不耐烦地说道：“好吧好吧，就这样办吧！”

周公黑肩拿着周桓王的诏令出城面见祭足，见了面便开始套近乎：“恭喜祭足兄荣升郑国上卿，当年我们精诚合作，为王庭和你家君上办了很多大事好事，现在想来仍历历在目！”

祭足见周公黑肩跟他套近乎，颇为感慨地说：“我家君上、郑国，还有祭足本人，无不感念当年周公的关照和帮助，怎奈物是人非、身不由己。就说这讨要粮食之事，并非祭足愿来，怎奈郑国上下无不愤恨大王当年之刻薄寡恩，纷纷要求讨回当年郑国对王庭的供应。”

周公黑肩连忙说：“理解理解，祭足兄为平国内民怨，不得不带兵前来。在下也理解祭足兄的难处，特意向大王请了一道诏书，王庭承认亏欠郑国粮食，待麦收之后即偿还郑国，您看如何？祭足兄，您也了解目前王庭的窘境，我们实在拿不出粮食偿还呀！”说着，将诏书递给了祭足。

祭足拿着诏书看了又看，无奈地说："祭足能够理解周公的难处，可即使有此诏书，亦不知回国能否交差！"

周公黑肩连忙施礼："一切拜托祭足兄成全！还请您早日退兵，这样兵围雒邑，传出去着实丢王庭颜面！"

祭足装作极不情愿地说道："周公，祭足给您面子，这就退兵。但你们收了小麦之后，可一定要归还郑国粮食，否则祭足很难向国人交代。"

周公黑肩连忙说："一定，一定！"

祭足早已派人探好了割麦之地，王畿之地只有温邑的麦子长得最好。他带领大军到了温邑，就四散开来疯狂割麦，仅仅一天时间就把当地的麦子收割一空。

王庭在温邑的驻军见郑国军队有上万之众，自知拦是拦不住的，只得眼睁睁地看着郑军抢掠。

消息很快传到了雒邑。

周桓王气得暴跳如雷，在王宫里来回走动着，大声地辱骂："这个挨千刀的寤生，竟敢如此耍弄寡人！祭足此次前来分明就是为了抢掠麦子，我们还傻乎乎地给他那道诏令，你们说蠢不蠢？真是蠢到家了！"

周公黑肩和虢公姬林父一个个耷拉着脑袋，一声不吭！

周桓王气急败坏地说："你们说怎么办吧？我们都指望着那些麦子糊口呢，现在却被郑国抢走了，以后吃什么？你们说怎么办？他们对王庭如此无礼，就应该兵伐郑国！"

虢公姬林父低声说道："大王，兵伐郑国，让谁去？以目前雒邑的王师和我虢国之兵，根本就不是寤生的对手！"

周桓王眼睛瞪得溜圆，恨不得要吃人，大声吼道："去各诸侯国借兵！拿着寡人的诏令，去晋国、卫国、宋国，他们都要给寡人派兵！真是气死我了，你们一定要帮寡人出了这口恶气！"

周公黑肩黑着脸说道："大王，我看此事还是算了吧！现在郑国国力正盛，诸侯各国恐怕谁也不敢与之为敌。再者，我们欠下郑国粮食在先，各诸侯国是不会帮我们出这口气的。"

周桓王恨恨地望着周公黑肩，怒道："都是你出的馊主意，让寡人给郑国出那样的诏书，他们分明就是在拿我们当猴耍！你们说怎么办，难道我们就要忍了这口气？”

虢公姬林父深施一礼，说道：“大王，此事也不能全怨周公，臣下也有不察之罪。臣愿辞去这上卿之职，即刻返回虢国，从此不再踏入雒邑。”

周公黑肩也跟着请罪道：“臣下愿辞去王庭的一切职务，以此谢罪！”

周桓王顿时停住怒吼，不解地望着二人，喃喃地说：“你们都走了，寡人怎么办？寡人不同意，坚决不同意！”

虢公姬林父无力地说：“大王，我们被寤生算计，征伐郑国只能是自取其辱！当今，只能忍下这口气！”

周桓王气得浑身直打哆嗦，低声呻吟道：“那可是我们一年的口粮呀！都被郑国抢去了，我们吃什么？这一年可怎么办呀？！”

10

齐、郑、郕、陈会盟，让宋殇公与夷感觉到了空前的压力。从地理位置上看，这四国恰好对宋国形成了包围圈，这次会盟分明就是对付他的。

尤其是郑国明目张胆地抢了王庭的粮食，更让与夷感到脊背发凉。此事充分说明了寤生睚眦必报的性格，一旦他腾出手来，绝不会放过自己。

与夷思来想去，觉得必须想办法试探一下会盟的牢固性。可如何试探呢？最好的办法就是找人和寤生打一仗，看看齐、郕、陈的态度，如果齐、郕、陈三国真的愿意出兵帮助郑国，那就说明他们的关系是牢固的，否则不过就是形式上的结盟。

可让谁去打郑国呢？他本人是不想再和寤生发动战争的，至少目前他不想。郑国刚刚帮助齐国大胜北狄，军力正胜，此时招惹郑国等于去送死。宋国不打，可鼓动鲁国去打，可以息姑的小心谨慎，他自然也不愿意去做出头鸟。唯一好骗的就是卫宣公姬晋，只要给他灌些迷魂药，这小子一定会稀里糊涂地着他的道。

想好对策之后，与夷第三次去了卫国，自然也给姬晋带去了很多财物和美女。

看与夷三番五次地上门来给自己送礼，姬晋顿时飘了起来，越来越感到自己是多么英明神武，多么了不起！

姬晋大言不惭地对与夷说道：“他瘸生算什么，大败北狄又怎么样？我卫国根本就不怕他！”

与夷恭维地说道：“是呀，他明知公子段、公孙滑在你卫国，可九千黑骑军路过你卫国边境时，不也没敢把你怎么样吗？”

姬晋说道：“是的，他来去齐国，都路过卫国边境，也没敢踏入卫国一步。”

与夷眨了眨眼，说道：“卫侯，公子段和公孙滑长期旅居在你卫国共邑，时间长了，他们赖着不走，趁机占去可怎么办呀？虽然他们父子二人流亡卫国，可他们到底还是郑国人！一旦共邑被他们霸占了，可就白白地成了郑国的土地。”

与夷这样一说，姬晋顿时慌张起来。说实话，他的确还没有想过这个问题。不过，与夷说的确有道理，公子段父子占了共邑，共邑事实上就成了郑国的土地。他怎能将共邑白白地送给郑国？

姬晋着急地说道：“都怪石碏那老家伙！寡人本来是不想让公子段父子入我卫国的，怎奈石碏坚持要收留他们，才有了今日之尴尬局面。宋公，您说此事如何办理为好？实在不行，我就将公子段父子赶出卫国。”

与夷急忙说道：“这样做不妥！当初你既然当好人收留了他们，岂能再当恶人把他们赶出卫国。”

姬晋负气地问：“不把他们赶出卫国，那你说怎么办？”

与夷狡诈地一笑，说道：“寡人有一办法，保准让你满意，不过就看你有没有胆量去做。”

姬晋急声说道：“你快说！”

与夷低声说道：“共邑紧邻郑国延邑，你不妨借兵给公子段，让他自己夺了延邑。这样你既不得罪郑国，又为公子段父子找到了安身之地，岂不是两全其美？”

姬晋兴奋地说：“此计高明！寡人这就派人前去游说公子段。”

姬晋派人找到了公子段，却在他那里吃了闭门羹。心如死灰的公子段当即拒绝了姬晋的“好意”，坚决地说，如果卫国不愿意收留他，他愿意离开卫国。

姬晋没办法，又派人找到了公孙滑。

不知天高地厚的公孙滑二话没说就同意了姬晋的“好意”。第二天，就带兵攻占了延邑。

公孙滑万万没想到，此事却引起了轩然大波。

郑国正愁没有理由收拾卫国，此时卫国竟然公然派兵攻占郑国的城邑。新仇旧恨，让郑国人恨透了卫国，郑国人纷纷请战，要求攻伐卫国。

在郑国人看来，攻打卫国不过是小菜一碟。

寤生却没有这么看，他清醒地认识到，鲁、宋、卫刚刚定立宿之盟，一旦郑国出兵卫国，面对的绝不是卫国一家，而要面对三国的齐力抵抗。

另外，此战他要的绝不是大败三国联军。

他要通过此战彻底破解三国的宿之盟，另外他还要真正收服姬晋，让这个愣头青彻底老实起来，别再被与夷利用，不再给他惹是生非。

寤生细细思量着如何才能实现这一战略目的，伯灵一句话令他灵光一闪，有了对策。

伯灵慢悠悠地说道：“鲁、宋、卫有宿之盟，君上也有石门之盟呀！”

是呀！他放着石门之盟为何不用呢？他只需让齐、郝、陈三国看住鲁、宋两国，不用他们发动战争，就可紧紧抓住卫国大打出手。

主意已定，寤生当即派祭足、祝聃和公子忽出使齐、郝、陈三国，一是告知他们郑国将征伐卫国，二是请他们陈兵宋、鲁边境，阻止两国出兵帮助卫国，并约定好九月初九四国同时出兵。

时间很快到九月初九，寤生果断出兵，郑国大军很快开到卫国边境。

卫宣公姬晋看寤生来真的了，慌忙派人前往宋、鲁两国求救。

鲁隐公息姑也想派兵，可看到边境跟前开过来的齐军，顿时退缩了。

宋殇公与夷更是挠头，面对陈国和郝国军队南北两面夹击，他着实派不出兵力去帮助卫国。

姬晋顿时慌了，咬破手指亲写血书，派卫国重臣再次前往鲁、宋两国搬救兵，得到的回答仍旧是大难临头，只能各顾各。

姬晋心里又气又急，对着宋国破口大骂：“与夷，你个老贼，你可骗死我了，我做鬼也不会放过你！”

骂完与夷，他又开始骂鲁隐公息姑：“息姑，你个忘恩负义的小人，当初结盟时你是怎么说的，竟然如此言而无信！”

可不管姬晋怎么骂，鲁、宋两国是指望不上了，只得整顿兵马，应对郑国的进攻。

寤生此次征伐不仅出动了黑骑军，步兵和车兵也拉了过来。在强大的郑军面前，卫国根本就没有抵御能力，一战就被打得狼狈逃窜。郑国大军如入无人之境，仅用了七天时间就打到了卫国都城。

寤生丝毫没有客气，命令军队猛烈攻城。

两个时辰不到，郑军就攻破了城墙。不过，这时寤生却突然叫停了进攻，命人传话给姬晋，限他一个时辰内来拜见，否则郑军将攻入城内，灭他卫国。

姬晋这次是真正被打服了，专门命下人将自己捆上，抬到了寤生跟前。

见了面，他扑通一声就跪在了寤生面前，连声说：“姬晋少不更事，得罪了太宰卿，望太宰卿放姬晋一条生路！”

寤生亲自帮姬晋解除身上的绳索，宽厚地说：“人非圣贤，孰能无过！你能迷途知返，善莫大焉！只要认识到自己的错误，寡人不会为难你。”

姬晋连忙说：“小人不该收留公子段父子，更不该听信与夷的挑拨，帮助公孙滑攻占延邑，小人愿意将公子段擒拿过来交给太宰卿。”

寤生摆了摆手，说道：“段儿之事是寡人的家事，你就不要再插手了，寡人自会处理。今日，我要告诉你，此次我放过你，日后若再与我郑国为敌，我必取你性命！”

第二十一章 含笑九泉

1

寤生觉得是该会会公子段了，他们兄弟已经近三十年没有见面了。在他心目中，公子段虽然骄横跋扈，却处处显现着傻气和可爱，他就是一个被母后宠坏了的孩子啊！

想到此，寤生忍不住笑了。他发现，他从内心深处还是很爱这个弟弟的，虽然他给自己找了不少麻烦，可寤生觉得所有的不愉快比起血脉之亲都不算什么。

公子段走到现在，难道真的与他的忍让纵容有关？寤生一直忘不了母后那声嘶力竭的怒骂。如果不是他一味忍让，早点出手制约段儿，也许就不会出现眼前的情况。母后、弟弟，都是这世上他最亲的人呀！他一直致力于保护天下人，可却连最亲的人都不去保护，岂不是天大的笑话？另外，有此诟病，他如何取信于天下诸侯，如何让天下人信服自己一心为了天下众生？

反思以往关于公子段的一切，寤生开始意识到了自己的问题。段儿纵是有千错万错，君父不在了，他作为长兄应该负起管教之责。出现目前这种兄弟反目、骨肉相残的局面，他负有不可推卸的责任。想起孤身前往颍地的母后，寤生在深感痛心的同时，心中也开始后悔起来。

姬晋听说寤生要带大军前去延邑，坚持要陪同寤生前去。他很清楚，目前所发生的一切，都是因为当初他接纳公子段父子造成的。为了减轻自己的罪责，也为了向寤生亮明态度，消除误解，他必须随同寤生前往延邑。

郑国大军兵临城下，仅有一千守军的延邑顿时乱了。不说其他，寤生的一旅黑骑军就能把延邑给踏平了。

公子段夫人提出逃离延邑，公孙滑却坚持要与延邑共存亡。他把一千守军全部集中了起来，要以死抵抗寤生的征伐。

一直沉默寡言的公子段说话了，他看了看公孙滑，说道："滑儿，明日就让为父去见你伯父吧，要杀要剐随他，不过我绝对会让他放过你和你母后。为父死后，你们找个地方隐居下来，不要再说自己是郑国公室之人，好好过平民的日子吧！"

公孙滑上前拉住公子段，流着泪说："父亲，要活一起活，要死一起死，我是不会让你单独见那狠心的寤生的！"

公子段甩手给了公孙滑一巴掌，怒道："寤生是你叫的？一切恩怨都是我们兄弟二人的，他终究是你伯父。为父决心已定，你莫再阻拦。只要我出面见他，他绝不会为难你们母子的。"

第二天一大早，延邑城门大开。公子段缓缓地从里面走了出来，后面跟着他的夫人和儿子公孙滑。

公子段不让他们母子出去，可公孙滑坚持要随同父亲前去。

三人越走越近，寤生的心跳得越来越快。

当他看到公子段满头如霜的白发，禁不住泪如雨下，翻身下马，快步迎了过去，边跑边喊道："段儿，段儿，阿弟，阿弟……"

见到兄长的那一瞬，公子段的心也在战栗。几十年的妒忌、几十年的仇恨、几十年的不平，在这一瞬间全成了泡影。

公子段扑上去紧紧抱住了寤生："阿兄，阿兄……"

二人忍不住放声痛哭。

目视着眼前的场面，周围的人，包括卫宣公姬晋、公孙滑母子也由开始的惊疑变为痛心，一个个禁不住潸然泪下！

兄弟俩抱头痛哭了许久，方才止住了悲声。

寤生仔细地打量着公子段，痛苦地问道："阿弟，你咋成这样了呢？唉！都是我的错呀！"

公子段连连摇头，说道："段儿罪有应得。段儿对不起君父，对不起母后，对不起您，对不起郑国！段儿死有余辜，现今苟延残喘地活着，就是想再见阿兄一面，想当面向阿兄说声对不起！"

寤生的泪水又涌了出来，泣声说道："段儿，别说了。我此次前来，就是想把你接回郑国，接回你的封地。母后……母后还一直等着见你呢。"

公子段擦了擦泪，说道："段儿是郑国的罪人，还有何面目再回郑国？段儿回不了郑国了！"

寤生大声说道："你怎么回不了郑国，寡人说能回你就能回。段儿，难道你不想见母后了吗？母后天天记挂着你，日日都是以泪洗面。"

公子段脱下衣袍，咬破食指在上面写了起来，边写边说道："君上，您就别再为难段儿了，段儿真的是无颜再回郑国了。这封血书就拜托您带给母后吧，也请转告她，段儿无时无刻不在想她。"

寤生见公子段心意已决，便说道："段儿，你打算以后怎么办？要留在延邑？"

公子段摇了摇头，说道："段儿不回郑国，自然也不会留在延邑。段儿会在卫国找一处偏僻地方，聊度余生。"

寤生看了看姬晋，说道："卫侯，段儿既然不愿留在郑地，共邑就作为他们一家的食邑之地吧！"

卫宣公连忙说道："没问题，就让公子留在共邑吧！我卫国定当护佑他的安全，保障他的生活。"

2

回到了郑国，不知道是因为过于伤感还是别的什么，寤生大病了一场。昏迷中，他时常呓语般地喊着："母后，段儿！母后，段儿！"

伯灵、小邓曼、祭足等人都知道寤生的心结是什么，他想去拜见母后，可又囿于当初说过不到黄泉永不相见的话。为了满足寤生的心愿，祭足专门把守卫武姜的颍考叔请到了新郑。

当祭足说明情况，颍考叔笑了，说道："此事好办！我们不妨在都城挖一能看到泉水的深洞，君上在此洞中拜见太后，不就不再违背当初的誓言了吗?"

祭足连声说好，当即命人在有山泉的地方挖了一个深洞。

其实这些年，武姜对自己的所作所为也有新的认识。特别是公子段家破人亡，让她意识到一味地宠爱和偏袒，其实并没有帮到公子段，反而害了他。

还有寤生。她没想到寤生竟然那样恨她怨她。寤生说得对，他也是她的亲骨肉，虎毒尚不食子，她以前怎么能那样对待他呢？歧视、偏见、误解，让她失去了理智，亲手害了自己一生最亲最珍贵的两个儿子，造成了当前这种骨肉相残的局面。

每每想起这些，武姜真想一死了之。可死了之后呢，在那个世界，她怎么有脸去见掘突呀?

她清楚地记得，掘突临终前紧紧拉着她的手说："夫人，两个孩子交给你了，郑国交给你了！你要守护好咱们的孩子，你要替寡人守护好咱们的郑国!"

母子反目，兄弟相残，段儿一家流落他乡。这一切的一切，她于黄泉下如何给掘突说?

颍考叔说，据他掌握的情况，公子段一家人并没死。而且当初寤生根本就没想要公子段的性命，公子段两次谋反时，寤生都反复要求不能伤了公子段一家的性命。

对颍考叔的话，武姜半信半疑。正是这份半信半疑才让她有了活下去的盼头和念想，她必须活下去，她想在有生之年再看段儿一眼。

颍考叔从新郑回来后，告知武姜公子段一家都在卫国的共邑：寤生征伐卫国时，面见了公子段，兄弟二人抱头痛哭；寤生邀请公子段回国，公子段却坚持留在卫国，寤生就把他安置在了共邑。

听着颍考叔的叙说，武姜的泪水像断了线的珠子，一颗一颗地往下掉。

颍考叔说："太后，君上因悲伤过度，重病已半月有余，昏迷之中经常呼喊母后、段儿!”

颍考叔说着，将一堆简帛抱在了武姜跟前，说道：“太后，其实君上一直牵挂着您，每月都送来简帛询问您的吃住情况，反复交代臣下一定服侍好您!”

武姜拿起一个简帛，仅仅看了一眼，便仰头长叹道：“生儿，母后真是错怪你了!”

在颍考叔的劝说下，武姜回到了新郑。

黄泉洞中，母子终于相见。

见到武姜，寤生快步上前，扑通一声跪在了武姜面前，泣不成声：“母后，生儿不孝……”

武姜紧紧抱住寤生，泪如雨下：“生儿，都是母后的错，都是母后的错!”

寤生说道：“母后，是生儿不孝！生儿对段儿未尽到长兄的管教和帮扶之责，生儿有负君父的托付。生儿对不起君父，对不起母后，对不起段儿一家。”

武姜拉起寤生，流着泪说：“生儿，一切都过去了，谁是谁非都不用说了。段儿呢，他真在共邑吗，他为什么不愿来见母后呀?”

寤生将公子段的血衣拿出来，展现在武姜面前，说道：“母后请看，段儿说他无颜再见君父、再见母后、再见我郑国国人……”

武姜看完血衣，紧紧地抱在了怀里，悲声哭道：“段儿呀，母后错了，母后错了！是母后的宠爱和偏袒害了你，害了你呀……”

3

寤生从卫国退兵后，宋殇公与夷为了修复和卫国的关系，专门派大司马孔父嘉出使卫国，解释当初宋国为何没有出兵帮助卫国。

卫宣公姬晋对与夷已经恨到了心里，不仅没有接见孔父嘉，还命人将宋国的使团赶出了卫国。

听完孔父嘉在卫国遭遇的无礼和慢待，与夷气得火冒三丈！可再大的火气他也只能压在肚里，他不能因此与卫国开战。他很清楚与卫国开战对宋国意味着什么，卫国是与宋国实力相当的大国，贸然和卫国开战，鹿死谁手还真的很难说。因此，遭遇此番侮辱，目前他只能忍下。

与夷心中一直憋着一股恶气，压得他心神难宁。当初要不是郑国和陈国，他定会出兵帮助卫国。既然不能对卫国动手，何不拿郏国撒撒气？郏国远离郑国，即使他对郏国动手，短时间内郑国也赶不过来。等郑国军队赶来时，他已经收兵撤回了宋国。

拿定了主意，与夷当即组织大军向郏国发起了攻击。

在强大的宋国面前，郏国军队根本就不是对手。仅仅十天时间，郏国便被宋国攻占了三座城邑。与夷感到心头的怒气消了，便及时收了兵。他很清楚，再打下去，等郑国大军来了，他想拔腿跑就难了。

郏国国君亲赴郑国，一把鼻涕一把泪地向寤生控诉了宋国的侵略，央求寤生帮郏国夺回被霸占的三座城邑。

寤生二话没说，任命高渠弥为统帅，带着三旅黑骑兵前往郏国讨城。

好不容易有了独自统率大军的机会，高渠弥鼓足了劲要和宋军大干一场。

郑国的黑骑军到了宋、郏边境，郏国军队早已在这里等着。两军会师的当天，高渠弥组织发起了对宋国军队的攻击。

为了应对郑、郏联军，与夷亲赴前线指挥作战。他万万没想到，高渠弥竟然如此疯狂，郑军千里奔袭而来，与郏军刚一会师就对他发起了进攻。与夷仓促应战，被郑国的黑骑军打得丢盔卸甲，四散而逃。

黑骑军乘胜追击，连克三城，一举把宋军赶出了郏国边境。

此刻，宋殇公与夷才真正见识到了郑国黑骑军的厉害，慌忙让大司马孔父嘉前往鲁国搬兵救援。

听完孔父嘉的介绍，鲁隐公息姑顿时犹豫了，反复问道："大司马，你说的是真的吗？郑国黑骑军果真如此厉害？奔袭千里，一战连克三城，他们还是不是人呀？"

孔父嘉老实地说："君上，的确如此！郑国黑骑军根本就不是人，他们比野兽还凶猛，所到之处就是人头遍地，臣下真没见过这样凶狠的军队。”

鲁隐公息姑眉头紧皱地看着公子豫，说道：“阿兄，郑国黑骑军当真如此厉害？”

公子豫说道：“君上，北狄军勇猛，可石门一战，黑骑军仅用了一个时辰就杀尽了北狄两万大军，你说厉害不厉害？”

鲁隐公息姑看着公子豫，问道：“阿兄，如果鲁国出兵，你觉得能应对郑国黑骑军的冲击吗？”

公子豫冷冷地说：“君上，鲁军前去等于送死，我们连他们的一波攻击都抵御不住。君上，您要为鲁国的将来考虑，一旦鲁军再次受到重创，可就永远在天下诸侯中难有出头之日了。”

说着，公子豫转向孔父嘉，冷冷地说：“大司马，请回去转告你家君上，我鲁国不能出兵。”

一旁的公子翚连忙说道：“君上，鲁、宋两国乃盟国，现在宋国有难，鲁国理应出兵。”

公子豫怒视着公子翚，怒道：“好呀，出兵可以！君上不妨给公子翚一旅兵马，让他带兵前去阻击郑国的黑骑军吧！”

公子翚顿时软了下来，说道：“阻击郑军吗？还是君上带兵前去为好！”

公子豫高声说道：“公子翚，你什么意思？你自己不敢带兵前去阻击郑军，难道想让君上前去送死吗？”

公子翚愤怒地看着公子豫，说道：“你……”

鲁隐公息姑厌恶地看着公子翚，说道：“公子翚，你莫不是觊觎寡人的君位，想取而代之吧？”说着，转向孔父嘉：“大司马，寡人心意已决，此次郑、宋之战乃是宋国侵略郕国而引发，我鲁国乃仁义大国，着实不好出面。希望宋国自力更生，独自迎敌吧！”

说完，转身下朝，甩手而去。

没有鲁国的支援，与夷边打边退，一直退到了宋国都城外围，再退就是宋国都城了。

这时，寤生却突然命令高渠弥退兵回国。

4

未能打进宋国国都，高渠弥对此耿耿于怀。

回到郑国，虽然寤生给高渠弥举行了盛大的庆功仪式，但他却高兴不起来。他已经打到了宋国国都的外都，差一点就可攻入，却只能在有绝对优势的情况下退兵。庆功宴上，高渠弥生气地说："君上，要不是您严令臣下退兵，臣下定能打进宋国的都城，我们完全有能力打过去，君上为什么非要严令我们退兵呀？"

寤生笑道："高将军一战连克数城，神威也！"

高渠弥赌气地说："君上，下次征伐宋国，您一定要让我打先锋，我非攻进宋国的都城不可。"

寤生说道："高将军，此刻还不是斩杀与夷的时候。不过，你不用着急，用不了多久，寡人保证让你再次带兵攻伐与夷。"

高渠弥高兴地说："是吗，君上，什么时候？"

寤生说："等着吧！待一切准备好了，寡人一定让你打先锋。"

寤生的确在做决战宋国的准备。他已经对与夷彻底失望了，下定决心要除掉与夷，帮助公子冯回国继位。

为此，寤生做了两个方面的准备：一是派公子元出使鲁国，为结好鲁国，主动提出将郑国夺取的鲁国城邑归还鲁国；二是派原繁悄悄潜入宋国，在郑国驻宋国商社的协助下，向宋国重臣华父督送去了千金，许诺华父督只要帮公子冯继位，就委任其为宋国上卿，并在宋国享有封地。

在高渠弥带兵前往宋国的时候，寤生就往这两个方向分别派出了人马。现在，他等的就是这两路人的回音。

很快，两路人马陆续返回了新郑。

公子元到了鲁国后，受到了盛情接待。

此次帮助郕国征战宋国，鲁国按兵不出，顿时让寤生看到了与鲁国改善关系的机会。

寤生以感谢鲁公不助纣为虐之名，派公子元前往鲁国。

鲁隐公本就对寤生心存怯意，见寤生主动向他示好，索性倒向了郑国。他很了解与夷，这次鲁国按兵不出，定会彻底激怒与夷，他早晚会找鲁国报失约之仇。与其将来鲁、宋之战时孤立无援，还不如早点倒向郑国。到时候即使郑军赶不到，他周围还有齐国和郕国呢，只要寤生一声令下，齐国和郕国都会帮他对付与夷。

公子豫向来主张交好郑国，诚恳地对鲁隐公说道："君上，寤生乃胸怀天下的大度之人，对齐国，他不但帮其打跑了北狄，还将北狄的上万石粮草悉数交给了齐国。君上数数天下诸侯中谁有此魄力？"

鲁隐公息姑频频点头，心中盘算着此次郑国会给鲁国什么好处。

公子豫说道："君上，郑国使臣公子元说，只要君上您同意与郑国结盟，郑国就将占去的鲁国三城悉数交还。"

鲁隐公猛地站了起来，连声问道："是吗？是吗？你说的可当真，郑国真的愿意归还我三城？"

公子豫说道："郑国使臣就在大殿外面等候，君上不信，可亲自问问他！"

鲁隐公急不可耐地说道："快，快宣郑国使臣上殿。寡人要好好款待他，来来来，酒宴摆上！"

就这样，在公子豫的游说下，郑国与鲁国顺利结盟。

原繁的宋国之行，也是意想不到的顺利。他在宋国没费多大努力，就拜见了华父督。

宋国的华父督本就是个贪财如命的小人，看到原繁送来的千金，眼睛都直了。又听说公子冯以上卿之位和封地许他，小眼睛滴溜溜一阵乱转，结结巴巴地说："你……你回去告诉公子冯，我华父督定会对他唯命是从。"

原繁忽然低声说道："在下还有一私事向太宰打听。"

华父督问道："何事？华父督定当如实相告。"

原繁说道："我家上卿听说你们的大司马得一美妾，这美妾长得倾国倾城，是世上难得的佳人。太宰如果能帮我家上卿谋得，我家上卿定会以千金相谢。"

华父督听到此话，一对绿豆小眼顿时放出贼亮的光。他不仅贪财，更是好色，见祭足愿意以千金谋此美人，心想此女定是人间绝色，不由得心痒难耐，连声说道："好说，好说！"

5

寤生觉得该是让祭足前往王庭的时候了。

为了能求得周桓王的谅解，寤生让祭足带去了三千石粮食。

周公黑肩一路小跑地找周桓王报告。

周桓王一听祭足又带兵来了，顿时慌了，急声说道："他又来干什么？是不是又来抢我们的东西了？寡人连饭都没得吃了，打开城门让他们来抢吧！"

周公黑肩面带喜色道："大王，祭足此次好像不是来抢东西的，而是来给我们送粮食的。我看他们车上拉的足足有几千石粮食。"

"什么？"周桓王不相信地说，"祭足给我们送几千石粮食？大白天你在这儿说什么梦话？"

周公黑肩仍旧难以压制内心的激动，上气不接下气地说："大王，臣下说的是实情，祭足着实是拉着粮食来的。"

这时，虢公姬林父也跑了进来，连声说道："大王、大王，祭足来给我们送粮食了，来给我们送粮食了！"

周桓王这才相信周公的话，兴奋地说："快放他们进城，放他们进城！"

虢公姬林父说道："臣下已经放他们进城了，现在祭足就在殿外等候，可否宣他进殿？"

周桓王连忙说道："快快快，快让他进来！"

祭足进了大殿就双膝跪地，叩首说道："罪臣祭足特来向大王请罪！"

周桓王忙上前拉起祭足，说道："爱卿，快起来！"

祭足长跪不起，说道："祭足上次割王庭的麦子，实有难言之隐。回去后，我们君上大怒，当即命人把臣下绑了治罪，多亏众大臣苦苦求情，才保住了这条性命。但是死罪免了，活罪没免，臣下被打了整整八十军棍，直到现在臣下的伤才痊愈。臣下特奉命前来请罪，如果大王不饶恕臣下的罪责，回去后我们君上还要治臣下的罪。”

周桓王并不关心寤生是否治罪祭足，他关心的是祭足带来的粮食，忍不住问道：“爱卿，你前来请罪，怎么带那么多粮食呀？是否……”

祭足说道：“我家君上听说王庭缺粮，特让臣下送粮来了！”

周桓王悬着的一颗心这才放进了肚子里，高兴地说道：“爱卿快起来，寡人免你的罪就是。”

祭足从地上爬了起来，深施一礼，说道：“谢谢大王！您是赦免了臣下，可怎样才能让我们君上知道大王不计较臣下的鲁莽呢？”

周桓王连忙说道：“寡人要不给他写道诏书？”

祭足摇了摇头，说道：“这样恐怕难以让我家君上明白大王之意。”

周桓王说道：“爱卿，你说怎么办？”

祭足说道：“大王不妨恢复我家君上的卿位，如何？”

周桓王没有说话，眼睛向虢公姬林父望去。

祭足急忙说道：“大王、上卿，我家君上已经下定决心不再返朝，您给他恢复卿位，不过就是给他个虚名，让他挽回面子而已。”

周桓王疑惑地问道：“果真如你所言？”

祭足信誓旦旦地说：“大王和上卿放心，祭足敢对天发誓，我家君上绝不会踏进王庭一步。”

虢公姬林父见祭足如此说，深施一礼，说道：“大王，微臣以为大王应该恢复太宰卿的卿位！”

周桓王龙颜大悦，当即说道：“好好好，既然上卿同意，寡人就恢复太宰卿的卿位！周公，起草复位诏书！”

诏书起草之后，周桓王拿起就要递给祭足，可未等祭足接住，却又收了回来，说道：“爱卿，我记得寡人曾给过你一道欠郑国粮食的诏书，你是否应归还寡人呀？”

祭足连忙从怀里掏出诏书，说道：“应该，应该！我家君上专门让微臣带了过来。”

周桓王接过欠粮诏书，方才把寤生的复位诏书递了过去。

祭足打开诏书看了看，收了起来。他知道，当前大王最想要的就是粮食，便眨了眨眼，问道："大王，可还想得到粮食？"

周桓王当即说道："要呀！爱卿莫非还要给寡人送粮食？"

祭足笑了笑，说道："宋国今年粮食大丰收，可让他们给王庭送来几千石。"

周桓王面带苦色地说道："自从那与夷继位后，宋国再也没向王庭纳过贡。"

祭足说道："大王，臣下有一办法。大王只需出一诏书，宋国就会主动向您纳贡，而且要什么给什么，要多少给多少！"

周桓王心想，天底下哪儿有这么好的事情，忙问道："爱卿莫要取笑寡人，现在天下诸侯谁还听寡人的，若一纸诏书就能解决问题，寡人早就下了。"

祭足说道："大王，与夷数年不朝不纳贡，我家君上愿意带兵替大王教训与夷。只要大王下一道讨伐与夷的诏书，臣下保证宋国会乖乖地送来大王想要的东西。"

周桓王顿时明白了祭足来王庭的目的。原来寤生此次派祭足前来示好是讨要诏书，并不是想彻底向他臣服。他很想当场拒绝祭足，但一想到宋国能乖乖地送来他想要的东西，随即又改变了主意。

祭足见周天子犹豫不决，便漫不经心地说道："大王，臣下跟您说实话，没有您的诏书，我郑国照样可以征伐宋国。臣下之所以专程来王庭讨要诏书，就是想借此机会帮助大王彻底解决王庭的粮食危机。既然大王不愿意，那臣下就回去了。"

周桓王见祭足要走，急忙说道："爱卿莫走，你需要什么样的诏书，寡人给你就是，不过你们一定要宋国给王庭送来三千石粮食！"

6

与夷真真切切地慌了。

卫宣公姬晋已彻底臣服寤生，现在鲁国又与郑国结为盟国，寤生的势力已形成了对宋国的包围圈。

更让与夷心惊的是，据孔父嘉报告，郑国已经派人私下与华父督接触，并且国内已有了公子冯回国继位的谣言。

这一切的一切，都是冲着他来的。看来，寤生是下定决心要废了他让公子冯继位！

宋殇公与夷也是个打死都不愿意认输的狠人。为了应对寤生的征伐，他在积极地进行战争准备。

他很清楚，宋国的大部分兵力都掌控在华父督手中，短时间内他很难从华父督手中夺得兵权。唯一的办法，就是重用孔父嘉筹建新军，扩军备战。

整个宋国到处弥漫着战争的气氛。

与夷不仅强行征用适龄男子入伍参军，还硬起手腕广泛征粮征物，每户人家必须向国家缴纳十石粮食。对于不愿参军的男子，一律下狱问罪；对于不愿缴纳粮食和物品的人家，全部抄家。

一时间，宋国民怨沸腾，国人愈加怀念宋穆公的无为而治。

华父督默默地看着这一切，他对与夷的暴虐行为采取了极其漠然的态度，既不支持，也不反对，更不参与，谎称抱病在家，连朝会也不参加了。

华父督明白，与夷所做的这一切，一是为了对付寤生，第二就是为了对付他。好在他牢牢掌控着宋国的兵权，否则与夷早就要了他的老命。与夷之所以这么着急地建立新军，就是为了羽翼丰满之后强行夺他的兵权。不过，他也并不着急和害怕，以他多年从政带兵的经验，他不相信与夷能在短时间内建立一支战力强大的军队。

华父督要的就是宋国的鸡飞狗跳和民怨沸腾，只有这样他才可明目张胆地对孔父嘉和与夷动手。

原繁走后，华父督就安排人把孔父嘉的美妾给约了出来，他第一眼就被这女子的美貌吸引了，看得口水直流，心痒难耐，每天晚上做梦都是这美人。

看宋国上下如同热锅上的蚂蚁，寤生知道机会来了，他等的就是宋国的民怨沸腾。不过，他觉得眼前的火候还不够，他要再给宋国添一把火。

寤生以王庭太宰卿身份昭告天下，宋国对王庭不朝，王庭即刻组建联军惩治宋国。

郑、虢、陈、卫、齐、鲁、郕七国联军打着王旗，从四面八方围到宋国边境，把宋国围得严严实实。

王庭联军的重重包围，对与夷形成了强大的心理压力。

宋殇公与夷彻底失去了理智，他天天在大殿上咆哮如雷，严令公室长老和大夫将军全部下去征兵扩军，务必于十日之日征得五万大军，稍有不从，他就斩首示众，将人头悬挂于大殿的旗杆之上。

与夷的疯狂暴虐，更激起了国人的愤怒。大家不敢对与夷抱怨，把怨恨都发泄在了老实执行与夷命令的孔父嘉身上。

上至公室大臣，下到百姓，大家一起拥到了华父督的府前，下跪请愿，强烈要求华父督出面清君侧，支持其正义斩杀孔父嘉。

华父督看府前围着的人群，心里乐开了花。他正愁没办法抢夺孔父嘉的美妾呢，这不正好给了他机会吗？

不过，老奸巨猾的华父督虽然心急难耐地想得到孔父嘉的美妾，但他并没有急于行动，硬是耐着性子等了三天。

看华父督坚门不出，聚集的人越来越多，大家哭喊着强烈要求华父督出来为宋国主持正义。

看府外已成了人海，华父督感到时机成熟了，便一身戎装地从府中走了出来。他来到人群中，一一扶起跪在地上的老者和妇孺，痛心疾首地高喊道："宋国的父老乡亲们，我华父督何德何能受到大家如此信赖？对于国贼孔父嘉，我与大家一样痛恨，我曾几次与他交锋，怎奈他是君上信任的红人，君上为了保他，还特意把我圈禁在家中！"

周围众人高喊道："太宰给我们做主呀！一定要清除国贼，还宋国安宁！"

其他人跟着高喊道：

"清除国贼！"

"清除国贼，还宋国安宁！"

"绞杀孔父嘉!"

"绞杀孔父嘉!"

华父督转身登上了高台，高声喊道："父老乡亲们，为了宋国，为了大家，我华父督就是粉身碎骨也誓死斩杀国贼孔父嘉!"

说着，他跳下高台，骑上战马带着军队向孔父嘉府邸杀去。

7

也多亏华父督在家中等了三天，给孔父嘉一家留下了宝贵的逃跑时间。

孔父嘉早就预感到自己在宋国不会善终，在出使鲁国时他就与公子翚商定好了送家人去鲁国避难的计划。

孔父嘉见国人纷纷围到华父督府邸请愿，便知道自己的末日到了。他以亲自征兵为由，摆脱与夷回到了家中，命令家人悄悄收拾东西准备逃命。

夫人不解地问："夫君，我们这是要逃到哪里呀?"

孔父嘉痛苦地说："夫人，我已经给你们找了去路。明日你就带孩子们前往鲁国，我已让鲁国的公子翚给你们找好了住所，他定会保你们安全。"

夫人疑惑地问道："夫君，难道你不随我们一起前往鲁国吗?"

孔父嘉笑了笑，说道："夫人，你想想，我如果跟你们一起走，我们一家人还能走得了吗?我只有留在这里，你们才能悄悄地安全离开宋国。夫人，赶紧去准备吧，今天晚上就出发，再晚恐怕就走不了啦!"

夫人还想再说什么，孔父嘉怒吼道："夫人难道想让我全家都葬身在此不成?莫再啰唆，赶快吩咐孩子们悄悄做准备。"

为了确保万无一失，直到深夜子时，孔父嘉才让满载家人的马车从后门出了府，他亲自带兵将一家老小送到了城外。

夫人紧紧地抱住孔父嘉，泪流满面："夫君，此一别不知还有没有相见之日，要不让孩子们走吧，妾身留下来陪您。"

三个儿子，六个孙子、孙女整齐地跪在孔父嘉周围，一个个泪眼婆娑，一一给孔父嘉磕头。

孔父嘉逐个看了一遍地上的孩子们，推开夫人，柔声说道："夫人，嘉很清楚，前面的路，夫人走得要比嘉艰辛。嘉在宋国，不过一死，夫人在异国他乡既要抚育这些孩子长大，又要护佑他们安全，生活定是极其艰难。嘉在此拜谢夫人了，不论多难，夫人一定要为嘉留住这些血脉！"

孔父嘉说完，地上的孩子们一片哭泣声：

"父亲！"

"父亲！"

"爷爷！"

"爷爷！"

孔父嘉满含热泪地走到孩子们身边，抓起地上的土放在了每个人手中，深情地说："孩子们，不论走到哪里，莫要忘了你们是宋国人，莫要忘了故土！走吧，快走吧！"

孔父嘉夫人带着孔家的子嗣登上马车绝尘而去。

孔父嘉望着远去的马车，站了许久。直到黎明时分，孔父嘉才骑马返回了家中。

华父督早就想好了，此次进入孔府，他不但要夺孔父嘉的美妾，抢光他家的财物，还要杀光孔父嘉的家人，只有这样才能永绝后患。

可当他带兵进入孔父嘉家中后，却被眼前的场景惊得目瞪口呆。只见偌大的院落里，一个人影也没有。他顿时感到事情不妙，十有八九孔父嘉带着家人全跑了。其他人包括孔父嘉他都不在乎，要是那美姬跑了，他可就抱憾终生了。

华父督一路小跑地来到内室，脸上顿时露出了笑容。

只见孔父嘉一身官服坐在内室，正在若无其事地看着竹简。

华父督带着士兵呼啦啦把孔父嘉围了起来。

孔父嘉放下竹简，平静地看着华父督，说道："太宰来了，请坐，茶已泡好，请自便吧！"

华父督扯着公鸭嗓喊道："孔父嘉，我不是来喝茶的！骊姬在哪里？"

孔父嘉不屑地看着华父督，说道："走了，早就走了，我早就把她给休了！"

华父督气急败坏地说：“我不信，那样美如天仙的尤物，我不信你会舍得休了她！”

孔父嘉说道：“你爱信不信，不信，你就搜吧！”

华父督见手下士兵无动于衷，歇斯底里地喊道：“快去搜呀！给我搜，就是掘地三尺也要把美人给我搜出来！”

孔父嘉又拿起竹简看了起来。

华父督气咻咻地走到一旁，大口大口地喝起茶来。

很快，士兵们都回来了。

“报告太宰，没找到人！”

“报告太宰，府中人全跑了！”

“报告……”

华父督噌的一声拔出宝剑，飞跃到孔父嘉跟前，用剑尖抵住了孔父嘉的脖颈，恶声说道：“孔父嘉，骊姬去了哪里？否则，我杀光你的家人！”

孔父嘉冷冷一笑，说道：“有本事你就杀呀！我实话告诉你，三天之前，我就已经把他们送到了乡下，有本事你去杀呀！”

华父督怒不可遏，孔父嘉脖颈的血刹那间喷涌而出。

华父督阴狠地说道：“孔父嘉，我再给你个机会，我可以放过你的家人，不过你一定要告诉我骊姬现在哪里！”

孔父嘉站了起来，一阵大笑，大骂道：“华父督，你这个卖国求荣的老匹夫，想见骊姬？到天上去见吧！”

华父督大怒：“孔父嘉，你真以为老夫不敢杀你？”

孔父嘉蔑视地看着华父督，淡然一笑，说道：“杀吧，杀了就一了百了了！”

华父督气得怒目圆睁、浑身发抖，手起剑落，顿时，孔父嘉的脑袋和身子分了家。

华父督大声吼叫道：“快、快，快把孔父嘉的头颅挂在孔家大门之上，叫国人看看，这就是不服从本将军的下场。”

与夷听说华父督带兵杀了孔父嘉，又怒又怕。

他怒的是，华父督在宋国竟然不把他放在眼里。

他怕的是，华父督向他动手，带兵前来擒杀他。只有杀了他，华父督才好迎接公子冯回国继位。

强烈的危机感，让与夷意识到必须抢先动手，否则他必会为华父督所害。拿定主意，与夷亲自带兵进入了华父督的府邸，见人就杀。

正在城中四处搜索骊姬的华父督，听说与夷带兵血洗自家府邸，当即带兵赶了回来。

两军对垒，华父督眼看一家人全被与夷杀尽，犹如一头发疯的猛兽，冲着与夷怒吼道："与夷，你好狠的心，竟然杀我全家！此仇华父督不报，绝不为人！"

与夷冷笑道："华父督，你为何杀孔父嘉全家？你是不是连寡人也要杀?!"

华父督催马杀过来，大骂道："你这个昏君，我非将你碎尸万段不可！"

顿时，两军开始了混战。

华父督已经杀红了眼，怒声喊道："杀，杀，给我杀！杀死他们，一个不留！"

毕竟寡不敌众，很快，与夷带的兵便被华父督屠杀干净。

华父督跳下马，手提宝剑围着倒在地上的与夷，一圈又一圈地走着，边走边咬牙切齿地骂道："与夷，你这个昏君，你杀我全家，我也决不让你留一个后人！"

与夷跪在地上，连连哀求道："太宰、太宰，都怪寡人一时昏庸错听谗言，才做出了这等荒唐之事，求你放过寡人吧！只要你放过寡人，寡人封你为上卿，给你封地，宋国城邑任你选，任你选！"

华父督恶狠狠地说道："封我上卿，授我封地，你早干什么呢？我告诉你，晚了！你这昏君，受死吧！"

说着，华父督举起宝剑狠狠地向与夷刺去。

华父督一剑又一剑地往与夷身上刺，越刺越用力，越刺越感到不解恨，高声喊道："来呀，给我乱剑砍死这昏君，一定要给我碎尸万段，碎尸万段！"

众将士一起上前，举起刀剑对着与夷一阵砍杀。

华父督扔掉宝剑，一屁股坐在了地上，歇斯底里地喊道："一定要把这个昏君碎尸万段！"

8

寤生组织王庭联军对宋国围而不打，要的就是宋国内乱。果然兵不血刃地除掉了宋殇公与夷。杀掉与夷，华父督亲自带兵前往宋国边境迎接公子冯。

寤生原本想着派祭足等人前去送公子冯回国，就此解散七国联军。华父督却力邀七国君侯参加公子冯的继位大典。

公子冯决定将国都搬迁到稷地，并一一拜见各国君侯，强烈要求七国君侯参加他的继位大典，以表他本人愿意与邻国和平共处的决心。

寤生见公子冯诚心满满，便带着其他六国君侯一同来到了稷地，为公子冯举行了一场盛大的继位仪式。

仪式之后，各国君侯把酒言欢，开怀畅饮，互道衷肠。

齐僖公感慨地说："诸侯各国如果都像我们这样和睦共处、平等交往，天下就不会有战争灾难，万民就能得以休养生息，那将是多么美好呀！"

鲁隐公息姑赞许道："吾等身为一国君侯，身负兴国安民之责，当以追求和平、造福黎民为理念，尽吾等之力减少战争！"

陈桓公妫鲍也跟着随声附和。

寤生站起身来，大声说道："各位，齐侯、鲁公、陈侯说得极好！吾等身为一国君侯，应当以天下苍生为本，以追求和平、造福黎民为理念，以吾等之力为这天下创造一个太平盛世，为这万民营造一个和谐家园！寤生愿意与各位缔结盟约，永结友好，永保和平！"

众人也跟着站了起来，大声说道："好！以吾等之力创造一个太平盛世！"

"不错，就是要为这万民营造一个和谐家园！"

"永结友好，永保和平！"

“永结友好，永保和平！”

齐僖公看了看寤生，笑道：“太宰卿，我们既然要缔结和平盟约，不妨再扩大一下范围，把天下诸侯都邀请过来，共同缔结和平盟约岂不是更好？”

寤生高兴地说：“如此更好！”

公子冯兴奋地说：“子冯愿在稷地组织这场会盟，各位不妨在此多留一段时间，也好让子冯尽地主之谊。”

鲁隐公息姑当即应允道：“好！我们就在这稷地组织会盟，到时候邀请各国诸侯前来共商和平大业，吾等定会永载青史！”

寤生看大家对会盟已形成共识，心想此事晚做不如早做，不如就在这稷地组织一场天下诸侯大会盟。想到此，他大声说道：“好！我们就在稷地会盟。寡人提议，吾等八国君侯共同签字，向天下诸侯发出邀请，请他们前来稷地参加会盟，大家可否同意？”

众人齐声喊道：“同意！”

“好，同意！”

“吾等同意！”

经过一个月的筹备，各国诸侯陆续赶到了稷地。最边远的秦、楚两国国君没来，却派来了上卿参加。

寤生组织齐僖公、鲁隐公、宋庄公、卫宣公等人商议由谁来主持结盟仪式，他首推齐僖公，说道：“此次天下诸侯大团圆，仪式主持之人还是由齐侯来吧，大家意下如何？”

齐僖公姜禄父连连摆手，说道：“以前几次会盟，太宰卿抬爱禄父，让禄父充当盟主主持仪式，禄父勉为其难。这次会盟的盟主必须由德高望重的太宰卿担任，太宰卿切莫再让禄父难堪！”

鲁隐公息姑说道：“在下同意齐侯的意见。说实在话，我们大家能够聚在一起，首功在郑伯。并且郑伯乃王庭太宰卿，我们大家中也只有他能够代表王庭和大王，所以还是由太宰卿主持会盟仪式为好！”

宋庄公子冯向寤生施礼道：“太宰卿，只有您的威望能够威慑天下诸侯，只有您的号令能让天下听从，您就不要再推辞了！”

陈桓公和卫宣公也跟着附和："是呀，太宰卿，您就不要再推辞了。这里除了您，谁也没有资格当这盟主。"

寤生见大家众口一词推荐自己当盟主，哈哈一笑，说道："既然大家如此看重寤生，寤生就主持这次会盟！来，为我们会盟干一爵！"

众人纷纷举起酒爵："干！"

会盟这天，阳光明媚，万里无云。

寤生一身盛装，走向了祭台。

只见高高的祭台之上，一条长长的几案上摆着牛、猪、羊等祭品。

寤生对着苍天施行三跪九叩之礼，各国君侯、上卿神色肃穆地站在祭台边，直直地看着寤生。

祭天仪式进行完毕，鲁隐公便开始宣读盟约。

"皇天后土，吾等天下诸侯在此盟誓，从此以后天下各国同心同德、和平共处……"鲁隐公息姑字正腔圆、声音洪亮地念完了誓文。

众人一起走下了祭台，紧接着会盟的宴会便开始了。

在礼乐声中，各国君侯、上卿、将军频频举爵，喝得无比痛快！

齐僖公姜禄父走到了寤生跟前，大声说道："寤生兄，来，禄父敬你一爵！"

寤生高兴地站了起来："禄父兄，来，干！"

鲁隐公息姑也跟着走了过来，高声嚷嚷道："太宰卿，息姑也……也要敬您！"

寤生斟满酒爵，爽声说道："息姑兄，来，寤生敬您！"

紧接着是卫宣公、宋庄公、陈桓公等人，大家争相给寤生敬酒，寤生来者不拒，和大家开怀畅饮。

一旁的伯灵不放心地劝道："君上，您不能再喝了！"

寤生醉眼迷离地看着伯灵，大声说道："不要管我，不要管我！今天寤生高兴……高兴，寡人要一醉方休！"

就这样，寤生一爵接一爵地喝，一直喝到瘫软在地上。

9

周桓王姬林原想着寤生组织天下诸侯会盟，定会邀请他前去主持仪式。他等呀等，一直等到会盟结束，也没等到寤生等人的邀请。

寤生这分明是要另立王庭呀！周桓王心里气急败坏，他真想抓住寤生痛打一顿。

连着好几天，周桓王都没有主持朝会，窝在宫里生闷气骂寤生。他还是感到心中的怒气得不到发泄，就把虢公姬林父叫到了宫里。

姬林父也没去参加会盟，不过他又怕得罪寤生，就以身体生病为由让上卿代为参加。听上卿回来叙说会盟仪式是何等宏大，寤生此次是何等风光，姬林父嫉妒得直吐酸水。

周桓公见到虢公就骂了起来："寤生那个狂徒可真是风光了！他倒是风光了，王庭的脸面却丢到了家。他……他在稷地召集天下诸侯祭天拜地，他这是想干什么？他难道是想要取代寡人另立王庭吗？"

虢公姬林父明知道寤生是以王庭太宰卿的身份主持会盟仪式的，他却偏不这样说，反而说道："寤生那个老家伙一心想取代大王做这天下之主。这下好了，他的心愿终于实现，接受天下诸侯的朝拜，他可是风光得很呀！"

周桓王一拍几案站了起来，怒吼道："什么？他接受天下诸侯的朝拜？反了他，他还遵不遵周礼？他眼中还有没有寡人？"

虢公姬林父一阵冷笑道："大王，说实话，他眼中早就没大王您了，他眼中只有利益！为了那一点粮食，您还恢复了他的卿位，真不知道您当初是怎么想的！还有，要不是您给他诏书，他如何号召天下诸侯共同征伐与夷，如何会出现今日之局面？"

虢公姬林父对周桓王恢复寤生卿位一事一直耿耿于怀，今天正好借机把心中的不满和愤懑全发泄出来。

周桓王的脸一红，辩解道："寤生那老贼，老奸巨猾！是他骗寡人说可以让宋国主动给王庭三千石粮食，寡人才……才……"

姬林父连连摇头，说道："大王呀大王……"

周桓王见虢公还要诉说，急忙拦住了他："哎呀，过去的事情就不要说了，你快说说如何帮寡人出这口恶气吧！"

姬林父想都没想，直接说道："组建王庭联军，攻伐寤生！"

周桓王担心地说："我们能打得过他吗？听说郑国的黑骑军极其厉害。"

姬林父坚定地说："打不过也得打！我们要向天下表明，王庭还在，寤生不礼，人神共愤，理应受到惩罚！"

周桓王下定决心似的说："好，征伐寤生，这次寡人要亲自率军前往郑国，寡人就是要以实际行动告诉天下人，寤生就是一个不遵周礼、欺瞒天下的伪君子！寡人要让寤生老贼留下千古骂名！"

虢公姬林父兴奋得大笑起来，连声说："好，好，好！只要大王亲自率军前去讨伐寤生，那他不遵周礼的罪名就坐实了！"

周桓王和虢公姬林父二人说干就干，把驻扎在王庭的各国军队全带了出来。名义上是申、虢、陈、蔡等多国联军，其实总兵力也就不到万人。

周桓王带着军队气势汹汹地来到了郑国边境。

其实，寤生从稷地回来后就一病不起，会盟仪式上的狂饮让他的旧疾复发，整日躺在榻上已不能起身。

听说周桓王带军前来征伐郑国，公子忽、公子突纷纷向寤生请战，请求带兵拒敌。

公子忽哀求道："君父，那周天子欺人太甚，他不仅昭告天下辱骂您，还亲自带兵征伐郑国。君父，您给我一旅黑骑军即可，我保证打得他们落荒而逃！"

公子突跪下说道："君父，我郑国何曾受过如此欺辱！儿子也愿带一旅之兵与他们战场拼杀。"

寤生看着两个英气勃发的儿子，说道："此次与大王作战，必定留下千古骂名，君父已是快死之人，岂能将这骂名留给你们？来呀，抬着寡人去战场，寡人想要最后会会大王，看他到底有何能耐！"

一辆巨大的战车把寤生拉到了郑国边境。

周桓王下来战书，要求依据战争礼与郑国正面作战，双方不准使诈，不准使用步兵和弓弩兵，更不准郑国的黑骑军参战。

郑国的将军们看完战书，愤愤不平地说道："这哪儿是战争，分明是玩笑，不允许我们这样，不允许我们那样，哪儿有这样的战争？"

寤生躺在卧榻之上，笑道："一切按照他们说的去做，他们不让黑骑军上我们就不上。高将军、祝将军，我们的鱼丽阵有多少年没用过了，正好在他们身上使使吧！"

对战这天，双方的车兵一字排开，形成了对垒之势。

周桓王站在高台之上，大声地宣读战斗檄文。郑国一方，则由上卿祭足代寤生宣读。战斗檄文宣读完毕，双方便开始激烈厮杀。

王庭联军的战力与郑国军队相比，根本就不值一提。双方刚一遭遇，王庭联军就被打得连连后退。

周桓王在战车之上拼命地喊："杀呀，杀呀，给我杀死这帮不遵周礼的小人，杀死这帮伪君子！"

刚开始时，郑国军队对王庭联军还留有余地，可听到周桓王如此开骂，顿时被激怒了，不由得对王庭联军下了狠手。

郑国军队犹如狼入羊群，杀得王庭联军四散逃窜。

看王庭联军被郑军打得落花流水，战车之上的周桓王拿起弓箭向寤生射去。

祝聃和公孙子都守卫在寤生身边，关注着周桓王的一举一动。眼看有利箭射来，公孙子都挥剑将箭砍落在了地上。祝聃大怒，拉弓射箭向战车上射去，正中周桓王肩膀，一箭把周桓王射落车下。

一旁的虢公姬林父和周公黑肩命人将周桓王抬上王车，转身就跑。

寤生看周桓王被射落下战车，哀叹一声说道："罪孽，罪孽呀！鸣金收兵吧！"

祝聃此刻才认识到问题的严重性，慌忙跪下说道："君上，祝聃该死，祝聃该死！"

寤生摆了摆手，说道："祝将军，快起来吧！寤生既然承担了不礼的罪名，把杀王的罪名再担上又如何。"

10

郑国行宫。

行宫花园的凉亭下，寤生依偎在伯灵的怀里，不停地咳喘。

伯灵轻抚着寤生的胸口，试图为他减轻一些痛苦。

许久，寤生停止了咳喘，慢慢说道："灵姐姐，你说后人将会如何评价寤生?"

伯灵凝视着远方，说道："毁誉参半吧!"

寤生脸上露出了一丝笑容："灵姐姐这是在宽慰寤生。寤生知道，后人定会骂寤生是不忠不孝的奸雄，骂寤生残害弟弟，囚居母后，不遵周礼，射杀大王!"

说到激动处，寤生又是一阵咳喘。

伯灵心疼地说："君上，您别说了，别说了……"

寤生止住了咳喘，接着说道："寡人时日不多了，你就让我把想说的话都说出来吧！灵姐姐，虽然寡人要背负骂名，但是寡人无悔，寡人为自己的理想努力奋斗了，寡人无憾！寡人为这天下，为这万民做了自己能做的一切，寡人无愧于天，无愧于地，无愧于这天下苍生!"

寤生停下来，歇息了一会儿，又说道："寡人此生唯一对不起的就是灵儿你！寡人没给你任何名分，你却为寡人付出了一生，寡人对不起你!"

伯灵紧紧搂着寤生，满眼热泪地说："君上，不要再说了！灵儿今生能遇见你、服侍你、帮助你，是灵儿的幸福。如果有来生，灵儿还愿意这样服侍你，灵儿无憾，无憾……"

河南省2021年度重点文艺创作项目
天下
春秋战国
宋中锋 著
（上）
郑州大学出版社

图书在版编目(CIP)数据

春秋战国. 天下 / 宋中锋著. — 郑州 : 郑州大学出版社, 2022.10
(2023.7 重印)
ISBN 978-7-5645-8842-7

Ⅰ. ①春… Ⅱ. ①宋… Ⅲ. ①长篇历史小说 - 中国 - 当代 Ⅳ. ①I247.5

中国版本图书馆 CIP 数据核字(2022)第 111265 号

春秋战国 · 天下
CHUNQIU ZHANGUO · TIANXIA

策　　划	汪流明　孙保营	封面设计	孙文恒
责任编辑	刘晓晓	版式设计	孙文恒
责任校对	暴晓楠	责任监制	凌　青　李瑞卿
图书统筹	李勇军		

出版发行	郑州大学出版社	地　　址	郑州市大学路 40 号(450052)
出 版 人	孙保营	网　　址	http://www.zzup.cn
经　　销	全国新华书店	发行电话	0371-66966070
印　　刷	永清县晔盛亚胶印有限公司		
开　　本	710 mm × 1 010 mm　1 / 16		
印　　张	38.25	字　　数	592 千字
版　　次	2022 年 10 月第 1 版	印　　次	2023 年 7 月第 2 次印刷

书　　号	ISBN 978-7-5645-8842-7	定　　价	68.00 元(上下册)

目　录

第一章 风雨飘零

1

公元前744年的一个傍晚。

狂风大作，暴雨如注，电闪雷鸣。

郑国太傅府。

郑国世子寤生和太傅伯毅的独生女儿伯灵正在专心致志地读书。

此刻，四个黑衣杀手正在悄悄地向他们靠近。

伯灵抬起头向寤生望去，一眼看见了对面的黑影，猛地站起，拔出了随身佩带的宝剑，高声喊道："生儿，快趴下！"说着，快步上前用身子挡住了寤生。

四个黑衣杀手发现暴露了，索性一不做二不休，飞身冲到跟前，对着伯灵和寤生举剑就刺。

伯灵舞出一个剑花，拨开了四把刺来的利剑，急声喊道："生儿快逃！"

寤生一骨碌滚在了一旁，他非但没逃，反而一跃而起，抓起宝剑向杀手冲了过去。

伯灵高喊着："生儿，不可！"急忙避开两个杀手的冲杀，向寤生围了过去。

面对如此险况，寤生毫无怯意，大声说道："灵姐姐，你不用管我，寤生尚能应付!”

伯灵不顾一切地冲到寤生跟前，二人肩并肩与杀手展开了厮杀。

数十招过后，二人明显处于劣势，已被杀手追逼到墙角之处。

一个杀手说道:“没想到这两个小鬼头对付起来竟如此棘手!”

另一个杀手狞笑着说:“小鬼头，投降吧，我们会让你们死得好受点。”

为首的杀手恶狠狠地说:“少啰唆，速战速决!速速将他们斩杀!”

说话间，四人发起猛攻。

寤生和伯灵连连后退，已无还击之力。

伯灵依旧用身子护着寤生，只见她咬牙硬撑着，满脸的冷汗，浑身是伤，已是强弩之末。

就在这千钧一发之际，太傅伯毅一个雀身跳跃飞到了寤生和伯灵跟前，举剑向四个杀手发起了一连串的攻击。

四个杀手做梦也没想到伯毅的剑术竟如此高明，仅仅一剑就刺掉了他们四个手中的剑。

四人大惊，恐惧地看了伯毅一眼，撒腿就跑。

伯毅顾不得追杀手，急转身来到寤生和伯灵跟前，着急地说:“世子、灵儿，你们怎么样?”

看到父亲，伯灵身子一歪，倒在了地上。

寤生紧紧抱住伯灵，连声喊道:“灵姐姐、灵姐姐，你快醒醒，你快醒醒!”

伯毅从寤生手中接过伯灵，伸手搭在了伯灵的手腕处。

寤生着急地望着伯毅，泣声说道:“我真没用，真没用!灵姐姐为了保护我才受伤的，灵姐姐为了保护我才受伤的呀!太傅，太傅，你可一定要救活灵姐姐，一定要救活灵姐姐!”

此刻，在通往郑国的官道上，一匹匹快马顶着狂风暴雨，箭一般地从四面八方向郑国奔袭而去。

一个商探飞身下马，快步进入商社，高声喊道:“虢国密报!”

紧接着，又有两路商探鱼贯而入，边走边喊:“南申密报!”“京师密报!”

商社总领祭足看着密报，眉头顿时拧成了疙瘩，急声说：“若再到商探，直接呈送太傅府。”

祭足说着，快步向外走去。他真切地感到郑国已摊上了灭国之祸，申侯如此排兵布阵，分明是要趁郑武公病危之际灭了郑国。

他深知申侯的野心和阴狠，也很清楚当前二虎相争的朝局。正是郑武公的牵制，申侯才无法在朝堂一手遮天；正是因为郑武公牢牢把持着王师兵符，申侯才始终不敢篡权夺政。

也正是因为郑武公是大周王朝的顶梁柱，他才成了申侯父子的眼中钉、肉中刺，他们无时无刻不想杀之而后快。此次，申侯调集王师和三国之兵向郑国边境推进，一旦这些军队进入郑国，其结果要么是灭郑，要么是分郑。

更让人难以琢磨的是，东虢军队竟然也来蹚这里的浑水。难道他想借机分郑？

想到此处，祭足不由得惊出了一脑门子的冷汗，高声冲驭者喊道：“快，快，快!”

2

郑国上卿家中。

公子吕手握斥候密报，急得团团转。

太宰公子元望着公子吕，急促地说：“上卿，您快想办法呀，不出三日，虢、申等国的军队就到我们边境了。”

公子吕没搭话，仍在房间里来回走动着。

他隐隐感到，这次郑国真是摊上大事儿了。君上生命垂危，武姜却不让任何人前去探望，这本就不正常。偏在此时，申侯调动王师和三国军队向郑国边境推进，更是不正常。目前君上已被武姜牢牢控制，一旦申侯和武姜串通一气图谋郑国，待到兵临城下之时，郑国可就真的要遭灭顶之灾了。

公子吕想象着郑国可能遇到的最坏局面。他觉得，申侯瞒着周天子私自调集王师和三国之兵，气势汹汹地合围郑国，定是要对郑国动大手脚，否则一向精于算计的申侯绝不会冒如此大的风险。如果仅是想帮武姜助公子段上位，完全不必费如此之大的周章。

难道他要灭郑、分郑？

公子吕浑身一阵颤抖，感到头顶直冒凉气，心一下子提到了嗓子眼。

公子元无助地说："见不到君上，我们就无法调动军队，到时候只有被动挨打的份儿了。"

公子吕停住脚步，急声说："走，去太傅府！"

3

郑国后宫。

郑武公掘突躺在榻上昏迷不醒。

武公夫人武姜在一旁高声训斥世子寤生："看看你这呆瓜样，一天到晚呆头呆脑的，连个兵符都找不到，勤政殿就那么大个地方，我不相信你找不到那兵符！"

寤生耷拉着脑袋，一声不吭。

武姜厌烦地看着寤生，怒声说："我不知道作了什么孽，竟然生出了你这个呆子，成天跟个闷葫芦一样！你看看你弟弟，不仅聪明伶俐，还嘴巴乖巧，学什么东西一看就会，不知道你君父看上你哪一点了，竟然选你为世子。"

寤生眼里噙着泪，委屈地看了一眼武姜，依旧没有说话。

武姜声色俱厉地说："你看什么看，感到很委屈是不是？我告诉你，我交办的事情你办不好，以后休要进我的后宫。还不快给我找去，找到兵符再来见我！"

寤生扭头看了一眼病榻上的君父，他依旧一动不动地躺在那里。

武姜冷笑道："不要指望你君父帮你，我告诉你，他已经昏迷好长时间了，能不能醒过来还很难说呢。"

寤生愣愣地看着君父，眼泪终于涌了出来。

泪眼蒙眬中，寤生看见君父翻过身子看了他一眼，不由得心中一阵激动。此刻他已明白，君父早就醒了过来。他不理解君父为何还故作昏迷，不过他想君父这样做，定是有其道理。既然君父不愿让母后知道他醒了，自己也绝不能将此事告知母后。

武姜用手指着寤生，生气地说："哭哭哭，男子汉大丈夫的，什么事也办不成，就知道哭！真是个不成器的东西！"

寤生绝望地看着武姜。他打心底里感到母后真是厌烦自己，而且讨厌透顶！无论他怎么做，也难以改变母后对他的成见。他不明白，同样是母后的儿子，为何她对弟弟段是那样宠爱，对自己却是如此刻薄。难道真的像申奇说的那样，自己和母后命中相克，终生都不能和谐相处？

武姜用力地把寤生推出了殿外："还不快去找兵符！找不来兵符，我废了你的世子之位！"

4

太傅伯毅府院门口。

上卿公子吕、太宰公子元和商社总领祭足聚在了一起。

祭足冲到公子吕面前，顾不上施礼，大声喊道："上卿，大事不好，您看密报。"

公子吕摆了摆手，低声说："走，里面说话。"

三人大步进了宅院，一齐将密报摆在了伯毅案头。

伯毅看完密报，脸色骤变，沉声说："情况紧急，我们必须抓紧时间报告君上！"

公子元气急败坏地说："我的太傅，关键是如今我们见不到君上呀！我已经去三次了，都被武姜拦在了门外。"

公子吕怒声说道："我前去探望君上，武姜也拦着不让我进宫。还有那颍考叔，他身为郑国将军，竟然不听我这个上卿的指挥，反而唯武姜马首是瞻。太傅您说，难道他们想造反不成？"

祭足接过话，说："太傅，的确如此。今天我进宫面见君上，也被那个该死的颍考叔挡在了宫外。"

太傅伯毅素来老成持重，此刻也禁不住脑门冒出了冷汗。他深感问题的严重性，申侯姜烈调集王师和三国之兵合围郑国，显然是想要一举灭了郑国。在这生死关头，君上病重，按常理君后武姜应积极和朝中三公商议对策，稳定朝局，现如今她竟然禁闭后宫，把君上给软禁了起来，这显然是申侯、武姜这对兄妹早已谋划好的阴谋。

伯毅低声说道："如此说来，君上必已病危。君后多次劝说君上废寤生，立公子段为世子，我料她此番作为定是为了实现立段之意愿。可是，仅仅为了推举段上位，那申侯也用不着如此大费周章呀？"

伯灵此时已醒来，伤口包扎着，端坐一旁，认真地听着众人的诉说。闻听此言，伯灵身子猛地一抖，不过她很快让自己镇静下来，她环视众人一圈，悄悄起身向后堂走去。

伯毅说着，突然脸色大变："不好！如此，君上危矣！如此，我郑国必亡！"

公子吕是个急性子，他见伯毅都慌了神，更加感到万分危急，霍然起身，高声说道："太傅，不能再等了！再等，君上的命就没了！我这就派人调来重兵之卫，看他颍考叔还敢跟我叫板不？"

祭足连声说道："太傅，您说得极是！在下以为，申侯调集王师和其他三国军队合围我郑国，就是为了一举分郑，要不然东虢的军队为何会介入？"

听此言，伯毅三人不由得面面相觑。他们个个都真切地感到，郑国的确到了生死危亡的关头，稍有不慎，就可能招来灭顶之灾。

公子吕上前一把抓住祭足，声嘶力竭地说："祭足，你说什么？姜烈要分郑？商探到底传来了什么信息？"

祭足稳了稳神，向三人环施一礼："太傅、上卿、太宰，商探急报，申侯姜烈之所以能调动虢、许、南申之军队奔赴我郑国，就是因为他已向三国许诺，灭郑之后，会将我国之土地、子民分给三国所有。另外，宫正申奇已悄悄去了东都雒邑。"

听完祭足所言，公子吕气得直跺脚，怒声吼道：“这个挨千刀的姜烈！看来他早有灭我郑国之心，让他带兵来吧，老子在这新郑城头等着他！”

公子元倒是表现得极为冷静，低声说：“太傅，看来那申侯兄妹合谋灭我郑国已是板上钉钉，您看我们该如何应对为好？”

公子吕双眼一瞪，大声吼道：“如何应对？只有打！只要把他们打得服服帖帖，什么问题都解决了！”

祭足冲公子吕笑了笑，又转向伯毅说道：“太傅，据商探掌握的消息，目前大王尚未同意调集大量王师赶往我郑国，并且调集驻南申的王师一事，大王并不知情，都是那申侯私下搞的小动作。”

公子元若有所思地说：“太傅，既然大王对调动南申王师之事毫不知情，那申侯一方面让武姜软禁君上，另一方面又秘密调集大军奔赴我郑国边境，这里面必有阴谋！在下以为，他这样做的目的，十有八九是在给我们设下陷阱，就等着我们去跳，好让我们为他制造灭我郑国的口实。”

伯毅心中已有了定见，镇定地说：“太宰所虑极是！申侯兄妹串通一气共谋我郑国，不过，目的并不相同。”他认为，申侯兄妹做出如此出格的举动，加之申奇在此关键时刻前往雒邑，充分印证了君上当初的判断。

公子吕和公子元紧盯着伯毅，齐声问：“此话怎讲？”

5

伯灵心里记挂着寤生，估摸着寤生该从宫里回来了。她心里很清楚，寤生此次进宫定没有好果子吃。寤生曾悄悄告诉她，母后强迫他盗取君父的兵符。别说找不到兵符，即使知道在哪里，未经君父同意，他也断不能将兵符交给母后。

进宫之前，寤生就做好了被训斥的心理准备。如果仅仅被训斥一番，伯灵倒不担心，她生怕武姜和宫正申奇恼羞成怒，加害寤生。这段时间，寤生已两次遇到刺杀。父亲伯毅告诉她，暗杀寤生的幕后黑手就是武姜和申奇。武姜为了推公子段继位，竟然不惜采取极端手段，杀害自己的亲生儿子。

父亲告诉她，寤生的安全关系着郑国的稳定和将来，关系到大周的未来和复兴，她必须看管和保护好寤生，决不能让他遇到任何危险。其实，即使没有父亲的嘱托，她也定会以性命来保寤生周全。

不知从什么时候起，她的心已经被寤生占据了。一会儿看不到他，心里就慌慌的。

她能感觉到，那股念想和渴望，于苦涩中夹杂着甜甜的滋味。

开始，伯灵还弄不清楚自己是不是真的爱上了寤生。直到寤生遇刺后，她才真真切切地明白了自己的内心和对寤生的感情。那是寤生首次遇刺，面对突如其来的杀手，她吓得面如土色，等她反应过来，寤生已被重重刺了一剑。多亏父亲及时赶到，斩杀了杀手。她在为寤生包扎伤口时，虽然极力控制自己，泪水却还是像断了线的珍珠，一颗一颗地往下落，胸口撕心裂肺般地疼痛。她责怪自己为什么被吓得呆若木鸡，亦痛恨自己为什么没扑上前替寤生挡下那一剑。

那时，她心中就萌生了一个强烈的念头，寤生要是有个三长两短，她绝不独活！

伯灵早就感觉到了寤生对她的感情。寤生看她的目光，始终都是那么炙热、那么痴情、那么令人心动。平日沉默寡言的寤生，每次见了她都有说不尽的话。他向她诉说他的抱负、他的理想，诉说他的苦恼、他的欢乐，滔滔不绝。

伯灵刚到门口，寤生就耷拉着脑袋走了过来。

看到伯灵，寤生苦笑了一下，摇了摇头。

伯灵上前拉住寤生，高兴地说："回来就好！"

寤生问："灵姐姐，太傅在吗？母后说，再不给她找到兵符，她就要废我的世子之位呢。我觉得这事到了该告诉太傅的时候了，走，我们一起去给太傅说。"

伯灵急忙拉住了寤生，低声说道："父亲和上卿、太宰、祭总领正在一起议事呢。据商探报告，南申、许和虢国的军队正在逼近我边境，郑国危矣！"

寤生顿时明白了母后索要兵符的用意，心中陡然生出了一股怨恨和厌恶。此前，他是多么渴求母后能疼他爱他。伯灵告诉他，只要他把书读好了，母后就会像喜欢段一样喜欢他。为了得到母后的垂爱，他拼命读书，努力成为一个优秀懂事的孩子，为的就是讨好母后。他没想到，母后为了她的母国，为了外公和舅父，竟然甘当别人的棋子，做损害郑国之事！

此时此刻，寤生觉得母后真是个糊涂人，他为自己以往的心思和行为感到可笑和悲哀，他亦为自己没有被母后掌控而感到庆幸和后怕。母后，再也不是那个他想方设法讨好的母后了！他觉得，此事已在他心中竖起了一道墙，他和母后很可能从此被这道墙隔离开了。

想到此，寤生冷冷地说道："怨不得母后这样急着索要兵符，原来她真的想出卖我郑国呀！"

伯灵着急地说："难道你已知道兵围郑国之事？"

寤生摇了摇头，说："不知，但我知道母后将君父困于后宫，这肯定是舅父的主意。他们囚居君父，又索要兵符，所图之事定然不会小！只是我真没想到，舅父竟然还敢动用军队犯我边境，我母后真是太糊涂了！"

伯灵拉住寤生，急声问道："难道兵围郑国是你母后的主意？"

寤生苦笑着说："我母后倒是不会自取灭亡，她一定被舅父骗了！走，咱们快去见太傅。"

6

寤生和伯灵从后堂悄悄走进了议事堂，伯毅、公子吕等正在着急地商议对策，两人悄悄地找了个几案坐了下来。

伯毅看了看祭足，说道："祭总领，你说说吧！"

伯毅之所以让祭足说话，是想给祭足一个在两位手握重权的公子面前展示才华的机会，好为下一步的起用做铺垫。祭足跟随他已有六个年头，能力早已不在他之下。此刻正是祭足表现的机会，一旦得到君上的认可，将来他定能成为新君的左膀右臂。

祭足环视了一下众人，说道："君后的目的想必大家都很清楚，她一心想着立公子段为君。联合申侯，无非是想让申侯帮她实现心愿。但是，据我们掌握的情况，申侯并不是单单要帮君后策立公子段，他包藏祸心，想要灭我郑国，瓜分我郑国！”

公子吕牙咬得咯咯响。他一直觉得申侯和兄长掘突政见不和，不过是为了在周天子那里争宠，却没想到申侯要灭郑国。

伯毅满意地看着祭足，示意他继续说下去。

祭足接着说：“君上为何与那申侯处处作对，是因为他早已看出了申侯意图吞并我中原的祸心和阴谋！”

祭足一语震惊四座。

寤生瞪大了眼睛，直直地看着祭足。

素来老成持重的公子元霍然站立，颤声说：“你说什么？他们父子机关算尽，已经谋得了我们岐丰之地，他们真的……真的还要谋我中原？”

祭足也站了起来，朗声说：“一点不假！大王为何东迁雒邑？最根本的原因就是他不愿当申侯父子的傀儡！老申侯野心大，没想到那小申侯的野心更大。老申侯谋的是我岐丰之地，这小申侯谋的则是我们中原！”

公子吕拔剑而起，怒声说：“就凭他？他要谋我中原，得先问问我这把剑同意不同意！”

祭足走到公子吕跟前，按下他手中的剑，微微一笑，说道：“上卿莫急，那申侯并不可怕，此人志大才疏，治国无方，用兵无略，唯独擅长搞阴谋诡计，只能争得一时之利，难成大器。这些年，我大周为何太平安稳？所依靠的无非是晋、卫、郑三国，三国如鼎之三足，牢牢支撑周朝的大厦。大家再看看我们三国之现状，晋国由于申侯的挑拨离间，父子反目，兄弟成仇，国不成国，已被申侯一分为二。再说卫国，自从卫武公死后，卫侯一直急于世袭卿位，申侯暗中搬弄是非，阻止他上位，明里却把责任全部推到咱们君上身上，致使卫侯的卿位至今难求，其对大王和君上恨之入骨。我郑国如果再为申侯所灭所分，大周的大厦岂不要轰然倒塌？大王虽然软弱无为，但他并不昏聩，岂能看不出郑国稳定天下的重要性，岂能任由申侯胡来，岂能眼睁睁地看着申侯灭我郑国？事情虽然危急，但还不至于马上灭国。再说，君上还手握王师的兵符，只要我们能见到君上，一切危机尽可解。”

公子吕、公子元心中顿时云开雾散，如同拨云见日一般亮堂，纷纷向祭足投去感佩的目光，齐声说：“祭总领高见，吾等着实长了见识。”

伯毅满意地看着祭足，他见推荐祭足的目的已经达到，及时转变了话题，说道：“二位公子，形势急迫，我们首先必须把君上从后宫里救出来！”

公子吕、公子元齐声说：“如何营救君上，吾等一切听从太傅安排。”

寤生心里波涛汹涌，大脑在飞快地运转着。他没想到平日一片莺歌燕舞的郑国此刻竟已如此危急，身为世子，他必须为危难中的郑国做些什么。太傅曾讲，危急时刻最能展现一个人的胆识和担当，先祖周公旦一年救乱，二年克殷，三年践奄，四年建侯卫，五年营成周，六年制礼乐，七年致政成王，累累功绩无不是在化解一个个危机中建立的。想到此，他心中的恐惧和焦虑顿时消散，随之而来的自信和兴奋令他激动不已。他下定决心，从此要参与郑国的国事议定，他要与君父、太傅和上卿共同破解危机，从而磨炼自己，让自己尽快成长并强大起来。

伯毅想了想，说：“当今之际，首要的是派人入宫，将外面的信息传递给君上。”

公子吕着急地说：“可我们……我们见不到君上呀！”

寤生霍然站起，坚定地说：“太傅，传递信息的任务就交给寤生吧，明天我就去宫中拜见君父。”

公子吕疑惑地望着寤生，问道：“为何要明日？此事如此紧急，你为何不现在就去？”

寤生平静地看着公子吕，说道：“我刚从宫中出来，母后命我盗取君父的兵符，还扬言拿不到兵符就要废了我的世子之位，此刻前去定然不妥，也必然会引起母后的怀疑。我想等明天一早就进宫，向君父诉说我郑国之危。”

公子吕顿时瞪大了眼睛，怒声说：“什么？姜氏要你盗取兵符，还要废了你的世子之位，她想干什么？要谋反吗？太傅，我说得怎么样？他们兄妹就是一心要灭我郑国呀！”

寤生环视了一下众人，坚定地说：“叔父，寤生认为母后一心想推段继君位是真，至于兵围郑国和分郑灭郑之策，她很可能不知道，大概是被我舅父骗了！所以，我赞成大家的意见，当前的首要之举就是赶紧拿到兵符，把我君父从后宫里救出来！”

伯毅满意地点了点头，问道：“世子可有传递信息之策？”

寤生信心满满地说：“太傅放心，寤生已有对策，定不负各位所托！”

7

雒邑申侯府。

申侯姜烈斜躺在卧榻上，慢声问道：“掘突已开始吐血了？”

申奇满脸堆笑：“宗主，疾医说最多能撑一个月。”

申侯满脸的不屑：“没想到这掘突如此孱弱，这么快就病入膏肓了，我还没跟他斗够呢！”

申奇着急地问：“宗主，下一步该怎么办？君后急盼着您早日赶往郑国呢！”

申侯胸有成竹地说：“你回去告诉我妹妹，一切均安排齐全，不日我就赶往郑国。你们所要做的，就是时刻关注郑国的风吹草动，一定要给我牢牢看住掘突！”

申侯早已知道掘突病重的消息。前不久，武姜送来密信，说掘突患了不治之症，需要他择机来郑国一趟，与自己里应外合推举公子段继位。仅仅一个月的时间，申奇竟然星夜兼程赶来见他，言讲掘突已时日不多，期盼他速速赶往郑国。

武姜急，申侯却不急，他要等三国军队开到郑国边境形成合围之势后，再出手。

申侯早已恨透了掘突这个白眼狼，这次他一定要彻底解决掘突等人，让他们再无翻身的机会。当年正是他父亲老申侯引西夷犬戎进攻镐京，推翻了周幽王，才使姬宜臼登上了王位。他们父子万万没想到，姬宜臼娶了媳妇忘了娘，登上大位不久就极力想脱离他们父子，不但和他们父子离心离德，还东迁雒邑，试图摆脱他们父子的控制。他们父子不得已才跟随姬宜臼来到了雒邑。

到了雒邑，为了和晋文侯争夺朝中的主政权，他们父子极力拉拢和重用掘突，还把妹妹许配给了他，年纪轻轻就让他担任大周的司徒。扳倒晋文侯后又让他出任大周上卿，还睁一只眼闭一只眼允许他攻灭东虢、郐国和胡国，吞并周边鄢、蔽、补、丹、依、柔、历、莘八邑。正是由于他们父子的处处提携和帮助，才有了今日之强大郑国。

申侯心中那个恼那个恨呀！他们父子扶持掘突的目的，就是牵制晋文侯、打击卫武公，扫清他们在王庭的权力障碍！他们万万没想到，养肥养壮了的掘突竟然也成了一个白眼狼。掘突从他们父子手中捞足了好处之后，竟然瞬间投入了姬宜臼的怀抱，处处和姬宜臼一心。姬宜臼用掘突牵制他们父子，那掘突竟然甘心为其所用，在朝堂之上处处和他们父子作对！

多年的博弈让申侯真切地感受到掘突比晋文侯、卫武公更难对付，尤其是掘突有伯毅的辅佐，处处令他们父子吃暗亏。提起伯毅，他就恨得牙痒痒的。当初姬宜臼东迁雒邑就是伯毅提出的，伯毅是想扶持姬宜臼，使其脱离他们父子的掌控，依靠中原各国重建大周当年的辉煌。为了离间伯毅和大王的关系，申侯伤透了脑筋，好在最后大王免除了伯毅在王庭的职务，但伯毅竟一转身投进了掘突的阵营。他很清楚，这些年掘突之所以如鱼得水，取得今日的成就，与伯毅的谋略是分不开的。更为可怕的是，伯毅辅助掘突的目的，不仅是强大郑国，让自己有个容身之地，他还梦想让掘突做第二个周公，把他们父子赶往西陲一隅，复兴大周。此刻，他才真正意识到，拿不下掘突这个劲敌，搬不走掘突这个拦路虎，他想四海归一、一统天下根本就不可能。他很庆幸，在最后的这次博弈中，虽然父亲被贬回申国，掘突却是大败而归，灰头土脸地带着一家老小迁都郐邑。后来掘突将郐邑改名为新郑，试图东山再起，没想到人算不如天算，他竟然在迁都之后就一病不起。

自从掘突得了重病，妹妹武姜就三番五次地央求他扶持公子段上位。妹妹的央求，让申侯看到了彻底摆平掘突、伯毅等人，一举掌控局势，实现四海归一的机会。他很清楚郑国目前的局势，虽然世子寤生和公子段都是他的亲外甥，但两人却代表着两派不同的政治势力。一派是以武姜为首的亲申势力，一派是以公子吕为首的反申势力。如今，两派之所以相安无事，关键是有掘突在当中制衡，两派势力都不敢轻举妄动。一旦掘突撒手而去，郑国随即就会陷入内斗之中。世子寤生和公子段谁能成为最后的赢家，将直接决定着郑国下一步的国策和走向。如果世子寤生继位，公子吕、伯毅等反申一派定会带着郑国成为他的对立国。到那时，他非但掌控不了郑国，郑国还会成为他的心头之患。所以，当他听到掘突病重的消息后，就开始计划着扶持公子段上位。

谋士宫羽却提出了不同意见。

宫羽认真地说："宗主，这些年你们父子在郑国苦心经营，无非就是为了遥控掌握郑国，可你们何时掌控了郑国？你扶持公子段又能怎样？将来等他羽翼丰满之后，岂非又一个与你作对的掘突？要想一劳永逸地解决问题，不如趁机瓜分郑国！"

宫羽的一番话，令申侯茅塞顿开，断然改变了原来的想法。

为了实施瓜分郑国的计划，申侯随即采取了行动。他首先将目光瞄向了周天子，他很清楚，以目前郑国上下的反申情绪，他只身前往郑国很难发挥作用。但如果他陪王伴驾跟随周王前往郑国，那就是另外一个局面了。他不但可以名正言顺地带兵前往郑国，还可以事事以天子的名义对郑国发号施令。

为了说服周天子，申侯专门从西戎精挑细选了一批绝色美女送到宫中。被美女迷惑得神魂颠倒的周天子，果然对他言听计从，不但慷慨答应了郑国之行，还把巡视郑国的事务全部交由他办理，什么时候去，带谁去，怎么去，由他全权决定。

申奇走后，宫羽闪身进了申侯的书房。

看到宫羽，申侯一阵大笑，说道："真是天助我也！没想到掘突如此短命，这么快就病入膏肓了。"

宫羽拱手祝贺，媚笑着说："恭祝宗主早日图霸天下，荣登大宝！"

申侯示意宫羽坐下，说道："家妹盼我尽快赶往郑国，还是为了帮她推举公子段继位之事。先生，如果按照我们的既定计划，三国分郑，那我将如何向家妹交代呀？"

宫羽坐在申侯一侧，说："宗主，在下明白您对公子的关爱之情，可此时万不可感情用事，寤生和段不论谁继位，一个完整的郑国将来都会影响您的雄图大业。所以三国分郑之策断不可变，如果说对段如何交代，将新郑之城赐予他作为封地即可。"

申侯说道："小寤生如何处理？"

宫羽冷冷地说："寤生背后有公子吕、伯毅等人，伯毅善谋，公子吕善武，并且如今他们牢牢控制着郑国的国政和军队。他们绝不会束手就擒，到时候定会有一番折腾，这样一来，恐怕您想保全寤生小命也难呀！"

申侯注视着宫羽，一字一句地说："照先生这样说，寤生必死无疑了？"

宫羽重重地点点头，说："此去郑国只要扶持公子段上位，则寤生等人必死，否则后患无穷！"

申侯起身，在房间里来回走动着，恨恨地说："我们绝不能再犯当年的错误！当年要不是父亲引兵入京，哪有他姬宜臼的王位？没想到他姬宜臼娶了媳妇就忘了娘，登上大位就迁都雒邑，还重用掘突和晋侯姬仇，在朝堂之上处处跟我们父子作对。"

宫羽愤恨地说："掘突更可恨！老宗主不但把他推到上卿的位置，还将郡主许配给他，他却恩将仇报，参奏老宗主，致使他老人家黯然致仕。"

申侯傲然地看着宫羽，兴奋地说："四海归一，一统天下！我们必须想尽一切办法除去郑国这个拦路虎！宫羽，你亲自前去请忌父、虢序二人，我要与他们好好计议一番。"

8

伯毅府内。

伯毅被寤生的沉着稳重深深地震惊了。灭国之危机，他听到后都不由得心惊肉跳，寤生待之竟然如此平静。还有武姜派寤生盗取兵符之事，面对此等大事，这个孩子竟然如此有主见，如此沉得住气，独自承受着武姜威胁废去其世子之位的压力。

为了进一步考察寤生的忍耐力，伯毅在公子吕等人离开后，又回到几案边，拿起了竹简，眼睛却在悄悄地观察寤生。

寤生默默地走到读书的几案边，亦拿起竹简读了起来：“天下非一人之天下，乃天下之天下也。同天下之利者，则得天下；擅天下之利者，则失天下。天有时，地有财，能与人共之者，仁也；仁之所在，天下归之。免人之死，解人之难，救人之患，济人之急者，德也；德之所在，天下归之。与人同忧同乐，同好同恶者，义也；义之所在，天下赴之。凡人恶死而乐生，好德而归利，能生利者，道也；道之所在，天下归之。”

伯毅注视着寤生，不由得笑了。

寤生止住吟诵，抬头问道：“太傅，太公所说的天下是不是指的就是世间万物？”

伯毅点头说道：“是呀！世之万物共存于大千世界，就形成了太公说的天下。”

寤生兴奋地说：“天下是天下人之天下，只有与天下人分享天下之利才能得到天下，独占天下之利者必然要失去天下。太公真乃高人也！”

伯毅说：“世子，你要牢记，太公的天下之说不仅是世间万物生存的基本规则，也是我们为政者的执政之本呀！”

寤生起身，深施一礼，坚定地说：“保天下者，匹夫有责矣，寤生定当以天下为己任，致命遂志！”

伯毅慈祥地看着寤生，问道：“世子，如若将来大王让你继位上卿，你将如何让天下人归附呢？”

寤生爽口答道：“让天下各得其所！”

伯毅问道：“如何能让天下各得其所？”

寤生答道：“施仁爱，布恩德，传道义，行王道。”

伯毅哈哈大笑，高兴地说道：“孺子可教也！”

寤生忽又满脸苦色地说：“太傅，可寤生有何德何能让天下各得其所呢？”

伯毅满腔悲伤地说：“世子，中兴大周，这是你作为郑国世子必须承担的责任。你可知当今天下之形势？大周四夷交侵，百姓民不聊生，你作为上卿世子，将来不但要继承君位，还要世袭我大周卿位，你如果也像大王那样无所作为，大周必亡矣！”

寤生的脸顿时严肃起来，直直地看着伯毅。

伯毅一字一句地说：“世子可知为何君上让我对你严加管教？君上本有中兴大周之志，可造化弄人，上天却不给他施展作为的时间。你君父早知自己时日不多，所以他把所有的希望都寄托在你身上了。”

伯灵插言道：“世子，你可知你不仅属于你母后，属于郑国，你身上还背负着中兴大周、复兴中华的重任？”

寤生重重地点了点头，坚定地说：“我明白了！太傅，灵姐姐，你们放心，寤生定当以驱除四夷为己任，为天下苍生谋得一个太平盛世！”

伯毅看着寤生，高兴地说：“民以君为心，君以民为体。心庄则体舒，心肃则容敬。好，很好！你把天下苍生和江山社稷作为你做事的根魂，就冲这家国情怀，你就配担任上卿之位。”

寤生为难地说：“太傅，过去我总以为君父和我舅父闹得势不两立，是因为君父担任了集三公之权的上卿，夺取了舅父在王庭的权力。现在看来，舅父想的是谋我大周、灭我中原。当前君父已病入膏肓，你觉得舅父会让我担任大周的上卿吗？”

伯毅说道：“你能有此认识，说明你已能独自权衡形势和人心了。世子，你要牢记，识形势、断人心乃从政之根本，一切决策都要基于对以上两点的分析和判断。至于如何才能确保你继承卿位，我和你君父自会深入谋划。”

伯灵接口说道：“当前首要之计，是必须尽快把君上从后宫里解救出来呀！”

9

申侯之所以让宫羽把虢公忌父和北虢君主虢序叫到家里谋划，有更深一层的考虑。

申侯深知掘突的谋略和手段，也清楚掘突不会甘心束手就擒。申奇讲，武姜已将掘突困在了后宫。他不相信以武姜和申奇的本事能困住掘突，说不定还未等申奇返回郑国，掘突就已龙入大海。所以，这次郑国之行必将是一场异常难打的硬仗。高手过招，而且是生死之战，不能有丝毫的疏失，他只有事先将一切谋划周详，才能完胜掘突，一举拿下郑国。

虢公忌父和北虢君主虢序急匆匆进了书房，忌父拱手一礼："申侯好！"

虢序则躬身施以重礼，与忌父异口同声说道："申侯好！"

虢序之所以对申侯施以重礼，主要还是出于对申侯当年施以援手的感激。当年，郑武公掘突一举灭东虢，是申侯在周平王面前求情，才得以让公子序以子爵身份分封到了夏阳。多年来，虢序一直对申侯怀有感激之心。此次申侯谋取郑国，明确告诉他，此举只要成功，就将郑国夺走的东虢都城制邑归还于他，并帮他重新在故土复国。忌父也信誓旦旦地和他说，此次定要让他一雪前耻。听他们这样讲，虢序当即把自己的军队全部交给了忌父。其实，他心里很清楚，以他小小的封地和微弱的军事力量，只有依附于忌父，才不至于再次被灭。即使不为谋取制邑，申侯和忌父提出要用他的军队，他也不得不拿出来为他们所用。

申侯看着二人，笑道："忌父兄，告诉你们个好消息，掘突之命危矣！"

虢公忌父吃惊地望着申侯："真的吗？"

虢序脸上堆着笑，说道："我早就说过，掘突他根本就不是您的对手。"

申侯傲慢地看了一眼虢序，说道："机会已经到了你的眼前，关键是看你能不能把握住。"

虢序满脸堆笑，谦恭地说："在下永世不忘您的提携之恩，定当唯您马首是瞻！"

申侯转向忌父，说道："忌父兄，你知道吗，为了争取让你们陪王伴驾去郑国，我费了多少口舌？"

虢公忌父满脸堆笑，说道："感谢，感谢！"

申侯满意地点了点头说："过去我屡次上奏，让你接替卫侯出任右卿士，你知道大王为何不应允？”

申侯一语道出了虢公忌父的心中之疼。

虢公忌父急声问道：“为何？”

“都是那掘突横加阻拦！”申侯阴狠地说，“我每次为你上奏，他都坚决反对，说当年你父亲蛊惑幽王祸国殃民，险些亡了我大周，他还威胁大王，说如起用你，他就辞职，决不与你同朝为臣！”

寥寥数语，说得忌父血脉偾张，呼吸也变得急促起来，牙齿咬得咯嘣咯嘣响：“好你个掘突，平时我是那样尊敬你，你竟然这样对我！”

申侯哈哈一笑，说道：“君子报仇，十年未晚。忌父兄，吾等扬眉吐气之时到了，只要我们好好把握住这次机会，以后的大周就是你我兄弟二人的了！”

虢公忌父顿时睁大了眼睛，凑近申侯，急声问：“大王的郑国之行是不是已经定下来了？”

申侯往虢公忌父身边凑了凑，低声说：“我们此次前往郑国，表面上是看望掘突，实则为把郑国的后事处理好。此次郑国之行，只要你按我的计划行事，我不但保你当上大周卿士，还能帮你们从郑国要回他们掠夺的东虢之土地。”

虢公忌父闻听此言，激动得喘不过气来。此次郑国之行，他和申侯谋划已久。申侯此前曾告诉他，分郑灭郑之后，虢序在制邑复国，夏阳之地要全数归还他虢国。现在看来，此次谋略如果实现，他不仅能收回夏阳，还能担任大周卿士，真可谓一举两得。

申侯眯缝着眼，一副傲视万物的样子：“他掘突敢跟我斗，也不掂量掂量自己的斤两？怎么样，才几个回合，他就要败下阵来！”

虢序一脸恭维地说：“申侯雄才大略，那掘突和您相比，犹如老鹰和小鸡，他自不量力，拿鸡蛋撞石头，不撞死才怪呢！”

申侯坐直身子，正色道：“南申的王师和三国军队出发没有？”

虢公忌父止住了笑：“已出发十余日。您放心，不日即可到达郑国边境。”

申侯满意地点了点头，神秘地说：“大兵压境，看他掘突如何应对。”

虢序的眉头却皱成了疙瘩："您葫芦里到底卖的什么药呀？我们尚未赶往郑国，您却派大军进逼郑之边境，岂不故意将吾等意图告知那掘突？一旦掘突提前让位于寤生，吾等岂不功亏一篑？"

申侯得意地看着虢序："以你虢序之聪明，都看不清我布的迷魂阵，想必那掘突定难看出我的真实目的！我告诉你，我要的就是掘突违制，提前让寤生即位。只要他有违周礼在先，我的妹妹就可以直接推公子段上位，到时候只要他们郑国内部乱起来，我们就可趁机一举灭了郑国。"

虢序豁然顿悟，不由得伸出大拇指："高，高！原来您大兵压境不是为了配合我们在郑国的行动，而是为了让掘突急中出乱，好让吾等坐收渔利。"

虢公忌父脸上笑开了花，颤声说道："您诸事尽管安排，吾等定当唯您马首是瞻。"

申侯哈哈一笑，端起酒爵示意虢公对饮。放下酒爵，他接着说："我们绝不能小看了那掘突，我估计掘突并不一定会落进我们的圈套。不过，不论他进不进咱们的圈套，最关键的一环还是我们能不能夺得这次随王伴驾的兵权。只要你我有一人执掌护驾的王师，到时内外夹攻，掘突就是有万般本事，也只得束手就范。你现在应该明白了吧，我让两路大军提前进犯郑国边境，不仅是为了逼迫掘突慌中出错，更重要的还是配合我们在郑国的行动。"

10

漫漫长夜，寤生辗转反侧，久久难眠。

他已向太傅请领了到后宫传递信息的任务，可如何顺利完成任务，他并没有好的计策。他很清楚，此时母后定会像防家贼一样防着他。当初君父让他搬出后宫的用意，就是怕后宫的人加害于他。君父对外宣布把他安置在太宰家中，让叔叔公子元负责教管，却秘密把他送到了太傅家，分明是为了保护他。母后那么聪明的人，岂能看不清楚君父的用意？他倒不担心见不到君父，唯一担忧的是母后不给他和君父单独相处的机会。

自从君父病重后，恐惧、绝望、无助就一直萦绕在他的心头。他真不知道没有了君父的日子，他该怎么过？且不说他和段谁能继承君位，没有了君父的护佑，光是那些势力而又狠毒的宫女、寺人，也定会把他折磨得求生不得，求死不能。

寤生披衣下榻，向门外走去。走到庭院凉亭里，他坐了下来，仰望满天的星斗，陷入了沉思。

太傅告诉他，只要博览群书，兼备文韬武略，就能强大。只有自己强大了，才能无所畏惧，不受羁绊，从而傲视天地，纵横四海，实现大海从鱼跃、天高任吾行的宏伟目标。

君父要求他，要为生民立命，为天下创太平；要他效法周公，辅佐大周，创下不世之伟业。

寤生不理解，那些经典他倒背如流，治国理政之道、兴兵讨伐之略他出口成章，他觉得自己做到了兼备文韬武略，可他为何没有强大起来呢？为何现在还是这么恐惧呢？为何连对完成传信的任务都感到为难呢？

寤生暗笑自己，若连郑国后宫都摆不平，如何能为天下开太平？

他不由得喃喃自语："星辰呀，你们谁能告诉我，怎么才能让我强大起来？"

"心强大则力从容！"伯灵说着，走向前将披风披在了寤生身上。

寤生凝视着伯灵："灵姐姐，你怎么来了？"

伯灵粲然一笑，问道："何如而可为天下？"

寤生随即咏道："大盖天下，然后能容天下；信盖天下，然后能约天下；仁盖天下，然后能怀天下；恩盖天下，然后能保天下；权盖天下，然后能不失天下；事而不疑，则天运不能移，时变不能迁。此六者备，然后可以为天下政。"

伯灵连连称好："世子，你看看，太公说得多么好呀！一个人的器量足以覆盖整个天下，然后才能包容天下。"

寤生懵懂地看着伯灵，好像开悟了些许。

伯灵在寤生对面坐了下来，接着说："你知道你为何如此忧虑和恐慌吗？"

寤生老实回答："因为君父病重！"

伯灵微微一笑："这只是外在的原因，实则是你的心志还局限于宫苑之内，你所期盼的是得到母后的欣赏和关爱，你所害怕的是承受宫女、寺人的冷落和白眼，你所担心的是以后的日子更加难过和煎熬。一个真正心怀天下的人，怎能把这些家长里短放在心上，怎能因为这点挫折而怨天尤人呢？"

伯灵一语中的，寤生的脸一红，骤然感到热血沸腾。

伯灵接着说道："你曾在我父亲面前信誓旦旦地说，要为天下苍生谋得一个太平盛世。可要真正做到内化于心外化于行，必须舍小我成大我！"

寤生感到一身轻松，他站起身，仰望苍穹，傲然咏道：

"彼黍离离，彼稷之苗。行迈靡靡，中心摇摇。知我者，谓我心忧；不知我者，谓我何求？悠悠苍天！此何人哉？

"彼黍离离，彼稷之穗。行迈靡靡，中心如醉。知我者，谓我心忧；不知我者，谓我何求？悠悠苍天！此何人哉？"

"彼黍离离，彼稷之实。行迈靡靡，中心如噎。知我者，谓我心忧；不知我者，谓我何求？悠悠苍天！此何人哉？"

伯灵笑道："这才像我们的小周公！世子，你知道我父亲对你寄予多大的希望吗？他一心期盼你驱除四夷，安抚天下呢。"

寤生眼中显现着兴奋的光芒，问道："灵姐姐，我能做到吗？"

伯灵重重地点了点头，说道："能，只要你想去做，就一定能做到！世子，你要切记，不管经历何种黑暗，心中一定要有自己固守的圣地。"

寤生直直地凝视着远方，猛地拉住伯灵，说道："灵姐姐，你能与我一起安抚天下吗？"

伯灵眼里闪现着激动的光芒："愿意！爷爷生前最大的心愿就是四海太平，为了爷爷的心愿，为了四海太平，灵儿虽为女儿身，亦愿为这天下苍生以身殉道！"

寤生紧紧拉住伯灵的手："灵姐姐，来，咱们拉钩！"

"拉钩！"伯灵也抓紧了寤生的手。

许久，寤生忽然苦起脸来，低声说："灵姐姐，母后一直说我愚笨，在郑国后宫我都危机重重，何以平天下？”

伯灵摇了摇头，说道：“大勇若怯，大智若愚，大巧若拙，我父亲看重的恰恰就是你的这些优点。求全之毁，不虞之誉，大胸怀、有定见的人是不会把自己的精力浪费在这方面的。”

寤生油然感到身心如醍醐灌顶一般，身上顿时增添了无穷的力量，他感到自己最大的幸运就是上天将伯灵安排在了他的身边，和伯灵在一起，再大的困难他都不怕，再大的委屈他都能忍受。他感激地望着伯灵，激动地说：“灵姐姐，谢谢你！和你在一起，我什么都不怕！”

伯灵微笑地看着寤生，说：“如何传递信息，拿到兵符，你可想好？”

寤生脑中灵光一现，胸有成竹地说：“既然母后认定我愚笨，我不妨装傻到底，给他们演出戏看，以君父的睿智，定会觉察出我的用意！”

第二章　暗流涌动

1

郑武公掘突躺在床上，双手摁住床板试图坐起来。

武姜慌忙走了过来，摁住掘突："君上勿动，君上勿动!"

掘突急急地说："姬吕呢？伯毅呢？他们怎么还不来见寡人？"

武姜淡然一笑："君上，国事一切由公子吕、伯毅他们操持着，你就安心养病吧！你要有个三长两短，我们娘儿仨可如何是好？"

掘突绝望地望着武姜："夫人，寡人可能时日无多，你快把姬吕和伯毅叫来，我有话跟他们说。"

武姜眼泪流了出来："君上龙体康健，千万不能说这晦气话，疾医说君上只要安心食药静养，不日即可康复!"

掘突凄然一笑，用力抓住武姜："夫人，那你就让寤生和段儿过来吧，寡人想他们了，寡人想见见他们。"

武姜抹了把泪："君上安心养病，我这就安排去宣他们兄弟俩。"

接到母后的宣召，寤生匆忙地赶到了后宫。一路上，寤生一直盘算着如何将消息传递给君父。他深知，母后是绝不会给他和君父单独相处的机会的，他只有装傻充愣才能避开母后的猜忌，顺利将外面的消息传给君父。

进了后宫，寤生又恢复了平日胆小怕事的模样。

寤生胆怯地望着武姜，躬身请安："孩儿给母后请安！"

武姜厌烦地看着寤生："你看看你，一副胆小怕事的样子，哪像一国的世子，就你这不争气的样子，你君父怎么放心把郑国交给你！"

掘突看见寤生，眼里顿时有了亮光："吾儿，快到君父跟前。"

寤生看了看病榻上的掘突，快步扑倒在卧榻前，放声大哭："君父，君父，您可终于醒了！现在南申王师和南申、许国、虢国军队已开赴我边境，郑国大难临头了！君父，您可要快点好起来呀！"

武姜脸色骤变，上前要拉寤生："你胡说什么，哪有什么军队开赴我边境？惊了你君父，我拿你是问。"

掘突大惊。他深知寤生的话绝对不会有假，寤生这样说，也定是太傅伯毅特意安排的。他没想到，姜烈的心这么狠，看来他这次是打定主意要灭了郑国呀！当今之计，他必须尽快从后宫解困出去，否则郑国就真的完了。想到此，他很快控制住了自己的震惊和不安，笑着说："生儿，别怕，君父虽然身体有恙，可有你母后在，有你舅舅在，谁敢欺躏我郑国？莫怕，莫怕！"

武姜傲然一笑："君上，妾身哪有那种本事！"

掘突冲武姜摆摆手。

武姜蹲下身子："君上！"

掘突拉住武姜："夫人，以后郑国就交给夫人了！夫人要好好教导寤生和段儿，把他们抚养长大，把我们夫妻历经百难创下的郑国看守住，寡人在黄泉之下一定会感念夫人的大恩大德。"

寤生泪流满面地望着父亲。

武姜也流出了泪："君上，您一定会好起来的，我一定会把郑国看守好。"

掘突拍了拍武姜的手，说："夫人，你让段儿也来一下吧，我有话要和他们兄弟说。"

2

内侍和公子段早已在外面等候，闻言匆忙走了进来。

内侍拉了拉段，低声地说："公子，快哭，快哭！"

段挣开内侍："哭什么？君父还好好的呢！"

内侍羞得满脸通红："公子，公子！"

武姜恨恨地瞪了内侍一眼："丢人现眼的东西，给我滚出去！"然后，把段拉到掘突跟前，厉声说："跪下，快给你君父请罪。"

公子段梗着脖子："我说的是实话，何罪之有？君父这不还活得好好的吗？"

武姜气急："你们一个说胡话惊扰君上，一个乱说话置气君上，我咋生养了你们这一对冤家！"

掘突宽厚地笑了笑："夫人莫生气，他们还小。段儿，你的八禽拳练得怎么样了，给君父演示一下如何？"

公子段起身，兴奋地说："君父，无影剑和八禽拳我早就学会了，师父还夸我练得好呢，我来演示给您看。"

武姜起身相拦："段儿，不可造次。"

公子段拉了拉武姜，霸道地说："母后，我先给君父演示八禽拳，你快去把我的兵器取来，快去！"

掘突看武姜离开了房间，悄然将一布包塞入寤生手中，低声说："你将此交于太傅，告诉他，寡人授权他一切便宜行事。"

寤生接过布包，急忙放入怀中，从病榻前站了起来。

公子段用心地演示八禽拳，舞动得虎虎生风。

掘突满意地看着，用力地喊着："好，好！"

寤生见君父喊好，连连拍手："好，好！"

公子段看父亲和兄长都在为他叫好，更来了劲头，卖力地舞动着拳头，不一会儿就出了一身汗。

武姜提着一把小剑走了进来，看段满头大汗，急声说道："你看看你这满头的汗，来，让我给你好好擦一擦。”

寤生急忙把掘突身边摆着的汗巾递了过去。

武姜白了寤生一眼：“你弟弟出这么多汗，你也不知道给他擦擦，难道你就是这样关心弟弟的吗?”

公子段一把夺回武姜手中的小剑：“我不累，我还要舞剑给君父看。”

掘突有气无力地说：“寤生，段儿，你们下去，君父累了。”

公子段嘟哝着：“不行，不行，你还得看我舞剑呢。”

武姜气急：“段儿，听话，快下去，你君父累了。来人呀，快把两位公子带出去!”

内侍过来硬把公子段拉了出去。

寤生要随公子段出去，却被掘突给叫住了。

掘突用力睁开眼睛，吃力地说：“夫人，寤生，你们来寡人身边。”

武姜和寤生一同跪在了掘突榻前。

掘突拉着武姜和寤生的手：“夫人，郑国和两个孩子交给你了！寤生，你要切记，好好听母后的话，助你母后守住郑国。”

武姜顿时心花怒放，脸上露出了得意的微笑。

掘突接着说：“寤生，你去传达寡人的口谕，这段时间寡人要静心在后宫休养，一切人等不得前来骚扰。另外，你去告诉上卿和太傅，从今日起，你母后一并参与国事议定。”说完，掘突用力握了一下寤生的手。

寤生顿时心领神会，用力点了点头。

武姜大惊：“君上，我一女流之辈，怎能参与国事?”

掘突拍了拍武姜的手：“夫人，非常之时当行非常之事。寤生，你去传寡人的口谕吧，我和你母后还有大事要议。”

3

寤生离开后宫，直接去了太傅府。

公子吕、公子元等人正焦急地等着，看到寤生，众人都站起来围了过去。

公子吕一把拉住寤生："你君父的身体怎么样?"

祭足走上前急问："消息传过去没?"

寤生从怀里掏出布包，递给了太傅伯毅："太傅，这是君父让我交给您的!"

公子吕再次紧拉寤生："快说，你君父的身体到底怎么样了?"

寤生眼里涌出了泪："君父的身体非常不好!"

伯毅小心地打开布包，兵符和一卷帛书顿时呈现在大家面前。

帛书上写道："太傅并吕、元二弟，寡人被困后宫之日便是我郑国灾难之时，望汝等齐心协力救我出宫。这里有我的亲笔手谕，拿到兵符，速调重兵之卫并带手谕前来救我。掘突拜求!"

公子吕拿着兵符火速调来重兵之卫包围了后宫。身为将军的颍考叔一看势头不对，一边命司门严把宫门，一边急忙赶往后宫禀报武姜。

公子吕和公子元虽然带来了重兵之卫，但守卫后宫的士兵却不为所动，没有颍考叔的首肯，他们不允许任何人跨越宫门一步。

公子吕几次要硬闯宫门，都被士兵拦了下来。

公子吕没想到他郑国堂堂上卿在守门将士面前竟然一文不值，任凭他怎么解释，士兵都不通融，顿时如同热锅上的蚂蚁，急得团团转。他大喊大叫，到处找颍考叔，却一直不见颍考叔的踪影。

守门将领大声辩解："颍考叔严令，未经他允许，任何人都不得进入后宫。"

公子吕骂道："颍考叔算个什么东西!你快把他给我叫来，我要当面问他，谁给他这么大权力?"

公子元一直在悄无声息地观察守宫将士，心中暗暗敬佩颍考叔的治军之能。他年纪轻轻，竟然能把最不好管的宫卫管得如此井然有序，针插不进水泼不进，如善加调教，定能成为领兵的大才。如果此人被武姜收买，甘心为她卖命，势必成为一个棘手人物。

公子吕恼羞成怒，拔起宝剑就要强行闯宫，怒吼着："拦我者死!"

就在这时，武姜和颍考叔步履匆匆地来到了跟前。

眼看公子吕、公子元兄弟二人带重兵之卫包围了后宫，武姜不由得勃然大怒："上卿、太宰，你们这是何意？难道你们兄弟二人想要造反不成？"

公子吕本来心里就对武姜憋着一肚子气，见她恶人先告状，更是怒火中烧，大声吼道："姜氏，你把君上软禁在宫中，是何用意？我看想造反的是你！"说着，就要往宫里冲。

武姜急步上前，挺身拦住了公子吕，冷笑着说："好你个公子吕，你竟然敢以下犯上骂本君后？你心里还有没有礼数，有没有君上？颍考叔，还不快拿下这个乱臣贼子！"

颍考叔上前一步，就要对公子吕动手。

公子吕正想拿颍考叔出气，怒声骂道："好你个忘恩负义的颍考叔！你忘了当初是谁起用你并把你推荐给君上的？"

武姜怒声呵斥道："颍考叔，我说的话你没听见吗？快动手！"

"上卿，职责所系，得罪了！"颍考叔说着，挺身上前就要擒拿公子吕。

公子吕大怒，噌地一下拔出宝剑："大胆颍考叔，想找死你就上来！"

看公子吕拔剑，颍考叔身边的甲兵纷纷拔剑出鞘，围了过来。

混战一触即发。

公子元慌忙跑上前，拦在了他们中间，大声喊道："颍考叔，吾等奉君上之命接他出宫，你竟敢对上卿无礼！"

颍考叔本不想和公子吕、公子元兄弟动手，听公子元这样说，忙躬身施礼："太宰果真是奉命迎接君上出宫？"

公子元从怀中掏出郑武公的手谕交给颍考叔："你看仔细了，这是君上的亲笔手谕，要我们兄弟接他出宫。"说着，转向武姜，"君上为防止有人从中作梗，还特意派人将兵符带出宫外，让吾等调集重兵之卫前来迎接。"

颍考叔接过郑武公的手谕，反反复复看了几遍，随后递还公子元，对公子吕说道："上卿，得罪了，请……"说着，闪到一旁，让出了进宫的通道。

武姜冲上前抓住公子吕，气急败坏地喊道："假的，你们的手谕绝对是假的！颍考叔，他们伪造君上手谕，你不把他们抓起来，反而放他们入宫，你疯了?!”

颍考叔满脸的苦楚：“君后，那的确是君上的亲笔手谕。”

公子吕再也无暇和武姜啰唆，他挣脱武姜，大步向后宫走去。一路上，只要有寺人、宫女上前阻拦，就会被公子吕身旁的士兵拳打脚踢，推在一旁。

公子吕等人长驱直入，一直冲到郑武公寝室。看到病入膏肓的掘突，公子吕飞奔上前，扑倒在卧榻边，仰天大恸：“兄长！……”他紧紧抱住掘突，泪如雨下。

郑武公轻轻地拍打着公子吕：“阿弟！莫要悲伤，寡人身体没事，一时半会儿死不了，快带寡人出宫吧!”

公子吕抹了把眼泪，背起郑武公就往外走。

随后赶来的武姜，拽着郑武公的衣服哭闹起来：“君上，你要为我做主呀！公子吕伪造君上手谕到后宫绑架君上，还辱骂于我，十恶不赦!”

郑武公厌恶地瞧了一眼武姜，转向颍考叔命令道：“颍考叔，寡人要出宫了！好生保护君后。”

“诺!”颍考叔深施一礼，用力掰开武姜拉扯郑武公衣服的手，暂时拉住了她。

公子元疑惑地看着颍考叔，他看得出君上分明还十分信任颍考叔，可那颍考叔却对武姜言听计从，并且软禁君上，武姜靠的就是颍考叔，难道这些君上都看不出来，还是里面另有隐情?

4

宫正申奇回到新郑，家都没回便直接去了后宫。

申奇是武姜从申国带来的陪嫁寺人，深得武姜信任，到了郑国逐步由寺人晋升为宫正，负责后宫大小事宜。此人本是申侯的谋士，在申国时就一直跟着申侯，为人不但机智狡诈，而且沉稳心狠。申侯把他派到郑国，为的就是在郑武公掘突身边布下一个暗棋。为了随武姜入郑完成监控郑国的任务，申奇挥刀自宫，成了一名寺人。这些年，掘突在王庭任职，而武姜之所以能担起监国之重任，申奇着实从中出了大力。

眼见郑武公的病情日渐严重，申奇急不可耐地从幕后跳到了台前。他已看出，郑武公是在为世子寤生继位进行部署和铺路。郑武公先是封太史伯毅为郑国太傅，后又让寤生移居伯毅家，让其专心教习寤生学习周礼和治国之策。接着又封公子吕为上卿，让他掌管郑国所有军队。郑武公还专门把公子元从军队调回宫廷，封为太宰，掌管宫廷的全部事务。

申奇很清楚，此刻已经到了他履行使命的生死关头，世子寤生和公子段谁能继位，将直接决定着他的使命任务能否顺利完成，他必须用尽一切手段阻止寤生继位。他曾献计毒杀世子寤生。武姜虽然讨厌寤生，不想寤生继位，但她也绝不想因此要了寤生性命。他亦曾背着武姜，组织杀手两次刺杀寤生，但都没有成功。

为了强推公子段继位，申奇和武姜谋划了多套方案。他们甚至都做了最后打算，如果郑武公宁死不从，他们就篡改诏书，直接让公子段继位。

申奇此次前往雒邑，就是为了当面向申侯报告他们的秘密计划，一是为了让申侯拍板，二是想让申侯亲临郑国，协助他们共同完成推公子段继位的计划。

宫正申奇匆匆进了后宫，看见郑武公不在卧榻上，顿时慌了："君后，君上呢？君上去哪儿了？"

武姜哭丧着脸说："走了，被公子吕背走了！"

申奇气急败坏地埋怨道："君后，我走之前不是反复告诫您吗，绝对不能让君上离开后宫！君上他……他是怎么移驾勤政殿的呢？"

武姜满脸的懊恼："昨日，公子元带兵包围了后宫，还手持手谕说是奉君上之命，我怎能拦得住他？"

申奇急声问："颖考叔呢？他身为将军，带领的腹心之卫难道还拦不住公子元的府兵吗？"

武姜恨恨地说："公子元是太宰，掌管宫廷事务，谁敢拦他？还有，他手持君上的兵符调来了重兵之卫，所带兵将数倍于颖考叔，颖考叔又岂能拦得住他？"

申奇怒声说："颍考叔的兵将后宫围得里三层外三层，别说是人，就是连只鸟也飞不出去。那公子元又是如何从君上手中拿到兵符的？难道颍考叔暗通公子元？"

武姜本来心里就感到万分的窝囊和懊恼，此刻申奇又在不停埋怨，她不由得恼羞成怒："你不知道那公子元是太宰吗？怎么又将此事安在颍考叔身上？"

申奇疑惑地看着武姜，恨恨地说："即使颍考叔没有暗通公子元，他也难逃疏漏之责。"

武姜不假思索地说："绝不可能！颍考叔一直对我忠心耿耿，他绝不可能背叛我！如果他暗通公子元，君上岂能到了勤政殿就免了他的将军之职？"

武姜知道申奇和颍考叔不睦，二人为了在她面前争宠，一直明争暗斗，此刻申奇揪住颍考叔不放，显然有点借机找茬。

想到此，武姜不耐烦地说："此事暂且不提，你快说说眼前我们该如何应对吧！自从君上移驾勤政殿后，我几次求见，都被挡在了门外。难道君上已经知道了我们的计划？你说，他会不会对我们采取措施呀？"

申奇诡秘一笑，很有把握地说："君后，您放心，事情还没糟糕到那种地步。即使君上知道我们的全部计划，他也不会对我们动手的。此刻，他最需要的是稳定。只有郑国稳定，才能确保世子寤生顺利继位。"

武姜一阵战栗，急声说："寤生继位？若寤生继位了，段儿怎么办？"

虽然没有外人，申奇仍习惯性地用眼睛瞄了一下四周，然后低声说："君后，您不要着急，我决不会让寤生顺利继位！我已经和宗主计划周详，不日他就将陪驾周王前来郑国。您放心，到时我们和宗主里应外合，借助周王的王权，定能扶持段继位。"

武姜问道："我兄长真的要来吗？我怎么听寤生说王师和虢、许、南申三国军队要兵伐郑国呢，这到底是怎么回事儿？"

申奇看着武姜，惊诧地说："什么？兵伐郑国？绝不可能，如此大事宗主为何根本就没跟我提过，怎么会有王师和三国军队要兵伐郑国呢？"

武姜疑惑地望着申奇，试图从他的面部表情看出什么。自从听寤生说王师和三国军队出兵伐郑的消息后，她心里便开始怀疑兄长的动机了，否则她宁可和公子吕、公子元撕破脸，也决然不会让掘突出宫的。她虽然一心要推公子段继位，可如果兄长想要灭掉郑国，她是坚决不会同意的。郑国现在有如此大的疆域，可是她和掘突一国一国灭出来的，每灭一国他们夫妻二人付出的艰辛和努力，也只有她和掘突心里清楚，她岂能让自己亲手打下的江山被兄长毁了。再说，一旦郑国灭亡，她将何去何从，她的两个儿子寤生和段更是无处容身。

废寤生而立段，武姜是经过反复考虑的。这里面有她打小就不喜欢寤生的因素，更重要的是因为现在的寤生已经不属于她了。这个寤生，好像生来就是和她这个母亲作对的，事事不让她痛快，处处不让她开心。她清楚地记得，当年怀寤生时，她可以说是九死一生，不仅吃什么吐什么，而且一天到晚头晕眼花，没有一丝力气。好不容易挨过了十个月，到临产时，寤生却赖在她的肚子里不出来。她用尽所有力气，想要把寤生从肚子里赶出去，这小子却一脚里面一脚外面，横在了她的身体中。这下可把她折腾惨了，整整一宿，血水流了好几盆，就在她奄奄一息要一命归天之时，这小子竟然自动将里面那只腿伸了出来，这才让她得以保全性命。只是因为他如此折腾自己，掘突在极其担忧和恼怒之下，才给他取名叫寤生。更令她没想到的是，寤生这小子生的时候不让自己安生，养的时候更为难自己。任凭她如何将自己的乳头放在寤生嘴里，他就是不吃乳汁，而且白天哭夜里哭，吵得她成天成夜地不能入眠，以至于后来她只要一看到寤生就久久难以入眠。

掘突于是把寤生交给胡夫人养育，没想到这小子到了胡夫人的寝宫后，竟然不哭也不闹，还大口大口地吃奶。这些年来，看着在胡夫人那里养得白白胖胖的寤生，她也曾几次动心思要把寤生接过来自己养，她不甘心自己费尽千辛万苦生出来的孩子喊别人母亲，可是寤生每次一到她的宫中就生病，而且一天到晚哭着闹着要找胡夫人。无奈之下，她只好一次又一次将寤生送回胡夫人宫中。

后来，她让申奇找来巫祝占卜，巫祝张嘴就说她和寤生命中相克，寤生和她在一起就是互伤，对双方都没有好处。巫祝还预言，他们母子此生定会纷争不止。从此，她便断了养育寤生的念头。随着寤生日渐长大，她愈来愈感到巫祝的话有道理。寤生跟她愈来愈生分，对她从来都是敬而远之，根本没有亲生子女那种亲热劲儿。特别是近些年来，寤生在太傅府中受教，让她更加感到这个儿子离自己愈来愈远。

自从掘突病重后，武姜就开始盘算继位问题。寤生作为世子，早已是掘突属意的继位人选。可她深知，一旦寤生继位，定会对伯毅、公子吕等人言听计从，那她在郑国多年的经营可就全废了。这些年，她为郑国付出那么多，怎么甘心让权给公子吕等人。没有她，父亲怎么可能让掘突当上大周上卿？没有她到父亲面前哭求，父亲和周王怎么可能容忍掘突攻灭东虢、郐国和胡国？没有她的参与筹划和发展农耕，掘突怎么可能一举吞并周边鄢、蔽、补、丹、依、柔、历、莘八邑？这些年，掘突在大周忙于朝政，把偌大的一个郑国都交给了她。在她的精心治理下，郑国兵强马壮、国富民强，现在掘突快不行了，她绝不能把郑国交给寤生这个木讷蠢笨的世子。如果真的让寤生继了位，以他的才能，只能成为公子吕、伯毅等人的傀儡；郑国一旦让宗室之人掌了权，哪还是他们母子的郑国，说不定很快就会成为第二个晋国。她只有让公子段继位，才能保住在郑国的尊荣。以段的聪明睿智和她的精心培养，几年之后定会光大郑国，而且也只有让段继位，才能保全寤生。

武姜对寤生以后的生计也做了打算，虽然寤生和她生分，但寤生毕竟是自己的亲骨肉，她会割出一块封地给寤生。另外，如果寤生是可塑之才，她会让寤生担任上卿，辅助段来开疆拓土；有寤生这个哥哥守护段，总比让宗族中其他公子监国护政要好得多。到那时候，郑国还是他们母子三人的郑国。

更让武姜担忧的，是她和伯毅执政理念的不同。分析当前大周王朝和天下诸侯的发展趋势，她清晰地认识到，随着周王室的日渐衰弱，天下不可逆转地进入了“大鱼吃小鱼”的时代。郑国地处四战之地，要想不败于天下诸侯，必须继续走灭掉周边小国的扩张之路。近几年，郑国利用自身的国力和掘突在王庭的影响力，本该更加快速地扩大疆域和版图，就是因为掘突受太史伯父子那套安抚天下、兼济苍生言论的蛊惑，才使郑国的扩张之路戛然而止。

武姜每每想起这些，就恨得牙痒痒的。掘突让太史伯的儿子伯毅当郑国的太傅，寤生耳濡目染，一定会更加拥护和支持他们的那套理论。让寤生执政郑国，还是让公子段执政郑国，绝不是选谁那么简单，而是决定着郑国将来要走哪条道路。以她对当前天下形势的观察，太史伯父子要走的路虽然听起来大义凛然，却是走不通的断头路。她绝不能眼睁睁地看着郑国走上这条不归路。郑国若要按照她的执政理念走下去，就必须让公子段继位！

武姜久久地看着申奇，看申奇始终是一副疑惑的样子，方才放下心来，低声说道："寤生说的应该不会有错，郑国的探子你是知道的，不仅商社、商人遍布各国，就是各国的宫廷府苑之中也有我们的眼线，所以各国一有风吹草动，我们的商社就会知道。我实话告诉你，这也是我最后决定放掘突出宫的根本原因。"

申奇摸了摸头，说："君后，我想您是多虑了，宗主不会像您说的那样做。"

武姜摇了摇头，说："申奇，你已离开兄长多年，早已不是他的心腹，你的命运自从你决定跟我来郑国那天起，就与我紧紧地绑在了一起。申国，已不再是咱们的申国。那里，咱们已经回不去了，所以我们绝不能眼睁睁地看着兄长灭了郑国，一旦到了那时，我们非但没有立足之地，对兄长来说，也失去了利用价值，就会成为一枚弃子。"

申奇连连点头，说："君后所言甚是，您放心，申奇此生既然跟定君后，定然会对您至死不渝，此生申奇忠诚的只有您一人！君后，既然君上已经出宫，他定然有办法应对王师和三国军队围郑之事。您就等着看吧，不久的将来，我郑国定会遭受一番腥风血雨，我们如何才能做到万无一失，成功推公子段上位，着实需要好好重新谋划一番。"

5

郑国，勤政殿。

一代枭雄郑武公姬掘突直着脖子，一阵强过一阵地咳喘。两个侍女跪在郑武公身后，一人搀扶着，一人轻轻地拍打郑武公的后背，试图减轻他的痛苦。

“君父……”寤生爬到郑武公跟前，紧紧抓住他的手，满脸的泪。

太宰公子元紧张地看着郑武公，眼里噙着泪。

将军祝聃肃立一旁，一脸的焦虑。

祝聃是郑武公新近调来的三军统领。自从移驾勤政殿后，郑武公发的第一道诏令就是调来重兵之卫负责国都守卫。

郑武公终于止住了咳喘，他脸色苍白，无力地躺在侍女的怀中，虚弱地说：“让太傅、公子吕觐见吧！”

祝聃领命，急匆匆地向外走去。

郑武公早就看出了申侯父子操纵郑国、吞并大周的企图。这些年，申侯父子在朝堂上蹿下跳，拉拢诸侯，专断弄权，无不是为将来篡位提前布局。也正是因为如此，他和申侯父子的关系才日渐演变为势同水火。

郑国国都原在京地。郑武公在京地苦心经营十余年，不仅将城池扩建了十多倍，还建成了宏伟豪华的宫殿。他万万没想到，老申侯竟然在郑国举国上下庆祝乔迁国都之时，突然给他一击。老申侯死死抓住京地规模有违周礼之实，联合虢公公然在王庭参劾他。他急忙反击，上奏周天子，状告老申侯私自调动王师拱卫南申国。

然而，为时已晚。周天子各打五十大板，收回了郑国制邑以北的土地以示惩处；对申国，则礼让老申侯告老还乡，其职位由儿子姜烈顶替。

此番惩处看似公平，实则明显偏向申国。申侯虽名义上受到惩处，实际却没有丝毫损失。郑国不但失去了都城，还失去了制邑以北的大片土地，既丢面子又丢里子。

郑武公掘突心里的气却又无处发泄，只能打掉牙往肚里咽！自从移都新郑后，他便积郁成疾，一病不起。

郑武公知道上天留给自己的时间不多了，他必须在咽气之前将一切安排妥当，顺利把世子寤生推上君位。

他深知，一旦让武姜掌握了实权，带来的必然是姬姓内部的血腥杀戮，到那时郑国就彻底完了。郑国完了，大周也完了！

看伯毅和公子吕走了过来，郑武公挣扎着站了起来，对着太傅伯毅一揖到地。

太傅伯毅慌忙上前搀扶起郑武公，急声说："君上，您这是要折杀微臣呀！"

郑武公紧紧抓住太傅伯毅的手："当年，先父太史伯的虢郐寄帑之计，使我郑国在中原有了立足之地，开创如今之基业，先人之恩寡人尚未报答。现如今，寡人又要把郑国托付于太傅了！如有来世，寡人定当报两世之大恩！"

伯毅双膝跪在郑武公面前："为君上，为郑国，臣万死不辞！"

公子吕惊疑地望着郑武公："君上，你这是？"当他看到地上的血渍，顿时一切都明白了，忍不住一阵战栗，忙转过身去，满脸的泪。

伯毅眼里也涌满了泪，泣声说："君上，此刻我郑国正处内忧外患，您千万要保重身体呀！申侯调集南申和虢国等三路大军从南、北两个方向进犯我边境，摆明了就是为了掌控郑国，您要有个三长两短，我郑国怎么办？我大周怎么办？"

郑武公再次抓紧伯毅的手："太傅，寡人想明日举行继位仪式，正式传位给世子寤生。即日起，君便是世子寤生之尚父，全权负责教养寤生并监国领政。"

伯毅慌忙后退，高声说道："不可，万万不可！"

郑武公疑惑地看着伯毅："太傅何出此言？难道太傅不愿当寤生的尚父，不愿帮寡人监国领政？"

伯毅连连摆手："君上大礼于臣下，臣万死不能报君恩。只是此刻君上还不能传位于世子寤生！"

郑武公如释重负地喘了口气："太傅是不是担心此举有违周礼，怕那申侯就此大做文章？可是，太傅你知道吗，我此举就是为了在有生之年把郑国交给太傅和寤生。郑国看似平静，实则暗流涌动，尤其是那武姜和其兄姜烈串通一气谋我郑国，加之武姜素来厌恶寤生，一直想让段取而代之。一旦寡人撒手而去，你们将很难制约武姜而保寤生顺利继位。寡人提前让寤生继位，虽有违周礼，然则是确保我郑国稳定的良策。”

伯毅略微沉思，说道：“君上，此刻驻南申的王师正向我边境开进，大王不日也将带王师来我郑国，此刻如果我们再违周礼，定会给那申侯定罪于我郑国之口实，到时候即使大王想保我郑国也难了！”

伯毅的一席话，令郑武公顿时惊出了一头冷汗，急声问：“太傅，难道我们只能坐以待毙，徒手把我郑国送他姜烈不成？”

伯毅说：“君上，大王尚未起驾，申侯为何提前让虢和南申之兵进逼我边境？其中必定大有文章。”

郑武公瞪大了眼睛：“太傅你接着说！”

伯毅又说：“申侯所谋，不外乎就是让段取代寤生，以便于他好牢牢控制我郑国。此刻他并没有灭我郑国的打算，所以君上不必为此惊慌。那申侯在大王巡视郑国之际，大兵压境郑国，为的就是给我们布下迷魂阵，让我们慌中出错，他好借机对我们出手。”

公子吕拍案而起，怒声吼道：“好一个狠毒的申蛮子，我兄长被他害成这样，他还不罢手，还想插手我郑国继位之事？他申家父子欺我郑国太甚！当初要不是那申侯蛊惑大王收我都城京地，君上岂会郁愤成疾？现如今他父女三人竟然还要谋我郑国，是可忍，孰不可忍！君上，请允我带兵杀了姜氏！”

郑武公坚毅地摇了摇头，低声说：“吾弟切勿鲁莽，那武姜经过多年经营，并且手握腹心之卫和环列之卫，我们手下的重兵之卫尚难与之抗衡。武姜已在我郑国形成气候，吾弟若贸然行事，非但杀不了武姜，还将导致郑国大乱。一旦大乱，我郑国亡国的日子也就不远了。当前郑国最需要的是稳定，只有稳定，寤生才能顺利继位。”

伯毅上前拉住公子吕：“君上所言极是，此刻我们千万不能自乱阵脚，给姜烈兄妹以可乘之机。上卿若躁动妄为，那武姜必以你我挟持君上为名，派兵缉拿吾等，再加上他们有申侯和大王撑腰，吾等纵是有千万个理由也百口难辩。”

此刻，公子元插话道：“二哥少安毋躁！此刻我们与申侯拼的不是实力而是冷静，就是看谁先走错棋，棋错一招，满盘皆输。其实申侯并没有权力，左右不了我郑国继位之事，他所依赖就是大王。只要大王认定我们有违周礼，不承认寤生的君主地位，申侯即刻就能废了寤生，让段取而代之。”

一旁的寤生，听到这句话，不由得打了个哆嗦。他想说话，看君父正注视着自己，忙把快到嘴边的话强压进了肚里。

郑武公环视了一下众人，说：“太傅，现在看来，最为关键的是，绝不能让姜烈担任王师主帅随王伴驾来我郑国。一旦让姜烈掌控王师，他们兄妹里应外合，即使我们抛开一切和他们翻脸，也势必无力回天。”

伯毅说：“君上所言极是！我已派人前去游说周公黑肩，如果大王派他任主帅，即使申侯再派一国军队围我郑国，我们也不怕。”

公子吕胸脯一挺：“兵来将挡，水来土掩，怕他什么！申侯父子欺我郑国太甚！君上，还请允我带兵杀了那祸国的女人！”

郑武公不放心地拉住公子吕的手，语重心长地说：“阿弟，寡人知道你一片忠心！我唯一放心不下的就是你的火爆脾气，你要切记戒急用忍，修身养性。日后，你和太傅、元弟一起监国理政，遇事一定要多和太傅商议，切莫独断专行，特别是在处理与武姜的关系上，诸事以太傅的意见为准。阿弟，为兄把郑国和寤生交给你们了，你和元弟切要替为兄看好这郑国，否则，我们泉下都无颜见君父。”

公子吕满眼泪花：“臣弟谨记君上教诲，戒急用忍，戒急……”

公子元连连叩头：“您就放心吧，臣弟定与太傅好好辅佐世子，肝脑涂地，万死不辞！”

寤生静静地听着父亲和三位大臣的对话，心里五味杂陈。多年来，他一直盼望着母后能喜欢他。为此，他曾经询问君父。君父说，只要他用功学习，母后就会喜欢他。为了得到母后的关注，他发奋读书，而且听话乖巧，时时处处注意讨好母后，却一直得不到母后垂爱。他不理解，同是母后所生，为何母后那样喜爱弟弟段，对他却是那样讨厌。

此刻，寤生才知道，原来背后大有文章，是外祖父、舅父想谋他郑国，母后偏爱段并执意想让段继位也是为了实现这一目的。

想到此，寤生直感到脖颈背后阵阵发凉。

6

接到伯籁的密信，周公黑肩的心情异常沉重。

他虽然看不惯申侯骄横霸道的嘴脸，也深知郑武公掘突推行新政是为了大周，但他也不得不在双方的争斗中采取两不得罪的态度。

他虽然位列三公，但深知自己在周天子心中的位置。周天子虽然对他极为尊重，但这无非碍于他是东都雒邑的老城主，强龙不压地头蛇。周天子真正信任和倚重的，还是和他血缘关系最近的申侯和掘突。

黑肩知道申侯父子有野心，但没想到他们如此胆大妄为，竟然私自调动大军进犯郑国边境。正如伯籁所说，一旦申侯灭了郑国，不但中原岌岌可危，整个大周都有可能沦陷。这一次他如果再明哲保身，揣着明白装糊涂，那可真要成为历史的罪人，死了也无颜面对祖宗！

黑肩下定决心后，径直去了王宫。

黑肩的求见，令周平王非常意外。平日除非召见，黑肩从来没有主动到过王宫。

周平王当即宣他入宫拜见，笑道："爱卿，你可真是稀客呀！"

黑肩快步走到周平王跟前，扑通一声，双膝跪在了地上，泪流满面，哽咽着说："我王……我王……"

周平王一头雾水地看着黑肩，赶忙上前拉着他，连声问道："爱卿，你这是怎么了？别哭，别哭，诸事有寡人给你做主。你快起来，给寡人慢慢说！"

黑肩依旧跪地不起，泪流不止。

周平王急了："爱卿，你哭得我心慌，到底怎么了？你快说呀！"

黑肩仰天长叹："我王，上卿危矣，郑国危矣，大周危矣！"

周平王此时真的急了，硬是把黑肩拽了起来，问道："爱卿，你快说，到底怎么了？"

黑肩这才抹了把泪："我王，郑国上卿公子吕、太宰公子元、太傅伯籁联名给我发来密函，上卿掘突病重，已时日无多。然而姜烈兄妹图谋郑国，此时掘突已被武姜软禁在后宫。另外，申侯调集了驻南申的王师，和南申、许、虢三国军队正进犯郑国边境。”

周平王大骇：“你说什么？上卿他……他时日无多了？姜烈他真的私自调动军队进犯郑国？”

周平王虽然不喜欢掘突对他的监督和说教，但他也离不开掘突的辅佐。此次，他本打算利用到郑国探病的机会，将制邑归还郑国，劝说掘突回朝继续领政。他万万没想到，掘突竟然将不久于人世，更没想到姜烈有如此大的胆量，竟然背着他调动如此之多的军队包围郑国。

黑肩见他演的悲情戏已达到目的，便斩钉截铁地说：“大王，郑国说的不假，派出的探子已逐条进行了核实。”

周平王意有所指地说：“寡人待申侯不薄呀！岐丰之地都交于他，他该知足呀！还有，在朝中寡人处处迁就于他，宁可得罪上卿，也不愿得罪他，他不应该呀！”

黑肩早就把周平王琢磨透了。别看周平王平时一副没心没肺的样子，荒于朝政，好像什么事情都没放在心上，只知道贪图享乐，但他心中是有底线的，对于危及王位的事情，他从来不会做任何让步。只有点中要穴，触及他那根最敏感的神经，才能真正说动他。

周公黑肩坚定地看着周平王，沉痛地说：“我王，当初申侯父子依仗有大功于您，吞并了岐丰之地，处处专权揽政，才逼迫您不得不东迁雒邑。迁都后，我王幸有晋侯、卫侯和上卿一帮干臣扶持，才得以暂时摆脱了申侯父子对朝政的完全控制，如今晋侯、卫侯都已归西，掘突再去了，将来谁来制衡那申侯父子？”

周平王连连点头，他何尝不记得当时的窘境，当初要不是晋、卫、郑三公，说不定他早已被戎狄暗害于镐京。

黑肩接着说：“我王，为臣知道您宠信申侯，可您知道吗？自从晋侯和卫侯薨后，朝政已被申侯垄断十之有六，好在有上卿敢与申侯分庭抗礼，才没有出现当初那种整个朝局都被申侯父子把控的局面。”

闻听此言，周平王不由得直打冷战。这几年，他一直沉浸在后宫的温柔乡，着实没有考虑过这些问题，心中顿时慌乱起来，急声问道：“爱卿，你快说，当今朝政已大多被申侯掌控了吗？”

黑肩点了点头：“我王，申侯不但在朝中拉帮结派，勾结虢公忌父，拉拢卫侯姬扬，他还搞阴谋诡计，祸害晋国，图谋郑国，意图断我大周之根基。现在晋已乱作一团，郑又国将不国，卫国又与申国眉来眼去，一旦出现危急，我大周将指靠何人？”

周平王脸色越来越暗。他深知，晋、卫、郑三国是他立国的三个根基，特别是郑国，是根基之根基。因为诸国姬姓族人中，唯掘突一族与他血脉最近，一旦郑国为申侯所灭，后果将不堪设想。

周平王走上前，拉着黑肩让他坐了下来：“爱卿，你快说说我们如何应对为好？我是不是现在就应免去申侯的朝中职务，打发他回申，永世不得踏入东都半步？”

黑肩摇了摇头：“我王，申侯已在朝中形成气候，尾大不掉，重疾还需慢药治。当今之际，最关键的是我王不为申侯谗言所动，帮助郑国顺利渡过此次危机。”

周平王忙问：“爱卿你讲，如何帮助郑国渡过危机？”

周公黑肩言之凿凿地说：“我王，此去郑国，如让申侯安排，他必定推荐虢公或卫侯带兵勤王伴驾，而他作为文官随员负责操办一切王事。您只需否决他的这一建议，改由宋公子力带兵，便是帮了郑国。”

周平王不解地问：“为何要子力带兵？”

黑肩回答：“虢公唯申侯马首是瞻，断不可用，用他不但会危及郑国，大王的安全也得不到保障。卫侯油滑成性，而且是墙头草随风倒，关键时刻必然承担不了重任。宋公子力耿直坚毅，知晓大义，必不会为申侯所利用。另外，当初掘突离开之时，已将王师交由他来代为统领，因此由他来勤王伴驾也正合情合理。”

周平王沉思许久，终于下定决心：“就依爱卿所言，由子力勤王伴驾，爱卿一同前往，负责寡人行程的总调度！”

周公黑肩躬身走出了王宫，步子异常沉重，他隐隐感到，风雨飘摇的郑国乃至王庭很快就会迎来一波惊涛骇浪。

7

周公黑肩刚走，申侯就来了。

好不容易打发走了黑肩，周平王正在与一帮戎女饮酒作乐。自从郑武公负气离开雒邑后，周平王就很少再上朝理政，诸事交与申侯和周公黑肩打理，整日在后宫与美女游戏娱乐。他还特别交代申侯与周公黑肩，非重大事务不要向他报告，可自行处置。

只见几案上摆满了山珍海味，周平王斜卧在一个美女怀中，一边悠闲地享用着美女喂来的美酒佳肴，一边醉眼迷离地欣赏着舞池中戎女们优美的舞姿。

申侯上前一步，大声喊道："我王，微臣有要事禀报。"

周平王朝寺人挥了挥手。寺人慌忙叫停乐人和舞女，众人徐徐退了下去。

周平王坐正身子，问道："爱卿，你有何事要禀报寡人？"

申侯故意装出一副焦急而痛苦的样子："禀告我王，舍妹八百里加急前来送信，上卿掘突他……他恐怕为时不多了。"说着，挤出了几滴眼泪。

"什么？"周平王也很会演戏，故作大惊，站起身冲下榻台，拉住申侯，急声问，"你说什么？上卿他……他……他……"

申侯双手抱拳，重重一揖："我王，上卿他已病入膏肓，我们如不及早过去，恐怕连最后一面也难见了，臣恳请大王即日移驾郑国。"

周平王连声说："好好好，明日启程前往郑国，寡人定要在上卿咽气之前，见他最后一面！"

申侯擦了擦脸上的泪水："我王，前往郑国之事微臣已经安排停当，武将方面，微臣打算安排虢公忌父率领重兵之卫和虢国军队勤王护驾，文臣方面由微臣陪同您前往郑国。"

听申侯这样说，周平王心里连连冷笑。周公黑肩的话言犹在耳，申侯的安排竟然和他所说一点不差。周公黑肩说得没错，看来这申侯真是狼子野心，竟怀有不臣之心，想要图谋郑国，进而觊觎大周！

周平王心中充满了警惕，走到几案后，坐了下来，沉思许久，斩钉截铁地说："由子力带兵勤王护驾！黑肩和姬扬也一同前往吧！"

申侯见周平王点将宋宣公和卫庄公，忙急声劝阻："我王，微臣认为，有虢公忌父护驾必能确保万无一失，子力和姬扬还是留在雒邑为好，我们都走了，雒邑怎么办？"

周平王装出一副疲倦的样子："那就让姬扬留下守卫雒邑吧！周公黑肩和上卿共事多年，就让上卿临终前再见他最后一面吧。王师向来由子力统领，寡人此次巡视郑国还是由子力带兵为好！寡人累了，爱卿请回吧！"说着，向申侯扬了扬手。

"我王……"申侯还想坚持，见周平王躺了下来，只得退了出去。

申侯心里愤恨难平，出了宫门就骂了起来："简直是胡说八道，王师向来都由子力统领？他不就是在掘突离朝后才管了几天吗？你个昏君给我等着吧，等我收了郑国再好好收拾你，我非要让你好好尝尝对人不敬的滋味！"

申侯万万没有料到周天子在关键时刻变卦。郑国之行不但没有一切听从他的安排，还直接否决了由虢公忌父带兵的建议，改派宋宣公勤王护驾。此举彻底打乱了他的整套计划。是呀！掌控不了王师，他在郑国的诸多计划都将难以实施。

申侯知道宋宣公耿直的秉性，拉他入伙的成功率极低。另外，周天子突然变卦，十有八九已经知道了他调兵包围郑国的事情，否则原本说得好好的，郑国之行全由他来安排，此刻却忽然改为由子力勤王伴驾。可是，既然大王知道了他私自调兵，又为何没跟他言明呢？他那葫芦里到底卖的什么药？

申侯很清楚，周天子虽然昏庸，荒于朝政，但他绝对不傻，他岂会不知郑国对稳固大周的极端重要性。此刻，周天子临时换将，让宋宣公子力统领王师前往郑国，定是周公黑肩在当中搞的鬼，黑肩不仅告知了周天子自己私自调兵之事，还为周天子出谋划策让子力统领王师，这分明就是冲着他来的。如果真是如此，那他必须改变灭郑分郑的计划，否则，一旦计划不周，某个环节出问题，周天子很可能会拿他私自调兵之事大做文章，说不定会借机把他清理出王庭。

想到此，申侯不禁出了一身的冷汗。他深知，一招不慎将会满盘皆输，他必须重新制订这次郑国之行的计划了。

8

拿定主意后，申侯急忙让家宰把虢公忌父请到了家中。

虢公忌父急匆匆地进了门，问道："申侯，难道大王的郑国之行出现了变故？"

申侯连连摇头，说："大事不好！大王将统领王师之职责派给了子力。据宫中寺人讲，黑肩一大早就急匆匆进了宫。此刻，想必大王已经知道了我们私自调兵之事，否则他绝不会这样做。"

虢公忌父急忙问道："大王不会问罪我们吧？申侯，咱们得及早采取对策呀！这一定是周公黑肩搞的鬼，他要坏我们的大事呀！"

申侯点了点头，说："我也猜测是黑肩搞的鬼，可他和掘突没有私交呀，怎么会出手来帮他呢？"

虢公忌父说："难道是黑肩猜到了我们分郑的计划？"

申侯说："很有可能，大王临时换将，还将巡视郑国的调度之权交给了黑肩，这分明就是在防备我们。"

虢公忌父低声问："那我们分郑的计划还要实施吗？"

申侯痛苦地说："大王一直在为强收制邑而懊悔不已，他岂能分郑于诸国呢？他非但不会分郑，还定会给郑国诸多荣誉和好处以安抚人心。现在他如此布局，定是为了牵制我们，我们贸然行动很可能会得不偿失，看来我们需要改变计划了。"

虢公忌父急声说道："您是说大王会追究我们私自调兵之事？"

申侯说道："我着实有此担心，大王既然已经知道我们私自调兵，为何他在我面前问都没问，难道他想等到了郑国再一举把我们拿下？"

虢公忌父笑道："您是当局者迷。现在大王已经失去了掘突这个依靠，在王庭之上还有谁敢与您抗衡？此时此刻，大王就是想动您，他能动得了吗？”

申侯疑惑地望着虢公忌父，说道：“大王当真不敢动你我？”

虢公忌父说道：“您想想，掘突在朝之时，大王尚且诸事谦让您三分，此刻他又要断了掘突这一臂膀，大王怎么可能自找没趣。”

申侯问道：“那我们当如何处理此事呢？”

虢公忌父想了想，压低声音说：“明日我们就面见大王，如实向他告知调动军队之事。”

申侯说道：“如果大王借机治罪于我们怎么办？”

虢公忌父说：“我们调动军队是为了勤王伴驾，他有什么理由来治我们的罪。现在掘突病危，大王所依靠的只有我们，他能轻易治我们的罪吗？”

申侯脸上露出了微笑，说道：“只要大王不计较私自调兵之事，我们便可在郑国放手实施我们的计划了。”

虢公忌父坚定地说：“请您放心，在下一切听从您的安排！”

申侯突然转变话题，阴冷地说：“此刻郑国有两派势力旗鼓相当，一派是舍妹武姜后宫，一派是以公子吕为首的诸大臣。舍妹力推公子段继位，掘突和公子吕等人则想推世子寤生继位。一旦掘突传位于寤生，他必然奏请大王让寤生继任王庭卿士，想必到时大王定会恩准。如果我们让公子段继位，你想想掘突会怎样？”

虢公忌父应声说：“他定会郁愤交加，万念俱灰！”

申侯脸上露出了笑容：“你想想，到那时，掘突还会上奏让段继任大周卿士吗？舍妹和公子段对我唯命是从，将来等段在郑国站稳脚跟，我让他归还你虢国土地，那还不是如探囊取物一般？”

虢公忌父不甘地说：“那我们冒如此大的风险调兵围堵郑国，现在岂不白费了？”

申侯神秘地说：“岂能是白费呢？现在就看那掘突如何应对我们的大军围堵了，他们那些人如果反应过激，说不定我们会有意外收获呢！”

9

郑国，太傅府邸。

太傅伯毅正在为世子寤生传道授业。

伯毅深知目前大周之困局，周天子虽然聪明，但他最为上心的却是权谋之学，且为人阴柔虚伪，吝啬寡恩，贪图享乐。当初，他毅然决然离开周天子，跟随掘突来到郑国，就是看不惯周天子的种种作为，不想与之为谋。

伯毅原想着通过辅助武公掘突理政而达到曲线报国的目的，然则武公掘突刚猛有余，婉转不足，在与申侯的博弈中处处不占上风，加之周天子为政不作为，两边不得罪，使得他和掘突空有一番报国志向和雄才大略，始终难以在王庭得以展现。

令伯毅更为焦虑的是，一旦掘突撒手而去，王庭之内将再无一人制约那霸道的申侯。如果让那申侯独领朝政，不出十年中原大地必将尽入戎狄之手。中兴大周，必须造就一个周公旦式的人物，以霹雳手段铲除朝中奸佞，废旧立新，方能保大周永续繁荣。

伯毅对世子寤生寄予了很大希望，他发现这孩子虽然沉默寡言，却异常聪慧，且性格坚毅，宁折不弯。他坚信，只要用心调教，寤生定能成为周公旦式的大才。他用周公旦的事迹教育寤生，就是为了在寤生心中树立一个标杆，延续周公旦的辅政路来中兴大周。

伯毅在室内来回走动着："周公摄政之时，乃我大周百废待兴之日，面对一团乱麻的国务，周公分别以政治、经济、外交、军事等为纲，逐一进行梳理和安排。政治上，他持依法治天下的方针，制礼作乐；经济上，推行井田制；外交上，实行封邦建国之略，采分封制；军事上，坚持先弱后强、各个歼敌、军事攻势与政治争取并举之谋，战胜一个个强敌……"

寤生端坐在几案后，听得异常认真。

伯毅继续说道："礼法制度、依法治天下乃治国理政之道，我大周正是一直坚持周公这一治国方针，才有了两百多年的延续和天下的长治久安。”

痦生瞪大眼睛看着伯毅，吟咏道：“凡能与民共有天之利益，共享地之财富，是为仁爱，仁爱所在，天下人就会归附；凡是消除人的祸患，解决人的危急，是为恩德，恩德所在，天下人就会归附；凡是能与民共患难，共安乐，是为道义，道义所在，天下人就会归附。仁爱、恩德、道义即王道，以王道治天下，天下人必归附。”

一旁的伯灵仰望着痦生，眼里充满万般柔情。

痦生结束吟诵，从几案边站了起来，向伯毅深施一礼，问道：“太傅，前日您讲，太公说以王道治天下，天下人必归附。痦生敢问太傅，治理天下，王道与法治何者重要？”

伯毅坦然一笑，说：“问得好！这两者同样重要，王道乃治心之策，法治乃治行之本，如同人之双腿，失一难行，缺一不可。人心不服，社会不稳。人心归附，规则缺失，社会同样难以稳定。周公制礼，强调尊尊；周公作乐，强调亲亲，不仅为王朝的运行制定了规则，也为人们的交往明确了规范，像网格一样牢固维持了大周两百多年的社会稳定和人民团结。”

痦生连连点头，又问道：“敢问太傅，分封制乃周公设立的定国之策，您为何时常说此策乃当今社会的祸乱之源，必须革新之呢？”

伯毅欣赏地看着痦生，说：“为政讲求因地制宜，因时制宜，周公当初实施分封制，主要鉴于商纣王一朝废坠、八方无援的教训。面对殷商残余势力时刻企图复辟的危险和戎狄部族经常骚扰边疆的现实，周公采取分封制，主要目的在于建立藩屏、护卫王室，稳定政局、镇抚各族，抵御外侮、巩固边防。你看当今我大周头轻脚重，一些封国实力已超过王庭，继续分封只会加剧这种头轻脚重的局面，一旦王庭失去对封国的威慑和制约，各个封国就会各自为政。到那时兄弟倒戈，征战讨伐，天下就会大乱呀！”

痦生脸色渐渐沉重了起来，眉头间不由得拧起了疙瘩，陷入了沉思。

正在这时，商社总领祭足悄无声息地走了进来，在伯毅耳边低语了几句。

伯毅脸色骤变，转向伯灵，急声说道：“灵儿，我有要事面见君上，你来帮寤生背诵《太公兵法》。记住，我回来是要考你们的！”说完，和祭足急匆匆地向外走去。

10

太傅伯毅一走，伯灵便活跃起来。她兴奋地跳起来，拉起寤生就要往外走。

寤生为难地看着伯灵，老实地说：“太傅不是让咱们背诵《太公兵法》吗？”

伯灵用手点了一下寤生的脑门，笑道：“你这个小周公呀！平时何等敏锐，此刻咋昏了脑子？我父亲走得如此匆忙，定是有大事要和君上商议，短时间能回来吗？”

寤生巴不得太傅晚点回来，这样他就可以多些时间单独和伯灵在一起。他有一肚子的话要向伯灵倾诉，最关键的是他还有一件大事要急着告诉伯灵。君父告诉他，在他继位之日，还要给他举行一个迎娶伯灵的结婚典礼，从此他是郑国的君侯，伯灵是郑国的君后。

寤生做梦都盼着这一天。自从遇到伯灵，寤生如同久旱逢甘霖，感情的沙漠终于找到了慰藉。虽然他贵为世子，但由于母后的排斥和厌恶，不论是在后宫还是在泮宫，处处遭受冷遇和歧视，恐惧、孤独、无助一直笼罩在他的心田，使得他从小就对人情的温暖充满了渴求。

寤生万万没有想到，人见人爱的伯灵对众学子的讨好和献媚竟视而不见，唯独对他情有独钟，不但主动和他结成帮学对子，还经常约他外出嬉戏玩耍。

开始，寤生真不敢相信伯灵会真心帮助他，总担心伯灵接近他是为了作弄他。后来，他发现伯灵不但真心帮助他，还像姐姐一样关心疼爱他。慢慢地，他向伯灵敞开了心扉，心中有了烦恼和委屈总爱和伯灵说，伯灵静静地听完，便娓娓道来，给他讲述许多人生哲理，如同春风化雨，许多心结也迎刃而解。

寤生感到，他已经离不开伯灵了，须臾不见，他就会心神不宁，天天晚上梦见的全是伯灵。他一直想向伯灵表白他对她的依恋，一直想向她倾诉他的这种心态和现实，可他又怕说出来吓着伯灵，以后再也不理他了。一段时间以来，这种想说又怕的惴惴然一直萦绕在他的心中。

伯灵不由分说便拽起寤生向外跑去。

俩人扯着手一路飞奔来到了后花园。后花园绕湖而建，一眼望不到边际，里面有假山，有溪流，还有姹紫嫣红的团团花簇。

俩人在湖边的一片空地上停了下来。偌大的空地上绿草如缎，湖边生长着两棵参天大树，犹如两把巨伞一左一右地耸立在空地的两边。大树枝繁叶茂，纵横交错，粗壮的横枝好似握在一起的两个手臂，搭起了连接两棵大树的桥梁，横枝的正下方悬挂着一个大大的秋千，在随风摇曳。

伯灵放开寤生，走到秋千跟前，纵身跃了上去，兴奋地说："寤生你看，我做的秋千!"

绿草，古树，秋千，湖面，画一样展现在寤生面前，画中的伯灵衣袂飘飘于半空之中，好像空中飞舞的仙子，直看得寤生两眼发呆。多年后，这一场景一直印在寤生脑中，每每想起都会生起无尽的感慨。

伯灵被寤生的憨态逗笑了，发出一串银铃般的笑声。许久，她才止住笑，羞涩含情地嗔道："真是个呆子，快来呀，快上来呀!"

寤生怔怔地走上前，刚坐上秋千，伯灵用力一蹬，秋千随风而起，飞到半空中。

寤生的身子猛地晃了一下，险些从秋千上掉下来，他慌忙用力抱紧了伯灵。

伯灵的脸唰的一下红了。但她并没有躲避，反而伸出左手抱住寤生的腰，紧紧依偎在寤生怀中，不自觉地头已经靠在了寤生的肩上。

飘起的秋千越荡越高，越飘越远；伯灵的身子越来越柔，越来越软；她身上的体香越来越浓，越来越令人心醉。

寤生整个身子都酥了，他感到自己醉了，真的醉了!

第三章　生死较量

1

太傅伯毅和商社总领祭足火速赶到了勤政殿。

郑武公正和公子吕商议迎驾之事。

伯毅和祭足一同上前给郑武公施礼。

郑武公半躺半卧在暖榻上说："太傅免礼，寡人正要宣你觐见，大王已出雒邑，不日将到郑国，我们要好好商议一下如何迎驾。"

公子吕起身为伯毅让座，俩人一左一右地坐在了暖榻两旁。

伯毅极力掩饰内心的焦虑，沉声说："君上，我正为此事而来。君上，据商人密报，此次大王前来我郑国巡视，担任王师主帅的是宋公子力，副帅是虢公忌父。属下感到，周公黑肩十有八九没有说服大王，看来形势比我们当初想象的更为复杂了！"

郑武公掘突闻听此言，大惊，当即挣扎着坐了起来，不由得一阵冷笑，恨恨地说："好你个宜臼，果然还在听信姜烈的谗言！戎贼，你是想借此灭我郑国？好呀！兵来将挡，水来土掩，看你如何一口吃掉我郑国！"

公子吕轰然而起，怒声吼道："君上得此重病都是拜他姬宜臼所赐，他不念同根情谊，听信奸臣，让他来吧，正好跟他新账老账一起算。"

伯毅脸上也充满了悲壮之色，时刻准备着勇挑重担，共赴国难。

一旁站立的祭足上前一步，深深一揖："君上，切不可动怒。属下认为，大王断无灭我郑国之意。其因有三，一是大王惯于玩弄平衡之术，他还需要用我们来制约申侯，此刻断不会产生灭我郑国之念头；二是对于君上扩建都城，他已做出惩处，此刻又逢君上病重，于情于理他都不能对我们做出灭国之举；三是据商人来报，此次护驾的王师统帅乃宋公子力，而非亲近申侯的虢公忌父，并且大王巡视我郑国的总调度也由申侯改为了周公黑肩，从中可以看出黑肩与大王已商议了应对之策。”

郑武公问道：“既然大王有了应对之策，那为何三国军队仍在继续往郑国边境开进呢？大王为何对姜烈的私自调兵之举不加追究，还让虢公忌父领兵呢？”

祭足坦然答道：“属下认为，大王对申侯调兵之事装糊涂为的就是保我郑国，一旦他和申侯为此撕破脸，反而让申侯更加肆无忌惮。另外，属下一直认为，此刻申侯断没有胆量明目张胆灭我郑国，他私自调南申王师和三国军队包围我边境，无非是虚张声势逼我们自乱阵脚，待郑国出现内乱之后，他好借机分郑或推公子段继位。”

郑武公慢慢地平静了下来，他反复打量着祭足，满意地笑了：“祭足，说得好！果然没有辜负寡人对你的期望。”

郑武公又转向伯毅，说道：“太傅，寡人要感谢你，你为我郑国培养了一个栋梁之材。”

祭足乃祭国公子，祭国被郑武公灭了后，他自愿给郑武公当贴身侍卫。郑武公发现他极具谋略，便派他协助伯毅掌管商社。

伯毅忙起身施礼：“都是君上慧眼识才，当初祭足不过一区区小卒，您派他跟随属下掌管商社，不就是为了今日派上大用吗？祭足学有所成，君上是该起用他担当大任的时候了。”

郑武公哈哈大笑：“就依太傅所言！祭足，从今日起你就是郑国大夫了，管理商社之事寡人会另选他人，你要和太傅、上卿一起辅佐好世子寤生。”

公子吕还惦念着周天子来郑之事，他见郑武公和太傅转变了话题，急声说道：“君上，属下认为，即使大王没有灭我郑国之意，但还有那狼子野心的申侯，我们切不可掉以轻心！”

伯毅附和道："上卿说的有道理。君上，属下认为，眼下吾等需要好好商议对策，趋利避害，勇渡难关。"

郑武公满意地望着祭足："祭足，想必你心中早已有了应对之策吧？"

祭足回答："君上厚爱祭足，祭足万死不辞！属下认为应采取威慑王师、阻击偏军之策。"说完，祭足诚惶诚恐地望着郑武公。

郑武公满脸的微笑，眼里充满了信任和欣喜。

祭足信心大增，接着说："我们通过举行盛大的迎接仪式，充分展示郑国国力军力，定能对王师产生威慑之势。稳住了大王，我们就可以集中对付申侯了。钳制申侯的关键在于阻止南申和许、虢之兵，只要手头无兵，申侯就是有天大的本事，也难在我郑国翻出浪花。"

郑武公连连点头："爱卿，你看由谁带兵前去阻击为好？"

祭足说："属下认为，阻击三国之兵是这次行动的关键，应派最得力的将领前去。许、虢之兵由高成吉带领腹心之卫前去为好；阻击申国之兵，君上可派颍考叔前往。"

公子吕插言："祭大夫，可颍考叔、高成吉乃姜氏爱将，一旦他们反戈一击，与三国之兵串通一气，那后果将不堪设想。"

郑武公一副胸有成竹的样子："无妨！颍考叔的为人寡人清楚，此人忠义重孝，我相信他不会背叛寡人。高成吉也不用担心，武姜定不会让她兄长灭我郑国。"

伯毅上前一步："君上，此乃一箭双雕之举。支走了高成吉和颍考叔，申侯和君后在郑国就没了臂膀。另外，颍考叔为人谨慎小心，想必不会背叛君上。不过，为稳妥起见，君上可将颍考叔的父母分封为颍氏宗主，并在郚邑赐以官邸，好生照顾，颍考叔定会舍生忘死，前去阻击申军。"

郑武公拍手称快："好，就依太傅所言！我们就各个击破，没有军队撑腰，看他申侯还如何在我郑国浑水摸鱼！"

一直沉默不语的公子元忽然说道："还有那宋公子力呢？展示军力能震慑了他吗？搞不定子力，恐怕一切都是徒劳！"

公子元一句话令在场的众人面面相觑。自从卫武公仙去，掘突不朝，事实上宋宣公子力就成了朝中最有实权的人物。远的不说，此次周天子巡视郑国，任命其为王师统帅就足以说明对他的信任和器重。

事情往往就是这样，一个看起来和谁都没有任何关系的人，往往是决定成败的最关键角色。此刻，众人才蓦然醒悟，宋宣公子力才是这局棋的关键。大家心里很清楚，一旦申侯和宋宣公联手，即使搞定周平王和三国军队，鹿死谁手亦尚难预料。

向来沉稳的郑武公一时竟然惊出了一头的汗，急声问道："元弟，你说我们该当如何？"

公子元看了看伯毅和祭足，缓缓道来："君上，为臣赞同太傅和祭大夫的策略。不过，在下想为君上再献上一策。"

郑武公顿时瞪大了眼睛，急声说道："快说！"

公子元并没急于回答，他上前走了两步，反问道："君上，以您对子力的了解，您觉得如何才能稳住他？"

公子元见郑武公久久无语，才一字一顿地说："联、姻！"

2

公子元抬高了声音："是的，联姻！唯有让宋国长公主与世子寤生成婚，他才会真心地帮我们渡过难关！"

祭足脑子转得飞快，刚才他还在为遗忘宋宣公而懊悔不已，此刻听公子元提起联姻，忙说："臣下赞同太宰的联姻之策。"

郑武公为难地看了看伯毅，说道："难道只有联姻，再无他策吗？我们可以给他重金，哪怕将岐丰以东的土地割让给他也行。"

公子元此刻才想起太傅伯毅的女儿伯灵已是郑武公看重和属意的未来君后。他用眼偷偷地瞄了一下郑武公和伯毅，咂了咂嘴，没说出话来。

祭足不知道世子寤生与伯灵早在伯毅来郑之前就已定了亲，急步上前道："君上，联姻之策恐怕是解决郑国燃眉之急的唯一办法。君上请想，以宋公的深谋老道，早已看透我郑国处在危亡之时，我们以重金和土地跟他做交易，他定然认为不是等价而易，只要他觉得在这笔交易中吃亏，我们即使和他达成同盟，他也很容易被申侯攻破。君上，一旦宋公被申侯争取过去，郑国危矣！”

郑武公脸色越来越沉重。他最了解宋宣公的为人，也最清楚当前的局势，他深知此举稍有不慎将满盘皆输。可一旦让宋国长公主与寤生成婚，他怎么面对伯毅父女，还有他当初的誓言？

此刻，太傅伯毅走上前来，深深一揖：“君上，您知道臣下与子力有些私交，联姻之事您就交给臣下吧！”

郑武公依旧面有难色：“这……这……这……灵儿怎么办？”

伯毅站直身子，坚定地说：“君上请不要因为灵儿为难，此刻郑国正面临危难之时，我相信她定能理解吾等无奈之举。”

3

宫正申奇一路小跑来到后宫，见到武姜脸上简直笑开了花：“君后，我们的机会来了，我们的机会来了！”

武姜见他笑得如此灿烂，忍不住急声问道：“快说，我兄长何时来郑？他带来了什么消息令你如此兴奋？”

申奇仍旧抑制不住内心的激动，扯着鸭嗓子咯咯一笑：“君后，宗主已随大王启程来我郑国，不日即到新郑。宗主对我们推举公子段的策略极为赞同，他在雒邑摆兵布阵，做好了一切准备。”

武姜精神大振：“你快说他做了哪些准备？”

申奇往武姜身边靠了靠，低声说道：“宗主本来想让虢公忌父为帅，带领王师勤王护驾，大王却执意让宋公子力为帅统领王师，后来经过宗主极力争取，大王同意虢公忌父为副帅，与宋公共领王师。”

武姜的情绪顿显失落：“那虢公忌父当不当主帅，与我们何干？看你高兴的，难道就为此事？”

申奇这才低声说道：“宗主除将虢公忌父安插在王师之中，还秘密将虢、南申、许三国大军调了过来，南北夹击，将与王师一起对新郑形成合围之势。”

武姜不由得瞪大了眼睛，急声问道：“他不会真想灭了我郑国吧？”

申奇咯咯一笑："您多虑了！宗主此举完全是为了我们。您想，君上那样刚强的秉性，他会任由吾等摆布吗？到时大兵压境，由不得他不听宗主的安排。"

武姜不放心地看着申奇："申奇，你要明白，申国，我们已经回不去了，一旦郑国被灭，我们也就失去了利用价值。"

申奇连声说道："明白，明白！我特意向宗主转述了您的担心，他也明确给我回复，让您放心，他不会做出灭郑之事，大兵围郑不过是为推段继位增加筹码。"

武姜这才长长地舒了口气，问道："那他要我们做些什么？"

申奇习惯性地四下望了望："宗主让我们立即着手做好两件事，一是想方设法在郑国制造混乱，郑国一旦大乱，我们就有了更大的机会和把握；二是要尽力掌控郑国的兵权，配合宗主控制君上。"

武姜终于明白了申侯的全盘计划，自言自语道："在郑国制造混乱倒是不难，可要完全夺得兵权不是一件容易的事情。君上已将重兵之卫交给了公子吕，经历了这次宫禁事件，君上更不会将重兵之卫交给我们了。对腹心之卫的统领高成吉我完全放心，不放心的就是颍考叔的环列之卫，颍考叔生性耿直，他会背叛君上，听命于我们吗？"

申奇眨了眨眼睛："君后不必为此担心，到了最后一刻我们再和颍考叔摊牌。听其言，观其行，如果他顾忌名节，不愿背叛君上，我们就将他软禁起来，夺其兵符，由我统领环列之卫。"

正在这时，一阵脚步声传了过来，两人急忙止住了声音。

一个寺人小碎步走入宫中，向武姜深施一礼，说道："君后，君上请您前往勤政殿议事。"

武姜看是掘突的近侍，躺在榻上故作懒散地说："现在吗？"

寺人急声说道："君上有大事要和您商议，请您即刻前往。"

武姜不耐烦地看了一眼寺人，说："有什么事情那么急？"说着，站起身随寺人向勤政殿走去。

4

勤政殿空荡荡的，郑武公掘突闭着眼睛躺在卧榻之上，世子寤生跪在榻边惶恐地看着掘突，独自落泪。

武姜被眼前这悲凉凄楚的一幕深深地触动了，不由得鼻子发酸，眼泪顿时流了出来。她快步走到榻前，颤声说道："君上！"

看到武姜，寤生慌忙站了起来，躬身施礼，喊道："母后！"

掘突睁开了眼睛，伸出手来，有气无力地说："夫人！"

武姜屈身跪在了掘突跟前，双手抓住掘突的手，哭着说："君上，还是移居后宫吧，在这里你怎么安心养病？"

掘突冲寤生说道："生儿，你去安歇吧，我和你母后说会儿话！"

寤生起身，向父母深施一礼，走出了大殿。

掘突等寤生离开以后，紧紧抓住武姜的手，急声说道："夫人，郑国危矣，郑国危矣！夫人，一旦我们被灭国，你们母子安危不保，寡人死也不会瞑目啊！"

武姜身子一阵颤抖，脸色骤变，急声说："君上何出此言？当前形势果真如你说的这样危急？"

掘突重重地点了点头，说："夫人，现在王师和南申、许、虢三国军队已对我郑国形成了包围之势，另据密报，你兄长这次已经下定决心要将郑国一分为二，新郑以北归虢，新郑以南归许。"

武姜大惊，高声说道："什么？他这样分我郑国，我母子将何处安身？君上，你我夫妻二人费尽千辛万苦才得来眼前郑国之疆域，兄长竟然这样对我不管不问，将我们的土地和人口分给那些和他不相干的人？"

掘突沮丧地说："夫人呀！都怪我太好强，得罪了你父兄，才招来了当前之祸！夫人，我们为了这片疆域费了多少心思，现在马上就要被人夺走了，我岂能甘心？"

武姜擦了擦泪，坚毅地说："君上，你放心，即使和兄长撕破脸，我也决不允许他分我郑国一寸土地！大不了我再去趟申，求父亲给我们做主。”

掘突苦着脸，绝望地说：“夫人，只怕寡人这身体已经撑不住你往来申国的时间了！”

武姜顿时也慌了神，急声说：“君上，我不允许你离开我们，你走了，我们孤儿寡母可该怎么办？”

掘突眼泪流了出来，恨恨道：“老天呀！想我掘突刚强一世，到头来竟连自己的亲生骨肉都难以保全，我恨，我恨呀！”

武姜抱住掘突，安慰道：“君上，我想此刻事情还没有坏到那种程度。”

掘突低声说道：“夫人，我知道你一心想让段儿继位，你可知我为何不允？”

武姜脸一红，说道：“为何？”

掘突痛苦地说：“我就是不想让郑国分裂！我也知道段儿那孩子聪明睿智，比起寤生，是很好的继位人选。可你想想，公子吕、公子元和伯毅等人都支持寤生，一旦我们有违礼制让段儿继位，他们定不会同意让夫人辅政。一旦他们控制郑国朝政，待时机成熟，拥立寤生，你和段儿将来如何在郑国立足？”

武姜的脸色由红变黑，额头上满是冷汗，急声问道：“君上难道要让我辅政？”

掘突重重地点了点头，说：“寤生年幼，只有夫人辅政，我才能真正放心而去，寤生将来才不会为那帮权臣所欺呀！”

武姜下定决心似的说：“君上，寤生和段儿都是我身上掉下来的肉，对他们我是一样的心疼。我想让段儿继位，也是为了郑国的将来。既然让段儿继位会起萧墙之患，那就让寤生继位吧！”

掘突拉住武姜的手，感激地说：“我的好夫人，这就对了！”

武姜脸上露出了笑容，说：“君上，你许我辅政之位，可不能变呀！对了，伯毅和公子吕他们对南申、许、虢军队犯我边境之事有何对策？”

掘突叹了口气，说道：“伯毅倒是给寡人出了一策，就是强势应对，不战而屈人之兵。”

武姜急声问道："如何强势应对?"

掘突说："派出吾国的腹心之卫、环列之卫全面迎击三国军队，留下重兵之卫在国都应对大王带来的王师。伯毅还提出，应举行一个盛大的阅兵式迎接大王的到来，用我重兵之卫的强大威势震慑王师。他们只要看到我郑国上下一心、同仇敌忾，定不敢轻举妄动，夫人以为如何?"

武姜反复说道："不战而屈人之兵，不战而屈人之兵！君上，我认为可行！以我军队之战力，只要我们上下一心、同仇敌忾，即使他们对我们用兵，我们也不怕!"

掘突激动地抓住武姜的手，颤声说："夫人如此果断，寡人将郑国交与夫人也就放心了!"

武姜眼里闪现着兴奋的光芒："君上，你觉得我们的军队何时开赴边境为好?"

掘突说道："越快越好！夫人，军队早一天到达边境，我们就多一分胜算!"

武姜疑惑地看着掘突，低声说道："君上，请容我再考虑一下。"

5

颍考叔家中。

高成吉在厅堂里来回走动着，言语中充满了激愤："颍考叔，在涉及灭国的大问题上，我们必须有自己的原则！难道你愿意眼睁睁地看着我郑国被申侯分掉灭掉吗?难道为了君后，我们就甘愿当亡国奴吗?"

颍考叔沉着脸，低声说道："君上已被上卿接到了勤政殿，以君上之雄才大略，我郑国决然到不了那种地步。我意，我们还需观望一番再说。"

高成吉急声说道："观望，观望！三国之兵已开到郑国边境，再不采取应对之策，后果不堪设想！我意，我们直接去找君上，请命前往边境拒敌!"

颍考叔连连摆手："不妥，不妥！如此，以后我们将如何面对君后?"

高成吉高声说道："君后，君后！颍考叔，你明白吗?她已背叛郑国，已不值得你我二人效忠和尊敬。”

颍考叔摇了摇头，无奈地说：“可兵符还在她手中!”

高成吉生气地说：“颍考叔，难道你忘了，郑国这片土地是弟兄们的累累白骨堆起来的，是我们兄弟一刀一枪地打出来的呀！难道你甘心眼睁睁地看着这些被许、虢夺去?”

高成吉止住了脚步，赌气地说：“颍考叔，我告诉你，我高成吉不是个没有原则的人，谁能开疆拓土强大我郑国，我高成吉就效忠谁!”说完，转身向外走去。

颍考叔慌忙起身，拉住了高成吉：“高兄，你少安毋躁！我觉得还是先见见君后为好，只要我们向她申明其中厉害，我相信以君后的智慧，她定会采取正确的抉择。”

高成吉转过身子，问道：“若她不听我们的劝谏，怎么办?”

颍考叔坚定地说：“若她不听我们的劝谏，我们就直接向君上请命!”

高成吉紧紧抓住了颍考叔的手：“好，这可是你说的！走，我们现在就去面见君后!”

6

此刻，武姜正独自在后宫徘徊。

她没想到兄长的心如此狠毒，竟然想要灭掉郑国。她深知，在当前这个涉及母国的重大抉择面前，她不能再听申奇的意见了，必须独自做出判断和选择。如果真的如掘突所说，兄长此行是为了灭郑分郑，她配合兄长的行动，无疑是会让两个儿子陷入危难之境，到那时她将真的成为郑国的千古罪人。

可掘突的话是真的吗？兄长是那样疼爱她，难道会忍心看着他们母子颠沛流离？这是不是掘突跟她玩的花招和阴谋呢？是不是伯毅那帮人为了推寤生继位给她设置的陷阱呢？支开了环列之卫和腹心之卫，也就等于从她手中夺走了这两支军队的兵权。一旦这两支军队脱离了她的掌控，她在郑国朝堂之上还有何发言权？到那时，他们推寤生继位还不是易如反掌？

另外，掘突说强推段儿继位将会导致郑国分裂，寤生继位之后让她辅政，这会不会又是掘突等人以此为诱饵给她设置的陷阱呢？他们会不会等寤生继位后，把她远远地抛在一边呢？他们明知道她为了推段儿继位暗通申国，还这样宽待于她，非但不拿她问罪，还让她担当辅政之责，难道不就是为了骗取她手中的两块兵符吗？

武姜左思右想，始终也没理出一个头绪来。

正在这时，高成吉和颍考叔进了宫。

看到他们二人，武姜心中顿时亮堂了起来。是呀，他们身在军中，每人都有自己的情报系统，对三国围郑和申侯灭郑这样的事情，他们定有自己的信息和判断。只要能够确定兄长是否真的要灭郑分郑，她就可以做出自己的选择。

高成吉和颍考叔大步走到武姜跟前，躬身施礼："君后安好！"

武姜从卧榻上站了起来，激动地说："我正要差人宣二位爱卿，没想到你们却来了，甚好，甚好！"

颍考叔疑惑地望着武姜："君后宣我们二人，可有重要事情安排？"

武姜本想直接询问虢、许、南申三国军队围郑之事是否属实，可转念又想，如果她的态度过于急迫，这二人是否会搪塞于她。调整一下心态之后，武姜说："二位爱卿，你们这样急匆匆地进宫是否有要事相报？"

高成吉抢先说道："君后，大事不好！南申、许、虢意图分我郑国，此刻三国大军已逼近我边境，我们特向君后请命，前往边境拒敌！"

颍考叔接着说道："君后，高将军所言属实，三国着实有灭郑分郑之心，当前我郑国已面临生死存亡的重大危机，我们要及早采取对策！"

武姜见二人要同心拒敌，不由得眼前一亮，对如何回复掘突，她心中已有定见。她转身回到卧榻之上，一脸平静地说："二位爱卿，三国军队犯我边境是否属实？"

二人齐声说道："属实，属实！三国军队已抵近我边境，如不及早采取对策，后果不堪设想！"

武姜点了点头，说道："君上对如何拒敌已有安排，他想让你们二人带兵前往边境，留下重兵之卫震慑王师，你们以为此计可妥？"

高成吉大声说道："君后，以战止战，此乃确保我郑国不被瓜分的上策，微臣愿意带兵前往边境拒敌。"

武姜看了看颍考叔。

颍考叔急忙说道："微臣也觉得此乃上策，在狼群面前，我们只有展示拳头，方能吓止狼群的攻击，即不战而屈人之兵，微臣亦愿带兵前往边境迎敌！"

武姜环视了一下二人，欲言又止。她最大的担忧就是掘突趁机收回兵权，她很想就此问题征求一下二人的意见，但见二人如此积极请缨前往边境迎敌，生怕二人因此小看她没格局，在事关灭国的大事面前竟然还在打自己的小算盘，从而看轻她。

颍考叔好像看出了武姜的心思，微笑着说道："君后，以君上的雄才大略，无论我们是否在您的身边，他都会对身后之事做出妥善安排。"

武姜脸上露出了满意的笑容，高兴地说："二位将军，走，我们一起面见君上！"

7

新郑的城郭虽然显得有些颓废破烂，但仍不失都城的气派。尤其主城门外的大广场，庞大开阔，一眼望不到边际。

盛大的欢迎仪式就在这个广场举行。只见那广场之上，人山人海；矛戈盾牌，铁流滚滚；旌旗飘飘，战马嘶鸣。虽然人车众多，却是条块分明，井然有序，如同一个大棋盘，排列着车兵、骑兵、步兵和预备军。

城门甬道一侧耸立着一个十米高台，大夫祭足站立在高台之上，面前摆满了彩旗。随着不同颜色的彩旗舞动，下面的军卒变换着不同的队形，高喊着不同的口号。

周平王等人还未走近广场，就被这庞大的阵势震惊了，直看得目瞪口呆。刚一抵近，就见高台之上的红旗一甩，广场之上几万人齐施迎接之礼，齐声高呼"大王万岁"。一时间，广场之上犹如排山倒海，轰然雷动，震得周平王耳朵嗡嗡直响，吓得一个趔趄倒在了车中。

就连久经沙场的宋宣公也不由得暗暗称赞："上卿治理王师早以严厉而闻名，没想到他手下的郑国军队更是令行禁止，整齐划一。"

战马之上的申侯更是心惊胆战："郑国什么时候操练了如此之多的军队，不仅人数不比王师少，战力更是高出王师数倍，仅其整齐划一，就可知郑国军队战力惊人。"

申侯做梦也没想到，郑国推行的是全民皆兵之策，不仅有随时准备战斗的正规军，还有招之能战的预备队，广场之上的军队中仅有中心位置是郑国的重兵之卫，外围全是临时招来的预备队。

周平王銮驾行至甬道中间时，郑武公在太傅伯毅和太宰公子元的搀扶下，颤巍巍地迎了上去。

周平王赶紧下车，接受郑武公的叩拜。

顿时，鼓乐齐鸣。郑武公在司仪的指挥下，一步一动地行施三跪九拜之礼。

郑武公本已重病在身，再加上近日的操劳，身体更加孱弱了，他强忍着病痛，刚施完礼，一口鲜血喷涌而出，身子顿时软成了一团。

周平王大骇，再也顾不了其他，和伯毅一起架起郑武公，将他抬到了王车之上，王车一路疾驰向勤政殿奔去。等众人回过神来，王车早已没了踪影。

8

申侯和宋宣公等人赶到勤政殿时，周平王的传旨官已站在门口。传旨官传周平王旨意，言讲大王和郑伯有要事密谈，其余人等安营扎寨，整顿军马，等候宣召。

申侯深感大事不妙，转身急匆匆向后宫走去。在新郑城门口那一幕，更令他心急如焚。他猜测定是掘突已有察觉，才有所行动，因为那盛大的迎接仪式本身就是做给他们看的，是在向他们展示郑国的实力，是对他们的威慑。

更令申侯意想不到的是，那掘突竟玩苦肉计，从而得以和大王单独相会。等来到勤政殿，他一切都明白了。勤政殿防卫如此森严，说明掘突对武姜等人早有防备，并采取了切实可行的措施。

申侯赶到后宫时，武姜和申奇等人如同热锅上的蚂蚁，四处乱转，不知如何是好。

武姜感到，自从她掌控的腹心之卫和环列之卫被调往边境后，掘突对她的态度就变了。有几次，她前往勤政殿觐见掘突，都被公子元挡在了门外。这次迎接大王的仪式，按礼制应该让她参加，掘突却连意见都没征求，断然否决了她参加大典。从掘突屡次拒之门外到这次不让自己参加迎接仪式，一连串的冷遇令武姜心惊肉跳。她真怕在兄长到来之前，掘突对她采取雷霆手段。她又怕兄长到来之后，埋怨她交出兵权。她真后悔交出兵符，让掘突把她掌控的腹心之卫和环列之卫调往边境。可她又担心兄长真的要灭了郑国。内心的矛盾和惶恐，搅得她惶惶不可终日。

看到申侯到来，武姜如同盼到了救星，上前一步紧拉住申侯："你可终于来了!"

看到武姜和申奇，申侯心中的怒火就不打一处来。在东都雒邑时，申奇给他拍着胸脯打包票，说一定会看紧掘突。现如今他们不仅没能把掘突禁锢在后宫，还像聋子和哑巴一样，对掘突一连串的反制措施没有丝毫察觉，令他措手不及。

申侯狠狠地瞪了武姜一眼，一甩袖袍，怒声问："你们是干什么吃的!掘突已离开后宫，还有今天如此隆重的仪式，为何事先不向我报告?"

申奇上前一步，战战兢兢地说："宗主，掘突自从到了勤政殿，当即换了宫廷守卫，后宫别说人出不去，就连只鸟也飞不出去。"

申侯不耐烦地扫了申奇一眼："目前你们掌控的军队有多少?"

申奇低着头，没言语。

武姜接过了话："我们掌控的腹心之卫和环列之卫都被调到了边境。"

申侯气急败坏地问："你说什么?掘突把腹心之卫和环列之卫全部调往了南部、北部边境?不可能!调走了腹心之卫、环列之卫，今天的仪式上怎还有那么多的军队?"

申奇抬起头来："是的，宗主!仪式上的军队，除郑国的重兵之卫，大多是临时征用的预备队。”

最担心的事情终于发生了，申侯一阵冷笑：“怪不得南申、许、虢三国的军队至今音信全无，原来都已被掘突阻击在国境外！”说着，他颓丧地坐到了卧榻上。

此刻，申侯在深感沮丧的同时，心中不由得对掘突暗暗称赞，他没想到一向默默无闻的郑国，此刻竟有如此实力。依军力来说，郑国之军已远远超越了王师。另外，他能在这么短的时间内征用如此之多并且训练有素的预备队，就连全民皆兵的戎狄也不一定能够做到。申侯愈加感到郑国是块难得的肥肉，掌控了郑国，他的宏图大业就成功了大半。

想到此，申侯慢慢冷静了下来，他示意武姜坐下说话：“现在看来，虢、许、南申三国军队定是已被掘突阻击在国境之外，你们手头也没兵，就说我们怎么帮你们推段儿继位？”

武姜惊异地望着申侯，问道：“你调集三国之兵不是为了灭我郑国？”

申侯顿时明白武姜为何交出兵符了。看来这个妹妹还是跟她的丈夫、儿子亲，她根本就没有把自己母国的利益放在第一位，求自己帮忙无非是为了实现推公子段继位的私心，否则事情决然不会发展到这种地步。此时此刻，他深知分郑灭郑的计划已经行不通了，只得退而求其次，实施推公子段继位的计划。想到此，他冷冷地看了一眼武姜，说道：“我干吗要灭你们郑国？灭了郑国，你怎么办？我岂能置妹妹生死于不顾？”

武姜心里一热，她为自己之前的举动懊悔不已，故作委屈地说：“都怪那该死的掘突，骗我说你要灭郑国，逼我交出兵符，我不得已才将兵符交给了他！”

申奇向前靠了靠，低声说：“宗主，看来原来的计划只能放弃了。当前我们要想反败为胜，只能在世子寤生身上做文章了。”

听申奇这样说，武姜忍不住一阵颤抖，脸色顿时变得苍白。她深知申奇何意，他是想要加害于寤生。她虽然厌烦寤生，但要加害亲生骨肉，着实令她不忍。

申侯也明白了申奇的言语所指，脸上一阵狞笑：“阿妹，舍不得孩子套不住狼！此刻我们不狠下心来，明日公子吕等人绝不会对你手下留情。”

申奇也跟着劝道："是呀，寤生和段必须取一人，留寤生，则段必死！"

申侯站了起来，皮笑肉不笑地说："舍得，舍得，有得必须有舍！阿妹，你要想清楚，你和段儿以后的性命和祸福就在此一举了！我言尽于此，希望你能做出正确的选择！"

武姜凄然说道："那……那一切听从兄长安排吧！"她仰起头来，满脸的泪。

申奇大喜："宗主，为保险起见，属下建议您还是放下身段与宋公和解，有了王师的支持，就没有后顾之忧了，您说是不是？"

申侯满意地看着申奇，笑骂道："你这个狡猾的老阉货，是怕郑国人要了你的狗头吧？放心！我这就去子力那里。不过，寤生之事要速去办理，越早越好！"

9

月朗星稀，凉风习习。

申侯从郑国后宫出来，便马不停蹄地去了宋宣公的营帐。此刻，他心头窝着一肚子火。他原本计划得好好的，把掘突牢牢控制在后宫，以此激起公子吕等人和武姜的争斗，他以平乱为由让三国军队进驻郑国，这样他就可以在郑国为所欲为，根本不用在乎统领王师的宋宣公。当时，他对申奇千叮咛万嘱咐，就怕他和武姜这里出差错。万万没有想到，武姜不仅放走掘突，还交出兵符让郑国的腹心之卫和环列之卫抵御三国之兵，把他好好的计划全给打乱了。三国之兵和南申王师已被掘突阻击于国门之外，手中没有军队，他纵是有满腹主意在郑国也难有作为。此刻，他才感觉到自己忽略了一个关键人物。

这个人就是宋宣公子力。开始，他也不是没有想到过这人，只是觉得此人平庸至极，胆小怕事，毫无主见，不值一虑。他平日里跟在掘突后面，唯唯诺诺，从不发表自己的主张。在朝中也似一闷葫芦，不敢多发一言，对自己更是恭恭敬敬。

申侯原以为，论玩权谋耍手段，宋宣公这个软弱无能之人定然不是虢公忌父的对手。虢公忌父虽是副统领之职，定然会让宋宣公徒有虚名，牢牢将王师掌控在手中。然而，事实并未如他所想。在王庭，宋宣公诸事交由虢公忌父办理，一切听从虢公忌父的主意。可等到了路上，宋宣公竟突然性情大变，军中大小事务不但亲力亲为，而且独断专行，虢公忌父突然间成了王师的局外人，王师的事务根本插不上手。

上午，申侯命令虢公忌父带兵包围郑国勤政殿时，就隐隐感到不妙。他声嘶力竭地喊着要虢公忌父带兵冲进去，宋宣公除了冷笑，竟视而不闻。虢公忌父命令这个，招呼那个，可一兵一卒都不听他的。

下午，虢公忌父跑来向他诉苦，说那子力根本没把他当盘菜，安营扎寨，竟然未置副统领的帅帐，还辩解说，以为他要和申侯住在郑国后宫里。虢公忌父的鼻子差点没气歪，他在军营里大闹一场，却找不到一个观众，兵营将士见他要撒泼，一个个像避瘟神一样躲得远远的。

申侯心中有种不祥的预感，宋宣公这人竟然能隐藏得如此之深，想必也是个难对付的角色，过去他还真是低估了这个子力。

见到宋宣公，申侯愈加证实了自己的预感。

进了大帐，申侯先是满脸惊讶，继而故作恼怒地说："这掘突真是太不像话了，竟敢如此怠慢我大周的主帅！"他在大帐内边走边抱怨，"哎哟哟，这哪是人住的地方？子力兄，您真是好德行，郑国对您如此不恭，您也不找大王诉说，真是宽宏大量！"

宋宣公哈哈一笑："您这样说，可就冤枉郑国了！郑国上卿公子吕专门把他的宅院腾出来，作为在下的行营，是在下不愿去住，怨不得人家郑国。再说，我住在大帐中，也是为了更好地保护大王。"

申侯本想以此挑拨离间，激怒宋宣公，却见宋宣公不为所动，随即改变策略，走近宋宣公，低声说道："子力兄，在下刚从郑国后宫出来，舍妹实言相告，那掘突已时日无多。在下一直想推子力兄上位，此刻正是千载难逢的机会，望子力兄能与在下通力合作！"

宋宣公故作不解地望着申侯，笑道："在下一直与您通力合作呀！您看，此次大王巡视郑国，我一直都在听从您的指挥和安排。"

申侯呵呵一笑："子力兄，难道真的不明白在下的意思？"心中暗骂道，好你个子力，竟然故意跟我打哑谜、装糊涂，你以为我不知道你心里的算盘？

宋宣公满脸微笑，没言语，脑中快速地思考着应对的策略。他从内心深处讨厌申侯，根本就不会跟他同流合污，可是怎么和这个权倾朝野的申侯相处呢？这些天他一直在思考这个问题，却一直没有答案。他很清楚当前的朝局，过去有朝中上卿掘突处处掣肘，申侯尚且独断专行，霸道成性；而今没有了掘突的制约，申侯更是大权在握，恐怕整个大周都要成为他家的后院。

宋宣公也很清楚自己在朝中的位置。自周武王册封他家先祖微子启于宋，王庭就没有信任过他们这异姓诸侯，不仅分封若干姬姓子国围困监视宋国，还不允许殷商子民归宋。特别是周天子宜臼迁都雒邑后，对他更是不放心，非要他上朝领政。周天子名义上是重用他，实则意图把他困在东都雒邑，不得回国。当前，申侯以上卿之位来拉拢他，根本就是画饼充饥。周天子是根本不会用他这外姓诸侯做上卿的。但对这申侯，他也着实得罪不起，更没有和他抗衡的本钱，此刻得罪了他，也许用不了多久宋国就会大祸临头。

为了稳住申侯，宋宣公也压低了声音："子力愚钝，请您明示，子力当唯命是从！"

申侯满意地看着宋宣公，奸笑了两声，说道："子力兄，实不相瞒，舍妹一心想推公子段继承君位，只要帮我，提前祝贺您荣登上卿之位！"

宋宣公也不客气，一揖到地："多谢申侯成全！"

10

郑国勤政殿。

郑武公命众人离开，开始与周平王单独密谈。

周平王没想到郑武公真的病入膏肓，紧抓着他的手，忍不住落了泪："上卿，寡人收你京地本是权宜之计，为的是堵住申侯的口，没想到却害了你！大周离不开你，你要是有个三长两短，可叫寡人如何是好？"

周平王说的是真心话。他很清楚申侯的野心，如果没了掘突的制约，申侯定会更加嚣张，一旦大权独揽，并任其发展下去，他很可能会篡位谋逆。

郑武公语气极为沉重："大王，都怪微臣过于刚直，不该与那姜烈正面冲突！"

周平王尚未开口，郑武公突然话题一转，问道："大王，你可曾调派虢、许和南申的军队到我郑国？你知道吗，三国军队已陈兵上万于郑国边境。"

周平王知道南申的王师被申侯私自调集到了郑国，却不知道虢、许和南申的军队也来了，不由得急声问："你说什么？寡人根本没有调动三国军队，三国军队怎么可能来到郑国边境？"

郑武公重重地点了点头："这定是申侯所为，他背着您私自调兵着实可恨！不过，大王请放心，三国军队已被我郑军阻击在边境线外。"

周平王大怒道："这个姜烈简直是无法无天了！"

郑武公问："大王，您可知姜烈为何要私自调动军队来我郑国？"

周平王沉思了一下，忽然急声问："难道……难道他想劫持寡人，忤逆造反不成？"

郑武公摇了摇头："姜烈的目标不是大王，而是我郑国。据我掌握的情况，他一是想将我郑国一分为二，这个目标如果不能实现，他就想发动兵谏，强推公子段继承微臣的爵位。"

周平王满脸疑惑："真的仅为此事？那姜烈可是个心思缜密之人，仅仅为了强推公子段，他就愿冒如此之大的风险吗？"

郑武公凄然一笑："大王，此事绝非您想的那么简单，微臣贱内素喜公子段，厌恶世子寤生，申侯兄妹联手，名为推举公子段，实为掌控我郑国。大王请想，申侯掌控北申、南申和戎狄十八部落，卫侯和虢公唯申侯马首是瞻，一旦再掌握我郑国，夺我大周江山如探囊取物。到那时，我大周将亡矣！"

一席话说得周平王冷汗直冒。

郑武公接着说："大王，你可知我为何强烈反对把王师派往南申吗？

申侯将王师调到南申驻守，名为抵御蛮楚，实则暗中扩大南申势力。那姜烈的野心远远大于他父亲，他并不仅仅想在大周领政，而是想取而代之，吞并大周。”

周平王早已隐隐感觉出了申侯的野心，此刻一经提起，顿时慌了神色，连声说道：“上卿救我，上卿救我，你看如何制约那申侯，如何处置他为好？”

郑武公本已虚弱至极，又提着气说了这么多话，累得虚汗直流，脸色愈加苍白了。他闭上眼睛，慢慢调整自己的呼吸，许久才缓过劲来。

郑武公慢慢睁开眼睛，无力地说：“大王，微臣已想好了应对之策。”

周平王急忙探身凑到郑武公跟前：“请讲！”

“臣以为，大王当稳固于郑，放权于宋，以此定能保我大周安全无忧。”郑武公停下来休息许久，接着说，“邦国诸侯中唯我郑国与大王最为亲近，郑国稳则王庭安。宋公子力虽非我姬姓，但为人耿直，可将我的兵权交其暂管。申侯内无兵权，再加后院不稳，定然不会轻举妄动。”

周平王连连点头，脸上有了喜色：“你需要我为郑国做些什么，尽管开口！”

郑武公眼里满是恳求：“大王，此刻我郑国已到危急关头，恳请大王助我世子寤生顺利继位。”

周平王轻轻拍了拍郑武公的手，大方地说：“上卿放心，寡人不但要亲自主持寤生的继位大典，还会送寤生一个大礼。你就放心吧，我定会给你一个大大的惊喜。”

第四章 政治姻缘

1

听说要他迎娶宋国的郡主，寤生着急了。

在寤生心目中，伯灵早就是爱侣的不二人选。因此，当公子元征求他的意见时，他想都没想就张口拒绝了。

寤生霍然跳起，急声争辩道："不娶，不娶，我坚决不同意！"

公子元和蔼地看着寤生，低声说："你为何不同意？你已经到了娶妻生子的年龄，并且君上准备马上让你继承爵位，依礼你必须有一个君后。你给我说说你不同意的理由。"

寤生被问得满脸通红，支支吾吾地说道："我……我……我就是不想娶我不认识的女人！"

公子元劝解道："寤生，你也是学史明理之人，历朝历代的君侯、世子，哪个娶的是自己心仪之人？你要深知，平常百姓结婚成家是为了繁衍后代，但我们世家子弟的婚姻不光是为了繁衍后代，我们还要通过婚姻这一媒介，联结我们需要的力量。所有君侯、世子的婚姻都不是个人的事情，都是国事，都是政治联姻。"

寤生的头依旧摇得像拨浪鼓："我不同意，不同意，就是不同意！我……我……我……我只娶伯灵！除了伯灵，我谁也不娶！"

公子元没想到寤生如此固执，不由得愠怒道："你这孩子，怎么如此不懂事！你读的那些圣贤书都读到哪里去了？你君父为郑国操碎了心，你难道就不能为他分一点忧吗？”

公子元越说越生气：“寤生，你已经长大了，应该清楚当前我们的处境。我们郑国遇到了自立国以来最大的坎儿，稍有不慎，就可能亡国灭族。在这生死存亡的关键时刻，你身为世子，不想方设法为你君父分忧，为国解难，却还在想你的儿女私情。你如果真是这样不争气，那我们还费尽心力推你继位有何用？”

寤生重重地低下了头，公子元的话像刀子一样，一刀一刀地在割他的心，令他疼断肝肠，眼泪像断了线的珠子似的一颗一颗地往下落。可是让他同意和宋国郡主的婚事，他着实不能答应。他从内心深处感到，失去伯灵，他的一生将永远充满灰暗，再也见不到阳光，如果真是那样，还不如去死！

公子元见寤生还没松口，气得眼泪都流了出来：“寤生，你君父已经奄奄一息，难道你忍心让他死不瞑目？难道你甘心让申侯废你而立段灭我郑国吗？你如果真是如此不孝，那就从了姜烈兄妹心意，让段取而代之吧！”

这一切都被门外的伯灵听得清清楚楚，她再也控制不住自己，冲进门来，双膝跪在了公子元跟前，连连磕头：“太宰息怒，千错万错都是小女的错，你放心，我一定劝说世子依从国事安排，一定让世子顺利迎娶宋国郡主！”

公子元不满地瞪了寤生一眼：“要是你二叔在这儿，就你这执拗样，早大耳刮子扇你了！”说着，气哼哼地向外走去。

公子元走到门口又折了回来，走近伯灵，说道：“灵儿，这件事就拜托你了！”

2

公子元刚离开，寤生便扑上前拉住伯灵，摇着她的肩膀说道：“灵姐姐，你疯了？我迎娶了宋国郡主，你怎么办？”

伯灵深情地望着寤生，满脸的泪，说道：“世子，有国才有家，现如今我郑国正处在生死存亡的危急关头，共赴国难、齐心协力解除我郑国之危机是我们的首要之选，也是郑国每个子民必须履行的首要义务。如果因为我让世子成为千古罪人，陷郑国于危难，伯灵宁愿现在就去死，以死了结世子的牵挂！”

寤生的心在淌血。

他何尝不知道有国才有家，他何尝不想为郑国、为君父分忧，他甚至想替君父去死！可他真的太爱伯灵了，伯灵在他心中的位置甚至胜过郑国的江山。如果拿伯灵和江山让他选择，他宁愿选择和伯灵终老一生，甘愿把郑国的一切让给弟弟段。

但是他也清楚地认识到，不管他同意不同意，和宋国的联姻已成定局。三叔来和自己商议，不过是出于对他这个未来君侯的礼节。时局所需，就是君父也难以左右。

寤生绝望地看着伯灵，泪如雨下。

伯灵帮寤生擦了擦泪，凄然地说：“世子，我们虽然不能成为夫妻，但我们还是好姐弟，你说是不是，你……”说着，一阵哽咽，泪水又涌了出来。

寤生倔强地望着门外，一动不动，泪水默默地流，牙咬得咯吱咯吱响。他心里充满了恨，他恨自己太弱小，不能领兵御敌保卫郑国；他恨自己太无能，自己的命运任由人摆布却无力抵抗；他恨自己太不争气，连自己最爱的女人和最大的心愿都难以成全。他暗暗发誓，只要过了这一关，他一定发奋图强，一定要让自己和郑国强大起来，他一定要主宰自己的命运。

伯灵担忧地望着寤生，低声劝道：“世子，你要知道这是上天对你的考验，拘于儿女私情，你根本成不了一世枭雄。”

寤生直直地看着伯灵：“我只要你，我不要做那一世枭雄！”

伯灵站起身，擦了擦泪，冷冷地说道：“你说什么？难道你把许下的中兴大周宏愿，还有要成为小周公的理想都忘了吗？你如果真是为了我而放弃这一切，灵儿只得和你来世再见了。”说完，气呼呼地向外走去。

寤生疾步上前死死拉住伯灵：“你千万不要！我……听你的……便

是……”一时竟哽咽得说不出话来。

伯灵疼惜地看着寤生，眼里噙满了泪，说道：“世子，你放心，灵儿会终生守护在你的身旁，生是你的人，死是你的鬼！”

“我的好灵儿，你真是我的好灵儿！”寤生张开双臂，紧紧抱住了伯灵。

两人相拥而泣，泪如雨下。

许久，寤生松开伯灵，用祈求的眼光看着伯灵，说道：“灵姐姐，你要保证永远不离开郑国，不离开寤生！”

伯灵重重地点了点头：“我答应你不离开郑国！”

寤生又抓紧伯灵的手，泪眼婆娑地说道：“灵姐姐一定不要离开寤生，没有姐姐，寤生真不知道活着还有什么意义。”

伯灵也是满眼的泪，低声说道：“生儿，我不离开你，一辈子不离开你！为了我们的理想，为了我们的誓言，我一定会陪着你！”

3

伯毅拉着寤生拜见宋宣公时，宋宣公正在品味申侯的拜见和许诺。

当初伯毅在周朝任太史公时，与宋宣公颇为投缘，二人也算得上交情匪浅。

一见面，远远地，伯毅便高声说道：“恭喜君上，贺喜君上！”

宋宣公满头雾水：“太史公，你莫要耍笑寡人，寡人何喜之有呀？”

到了跟前，伯毅深施一礼：“宋公，在下奉我家主公之命，前来给世子寤生提亲，期盼您能够成全这段姻缘。”

宋宣公一边示意伯毅坐下，一边命内侍端茶伺候。

待内侍退下，宋宣公神秘地说：“伯毅兄，你我也算莫逆之交。在我面前，就不用遮掩了吧？掘突让你前来，不光是为了联姻吧？”

伯毅坦然一笑：“宋公是聪明人，我家主公当前的确需要您帮他把寤生推上君位。此举不仅对郑非常重要，对宋也是绝好机会。君上请想，宋与郑一旦成为翁婿之国，宋国当即就会成为诸侯中国之翘楚。不论在王庭，还是放眼各国诸侯，谁还敢与您抗衡？”

宋宣公眨了眨眼，低声说道：“申侯垂涎郑国这块肥肉久矣，正想方设法强推公子段继位。听说他已经从虢、许、南申三国调了大军，不日就要抵达新郑。”

伯毅一阵冷笑：“他是痴心妄想！实不相瞒，三国军队已被我郑国大军阻击在国境以外。宋公，想必您已领略到我郑国军队的实力。容在下说句实话，即使王师全由他申侯掌控，其亦不能在我郑国为所欲为！”

伯毅停顿了一下，看了看宋宣公，接着说：“我家主公只是不想鱼死网破，与那申侯撕破脸面，才让在下前来提亲，劝说您以大局为重，千万莫要为那申侯所利用。”

宋宣公疑惑地望着伯毅：“此话怎讲？”

伯毅眉头紧锁，严肃地说：“宋公，您还看不出那姜烈的狼子野心吗？他操控南申，贿赂卫、虢，现如今又想操控我郑国，为的可是要灭我大周呀！”

闻听此言，宋宣公不由得打了个冷战。

宋宣公沉思许久，又不放心地问：“你说此言可有依据？”

伯毅摇了摇头，愤然说：“宋公，申侯若没有那野心，他夺我大周兵权却为何要将王师调往南申？他在我大周权倾朝野却为何还要联络戎狄十八盟？试想，申侯一旦掌控我郑国军队，郑、卫、虢、申四国军队，再加上王师，试看当今诸侯谁还是他的对手。就是所有诸侯的军队加在一起恐怕也难敌他申侯。”

宋宣公站起身，深深一揖：“伯毅兄远虑！请伯毅兄放心，寡人定不会助纣为虐。至于宋、郑两国联姻之事，寡人以为还需从长计议。”

伯毅满意地笑了。他深知，宋宣公是在看谁是最后的赢家，定会抱定两不相帮的态度继续观望。不过，只要宋宣公不和申侯沆瀣一气，主公和他的目的就达到了。

寤生脸上也露出了一丝微笑，心里早已乐开了花。他见太傅在宋宣公这里碰了壁，心想联姻之事定是没了希望。他早就巴不得宋宣公不同意这桩婚事呢，这样他就可以和灵姐姐长相厮守了。

4

武姜躺在软榻上，辗转反侧，心乱如麻。她闭上眼睛，手用力压着眼皮，可松开手来，眼皮还是突突地跳。她索性从榻上起身，向花园走去。

她漫无目的地走到花园中央，不禁被眼前的景象震住了。只见那片空地上，一只雏鸟无忧无虑地在草地上啄食，一条大花蛇尾随其后，吐着舌芯子，慢慢地向雏鸟靠近。

武姜身边的侍女大骇，正要发出喊叫，武姜忙制止了她。

大花蛇距离雏鸟越来越近。突然间，大花蛇一跃而起，扑向了雏鸟。

就在这千钧一发之际，一只花喜鹊拼命冲向大花蛇，用力啄向了大花蛇的头部。顿时，大花蛇头部被花喜鹊啄了个大口子，鲜血直流。

大花蛇丢开雏鸟，折转身子，扑向了花喜鹊。

花喜鹊腾空而起，转身向大花蛇的尾部啄去。

大花蛇急忙收尾，转头追杀花喜鹊。

花喜鹊边战边退，直到雏鸟彻底脱离了危险，才一个俯冲，伸出双爪抓住雏鸟飞向了空中。

武姜看得目瞪口呆。虎毒尚不食子，她怎么能亲手害死自己的亲生儿子？做出此等傻事，她将会终生不得安宁。想到此，她猛然转身，急声喊道："申奇！申奇在哪里？"

侍女边跑边回应："申奇……申奇前去给世子送点心了。"

武姜急得直跺脚："快，快备车……备车，去太傅府。"

5

马车一路疾驰。

到了太傅府门口，武姜冲下马车发疯般向里面跑去。

太傅府内，宫正申奇手端着点心盘，和颜悦色地催促道："世子，这是君后亲自给您做的点心，还热着呢，快吃吧！一会儿凉了，可就不好吃了。”说着，拿出一个点心递到了寤生手里。

寤生接过点心，反复打量着，不舍得吃。过去在宫里，别说母后亲自给他做点心吃，就是母后一句可心的话、一个满意的笑脸，都会令他独自欣喜好几天。他渴望得到母后的关心，更渴望得到母后的喜爱。

申奇在一旁催促：“世子，快吃呀！快吃呀！”

寤生把点心送到嘴边，又放了下来：“宫正，我母后身体可好？请宫正转告母后，寤生想她，天天都想她。”

“好好好，老奴一定告诉君后，世子想念她，世子是个孝顺的孩子。”申奇紧盯着点心，又催促道，“世子，快吃呀！”

寤生再次将点心送到了嘴边，正要张嘴开咬，忽然他好像想起了什么，放下点心，猛地站起身，向内室跑去。

寤生在内室好一阵子翻箱倒柜，找出了一个用黄布包着的东西。他双手捧着来到申奇跟前，慢慢打开黄布，露出了一个大大的香梨。

寤生指着香梨，认真地说：“前日，君父赏给寤生这个香梨，寤生舍不得吃，一心想着孝顺母后，请宫正代我转交母后，就说寤生想她！”说到此处，寤生眼里涌出了泪。

坐在一旁的伯灵看申奇如此卖力地劝说寤生吃点心，心中顿时警惕起来。她直直地看着申奇手中的点心，试图从中找出疑点和破绽。她不相信申奇敢明目张胆地毒害寤生，但寤生已经遭受了两次刺杀，这让她不得不怀疑申奇会狗急跳墙亲自来毒害寤生。

申奇已看出伯灵对他起了疑心，寤生又久久不吃那带毒的点心，更加心急如焚。他生怕太傅伯毅回来，一旦伯毅回了家，以他的老谋深算是绝不会让寤生吃他送来的点心的。

“好的，好的！小人一定将世子的孝心带给君后。”申奇说着，又从盘中拿出一个点心，急不可耐地递到寤生嘴边，“世子，快吃点心吧，快吃吧！”

寤生再次接过点心，张嘴就要吃。

这时，武姜飞扑上前，一把从寤生手里夺过点心扔在了地上，高声喊道：“我的儿呀！我的儿呀！”说着，紧紧抱住寤生，放声大哭。

申奇顿时明白武姜已改变了主意，急忙将点心收起，快步向外走去。

6

虽然申奇自认为做得天衣无缝，但消息还是很快传到了郑武公耳中。

郑武公吓出了一身冷汗，他没想到武姜竟然糊涂到如此地步，更没想到申侯等人竟然如此疯狂。此时他才深切地认识到，他的命门和软肋就是寤生，一旦寤生出了问题，他将不得不束手就擒，任由姜烈兄妹摆布。到那时，他的一切，包括郑国就全完了。

掘突心里虽然恨死了姜烈兄妹，然而他也只能打掉牙往肚子里咽。向来多疑的他，此刻更是变得草木皆兵。他命公子元火速将寤生接到了勤政殿，在继位大典之前，他要寤生须臾不得离开自己身边。

寤生随着公子元进了勤政殿。郑武公直挺挺地躺在卧榻上，已起不了身。

“君父！……”寤生跑上前，跪在卧榻边一阵哽咽！

郑武公眼里也涌满了泪。他感觉，自己心中的一些话是时候一一告知寤生了。

郑武公爱怜地看着寤生，说道：“吾儿，你给君父背诵一下治国五略。”

寤生直起身来，低声咏道：“尊王爱民，安内攘夷，守礼遵德；释放商奴，发展工商，繁荣经济；开发滩涂，发展农桑，强国富民；兴建乡校，教化民众，广集民义；加固京城，扩建城邑，巩固国防。”

郑武公脸上露出了满意的微笑：“寤生，你知道君父为什么反复让你吟诵这治国五略吗？”

寤生一脸的自信：“治国五略是君父兴国之要诀，也是君父平生之宏愿。君父希望寤生内化于心，外化于行，将治国五略发扬光大，以此富强我郑国，复兴我大周。”

郑武公身子一阵颤抖，激动得眼泪都涌了出来，他紧紧抓住寤生的手：“孺子可教，孺子可教！吾儿，你要牢记今日所说，发扬光大治国五略，富强我郑国，复兴我大周！”

寤生严肃地看着郑武公，重重地点了点头。

许是感到累了，郑武公松开抓着寤生的手，闭上了眼睛。

寤生守在卧榻边，静静地看着君父。

许久，郑武公方才睁开眼睛：“寤儿，你知道君父此生最大的遗憾是什么吗？”

寤生老实地摇了摇头。

郑武公自言自语道：“君父最大的遗憾，就是没有在我大周推行这治国五略，没有实现复兴我大周之宏愿。”

说着，郑武公转向寤生，殷切地看着他：“吾儿，从今日起，君父就把郑国、把大周的千斤重担交给你了！大王已答应君父册封你为大周上卿，希望吾儿完成君父的心愿，复兴大周，驱除戎狄，安抚四夷！”

郑武公接着说：“这些天来，我一直在思索我一生之经历，发现每每失误，均是由于我刚猛有余而柔弱不足造成的。在大周，我与你那舅父时时处处用强，针尖对麦芒，结果我败而退郑，愤懑成疾；在国内，我与你母后也是各不相让，结果夫妇离心离德，以至于出现我郑国今日之困境。为父今日之困境，也为吾儿将来带来了重重困难。在郑国，你那强势的母后必然处处让你为难；上朝领政，那霸道的申侯也会时时和你作对。希望吾儿牢记君父的教训，以弱胜强，以柔胜刚。天下莫柔弱于水，但是滴水可以穿石！”

寤生问：“请问君父，儿子以后应如何与母后和舅父相处？”

郑武公慈祥地望着寤生，说：“对你母后你要处处留心，她的心已不全在我郑国，君父怀疑给我下毒之人就和她有关。”

寤生不由得打了个冷战，急声问道：“君父，您是说母后给您下毒？”

郑武公摇了摇头，说：“我只是怀疑，并没有证据。此事，你切莫让任何人知道。吾儿，你也不用太过担心，我也在你母后身边埋了线人，那线人关键时刻定会保你安全。”

寤生眼里涌满了泪，悲伤地说：“君父，儿子以后当如何自处？”

郑武公坚定地说：“吾儿，不论身处强势或弱势，一定要学会以柔克刚。想要收缩之，必先扩张之；想要削弱之，必先加强之；想要废止之，必先兴起之；想要夺取之，必先给予之。这些是天道之常、自然之理，也是立身之道、处事之法，吾儿一定要切记！”

寤生重重地点了点头，君父的话让他犹如醍醐灌顶，浑身感到如释重负，面对前方的艰难险阻，他已经有了应对之策。

7

第二天一大早，寤生的继位大典就匆匆忙忙地举行了。

在郑国宫廷大殿上，周平王缓步走到了正中央的书案后。

郑武公掘突和世子寤生分列在案下的平台上。

平台之下分坐着宋宣公、申侯等随驾和郑国的文武大臣。

待周平王落座后，众人起身，一同跪拜。

郑武公由两个寺人架着，勉强倚卧在几案边，已起不了身。只见他面如白纸，直冒虚汗，不停地喘粗气。

周平王等众人安静下来，沉声说道：“上卿掘突为我大周日夜操劳，废寝忘食，居功至伟。因国事操劳，上卿积劳成疾，寡人心中悲痛万分。今日寡人亲自主持郑国的爵位继承大典，既是对上卿一生功绩的肯定，也是表达寡人对上卿的感激之情。”

周平王威严地扫视了一下众人，站起身，大声说道：“下面，我宣布继位大典正式开始，请上卿为世子正冠。”

众人慌忙起身，三呼万岁。

众人叩拜礼毕，太傅伯毅扶着世子寤生走到了郑武公跟前。

郑武公颤颤巍巍地接过王冠，在众人的帮助下异常吃力地将王冠戴在了寤生头上，他再也没有力气为寤生系带了，手一松躺在了寺人的怀里。

太傅伯毅忙接手帮寤生系好冠带，搀扶着郑武公坐回了原处。

申侯怒视着寤生，恨不得跑上前去一口将寤生吞进肚。他心里恨透了武姜和申奇，都怪他们办事不力，以至于煮熟的鸭子到嘴边又飞了。

下面的众人见寤生坐了下来，纷纷起身走至宫殿中间，一齐施礼：

“恭祝大王千秋一统，恭贺世子顺利继位。”

申侯只顾着怒视寤生了，竟忘了恭祝之礼，一个人呆站在那里，他急忙抬眼向周平王望去。

周平王正直直地看着他，眼里充满了愤怒。申侯坐也不是，站也不是，一时羞得满脸通红，恨不得找个地缝钻进去。

好在周平王并没有计较申侯的无礼，他俯视众人，说道：“诸位爱卿，郑伯乃大周股肱之臣，郑国乃我大周栋梁之国，从今日起，郑伯寤生为大周左卿士，成年之后即刻上朝领政。另外，寡人宣布，从今日起制邑及其以北的土地城邑仍归郑国。”

闻听此言，台下众人再次起身高呼：“大王圣明，大王万岁！”

郑武公掘突根本没想到大王会让寤生继位周朝的左卿士，更想不到大王会将收回的城邑和土地重新交还郑国。

狂喜之下，郑武公心潮翻涌。他挣扎着要起身向大王谢恩，却没想到一口鲜血喷了出去，当即昏了过去。

8

办完郑武公的葬礼，申侯隐忍多日的怒火终于喷发了出来。

一招不慎，满盘皆输。他布下那么好一盘棋，就是因为武姜的愚蠢，让他白忙活了一场。他心里那个恼那个怒呀，恨不得狠狠抽武姜几耳光。

武姜耷拉着脸，在默默地掉泪。

申侯来回走动着，气急败坏地数落武姜：“哭，哭！你就知道哭，机关算尽，到头来还是被掘突给耍了！我是怎么给你们说的？一定要把掘突禁锢在后宫，你们非但不听，还将兵符交给他，你们这不是在耍我吗？”

申奇弓着身子站在一旁，吓得两腿直哆嗦。

申侯接着说道：“妹妹呀！不是我埋怨你，那么好的一盘棋让你下得一团糟，当初你要是坚持不把掘突放出宫，不把兵符交出去，哪儿会有现在的被动局面。”

武姜抬起头来，倔倔地说：“你还埋怨我呢？你为啥背着我兵围郑国？

你的分郑灭郑之谋经过父亲的同意吗？你如果不兵围郑国，我会将兵符交出去吗？”

申侯顿时气短，指着武姜说道：“你你你……谁说我要分郑灭郑了？”说着，转身向申奇望去。

申奇连连摆手，委屈地说：“宗主，宗主，我可没给太后说您要灭郑分郑。”

武姜流着泪说：“难道你想要妹妹无家可归吗？”

申侯不耐烦地看了一眼武姜，说：“别哭了，我所做的一切无不是为你着想，我怎么可能分郑灭郑呢？前面的事情不说了，咱们谋划谋划以后怎么办吧！现在寤生继承了爵位，以后你就等着受公子吕那帮人的气吧！”

申奇像夹尾巴狗一样凑了过来，小心地说：“宗主，宗主，您走前可一定要把太后的辅政权争取过来呀！要不然，我们如何在这郑国落脚？”

武姜止住了泪，悲哀地望着申侯，说道：“掘突当初向我许诺，要让我辅政，我没想到他……他竟然还没兑现承诺就撒手走了！你就帮妹妹求求大王吧，只要大王授予我摄政权，我保证郑国的一草一木都由你调动。”

申侯冷冷一笑，说：“掘突许诺让你辅政？他对我们兄妹事事猜忌，处处设防，怎么可能将郑国的辅政大权交与你？他的许诺，不过是为了骗取你手中的兵符。”

武姜不相信地说：“哥哥，难道掘突是在骗我？我没想到掘突竟如此狡猾，也怪我心太软！”

申侯叹了口气，说道：“你呀你！现在才知道掘突狡猾了？我告诉你，政治斗争就是你死我活，对敌人仁慈就是对自己残忍，你的一次妇人之仁很可能就是在为自己挖掘坟墓。”

看申侯情绪稳定了下来，申奇长长地出了口气，咬着牙说：“宗主放心，我们决不让那寤生有好日子过。”

申侯看了看申奇，说：“你是父亲和我最信任的人，你要好好辅佐太后掌控好郑国，使之随时为我所用。我告诉你，斗争是手段不是目的，掌控郑国需要斗争的手段，但不能为了斗争而斗争，即使将来你们摄政郑国，也不能把事情做得太绝，不给寤生留出路，明白吗？”

申奇的脸一红，说：“宗主教训的是！送信的鸽子我已训练成功，以后每月我们都会给您传送郑国的最新情况。”

申侯满意地说：“好，这件事做得好！就是这样，郑国一有风吹草动，要随时给我报告。”

武姜忽然想起一事，急声说：“我听到传言，掘突曾让伯毅到宋公帐中提亲，你可知道此事？”

申侯疑惑地看着武姜，问道：“竟有此事？绝不能让宋、郑联姻，寤生一旦靠上宋公这个靠山，将来我们势必很难驾驭。”

武姜问道：“兄长对此有何对策？”

申侯沉思了一会儿，说：“虢国之女，对！就从虢国为寤生选后。”

武姜顿时明白了兄长的用意，会意地点了点头，说：“虢女，好，好！”

9

申侯离开后，武姜就去了寤生的勤政殿。

寤生正在读书，见母亲进了大殿，慌忙起身施礼：“母后！”

武姜看着寤生，满眼的慈爱，沉声说道：“生儿，我给你布置的学业可已完成？”

见母亲如此慈爱地望着自己，寤生心里暖暖的，他扶着武姜坐了下来，说道：“母后，儿子正在研读《黄帝内经》。”

“很好！”武姜看了一眼几案上的竹简，转向申奇，说道：“宫正，你看我的生儿转眼间已长大成人了！”

申奇上前一步，说道：“是呀！太后，老奴觉得君上已行正冠之礼，是该为他选后了。”

武姜满意地点了点头，说：“是该为我的生儿选后了！”

听母亲这样说，寤生心里一阵激动。自从上次太傅带他去找宋宣公提亲，选后问题就成了他的一个心病。他很清楚，大王走后，他的选后问题将成为郑国的第一议题。在他心中，伯灵是主持郑国后宫的不二人选，然而他也明白，在这个问题上，他并没有太多的发言权。他很庆幸宋宣公回绝了太傅，让他得以有机会向母后和尚父诉说自己要娶伯灵的想法。他必须在母后和尚父提起此事之前及早向他们诉说自己的意愿，如果等他们已经选定了某国的郡主，他再想反驳可真的很难了。

寤生见母亲提起选后之事，心想此时正是向母后诉说心事的大好时机，忙向武姜施礼，说道："母后，孩儿我……"

武姜却生生地拦住了寤生的话："生儿，你不用说了，母后知道你是个听话的孩子，你舅父已经给你选好了一位虢国之女！"

"什么？"寤生的脸顿时僵住了，他没想到周天子尚未离开郑国，母后和舅父就已经把自己的后宫之主给定了下来。

怎么办？怎么办？当场反驳母后？寤生很清楚，此举定是不妥，因为这样不仅让母后下不来台，还会给他那霸道的舅舅借机闹事的机会。君父生前反复劝导自己，在未完全掌控郑国之前，绝不能得罪那狠心的舅舅，绝不能让他看出自己的本心。此刻，他刚刚继位，因此得罪舅舅，别说以后，就是在当前他都难以平安地将周王等人恭送出郑国。舅舅一旦再闹出一番是非，他真不知道风雨飘零的郑国将如何应对。

武姜见寤生沉默不语，问道："是不是感到很意外？我告诉你，你舅父这样安排，完全是为你的将来考虑。现在大王非常器重虢公，将来等你上朝领政，虢公将会是你的好帮手。"

寤生此刻心中已有了主意。尚父曾告诉他，以后和母后相处，对于她安排的事情，无论是否妥当，切不可公开抵触，一切决策尽可往尚父和两位叔叔身上推，由他们来和母后进行理论。

想到此，寤生歉然一笑，说道："母后，儿子着实感到非常意外，感谢您和舅父为儿子的长远谋划。不过，尚父和两位叔叔也为儿子谋划了一桩姻缘，为稳妥办理，您最好和尚父他们商议一下。"

10

武姜从虢国为寤生选后之事很快就传到了伯毅耳中。

伯毅急匆匆地赶到勤政殿。此刻，公子吕、公子元、祭足等人已先他一步赶到了这里。寤生端坐正中间，在认真地倾听三人的谈话。

伯毅忽然发现寤生长大了，再也不是那个胆小怕事、软弱可欺的孩子了。在操办郑武公的后事中，寤生表现出的坚毅冷静远远超出了他的年纪。苦难的孩子早当家，他在为寤生高兴的同时，也在暗暗地心疼。

伯毅向寤生施礼："君上!"

寤生起身还礼："尚父请坐!"

公子吕急不可耐地问："太傅，周公怎么说?你先前说，申侯必然会在大王离郑前有新的动作，可否探明他又要出何诡计?"

伯毅说："君上，上卿，果然不出微臣所料，申侯不但要大王授予太后摄政之权，他还要为君上在虢国选后。"

公子元急声说道："这怎么行，若郑国诸事都由他申侯说了算，那还要我们这些人干啥?"

祭足问："太傅，您认为大王会同意申侯的请求吗?"

伯毅说："大王不但授予君上上卿之位，还归还了我郑国土地。为平衡申侯，他很可能会授予太后摄政之权。"

公子吕怒拍几案："这个戎贼欺人太甚！太傅，我们一定要据理力争，绝不能让大王顺着申侯的性子在我郑国胡作非为。"

伯毅为难地看了看寤生："君上对此有何考虑?"

寤生一直静静地听着众人的商议，此刻他已经有了自己的主意："上卿少安毋躁！寡人以为还是顺水推舟为好，既然大王不愿驳申侯关于太后摄政的提议，我们就让太后摄政。我记得君父先前亦曾提过让母后摄政之事。"

公子吕急声说："你君父不是不在了吗?再说，我们众人也没听你君父提过让她摄政之事呀!"

寤生笑了笑，说道："叔父，寤生以为，就目前局势，太后摄政还是利大于弊，我们最起码可以避开与我舅父的直接冲突。君父在位时，曾让太傅向宋国提亲，我们秉明大王和宋国联姻合情合理。所以，当前首要之事就是和宋国的联姻。"

公子吕直直地看着寤生，他简直不敢相信这些话出自一个十四岁的孩子之口，但见寤生一副沉着冷静的样子，他猛然感到这孩子一夜之间成长了不少。

祭足站起身，激动地说："君上英明！在下以为，与虢国联姻的危害远远大于太后摄政，并且只要我们同意太后摄政，大王绝不会在选后问题上为难我们。"

伯毅看了看公子吕："取易避难，君上高明呀！上卿，此刻我们急需大王支持，决不能有拂圣意。"

公子元点了点头："太傅说的有道理。不过，与宋国联姻之事如何才能成行?"

祭足说："此事恐怕还需周公黑肩进行周旋，学生愿随太傅游说那周公。"

寤生起身施礼："此事有劳二位费心了！"

第五章　以退求进

1

当祭足把一对巨大的东海明珠展现在周公黑肩面前时，黑肩的眼睛简直都直了。

黑肩指着明珠急声说：“伯毅兄，据我所知，此物产自东海之滨，你们是从哪里得到的?”

伯毅微笑着看了看祭足。

祭足深施一礼：“太师，我郑国商社不仅活跃在中原各国，还游走于东、南、西、北的荒蛮之地，太师一直关爱郑国，日后郑国收获奇珍异宝，首当贡献太师。”

黑肩哈哈大笑道：“孺子可教，孺子可教！伯毅兄，此子将来必当郑国之大任。”

伯毅低声说：“黑肩兄，我们此来还有要事和您商议。”

黑肩示意二人坐下：“伯毅兄，但说无妨。”

祭足问道：“太师可知申侯要为我家君上在虢国选后?”

黑肩摇了摇头。

伯毅急声说：“黑肩兄，此事万万不可呀！申侯一直在游说大王，让武姜摄政郑国，一旦虢国之女入住我郑国后宫，两宫之后联手涉足我郑国国事，申侯就可公然调配我郑国军队，那您与我先前所作之谋划岂不都将化为泡影了？”

黑肩陷入了沉思。

祭足说：“太师，先君在位时，曾委派太傅向宋国求亲……”

黑肩转向祭足，问道：“宋公是何态度？”

伯毅老实作答：“他说，容他思虑一下。”

黑肩笑道：“伯毅兄，您那么聪明的人怎么在此事上犯糊涂呢？宋公已将自家郡主许配给了卫侯的二子州吁，他哪儿还有郡主许配给你家君上呀？”

伯毅的脸色顿时大变，说道：“黑肩兄，此事该如何办为好？不论怎样，我们决不能让申侯的阴谋得逞呀！”

黑肩沉吟片刻，说道：“据我所知，宋国上卿子和有女，和你家君上年龄相仿。不知寤生是否愿娶子和之女？”

祭足接口说道：“无妨！依宋制，兄终弟及，上卿子和早晚都要上位的。”

伯毅沉思片刻，说：“黑肩兄，此桩婚姻为的是联姻宋国，娶宋公之女和上卿之女没有大的区别，身为尚父，此事我有代为君上做主的权力。”

黑肩拍手称快，高兴地说：“好，这就好办了！伯毅兄，走，咱们一起去找宋公提亲，我保证他肯定会同意！”

2

郑国为周平王举办了盛大的欢送晚宴。

周平王端坐在大殿中央，武姜和寤生分坐在周平王两侧，下面依次坐着申侯、周公、宋宣公、虢公和郑国的王公大臣。

酒过三巡，周平王端起酒杯，说：“武后，寤生，来，我敬你们一杯，希望你们继承掘突遗志，奋发图强，光大郑国。”

武姜站起身，泪水顿时流了出来，哭泣着说：“感谢大王恩典！大王您这一走，我们这孤儿寡母如何治理这偌大的郑国，大王您可要为我们娘俩做主呀！”

申侯就等着武姜在周平王面前诉苦，忙走出几案，双膝跪在了大殿中央，大声说道："我王，寤生年幼，诸事还需舍妹扶持和协助，恳请大王授予舍妹摄政之权。"

周平王看了看周公黑肩，问道："太师，你以为申侯提议可行否？是否有违周礼？"

周公黑肩慌忙走到大殿中，说："大王，依礼君幼母扶，申侯提议不违周礼。不过，武公在世时曾封伯毅为新君尚父，拜托他摄政郑国，微臣建议由武后和伯毅共同摄政，扶持新君直至成年。"

周平王哈哈大笑道："太师建议更为稳妥！好，寡人同意你们的提议，以后郑国就由武后和太傅伯毅共同摄政，直到寤生行冠礼。"

申侯瞪了一眼周公黑肩，恨不得当场给他一耳光。

伯毅也走到了大殿中央，高声谢恩："多谢大王恩典。伯毅必当尽心辅佐新君，不敢有他！伯毅还有一事要禀呈大王。"

周平王错愕地看着伯毅，问道："爱卿，你有何事？但说无妨！"

伯毅说："大王，先君在时曾派微臣到宋公帐中提亲。如今，宋公也已同意宋、郑成为姻亲之国，微臣想请大王成全。"

周平王转向宋宣公，问："爱卿，可有此事？"

宋宣公起身施礼，坚定地说："大王，郑国求亲舍弟子和之女，我与舍弟确实已答应了。"

武姜忙站起身，急声说："大王，大王，此事万万不可！"

周平王疑惑地望着武姜，说："武后，郑国和宋国山水相连，结为姻亲治国乃上好之事，有何不可？"

武姜支吾道："我觉得……我觉得……我……"

申侯急忙解围，说道："大王圣明，这桩婚事的确为上好之事，上好之事！"说完，恨恨地向伯毅和周公黑肩望去。

3

晚宴结束后，申侯直接去了后宫。

进了后宫，武姜就发起火来："这个挨千刀的伯毅，竟然管到了后宫之事，他的手伸得也太长了！"

申侯摆了摆手，说："妹妹呀，这哪是插手你后宫之事，分明是他们在防备我呀！"

武姜疑惑地望着申侯，问道："此话怎讲？"

申侯冷冷一笑，说："为了防止你我兄妹操纵郑国，看来掘突早就有所布局，他提前为寤生选后就是例证。阿妹，你以后在郑国的日子不会好过呀！"

武姜顿时紧张起来，生气地说："你明知道伯毅的险恶用心，为何不在大王面前提出反对意见，反而要依从那可恶的伯毅呢？"

申侯笑道："虢国郡主和宋国郡主无论谁入你的后宫，小小年纪对郑国的政局都不会影响很大，我们没必要因此得罪子和那个老狐狸，凭空给自己树个对头。阿妹你不用怕，这几日我对寤生进行了认真的观察，你看他跟个闷葫芦一样，见了我连正眼都不敢看一下，如此寡言木讷，唯唯诺诺，胆小怕事，将来定然成不了大气，我们必须做两手准备。"

武姜问道："你想废了寤生？"

申侯阴阴地说："此刻肯定不行！你要给我盯紧寤生，只要他有丝毫违背周礼之行为，我就可禀奏大王，革除他的爵位。此刻，你要做的就是积极为段儿继位创造条件。"

武姜说："那如何为段儿创造条件？"

申侯说："我想让段儿娶卫侯之女为妃，有了卫国这个靠山，段儿在王庭之上也就有了一席之地。"

武姜激动起来，连声说："好，这桩姻缘好！有了这桩姻缘，就可成功地把姬扬拉到我们这边了。"

申侯点了点头，说："有姬扬的支持，将来废除寤生时也就多了一半胜算。"

武姜问："除了与卫国结亲，我还需要做些什么？"

申侯沉思许久，说："分封。对，分封！你要设法让寤生给段儿封地，这样段儿就有了和寤生分庭抗礼的根据地。"

武姜高兴地说："我明白了。我们一边收集寤生的不礼之证据，一边颂扬段儿的聪明能干，到时候由不得大王不废长立幼。"

申侯嘿嘿笑道："你明白就好！我明天就要走了，今后你要好自为之！"

武姜恋恋不舍地把申侯送到宫门，问道："我很思念君父和母后，我什么时候才能回申国呀？"

申侯想了想，说："阿妹等着吧，待到段儿执掌郑国时，我亲送阿妹回申。"

4

送走周天子后，寤生随即和子和之女完婚，众人都感到松了口气。

寤生却一点也轻松不起来，他早早地就开始晨读。

晨读结束后，寤生抱着书简，不由得思绪万千。君父把偌大的郑国交给了他，且不说辅佐周王复兴大周，如何强大郑国，如何把郑国管理好对他就是很大的考验。

寤生很清楚，尚父和二叔、三叔虽然都是真心辅佐他，但郑国接下来到底往哪个方向走，还得他自己拿主意。还有，如何同母后和睦相处，也是不得不面对的难题。君父曾告诉他，让他母后辅政是为了郑国的稳定，也为缓解来自申侯的压力，可这给郑国带来了莫大的隐患，亦给他带来了无尽的艰困。寤生明白君父的用意，从内心深处来讲，他宁可在艰困中前行，也不愿和母后把关系闹僵。

想起母后，寤生就满心的苦楚。他不明白自己那样尽力讨好母后，为什么母后还是如此嫌弃和讨厌他。他经常问自己，难道自己不是母后的亲生儿子？可君父明明告诉自己，母后生产他时因为难产险些丢了性命。君父告诉他，滴水能穿石，与母后相处要像水一样柔软；对母后提出的要求，要像水一样灵活处理，切不可由着自己的性子。

此时此刻，寤生愈加感到君父的深谋远虑。与母后相处，看似家事，实乃国事。如果他连与母后的关系都处不好，那国人将如何看他，他又如何有威信去管理国人？母后对他愈是刻薄，他愈要想方设法和母后处好关系。

寤生觉得，当前母后和尚父共同摄政，在事关郑国发展方向的问题上，他必须极力让母后和尚父的意见达成一致，否则二人相互牵制、相互掣肘，许多事情议而不决，怎么可能图强和发展。

想到此，寤生起身前往后宫给母后请安，他要探探母后对郑国发展方向的想法。

武姜正在和公子段说笑，远远地，她就看见寤生进了宫。许是受兄长那番话的影响，看到寤生，她心里就涌出了一丝不快。她故意亲切地和公子段说着话，对寤生的到来视而不见。

寤生看了看武姜和公子段，深施一礼，大声说道：“寤生给母后请安!”

武姜这才冷冷地看了寤生一眼，随即又转向公子段：“段儿，你继续说，继续说，这个故事可真笑死人了!”

公子段朝寤生撇了撇嘴，继续说道：“母后，我给你说，我还有更精彩的故事呢，保管让你听得满意。”

武姜满脸的笑：“你说，你说，你快说!”

公子段口若悬河：“老师讲，舜做了尧的女婿，仍旧对父母孝顺如初，后母见他成了家，有两个美妻和一群牛羊，国君还那么看重他，心中万分忌妒。于是把象找来，母子俩策划了一个害死舜的毒计。象早就对两个美丽的嫂嫂垂涎三尺，所以母子俩一拍即合。晚上，狠婆娘跟瞎老头一说，瞎老头子心里惦记着舜的财产，也点头答应了。一天，象来到舜家，对他说：‘阿兄，爹叫你明天去帮助修修谷仓，别忘了早点来!’正在门前打麦的舜愉快地答应了。象走后，娥皇和女英忙从屋里出来说：‘不能去呀，他们要烧死你的!’‘父亲叫做事，不能不去呀!’舜有些为难。娥皇和女英想了想说：‘不要紧，去吧！我们有一件绘着鸟形花纹的五彩衣裳，是当年九天玄女赠送的，你穿上它就可以化险为夷了。’第二天一早，舜穿上五彩神衣，带上工具便走了。舜见谷仓上面确有几处漏水的地方，就动手修补起来。这时象突然把梯子撤走，同他母亲一起运来一捆捆干柴，把谷仓围了个密密实实，然后疯狂地将干柴点燃，大火立刻熊熊燃烧起来。舜张开双臂，仰天高呼：‘天啊，救救我吧！’说来也怪，就在舜张开双臂露出彩衣上的鸟形花纹时，忽然在火光中变成了一只五彩凤凰，叫着飞上天空……”

寤生一直呆呆地站着，足足等了一个时辰。

武姜和公子段显然是说累了，二人停止说笑，目光一齐向寤生看去。

公子段依旧是那样不可一世的样子，蔑视地看了寤生一眼，端起水自顾自地喝了起来。

武姜则抖了抖袍袖，不耐烦地说：“你还没走？有事吗？”

寤生尴尬地说：“母后，儿子前来给您请安，看您有什么指示安排没有。”

武姜满眼的厌倦：“你不说我倒忘了，你现在已经是君上了。我还真的需要教导教导你，否则你非被伯毅、公子吕给带偏了不行。”

公子段在一旁冷笑道：“哼！君父选你做君上，你知道如何治国，如何掌民吗？”

武姜看了看公子段，又看了看寤生，说道：“寤生，你现在已经是我郑国的国君了，对如何强大郑国，你可有策略？”

寤生心中一阵暗喜。他决定老实地说说自己的认识和所思所想：“母后，君父生前与母后共同制定了治国五略，儿子以为此乃我郑国图强的根本之策，当广为继承和发扬。儿子想以此为治国之纲，把这治国五略发扬光大。”

武姜原想着，寤生定会说出太史伯父子的那套驱除四夷、安抚天下的言论，没想到寤生脱口而出的竟然是她和掘突制定的治国五略，她满意地点了点头，说：“看来，对治国理政你还算用心。不过，刚才段儿讲的故事你可听到了，你不但要弘扬我们的治国五略，还要以孝治国、以德治国。你看看人家舜，他母亲和弟弟几次害他，他都以德报怨，宽容和庇佑他的家人，你要好好向他学习，善待你弟弟！”

武姜不等寤生说话，接着说道：“生儿，在郑国的发展方向上，你切莫被某些人蛊惑。正是由于我和你君父把治国五略作为郑国内政的主线，才有了今日的国富民强；正是由于我和你君父把开疆拓土作为郑国外交的主轴，才有了今日郑国的疆域。你现在还未成年，母后也不会逼你对外用兵。不过，你切莫忘了郑国地处四战之地，只有不断开疆拓土，才能在天下诸侯中立于不败之地！生儿呀，你君父把郑国交给你了，你切莫把郑国带入歧路呀！"

寤生静静地听着。他知道母后三番五次地在他面前提开疆拓土，就是怕他受伯毅的影响。他能理解母后这些想法都是为了郑国，也能理解母后的顾虑和担忧，不过，他的理想和心愿绝不止于郑国一隅，效仿先祖周公旦一直是他的人生目标，安抚天下、兼济苍生已经成为他一生的追求，他是要为郑国着想，但他更想造福全天下的人。他很清楚，目前自己的力量还太小，要实现自己的理想和目标也是以后的事情，此时此刻他也没必要惹得母后不高兴，更不能因此与母后发生冲突。

一直等武姜停止了唠叨，寤生方才深施一礼，说道："寤生谨记母后教诲！"

5

郑国到底要往哪个方向走？

这段时间，伯毅、公子吕、公子元、祭足等也一直在思考这个问题。君上年幼，作为先君的托孤大臣，他们必须帮寤生守住郑国，光大郑国。

四人赶到勤敬殿时，寤生刚好从后宫请安回来。

听说寤生刚刚给武姜请安回来，公子吕当即就火了，怒声说："君上，姜氏想方设法加害于您，您却主动给她请安，是何道理？"

祭足插言道："上卿勿急！常言道，礼多人不怪！在下以为，君上以孝立信乃高明之举。"

伯毅满意地看着寤生，说："孝母敬母，以德报怨，这也许是君上与太后相处的最好办法。"

公子元上前一步，劝说道："二哥，太后愈是刁难君上，君上应愈是敬她爱她，公道是非自在人心，看那申侯还如何挑刺。"

此刻，公子吕方才明白过来，正要开口说话，却被寤生拦住了："各位爱卿，孝敬父母乃人之伦理纲常，我们还是议一议军国大事吧。"

虽然寤生对如何强大郑国，已有自己的考虑，也得到了母后的认可，但他牢记君父跟他说的话，君父曾告诉他，要想得到群臣的齐心辅助，最好的办法就是让他们觉得在推行自己的主张。作为君主，要最大程度上把自己的决策建立在臣下主张的基础上。今天他将如何强大郑国这个议题交给大家，让大家畅所欲言，就是为了在强大郑国这个问题上取得众人的一致意见。

公子吕看寤生沉静刚毅的样子，心头不由得一颤，此刻他才真正意识到，自己再也不能把寤生当孩子看待了。他暗暗告诫自己，以后一定要谨言慎行，要像对待先君那样，只有君臣有别，才不至于生出嫌疑，才能更好地扶持寤生。

伯毅心中也在暗暗思量，先前他为寤生如何与武姜相处着实费了一番脑筋，也想好了一套完整的策略，他本想今日给寤生好好讲一讲，现在看来，寤生已有自己的应对之策，他再说已显得多余。想到此，他看了看祭足，说："祭大夫，你先说说吧！"

祭足早已做好充分的准备，向寤生深施一礼，说道："君上，我郑国北临齐卫，南通荆楚，西连晋虢，东接宋鲁，乃四战之地，我们要想突破诸国的围堵和蚕食，必须在国力、军力上全面压制四方强敌，方能确保我郑国安康。"

伯毅连连点头，说："好一个四战之地！"

祭足信心满满地说："提升国力的最佳途径就是发展商业，臣下恳请君上确立以商立国、以商固国、以商强国的基本国策，进一步制定安商养商强商的措施。"

寤生看了看公子吕，问道："上卿以为呢？"

公子吕说道："祭大夫所言甚是！以商立国乃是先父桓公定下的基本国策，你君父一直奉为立国之本，微臣希望君上能够坚持这一基本国策，切不可动摇根基。不过，我认为重商只能富国，要想强国还必须巩固城防，扩充军队。"

寤生的目光向公子元投去。

公子元起身说道："微臣以为，先君的强国之略乃我郑国发展壮大之根基，臣期盼君上发扬光大，实现先君未竟之理想。"

寤生脸上露出满意的笑容，他向众人环施一礼："尚父、上卿、太宰、大夫，寤生以为大家说的都非常切合我郑国实际，寤生也想谈谈自己的想法，请诸位一起定夺。"

伯毅和公子吕等人慌忙回礼："君上请讲！"

寤生咏道："尊王爱民，安内攘夷，守礼遵德；释放商奴，发展工商，繁荣经济；开发滩涂，发展农桑，强国富民；兴建乡校，教化民众，广集民义；加固京城，扩建城邑，巩固国防！"

众人注视着寤生，个个脸上显现着激动的神情。

寤生一脸的虔诚："刚才祭大夫讲，要以商立国、以商固国、以商强国，寡人以为鼎有四足，发展工商乃一足也。寡人更以为，我郑国的基本国策就是君父的治国五略，具体来讲，就是以民立国、以礼治国、以商富国、以军强国、以粮固国。"

伯毅连连点头："民之所欲，天必从之。天下非一人之天下，乃天下之天下。同天下之利者，则得天下。国之根本，民也！"

公子元接过了话："发展工商、开发滩涂、组建军队无不需要人口，没有众多的人口，我郑国的各项发展都是无源之水、无本之木。"

寤生见众人一致赞同自己的意见，接着说道："尚父、上卿，寡人想把这治国五略取名为武公之略，以此作为我郑国奋发图强的基本方略和总体布局，亦以此作为我郑国发展壮大的总纲，可好？"

伯毅、公子吕等人眼中无不显现着激动的光芒，连连点头。他们没想到平时像个闷葫芦一样的寤生，竟然对如何强大郑国有如此深刻的考虑，对武公提出的治国五略有如此独到的认识。以民立国、以礼治国、以商富国、以军强国、以粮固国，总结得如此精辟，而且句句抓住了核心和要害。

特别是公子吕，直直地看着寤生，满眼的泪光。他从内心深处为寤生感到高兴，为郑国能有这样一个年轻的国君感到幸运。

寤生见众人点头应允，高兴地说道："诸位爱卿，我想对这些基本国策做一分工，你们四人各领一摊，齐头推动，可好？”

伯毅、公子吕等人急忙回答：“君上尽管安排！”

寤生说道：“制礼作乐、兴建乡校请尚父负责；建设军队、巩固国防请上卿负责；扩充人口、开发滩涂请太宰负责，发展工商、繁荣经济由祭大夫负责。”

四人一齐上前施礼领命。

寤生最后说道：“尚父，周公制礼乐、经国家、定社稷、序民人，开创了大周的百年鼎盛。寤生期盼尚父及早着手完善我郑国的礼乐体系，以礼治国，让文人尽忠、武将尽责、商人尽心、百姓尽力。”

伯毅担忧地问：“君上，在郑国推行武公之略，你可征求过太后的意见？她和微臣共同辅政，如果没有她的支持，我担心新政很难推行下去！”

寤生说道：“尚父所虑甚是！我到后宫请安，母后问我如何强大郑国，我说要推行她和君父提出的治国五略，她满口同意，而且非常高兴。不过，我们要想得到她的全力支持，还必须讲究策略。”

伯毅问：“君上此话怎讲？”

寤生说：“以我对母后的了解，此事由您和上卿提起，她必然会反对。廷议时，您不妨……”

伯毅顿时明白了寤生的心思，急声说道：“君上是想让老臣和上卿在廷议时不提，甚至反对治国五略。”

寤生重重地点了点头，说：“我已和母后达成共识，她心中对郑国下一步发展已认定治国五略，你们愈加反对，她就会愈加坚持。到时候，你们争得愈激烈，母后就会守卫得更坚定。如此，大事成矣！”

伯毅笑了。此子小小年纪竟能如此洞悉人心！他从内心深处为寤生感到高兴，他坚信自己和掘突的理想一定会在寤生身上实现。

寤生接着说道：“尚父，我想在推行武公之略的同时训练一支新军，要得到母后的支持，还需在此事上做足文章。否则机会一旦错过，再争取她的支持就难了。”

伯毅疑惑地问道：“君上为何要训练新军？”

寤生说道：“寡人反复思量，我郑国与戎狄必有一战。我大周与戎狄作战为何屡战屡败，主要因为我们是车兵，而戎兵则是轻骑和步兵，车兵笨重，轻骑灵活，车兵与骑兵作战，不但在遭遇战中不占优势，在小规模的叨扰战中更是劣势尽显。我们要想战胜戎狄，必须取己之长，克己之短，建立自己的骑兵、步兵和弓箭兵。另外，训练新军也是我君父的遗愿。”

伯毅连连点头，说道：“君上所言极是，可我郑国已有三军，再建一支新军，恐怕太后不会同意。”

寤生笑了笑说：“尚父，您放心，廷议时您和上卿与母后争得愈激烈，建立新军的提议就越容易通过。”

伯毅心领神会地说：“君上放心，一切交给老臣，保准让您实现愿望。”

公子吕不放心地说：“君上，训练一支新军可需要巨大的花费。”

寤生看了看公子吕，说道：“叔父，我给您说实话，关于训练新军的费用，君父早已替我们想好了。”

听寤生说出这原是掘突的主意，伯毅、公子吕顿时瞪大了眼睛。

寤生接着说道：“君父已经把训练新军的地方选好了，就在启封。至于费用，君父已探得虢地的铜矿，他让我们开发铜矿，用于筹建新军费用。”

说到此处，寤生停顿了一下，看了看公子吕和公子元，说道：“上卿，筹建新军之事就交给您了。开发铜矿之事，由太宰全权负责。君父讲，让叔父以为他修建墓地为名暗暗开矿。”

寤生的目光又转向了伯毅：“尚父，即刻起，郑国商社要把冶炼铜矿石和销售铜作为主要业务，想尽一切办法为新军筹备经费。”

伯毅、公子吕、公子元一齐施礼：“诺!”

寤生冲三人摆了摆手，对着公子吕说道：“叔父，君父曾说，郑国要想号令天下诸侯，必须在征战四夷时大胜他们，方能在天下诸侯中立威，方能让他们信服。四夷军队强在骑兵的快与狠，寡人要的这支黑骑军一定要比他们更快更狠。寡人之意，这支黑骑军的战马全部从西部戎族处购买，至于人，叔父可不拘一格选人，可为郑国军士，也可为奴隶、罪犯，甚至天下各国的游侠勇士，但原则只有一条，必须是勇猛超常的狠人!”

公子吕频频点头：“君上是想打造一支有超常战斗力的军队呀!”

公子元看了看伯毅，问道：“太傅，看您信心满满的样子，是否对如何说服太后已有策略?”

伯毅哈哈一笑，说道：“这还需诸位的配合。”

公子吕急声说道：“是吗?太傅不妨说来听听。”

伯毅说道：“当前太后最大的顾虑，无非就是她的军权，只要我们以强军之名推行郑国军队改革，她必然会惊慌失措。到时候只需君上居中调和，只要让她保住对腹心之卫和环列之卫的指挥权，她定会同意我们组建新军。”

公子吕拍手称快道：“高明，还是太傅高明!我们就以此策来逼迫她同意训练新军!”

6

听到伯毅、公子吕要在郑国推行新政的消息，武姜坐不住了。

尤其是伯毅、公子吕关于郑国一切为强军让步的论调，让她敏锐地意识到伯毅和公子吕是在夺权，是想以军队改革之名从她手中夺取郑国腹心之卫和环列之卫的指挥权。

武姜很清楚，在郑国，伯毅、公子吕等人之所以处处对她礼让三分，就是因为她手中掌握着军队。一旦失去对军队的掌控权，也就意味着失去了对郑国朝政的掌控。到时候，不但她和段儿在郑国难以立足，寤生的日子也不会好过。她觉得，对于这一点，也许寤生还没认识到，但她决不允许出现这样的局面。现如今，她与伯毅和公子吕等人已闹得水火不容。真的到了郑国所有军权都掌握在公子吕手中的时候，他们母子三人就非常被动了。

武姜在为寤生这个不听话的儿子感到生气窝火的同时，对太史伯父子愈加仇恨。当初，郑武公如果不是听信他们父子的劝说，绝不会到王庭去任上卿。如果武公不去王庭，现在郑国的疆域也不止目前这么大，他也不会与她的父兄闹得势不两立，更不会因被贬回郑而早早丧生，害得她年纪轻轻就守寡。太史伯父子不仅害了郑国，害了掘突，害了她，现在又要害她的儿子寤生。她决不能让他们的阴谋得逞。

武姜坚定地认为，此刻她必须想尽一切办法阻止公子吕的强军策略。可要提出反对，她必须提出自己的应对之策。她思来想去，还是觉得推行寤生提出的治国五略方为妥当。

为了研究对策，武姜专门把高成吉和颍考叔召进了后宫。

申奇尖着嗓子说道："二位将军，你们听说没有，伯毅和公子吕要在郑国推行新政了，提出要一切都为强军让步。这是什么话？他们想干什么？"

高成吉厌烦地看了申奇一眼，欲言又止。

武姜说道："二位爱卿，先君生前曾反复嘱托孤，一定要大力推行治国五略，一定要让郑国民富国强。你们看看，先君刚走，他们就要另起炉灶。"

颍考叔看了看众人，问道："太后，君上对此怎么考虑？"

武姜说："他当然和我的想法一致，要在郑国推行治国五略。"

颍考叔笑道："如此，太后还有何担忧？"

申奇插言道："就那个小寤生，他能帮上太后？伯毅一番花言巧语，他的立场就变了！"

高成吉早已听到了公子吕和太傅伯毅决心强军的消息，为此还真是激动了好一阵子。自从武公病重，他的心情就没有痛快过。他出身破落士族，幸得郑武公慧眼识才，得以成为郑武公的贴身侍卫。在那段跟随郑武公四处征战的峥嵘岁月里，他们驰骋于战场，战车所到之处城破国亡，是那么风光，那么畅快！

后来，郑武公将腹心之卫交给了他，他也一跃成为郑国的大夫和将军。他一直梦想着带领腹心之卫，跟随郑武公开疆拓土，到那时，郑武公一定会给他分封食邑。有了自己的食邑，子孙后代再也不用受穷了。可他万万没想到，正值盛年的郑武公竟然在被申侯算计后一病不起，还丢了卿卿性命。

高成吉明白公子吕、伯毅提出强军新政的用意，他们就是想为郑国开疆拓土建立功绩，这样他也可以带领腹心之卫取得不朽功绩。为了劝说太后支持公子吕的强军新政，他私下着实动了不少脑筋。接到进宫的宣召后，他就下定决心一定要借这次进宫的机会劝说太后。

可看到太后武姜对新政的态度，高成吉的心顿时凉到了底。尤其是看到申奇在这里巧舌如簧地搬弄是非，高成吉心中的气更是不打一处来，忍不住怒声说道："还小……君上的名号岂是你随意叫的？"

申奇急忙收口，看了一眼武姜，低声说道："太后，小的失言了！"

武姜白了一眼申奇，说道："将军，你莫要跟他计较，快说说我们如何应对公子吕所提的新政吧。"

高成吉犹豫了一下，说道："太后，在下以为……"

颍考叔急忙拦住了高成吉的话，急声说道："太后，微臣以为太后的治国五略乃我郑国之正途，先君刚逝，新君尚未执掌国政，我郑国当一心发展经济，切不可妄开战端，毁我根基。"

老成持重的颍考叔知道高成吉的想法，可他一旦说出自己的想法，定会激起太后的过激反应，她甚至会怀疑高成吉已被公子吕收买。他深知太后武姜的性格，一旦让她产生怀疑，离削爵罢权的日子也就不远了。

颍考叔说着拉了拉高成吉，道："高将军，此刻我郑国绝不能妄起战端，你说是不是？"

高成吉何等聪明，顿时明白了颍考叔的担心和用意，忙道："太后英明，此刻我郑国要推行的新政，就应当是治国五略！"

武姜看两位将军都支持自己，不由得一脸的笑，说道："寤生向孤提出，将治国五略改为武公之略，这样公子吕和伯毅就没有反对的借口了。"

颍考叔连连称赞："高，高！太后，郑国的新政就叫武公之略！我们在继承和推行先君的遗志，看谁还敢阻拦。"

高成吉跟着说道："太后，在下也觉得叫武公之略比较妥当，此举一下子就堵住了公子吕、伯毅等人的口。"

武姜高兴地说："好，那就叫武公之略！不过，廷议时你们可要极力支持孤，要为孤据理力争，不能因为担心得罪公子吕，就像闷葫芦一样站着不吭声。”

颍考叔高声说道：“太后放心，微臣定会为太后、为郑国据理力争！”

7

为了把戏份做足，伯毅和公子吕相约去了颍考叔家。

高成吉正在颍考叔面前抱怨：“你呀你，你可知道太傅和上卿推行强军新政的目的？你只顾顺从太后，可为自己的将来考虑过？”

颍考叔坦然一笑，没说话。

高成吉接着数落道：“太傅和上卿推行强军新政，为郑国开疆拓土有什么不好？我们身为带兵将军，战场才是我们的舞台，只有取得更多的战功，我们才能拥有爵位和食邑，我真不知道你是怎么想的！”

颍考叔微笑着摇了摇头，说：“新君刚刚继位，本应该无为而治，潜心发展国力，太傅那么睿智的人怎能不懂这个道理，这里面肯定有文章。”

高成吉疑惑地望着颍考叔，问道：“你是说太傅另有所图？”

颍考叔又摇了摇头，说道：“也许是太傅有难言之隐！”

高成吉想了想，说道：“定是上卿极力推行强军新政，太傅为了维持他们之间的团结，不得不支持上卿。既然这样的话，难道你为了太后真的要与上卿对着干吗？你要知道，上卿背后可站着整个宗室。我们与宗室作对，以后是不会有好果子吃的。”

颍考叔说道：“高大夫，你要明白，虽然公子元担任了太宰，但现在公子吕他们还代表不了宗室，宗室的长老们还掌握在太后手中。”

高成吉冷冷一笑，说：“现在是这样，以后呢？”

颍考叔说：“以后？以后的事情以后再说吧！”

这时，伯毅和公子吕大步进了门。

公子吕高声说道：“哟！高大夫也在呀？”

颍考叔和高成吉慌忙起身施礼：“太傅，上卿！”

伯毅和公子吕拱手回礼。

颍考叔请伯毅和公子吕主位落座，说道：“太傅、上卿，您二位有事安排即可，亲临寒舍，着实令在下惶恐。”

公子吕哈哈一笑，说道：“颍大夫，你怎知本公子有事和你商议？”

颍考叔笑道：“在下猜得没错的话，上卿定是为新政之事。”

伯毅说道：“颍大夫，你对强军新政有何见解？”

颍考叔认真地说：“太傅、上卿，请恕在下直言！在下以为，当下我郑国新君刚立，当无为而治，潜心发展国力，此时强军进而开疆拓土，不妥呀！”

公子吕的脸顿时拉了下来，怒声说道：“有何不妥？不开疆拓土，我郑国哪有今日的国富民强？先君临终前，多次说我郑国处在四战之地，唯有发展军力和开疆拓土，才能应对周边诸国的侵扰，才不至于被灭国。不思如何在战场上杀敌立功，如何配为将军？”

伯毅哈哈一笑，说道：“上卿言重了！”

公子吕依旧愤愤地说：“将军的舞台在战场，定当式辟四方，彻我疆土，以定王国！”

公子吕一席话说得高成吉热血沸腾，连连点头，说道：“上卿高义！”

颍考叔的脸红红的，低声说道：“上卿，在下绝非怕死之人，只是觉得当下我郑国开疆拓土的时机不对，妄启战端，定会给我郑国带来灭顶之灾。”

伯毅看了看颍考叔，诚恳地说：“上卿的强军新政并非要妄启战端。你可知当今我大周四夷交侵，尤其西北戎狄已侵入我中原腹地，我大周、我郑国与四夷必有一战，战胜则大周中兴，战败则要面临灭族的危险！”

高成吉激动地站起身，在房间里来回走动着，恨恨地说：“他们想要灭我大周，除非从我高成吉身上踏过去！”

颍考叔面有难色地看了看伯毅，说：“太傅所言甚是！实不相瞒，太后为新政之事专门传唤过在下和高大夫，我们已经答应了太后。”

公子吕直直地看着颍考叔，问道：“太后？难道她也要推行新政？”

颍考叔点了点头，老实地说：“太后以为，郑国当下首要之事是将先君的治国五略发扬光大，她还说这也是君上的意见，君上还将治国五略改名为武公之略。”

公子吕生气地指了指颍考叔，说：“好、好、好！你们既然选择了她，那……那……那咱们就在廷议时见分晓！”

高成吉急忙上前，说道：“上卿、上卿，我们可不愿跟您作对呀，只不过太后……”

“哼！”公子吕狠狠地瞪了二人一眼，转身向外走去。

伯毅随公子吕走了几步，又折转身，说道：“强军新政关系我大周危亡，望二位大夫三思！”

8

太后武姜得知伯毅和公子吕游说颍考叔的消息后，急忙又把颍考叔和高成吉召进了宫。

伯毅和公子吕两个人一同去找颍考叔，充分说明他们对推行强军新政志在必得。

武姜觉得，愈是公子吕他们极力争取的东西，她愈要和他们争上一争。特别是首次共商国是，她必须抢占主动，否则郑国的七大士族会怎么看她，他们定然以为她已失势，从此便会向公子吕靠拢。现在公子元已经担任了太宰，七大士族再倒向公子吕，那她在郑国可真的要失势了。

武姜很清楚，虽然目前七大士族仍忠于她，但这些人毕竟参加不了廷议。她要想在廷议中占上风，必须紧紧抓住颍考叔和高成吉，只要这两个人不倒向公子吕，她就有和伯毅他们叫板的资格。颍考叔老成持重，并且对她忠心耿耿，她是非常放心的。她唯一担心的就是高成吉。她很了解高成吉这个人，其急于建功立业，很容易倒向公子吕。她必须好好地敲打敲打他们，让他们明白，只有一心跟着她，将来才有好日子过。

武姜满脸的不快，说道：“两位爱卿，我听说伯毅和公子吕找你们了，他们可是为了新政之事？”

颍考叔据实答道：“是的，他们二人的确是为了新政之事！”

申奇急忙问道：“你可答应了他们？我告诉你们，太后对你们有大恩，还这样信任你们，你们可不能背叛太后！”

高成吉厌烦地看了一眼申奇，怒声说道："谁背叛太后了？你为何尽在一旁鼓噪？!"

颍考叔伤感地说："太后，我二人对太后的忠心苍天可鉴！"

高成吉委屈地说："太后，为了维护您，我们不惜触怒和得罪上卿，您……您却怀疑我们！"

武姜忙赔着笑脸说："高大夫，此言差矣！孤何曾怀疑过你们？"说着瞪了申奇一眼，"都怪申奇不会说话。申奇，还不快去给二位大夫赔罪？"

申奇上前给颍考叔和高成吉深深地鞠了一躬，嬉皮笑脸地说："二位大夫，都怪小人多嘴，你们大人大量，莫跟小人计较。"

颍考叔扫了一眼申奇，说："太后，微臣虽然拒绝了太傅和上卿，但我觉得他们提出强军新政也有其道理。"

武姜的脸顿时拉了下来，怒道："是吗？"

颍考叔说："我还真是看轻了太傅，他之所以鼎力支持上卿的强军新政，原来是为了大周中兴，为了中华免受四夷侵扰。"

武姜冷笑道："大周中兴是大王应考虑的事情，与我郑国何干？他伯毅和公子吕竟然要管王庭的事情了，他们的手是不是伸得过长了？"

申奇急忙附和："他们的手就是伸得过长了！不但一手遮天把控我郑国的朝政，现在竟然还想管王庭的事情，真是痴心妄想！"

颍考叔说："大丈夫达则应兼善天下！太傅和上卿为天下为华族着想，也算不得手伸得长。"

武姜疑惑地看着颍考叔，说："颍大夫，难道你想改变主意，转而支持公子吕，和孤作对？"

颍考叔深知武姜睚眦必报，一旦被她觉出背叛之意，她会毫不留情地对他和高成吉出手，所以他必须事事处处唯太后是从。他很清楚，当下太后和太傅联合辅政，两者只有斗而不破，才能确保郑国稳定；一旦二人撕破了脸，那他和高成吉就必须选边站，到那时不管对他还是对郑国来说都将是灾难。

颍考叔觉得，在推行强军新政问题上，太后和公子吕都有道理。眼前的郑国确实需要光大武公之略，富民强国，为将来君上上朝领政打好基础。可他觉得太傅伯毅说的也有道理，与周边四夷，尤其西、北两个方向的戎狄必有一战，这一战很可能会关乎郑国的国运和君上在朝中的地位，此刻郑国扩军备战非常必要。他以为，当下郑国需在光大武公之略的同时，亦应强军备战。

但是颍考叔也很清楚，太后即使知道强军备战很重要，她也会极力和公子吕争的，因为这不仅牵扯到尊严，更涉及郑国的权力平衡。他必须在顺从太后的同时，均衡双方的意见，从而维持太后和公子吕双方的权力平衡。

想到此，颍考叔急忙说道："微臣不敢，微臣只就事论事，绝不敢有违太后。"

武姜转身看了看高成吉："你呢，高大夫？"

高成吉急忙施礼："太后，微臣不敢，微臣定唯太后马首是瞻！"

武姜点了点头，说："你们能感念孤对你们的信任，令孤很是欣慰。伯毅和公子吕一同找你们游说，说明他们已铁了心要推行强军新政了。不过，这样也好，我们现在起码知道伯毅那个老狐狸的底牌了。实话跟你们说，这段时间我还真怀疑他们是不是在跟我玩花招，现在来看，他们是真的要推行强军新政。你们也许不知道，他们推行强军新政，名义上为了开疆拓土，实则是为了夺我们的兵权，他们要把腹心之卫和环列之卫从我们手中夺过去。"

高成吉疑惑地望着武姜，陷入了沉思。

颍考叔忧虑地说："太后，既然太傅和上卿一心要推行强军新政，廷议时双方定会争得势同水火，我们要想在这场辩论中赢得胜利，必须讲求策略和迂回，否则出现两败俱伤的局面，会大大损伤太后的威仪，在国内子民中也会造成难以挽回的负面影响。"

武姜沉默下来。她认同颍考叔的顾虑，她心中何尝没想过会出现两败俱伤的局面，她作为一国之母，如果冲到一线在国事问题上和上卿争论不休，士族和国人势必会说她贪权揽权，定会对她母仪天下的形象造成很大损伤。

高成吉说道："太后，微臣觉得颍大夫说得对，我们不但要讲求策略，提出的新政也要有不同方案，第一方案谈不拢，就抛出第二方案。总之，新君继位以来首次廷议绝不能不欢而散，否则让国人如何看我们？”

武姜环视了一下二人，说道：“两位爱卿，你们有何对策？”

颍考叔说：“微臣以为，有三点需要我们谨记。”

武姜问：“哪三点？”

颍考叔说：“一是对君上的意见，我们原则上要遵从，这样我们就可以把君上拉到我们这个阵营，我们就有了更大的发言权；二是对上卿提出的强军之策，我们可以选择部分同意，但新政的主题必须是武公之略，因为武公之略的五个方面之一就是强军备战；三是此次廷议，我方策略最好由高大夫来提，我在一旁策应，最后由太后力推，这样即使双方意见出现分歧，也是我和高大夫与他们的争议，太后仍可超然于众人之上。”

待颍考叔说完，高成吉急忙说道：“太后，微臣以为此谋划甚为妥当，微臣愿做廷议的主攻手。”

颍考叔的建议正合武姜本人的心意，她本就不想在大殿之上与公子吕面红耳赤地争议。她也很清楚，寤生年幼，又刚刚继位，周边各国对郑国虎视眈眈，国内各士族亦蠢蠢欲动，一旦传出后宫与上卿不合的消息，势必影响国内的稳定。

武姜满意地笑了：“就依两位爱卿所言。有两位爱卿尽力辅佐，真是孤之所幸、国之所幸！”

9

廷议一开始就充满了火药味。

公子吕率先发言：“君上继位，我郑国万象更新，当推行新政，强大我郑国，也不枉先君所托。”

寤生问道：“上卿可有强国之策？”

公子吕应声说道：“君上，先君在位时曾多次同微臣说，当下大周四夷交侵，关键在于王庭八师实力削弱、战力不强，我郑国、我大周如再不强军，大周危矣，华族危矣！微臣以为，君上推行新政，当着力强军，完成先君之遗愿。”

武姜看公子吕说得声情并茂，连连给高成吉使眼色，示意他抢先发言。

高成吉冲武姜点了点头，等公子吕话音刚落，就抢先说道：“上卿此言差矣！先君在位之时首推的是治国五略，我们继承先君遗愿，首要的当是弘扬和光大先君的治国五略。太傅，您说是不是？”

伯毅暗暗佩服高成吉的老辣，一句话不仅打击了公子吕，还要堵住他的口。他淡然地笑了笑说：“高大夫，策令因时而制，因势而立，最忌墨守成规，一成不变。当下四夷对我大周侵扰不断，周边诸国对我郑国虎视眈眈，推行强军新政，是形势所迫，也是郑国当前之第一要务。”

颍考叔低声咏道：“尊王爱民，安内攘夷，守礼遵德；释放商奴，发展工商，繁荣经济；开发滩涂，发展农桑，强国富民；兴建乡校，教化民众，广集民义；加固京城，扩建城邑，巩固国防。”

众人的目光一齐投向了颍考叔。

颍考叔咏完之后，环视了一下众人，满含感情地说：“我想请问一下太傅和上卿，先君继承父志，取虢、郐十邑之地，实现了‘左洛右济，前华后河，食溱、洧焉’的雄图大略。在我郑国鼎盛之时，先君何以改弦更张，停止对周边诸国的征伐，而提出了以上治国五略？”

公子吕看了看伯毅，一时不知如何作答。

伯毅坦然一笑，说道：“天生四时，地生万物。天下动乱时，圣君当拨乱反正；天下大治时，圣君当隐而不露。先君提出与民生息、发展经济的策略，对外是出于对周边诸国形势的判断，对内则是源于国力所需，民心所向。”

颍考叔兴奋地说道：“好一个‘国力所需，民心所向’！此刻我郑国新君刚刚继位，政局未稳，民心所向的是稳定，而不是四处征伐、穷兵黩武！”

公子吕怒目圆睁，欲大声争辩。

伯毅摆了摆手，拦住了他，慢声说道：“颍大夫，你何时听到要‘四处征伐、穷兵黩武’？上卿所提之新政，是强军备战、巩固国防，这也是先君治国五略中原有之内容。”

颍考叔顿时哑口无言。

伯毅接着说道："看当今天下大势，大周四夷交侵，疲于应对；郑国地处四战之地，危机重重，我们唯有强军备战，方能确保大周复兴，保郑国安宁！"

颍考叔自觉词穷，脸红红的，求救似的向武姜和高成吉看去。

高成吉原本从内心深处就支持推行强军新政，不过是迫于武姜的压力才转而支持推行武公之略，此刻见伯毅说得有理有据，真不知该如何辩驳才好。他无奈地看了看颍考叔，默不作声地低下了脑袋。

武姜看颍考叔和高成吉要败下阵来，急声说道："太傅，既然你说强军新政也是先君治国五略原有之内容，是不是说明你们也并不反对在我郑国继续推行治国五略？"

伯毅应声说道："太后，我们怎么会反对先君的治国五略呢？"

"这不就成了，既然你们不反对推行治国五略，那么郑国要推行的新政就是发扬光大先君的治国五略。"武姜将目光转向了寤生，微笑着说道，"君上，我记得你曾给孤说过要推行治国五略，还说要将治国五略改名为武公之略，以示对先君的纪念。"

不等寤生说话，公子吕抢先说道："太后，事有轻重缓急，政有先后主次。君上，推行强军新政乃形势所迫、郑国所需，再说强军新政本身就属治国之策，并不违背先君的遗志！"

寤生觉得该是自己发言的时候了，他清了清嗓子，说："母后、尚父、上卿，寡人已听懂大家陈述的新政，不论是母后和二位将军提出的武公之略，还是尚父、上卿提出的强军新政，方向是一致的，目标也是一致的，都是为了强大郑国、富裕国民，不过是大方向与小方向、大目标与小目标的问题。"

众人见寤生对自己提出的政见均表示了赞同，不由得睁大眼睛盯着他，看他如何平息众人的异议。

寤生接着说道："寡人以为，我郑国推行新政，就当继承先君遗志，把武公之略真正在我郑国发扬光大。不过，刚才上卿说得也很好，事有轻重缓急，政有先后主次，当前形势决定了我郑国与四夷必有一战。逸豫亡身，我们着实需要重点在强军固防上下功夫。”

武姜脸上露出了欣喜之色，不过很快又阴沉了下来，她想拦住寤生的话语，看颍考叔连连给她使眼色，便强行将话咽进了肚里。

寤生说：“寡人以为，我郑国推行新政就要推行武公之略，守礼遵德、发展工商、开发滩涂、兴建乡校、强军固防齐头并进，同时要突出重点，加快建立一支适宜对战四夷的新军，以应不时之需。各位爱卿以为如何？”

寤生话音刚落，颍考叔疾步走到大堂中间，一揖到底，高声说道：“君上圣明！”

高成吉紧随其后，说道：“君上圣明！”

武姜的嘴张了又张，又无奈地合了起来，向伯毅和公子吕望去。

伯毅也走到大堂中间，深深一揖，说道：“君上圣明，臣赞同！”

公子吕也起身说道：“臣附议！”

寤生看了看武姜，问道：“母后以为这样可好？”

武姜见众人均同意寤生所说，深知这也是平衡她和伯毅、公子吕两方势力的最好之法，再多说已无益。只要不动她的腹心之卫和环列之卫，让寤生和公子吕再建一支新军又何妨？想到此，她叹了口气说道：“君上考虑甚为周全，就依君上所言！”说完，起身向外走去。

颍考叔满含深意地看了一眼伯毅，紧随武姜离开了大殿。

10

郑国泮宫，一场辩论在学子之间展开。

寤生自从继位后，就很少再到泮宫上课，不过每月的学术辩论，他都要参加。

公子段坐在几案前，不时地东张西望。自从寤生离开泮宫，他就心生诸多不满，尤其是伯灵的离开让他心中很是不舒服。他从内心深处是看不起寤生的。他觉得寤生不仅长相不如他，学识、文章更不如他。寤生之所以成为世子和君上，无非就是因为比他早出生了两年。他很仰慕和喜欢伯灵，然而伯灵眼里全是那呆头呆脑的寤生，令他很是嫉恨，却又有恨说不出来。今日他见寤生、伯灵、公子吕、公子元等人均来到泮宫，决心要在众人面前展露一下自己的学识和辩才。

辩论依旧由太傅伯毅点题：“今日的辩题为‘天下’。”

公子段想了想，率先发言：“天下乃大王之天下，强者之天下。”为了达到一鸣惊人的目的，他决定反其道而为之。

听公子段这样说，高渠弥第一个起身反驳：“非也，非也！太公多次提出，天下非一人之天下，乃天下之天下也！”

“小子，愚蠢！普天之下，莫非王土；率土之滨，莫非王臣。太公的天下之说不过是愚民而已，你还当作真事了，真是愚不可及，愚不可及！”公子段轻蔑地看了一眼高渠弥，心中充满了怒气。他非常厌烦这小子，按说高渠弥之父高成吉是母后的心腹，高渠弥应该处处唯他马首是瞻，没想到这小子不但是寤生的小跟班，还处处替寤生出头，跟他对着干。要不是顾及他爹高成吉的面子，他早就出手收拾这个高渠弥了。

高渠弥没想到公子段竟敢在君上、太傅和上卿面前公然骂自己愚蠢，怒声说道：“公子，您这样是否有违君子风度，即使在下与您观点相悖，您也不能恶语相向！”

公子段冷笑着说：“侮辱你怎么了？惹急了我还要动手打你呢！”

高渠弥猛地站起身，气愤地用手指着公子段说：“你……”

一旁的祝聃忙拉住了高渠弥，大声说道：“公子，太公《六韬》多次阐述天下之道，比如‘利天下者，天下启之；害天下者，天下闭之’，再比如‘无取天下者，天下利之’。难道这些都是愚民之说吗？”

公孙子都早就看不惯公子段那副嚣张跋扈的嘴脸了，愤而喊道：“太公还说，‘害天下者，天下闭之；生天下者，天下德之；杀天下者，天下贼之；彻天下者，天下通之；穷天下者，天下仇之；安天下者，天下恃之；危天下者，天下灾之。天下者，非一人之天下，惟有道者处之’。太公这些治理天下的道理，难道都是愚人之言吗？如果说太公之语是愚人之言，那你是说先祖文王、武王、周公都是愚人吗？”

公孙子都连珠炮般的攻击让公子段面红耳赤、张口结舌，眼睛不自觉地向寤生和伯灵望去。只见寤生一脸平静地望着众人，对公孙子都的话连连点头。伯灵更是满脸的讥笑，眼里对他充满了不屑。

伯灵不屑的目光深深刺激了公子段，他把所有的怨气都锁定在了高渠弥身上，只见他大吼一声，嘴里骂道："高渠弥，你父亲不过是我母后养的一条狗，你小子有什么资格敢跟本公子辩论？"随后抓起几案上的竹简向高渠弥砸去。

高渠弥心中也憋着一肚子火，接过竹简扔在了地上，怒视着公子段。

公子段"嗷"一声，跳起来冲过去，抱住高渠弥就打。

高渠弥连连后退，公子段则拽住不放，在高渠弥脸上又抓又挠。

顿时，高渠弥的脸上满是血口子。他完全被激怒了，用力将公子段甩在了一旁，公子段的脑门正好撞上旁边的几案，顿时鲜血直流。

公子段于是疯了一般扑向高渠弥，抱住高渠弥的胳膊狠狠咬了一口。

高渠弥暴怒，举手又要打公子段，被冲上前的公子吕死死拉住了。

公子吕怒声喝道："还不住手？身为士族公子，你们怎么能像乡野小民一样厮打？"

高渠弥松开公子段，站起身来，胳膊上鲜血直流。

公子段从地上爬了起来，又冲上去，不依不饶地还要打高渠弥。

公子吕怒视着公子段，大声吼道："段儿，你还有完没完！"

寤生看高渠弥的胳膊仍在汩汩冒血，慌忙上前从身上撕下一块布料为高渠弥包扎起来。

高渠弥感激地看着寤生，眼里涌满了泪，呜咽着说："谢谢君上，今日您为臣撕袍包扎，他日渠弥定为君上舍生赴死。"

公子段怔了一下，转身向公子吕和寤生看去，他见寤生对高渠弥如此关心，心中更是怨恨和委屈，泪水喷涌而出，边哭边恨恨说道："你们合起伙欺负我！我要去找母后评理去，我要让母后把你们的官职、爵位全免掉！我要让你们知道欺负我公子段的代价！"说着，转身向外跑去。

伯毅注视着公子段远去的身影，连连摇头，低声叹息："此子如此嚣张跋扈，如再不善加教导，后患无穷。"

公子吕感慨地说："但愿他长大以后不要为非作歹，危害郑国！"

第六章 左右逢源

1

公子段故意让头发蓬松开来，又在脸上抹了些血水，一路哭着到了后宫。

看见武姜，公子段哭得更伤心了，一时间头上的血、眼里的泪，还有长长的两条鼻涕搅在了一起，弄得满脸都是血水。

看公子段如此狼狈，武姜心疼得直掉泪，急声问道："段儿，你这是怎么了？快告诉母后，是谁打伤了你？"

武姜这一问，公子段哭得更响了，边哭边数落道："高渠弥打的，他不但把我的头打烂了，还把我摁在地上拳打脚踢。你看看，我身上都被他打紫了！"

武姜心疼地看着公子段，怒道："高渠弥这样打你，寤生，还有泮宫的人就没人管吗？"

公子段见母后提起寤生，跳着脚喊道："你休要提他，他巴不得我被打死呢！他和我二叔，还有子都、祝聃，他们合起伙来欺负我！"

"什么，他们合起伙来欺负你？"武姜怒目圆睁，厉声说道，"快说，他们是怎么合伙欺负你的？"

申奇在一旁火上浇油："太后，您还不了解公子吕那帮人吗？他们合起伙来欺负公子段已经不是一次两次了，他们哪儿是在欺负公子段呀，这分明是在故意给您找难堪。”

武姜疑惑地望着申奇，问道：“是吗？”

申奇上前一步低声说道：“太后，您想想，公子吕一个郑国上卿，他犯得着三番五次和公子段一个小孩子较劲吗？他无非想通过打压公子段来向人示强，告知国人郑国是他公子吕说了算，太后母子他可随意欺蹦！”

经申奇这样一说，武姜心头的怒火顿时被点燃了，她恨声说道：“想欺负我们母子，没门！这次我一定要给他们点颜色看看！”

公子段见母后真动怒了，急忙说道：“母后，您一定要给我做主。我被打成这样，二叔不责备高渠弥，却大声吼我。我那好兄长，眼看着我被高渠弥摁在地上打，连上前拉都不拉，你说说他们这不是合伙欺负我是啥？”

武姜的脸色阴得简直能拧出水来。只见她牙咬得咯吱咯吱响，发狠道：“好呀，既然公子吕不认你这个侄子，寤生不认你这个弟弟，就休怪我无情了！”

申奇凑上前说道：“太后，必须给他们点颜色看看。您看出来没有，现在君上已经完全跟他们站在了一边，如果我们再无动于衷，君上势必要跟着他们越走越远，到时候一切可都晚了。”

公子段捋了捋散乱的头发，激动地说：“是呀，母后！申奇说得对，我们绝不能放过他们。最好借这个机会把寤生从君位上拉下来才好呢！还有那公子吕，干脆一块儿把他的上卿之位也拿掉算了。”

武姜惊讶地看着公子段，急声说道：“段儿，休要胡言，以后这样的话可不能再乱说了。”

公子段一副满不在乎的样子，大声说道：“母后，您就是太谨慎，当初要不是因为您过于小心，这郑国的君位不早就是我的了吗？”

申奇急忙拉住公子段，低声说：“公子呀，你小点声，可别让外人听了去，这可是杀头的罪呀！”

公子段依旧毫无顾忌地说道：“怕什么？我不信那唯唯诺诺的寤生能杀得了我。”

武姜不耐烦地说：“别再说那些没用的了，你们快说说如何找他们问责吧!”

“要问责，首先把高渠弥给我抓起来，不杀他的头也得把他给我打个半死。还有他爹高成吉，一定要免掉他的将军之职!”公子段越说越兴奋，“还有祝聃、公孙子都，要把他们都抓进监牢里，看他们以后还敢不敢跟我作对!”

听公子段这样说，武姜的眉头顿时皱了起来。高成吉是她在郑国的左膀右臂，不但高成吉的将军之职不能撤，高渠弥也不能抓不能杀，否则她就是自断臂膀。

申奇看武姜的眉头皱成了疙瘩，心想她定是不想动高成吉父子，于是对公子段说道：“公子，高成吉是我们的人，不能动，我们得想办法找到公子吕那帮人的不是，你快说说他们是如何合起伙来欺负你的。”

公子段顿时大怒，指着申奇骂道：“你这个老家伙，高成吉父子怎么不能动？他不就是一条狗吗？那个高渠弥屡屡跟我作对，这次必须让他付出代价。”

武姜生气地说道：“段儿，休要胡闹！申奇，你说，咱们如何去跟伯毅和公子吕打擂台？”

申奇想了想说：“太后，我们因此事去怪罪伯毅和公子吕，于理还真是有点牵强，不如前去责难君上，斥责他为君不教，为兄不亲。还有，如果能当着伯毅和公子吕的面责难君上，效果就更好了。”

武姜问道：“此话怎讲？”

申奇说：“太后，您想，您因为此事责难君上，太傅和上卿必然要为君上辩解，您就可以借机将火引到他们身上，追究他们的责任。”

武姜连连点头，说道：“你说的有道理!”

公子段在一旁着急地说：“母后，现在太傅、二叔，还有寤生，一定都还在泮宫，现在就去吧!”

武姜站起身，说道：“事不宜迟，走，咱们这就去找他们!”

2

武姜带着公子段和申奇气势汹汹地来到了郑国泮宫。

此刻，高渠弥、祝聃、公孙子都等人已经离开了学堂，这里仅剩下了寤生、伯毅、公子吕和伯灵四人。

寤生看武姜气势汹汹的样子，连忙施礼：“母后，您怎么来了？”

武姜扫了寤生一眼，怒道：“你办的好事，看自家兄弟被打成这样，竟然在一旁看热闹，还与外人合伙欺负你弟弟，你像一个君主的样子吗？作为兄长，你就这样对待你的弟弟吗？你如此薄情寡义，如何治理国家，安抚百姓？”

面对母后劈头盖脸的指责，寤生默默地看着武姜，没有辩解，也没有争论。

一旁的公子吕可不吃武姜这一套，大声说道：“太后，您这样指责君上是不是过于苛责？公子段与高渠弥两人斗气打架，与君上何干？况且您知道打架的原因和当时的真实情况吗？”

武姜要的就是这个效果，她本就想通过指责寤生和公子吕打擂台，看鱼儿已经上钩，便丢开寤生，径直走到了公子吕身边，指指点点地说：“公子吕，我没找你问罪，你反倒管起我来了？我问你，你身为上卿，身为叔叔，段儿如此被人欺负，你为何也不管不问？你还站在一旁看段儿的笑话，你还有一点骨肉亲情没有？”

公子吕胸膛一挺，不甘示弱地吼道：“你少给我扣帽子！你亲眼看见我站在那里不管不问看段儿的笑话了吗？泮宫辩论本是以理服人，段儿与人一言不合，就动手打人，还张嘴咬人，我真不知道你是怎么教育孩子的，竟然还在这里指责我？”

伯毅上前一步，插言道：“太后，上卿所言确是实情，我们大家都在这里，怎么会纵容高渠弥欺负公子段呢？”

武姜眯眼看着伯毅，气愤地说：“你少在这里为公子吕帮腔，今日之事你的罪责也不小！”

公子吕没想到武姜如此蛮横无理，冷笑道：“太后，你也少在这里无理取闹，我姬吕可不是吓大的，你要追究我何种罪责？”

武姜还真的没有想好如何追究公子吕等人的罪责，经公子吕这一问，顿时语塞，她用手指着公子吕：“你……你……你……”

公子吕不屑地看着武姜，一副对抗到底的样子。

武姜气急败坏地转向寤生，哭着说道：“寤生呀寤生！你身为君上，就这样维护母后，关爱弟弟吗？眼看着母后和弟弟被人欺负，你就这样无动于衷，你对得起你的君父吗？”

寤生上前一步，平静地说：“母后不要生气了，段儿和高渠弥本就是孩童间的嬉闹，母后就不要小题大做了，更没必要为此生气伤身。”

武姜暴怒，用力推了一把寤生，大声说：“什么？小题大做？我怎么小题大做了？你弟弟的头都被打破了，我这是小题大做吗？寤生，我告诉你，今天你不给我一个说法，我跟你没完！”

许是武姜用力过度，也不知是否寤生故意为之，只见寤生一屁股蹲坐在了地上。

公子吕大怒，冷着脸吼道：“太后，请自重！君上虽然是你的儿子，但他也是一国之君，是我大周的上卿，你竟然出手殴打君上，谁给你这么大的权力？太傅，我建议尽快召开士族长老会，我要在长老会上跟她论战。”

伯毅赶紧走过去把寤生扶了起来，怒道：“太后，你这样大闹泮宫，无故殴打君上，难道想要造反不成？你心中还有没有礼法，有没有先君，有没有我郑国子民？”

武姜盛怒之下根本就没想到会把寤生推倒在地，不由得大惊失色，深知自己做得有点过了。面对公子吕和伯毅的联合责难，她自知理亏，可又不愿在公子吕等人面前示弱，就求救般地向寤生望去。

寤生站了起来，整了整衣冠，说道：“叔父，我想母后也不是故意推搡我的，我看就算了吧！”

武姜连忙说道：“是的，生儿，母后不是故意的！母后因为太生气了，不小心碰到了你，请你莫要跟母后计较。”

寤生看了看公子吕和伯毅，说道："尚父、上卿，段儿和高渠弥本就是孩童间的嬉闹，我看还是大事化小、小事化了为好，切莫因此影响君臣关系，影响郑国的团结。"

公子吕和伯毅一齐施礼："一切全凭君上处理！"

寤生转向武姜："母后，孩儿以为此事还是息事宁人为好，高渠弥那里毕竟还有高成吉将军，您以为呢？"

武姜气呼呼地前来问罪，却碰了一鼻子灰，她偷眼瞧了瞧公子吕和伯毅，见二人还是满脸怒容，想了想，方才赌气似的说道："既然君上想息事宁人，怕得罪高成吉，我就自己去找高成吉，他一定得给我个说法！"说着，拉起公子段，大步向外走去。

公子段边走边转过身来，恨恨地说道："公子吕、寤生，既然你们这样不顾亲情，莫怪我无义，早晚有一天我会让你们后悔的！"

寤生望着母后和公子段远去的背影，一脸的无奈。

伯毅满脸的苦楚，连连摇头。

3

高渠弥浑身是血地回到了家。

高成吉夫人见高渠弥的衣袍之上全是血，急声问道："你这是怎么了？谁把你弄伤了？"

高成吉也急了，拉住高渠弥的胳膊，说道："怎么流这么多的血？谁把你弄伤的？"

高渠弥感到钻心的疼，再加上父母关心的询问，向来要强的他哇地大哭起来，边哭边拉开衣袖说："公子段咬的，你们看看他在我胳膊上咬的伤口。"

高成吉心中一惊，脸色顿时变了。他深知公子段的为人，不但霸道张狂，而且苛刻刁钻，不论犯下多大的错，他总是会把责任推给别人。此次他把高渠弥咬这么狠，定会跑到太后那里诉说高渠弥的不是，指不定又会编出什么谎言把高渠弥说得十恶不赦。

这已经是高渠弥第四次和公子段发生冲突了。高成吉心中暗暗感到不妙，他很清楚太后对公子段毫无原则地宠爱，一旦公子段在太后面前胡言乱语，以太后多疑的性格，她定会相信公子段之言，此事弄不好真会给高家带来滔天大祸。

高成吉担心武姜怀疑他倒向寤生和公子吕等人，他内心深处又何尝不是这样想的呢？高渠弥喜欢跟寤生在一起，他虽然没有明说，心里其实是非常支持的，为的就是两面押宝，无论将来寤生和公子段谁掌控郑国，都能确保他高家在郑国屹立不倒。只是千算万算，他没有算到高渠弥如此刚直，竟然三番五次和公子段出现正面冲突。此刻，他只盼着武姜不要把此事上升到政治的高度，而是仅当作顽童之间的嬉闹。

高成吉夫人见儿子胳膊被咬得这么严重，心疼得眼泪直流，说道：“公子段他怎么能咬人呢？”

高成吉黑着脸问：“他为何咬你？”

高渠弥说道：“今天泮宫辩论，我仅仅和公子段辩论了几句，他先是侮辱您是他们母子养的一条狗，接着又用竹简砸我。我气不过，抓起竹简扔到地上，然后他就像疯狗一样扑过来，抓住我就打。”

高成吉心中油然生出一股怒气，脸扭曲得简直变了形，怒道：“公子段真的这样说？”他是个极为看重自己名声和脸面的人，公子段在众人面前骂他是太后的一条狗，此事如若传开，他还如何在郑国庙堂之上立足？

高渠弥说道：“他就是这样骂的，您不相信可以去问问君上、太傅、上卿，还有祝聃、公孙子都等所有泮宫的学子。”

高成吉满眼悲哀地冷笑道：“哼，我对他们母子忠心耿耿，但在他公子段心目中，竟然……竟然是条狗？！”

正在这时，管家一路小跑地进了厅堂，结结巴巴地说：“家主……家主，太后……太后来了！”

高成吉一惊，慌忙起身向外跑去，刚出屋门，就见武姜带着公子段和申奇气势汹汹地迎面走了过来。

高成吉忙施礼迎接：“太后！”

武姜心里窝了一肚子火。她在公子吕、伯毅等人面前没讨到半点好处，心中便开始怨恨起高成吉来。她认为，高渠弥不止一次和公子段对着干，目的何在？无非就是想向寤生、伯毅、公子吕等人表明态度，他高成吉父子要上他们的船。她很清楚，高渠弥这个未成年的孩子，根本就不会有这种心思，定是那高成吉想脚踏两只船。心中不由得暗暗冷笑，高成吉呀高成吉，你还真会算计，一方面在我面前示忠，一方面又让自己的儿子成为寤生的跟班。看来是该敲打敲打他了，她要让高成吉明白，在郑国没有她武姜，他高成吉什么都不是；她要高成吉清楚，背叛她的后果是非常严重的。

武姜冷漠地看了一眼高成吉，径直进了厅堂。

高成吉慌忙拉着高渠弥下跪请安。

武姜厉声问道："高渠弥，我问你，你为何打伤公子段的额头，是不是公子吕和伯毅让你干的？你要给我老老实实说清楚！"

高渠弥见武姜不分青红皂白一味地指责自己，猛地从地上站了起来，鼻孔里喘着粗气，愤怒地望着武姜，一言不发。

武姜冷冷一笑，说道："怎么？不服气？难道你还敢在孤面前撒野？"说着，她脸色骤变，怒声吼道，"高成吉，你是怎么教育孩子的？"

高成吉慌忙跑到高渠弥跟前，大声呵斥："还不快跪下向太后请罪！"

高渠弥脖子一梗，倔强地说："我没有错。公子段辱我打我在先，还咬了我的胳膊，为何让我请罪？"

高成吉偷眼瞧了一下武姜，只见她的脸已经气成了酱紫色，深知此事如果处理不好，他高家真的就要大祸临头了。为了消除武姜的怀疑，为了高家的安全，此刻他只能牺牲儿子了。

想到此，高成吉怒声吼道："高渠弥，快给我跪下请罪！"

高渠弥依旧视死如归的样子，梗着脖子，一动不动。

高成吉暴怒，抬起脚用力向高渠弥踹去。

一脚下去，高渠弥竟被踹出了一丈开外，禁不住捂着肚子缩成了一团。

高成吉夫人见丈夫如此狠心，没命般冲上前，抱住高渠弥大声哭了起来。

高渠弥痛苦地抬起头来，大声说道："我没有错，我没有错！"

高成吉拔起佩剑就要往高渠弥身上砍。

高成吉夫人张开双手护住高渠弥，大哭道："你杀吧，把我们全家人都杀了吧！"

高成吉怒目圆睁，大声说道："起开，今天我非要杀掉这个不肖子不可！高渠弥，我平时是怎么给你说的，让你远离君上，你就是不听！既然这样，我留你何用？我今天非要杀了你不可！"说着，举起宝剑就要往下砍。

武姜没想到高成吉会对高渠弥大打出手。她深知，如果高成吉因此杀了自己的儿子，那她和高成吉的群臣之情也就彻底完了，以后高成吉非但不会为她所用，还会坚决地站在她的对立面。再说，因为顽童间的嬉闹，她就逼迫自己的爱将杀了儿子，那以后郑国的人谁还会为她效劳？

眼看宝剑就要落到高渠弥身上，武姜急声道："高成吉，你快住手！因为孩童间的嬉闹，你就要杀自己的儿子，你难道是想置孤于不仁不义之境吗？"

高成吉等的就是这句话，他怎么可能忍心杀掉自己的独生儿子？他把兴旺发达高家的希望全寄托在了高渠弥身上，在他心中，高渠弥比他的命都重要。他心中暗想，既然武姜这样说了，他还需继续把戏演足，否则今天的事情即使过去了，也会在武姜心中留下重重的阴影。

想到此，高成吉扔下宝剑，双膝跪在武姜面前，连连磕头，边磕边流泪："太后，成吉教子不严，对不起太后的隆恩，请太后将成吉贬职为民，请太后严惩成吉！"说着，一下又一下地重重磕头。没几下，脑门之上已磕出血来。

武姜上前拉住高成吉，脸上强挤出一丝笑容，说道："高大夫，孤怎能不知你的忠心，刚才也怪孤太着急，没有把话说清楚。孤只是担心高渠弥被有心之人利用，故意来破坏孤与爱卿的关系。"

高成吉跪直身子，对天发誓："臣对太后的忠心苍天可鉴，臣若有一点不敬之心，天打雷劈！"

武姜拉起了高成吉，和蔼地说道："高爱卿，快起来，孤明白你的忠心。当今郑国政局未稳，孤还需爱卿鼎力帮扶，怎会怀疑爱卿的忠诚？"

高成吉深施一礼，说道："臣定当唯太后马首是瞻！在郑国，谁要对太后不利，我高成吉定当与其不共戴天！"

武姜转过身来看了一眼高渠弥，说道："好了，好了，孤要回去了。你以后可要好好教导高渠弥，让他与公子段多多亲近，方是正途。"

公子段看母后忙活了半天，一个人也没有处理，顿时不高兴了，拉住武姜，大声说道："不行、不行，今天不处死高渠弥，我就不让你回宫！"

武姜拉起公子段，怒声说："你没看见高将军已经教训了高渠弥吗？快随母后回宫！"

公子段边走边趔着身子对高渠弥吼："高渠弥，你给我听着，你这个狗腿子，本公子早晚要让你死无葬身之地！"

高成吉直直地看着公子段，脸色一会儿青一会儿紫，眉头拧成了疙瘩。

4

武姜在高成吉家中遇到软钉子之事很快就传到了宫中。

公子吕拍手称快："过瘾！"

伯毅微微一笑，说道："我们最大的收获还不只这些，通过此事，高成吉和太后心中一定会生出芥蒂。"

寤生心里可谓五味杂陈。他并没有对母后的接连碰壁感到兴奋和高兴，相反，心头却涌出阵阵悲哀。他对母后尊敬有加，母后却还是那样苛刻无情，而弟弟嚣张跋扈、是非不分，母后依然宠爱包容。为了孩童之间的嬉闹，母后竟然兴师动众前来问罪，还不顾一国太后之尊，前往大臣家中问责，可见她对公子段的关爱之深。

公子吕脸上止住了笑，一脸严肃地问道："太傅，高渠弥和段儿论辩是您提前安排好的吧？看来太傅早就有所布局了。"

伯毅严肃地说："太后为何如此强势跋扈，且处处掣肘君上？主要原因还是她掌控着腹心之卫和环列之卫。争取不来高成吉和颍考叔，以后君上将处处被动。实话告诉你，我之所以设置泮宫，选择士族和权臣子弟来陪伴君上读书，就是为了给君上选拔人才，让他建立属于自己的势力。"

公子吕不好意思地挠了挠头："原来太傅有如此深的考虑和布局，我说当初您为何极力要让高渠弥来泮宫呢。"

寤生问道："尚父，我觉得仅仅因为此事，高成吉尚不会为我们所用，我们还需趁热打铁，再做些什么为好。"

公子吕疑惑地看了一眼寤生。他没想到寤生早就知道伯毅拉拢高成吉的布局，三人中只有他还蒙在鼓里，心中不由得暗暗佩服寤生竟然能如此沉得住气。

伯毅问道："君上以为如何趁热打铁为好？"

寤生答道："高渠弥被段儿咬伤，寡人和尚父于情于理都应该前去慰问一下。另外，我想让高渠弥担任伴读，时刻陪伴寡人左右，不知高成吉将军会不会同意？"

公子吕连忙说道："君上，微臣觉得此事还是稳妥一些为好。太后前往高府问责，明面上是为段儿抱不平，实则是为了敲打高成吉，让他和我们保持距离。我们此时前去提及此事，如果高成吉拒绝了，岂不有伤君上的脸面？太傅，您说呢？"

伯毅说道："上卿考虑得甚是。不过在下以为，高成吉一定会同意让高渠弥担任君上的伴读。"

公子吕疑惑不解地问："太傅何以如此肯定？"

伯毅笑了笑，说道："得道多助，失道寡助。此次事件定会让高成吉更加看清公子段的德行，会更加坚定其跟随君上的信心和决心。"

公子吕问："难道说高成吉早就生出了追随君上之心？我看他跟随太后很紧呀，听说他刚刚还对天发誓，要誓死追随太后呢！"

寤生说道："二叔，你难道感觉不出高成吉演戏演得过火了吗？因为孩童间的嬉闹，他竟要斩杀自己最疼爱的儿子，如此作为本就说明他与母后相互有了疑心。"

伯毅满意地看着寤生，说道："君上果真体察入微！"

寤生说道："高成吉看似粗犷，实则心思缜密。他出身底层，功利心极强，恐怕在寡人继位之后，他便动了追随之心。"

伯毅说道："君上所言甚是。当初成立泮宫之时，高成吉就极力想让高渠弥参与，眼看君上与高渠弥亲近，他却故意装聋作哑，为的就是两面讨好，以在我郑国立于不败之地。”

公子吕说道：“我还真没想到高成吉会有如此用心，这样的人君上还是不用为好。”

伯毅急声说道：“非也，非也！高成吉掌控腹心之卫，君上必须及早将此人纳入麾下。人至清则无鱼，只要能为我所用，君上不必要求人人都是圣人。”

寤生起身向伯毅施礼：“寤生受教了！尚父、上卿，我们现在就去高家。”

伯毅和公子吕跟着站起了身。

公子吕高兴地说：“走，我们去会会那高成吉！他如果真能为我们所用，就可解了君上之忧，也是我郑国之福！”

5

高成吉家。

武姜刚一离开，高成吉就飞奔到高渠弥跟前，急声说道：“弥儿，你没事儿吧？可伤到骨头？”

高成吉夫人愤怒地瞪着他，哭着说：“你的心真够狠的，一脚把孩子踹出了门外，你……你……还想杀儿子，为了当官你当真什么都不顾了吗？”

高成吉任凭夫人唠叨也不反驳，抓住高渠弥连声问道：“吾儿，你没事吧？哪个地方疼，快给父亲说！”

高渠弥揉了揉肚子，站起身，说道：“父亲，您不要担心，我没事儿！”

高成吉高兴得眼泪都流了出来，说道：“没事就好，没事就好，这下为父就放心了。”

高成吉夫人用力推开高成吉的手，怒道：“别拉我儿子，这会儿想起来是你的儿子了，刚才拿剑杀儿子时为何不顾念父子之情？”

高渠弥笑了笑，向内室走去，边走边说道："母亲，您就别再责怪父亲了。他那样做也是无奈之举，要不然我们一家怎么能在太后面前过关？"

高成吉夫妇二人慌忙跟随高渠弥进了屋。

高成吉苦笑着说："吾儿能理解为父的苦衷，为父深感欣慰，不过这次可真是苦了吾儿。"

高渠弥忽然脸色一变，严肃地说："父亲，您以为此举能骗过太后吗？"

高成吉冷冷一笑，说道："骗过怎样，骗不过又能怎样？我觉得现在太后还不至于因此而动我。"

高渠弥问道："以后呢？"

高成吉疑惑地看着高渠弥，知道他有话要说。他很了解自己的儿子，虽然年纪不大，却事事有自己独到的见解，有时候看问题比他还老道，这也是他十分疼爱高渠弥并寄予很大希望的原因。

高渠弥接着说道："父亲，您的这次过激反应势必会在太后心中留下芥蒂，不过也好，现在我们父子也的确该对前方的路做出正确的选择了。"

高成吉瞪大了眼睛，随即又眯缝起来，脑子里飞快地转着。他何尝不知道太后已对他起了疑心，可他为了保住儿子，又不得不这样做。令他吃惊的是，高渠弥小小年纪，竟然如此洞悉人心，此子将来的成就定在他之上。他必须精心培养，同时也要提前为儿子铺好路，只有这样才能实现自己的夙愿，为儿子谋得更好的前程。

想到此，高成吉说道："吾儿，难道我们现在的选择不正确吗？"

高渠弥镇定地说："父亲，公子段的德行您已了解，跟着他将使我高家死无葬身之地。君上心怀天下，心存润泽华夏之宏愿，只有跟着他方能创建不世之功。父亲，我们是该向君上表明态度了。"

高成吉犹豫地说："太后已对我产生了怀疑，否则她今天不会如此大张旗鼓地来找我们问责，她此次前来明显有敲打我们父子的意思。"

高渠弥说道："父亲，怀疑既已产生，就很难消除，恐怕我们越躲避君上，太后就会越怀疑我们心中有鬼。但是君上那里父亲不可再观望了，否则儿子将会永远失去君上的信任。”

高成吉连连点头。其实自从那次廷议辩论之后，他心中就已下定决心要倒向寤生，只是尚未找到合适的机会。他见儿子说出如此话来，愈加坚定自己的决心和判断。他压低声音，说道：“你觉得我们应如何做？”

高渠弥正要回答，管家进来汇报，说君上和太傅来了。

高成吉父子慌忙起身走出厅堂。

寤生和伯毅站在庭院之中，悠闲地欣赏着院中的花花草草。

高成吉父子跑到跟前施礼：“君上突然驾临寒舍，请恕微臣接驾来迟。”

寤生微笑着说：“高将军莫要客气，寡人前来探望高渠弥的伤势。高渠弥，让寡人看看你胳膊上的伤是否已止血了？”

高渠弥双膝跪地，感激地说：“多谢君上体恤，渠弥感激涕零，小人的伤已经好多了！”

高成吉做出请的姿势，说道：“请君上厅堂入座。”

寤生微微一笑，信步进屋，在主位之上坐了下来。

伯毅和高成吉分坐在寤生的两旁，高渠弥站在父亲旁边，一脸惶恐地看着寤生，侍从及时为众人端上了茶水。

寤生喝了口茶，说道：“寡人此次前来，除了看望渠弥，还有一事和高将军商量。”说完，看了看伯毅。

伯毅说道：“高将军，贵公子聪慧贤能、才思敏捷，甚得君上赏识，君上有意让渠弥公子担任伴读，不知高将军以为如何？”

高成吉正愁不知如何向寤生表明态度，见伯毅这样说，连忙起身，对着寤生深施一揖，说道：“君上垂青小儿，是成吉之幸、渠弥之幸，也是我高家之幸，微臣求之不得！不过，微臣有一不情之请，就是希望此事莫要激起太后的抵触。”

寤生顿时明白高成吉是担心太后拿此事做文章，坦然一笑，说道：“高爱卿莫要为此顾虑忧心，寡人会就此事对太后做出合理解释，还望你今后继续辅佐好太后，为郑国带好腹心之卫。”

高成吉扑通一声，双膝跪在了地上，一脸严肃地说：“君上，先君曾告诫微臣，腹心之卫永远是郑国的腹心之卫，永远是君上的腹心之卫，微臣时刻谨遵先君教诲，时刻不忘为君上带好管好训练好这支军队。”

寤生和伯毅相视一笑，他们心知肚明，这是高成吉在表忠心，但是此时此刻还不能让高成吉离开太后。

想到此，寤生上前一步扶起高成吉，说道：“高爱卿，寡人早知你的忠君爱国之心。先君在世时曾专门嘱咐寡人，说高爱卿是忠义之人，让寡人一定关爱和重用，不过现在寡人尚未执政，你还需留在太后身边，尽力辅助太后。”

高成吉急忙答道：“微臣谨记君上教诲!”

寤生拍了拍高成吉的手，低声说：“君不负我，寡人定不负你高家!寡人回了，待高渠弥伤好了之后，就让他到勤政殿伴读吧!”

高成吉父子一直将寤生和伯毅送到宅院门口，寤生摆了摆手，乘车而去。

一阵冷风吹来，高成吉打了个冷战，此刻他才发现自己竟然出了一身的汗。

6

申侯虽然打心底里瞧不起寤生，但他一刻也没放松对寤生的观察和监视。他原想着，武姜定会因为朝政和伯毅、公子吕等人闹得不可开交，郑国也定会因此而陷入混乱。令他万万没想到的是，几个月过去了，郑国没有乱，朝政也相安无事，而且新政推行井然有序，国力大有上涨的趋势。

面对这一情况，申侯坐不住了。因为他要的是郑国乱，郑国只有乱，他才能趁机把寤生赶下台，把公子段扶上去，才能彻底把伯毅、公子吕等人收拾了，从而真正掌控郑国。一旦寤生和公子吕等人牢牢掌控住郑国的政权，那他操控郑国的梦想就要彻底破灭了，他绝不能允许这种局面出现。

为此，申侯专门把申奇叫到了雒邑。

见到申奇，申侯就忍不住一阵劈头盖脸地骂：“你是怎么帮我监控郑国的？我不是反复警告过你们，我要的就是乱，只有郑国乱了，我才好出手，才能把公子段扶上去！”

申奇张了张嘴，欲辩解，可还没说出话就被申侯压了下去，申侯嘴里不停地指责道：“你们看看，现在郑国是个什么局面，不但一点没乱，还推行开新政。寤生不但在郑国站稳了脚跟，还赢得了国民的认可和支持，这样你们让我如何推公子段上位？你们这帮没用的东西，一切计划全被你们给搅黄了！”

对郑国目前的情况，申奇内心深处并没有感到有多糟糕。他仍觉得武姜完全能把控郑国，公子吕、伯毅等人虽然事事和他们不对付，但他们在郑国的权势并没有超过武姜。就拿郑国推行的新政来说，到最后不还是按照武姜的意图推行了吗？至于寤生，在武姜面前唯唯诺诺，怎么也看不出来他在郑国站稳了脚跟，怎么也不能说他赢得了郑国国民的认可和支持。

想到此处，申奇心中反而没了紧张和恐慌。他静静地等申侯发完脾气，嘿嘿一笑，说道：“宗主，我不知道别人跟你说了什么，但我敢拍着胸脯告诉你，郑国还牢牢地掌握在太后手中！就拿郑国现在推行的新政来说吧，就是太后的意见，全是按照她的意图开展的。公子吕和伯毅要推行什么强军政策，太后一句话就给他们否了！还有那寤生，事事都向太后请示，从不敢越雷池一步。”

申侯不相信地望着申奇，说道：“妹妹在郑国真有如此权威？那寤生真的如此怕她？我怎么听说寤生外表木讷，内心主意大着呢？”

申奇冷冷一笑，说道：“宗主，你也见过那寤生，你看他像个有大主意的人吗？我只给你讲一件事，现在每天早上寤生都去给太后请安。”说着，申奇忍不住又笑了起来，“宗主，你不知道，太后那个样子，让寤生天天诚惶诚恐的，连大气都不敢出。你说说，见了自己母亲都恐慌成如此的人，会有大出息吗？”

申侯倚在卧榻上，闭上眼睛陷入了沉思。许久，他方睁开眼睛，问道：“现在寤生一天到晚都干些什么？他参与理政没有？”

申奇向申侯身前走近了一步，满脸坏笑地说：“理政？他天天带着一帮士大夫子弟在猎场玩耍，根本就没管过朝政。”

申侯坐正了身子问道：“伯毅和公子吕会任由他这样嬉闹，对他如此荒废政务不管不问？”

申奇兴奋地说：“哎呀，宗主！你还不了解伯毅，他一向自比周公，过去先君事必躬亲，他哪儿有施展才华的机会，现在寤生贪玩，他岂不乐见其成？还有公子吕，也是个爱揽权专权之人，他也巴不得寤生什么事情都不管。”

申侯点了点头，随后又摇了摇头，说道：“即使这样，我们也大意不得，我们不能把希望寄托在伯毅和公子吕的揽权贪心之上，必须从体制上肢解郑国，尽早让公子段有制约寤生的实力。只有让郑国拥有两个太阳，寤生和段儿他们兄弟二人才能真正为我们所用。”

申奇顿时明白过来，凑近申侯，低声说道：“宗主，您是不是也想在郑国搞个曲沃代翼？”

申侯重重地点了点头，说道：“只有这样，寤生兄弟俩才能真正为我们所用。”

申奇伸出大拇指，连声说道：“高，高，还是宗主高明！这才是一劳永逸的办法。可是以公子段霸道自私的德行，很难保证他能一直听命于宗主。”

申侯满意地看着申奇，说道：“你知道该怎么做了吧？不过，对我妹妹最好还是不要让她知道我的这层心思，只说是为了段儿的将来考虑。你告诉她，一定要打起精神，牢牢掌控住郑国的政权，切莫被公子吕和伯毅等人夺了权。”

申奇忽然想到了什么，为难地说：“我记得……我记得先君临终前曾留下遗命，郑国不再封地给各位公子，公子吕和伯毅等人定会以此为凭据，阻止公子段的分封。”

申侯不高兴地看了申奇一眼，生气地说：“你们不是说郑国的政权牢牢地掌握在你们手里吗？我不管你们怎么办，我要的就是给公子段分封。”说着，他忽然抬高声调，“如果你们连这件事都办不好，说明你们在郑国所谓的掌控国政全是鬼话。”

申奇吓得大气也不敢出，连声说道：“是、是、是，宗主！我们一定完成您交办的任务。”

7

这段时间，武姜心里一直憋着一肚子气。两场闹剧，她竟然没有讨到一点好处，还差点折了一个心腹爱将。冷静下来，她开始为公子段担忧起来。此刻她身为辅政太后，竟然还护佑不了公子段，将来等寤生完全执政了，公子段不就成了他们的俎上之肉？

武姜觉得，那场闹剧虽然是孩童之间的嬉闹，但从中也可以看出公子吕和伯毅等人早已把段儿看成了眼中钉、肉中刺。如果不及早下手，随着时间的推移，公子段在郑国的地位会越来越低，一旦真成了他们的俎上之肉，任她对公子段再宠爱，恐也无力回天。她必须从现在开始培养和扶植支持公子段的势力，让公子段在郑国拥有足以抗衡寤生的实力。

此次兄长专程把申奇叫到雒邑，令武姜感到定有大事发生。说实话，她内心深处对兄长处处插手郑国国政也有些不满。虽然她心向母国，但她对兄长完全操控郑国的想法并不赞同。她之所以在一些事情上唯兄长是举，是因为在扶持公子段的问题上需要他的帮扶和支持。她从兄长的来信中已经感受到兄长对她和郑国的不满与怒气。她不知道，兄长为何这样无端生气。她不理解，郑国推行新政、富民强国本是一件大好事，可兄长他为何就不高兴，对她不满呢？

更令武姜担心的是，上次兄长专门把申奇召回雒邑，险些给郑国带来灭国之祸，此次兄长不但来信怒气冲冲地横加指责，还专程把申奇召回雒邑，说不定又要给郑国带来难以想象的灾祸。她急切地等待着申奇的归来，迫切想知道兄长对她发出的新指令。

在返郑的路上，申奇一直在苦苦思索如何顺利完成宗主交办的任务，让郑国也能形成曲沃代翼之势。对于公子段的分封，他倒不怎么发愁。虽然先君临死前留有遗训，但凭武姜对公子段的宠爱，她会想尽一切办法为段争到封地的。他担心的是，如何才能让段在郑国与寤生形成分庭抗礼之势。他很清楚，只要他们提出为段分封，公子吕和伯毅定会搬出武公遗训来反对。武姜撕破脸和他们闹的结果，定是双方各退一步，为公子段找一个小小的封地来了结争执。如果出现这样的局面，他根本没法向宗主交差。

申奇认为，要想完成宗主交办的任务，首要的就是让武姜坚定为公子段分封的决心，让她充分认识到安置不好公子段，她和段都将面临灭顶之灾。再就是要为公子段选好封地。要想让公子段与寤生真正实现分庭抗礼，最好的封地就是制邑。此地原是虢国的土地，自此以西地势险要，遏制要冲，可与虢国联合，向东又可圈地发展，进可攻，退可守。他必须想尽一切办法劝说武姜，一定要为公子段谋得制邑作为封地。

申奇觉得，要实现这些目的，最关键的还是武姜。只要她不顾一切地和寤生、公子吕闹，只要因此闹得国政无法开展，寤生和公子吕早晚会做出妥协。他很清楚，武姜的心思和宗主的想法根本不一致。武姜要的是两个儿子都能安享荣华富贵，要的是她在郑国的权力和地位，她希望郑国强大；宗主要的却是能够驾驭和掌控郑国，他根本不想郑国变得强大，更不想让寤生兄弟俩强大。所以，他决不能把宗主的真实想法告诉武姜，而是要从郑国问题着手来劝说武姜。想到此，他决定继续拿公子段和高渠弥的矛盾做文章，以此进一步激起武姜的争强好胜之心，让她下定决心为公子段谋取制邑。

申奇风尘仆仆地赶到了后宫。看到申奇，武姜慌忙走了过去，急声说道："兄长向你安排了什么任务？他为何召你前去雒邑？你快说！"

申奇淡然一笑，说道："太后，宗主并没安排什么任务，他只是关心您和公子段在郑国的处境，怕你们被公子吕和伯毅欺负。"

武姜不相信地望着申奇，问道："真的吗？他在信函中那样气势汹汹地责问于我，还专门把你召回雒邑，难道只为此？"

申奇嘿嘿一笑，说道："太后，宗主生气是因为不了解郑国的情况。他以为郑国推行新政全是公子吕和伯毅的主意，以为您在郑国已经被他们架空，以为郑国的军政大权全落在公子吕和伯毅手中了，所以才发怒斥责我们。我一去雒邑就把郑国的情况给他全讲清楚了，说郑国的新政是您一手发动的，郑国的大权还牢牢掌握在您的手里。宗主了解了郑国的真实情况，心中的怒气自然全消了。"

武姜这才长长地出了口气，说道："你这样一说，我就彻底放心了。

不过，兄长不会只问问郑国的真实情况吧？”

申奇伸出大拇指，连声说道：“太后真是慧心独具，什么事情都逃不过您的法眼！宗主还真是给小人下了硬任务。”

武姜疑惑地望着申奇，问道：“什么任务？”

申奇故作委屈地说：“宗主要小人想尽一切办法促成为公子段分封！小人告诉宗主，先君曾有遗训，郑国不再奉行分封制。宗主却说，现在一个大夫之子都敢如此明目张胆地欺负公子段，等寤生长大以后完全领了政，郑国哪儿还有公子段的活路？为了太后您和公子段的将来考虑，必须为公子段谋得立足之地。”

武姜看了一眼申奇，陷入了沉思。

申奇看武姜满脸阴云地坐着，几次想张口说话，话到嘴边又咽了回去。他猜想此刻武姜定是还在为那件事情懊恼，贸然搭话定会招来一顿训斥。

其实，他心中又何尝不气呢？是他出主意让太后去问责公子吕和伯毅的，他没想到公子吕如此强硬，根本就没把他们当回事。还有那高成吉，苦肉戏演得有声有色，险些让太后和他成了逼人杀子的恶人。他暗骂自己愚蠢。他不知道是哪里出了问题，这段时间，在与伯毅的斗争中，他们连连失利，一次比一次被动，他担心再这样下去在郑国真的没有立足之地了。

武姜抬起头来，说道：“申奇，你对那天的事情怎么看？”

申奇眼珠子骨碌碌一转，说道：“我觉得高成吉是在给我们演戏，他对高渠弥那般疼爱，我不相信他会真的下手杀了独子。看来高成吉已经对太后有了二心，不然不会一方面向您示忠，另一方面又让高渠弥讨好君上。”

武姜想听的并不是这些，以她的聪明怎能看不出高成吉在演戏，可她明知道高成吉在演戏，也得揣着明白装糊涂，一旦挑明，可就真的把高成吉推到了公子吕等人身边。她厌烦地看了申奇一眼，说道：“这次冲突让我真正看清一件事，段儿以后要想在郑国立足，必须有自己的势力和地盘。否则将来他必定成为公子吕等人的俎上之肉，到那时我们的末日也就到了。”

申奇见武姜已被他说动，连忙说道：“太后所言甚是！公子吕、伯毅等人早已把公子段看成了眼中钉肉中刺，如果我们没有与他们抗衡的实力，势必被他们一口吃掉。”

武姜连连点头，申奇的话终于说到了她的心坎。她心想，申奇都这样说，看来她的猜测和顾虑是对的，为了公子段的安全，她必须及早布局和安排。想到此，武姜问道：“申奇，你觉得我们应该如何做，将来才能让段儿有抗衡寤生的实力呢？”

申奇激动地说：“分封！公子段有了自己的封地，就可以名正言顺地养兵，只要手头有了军队，我们就不再怕他们了。”

武姜又陷入了沉思。

她早就想到了为段儿分封，可她很清楚，郑武公的遗训已明确提出，以后郑国公子一律不再分封。她贸然提出为公子段分封，定会招致众人的反对。

独自想了一会儿，武姜问道：“申奇，此刻我向寤生提出给段儿分封，他会同意吗？”

申奇眨了眨眼，笑道：“太后，寤生他能做得了主吗？关键是得伯毅和公子吕同意。”

武姜脸色骤变，怒道：“寤生的名字也是你叫的？”

申奇急忙赔罪，边扇自己的嘴巴边说道：“太后，小人知罪，小人知罪！”

武姜叹了口气，摆了摆手：“算了，你要知道，寤生现在已经是君上了，公子吕、公子元兄弟俩一天到晚挑我们的毛病，你切莫被他们抓住什么把柄，到时候我也不一定能保得了你。”

申奇连连点头：“太后教训的是，小人以后定会多加小心。不过，分封之事君上的确做不了主，要想为公子段分封，还真得伯毅和公子吕同意。”

武姜恼怒地说：“难道你要我去求伯毅和公子吕吗？我才不愿看他们的臭脸！”

申奇点头道：“太后，此事本不复杂，只是碍于先君遗训，伯毅、公子吕等人肯定会以此为由对我们强加阻挠。”

武姜瞪大眼睛，不屑地说：“哼，不要忘了我也有摄政权！虽然我已经同意寤生他们所谓的新政，可只要他们不同意为段分封，我照样可以改变初衷，阻止他们推行新政。”

申奇的眼睛一阵滴溜溜乱转，附和着说：“对，我们就以此要挟君上。为段分封之事，君上虽然做不了主，但我们可以通过君上给伯毅和公子吕施压。如此一来，君上自会帮我们做通太傅和上卿的工作。”

武姜问道：“封在何地呢？”

申奇急声说道：“制邑！只要公子段有了制邑，就进可攻退可守，再不怕公子吕那帮人的刁难了！”

武姜看了看申奇，问道：“那你看什么时候向寤生提出为好？”

申奇急忙献计道：“太后可设宴邀约君上和公子段，席间您可以先提提这一事由，试探一下君上的反应。”

8

武姜特意选在寤生生日之时，在后宫举办了一个盛大的生日宴。

生日宴上虽然美食繁多，参加人员却只有他们母子三人。

武姜端起酒杯，说：“生儿，今日是你的生日，母后为你高兴！”

寤生和公子段一齐举起酒杯，齐声说：“儿子恭祝母后万年安康！”

武姜叹了口气，说：“生儿，你可知当年你出生时险些要了母后的性命？”

寤生慌忙站起来，低声说：“儿子不孝，让母后受苦了！”

武姜拍了拍寤生，深情地说：“生儿，你终归是母后身上掉下的肉，母后平时对你严厉，你可理解母后的苦衷？”

寤生说：“儿子知道，母后是为了磨砺锻炼寤生，为了寤生能担起强大郑国之重任。”

武姜满含深情地注视着寤生，说道：“我儿能明白为母的苦心，孤深感欣慰！治理如此庞大的郑国，我们孤儿寡母谁也倚靠不住，只能靠自己。”

公子段直起身子，大声说：“母后，段儿一定好好辅佐兄长治理好郑国，绝不辜负母后的期望。”

见母亲和弟弟这样说，寤生心里暖暖的，他真期盼将来一家人都能像今天这样和睦团结。

武姜满意地看了一眼公子段，高兴地说：“你们兄弟二人一定要同心协力保住君父给你们留下的这片基业。”

寤生的嘴张了又张，却始终没有说话的机会。他见母后今天高兴，就想趁机把他和伯灵的事情说出来。自继位那天起，他就下定决心要让伯灵做他的夫人。他一直想向母后提及此事，却又怕被母后一口否决。所以他一直在等机会，想等母后心情好的时候提及此事，说不定母后一高兴就答应了他。

无数次，寤生想象着向母后提及此事的场景，设想着向母后诉说他是如何爱伯灵，没有伯灵他的生活将没有任何滋味和色彩，他甚至想说，只要母后同意，他愿意将郑国让给段儿。他设想着自己如何打动母后，是满含热泪地哀求，还是跪在地上悲鸣，总之为了说服母后，他愿意不顾自己的任何尊严。

武姜说完，转向了寤生，说：“生儿，你弟弟已满十三岁了，也该让他为你分担国事了。母后以为，可将制邑分封给段儿，让他为你驻扎一方，卫护郑国。”

寤生心中原本热乎乎的，一听母后这样说，顿时冷到了冰点。为掩饰内心的失望，他抓起一个桃子大口吃了起来。

武姜见寤生没言语，接着说：“君上，你可否同意将制邑分封于段？你和段儿都是先君之子，你总不能把整个郑国一碗端去，连点残羹冷炙也不分给你弟弟吧？”

寤生极力压制内心的不悦，猛地抬起头，一字一句地慢声说道：“母后之言儿自当遵从，只是当前郑国由尚父和母后摄政，儿臣做不了主。”

武姜料到寤生会这样说，不由得冷冷一笑，说道：“生儿，难道我郑国需要事事请示他伯毅？”

寤生为难地说："母后，周王明示您和尚父摄政，王命难违，我看此事还是廷议为好！"

武姜顿时气得哑口无言，过了好一会儿才说："廷议就廷议，只要他们不同给段儿分封，以后休想让我同意他们的提议。"

月朗星稀，树影斑驳。

寤生走出勤政殿，来到了后花园的凉亭中。

仰望着天上的那轮明月，寤生心中五味杂陈。

此时此刻，他又思念君父了。他有一肚子的话想跟君父说，他想问问君父，他和段同是母后的儿子，为何母后的心始终都在段的身上。听说母后要给他过生，他是那么兴奋和激动。他原想着君父走了，母后会改变对他的态度，也许会像君父那样关爱他。他甚至下定决心，只要母后喜欢他关爱他，他就一定听母后的话，和母后、尚父一起把郑国治理好。

寤生怎么也没想到，母后给他过生竟是为了给段分封。更令他难以接受的是，他只是提出廷议，尚未进行反对，母后就翻脸不认人，还威胁他。

分封段，行得通吗？君父生前反复叮嘱他，郑地域狭小，后代君侯一律不得分封，并要作为一条国策长期坚守下去。尚父也曾多次教导他，分封乃自断手足之举，决不可再施行。当前，他正要大力推行武公之略，岂能公然违背先君遗训和既定国策？

然而，不为段分封，母后这一关他能过得了吗？母后有摄政大权，他要推行的诸多政策，没有母后的首肯和支持，将寸步难行。再者，他刚继位就和母后把关系闹僵，王庭会怎么看他？国人会怎么看他？

最为关键的是，舅舅申侯在虎视眈眈地监视着他，时刻准备着抓他的小辫子，随时都可能提请王庭废了他的上卿之位。

寤生很清楚，此事提交廷议肯定会吵成一团，闹不好还会演变成重大变故。封与不封，虽然有廷议，但作为君上，他必须有自己的主见和判断。可面对这个令人头皮发麻的难题，他陷入了思索。

寤生站起身，一阵风吹来，他不由得打了个冷战。

伯灵提着裘衣走了过来："感觉冷了吧？你呀，每次出去都不想着多穿衣服!”

寤生向前激动地拉住伯灵：“灵姐姐，你什么时候回来的?尚父的病好了吗?”

伯灵将裘衣披在了寤生身上：“父亲病已好多了，不过，他老人家担心你。是不是又遇到了烦心事?”

寤生的眉头顿时又拧成了个大疙瘩，懊恼地说：“岂止烦心，就是一道根本无法破解的难题。君父留下遗训，郑国公子不再分封，母后却命我为段封地。这样违背君父遗训不说，尚父和上卿定不会同意。”

伯灵想了想，说道：“你是不想由此引起与你母后的冲突，所以左右为难，骑虎难下，对吗?”

寤生点了点头，说：“还是姐姐知我!郑国百废待兴，武公之略尚未全面启动，当前母后摄政，如果她以此要挟，处处设阻，极力反对我推行新政，我们势必寸步难行。”

伯灵问道：“君上以为何为我郑国头等大事?”

寤生爽口说道：“推行武公之略!”

伯灵认真地说：“两害相权取其轻，两利相权取其重。当前，图强郑国是我们的大事，所有事情都要为它让路。我觉得，咱们决不能让分封公子段阻碍图强的进程。”

寤生感到豁然开朗，对于如何处理段的分封问题，心里已有了定数，不由得激动地说：“灵儿，我们明天就去看尚父，我也想尚父了!”

寤生已经想好了，他可以给段分封，不过作为交换，母后必须同意他娶伯灵为夫人。只要能给伯灵名分，只要不让伯灵受委屈，他愿意为之舍弃一切，愿意做任何事情。

他心里盘算着，他违背君父遗训分封于段，对母后做出如此之大的让步，母后定会同意他和伯灵的婚事。不过，他也很了解母后强势的性格，虽然做出了很大让步，但母后也许并不会轻易满足他的心愿。要促成此事，真得费一番思量。

9

公子吕万万没想到，武公尸骨未寒，武姜就要公然违背他的遗训。郑武公临终前，两次召集武姜、伯毅和他，言之凿凿地说郑国乃东迁之国，国民稀少，国土狭小，以后所有君侯切不可再加分封，并且反复交代，这一条要作为遗训，让后世君侯永远遵从。

公子吕清楚地记得，武公说这番话时，武姜是盟誓承诺要遵从的。现在武公去世才不久，她就跳出来闹着要给段进行分封，不但违背了当初的誓言，还公然挑战和践踏武公在郑国国民心中的权威。

他明白寤生为何将治国五略改为武公之略，主要是因为寤生年幼，想借助君父在国民心中的影响力来推行新政。现在新政尚未全面公布推行，武姜竟然又提出为段分封，这分明就是在为推行新政拉后车。

公子吕心中充满了怒火。他愤恨武姜的阴毒，一边同意寤生推行武公之略，一边又逼寤生同意为段分封；他亦恼怒武姜作为一国之母，竟然这样不讲大局，丝毫不为郑国的长远考虑；他更生气武姜这样霸道插手国政，让寤生今后如何才能甩开膀子带领国人强大郑国？

公子元对此事也充满了震惊和愤怒，同是武姜的儿子，她对寤生和段竟然有天壤之别。寤生温顺慈孝，她处处刁难；公子段嚣张跋扈，她却溺爱有加。在寤生执政之初，她就给自己的儿子添加这一天大难题，真不知道她是居心叵测还是糊涂透顶。

兄弟二人不约而同地来到了太傅伯毅的府邸，他们没想到在座的除了寤生和祭足，竟然还有高成吉和祝聃。

祝聃是被高成吉拉来的。高成吉听到武姜逼寤生为公子段分封之事，一下子就急了，当初就是他向郑武公提出不再分封的建议。郑国东迁后本来只有弹丸之地，是郑武公硬着头皮想尽一切办法灭了十国，才有今日郑国之疆域。相比于周边晋、宋、卫、虢诸国，郑国无论在土地还是人口上，都还有较大的差距。郑国在地势上处于四战之地，疆域一马平川，很容易受到攻击，并且极难防御。而且这些土地都是灭他国所得，周边各国和那些故国遗族无不虎视眈眈，企图寻机分郑灭郑。以此地理和国情，如果再行分封，郑国国力势必大大削弱，别说开疆辟土，就是保住当下疆土都很难。郑武公正是听了高成吉这样一番分析，方才下定决心，把不再分封作为一条基本国策，要求后代君侯务必遵从。

公子吕疑惑地望着高成吉，冷冷地说道："高大夫，今天你怎么有空来这里？是不是为武姜传话来了？"

高成吉脸一红，尴尬地说："上卿，我……我……"

寤生急忙接过了话："叔父，高大夫深明大义，上次主动请缨带兵赴边境拒敌，此次听说分封之事又特意找寡人劝谏，对我郑国忠心耿耿。"

高成吉跟着解释道："上卿许是误会高某了，高某遵从太后指令乃职责所在，忠心郑国、忠诚君上亦苍天可鉴。"

公子吕此时已经明白了高成吉来的目的，哈哈一笑，说道："高大夫，在下岂能不知您对郑国、对君上的忠诚，当初要不是您极力劝谏武姜出兵迎敌，我郑国哪有今日之局面？"

伯毅说道："高大夫听说分封之事，极力劝谏太后不成，今天又专门前来劝谏君上，高大夫忧国忧民之心着实值得吾等敬重！"

高成吉感激地看了一眼伯毅，说道："太傅、上卿，先君遗训，郑国永世不再分封。现在先君尸骨未寒，吾等就违背遗训，让先君如何瞑目？让国民如何看待？"

公子元插言道："我和上卿来此也是为了分封之事，高大夫所言极是，先君尸骨未寒，吾等就做出如此悖逆之事，如何示教国人？"

公子吕大声说道："绝不能分封！先君把不再分封这一决策作为基本国策，要求后世永远遵从，我们绝不能由着武姜胡来！君上，你不用担心，一切由老夫来办！"

高成吉激动地说："君上，先君之所以定此国策也是无奈之举。郑国地域狭小，且处四战之地，疆域国土又多为灭他国所得，周边各国和故国遗族无不对我郑国虎视眈眈。群狼环伺之下，以目前之国力尚难应对，如若分封，我郑国怎有力量应对外来之敌？将来……将来开疆拓土更是难上加难呀！"

伯毅叹了口气，说道："高大夫所言甚是！可太后已下定决心要分封，想必我们难以阻止。"

寤生问道："高大夫，你前去劝说母后，她对此事态度可有松动？"

高成吉摇了摇头，苦着脸说："太后态度很坚决。她甚至说，如果在廷议时太傅和上卿坚决反对分封，她就会抵制君上推行新政。太后真是糊涂，难道她就不担心郑国国力被削弱，就不担心郑国疆域被侵犯？"

寤生笑了笑，说："她不是糊涂，因为这是我那好舅舅的主意！她岂能不知此举定会削弱我郑国？她也许要的就是郑国国弱民乏，这样她就可以借机让段取代寡人！"

公子吕恨道："看来他们兄妹还是贼心不死！君上，你放心，只要我有一口气在，就决不允许她在我郑国胡作非为！"

伯毅说道："是的，君上，分封之事万万不可！刚才高大夫说的有道理，我郑国处四战之地，且群狼环伺，此举很可能带来灭国之灾！"

寤生坦然一笑："尚父、叔父、高大夫，少安毋躁！两害相权取其轻，两利相权取其重。是否进行分封，当今分封又有何利弊，需要我们因时因势地详加分析。你们以为，如果我们坚决反对分封，新政能否顺利推行？"

公子吕、公子元和高成吉齐声说道："太后一定会多方阻碍！"

寤生点了点头："当前寡人年少，不能上朝领政，朝中又有我舅舅处处为难，诸位说说，在此情势下，我郑国如何发展壮大？"

许久没有发言的祭足说道："此时开疆拓土根本不可能，唯有内部挖潜，在我郑国推行新政，进而强军富国安民！"

寤生脸上露出了满意的笑容，说道："祭大夫所言甚是！高大夫说当前我们郑国群狼环伺，只有军强国富民安，群狼才不敢妄为！所以，当前我们郑国的首要任务就是推行新政，所有事项都要为此让路。"

祭足兴奋地说道："微臣赞同君上所言，当前我郑国的第一要务是推行新政。如果因为分封影响了新政的推行，势必得不偿失。"

高成吉瞪大眼睛，问道："为了确保新政顺利推行，难道君上要同意分封吗？"

公子吕怒道："难道君上甘愿背负忤逆先君遗训之名？"

寤生看了看二人，说道："高大夫，您说我君父留下遗训不再分封，主要是为了防止土地分割削弱我郑国，我们可否变通一下，封城不割地，这样既可实现母后的心愿，又不至于削弱郑国。"

高成吉急声问道："何为封城不割地？"

寤生说道："对段虽然进行分封，但所封之地仍是我郑国之地，封地的地方官员仍由宫廷派驻，地方赋税四六分成，宫廷占六封主占四，你们以为这样可否？"

伯毅脸上露出了欣喜的笑容。如何解决武姜提出的分封难题，着实让他伤透了脑筋。他深知，若此事处理不好，将给郑国和寤生带来无穷无尽的麻烦。同意分封，忤逆先君遗训，将大大削弱郑国；不同意分封，新政无法推行，王庭和申侯会借机插手郑国国政。想到此，他高声说道："君上高明！封城不割地，高！"

祭足连忙附和："高明！在下觉得这是解决问题的最好办法！"

公子吕眼睛瞪得圆圆的，怒视着祭足，说道："高明什么！忤逆先君遗训的事情绝不能做！"

高成吉嘴巴咂了又咂，最后还是把话咽到了肚子里。

伯毅上前拍了拍公子吕的肩膀，说道："上卿，此言差矣！分封之事就是那申侯的主意，你我能抗逆得了吗？一旦申侯拿着周王的诰命强行来我郑国进行分封，我们当如何应对？到那时，我们可就成了待宰的羔羊。难道你忘了晋国分封的前车之鉴？"

伯毅一席话说得公子吕冷汗直流，公子吕连声说道："还是太傅思虑周详，吕险些铸下大错！"

公子元朗声说道："太傅，在下也赞同君上所提之策。"

高成吉紧皱的眉头也舒展开来，问道："君上，您可想好将何地封于公子段？"

祭足抢先发言道："我料想太后定会为段索要制邑，制邑险要且可藏兵，绝不能封给他，就将京地封给他吧。"

公子元低声说道："京地乃我郑国旧都，城高人多，先君正是因为修建京地而违反周礼，被申侯父子抓住把柄，才不得不迁都新郑。你将那里分封给他，岂不让人有二都并立、分庭抗礼之想？”

寤生坦然一笑，说道：“何为京都，君侯所在之地也！而不在城高人多。京地四面开阔，不利于藏兵，又便于掌控，封给段有何不可？太宰放心，只要我们推行新政，相信用不了两年新郑的繁荣定会超越京地。”

公子吕问道：“君上，如果太后坚持要您分封制邑怎么办？还有，她如果不同意封城不割地，怎么办？”

寤生看了看伯毅。

伯毅哈哈一笑，说道：“上卿，这就要看我们的了。高大夫，我想请您和颍考叔配合我们演一场戏，分封之事只有依照君上之意，对郑国的损害才能降到最低！”

高成吉起身要走：“好说、好说，在下一定好好配合太傅！”

寤生起身说道：“高大夫请留步，寡人有话。”

10

武姜深知伯毅和公子吕等人定会极力反对分封，为了确保廷议时自己的意图能够实现，她专门把颍考叔和高成吉请到了宫中。申奇曾给她出主意，让申侯上报周王，有了周王的诰命，伯毅和公子吕等人定不敢违抗。

但是武姜却有自己的想法，上次申侯的郑国之行，她着实没少挨兄长的数落，她不想因为此事再让兄长训斥于她。更为关键的是，她已看出了兄长吞并郑国的祸心，她担心兄长插手郑国事务过多，会给郑国带来更多的麻烦和灾难。她相信自己手中有支持新政这个把柄抓着，伯毅、公子吕等人自会乖乖就范。

颍考叔和高成吉进了宫，一齐向武姜施礼：“太后！”

武姜低头看了看高成吉，笑道：“高爱卿，难道你到现在还没想通？”

高成吉挠了挠头，说道：“太后，臣下只是担心郑国因分封而被削弱国力，遭受周边诸国侵扰。”

武姜哈哈一笑，说道：“我兄长掌管王庭大小事务，周边诸国谁敢侵扰郑国？我听说你去了伯毅府邸，他对分封之事的态度如何？”

高成吉看了看颍考叔，说道：“坚决反对！我去的时候，太傅和上卿正在为此商议对策。”

武姜疑惑地望着高成吉，急声说道：“他们准备如何应对？”

高成吉老实地说：“太后，他们已经形成一致意见，说分封忤逆先君遗训，他们决然不会同意！”

武姜脸色骤变，恶狠狠地重复道：“决然不会同意……决然不会同意……”

申奇在一旁插言道：“太后，我看还是上书宗主，让他讨得大王诰命进行分封为好！”

武姜不耐烦地看了一眼申奇，说道：“还没较量，你怎知我们一定就败呢？”

高成吉急忙接过话来，说道：“太后所言甚是！虽然伯毅、公子吕等人坚决反对分封之事，但我觉得君上的态度好像有所松动。”

武姜急声问道：“寤生的态度到底如何？”

高成吉说：“君上一方面不愿因此开罪于太后，另一方面他个人还有一事需要太后首肯。”

武姜问道：“他个人的事情？什么事？”

高成吉低声说道：“君上单独召见臣下，拜托我想法说服太后同意他和伯灵的婚事。”

武姜当即火冒三丈：“什么？他还想娶伯灵？你让他趁早死了这条心，孤是决不会同意那伯灵进我后宫的！”

高成吉没想到武姜对此事反应这么大，笑道：“太后，君上说迎娶伯灵是他唯一的愿望，只要您支持他，他就支持您提出的为公子段分封之事。”

武姜一阵冷笑：“他还长本事了，敢跟我提条件了！”

颍考叔说道：“太后，迎娶伯灵，不过就是君上后宫多一夫人吗？您为何如此反对呢？”

“唉！”武姜慢慢控制住了情绪，叹了口气，说道，“二位爱卿，事情哪有这么简单！寤生迎娶伯灵，将意味着从此以后郑国的宫廷和后宫全要被伯毅控制，意味着郑国就要落入伯家手中。寤生对伯灵百依百顺，再加上公子吕、公子元等人对伯毅又言听计从，一旦寤生和伯灵成婚，以后的郑国到底谁说了算？”

高成吉赌气地说：“太后，君上已下定决心要迎娶伯灵，若您不同意，他就不同意为段分封。”

颍考叔劝道：“太后，目前先君刚薨，君上需守孝三年，您不妨先答应，等公子段分封之事尘埃落定了再说。”

高成吉兴奋地说：“是呀，太后，君上即使迎娶伯灵也是三年之后。三年之后事情不知道又会往何处发展，您何苦因为将来之事阻碍当前的谋划呢？”

武姜脸上露出了笑容：“二位爱卿说的有道理！只要寤生的态度偏向于我们，再加上二位，廷议时我们一定能够战胜伯毅和公子吕。二位爱卿，你们可愿在廷议时帮我据理力争？”

高成吉和颍考叔一同施礼：“太后放心，臣等定当唯太后马首是瞻！”

武姜高兴地说：“这就好！廷议时，二位爱卿定要跟孤齐心协力，好好给他们点颜色看看！”

为了这场廷议，双方排兵布阵，都做好了充分准备。

一大早，伯毅、公子吕等人就穿戴整齐上了朝。武姜也算着时间稳步走了过来，后面跟着颍考叔和高成吉。

寤生起身施礼。

武姜傲然地看了看寤生，在一旁坐了下来。

待武姜坐下后，群臣一齐向寤生、武姜、伯毅三人施礼。

寤生清了清嗓子，说道：“诸位爱卿，祭大夫向寡人提出，伯灵一直照顾寡人起居，需要给其名分，以大婚之礼迎娶她为夫人；太后提议要为公子段分封。今日我们就围绕这两件事进行廷议，请大家各抒己见、畅所欲言！”

武姜狠狠看了寤生一眼，欲言又止。

她心里暗道，寤生刚刚让高成吉给自己传话，今天就迫不及待地在廷议上提出此事，他能在廷议上提及此事，想必已和伯毅、公子吕等筹划好了，想用此事逼迫自己同意。不过，她反过来又一想，觉得这样也好，正好可以借机牵制伯毅、公子吕等人。只要伯毅等人不同意分封之事，就休想让她同意寤生和伯灵的婚事。

伯毅和公子吕、公子元等人听寤生提出迎娶伯灵之事，顿时惊得张大了嘴巴，一起向祭足看去。祭足从来没有向他们提及此事，寤生也没有事先跟他们商量，如此重大的事情，竟然没有提前通气就在廷议上提了出来，着实令他们吃惊而气恼。

祭足起身说道："伯灵贤淑端庄，与君上一块长大，多次舍身救主。君上对伯灵感情深厚，曾立誓非伯灵不娶。现在，伯灵负责君上起居，为满足君上的心愿，也为了让伯灵更好地照顾君上，臣下提议择良辰吉日让君上迎娶伯灵！"

公子吕虽然感到寤生在处理此事上有点突兀，但他打心眼儿里赞同寤生迎娶伯灵。迎娶伯灵，不仅了结了寤生的心愿，也有利于伯灵更好地照顾寤生。公子吕当即发言道："彩！君上与伯灵情投意合，我们当成全二人！"

公子元接着说道："伯灵贤淑端庄，对君上又有救命之恩，她完全当得起我郑国夫人，臣下赞同！"

其余众臣争相附和："彩，彩！"

武姜见众臣一致附和同意寤生迎娶伯灵，重重地咳嗽了一声，大声说道："大家安静！"

庭上顿时静了下来，大家纷纷注视着武姜。

武姜说道："各位爱卿，先君刚薨，君上当守孝三年。迎娶伯灵一事以后再议，今天就议议公子段之事吧！公子段作为先君的儿子、君上的弟弟，也应该继承先君遗志，为君上分忧。孤以为，可将制邑封于公子段，让他为我郑国把好国门，守护我郑国安全！"

公子吕怒道："先君专门留下遗训，以后郑国诸君一律不得再行分封，你难道想陷君上于不忠不孝、不仁不义？"

公子元接过话，抬高声音说道："诸位，你们可知先君为何将这一条作为遗训，要求后世君侯永远遵从？"

众人的目光一齐转向了公子元。

公子元说道："我郑国处四战之地，地域狭小，周边诸国和故国遗族对我们虎视眈眈，在这群狼环伺之下，我郑国想得以保全都很困难。如果再行分封，拆分国土、分散力量，郑国将何以抵御周边诸国的侵扰？"

公子元的一番话令不少人频频点头。

武姜气急败坏地说："公子元，你少在此危言耸听，我郑国国力雄厚，谁敢侵扰？颍考叔、高成吉，你们说公子段是否应该为国出力？"

颍考叔从班列中走了出来，说道："太傅，太后主动提出让公子段担责担险，为国尽力，既是为了历练公子段，也是为了强大我郑国，请太傅细为考量。"

武姜等颍考叔说完，眼睛立即向高成吉望去。

高成吉得到示意，便也走出班列，对着寤生和伯毅深施一礼，说道："君上、太傅，太后提出让公子段为国担险尽力，充分体现了太后对君上兄弟二人的关爱，也体现了太后强大我郑国的决心。我们能否采取一变通之法，既不违背先君遗训，又能实现太后的心愿？"

伯毅起身说道："如此甚好！上卿、太宰，你们觉得这个提议如何？"

公子吕哼了一声，将头扭向一旁。

公子元说道："高大夫不妨说来听听。"

高成吉说道："刚才太宰说，先君定下不再分封的遗训，目的是防止郑国拆分土地、分散力量，我们可否采取封城不封地的办法，选一个城邑封给公子段，但封地的地方官员仍由宫廷指派，地方税赋采取四六分割的方式，分别交于宫廷和封主。"说完，将目光转向了颍考叔。

颍考叔急忙说道："高大夫所提之策可谓一举两得！既能满足太后历练公子段的心愿，又不违背先君的遗愿，彩！"

伯毅点了点头，说道："高大夫所提之策不失为一个好办法，太后、上卿、太宰，你们以为呢？"

公子吕怒道："什么封城不封地，不还是分封吗？"

武姜也没想到高成吉竟然提出了这样一个馊主意，她刚想提出反对，可看公子吕如此态度，便气急败坏地说："公子吕，我告诉你，你若不赞同，便休想让我支持你们的新军！”

公子吕站起身，用手指着武姜，说道：“身为摄政太后，你竟然说出如此话来？”

寤生也站了起来，语调平和地说：“母后、叔父，勿再争执！今日是寡人提出廷议的两件事，下面由寡人来逐一调停。先说迎娶伯灵之事。”

说着，寤生看了看公子吕、伯毅等人，问道：“尚父、上卿、太宰，你们对此事可有异议？”

伯毅、公子吕及其身边的一行人等一起施礼：“君上，吾等无异议！”

寤生又转向高成吉、颍考叔等人：“高大夫、颍大夫，你们可有异议？”

高成吉、颍考叔等人深施一礼：“君上，吾等无异议！”

寤生将目光转向了一旁就座的武姜，问道：“母后呢？”

众人的目光一齐投向了武姜。

武姜仰着头，气得直喘粗气。她没想到，寤生竟然铁了心要娶伯灵，并且当众如此逼她。

寤生又问道：“母后可有异议？”

武姜身边的申奇急忙用手捅了捅她。申奇很清楚，当前局面只要武姜不同意此事，寤生定然会站在她的对立面，与公子吕等人一起反对为公子段分封。

武姜终于下定了决心，恨恨地望着寤生，说道：“既然大家都同意了，君上还问孤干什么？”

寤生直直地望着武姜，坚定地说：“母后，您对此事到底同意否？”

武姜彻底被逼到了墙角，气急败坏地说：“同意、同意，你满意了吗？”

寤生不再理会武姜，接着说道：“下面我们决议第二项议题。寡人以为高大夫提出的分封之策甚好！寡人心意已决，封城不割地，将京地封于公子段，京地的税赋就按四六分割，各位可有异议？”

伯毅急忙附议：“君上圣明！”

颍考叔和高成吉跟着附和：“君上圣明！”

祭足急忙示意周边诸人，一齐高声喊道：“君上圣明!”

武姜咂了咂嘴，没说出话来。

公子吕恨恨地瞪了武姜一眼，转身向外走去。

第七章 狼烟四起

1

时间如白驹过隙，转瞬已过了三年。寤生已由一个懵懂少年成长为意气风发的诸侯。

三年来，寤生文用伯毅、祭足，武用公子吕、高成吉，大力发扬武公之略，郑国经济得到了快速发展，人口急剧扩大，耕地快速增长，人才蜂拥云集，国力直线上升。特别是寤生对军队进行的改革，使军队数量得到了成倍扩张，战力也显著增长。此前郑国军队八个师全为车战兵，寤生针对戎狄善于骑兵作战和步兵作战的特点，打乱原有的军队编制，设立上、中、下三军，一个军设三个师，分别由一个车兵师、一个步兵师和一个弓弩师组成，全军兵力大增。

郑国的国力蒸蒸日上，管理井井有条，愈加坚定了寤生效仿周公旦，大展雄心抱负的心志和决心。

更令寤生着急的还是迎娶伯灵之事。当年母后答应他，只要过了三年守孝期，他即可迎娶伯灵。现在时间已到，母后应该兑现承诺，为他操办迎娶伯灵的大典了。

三年来，寤生无数次设想如何给伯灵一个盛大的婚礼。他不但要把场面布置得壮观宏大，还要让母后亲自主持，遍邀王庭重臣和天下诸侯前来观礼，他甚至想在郑国大赦。总之，他要让伯灵感觉到自己对她是多么珍惜，多么重视。

他很清楚，所有的这一切，都需要母后鼎力支持。依据周礼，后宫事务当由太后决断。特别是现如今母后还在辅政，没有母后的支持，别说举行盛大的仪式，恐怕伯灵根本就进不了后宫。

寤生决定找母后谈谈此事。

为了能顺利得到母后的应允，寤生私下做了一番准备。他特意让人给母后做了一件纯色无杂毛的貂皮大氅，送到了后宫。

他原想着，母后见到后定会喜笑颜开。可当他将大氅展现在母后面前时，她却冷冷地说："生儿，做这件大氅，你费了不少心思吧？"

寤生赔着笑说道："但愿母后喜欢！"

武姜随手将大氅扔到了一边，不高兴地说道："生儿，不是母后数落你，身为一国之君，心思应该用在强国富民、开疆拓土上！你却用在讨母后欢心上，你怎么对得起先君的期望，对得起郑国上下对你的期待？"

寤生张了张嘴，想解释。

武姜却不容他说话，连连质问道："你说说，你对征伐周边诸国是怎么考虑的？我和你君父在郑国贫穷积弱的情况下灭了十国，创下郑国今日之版图。现在郑国兵强马壮，加上你训练的新军，已有四军之众。你说吧，先从哪国开刀？"

寤生低声辩解道："母后，难道兵强马壮就要征伐周边诸国吗？"

武姜眼睛一瞪，说道："不为开疆拓土，你为何训练新军？生儿呀，我给你讲过多次了，郑国地处四战之地，只有不断开疆拓土壮大自己，才能立于不败之地。你身为一国之君，要对郑国国人负责，对郑国公室负责！"

寤生心中暗暗苦笑。母后已经不止一次督促他制订征伐周边诸国的作战计划了，而且催得一次比一次紧。他知道，解释是没有用的，只会换来更多的数落和责备。

寤生认为，还不如索性直接把自己的心事向母后说清楚，此事已经在他心里憋得太久了。

想到此，寤生站起身，说道："母后，生儿此次前来有一要事和母后相商。生儿以为，为君父守孝三年已满，生儿是该给伯灵一个婚礼了。”

武姜翻眼看了看寤生，问道：“你说什么？给伯灵一个婚礼？她跟谁的婚礼？”

寤生不高兴地说：“三年之前，母后在廷议之上当众同意生儿娶伯灵为我郑国夫人，不过要等生儿为君父守孝三年期满之后，难道母后忘了吗？”

武姜冷冷一笑，说道：“生儿，当时母后不过是随口一说，你怎么还当真了？”

寤生看母后想要否认此事，心中大急，忙说道：“母后，廷议之上您如何能是随口一说呢？生儿已下定决心要迎娶伯灵，准备近日举办大婚仪式，请母后恩准。”

武姜一拍几案站了起来，怒道：“生儿，你就这样跟母后说话吗？你是不是感到翅膀硬了，不需要母后了？我告诉你，你现在还没有执政，郑国还是我说了算！”

寤生气得脸色铁青，生气地说：“母后辅政不假，但您也不能食言！”

武姜连连冷笑，指着寤生：“寤生，我明白告诉你，孤已经给那伯灵安排了一桩婚事，让她嫁给邬家世子，你就早点断了娶她的心思吧！”

寤生不由得怒火冲天，大声吼道：“邬家世子是个连生活都不能自理的废人，你把伯灵嫁给他，分明就是为了糟践伯灵。伯灵与我青梅竹马，又对我有数次救命之恩，您为何如此对她？”

武姜从来没有见过脾气如面豆似的寤生发过如此大的火，不由得愣住了。不过，她很快就反应过来了，上前扇了寤生一耳光，歇斯底里地骂道：“好你个小寤生，竟敢这样跟母后说话！我告诉你，现在郑国还是孤说了算，想迎娶伯灵，下辈子吧！只要有我在郑国，我决不允许那伯灵进我郑国后宫！”

寤生怎么也没想到母后会动手打他，毕竟他已长大成人，而且很快就要执政。只见他气得浑身直打哆嗦，恨恨地看了武姜一眼，转身走出了后宫。

2

回到勤政殿，寤生就扑倒在卧榻之上，不由得泪水直流。

他心中好恨自己的无能和窝囊。身为一国之君，连迎娶心爱之人这种事情都不能做主；他更恨母后时时处处跟他作对，每件事情都不让他顺心如意。

他曾多次向伯灵承诺，要给她一个盛大的婚礼。母后这种态度，他将如何跟伯灵交代？

寤生觉得，他不能再妥协了。在这件事情上，他一定要坚持己见，否则他将永远是母后的傀儡和附庸。

冷静下来后，寤生愈加坚定地认为，他早晚会与母后翻脸。不过，他一直不愿意承认，一直不愿意让这一天到来。以母后的强势为人和对权力的独占，她是不会主动将掌控郑国的大权顺利交给他的。不久的将来，即使他年岁已够执政，母后也不会真正把权力交给他。因此，与母后翻脸就成了一道绕不过去的坎儿。

他恨恨地想，与其晚点翻脸不如早点，迎娶伯灵之事也许就是个机会。他要通过迎娶伯灵，让郑国公室知道他已经长大，已经有了自己的主见和想法；他要让郑国国人知道，以后的郑国是他的郑国，他才是郑国的国君。

想到此，寤生一跃而起，起身向伯毅家走去。

此刻，后宫中，武姜在拍案摔碗，冲手下人发火。

寤生临走时的目光让她现在想起来还打冷战，她能感觉出寤生对她的恨是多么强烈，她也能感觉出寤生对她的不满已达到了极限。同时，她也清醒地认识到，她和寤生之间围绕郑国的掌控权必有一场生死之战。

武姜恨恨地骂道：“寤生你个白眼狼，你以为翅膀硬了，敢和孤叫板了？我告诉你，你还差得远呢！孤一手打下的江山，你说拿走就拿走了？你不是想迎娶伯灵吗？我偏不让！”

宫正申奇看武姜气得语无伦次，在一旁添油加醋：“太后，君上现在就想跟您夺权，是不是有点心急了？鸡蛋往石头上碰，他也太自不量力了！太后，我们要想办法给他点颜色看看，否则他还真不知道自己的斤两了。”

武姜赌气地说：“你说，孤怎么收拾他？他竟敢这样气孤，我们决不能轻易放过他！”

申奇走近武姜，低声说道：“您不妨就下道谕旨，赐婚伯灵下嫁邬家世子，看君上如何处置！”

武姜脸上露出一丝狞笑，大声说道：“就依你所言，孤这就将伯灵赐婚给邬家世子！申奇，你亲自到伯毅家传旨。”

寤生赶到太傅伯毅家时，申奇正好也到了。

申奇向寤生行礼后，故意抬高声音说道：“伯毅父女，太后谕旨！”

伯毅和伯灵一齐向申奇看去。

申奇展开竹简，大声念道：“伯家有女伯灵，现已成人，孤特赐婚汝下嫁邬家世子，不日孤将亲自主持大婚仪式，望汝父女早做准备！”

寤生大怒，快步上前，一把夺过竹简扔在了地上，吼道：“寡人与伯灵早有婚约，母后又让灵儿下嫁他人，岂有此理！”

申奇赶忙将竹简捡起，说道：“君上，你……你竟敢摔太后的手谕！”

寤生眼里喷着火，噌地一下拔出宝剑，举剑向申奇砍去。

申奇慌忙躲开，撒腿就跑。

寤生拿着宝剑去追，却被伯灵死死地抱住了。

寤生急道：“灵儿，你别拉我，今天我非要杀了这阉贼，我非要杀了他不可！”

伯灵满眼的泪：“君上不可！你难道要陷灵儿于不义吗？”

寤生扔掉手中的宝剑，拉住伯灵，问道：“灵姐姐，何为不义？难道你要遵母后所言下嫁邬家世子吗？”

伯毅怒道：“我伯家宁愿离开郑国，也绝不会让灵儿嫁给那邬家世子！”

寤生松开伯灵，转向伯毅，哀求道：“尚父，寡人对母后实在是忍无可忍！寡人已下定决心，无论如何都要迎娶灵儿。”

伯灵走到寤生跟前，凄然一笑："君上，灵儿知道你的心意！灵儿已经下定决心，此生不会嫁给任何人……"

听到武姜给伯灵赐婚的消息，公子吕、公子元和祭足相继急匆匆地赶了过来。

公子吕怒道："太后为何又生事端？"

寤生亦怒不可遏："寡人上午前去见她，提及迎娶伯灵之事，她竟然张嘴就骂，抬手就打。她虽为母后，也不能这样无礼。现在，她……她竟然直接下谕旨，要将灵儿赐婚给郐家世子。寡人在她眼中算什么？叔父，寡人真是受够她了！"

公子吕大声吼道："什么，她竟敢打你！走，咱们找她去，她想干什么？殴打一国之君，难道她想造反不成！"

祭足急忙上前拉住了公子吕："上卿、上卿，你还嫌当前的局面不够乱吗？你考虑过太后为什么这样做没有？"

公子吕转过身子看着祭足，问道："为何？"

祭足说道："她就是为了弄乱郑国！你们想一想，君上很快就要执政，执政意味着什么？意味着她要交出军权。此刻她故意激怒君上，故意搞乱郑国，就是为了不交军权，为了继续辅政！所以此时此刻无论如何，君上也不能感情用事！"

伯灵说道："祭大夫所言甚是，君上已忍了多年，此刻绝不能为了灵儿一人而乱了我郑国大局。"

此时，伯毅也冷静了下来，慢声说道："祭足和灵儿说得对，在君上即将执政的关键时刻，我们不能自乱阵脚。"

寤生负气地说道："尚父，难道你就甘心让灵儿嫁给郐家那废人？"

伯毅说道："君上放心，无论太后如何逼迫，在下绝不会让灵儿下嫁郐家，不过……"

祭足接过话说道："不过，目前伯灵姑娘与君上成亲的时机还不成熟，需要等等再说！"

伯灵上前一步，说道："各位，请不要再为灵儿一事烦心，灵儿已下定决心，此生不嫁！"

公子元说道："太后既然已下谕旨，我们又不能让灵儿嫁给那郐家世子，还是想个较为稳妥的办法为好。"

伯毅叹了口气，说道："让灵儿离开郑国去王庭吧，到王庭商社任总领。正好那里需要得力之人为君上将来领政王庭进行准备，让她提前过去吧！"

祭足当即响应道："好，这个主意好，伯灵姑娘离开郑国，我们既能避开与太后的直接冲突，又能为君上以后在王庭领政提前铺路，实乃一举多得。"

伯灵说道："灵儿愿意前往王庭。"

寤生紧紧抓住伯灵，急忙道："我不同意、我不同意，我不能让灵姐姐离开我！"

伯毅满眼慈爱地望着寤生，坚定地说："君上，灵儿不会离开你！君上，你要知道，目前太后在郑国还掌握着腹心之卫和环列之卫的军权，与之相争只能是两败俱伤！君上，我们的目标是统领天下诸侯，绝不仅仅是郑国的一隅，所以您以后面对的困难和委屈将比现在更多、更难。如果连此都承受不了，那您还怎么去承担安抚天下的重任？"

公子吕、公子元、祭足等人见伯毅这样说，一个个都沉默了下来。是的，如果寤生连郑国的事情都摆不平，他将如何去统领天下诸侯？

伯灵拉住寤生的手，低声说道："君上，你放心，灵儿永远不会离开你！父亲说得对，我们的理想是兼济天下苍生。你若拘泥于儿女私情，何谈胸怀天下，又怎能开创安抚天下的伟业？"

寤生放下伯灵的手，仰起头颅，紧闭着眼睛，一行热泪潸然而下！

3

伯灵走了，也真真切切地带走了寤生的心。过去，寤生虽被授予卿位，但他从没想过要离开郑国。

可伯灵的离开，让他对郑国头一次感到了索然无味，他迫切地想离开这个地方。

他向往着早日去王庭领政，他要在那里展现他的抱负，实现他的理想，他不想在郑国这一隅浪费一丝一毫的光阴。

除此，他还有另一个深层次的考虑。他要利用上王庭领政的机会和王庭上卿的权力彻底地把郑国的军权夺过来。他很清楚，母后在郑国之所以如此强势，就是因为她手中掌控着环列之卫和腹心之卫。他身在郑国，即使完全执政，母后也有理由不将这两军的兵符交还给他，也有理由不让他的人安插进去。要想从母后手中夺得军权，只有把郑国的环列之卫和腹心之卫调到王庭，再混编到王师之中，这样才能借机换掉颍考叔和高成吉，换成他的人。

寤生甚至对领政后的种种作为分别制订了细致的计划，他要在大周全面推行改革，把释放商奴作为大周基本国策，使东都雒邑成为众商云集之地，全力发展工商经济。他要全面改革井田制，鼓励民众开发滩涂，发展农业，着力解决国人吃饭穿衣的问题。他要在各个诸侯国大力兴建乡校，教化民众，统一思想，广集民意，着力营造人才辈出的良好局面。他要全面改革军队，确保用之能战、战之能胜，以绝对优势剿灭四夷。

然而，寤生越急于上朝履职，周平王却越不给他机会。本来按照礼制，寤生已成年，周平王应当主动下诏请寤生上朝。没承想，周平王非但没有主动下诏，甚至郑国三番五次派人前去，请求王庭下诏让寤生入朝，周平王都充耳不闻。

这天，寤生闲来无事，独自坐在几案前读书。

“文王问太公曰：‘王人者何上何下，何取何去，何禁何止?’

“太公曰：‘王人者上贤，下不肖，取诚信，去诈伪……’”

读到此处，寤生禁不住心潮起伏，思绪万千。

他不理解，太公行文昭昭，要求君主尊崇德才兼备之人，贬抑无德无才之辈，任用忠诚信实之人，摒弃奸诈虚伪之徒。作为国之上卿，他一腔报国兴族之志，满腹强军富民之策，并且背拥强大的郑国，周平王却弃之不用，专用申侯、虢公忌父那帮蝇营狗苟之徒，这是为何……

寤生想着想着，不由得站起身来，走到了几案对面的巨幅舆图前。每每来到这里，看着满目疮痍的大周，寤生心里就忍不住更加焦躁愤懑。

想当初，周武王一平天下，普天之下，莫非王土；率土之滨，莫非王臣。而现在，诸侯不附，四夷交侵，大周王庭龟缩在雒邑之地，礼崩乐坏，人心涣散，就连正常纳贡都需王庭三番五次遣人催促。试问当今谁主天下？还是他姬家吗？

寤生心中越想越急，胸中波涛汹涌，一浪接一浪地翻滚着抓狂般的痛楚，他愈加变得急不可耐，急切地期盼着能早日上朝领政。只要让他上朝领政，他一定带领国人革故鼎新，奋发图强，彻底扭转目前这种衰落颓败的局面，再创一个“成康之治”。

寤生紧握着拳头，咬着牙齿，满腔的焦虑和急躁全部转化成了愤恨、委屈和恼怒。

此刻，他真想领兵入朝来个逐君侧，一举收拾掉周平王身边的那帮奸诈小人。但理智告诉他，这样绝不可行。一旦他贸然领兵上朝，非但达不到目的，还会授人以柄，给申侯等人创造排挤打压他的机会。

寤生在舆图前来回走动着。他很清楚，着急是解决不了问题的，当今之计，只有暗地采取措施，积极运作，才能实现上朝领政。

正在这时，上卿公子吕和大夫祭足急匆匆走了进来。

祭足上前施礼：“君上，大王来诏了。”

寤生以为周平王要宣他上朝，顿时心跳加速，满脸欣喜地说：“是要宣寡人入朝吗？”

祭足苦着脸摇了摇头：“还是讨要粮食和布匹的诏书。”

公子吕听说王庭又来催要粮食，不由得恼羞成怒：“要、要、要，我郑国简直成了他周王的粮袋子、菜篮子，想要就要，想拿就拿！今年这是第几次了?!

“不给，坚决不给！

“他们不要以为有上卿这个诱饵牵着，就能三番五次地拿我郑国当冤大头！”

祭足低着头，沉默以对，任由公子吕吼叫。他理解公子吕心中的焦虑、急躁，为了能早日送君上上朝领政，郑国已经付出太多了。

慢慢地，公子吕就冷静下来了。他冲着祭足惭愧地笑了笑：“祭大夫，失礼了。你说，这大王讨要的粮食、布匹我们给还是不给？"

祭足没有直接回答，为难地解释道："微臣理解上卿心中的焦虑！为了君上上朝领政之事，微臣多次给朝中大臣送礼。上个月，微臣借去朝中押送粮食之机，专门向大王送交了君上请求上朝陪王伴驾的上疏，还分别给周公黑肩和宋公、卫侯等人送了大礼，反复恳求他们帮君上协调，没想到至今没有任何消息。都怨微臣无能，不能替君上分忧，微臣有罪！"

寤生宽厚地笑道："祭大夫此言差矣！大王不让寡人入朝，想必定是大王犹豫不决和申侯从中作梗所致，祭大夫何罪之有？"

寤生接着又问道："祭大夫以为大王讨要的粮食、布匹我们给还是不给？"

祭足上前一步："此事需要稳妥应对，不可急于答复。微臣建议君上再召集太傅和太宰好好商议一下，如何既不失礼又能实现我们的愿望。郑国的确不能再任由大王宰割了，他们若不满足我们的要求，以后休想再从郑国得到一两粮食！"

4

寤生心里着急，东都雒邑的申侯比他更急。他知道，阻止寤生上朝领政只能阻碍一时，周平王早晚都会让寤生上朝。

申侯原想着只要扳倒郑武公，他就能顺利登上上卿之位，手握兵权，把持朝政，掌控郑、虢、申、曾、卫五国。一旦时机成熟，就可废掉周天子，改朝换代，一统中原。

那次郑国之行，一切都计划得好好的，却马失前蹄，非但未能如愿以偿拱立公子段继位，还让寤生得到了上卿之职。

这几年，申侯扳倒郑武公，压制卫庄公，起用虢公忌父，防备宋宣公，无所不用其极，就是为了拿到兵符，掌控周朝。

他费尽心机，忙活了几年，到头来却是一场空。周天子虽然表面上对他百依百顺，却始终不肯将兵权交给他。

眼见郑国人四处活动，力推寤生上朝领政，申侯心急如焚！他深知，寤生上朝领政是早晚的事情，任凭他怎么拦也是拦不住的。可一旦寤生掌兵领政，他所有的目标和计划都将成为泡影。时间已不允许他再有丝毫的懈怠，他必须及早动手，抢在寤生之前夺取兵权。

为此，他专程回到申国与父亲商议对策。

老申侯对周天子和郑国也是一肚子怨气。

想当初，要不是他的鼎力支持，哪有姬宜臼的今天。在宜臼落难时，他不但收留了宜臼，还以举国之力帮宜臼夺得了天下。没想到，这个狼崽子，脚跟还没站稳就想与他反目，竟然受晋侯、卫侯等一帮人的鼓动，迁都雒邑，彻底脱离了他的控制。

还有姬掘突，更是个喂不熟的。当初，他把女儿许给掘突，并保举他任大周上卿。掘突不但不思报答，还处处跟他作对。

更令老申侯恼恨的是，掘突在王庭领政之时与秦国眉来眼去，对秦国攻伐申国睁一只眼闭一只眼。他多次向周天子诉说此事，意图让周王室压制一下秦国，可每次都被掘突拦了下来，掘突好像是在故意纵容秦国和申国争斗。也正因如此，他才动了对掘突的杀心。他一面在王庭下狠手和掘突斗，一面命人暗暗给掘突下毒，在不知不觉中毁掉掘突的身体。

老申侯本来对申侯一统中原的野心并不赞同，但随着对姬掘突和姬宜臼叔侄的怨恨越来越大，他慢慢也认同了申侯的计划和盘算。他深知，一旦姬宜臼想有所作为，首要目标就是夺回宗周之地，到那时势必要与他申国为敌。

申侯述说完大周王庭的情势和寤生急于上朝领政的情况，急声说道：“父亲，当前夺取兵权的唯一之道就是兴兵伐周，不给姬宜臼点颜色看看，他是不会乖乖听话的。”

老申侯静静地听着申侯的诉说，连连摇头：“不可，不可！”

申侯急声问：“父亲，有何不可？您可知，一旦寤生掌了兵权，我们一统中原的目标恐怕就永远难以实现了。”

老申侯叹了口气：“此一时非彼一时。周天子虽昏庸无能却无明显过失，贸然讨伐，出师无名，不占天时；我们出兵千里，远征雒邑，不占地利；现如今申国及西戎十八盟都被秦国牵制在这丰、镐之地，难以抽出更多兵力东进雒邑，不占人和。我们天时、地利、人和都不占，贸然出兵，必然招致中原诸侯的激烈反抗，如果以失败而告终，我们父子别说一统中原，就连这丰、镐之地也难以立足！”

申侯不满地说：“父亲，难道我们就眼睁睁地看着那寤生执掌兵权？净等着这个白眼狼做大做强，等着他领兵来侵扰我们？”

老申侯沉思许久后，意味深长地说：“你的兴兵讨伐之策也不是不能用，只不过不能用我申国一兵一卒。我明日即亲自前往北狄，劝说北狄出兵伐周。只要北狄出兵，你就可奏请周王领兵抵御北狄，到那时兵符不就自然而然落到了你的手中。”

申侯一阵大笑：“还是父亲高明！”

5

上完早朝，寤生就急不可耐地去了伯毅家。

廷议时，他一听说伯灵从王庭回来了，就再也没有议事的心思了。好不容易挨到结束，当即起身来找伯灵。

他有满肚子的话要跟伯灵说，还有满肚子的委屈和不满急着要向伯灵倾诉。这段时间，他心里着实充满了愤懑、怒气和委屈。

在众人面前向来沉默寡言、惜言如金的青年寤生，见到伯灵却是另一番模样。他可以毫无顾虑地向伯灵诉说他的远大志向，可以毫不设防地向她诉说他的痛苦烦恼、他的忧愁委屈。只有见到伯灵，他才能真正敞开心扉，述说他的所思所想、所爱所恨、所愿所为。

见到伯灵，寤生就飞奔上前，紧紧地抱住了她，鼻子酸酸的，泪水不自觉地就涌了出来。

跟随寤生前来的下人知趣地离开了，房间里只剩下寤生和伯灵二人。

伯灵也紧紧地抱住寤生，二人相拥而泣，许久方才分开。

二人诉说了一阵离别后的相思之苦，伯灵问道：“君上，您三番五次派人给大王和周公黑肩送钱送物，是不是心里非常急于上朝领政？”

此言一出，寤生的脸顿时严肃了起来。

看到寤生紧锁的眉头，伯灵咯咯地笑了起来，说道："君上为上朝履职之事苦闷烦恼，灵儿却觉得你是自寻烦恼！"

寤生苦着脸，悲伤地说："想我大周是何等强大，现在竟然连吃饭问题都解决不了，还要三番五次地催促各个诸侯国。寡人立志中兴大周，一心想为大王分忧，他们却迟迟不让寡人上朝履职。"

寤生顿了顿，又生气地说："更为可气的是，他们竟然拿此事多次要挟讹诈我郑国，贪得无厌地反复跟我们要钱要物。"

伯灵也严肃了起来，认真地说："他们之所以要挟讹诈我郑国，还不是因为看到了君上急于为大周建功立业的心吗？君上如果不急于上朝，他们也许就不会如此了。"

寤生急声说："为大周建功立业有错吗？你看看当今之大周，四夷交侵，国家千疮百孔，再不推行新政，中华危矣！"

伯灵将茶水放在了寤生面前，说道："为大周建功立业没有错，可当前天子昏庸、申侯当政，申侯满心想的又是如何败弱大周，岂能容你上朝领政，又岂能容你在大周推行新政？"

寤生辩解道："正是看我那舅舅如此败坏大周，我才心急如焚的！灵姐姐，你看看大周，国将不国，再让他们败坏几年，大周就彻底完了！"

伯灵摇了摇头，说："君上，你急于为国尽力的心情可以理解。可是你想过没有，你无大功于王庭，无威望于朝臣，即使现在去了王庭履职，王庭上下谁又会听你的？你要推行的新政，恐怕连王庭都出不去。既然这样，现在去又有何意义？"

寤生沉默了。伯灵的话让他犹如醍醐灌顶，焦躁灼热的大脑顿时冷静了下来。是啊！王庭不同于郑国，他之所以能在郑国推行新政，是因为有伯毅、公子吕、高成吉、祭足这帮文臣武将，包括母后，大家都有危机感，都想让郑国实现国富民强的目标，正是有了这一共识，他才得以推行新政。此刻只身前往王庭履职，谁会支持他，他的话谁又会听，在王庭他又能指挥动谁？还有，他与大王多年不见，大王为何会信任他这个年纪轻轻的诸侯，为何要对他言听计从？大王若又不将权柄交到他手中，一个空头上卿，他怎么来推行新政？

如此想来，寤生不由得惊出了一头冷汗。

伯灵起身拿来面巾为寤生擦拭，说道："君上，灵儿以为，上朝领政急不得。我们需要等一机会，等大王下诏请君上前去履职，到那时你再去，就有了和申侯制衡的基础。"

寤生直直地看着伯灵，急声说："什么机会？"

伯灵神秘地笑了笑，说："君上放心，据灵儿掌握的消息，机会很快就要到了。君上，你心怀天下，为大周兴亡忧心忡忡。你可知你那舅舅也在为大周的兴亡彻夜难眠？你着急，他比你更急！"

寤生扑哧一声笑了出来，说道："灵姐姐，你要说我那舅舅也心怀天下，打死我都不相信。"

伯灵说："你怎知申侯不是时刻惦记着他自己的天下？你看他近年来的所作所为，无不在为灭我中华、一统天下而布局。如果仅仅拘囿于强大申国，他用得着这么折腾吗？"

寤生认真地听着，连连点头。

伯灵接着说："多亏这些年你韬光养晦、装傻充愚，让你那好舅舅一直以为你是个无用之人，否则他怎会给郑国这几年的发展机遇？现在申侯看郑国日益强大起来，着实有点慌了，深怕你上朝领政并取得天子的信任，他在王庭就有了一劲敌，他要想一统天下可就真的难上加难了。所以，他也许比你更着急。"

寤生看着伯灵，满眼都是爱慕和深情。他暗暗感激上苍将伯灵赐予他。伯灵不仅可以给予他心灵的慰藉，润泽他的感情沙漠，还能以独到的见解帮他拨开迷雾、认清形势、洞悉人心。

伯灵这样对他，他又能给伯灵什么呢？一想起这一问题，他就满心的疼。直到现在，伯灵都是自己心中君后的不二之选，可迫于种种压力，他连个基本的名分都不能给她。

想着想着，寤生的眼睛不由得湿润了。

他转身将伯灵紧紧地揽在了怀中，极为伤感地说："灵姐姐，上天将你赐给寤生，却又设下种种障碍阻止寤生娶你！你放心，寤生早晚要给你一个名分，等我完全掌控郑国后，一定当着天下诸侯的面迎娶你。"

伯灵眉目含情地望着寤生，说道：“君上，你心中能想着记着灵儿，能让灵儿守着你，灵儿就心满意足了。灵儿不要那什么名分！”

寤生用力抱紧伯灵，低声说道：“灵儿，你放心，我不会让任何人把你从我身边夺走！这次你在新郑多住一段时间吧，寤生要好好陪陪你。”

伯灵摇了摇头，说道：“君上，我恐怕需要早点返回雒邑。这次回来，我就是要告知你，你要提前做好打大仗、打恶仗的准备了。这就是我刚才说的机会，你只要把这仗打好了，就可以一举在王庭站稳脚跟。”

寤生急忙松开伯灵，定定地望着她，急声问道：“灵姐姐，你是说王庭有危险？”

伯灵点了点头，说道：“据我掌握的消息，北狄很快就要征伐王庭，你一定要提前做好应战北狄的准备。”

寤生脸上呈现出惊喜之色。北狄来侵，对他来说的确是绝好的机会。他不仅可以借此扬名于天下诸侯，更为重要的是，他可以以应战北狄为名，把郑国的腹心之卫和环列之卫带出去，趁机兵不血刃地从母后手中夺得军权，从此就可以全面掌控郑国。

想到此，他急声问道：“你是想让我等战端一开，就主动向大王请战？”

伯灵摇了摇头，说道：“第一轮战争，即使你主动请战，大王也不会同意。你想想，你年纪轻轻，他怎么可能把王庭的安危交给你？‘迨天之未阴雨，彻彼桑土，绸缪牖户！’你要做的就是，从现在开始整军备战，同时要好好研究北狄军队的特点和战法，知己知彼，方能百战不殆。”

寤生问道：“假如王庭联军一战大败北狄呢，我们的机会岂不就失去了吗？”

伯灵笑了，说道：“此次北狄来犯，已经做足充分的准备，且兵强马壮，你觉得当前的王师能是他们的对手吗？君上，当今危机之时，你一定得沉住气，不出手便罢，一出手定要完胜北狄，这样你才能一举在天下诸侯中扬名。”

伯灵说着，站起身打开了身边的木箱，指着满箱的竹简说：“君上，这是我收集整理的北狄军队的情况和他们的战法特点，希望君上好好研读。请君上万万切记，知己知彼，方能百战不殆！”

寤生满脸惊喜，飞奔到箱子跟前，抓起竹简，激动地说：“这可是寡人梦寐以求的东西，有了它们，寡人再也不惧那北狄之军了！”

6

寤生没想到，伯灵所说的机会说来就来了。

未等伯灵返回王庭，各路斥候和商探就送来了北狄入侵的消息，而且带来的全是不好的消息。

北狄入侵，前去御敌的王师节节败退，北狄破燕过晋，如入无人之境，眼看就要打到东都雒邑。南方蛮楚蠢蠢欲动，已大举屯兵准备进攻南申诸国。

满心想着建功立业的青年寤生，眼看泱泱大周任人欺凌，自己却有力使不上，心里又急又恨！

刚一落座，寤生就忍不住痛心疾首地说：“王师联军人数并不少于北狄，又在本土作战，却为何如此不堪一击！北狄一旦打到雒邑，大周亡矣，中华危矣！”

伯灵很善于倾听，她专注地看着寤生，静静地听他发泄心中的不满。

“到底是什么原因使大周军队竟如此不堪一击？申侯、卫侯、宋公，还有虢公忌父，他们一天到晚就知道钩心斗角，玩阴谋诡计搞内斗，丝毫不顾江山社稷、国计民生。如此下去，我大周气数尽矣！”寤生越说越激动，索性站起身，在屋里来回走动着，“现如今，蛮楚已兵临城下，西戎蠢蠢欲动，一旦他们对大周形成合围之势，群起而攻之，即使郑国举国出动也难以挽救大局。哎！大王心里是怎么想的？眼看就要成为亡国之君，竟然还对我的上疏置之不理！”

伯灵见寤生说得口干舌燥，嗓子都哑了，站起身，端起水杯走到他跟前，满脸的微笑：“君上莫急，先喝口水。伯灵认为，君上的机会已经来了，我们切莫自乱阵脚，误了这次机遇。”

寤生接过水杯，不解地望着伯灵：“何出此言？”

伯灵望着寤生，眼里充满了爱怜和柔情："你先喝了这水，听我慢慢跟你说。"

寤生一口气喝完了水，拉着伯灵快步走到几案前，坐了下来，急声说："快说！"

"伯灵以为，大王虽然慵懒无为，但并不蠢笨，想必此刻他比君上你更着急。"伯灵停顿了一下，接着说，"君上请想，宋公和卫侯带领的王师大败，那虢公又胆小如鼠，晋国内部乱得一团糟，秦国对付西戎不暇，齐、鲁两国不听征召，大王除了郑国，哪儿还有兵可派？此刻正是你上朝领政、建功立业的绝好时机。"

寤生已经彻底平静了下来。伯灵的话如同春风化雨，浇灭了他心头的怒火，滋润着他那干涸的心田。他静静地注视着伯灵，眼里充满了无尽的爱恋，心中感慨万千。他暗暗感叹，这是一个多么好的女子呀！他感激上苍的眷顾，将如此美好的伯灵赐予他，陪伴他成长，化解他的忧愁，让他不再感到寂寞、孤独和恐惧，让他时刻充满自信、激情和力量。

伯灵慢声细语，娓娓道来："国难思良将。我料想，大王必定会想到我郑国之兵。君上勿急，大王征召之时，就是你建功立业的开始。"

此刻，寤生心里早已没了驰骋沙场、富国强军的雄心壮志，他满心装的都是伯灵。他绕过几案，展开双臂将伯灵抱在了怀里。

伯灵羞得满脸通红，小鸟依人地依偎在寤生怀里，呼吸急促地说："君上，君上……"

寤生紧抱着伯灵，嘴唇拥吻着她的脸颊，低声呻吟道："好伯灵，你真的令寡人爱切心扉……"

7

东周雒邑。

王庭议事堂里，向来四平八稳的周平王此时此刻如同热锅上的蚂蚁，穿梭在几个王公大臣间，看看这个瞅瞅那个，不停地催问："你说怎么办？你说！你说！"

"……"

"宋公，我们如何御敌？"

"……"

"晋侯，你说怎么抵御北狄？"

"……"

几个王公大臣一个个耷拉着脑袋，哭丧着脸，无一人应答。

周平王急得快哭出了声："你们说说，到底怎么办？说呀，说呀！"

"……"

见众人还是无语，周平王抓狂般向门外冲去："你们真是想要急死寡人呀！"

门外狂风大作，雷电交加，暴雨如注。

猛然间轰隆隆一声巨响，把刚刚冲到门口的周平王吓得一屁股摔在了地上。

众人见周平王摔在了地上，一股脑儿地跑过来搀扶。

周平王坐在地上，用力甩着双臂，哭号道："别拉我！你们不是都不管我吗，现在还拉我有何用？让雷劈死我好了，死于雷劈总好过受犬戎之辱！"

宋宣公刚刚从战场败逃归来，他看周平王如此狼狈，而牢牢掌握朝政的申侯却一声不吭，心中愈加悲愤难耐，用力抓住周平王的臂膀，说道："我王，您起来，明天我就带兵返回战场。您放心，臣就是拼上这条老命也要保住大周的江山。"

卫庄公见宋宣公又主动请缨上战场，心中一阵狂喜，他诡秘地看了一眼申侯，心中油然生出一个一石二鸟之计，高声说道："我王，微臣愿做副帅，带领将士奔赴战场。"

周平王大喜过望，噌地一下从地上爬了起来，他抹了一把脸上的泪，双手拉着二人，颤声说道："二位爱卿，你们果真愿意带兵抵御犬戎？"

见二人重重地点了点头，周平王悬着的心才彻底放了下来。他掸了掸身上的尘土，暂时松了一口气，然后说："只要二位爱卿愿意上战场，有什么要求尽管提！"

卫庄公要的就是这句话。他要充分利用这次抵御北狄的机会，全面掌控大周王师，继而逼迫周平王授他世袭卿位。卫庄公对卿位垂涎已久，特别是周平王授命寤生卿位后，他心里就更加失衡。大周的卿位原本由他父亲卫武公和郑武公共同担任，他原想着父亲去世后，周平王会让他继承卿位，没想到一等再等，周平王始终没有将卿位授命于他。这些年，他想方设法讨好申侯，为的就是让申侯帮他谋得卿位。申侯曾信誓旦旦地告诉他，只有为大周做出巨大贡献方能授命卿位。可申侯没说多久，周平王就授予了寤生卿位。卫庄公心中顿时掀起了狂涛骇浪，年少的寤生对大周有何业绩，为何能继承卿位，而他却不能？周平王和申侯分明是在玩弄他！可为了谋得卿位，他虽然心里难受，还得忍，不得不对申侯更加言听计从。对申侯，他是又恨又恼又怕。他深知，在当前的王庭，没有申侯的支持，他根本就别想得到卿位。这次，北狄伐周让他看到了机会。首次出兵，他就想带兵迎敌，但又怕贸然上阵而败北。果然，宋宣公大败而归，令他暗自庆幸。此次对战，王庭仅有的部分王师几乎折损殆尽。再次出征，若不调来驻守南申的王师，他只有依靠本国之兵。但精于算计的他是不会拿自己的家底去冒险的，必须说动大王调回南申的王师。

想到此，卫庄公求助般地看了看宋宣公，随后转向周平王，说道："我王，拱卫王室是吾等义不容辞的责任。我和宋宣公，包括我们两国的军队愿为大王战至一兵一卒。不过，就目前敌我力量对比来看，要想彻底赶走北狄根本不可能。"

见卫庄公这样说，刚刚松了口气的周平王顿时又紧张起来，急声说道："爱卿，你可不要吓我！"

宋宣公早已领会了卫庄公的用意，附和道："我王，卫侯说的是实话，以目前我们两国的兵力的确不是北狄的对手，我们上战场也是去送死。"

周平王更急了，又软成了一摊泥，哭丧着脸说道："两位爱卿，你们可千万不能不管我呀！只要能战胜北狄，你们要什么我都答应。"

卫庄公大喜，上前一步，急声说道："我王，我们不需要什么，只要你将驻守南申的王师调回，交由微臣指挥，我们定能赶走北狄。"

"对、对、对，朕还有驻守南申的王师！"周平王顿时有了精气神，高声说，“申侯，传我——”

“我王，此举万万不可!”申侯扑通一声，双膝跪下，声嘶力竭地喊道。

8

申侯恨不得上前狠狠地扇卫庄公几记耳光。此次北狄伐周，他本不想把战争规模弄得很大，只要达到他掌管王师的目的，他就会劝说北狄收兵。他原本计划要带兵拒敌的，偏偏宋宣公那个不长眼的家伙，非要争着带兵迎战。偏偏周平王也跟着起哄，对他的请缨置之不理，非要让宋宣公带兵出征。现在好了，不但驻守王庭的王师折损殆尽，还激起了北狄的野心。他真没想到，原本计划好好的，因为宋宣公横插一杠子，竟然弄成如今这样难以收拾的局面。

老奸巨猾的申侯本想向周平王讨够本后再带兵出征，没想到卫庄公这个滑头又冒了出来，顺带着还打起了南申王师的主意。他怎么看不出卫庄公的用心，卫庄公和他一样，也是急于争位夺权，想通过掌控王师，继而得到卿位，从而掌控整个王庭。他没想到，这个平时在他面前低三下四的蠢货竟然也动了这个心思。这些年，为了争夺对王师的掌控权，他和宋宣公一直明争暗斗，靠着他的精心算计，才没让宋宣公占上风。周平王虽然将王师的后勤供给交给了宋宣公掌管，但王师的调度则牢牢掌握在了他手里。可以说，他和宋宣公对王师都可管又都管不了。这次卫庄公借助北狄来侵公然夺权，真可谓老辣狠毒。此刻他如果拿不出抵御北狄的万全之策，恐怕所有的算计都要付之东流了。

申侯一边无声地看着周平王和宋宣公、卫庄公三人的表演，一边飞快地想着对策。

反对调回驻守南申的王师？可目前宋、卫两国的兵力的确不是北狄的对手，昏庸的周平王为了自保，此次定会倒向卫庄公。

调回王师，交由宋宣公和卫庄公统领？这是他万万不能答应的。

调回王师，由他和宋宣公、卫庄公联合统领上战场？可此次兵祸就是他一手导演的，岂不很快就在宋宣公面前暴露了？

怎么办？

南申的王师是绝对不能调回的，一旦调回，就彻底脱离了他的掌控，他不能把大周的这点家底再拱手让人。然而，不动南申的王师，就得阻止宋宣公和卫庄公上战场。

看来只有让那寤生上了。申侯灵机一动，顿时想到了对策。他何不把寤生抬出，以解当前之危机。郑国军力远近闻名，让寤生领兵出征各个方面都能说得过去。特别是近几年，郑国大力发展商业和农耕，国富民强。让寤生带郑国军队出征，定然就不用再调南申的王师。

想到此处，申侯有了更为恶毒的想法。寤生在郑国所能调动的军队只有重兵之卫，只要他暗暗说服妹妹，不让郑国的腹心之卫和环列之卫跟随寤生出征，寤生仅以一军之力定然难敌北狄。他正好可以借北狄之手除掉寤生，如此一来，就不用担心寤生跟他夺权了。

周平王没想到申侯此刻竟然公然打断他的话，遂满脸愠怒地问道："此举怎么万万不可？难道你有更好的御敌之策？"

此刻，申侯已经胸有成竹。他走上前，泰然说道："是的，我王！据微臣掌握的消息，此次北狄来袭，并非单独行动，而是联合了蛮楚。请问我王，南方的蛮楚虽然蠢蠢欲动，为何没有公然向我们发动进攻？"

申侯停顿了一下，接着说道："蛮楚之所以没有进攻，主要就是惧怕驻守南阳的王师！我们一旦调回王师，蛮楚很快就会行动，到那时我们腹背受敌，连逃跑的地方都没有！"

一席话把周平王说得呆若木鸡。他绝望地看了一眼申侯，忍不住潸然泪下，低声说："列祖列宗呀！看来大周真的要败在我姬宜臼手中了！"

宋宣公和卫庄公也被申侯的一番言辞弄得满头雾水，如果真如申侯所说，驻守南阳的王师的确不能调回，可一旦北狄和蛮楚联合起来南北夹攻，大周可真的要亡了。

哭了一阵，周平王转向申侯哀求道："平时您的主意最多。您说到底怎么办呀？"

"我王，微臣的确有万全之策！"申侯高声说道。

众人的目光一齐转向了申侯。

申侯咽了口唾沫，下定决心似的说："我王，万全之策就是急招郑国寤生来朝参政，让他带领郑国之兵抵御北狄。他一直享受着周朝上卿的爵位，现在也该让他为大周出力了，卫侯，你说是不是?"

卫庄公万万没想到申侯竟然要让那个乳臭未干的姬寤生上战场替他送死，一时高兴得浑身通泰、心花怒放。他暗想，那寤生即使战胜不了北狄，一场死战之后必然大大削弱北狄的实力，到那时，他再率领王师大战北狄，必然能创不世之功，说不定还能因此名垂千古。他顿时心领神会，连声说道："是、是，郑国兵强马壮，其三军的战力可以说位列诸侯之首，由寤生带兵出征定然能够痛击北狄。"

这时，卫庄公已经彻底明白了申侯的心思。想要调出南申的王师，看来申侯是绝对不会同意的。既然掌控不了南申的王师，他又何必冲出来送死？把少不更事的寤生推上战场，正好可以借北狄之手除掉这个未来的祸害。他从内心深处不想让寤生来朝参政，里面除了妒忌之外，还因为他深知，一旦寤生上朝参政，必然会成为他的强劲政治对手。远的不说，就现在只要寤生来到雒邑，他就得老老实实地受他领导，他岂甘心被一个小子呼来喝去？

周平王充满怀疑地看着申侯，问道："寤生才刚成年，从没带过兵，他能是北狄的对手吗？你不是一直说寤生无能，是个十足的蠢材吗?"

申侯微微一笑，说："我王，你不用担心。虽然他无能，可他手下有能人！您不知道，现在的郑国兵强马壮，论财力能顶多半个王庭，军队兵力已快赶上王师了。尤其是他手下文有祭足，武有公子吕，只要寤生上战场，定能战胜北狄！"

卫庄公心中一直在偷偷地笑。他根本不相信黄口乳牙的姬寤生能比自己强，更不相信仅凭郑国一国之力就能战胜北狄。他暗暗讥笑申侯为了揽权简直到了丧心病狂的地步，竟然不惜牺牲自己的亲外甥。

可卫庄公转念一想，申侯让寤生赴战场送死，对他来说何尝不是一件好事。等寤生战死战场后，他再向周平王提出调回南申王师，不但可以全面掌控王师，还可以借机受领上卿一职。

卫庄公看了看宋宣公，转向周平王："我王，臣也赞同让郑国寤生上朝参政，领兵抵御北狄。以目前郑国之力，定能战胜北狄。"说着，他又转向宋宣公，问道："您说是不是?"

宋宣公也在打自己的小算盘。他早被北狄吓破了胆，根本不想再上战场。刚刚的主动请缨，不过是受周平王所激，脑子一热脱口说出的话。

卫庄公见宋宣公没反应，伸手拉了拉他，说道："您觉得姬寤生怎么样?"

宋宣公这才反应过来，急声说道："好、好、好!"说完，又补充道："我王，郑国富甲一方，兵多将勇，只要郑国出战，一定旗开得胜，马到成功!"

周平王见三人都主张由寤生领兵迎战北狄，心神方才安定了下来，他又偷偷地观察了一下大家的神色，见众人都是赞同之态，这才说道："好!那就依各位爱卿，宣寤生上朝觐见!"

9

接到周平王诏令，寤生当即召集太傅伯毅、上卿公子吕、大夫祭足等人前来勤政殿商议对策。

提起周平王，公子吕就满肚子牢骚和不满："那个没主见的和事佬现在想起我们了？早干什么去了？我们不出兵，北狄就是打到雒邑，我们也不出兵!"

公子元赞同公子吕的观点："我支持上卿！大王三天两头给我郑国下诏，不是要粮食就是要牛羊。我们就一点点心愿，多次上书请求让君上上朝履职，可他一推再推，至今不让君上前去领政。现在遇到大难才想起我们，晚了!"

寤生一脸严肃，他认真地听着二人的意见和建议。待公子元说完，他把目光转向了太傅伯毅。

伯毅喝了口水，润了润嗓子，慢声说道："君上，上卿说的都是气话，您切莫当真。若以大王对郑国之苛刻，我们着实不应出兵救他。但依照礼制，勤王护驾是诸侯国的职责所在，大王他不仁，我们不能不义。上卿，您说是不是？”

公子吕赧然一笑：“君上，微臣不过是心中怨恨大王，刚才说的的确是气话。太傅所言极是，即使大王待我们不仁，我们也绝对不能不顾大局，眼看着大周灭亡。”

伯毅冲公子吕点了点头，继续说道：“微臣以为，我郑国要出兵，但不急于出兵。我们要让大王感受到我们的不满和怨气，等他对君上上朝领政有所承诺后，我们再出兵不迟。”

寤生仍旧没有言语，他见祭足还没有发表意见，便把目光转向了祭足。

祭足起身说道：“君上，微臣赞同尚父和上卿的意见。此次大王下诏，要我郑国出兵征战北狄，定然又是那申侯玩的文字游戏。既然他们还不想让君上上朝领政，咱们也跟他们玩文字游戏。君上可这样应对传旨官，就说我郑国宗族元老正在积极商议出兵之事，待有了结果，再报告大王是否出兵。”

公子元忍不住拍手叫好：“妙！此计甚好！大王见到我们的回复，定会明白吾等心意，重新下诏命君上以大周上卿之名领兵征讨北狄。到那时，出兵的时机就成熟了，我们的机会也来了。”

寤生点了点头，问：“太宰，大王命我以上卿之名领兵征讨北狄，你觉得他会还我王师的兵权吗？目前，王师和诸国还有多少兵马能为我所用？”

公子元肯定地说：“君上，我所说的机会就是要回本该属于您的大周兵权。君上本已有了上卿之名，此次我郑国出兵的关键目的就是借机夺回兵权。至于目前王庭和诸侯国可用的兵马，微臣认为微乎其微。此次宋公和虢公领兵出战，折损的全是王师，短时间内难以恢复元气。然而，各诸侯国的军队又怎肯甘心为吾等所驱使？”

寤生转向公子吕：“上卿，仅靠我郑国之兵对抗北狄，有几成胜算？”

公子吕慨然起身：“君上放心，吾等一直关注着前方战事，对北狄的兵马数量和用兵策略一清二楚。再加上近年来按照君上吩咐，我军一直在加强应对戎狄的适应性训练，以郑军之力战胜北狄不是难事。”

公子元也站了起来，双手抱拳，重重一揖："君上放心，臣等誓死效忠君上，全军上下早已摩拳擦掌，期盼着狠狠教训那北狄了。"

寤生转向祭足："祭大夫，你对如何夺回兵权可有良策？"

祭足胸有成竹地说："示弱！君上切不可向大王和王庭显露我郑国之实力、军队之威武。只要我们示弱，隐瞒我们的军力，让他们认为以郑国一国之力抗击北狄，是在完成一项不可能完成的任务，他们就会大方地满足我们所提的要求，并且其他人也不会反对。"

寤生脸上露出了满意的笑容。伯灵说得对，机不可失，时不再来！他一定要抓住这次机会，不但要借机到王庭履职领政，还要从母后手中夺回郑国的所有兵权。他深知，这些年他在郑国处处被母后牵制，主要还是因为母后掌管着腹心之卫和环列之卫。当前，母后和弟弟段还在虎视眈眈地盯着他，随时想取而代之，把他赶下台。他若离开郑国，到王庭履职领政，首要的就是解决母后和弟弟对君位的威胁，实现对郑国的牢牢把控。

10

伯毅在议事会上之所以一直没怎么说话，是因为他觉得事情不会那么简单。申侯极力推举寤生带兵迎敌，定是没安好心，一定会鼓动武姜从中作梗。

待众人离开后，伯毅叫住寤生，要和他单独谈谈心中的顾虑和担忧。

寤生看了看伯毅，问道："尚父，刚才议事，您为何显得顾虑重重，几无发言？"

伯毅满脸愁容地说："君上，您可知此战我们要面对几方的敌人？您可知如果郑国后方不稳，贸然出征将会带来什么样的后果？"

寤生说道："尚父所虑甚是，后方不稳就贸然出征，必然进退失据，离开郑国我们就已经败了！"

伯毅顿时睁大了眼睛，疑惑地望着寤生："君上，您……"

寤生淡然一笑，说道："我那好舅舅如果不是包藏祸心，他会极力推荐我迎战北狄？他让我前去，目的无非有两个，一是借北狄之手将我除去，二是借机让我母后和段儿牢牢掌控郑国。所以，此次出征，我无论在战场胜败如何，其实都已败了！”

听寤生这样说，伯毅心中的担心和顾虑顿时消除了大半。他了解这段时间寤生急于建功立业的心情，生怕他枉顾郑国内部的危机迎战北狄，这样可就真的中了申侯的诡计。他见寤生对当前形势认知如此清醒冷静，就已经知道寤生不会做出不顾后果的莽撞之事。

伯毅平息一下激动的心情，问道：“君上对稳固郑国后方可有对策？”

寤生说道：“寡人以为，掌控郑国的核心在于掌控三军。我们之所以担心郑国不稳，主要是因为腹心之卫、环列之卫还掌握在母后手中。”

伯毅脸上露出满意的微笑，低声说：“君上想借机收回腹心之卫和环列之卫的兵权？”

寤生严肃地说：“此次迎战北狄，王师已难指望，其他诸侯的军队我们更是难以调动，要想战胜，必须三军尽出，以倾国之力战之。”

伯毅问道：“君上，您觉得太后会同意将腹心之卫和环列之卫的兵符交与您吗？”

寤生摇了摇头：“难。尚父可有良策？”

伯毅沉思许久，说道：“太后心中最关切的就是公子段，如果让段上战场，太后自然会将腹心之卫和环列之卫的兵符交出。然而以公子段的胆量，他断不敢领兵上战场，到时只要公子段自愿退出，兵权自然就落在君上手中。”

寤生继续问道：“尚父，此次迎战北狄，的确需要郑国举全国之力，寡人想发动国人踊跃参军，为我郑国建功立业。到时论功行赏，也可从中选出一些优秀人才。”

伯毅高兴地说道：“为郑国建功立业，宗室子弟更应率先垂范。只要宗室子弟踊跃报名，太后就是想庇护公子段也难了！”

寤生坚定地说：“既然尚父同意，我们就举国动员，只要把国人的情绪调动起来，一切都好办了！尚父，此事还是由您亲自操办为好，寡人让太宰和祭大夫协助您。”

伯毅说道：“微臣自当尽心尽力！不过，太后那里还需高成吉和颍考叔前去做做工作。”

寤生问道：“还是尚父考虑得周到，您看由谁去向两位将军安排为好？需要寡人亲自去吗？”

伯毅想了想，摇着头说：“不妥！微臣以为，让太宰去比较妥当，一来太宰和他们关系较好，二来太宰作为宗室统领安排他们劝说太后也是职责所在。”

寤生爽声说道：“就依尚父安排！”

11

在伯毅、公子元的积极运作和发动下，郑国举国上下沸腾不已，不论是宗室和士族子弟，还是普通国民，个个同仇敌忾，纷纷报名参军。尤其是公孙子都，带领一帮宗室和士族子弟高搭宣讲台，轮番在台上以身说法，宣讲此次拒敌建功的政策，鼓动年轻人参军入伍。

太后武姜没想到伯毅、公子吕来这一手，竟然把全国上下的参战拒敌情绪都调动了起来，令她有些措手不及。

在周平王下诏令之前，申侯就专门派人来到郑国，明确告诫武姜，将来郑国出兵拒敌，切不可将腹心之卫和环列之卫的兵符交给寤生。为此，她辗转反侧了好几个晚上。她明白哥哥的用心，想借北狄之手除去寤生。她深知，如果寤生只带重兵之卫前去迎敌，定然是羊入虎口——有去无回。这样一来，虽然为公子段创造了机会，可寤生毕竟也是她的亲生儿子，一想到寤生此去凶多吉少，她着实有些不忍心。但为了公子段，她又不得不舍弃寤生。

武姜时刻关注着前线的消息，北狄的凶残和战力令她胆战心惊，王师和宋国军队的节节败退，让她认定寤生此去定然难以平安归来。几乎每个晚上，她都要做噩梦。这段时间，提起北狄，她都感到心惊肉跳。

武姜在为寤生担忧的同时，对如何保住兵符也伤透了脑筋。大敌当前，她若拒不出兵，仅让寤生带着重兵之卫孤身犯险，定难堵住国人的悠悠之口，她必须拿出合理的理由，否则不但在伯毅、公子吕那里通不过，郑国的宗室和士族也会联合向她施压。

她原想着周天子诏令一下，郑国上下定会风声鹤唳、草木皆兵，国人也会噤若寒蝉、躲避参战。既然人人避战，她就能以保存国力为名，力主派出一军之力前去迎战北狄。她万万没想到，当前的郑国国民竟然争相参战，尤其是宗室和士族子弟皆踊跃报名参军，矛头直指公子段。作为唯一被分封的宗室子弟，国家有难，公子段理应带头响应。她就生怕有人上书要公子段上前线，然而怕啥有啥，几大宗室和士族竟然联名上书，力主公子段领兵拒敌。

武姜真的慌了，她所有算盘全乱了套。哥哥派来的人明确告诉她，上战场就等于去送死。如果郑国最后决议要派公子段前去带兵拒敌，岂不等于把他送进了坟墓？

武姜把颍考叔和高成吉紧急召到了后宫。

武姜把竹简递给了颍考叔，着急地说："爱卿，他们联名上书要段儿带兵拒敌，这不是把段儿往火坑里推吗？他小小年纪怎么能抵挡住北狄的虎狼之师？"

申奇急忙接话："太后，公子段决不能去，去了就等于送死呀！那宋公都不是北狄的对手，公子段小小年纪怎么可能抵挡住北狄的军队？"

颍考叔厌烦地看了申奇一眼，将竹简递给了高成吉，说道："太后，现在宗室士族子弟踊跃参军，如果唯独公子段畏战避战，以后他将如何树信于郑国？"

高成吉简要地看了一眼竹简，瓮声瓮气地说："太后，郑国上下本就对公子段分封之事颇有议论，此次迎战北狄，举国都动了起来，如果唯独公子段畏战避战，以后你让他如何在郑国立足？"

武姜见两个心腹将领一致主张公子段领兵拒敌，脸色顿时难看，哑着声音说："二位爱卿，我们原本计划拒不出兵的。那掌管重兵之卫的公子吕本就对段儿有看法，让段儿领着他们上战场，这不等于让他去送死吗？没有了段儿，我们的万般谋划还有何用？"

高成吉躬身说道："太后，我郑国如果仅派重兵之卫前去迎敌，无论谁带兵前去都是送死！"

颍考叔说道："太后，公子段已成众矢之的，现在关键是公子段的态度，哪怕做做样子也行呀！否则，他今后怎么在郑国立足？将来即使谋得君位，他能安抚住国人吗？"

申奇急声说道："不可！伯毅、公子吕等人巴不得借机除掉公子段，如果君上应允公子段带兵出征，可如何是好？"

高成吉高声说道："上战场又如何，我和颍考叔定会保公子周全。"

武姜在屋里来回走了一会儿，在颍考叔身旁停了下来，说："爱卿，你最了解段儿，他要横弄浑可以，真让他带兵上战场，非吓得逃跑不行。"

高成吉说道："为公子长远考虑，太后应替公子段主动请缨，而且越早越好！"

武姜恨恨地看了高成吉一眼："高爱卿，我帮公子段到君上那里请缨并非不可，可你也了解段儿的性格，到时候如果他赖着不去，可如何是好？"

颍考叔满脸苦色地说："太后，现在来看，我和高将军不出征显然已经不可能了！要想保住公子段，最好的办法就是廷议时由我和高将军联合启奏君上，让君上亲自率领郑国三军迎战北狄。高将军，你说呢？"

高成吉沉默了下来。

武姜着急地看着高成吉说："高爱卿，孤以为此策甚好、此策甚好！"

高成吉想了一会儿，说道："这也是唯一的办法了！此次迎战北狄凶多吉少，君上兄弟二人必须有一人领兵拒敌，方能凝聚国人士气。君上如果能亲征，公子段自然就能留在国内。"

12

周平王万万没想到，几年不见，那个胆小害羞的少年竟然已成长得如此高大威武。尤其是他那双狼一样明亮的眼睛，令人不寒而栗。周平王隐隐感到，寤生将来定会成为比郑武公还要狠的角色。

寤生和伯毅向周平王行过大礼之后，便退在了一旁，静等周平王问话。

申侯在悄悄地窥视着寤生。他原想着，寤生一心想着上朝履职，现如今心想事成，见到周平王后，定会少年张狂，口若悬河般地显摆自己。等寤生忘乎所以时，他的机会就来了。

宋宣公也在暗暗打量寤生。他本就不太喜欢寤生，再加上听子和之女说寤生专喜太傅伯毅之女伯灵，对她十分冷淡，便愈加厌恶寤生。提起寤生，他就满心窝子不舒服。他和北狄军队对峙数月，多次肉搏，深知北狄军之骁勇。他带领王师和宋、虢的联军都战胜不了北狄，倒要看看寤生有何能耐带领郑国军队打败北狄。

虢公见大家都在大眼瞪小眼地看着，眼睛一阵滴溜溜乱转，走到寤生跟前，幸灾乐祸地问："敢问上卿有何御敌良策？"

寤生满脸苦笑，老实回答："实不相瞒，目前别说良策，对策也没有，还请虢公教我。"

寤生一句话令在座的众人目瞪口呆。尤其是周平王，他最想了解的就是寤生的御敌良策，不由得急声问道："上卿，你从郑国带来多少兵马？"

伯毅上前一步，回答道："禀报大王，我郑国车驰全部带了过来。"

申侯一听这话，不由得暗暗笑了，更加坚定了派寤生前去战场的决心。

周平王脸上顿时变了颜色，惊慌失措地说："仅凭这些兵马如何御敌？"

宋宣公虽然不喜欢寤生，但他深知寤生带这一点兵马前去御敌就如同飞蛾扑火，等于白白送死，便起身奏道："大王，仅凭郑国一万兵马，难以抵御北狄的五万雄兵呀！大王，这……这可如何是好？"

周平王求救般地向卫庄公望去："爱卿，你可有御敌良策？"他很清楚，目前朝中可用之兵只有卫国的军队。

卫庄公自上朝以来，一直装聋作哑，不发言不表态，就是生怕引火上身，把御敌的差事交到他手上。此刻，他见周平王点他的将，只得硬着头皮说道："大王，上卿寤生少年英勇，定能担当御狄大任。上卿，您说是不是？"

申侯忙随声附和："大王，上卿有万夫难挡之力，定能战胜北狄，保我大周太平！"

寤生对着周平王一揖到地："寤生定为大王肝脑涂地，万死不辞！"

卫庄公接着说道：“不过，仅靠郑国一国之兵着实少些。微臣建议，将王师统一交上卿调配。另外，我卫国愿出五千骑交与上卿，助上卿御敌。”

周平王知道，虽然寤生已经长大成人，但此刻郑国真正掌舵的还是太傅伯毅，便讨好似的询问伯毅：“寡人知道您足智多谋，今日跟随上卿入朝，心中定有良策。如卫侯所言，您认为胜算几何？”

伯毅拱手作揖：“承蒙大王看得起老臣。如卫侯所言，我们有三成胜算。不过，如果大王将我大周兵权交还上卿，就会有八成胜算。”

周平王一听就知道伯毅想为寤生讨回兵权，心中顿时涌起十二分的不满，他强压心头的怒火，冷冷地说：“此话怎讲？”

伯毅已看出了周平王的不悦，坦然一笑：“大王，上卿若无兵权，你即使给我们再多的军队也不当用。没有兵权，王师和卫国的军队就很难听从上卿调遣，再加上军队之间相互掣肘，战力难以发挥，数万军队不过徒有虚名，表面上威慑敌军罢了。”

周平王阴沉的脸慢慢舒展开来，他觉得伯毅的话也有道理，不将兵权交与寤生，他着实很难指挥王师和卫国的军队。只要能战胜北狄，将兵权交还寤生又何妨？况且，这兵权早就该交还已经成年的寤生。

伯毅接着说道：“北狄深入中原，看似兵马数倍于我，其实并不可畏。只要上卿有了兵权，作战中就可以随时调动附近各诸侯国的军队为大周所用。我相信，我们很快就会扭转敌强我弱、被动挨打的局面。”

宋宣公暗暗佩服伯毅的谋略，他懊悔自己当初怎么没有想到讨要兵权以随时调配各诸侯国的军队。

卫庄公生怕周平王派他亲自上战场，忙附议道：“大王，您不将兵权交与上卿，他如何能指挥得动王师？五指攥不成拳头，是没有力量的！”

周平王连连点头，询问宋宣公：“爱卿，你觉得如何？”

自郑武公去世后，兵符一直握在周平王手中。周平王虽然让宋宣公统领王师，但并没把兵符交与他。宋宣公一直梦想着能得到兵符，此刻他已深知那兵符与他根本无缘，周平王断不会将兵符交给他这个外姓之人。既然兵符与自己无缘，他何苦再得罪人，便顺水推舟地说：“大王，微臣以为兵符理应交还上卿。”

此刻，申侯才明白了寤生葫芦里卖的什么药。他想阻拦，但为时已晚，只听周平王哈哈一笑：“上卿，寡人早就等着你上朝领政时将兵符一并交还你。寡人这就将兵符交与上卿。”

寤生疾步上前，双手接过兵符。

“哈哈哈……”周平王一阵大笑，“现在好了，寡人刚赐你兵符，你就要发挥它的作用了。”

申侯眼睛直直地瞪着兵符，心中满是妒忌和恨！他暗暗决定，到了搅动郑国那池春水的时候了。

第八章 初露锋芒

1

在上朝面见周平王之前，寤生已对如何迎战北狄做出了周密的部署。

寤生早早就命令公子吕在三军中秘密挑兵选将，开展适应性训练。公子吕按照三选一的标准，从三军中挑出精兵强将重新组建了一个车骑师、一个步兵师、两个骑兵师和一个弓弩师。重新组建的四个师，从将军到士兵，个个年富力强，能打善战。

寤生把公子吕留在了都城，让他监国守城，还特意给他留下了近两个军的兵力。

寤生前往东都雒邑时仅带了一个车骑师和一个骑兵师。为了做出郑国三军倾巢出动的样子，他让骑兵师伪装成车骑师，并且带足了三军八个师的战备给养。

对于其他新抽组的三个师，寤生命令高成吉、祭足和公子封分别带着一个师，伪装成多个商队和马队，从东、西、中三个方向奔赴前线。

寤生早就计划好了，他要打一场有别于以往战争的围剿战。

周平王虽然把王师的兵符交给了寤生，但实际给他的兵力并不多。其实，这也怪不得周平王。王庭可用于实战的军事力量只有当初郑武公整肃的王八师。八师中有两个师被申侯调到了南申，仅剩的六个师，经宋宣公和北狄一战，已折损了三分之一。另外，临出征时，周平王又悄悄地留下了两个师。所以，王庭名义上给寤生的四个师兵力，满编也不足两个师。

其实，周平王根本就不觉得寤生能打赢北狄，派他上阵只不过是权宜之计。他之所以临时留下来两个师，是怕寤生把他仅能用的几个师给败干净。他本来想派虢公带领虢国的部队随寤生一同出征，但后来他权衡再三，最后决定派卫庄公作为寤生的副帅，带领卫师前去御敌。

周平王打心里不喜欢卫庄公这个志大才疏、表里不一的家伙。说实话，即使没有申侯的阻拦，他也不愿让卫庄公继承卿位。他见申侯与卫庄公交恶，便故意装糊涂，一直拖着不让卫庄公继承卿位，故意让卫庄公记恨申侯，激起二人的恶斗，他好分而治之。

周平王心里很清楚，卫庄公虽然明面上对他恭敬有加，不敢越雷池一步，其实内心深处也对他充满了怨恨。尤其是当年他在郑武公离世之前，直接让寤生继承卿位，令卫庄公心里更加嫉恨。他打心底认定，卫庄公是不会真心为他卖力的。即使他现在让卫庄公继承卿位，卫庄公也不会对自己感恩戴德。与其放他在这里碍眼，还不如让他和寤生一起上战场，反正他对寤生也没抱多大希望。

周平王对寤生没抱多大希望，卫庄公对寤生更失望。自从周平王宣布让他跟随寤生一起出征，卫庄公就派出多路人马四处打探郑国军队的实力。当他得知寤生从郑国带来的军队仅有两个师后，不由得暗暗偷笑：小寤生呀小寤生，上天有路你不走，黄泉无门你偏来！宋宣公带领十个师还被北狄打得丢盔卸甲，你仅凭手头的两个师和王庭的败将如何是那北狄的对手？

卫庄公抱定了出工不出力的决心。他巴不得寤生战死沙场，这样他不但可以谋得上卿之位，说不定还能掌握兵权。

2

申侯万万没想到事情的发展竟是这个结果。他没想到寤生竟有胆量迎战北狄，更没想到周平王竟然把兵符交给了寤生。

这些年，他机关算尽，甚至动员北狄南侵王庭，就是为了得到兵符。

眼看计划就要成功，却被寤生顺手摘走了本属于他的桃子。

申侯不禁怒火中烧！他恨周平王处事不公，偏心偏爱寤生；恨宋宣公从中作梗，处处与他作对；恨卫庄公老奸巨猾，不能事事跟他一心；他更恨自己打错算盘，不该同意让寤生上朝。

生了一阵子闲气，申侯便开始盘算起寤生来。自从四年前在郑国见了寤生一面，他一直没再见过寤生。在他心目中，寤生一直是个怯懦猥琐的、长不大的小男孩。此次寤生上朝，见寤生第一眼就令他倒吸一口凉气。尤其是寤生那不怒自威的英气，当时就把他震住了。

当时，申侯心里就强烈地感到，这些年寤生对他百依百顺，定是在和他玩韬光养晦之计，看自己羽翼尚未丰满，就故意在向他示弱。小小年纪竟然如此有城府，将来影响他一统天下的恐怕不是周平王，而是这个令人捉摸不定的寤生。

申侯判断，寤生建功天下，必定要把这次迎战北狄作为定鼎之战。可他又为什么把公子吕留在郑国呢？如此大战，一个毫无作战经验的孩子怎么可能会是北狄的对手？

还有那公子吕，以他的谨慎持重，绝不可能这样做。

难道公子吕想谋逆篡位，夺取君位？如果是这样，那他的机会就来了！

申侯飞鸽传书，把申奇火速召到了东都雒邑。

3

申奇正迫不及待地要见申侯！

这些年，他一直在想方设法挑起寤生与他母亲武姜的权力之争。他想通过让武姜干政来激起他们母子间的矛盾，好让武姜下定决心除掉寤生。然而，寤生根本不给他机会，自从继位后就将国政全盘交给了伯毅和公子吕。除了到国史馆翻阅历史典籍，就是带着公孙子都到大山深处围猎，而且每次围猎一走就是一个月，完全置身于国政之外，好像郑国的国事跟他没有任何关系。

更让申奇哭笑不得的是，每次武姜和伯毅、公子吕因为国政吵得不可开交时，寤生却成了和事佬，劝劝那边求求这边，一副求稳怕事的样子，说起话来幼稚可笑，俨然就是一个长不大的顽童。

申奇也曾怀疑寤生在故意跟他们装傻充愣。但他经过细致观察发现，寤生就是一个没心没肺的闷葫芦，一天到晚只知随性胡来。不说其他，仅凭他见到武姜那副唯唯诺诺、战战兢兢的样子，就可以判断出他绝不是一个心志坚毅、志气远大的人。

看见申侯，申奇远远地就喊道："宗主、宗主，机会来了，机会来了！"

申侯冷冷地看了申奇一眼："什么机会来了？"

申奇并没有感受到中侯的不高兴，他冲到申侯跟前激动地说："宗主，您知道这次迎战北狄，寤生为何没派公子吕领兵吗？"

申侯正为此事烦恼，不由得急声问道："为何？"

"公子吕得了不治之症，很快就要去见掘突了。"说到此，申奇忍不住嘿嘿笑了起来。

申侯心头一惊。他之所以在郑国无所作为，关键就是因为郑国有公子吕这个绊脚石。多年来，公子吕像个看家犬一样忠实而警觉地守卫着郑国，令他无处下手。他深信，只要除了公子吕这个障碍，他会很快拿下郑国。

申侯心里依然疑雾重重，他直直地看着申奇："公子吕得了重病？你说的属实？"

申奇索性一屁股坐在了申侯对面："宗主，这次您就把心放肚子里吧！回京之前，我亲自到公子吕府上探望，他已下不了榻，着实病入膏肓。"

申侯仍旧不放心，问道："寤生出征时，公子吕到城门外相送没有？"

"没有！非但他没去，就连他儿子公孙子都没去。宗主您想，寤生出征这么大的事，公子吕要不是病重，怎能不前去相送？"申奇说得异常坚决。

申侯站起身来，边走边说道："申奇，你抓紧飞鸽传书你家太后，让她务必做好三件事：一要时刻盯紧公子吕；二要死死把住郑国的军需给养，绝不能让一粒粮食从郑国运往前线；三要抓紧联络留守郑国的将领，一旦寤生战败，即刻让段取而代之。”

申奇也跟着站了起来：“宗主，难道您现在不让我回郑国吗？”

“你先不要急着回郑，我另有安排。”申侯说完，脸上露出了一丝狞笑。他坚信，期盼已久的结果很快就会到来。

4

大周联军拖拖拉拉了一个月才开赴到前钱。此刻，郑国的军队已先期到达十多天。事实上，除了郑国，寤生很难有效调动其他国的军队。寤生虽然手握兵符，但王师统帅宋宣公根本就没把他放在眼里，卫庄公和虢公更是一心想看寤生的笑话。

待各国部队驻扎完毕，寤生命祭足一一把各诸侯请到了帅帐。

寤生亲自站在帅帐门口迎接，待大家坐好后，方才走向帅位，谦恭地说：“各位前辈一路辛苦，寤生代表大王感谢各位了。待我们齐心协力赶走北狄，寤生定当在大王面前为各位请功加爵。如今，大家可有退敌之策？”

卫庄公知道寤生是在用周平王压他们，哼了一声，掉转身子，将脸扭到了一旁。

宋宣公碍于之前和伯毅的联姻之策，拱手说道：“如何迎战北狄，想必上卿已有对策。”

机警狡诈的虢公眼珠子滴溜溜一转，接过话说道：“是呀，上卿青年才俊，文韬武略，并且郑国军队十多天前已到达前线，大帅定已有退敌之策。”

一旁的祭足看三人如此出工不出力，差点没把鼻子气歪。

寤生微微一笑，将目光转向了虢公忌父：“依据周礼，我已向北狄狼主下了迎战书，明日我大军就要列阵迎战北狄。诸位，谁愿首战北狄？”

虢公连连摆手：“我不行，末将日夜兼程赶路，已染风寒，着实无法带兵打仗。”说着，他将目光转向卫庄公，“卫国军队素以英勇著称，我看还是卫军打头阵为好，也好杀杀北狄的威风。”

卫庄公愤然起立，对着虢公吼道："好你个忌父，你没有胆量迎战北狄，想让我打头阵，给你当替死鬼，没门儿！"

寤生听出了卫庄公的言外之意。卫庄公表面上怒斥虢公，其实是在向他表明态度。

寤生将目光转向了宋宣公。

宋宣公一脸苦楚，不敢与寤生对视，显然他也不想打头阵。

寤生哈哈一笑，说道："各位要是看得起寤生，就请明日给我助阵，看我郑国军队如何歼灭北狄！"

宋宣公、卫庄公、虢公忌父三人顿时松了口气，纷纷站起身，拱手施礼，齐声说道："上卿威武，吾等定竭力为上卿擂鼓助威！"

5

北狄帅帐内，申奇正在向北狄狼主讲述郑国的军情和寤生的秉性。

申奇满脸媚笑："主人，您休要担心那寤生，他来势汹汹实则是在虚张声势。现如今王庭名义上虽有四个师，其实满编也不足两个师。此次寤生前来应战，大王没给他一兵一卒，他手中的可用之兵只有从郑国带来的两个师。"

申侯此次特意派申奇前来送信，因为申奇本身就是北狄人，当年他作为北狄公主的陪嫁寺人，小小年纪就跟随北狄公主来了申国，后又随武姜入郑，虽然多年不在北狄部落，但仍与母国保持着联系。此次申侯派申奇去前线给北狄狼主送信，看重的就是他北狄人的出身。

北狄狼主眯着眼睛，疑惑地看着申奇："你说什么？两个师？对面驻扎的大军我看远不止两个师呀？"

申奇上前一步，哈哈大笑道："主人好眼力，大周联军是不止两个师，还有宋、卫、虢三国联军，总兵力有三个军。"

北狄狼主脸上顿时呈现愠怒之色。

申奇连忙说道："主人莫急！大周联军虽有三军之众，然则他们各自为战，根本就难以形成合力，着实不足为虑。此次出征，宋公、卫侯和虢公三人虽然表面上尊寤生为帅，实际上他们心中根本就没把寤生这个黄毛小子看在眼里，都有自己的小算盘，巴不得寤生战死沙场，他们好回朝与大王讨价还价，分割权力。像那卫侯已觊觎卿位多年，依据周礼，卫武公死后也应该他继承卿位，可大王却一直吊着他的胃口，不让其继承卿位。此次寤生刚成年，大王就让他继承卿位辅政，如此厚此薄彼，你说卫侯怎能不嫉恨寤生。还有那虢公，我家主公早已把他喂熟，许诺他只要在战场上弄死寤生，就提请大王任命他的卿位。至于那宋公，他虽然不想加害寤生，但他早已被主人您打得吓破了胆，绝不敢再牺牲本国兵力与主人强硬对抗。”

北狄狼主连连点头，请教道：“依你之见，我们当如何应战那寤生?”

申奇见得到了狼主的首肯，简直乐开了花，手舞足蹈地说：“首战必是郑国军队，之后依次便是虢、卫和宋的军队，最后必是寤生集三军之力，与主人决战。主人要首输二赢三赢四赢，最后聚歼之。首战，狼主要派出最弱之兵迎战郑军，小败于寤生。那寤生少年轻狂，本就目中无人，主人一旦让他首战大捷，必定更加激起他的骄狂之气。二战、三战、四战，则要对虢、卫、宋三国的军队狠狠地打击，从心理层面彻底摧垮他们。”

申奇越说越激动：“骄狂的寤生，看虢、卫、宋连连战败，在愈加狂妄和目中无人的同时，必定会气急败坏地寻求与您决战。主人请想，虢、卫、宋三国之兵已吓破了胆，必定不敢奋勇上前，主人到时即可一举擒拿寤生，灭他三师。”

北狄狼主一拍大腿站了起来：“好，就依你之策，我保证取那寤生项上人头，让你回去交差!”

6

寤生深知，大军之中，不但宋、卫、虢三国君主害怕狄军，一些将士也同样对狄军充满恐惧。此次由郑国军队独自出战，只有大胜狄军，他才能震慑住三国诸侯，真正在联军将士中取得话语权。更为重要的是，只有首战大捷，才能彻底稳住军心，为后续战略部署直至决战决胜奠定基础。

寤生秘密将伯毅、祭足、公子元、原繁、洩驾、祝聃等召集到了中军帐中。

祭足率先发言："据商人秘报，宫正申奇进了北狄狼主大帐。"

寤生心中猛然一惊。虽然他早已猜出此次北狄进犯与申侯有关，但他绝没想到申侯竟然如此胆大妄为，敢派申奇作为密探；好在他早有准备，那申奇并不真正了解他此次出征的底数，否则仗还未打，他已败了。

公子元大惊，急声说："申奇里通外国，我三军实力北狄岂不一清二楚？"

原繁、洩驾、祝聃等人气得直跺脚："挨千刀的戎贼！这可如何是好？如何是好？！"

祭足冷冷一笑："大家此刻明白君上为何秘密调动邙山之兵了吧？为的就是防那家贼！"

此刻，伯毅脸上也充满了忧虑。他绝没想到申奇竟敢跑到前线为敌人通风报信，虽然他们离开郑国时是秘密调兵，分三路开赴战场，但如此大事，申奇岂能毫不知情？看来，原先的一切计划都要重新调整了！

想到此，伯毅沉声说道："各位，如此一来，将给我们迎战北狄带来难以想象的困难，看来我们必须改变既定的作战策略了，大家商议一下吧。"

寤生环视了一下众人，见大家个个面面相觑，便将目光落在了祭足身上。

祭足欣然说道："太傅说得极是，申奇这个戎贼身入北狄大营，为的就是向北狄报告我军的家底和作战策略，并帮助北狄对付我军。当今我们的首要之策，就是打消北狄狼主对申奇的信任。只要他们不信任申奇，那申奇即使全面掌握我军的底数也无用。"

伯毅满意地笑了："妙，妙！只要废了申奇，就等于废了北狄的眼睛和耳朵。我们以变制敌，不按套路应战，让敌人搞不清楚我们的底数和策略，让申奇的计划落空。那北狄狼主本来就不十分相信申奇，一旦申奇的计策失效，用不着我们动手，那帮狄人自然会帮我们废了申奇。"

伯毅、祭足的观点和寤生不谋而合。刚开始，寤生对如何迎战北狄还有些忧虑，不想过早暴露郑国军队的实力，此刻他已坚定了自己的想法，首战必须大捷，派奇兵重创狄兵。

寤生将目光转向公子元，问道："太宰，您认为呢？"

公子元起身说道："我非常赞同太傅和祭大夫的意见，当今之际必须尽早除掉申奇！"

原繁、洩驾、祝聃等人在一旁连连点头。

寤生见大家达成共识，清了清嗓子，说道："我也赞同尚父和祭大夫所言，我们不但要和北狄狼主打一场心理战，同时也要和三军将士打一场心理战。我们要通过明天的这一战，打出我们郑国军队的威风，打出三军将士的信心，更要打得北狄狼主搞不清我们的底细。"

说着，寤生向大家招了招手，等众人围到跟前，低声说道："太宰、祭大夫，我将一旅车兵一分为二，你们二人各带半旅车兵在前面摆兵布阵，其余车兵全部改为骑兵，恢复原来的三旅骑兵编制，由原繁、洩驾、祝聃三人各带一旅骑兵隐藏在车兵之后。大家听我号令，一旦鼓声响起，太宰和祭大夫即刻将车兵闪作一旁，腾出路来，由三路骑兵冲锋陷阵，待骑兵杀入敌群，车兵即刻前去诛杀残敌！"

听完寤生的部署，大家心里顿时亮堂起来，此刻他们才真正明白了这个少年君主北邙练兵的真正目的。

原来，寤生先前所做的一切，都是为了明天的那场战争。

7

晨光熹微，薄雾缭绕。

早早地，两军便应约列出了长阵。

寤生和太傅伯毅高高地站在帅台上，传令兵高举令旗肃立在两旁，后面三架磨盘大的战鼓威武雄壮。

帅台之下，两旅车兵呈六列横队排开，车兵之间却是一支长长的马队，车兵和马队像一个巨大的钉子镶嵌在宽阔的田野上。

卫庄公、虢公等人远远地看着寤生摆出的大阵，连声嗤笑，把车兵改为骑兵，这寤生还真会玩！可这不是过家家，这是战争！这种玩法，简直就是赶着羊群去打虎！他们不相信寤生靠着两旅车兵就能战胜两倍于他的狄兵。

宋宣公心里也充满了担忧，他已悄悄将宋军全数召集了起来，就等着寤生战败，好及时赶去救援。

对面高台之上的北狄狼主心里却直打鼓，看阵前的车兵最多也只有两旅。寤生以些许车兵和他对阵，难道他把宝押在了长长的马队上了？据他掌握的情况，大周王师以及各个诸侯国并无骑兵，这寤生一夜之间从哪里弄到了如此多的战马？

可是，时间已容不得北狄狼主细细掂算。只听伯毅宣读应战书之后，大周进攻的鼓声便震耳欲聋地响了起来。

紧接着，随着令旗的摆动，原繁、洩驾、祝聃等人一马当先，带领三队骑兵急风暴雨般地向狄兵冲杀过去。北狄兵做梦也没想到大周会有如此凶猛的骑兵，等他们反应过来时已是身首异处。

北狄长阵顿时大乱，顾不得抵抗，掉头就撤。原繁、洩驾、祝聃的三队骑兵如同狮入羊群，风卷残云般地追杀着狄兵。

三队骑兵在前面追杀，两旅车兵紧随其后收拾残敌。一个个狄兵人头像被掰的玉米棒子一样被砍杀在地。

不到一个时辰，北狄参战之兵被消灭殆尽。满地的尸首，血流成河。

红红的太阳终于按捺不住，爬出了地面，露出了那张因愤懑而憋得通红的脸庞。太阳脸上的怒气，不仅吹散了薄雾，还染红了白云，染红了青山。刹那间，天是红的，山是红的，地是红的，整个天地全部凝固成了血，凝固成了红！

北狄狼主在两个亲兵的搀扶下，狼狈地回到了大帐。他眼里喷着火，四处搜寻申奇。

这个挨千刀的申奇拍着胸脯告诉他，寤生无可虑，郑军不可惧，都是些羸弱之兵，还让他首战示弱，麻痹寤生！

正是因申奇的馊主意，他才没派狄兵精锐出战，以至于五千狄兵被寤生摧枯拉朽般地斩杀殆尽，他还险些丢了性命。

北狄狼主气得咬牙切齿，他恨不得抓住申奇剥其皮喝其血吃其肉。他四处搜索，却不见申奇，怒吼道：“申奇在哪儿？把他给我抓来！”

申奇早就跑了！

在郑国骑兵冲出的一刹那，申奇就知道他要保住命，唯一的办法就是脚底抹油——早点溜。等狄兵大败之后，那残暴的狼主非剥他的皮抽他的筋不可。

两个士兵在营寨里找了一圈也没见申奇的影子，只好如实汇报，说有人看见申奇骑马跑了。

北狄狼主大怒，拔起腰刀把跟前的几案劈成两半，嘴里骂道：“姬寤生、申奇！你们给我等着，待我攻到雒邑，非要了你们的狗命！”

8

首战告捷，令大周将士群情振奋。尤其是虢公和卫庄公后悔不迭，早知道北狄如此不经打，他们说什么也不能把首功让给小寤生。

他们很清楚，周平王把他们一同派出迎战北狄，名义上是协助寤生，实际上也是在考验他们，谁杀敌最多，谁就有可能执掌王师。

寤生率领众将士刚入大帐，虢公就拉着宋宣公和卫庄公走了进来。

虢公满脸的媚笑：“上卿好威猛，首战就歼敌五千！真是后生可畏，后生可畏！”

卫庄公皮笑肉不笑地看着宋宣公：“子力兄，你一直说狄兵凶于豺狼，猛于虎豹。此一战，面对郑国军队竟毫无还手之力。依我看，狄兵战力不过如此！”

宋宣公真心为寤生感到高兴。此一战，他对寤生刮目相看。原来他还以为寤生主动请缨迎战北狄，不过是年轻人的血气方刚。此刻看来，寤生早已为此战做了充足准备。就冲郑国骑兵的表现，没有两三年的专门训练绝不可能有此战力。不过，令他不解的是，北狄狼主为何放着勇猛的铁骑不用，却派出了一些步兵任寤生杀戮。

见卫庄公公开向自己发难，宋宣公哈哈一笑：“姬扬兄，不是狄兵赢弱，而是他们遇到了克星。上卿少年英武，用兵有方；郑军刚猛，所向披靡，此乃我大周之福，我辈之万幸呀！”

卫庄公撇着嘴，冷笑道：“子力兄就不要再为自己的无能找借口了，我早就知道狄兵不堪一击，我真想不出当初子力兄为何会被他们打得落花流水。”

祭足早已按捺不住心中的激愤，上前一步说道：“敢问卫侯，您既知北狄不堪一击，为何当初推辞再三，死活不愿迎战呢？”

寤生见祭足还要说下去，忙冲祭足摆了摆手，说道：“此战得以取胜完全是寤生之侥幸。我们还是商议下一步如何迎战吧！”

卫庄公心中一阵窃喜，他等的就是这句话，他之所以无端指责宋宣公，就是怕寤生贪功，不给他迎战北狄建功立业的机会。

卫庄公走到大帐中间，正要请缨迎战北狄时，却被虢公抢了先。

虢公大声说道：“在下请求明日带兵迎战狄兵，请上卿务必同意。”

卫庄公的鼻子差点没气歪，急声说道：“虢公，咱们不是说好了，你帮我说服上卿明日由我卫国迎战狄兵，你……你怎么说话不算数？”

虢公嘿嘿一阵冷笑：“你这人怎么睁眼说瞎话？我虢军上下早已摩拳擦掌，决心要和北狄决一死战，我怎么可能帮你说服上卿让卫兵出战？”

虢公说完，极其庄重地走到大帐中间，一揖到底：“在下恳求上卿，允许虢军迎战狄兵。上卿若不同意，在下当长跪不起。”

寤生看了看卫庄公，哈哈一笑，说道：“虢公一心为国，其精神可敬！卫侯，你大人大量，就让虢公先去迎战吧，等到后天，定让你卫军出战驱敌。”

伯毅忙附和道：“君上，卫侯素以雅量著称，他岂能因此而与虢公相争？”说完，他拉了拉卫庄公的袖子，低声说，“三战迎敌，更能知己知彼，百战不殆。”

卫庄公本来下定决心要和虢公争个你死我活，但他听完伯毅说的最后一句话，顿时改变了主意，极不情愿地说：“好、好，等你被狄兵打得屁滚尿流时，你就不跟我争了！”

宋宣公轻蔑地看着这两个小丑。他很清楚北狄兵绝不是他们想象的那么不堪一击，寤生此次首战告捷，除了得益于寤生训练的骑兵部队，最关键的还是北狄没有派出最强的铁骑，一旦北狄狼主派出铁骑出战，虢公的车兵必吃大亏！

9

第二天，两军对垒如期展开。

虢公忌父早早地就穿戴一新，精神抖擞地登上了帅台。昨天晚上，寤生前往他的帅帐，名曰探望，实际上是对他不放心，反复说北狄兵勇猛而残忍，要他务必多加小心，巧用兵，避其锋芒，斩其所短。他心里暗忖道：打赢了一仗就不知道自己姓甚名谁了，竟然对老子下指导棋？老子带兵打仗时你还是个黄口小儿呢！

虢公决心一仗扬名，彻底杀杀寤生的少年张狂和傲气，让寤生看看他的厉害！然而等他上了高台，一看北狄列出清一色的铁骑，不由得脊背间直冒凉气。他不明白，这些蛮人，昨日还一个个吊儿郎当的，将不像将，兵不像兵，列阵也没个队形。今日是怎么了？一夜之间变了样？北狄兵不但队列规整，而且三军将士个个威武雄壮、面带杀气，像一群即将围猎的饿狼！

虢公的眉头顿时扭成了疙瘩，他暗暗叫苦，坏了，看来这一仗凶多吉少！可是箭已在弦，容不得他不发。

寤生深知，骄兵必败！昨天晚上和虢公忌父一番交谈后，他就预感到今日之战虢兵必定损失惨重。所以，一大早他就把伯毅、公子成、祭足等人召集到营帐商量对策。

寤生开门见山："众卿，我料今日之战虢兵必大败，各位可有补救之策？"

公子成嘿嘿一笑："败了正好！看虢公那张狂样，不让他吃点苦头，他怎能对君上臣服，听从您的指挥！我看，咱们索性来个坐山观虎斗，等他栽了大跟头，我们正好借势收服他……"

不待公子成说完，祭足急声附和道："公子所言极是！慈不掌兵，对待虎狼之人，需用虎狼之道。让虢公忌父栽个大跟头，其利有三。于眼前，我们可以杀杀他的嚣张气焰，令他听从君上的统一指挥；于大战后期，一旦虢国士兵在此战中溃不成军，我们就可借机将虢兵整编到王师之中，以待大反攻时为我所用；于将来，只要虢军在此战中损失惨重，定然就没了被申侯利用的价值，无形中又为我们消灭了一个政治对手！”

寤生看了看伯毅，伯毅却笑而不答。

寤生一改冷静神态，满脸严肃地说道：“亚卿和大夫的驱虎吞狼之策很好，不过此策虽然对我们有诸多好处，但虢国将士也是我大周士兵，我们决不能干仇者快、亲者痛的事！我作为大周联军之统帅，必要像关心爱护郑国士兵一样爱护王师和其他诸侯国之士兵！否则，我非但不配当联军之统帅，更难以服众，进而带领联军打败北狄。”

伯毅高兴地看着寤生，满心的欣慰，此刻他才真正有了如释重负之感！他终于不负武公所托，把寤生培养成了顶天立地的男子汉，也终于可以放手让寤生自由施展拳脚了！

想到此，伯毅由衷地说：“君上思虑深远！见死不救绝非主将立威之道。《太公兵法》曰将与士卒共寒暑、劳苦、饥饱，故三军之众闻鼓声则喜，闻金声则怒！我们救虢兵于危急，即使那虢公的铁石心肠不被感动，他手下将士也定会暗自感念我郑国临危救难之恩！”

公子成、祭足等人连连点头，齐声说：“君上尽管安排，吾等定会全力保全虢军！”

寤生心情沉重地说：“我们明着协助虢军，势必引起虢公忌父的反对，继而影响虢军的士气。只能暗中帮助，尽量减少虢军的损失。”

“原繁、洩驾二位大夫听令。你们立即各带一千步卒携带弓箭隐藏于虢军两侧，要带足箭弩，听我号令，待我响箭一发，你们即刻将箭雨射向狄兵。”

寤生又转向公子成：“亚卿，就请你抓紧组织救援人员，待虢军溃退后及时组织救治。”

果然如寤生所料，北狄狼主为一洗惨败之辱，不仅亲自上阵，还把各部落最精锐的部队全派了出来。

双方的战斗檄文尚未宣读完毕，北狄狼主一声怒吼，就一马当先冲向了虢军，狄兵顿时像潮水一样翻滚而来。

虢公忌父大惊，急声喊道：“不遵战之礼，卑鄙无耻，无耻！快击战鼓，快击战鼓呀！”

虽然虢军的战鼓擂得震天响，但虢军毕竟比狄军晚了一步。面对狄军暴风骤雨般的冲杀，虢军毫无还手之力，一个个如同待宰的羔羊，大军前面的士卒尚未准备好还击，便已被斩落马下。

后面的虢军见势头不对，纷纷扭脸就跑。这一跑，形势更糟了。虢军的车兵本不如北狄的骑兵灵活，再加上仓促间转向掉头，各个相互挤轧。只见虢军中人赶马、马踏人，将士哀号，战马嘶鸣，乱成了一锅粥。

这下更给了北狄可乘之机，北狄的铁骑一个个挥舞着战刀，一边号叫着，一边像割谷穗一样斩杀着虢兵的脑袋。

帅台上的虢公心急如焚，歇斯底里地喊着：“鸣金止战，鸣金止战！止战！”

鸣了金，战却未止。狄兵已杀红了眼，哪儿还管虢军鸣金不鸣金，仍旧一个劲地冲，一个劲地杀。

虢军那个惨呀！人仰马翻，流血漂橹。

寤生见狄军根本不遵从战之礼，随即下发了万箭齐发的命令。

伴随着响箭升空，埋伏在战场两侧的郑军举起弓弩一齐向狄军射去。一阵箭雨下来，顿时止住了狄军的疯狂进攻，北狄狼主见情势不妙，急忙带兵逃回了大营。

在一旁观战的卫庄公，眼看着虢军一触即溃，任人宰割，心中愈加对虢公忌父充满了不屑，只见他撇着嘴，不停地暗暗冷笑。虽然先前他和虢公忌父争着抢着要出战，但其实他对如何战胜狄兵并没有很好的对策。因此，他对此战观察得极为认真。他边看边分析狄军的战力，尤其到最后见狄军被郑军射得抱头鼠窜的样子，真切地觉得狄军并不可怕。他认为，今日之战虢军之所以损失惨重，一则因虢公忌父指挥无能；二则因虢军实在是绣花枕头稻草心，中看不中用；三则是因狄军不讲礼，战斗檄文尚未宣读完毕就发起攻击，令人措手不及。多亏那寤生早有准备，如果不在两侧布置弓弩手，此一战虢军极有可能被狄军斩杀殆尽。

卫庄公感到，建功扬名的机会来了！特别在虢军大败之时他带兵大胜北狄，更加可以证明自己的英勇睿智。那寤生小小年纪就继承了左卿士，而他已上朝辅政多年，至今没有继承先父武公的右卿士。他就是要给大王、申侯还有小周公等人看看，他姬扬到底是英雄还是狗熊！

10

寤生深知，虢公、卫庄公等人根本不可能甘心听从他的指挥，他们每人心中都有各自的一盘棋，并且都把他当棋子，想方设法为自己所用。人人都把他当棋子，他为何不能把这些人也当棋子，巧妙加以利用？他原计划一战立威，二战小败，小败之后即刻撤军，把狄军引进他部署的口袋便发动总攻，一举消灭北狄。他看虢公贪功，与卫庄公争着要与北狄开战，随即决定将这次小败的战役交给了虢军。因为他知道，大败之后的狄军势必会疯狂地报复，而虢军根本不是戎兵的对手。他深夜探望虢公，就是提醒他要讲究战略战术，尽量避免和减少损伤。没想到，虢公根本不听他的劝说，把压箱底的主力都派了出去。两军硬碰硬，再加上狄军偷奸耍滑，战争之礼还未进行完毕就发起进攻，打了个虢军措手不及，虢军损伤惨重！要不是提前安排，此一战，虢军很可能全军覆没。他感到是该撤退的时候了。这一战虽然实现了诱敌入围的目的，但他也着实为虢军的惨重损失而心疼。

宋、卫、虢三国诸侯和郑国上将一起围坐在寤生的大帐中。寤生在对虢公一番安抚后，便开门见山地提出了撤退的计划："此次大战必然令北狄士气高涨、战力倍涨，此刻我们与他们再战，定然讨不到丝毫好处。不如避其锋芒，暂且把大军退到山谷之外，再寻战机，与之决一死战。诸公以为如何？"

寤生话音还未落地，卫庄公姬扬便跳起来，满脸的不屑："才死这点人，就把上卿吓怕了？照我看，这场战役的失败，并不是由于狄兵战斗力多强，而是某些人太无能，某国军队太不堪一击！"

虢公哭丧着脸，恨恨地看了卫庄公一眼，嘴张了几张，最后还是咬紧牙关闭上了。

宋宣公对卫庄公这种往人伤口上撒盐的行为很是不屑，他明知道卫军根本不是北狄军的对手，却心有不甘地挑逗道：“姬扬兄，看来您对迎战北狄兵已有了万全之策。以姬扬兄的英明神武，只要您出马，北狄军定大败而归！”

听宋宣公这样一说，卫庄公更来劲了，更加忘乎所以。只见他眯缝着眼撇着嘴，在大帐内来回走动着，摇头晃脑地说：“是骡子是马，得拉出去遛遛！一战定乾坤我不敢打包票，打得北狄屁滚尿流还是有把握的！”

说着，他突然话锋一转，竟然教导起寤生来：“寤生贤侄，不是我说你，胜败乃兵家常事，我们怎么能因为一次对阵失败而贸然退兵呢？士气可鼓不可泄！你身为我大周统帅，怎么如此沉不住气呢？虢国一败，你就提出退兵，你知道这样做的后果吗？你这样做，很可能让我们整个联军甚至整场战事处于被动的局面。”

说完，他一阵冷笑：“依我看，上卿还是太过年轻了些！”

“你……你……”一旁的祭足气得怒目圆睁，手指着卫庄公，冲上前就要和他理论。

寤生坦然一笑：“祭大夫，不可无礼！卫侯还有话要说。”

卫庄公不屑地扫视一下众人：“我当然还有话说！大军非但不能退，我们还要主动向北狄下战书，明天由我卫军大战北狄那帮乌合之众！”说着，他瞟了一眼虢公，“忌父老弟，你也不必为今日的大败而痛心，为兄明日就杀那狼主给你报仇！”说完，一阵大笑，独自扬长而去。

第九章　痛击北狄

1

卫庄公姬扬说到做到，回去后就让手下人草拟了一份独战北狄的战书，并派人径直送到了北狄军中。直到这一切都办理完毕，方才通告给了寤生。

如此重大的事情，姬扬竟然不请示就私自办理，此刻，寤生真正见识到了姬扬的狂妄和傲慢，可木已成舟，他又能怎么样？他已预知战争的结果，卫国笨重的车兵根本就难以应对北狄机动灵活的骑兵，尤其是北狄军手中的长戈对付车战极其管用，一旦被它割断一条马腿，整个车乘就全完了。寤生真不想再让卫军去送死，可刚愎自用的姬扬连劝说的机会都不给他！

卫庄公一直对周平王安排寤生担任联军统帅耿耿于怀，一直在想方设法给寤生出难题，令寤生难堪。他对今天自己这一连串的举动异常满意，感到终于出了口恶气。想到此，卫庄公不由得暗喜。他私自向北狄军下战书，就是为了做给寤生看。他料想，寤生定会气哼哼地前来找他质询，他要借机再狠狠地羞辱一番寤生。他甚至把如何应对都想好了，他设想了和寤生论战的场面，也设想了寤生受辱的窘态。想到能令寤生难堪、受辱，他心里无比畅快！卫国的文臣武将们在帐外急等着和他商议如何应对明天的两军对垒，他却在帐内一直等待着寤生的到来，可左等右等，直到深夜也没见寤生的人影。他这才想起明天还有一场和狄军的大战，急忙把一帮文臣武将都召进了大帐。此刻已到子时，他和诸位大臣早已困乏不已，因此他们的战前商议仅仅做了一下任务分工便草草结束了。此刻，他远没想到，正是由于战前的谋划部署不周，才使卫军在此战中几乎全军覆灭。

别看卫庄公表面上胸有成竹，其实对如何迎战北狄他心中也毫无对策。一觉醒来，天已大亮。他匆忙更衣，慌慌张张地向点将台跑去。一帮文臣武将正围在大帐门口等他发号施令，看他向点将台跑去，亦纷纷跟在他后面跑了起来。等他爬上高台，看到北狄兵已齐刷刷地列阵在战场之上，不由得更慌了，一溜烟地从点将台上跑了下来。

等他下了高台，眼见那帮文臣武将气喘吁吁的狼狈样，破口大骂："你们这帮废人，围着我干什么？赶快摆兵布阵呀！真是帮蠢材！"

卫庄公见大家没动，还在大眼瞪小眼地看着他，愈加气急败坏："我说赶快摆兵布阵，你们聋了吗？还杵着干什么？赶快调兵呀！"

卫国上卿硬着头皮问道："君上，派多少兵？由谁出战为妥？"

卫庄公不屑地看着上卿，怒道："为妥、为妥！卫军全部上阵，谁也不许临阵脱逃，全部给我上！"说完，对着众人吼道，"听明白没有？"

"诺！"众人纷纷领命向各自的营帐跑去。

时间不长，卫军很快聚集到了阵地上。

好一个倾巢出动的卫国大军，人山人海般地列阵于狄军对面，人马车骑简直数倍于狄兵。重新走上高台的卫庄公姬扬这才长长地舒了口气，他坚信，卫军就是只靠碾压也会把狄军踩成肉泥。

一阵战鼓声之后，双方开始宣读战斗檄文。

卫庄公想起虢军的惨败，檄文念了第一句，就让传令兵一边挥舞令旗，一边吹起了进攻的号角。

顿时，卫军车骑潮水般向狄军涌去。

北狄军好像早已猜到了姬扬会不遵从战争之礼，等到卫军快要冲到阵前，狄军铁骑却忽然掉转方向，迅速转移到了两侧，如同洪水决口一样，卫军直入北狄军的后方基地。

这帮狄人，真是不堪一击！卫庄公心花怒放，嘴里嘟囔着，脸上简直笑开了花。

不过，他那张灿烂的笑脸很快僵住。只见阵地上漫天飞舞的箭雨已飞向长驱直入的卫军。

一阵箭雨之后，伴随雄浑的军号，北狄兵向卫军发起了进攻。

卫国的车兵本就笨重，难以撤退和灵活对垒，更别提开展白刃战了，再加上卫兵在箭雨的灌注下早已乱作一团，被射得晕头转向的卫军将士哪儿还有招架之力？

顿时，广阔的战场成了巨大的屠宰场。

北狄兵见人就砍，一个个杀红了眼。

卫国兵四处逃窜，一个个吓破了胆。

北狄兵的狂叫声与卫国兵的哀号声，再加上战马的嘶鸣声，汇集在一起，犹如人间地狱。

卫庄公姬扬目睹这一切，惊得目瞪口呆，浑身颤抖。许久，他才缓过神来，对着台下歇斯底里地喊道：“寤生、寤生，快救我卫军，救我卫军呀！”

这次，寤生却没有暗自派兵救援。卫军已深入狄军阵地，被包了饺子，即使寤生提前有所准备，也难以救卫军于水火。

此一战，卫军近乎全军覆没。

卫庄公姬扬像堆烂泥似的被抬了下来，嘴里不停地呢喃自语：“寤生，小人！见死不救的小人！见死不救……”

2

虢军、卫军相继大败的消息很快传到了东都雒邑。

申侯拿着前线送来的战报，不禁仰天大笑：“寤生呀寤生，你觉得自己翅膀硬了，这次我非要看看你的翅膀有多硬！”

当初，申奇从前线跑回来后，申侯着实紧张了一阵子。他还担心寤生这个不知天高地厚的愣小子，真的猛打猛冲打退了北狄军，如此可就把他的如意算盘给搞黄了。他正打算施展妙计在郑国做点手脚，好牵住寤生，让他不战而退。

真是人算不如天算！既然上天都在帮自己，他绝不能再给寤生机会了。他要好好利用这次机会，及早除掉寤生。

可怎么才能把寤生逼上绝路呢？

上书周平王治寤生的罪？可战争还在进行，并且双方互有胜败，此时治罪定会招来一些人的反对和不满。如果临阵换将，可让谁上阵呢？再说，这样岂不便宜了寤生？

申侯特意把申奇叫到了跟前，将战报递了过去："你看看，寤生是不是像你说的那么机智神勇？"

申奇飞快地浏览着战报，激动得口水都流了出来，连声说："宗主，这回可够寤生那小子受的！哈哈，卫军全军覆没、全军覆没呀！看周王不杀了他！"

申侯一脸坏笑地看着申奇，阴阴地说："让大王杀他，是不是便宜他了？你说我该怎么向大王禀报呢？"

申奇顿时明白了申侯的心思，他不仅想要寤生的命，还要把郑军主力就此消耗殆尽。

申奇的眼睛滴溜溜一转，计上心来，媚笑着说："宗主，您想让寤生全军覆没好办，让大王把王师和宋公他们都调回来，独让郑军抵挡北狄军！您想，就凭寤生带去的那些车骑，怎么可能是北狄兵的对手？"

申侯定定地看着申奇，暗暗佩服申奇的精明和狠毒。此刻，他心里已有应对周王之策。

心中有了主意，申侯拿着战报火速去了王宫。

周平王还没起床，正搂着爱姬做美梦。

申侯知道周平王还在睡觉。他故意硬闯周平王的寝宫，就是为了把戏做足。只见他高举着战报，发疯般地冲进了王宫，边跑边急声喊道："前线战报，前线战报！十万火急！"

一个寺人试图拦他，但被他推倒在地。

一直冲到寝宫门口，申侯方才止住脚步，跪在门口，放声大哭："我王、我王，败了，大败了！全军覆没，全军覆没呀！"

周平王衣服还没穿好就慌忙跑了出来，见申侯披头散发，满脸是泪，急声问道：“谁败了？寤生还是北狄？”

见到周平王，申侯哭得更厉害了。

周平王急得直跺脚：“你哭什么！你快说到底是谁败了？”说着，一把夺下了申侯手中的战报。

打开一看，周平王惊得一屁股坐在了地上：“寤生误我，寤生误我呀！要是北狄打到雒邑，可如何是好？”

申侯边哭边偷偷看周平王的反应。他见周平王已被战报吓得六神无主，擦了擦泪，起身说道：“我王，卫军和虢军全军已近乎覆没，用不了几天，北狄可要打到我们雒邑了！”

周平王一听这话，更怕了。他深知，王师都被寤生带到了前线，东都雒邑防卫极其空虚，根本就抵挡不住北狄的进攻。

周平王紧抓着申侯的手，连声说道：“调兵、调兵，调兵救驾！对，从齐国调兵！还有秦、鲁、晋，寡人这就拟旨，你让他们速速派兵赶来雒邑勤王救驾！”

申侯哭丧着脸说：“我王，远水解不了近渴！等秦、齐、鲁、晋各国的兵马赶过来，雒邑早已被北狄踏为平地了。”

“那你说怎么办?!难道我们就在这里等死不成？”周平王急得嗓音都变了。

申侯故作深沉地在周平王身边转了几圈，异常坚定地说：“解除雒邑危机唯一的办法，就是立即召回寤生带走的王师！”

周平王连声叫好：“好！你快去安排，八百里加急，让寤生火速搬兵回朝，全力以赴保卫雒邑！”

申侯摇了摇头，说：“王师必须回来，但寤生和郑军不能回朝！”

周平王瞪大了眼睛：“为何？”

申侯也瞪大了眼睛，问道：“我王，您觉得寤生所带的王师能守卫得住雒邑吗？”

周平王顿时语塞。

申侯接着说道：“我王，您不是说要秦、齐、晋、鲁勤王救驾吗？各国军队赶到雒邑至少需要十天时间，所以寤生非但不能撤回，大王还要严令他和郑军必须牢牢把北狄兵挡在前线，最少抵抗十天，为各国诸侯救驾赢得时间。”

周平王不停地点头：“好、好！一切由你安排。对寤生，你要用尽一切办法，让他务必拖住北狄兵十天以上，否则军法处置！一切调度大权全部交给你，你就便宜行事吧！”说完，冲申侯摆了摆手，示意他可以走了。

走出王宫，申侯满脸的狞笑，暗忖道：“这次我要给你设个连环套，看你寤生是否还能侥幸逃脱。”

3

周公黑肩带着诏书赶到前线时，寤生已将联军回撤三十里，到了一个山坳口。

此刻，郑国的步兵和弓弩手在背后的山谷中驻扎完毕，寤生准备在这里和北狄兵进行决战。他之所以选择这里，主要是因为此地是拱卫雒邑的最后一道屏障。此处失手，狄兵将会长驱直入，很快到达雒邑。

周公黑肩刚宣读完诏书，帐中文臣武将就炸开了锅。

第一个提出反对意见的就是宋宣公。

宋宣公不理解当前正是战争的关键时刻，周王为何突然提出要撤军。仅靠郑国的一万车骑，怎么和数倍于他们的北狄军决战？

他不满地看着周公黑肩：“这是谁给大王出的馊主意，居心何在？我们马上就要和北狄算总账了，这时让我带着王师回京，你让寤生怎么和狄兵决战？这一战关乎我大周的安危，你为何不好好劝劝大王？”

周公黑肩满脸的委屈：“这都是那申侯鼓捣的，说实话我也反对调回王师，可我两次找大王申辩都被他轰了出来。这不，正是由于我坚决反对撤军，申侯才特意派我传诏，言讲带不回王师，我也不用回朝了！”

祭足无比气愤！他恨申侯做事太过狠毒，更气周王太糊涂！申侯这是摆明了要置寤生乃至整个郑军于死地，可他却没有想到一旦郑军抵挡不了十日，北狄军定会兵临雒邑，再次重蹈戎兵血洗京都的覆辙。

想到这里，祭足忍不住埋怨道："还让我们最少要抵抗十天，狄兵数倍于郑军，这仗怎么打？我看那申侯根本就没安好心，存心就是想把我大周给祸害亡了，大王为何那样信任他？"

宋宣公对周平王宠信申侯一直心存不满，此刻见大王如此糊涂，实在难消心中的怨气："申侯，我看他就是一小人，他是存心要置寤生于死地；哪儿有这样狠心的舅舅！"

宋宣公等人越生气，卫庄公心中越兴奋。他早盼着寤生和宋宣公倒霉，早等着看寤生的笑话！这次周平王传诏撤军，不仅让他感到由衷地高兴，更让他觉得终于有了出气的机会。他要借此机会好好戏弄一番寤生，看他是否还能沉得住气。想到此，他不怀好意地看了看寤生，却见寤生平静地看着众人，一副坦然自若的样子，丝毫没有慌张和愤懑，心中顿时比吃了个苍蝇还难受，忍不住跳了出来。

卫庄公上前一步，嘿嘿一阵冷笑，阴阳怪气地说道："子力兄，你急什么？你看看寤生根本就没把这事儿当成个事儿！不用我们，寤生照样能大败狄兵。寤生，你说我说的对不对？"

寤生不屑地看了一眼卫庄公，向黑肩问道："周公，大王可说过撤军的时间？"

周公黑肩为难地说："申侯说，要宋公即刻带王师赶回雒邑布防。"

向来与申侯交好的虢公此刻也感到申侯做事太过分，忍不住插言道："好，大王既然要宋公带王师撤回去，那我留下来和郑军共同抵御北狄。"

向来老实的周公黑肩连连摆手："不行不行，大王和申侯特意交代，宋、卫、虢三国军队也要回防雒邑，违令者斩！他们……他们认为，郑军根本抵御不了狄兵的进攻，要你们回防雒邑，和狄兵作最后的决战！"

伯毅一直压制着心中的怒火，听黑肩这样说，他实在忍不住怒道："他们既然明知道我们郑军抵挡不住狄兵，为何还让我们必须在这里抵挡狄军十天时间？"

卫庄公皮笑肉不笑地说："你们为国尽忠，死得其所，到时候我们一定立碑纪念，让你们郑军永垂青史！"

大将祝聃大步上前，就要揍卫庄公：“你再放肆，看我不揍你!”

寤生忙止住了他：“祝聃，休得无礼!”

说着，寤生转向大家：“诸位，请各自回营办理撤军事宜吧！也请周公回去告诉大王和申侯，寤生和郑国的一万血肉之躯定能抵挡那狄兵十日以上。”

卫庄公撇着嘴，冷笑着，一瘸一拐地走出了大帐。

周公黑肩满脸的愧疚，低着头跟随卫庄公一同走了出去。

“上卿，你……”虢公悲伤地望着寤生，不肯离去。

寤生微笑着冲他摆了摆手，示意他回营。

“唉!”宋宣公重重地叹了一声，如同泄气的皮球，一屁股坐在了地上。等众人都离开了大帐，方才站起身，关心地问道：“寤生，你给我说实话，仅靠你这一万车兵果真能抵挡住狄兵?”

寤生摇了摇头，一脸的严肃：“说实话，抵挡不住！可我能怎么办?大王下了死命令，我们必须遵从!”

宋宣公一脸的悲壮：“你说，我能为你做什么?”

寤生走到宋宣公跟前，亲切地拉住他：“宋公，我还真需要你帮忙。”

宋宣公紧紧抓住寤生，激动地说：“你尽管说!”

寤生拍了拍宋宣公的手：“我想向你借三千弓弩手，再借一部分粮草。”

宋宣公松开寤生的手，仰头闭目，沉思了一会儿：“急行军从此地赶到京都需要三天时间，好！我留三天的粮草，其余的全部给你留下来。我三军之中共有弓弩手六千人，我一个不带，全给你留下来。”

寤生见宋宣公这样说，脸上露出了惊喜的笑容：“太谢谢你了，宋公！你如果给我留下六千弓弩手，我还需再向你借三千匹战马!”

宋宣公见寤生如此说，心中顿时明白寤生定是有了御敌制胜之策，高兴地说：“好，我把宋军最好的战马挑出来给你!”

4

宋宣公和周公黑肩走后，寤生即刻调整了战略部署。他在高台之上的大旗上高高地挂起了免战牌，之后命人把所有的战车进行了拆除，在山谷口开始搭起木质结构的城墙来。

寤生和众军明修木城，实则暗自调兵。他把宋宣公留下来的六千弓弩手全部调到山谷的密林之中，替换下了早已埋伏在此处的步卒。为了加强对宋军弓弩手的调遣，他特意把原繁、洩驾派到了宋军。

北狄狼主早已从申侯那里得知宋宣公等人撤军的消息，也知道齐、鲁、秦等诸侯根本就不可能前往雒邑救驾，所以他看寤生挂起了免战牌，也不急着进攻。他要看看寤生葫芦里到底卖的什么药。说实话，首次交手，他虽然吃了大亏，但对寤生却产生了敬佩，感到寤生才是他遇到的真正对手。因此，他想好好和寤生过过招，看看这个年轻的诸侯到底有没有真本事。

一天、两天、三天……北狄狼主天天去阵前察看军情，他见寤生的免战牌还在高挂着，心中不由得犯起了嘀咕。他心想，之前以为寤生是想等城墙建好再和自己交战，可现在城已筑好，他为啥还高挂免战牌呢？难道筑城是假，他是为了拖延时间？想起申奇提供的情报，那周王让寤生至少抵挡十天时间，北狄狼主心中暗暗笑了，他有足够的时间和信心与寤生玩，他要看看寤生到底能玩出什么花样。待到开战之时，他要以迅雷不及掩耳之势给他们迎头痛击，彻底消灭郑军。

不过，北狄狼主虽然有耐心和寤生玩猫捉老鼠的游戏，但三天之后他并没有一味地傻等，而是天天召集人马在寤生新筑的城墙外摆阵叫骂。可无论北狄兵怎么骂，郑军将士竟然一个个如同聋子一样，充耳不闻。直到第六天晚上，巡视的狄兵忽然看见郑军高挂的免战牌不见了，急忙报告了北狄狼主。

北狄狼主虽然知道寤生所带的郑军根本不是他的对手，但有了之前的那一战，他从内心深处并没有小瞧这个年轻人。他觉得寤生主动撤除免战牌，必定是已做好了和他决战的准备，他必须全力以赴，一战雪耻。他不但要彻底消灭郑军，还要一战立威，要把那些中原诸侯彻底吓破胆，让他们对狄军望风而逃。

寤生着实做好了决战的准备。第二天天刚蒙蒙亮，郑军便已烧火做饭。狄军将领伸着懒腰从帐篷里爬出来时，郑军已整整齐齐列队在阵前，只见城墙下清一色的马队，呈五列横队排开，战马之上的骑兵手持长矛，背挎战刀，一个个威风凛凛。再看城墙之上，长矛手、弓弩手以及滚木垒石虎视眈眈地等待着迎击狄兵的进攻。

北狄狼主早早就起来了，他一看寤生的作战部署，心中不由得暗暗赞叹，也真是多亏申侯想法调走了王师和宋、卫、虢三国军队，如果那些兵马统一听从寤生的指挥，与他兵力旗鼓相当，他还真没有战胜这个年轻人的把握。好在目前双方兵力悬殊，他有绝对把握战胜寤生，不过也绝不能掉以轻心。

为确保速战速胜，北狄狼主围绕寤生的作战部署，采取了有针对性的应对策略。他见郑军丢掉战车，全部换上了骑兵，就把带来的上万骑兵全部拉到阵前，意图一举全歼郑国的骑兵。他早就猜测到寤生建城的目的，定是跟他搞城郭攻防战，所以他把步兵和弓弩手也派了出来，紧跟在骑兵之后。

两军部署完毕，很快就开始了正面对决。

郑国重金打造的黑骑军终于派上了用场。大家都憋着一口气，急着上战场展现自己的威力。公孙子都、祝聃、高渠弥等人各带一千骑兵，十人一队，百人一营，各自为战，时而集聚，时而分开，展现了强大战力。

此刻，北狄军打头阵的也是战力最强的部队。两强对垒，顿时杀得难分难解。狄兵越聚越多，眼看就要形成对郑军的包围。就在这时，郑军的撤军号角响了起来。

郑军骑兵真是训练有素，随着牛角号的响起，五千黑骑军瞬间突破狄兵的包围，潮水般地撤回了城寨之中。

城寨大门刚一关闭，雷雨般的箭镞便射向了狄军。狄军骑兵慌忙后撤，但还是造成了不小的损伤。

北狄狼主气得哇哇大叫，命令全军不惜一切代价进行强攻。狄兵虽然伤亡很大，但还是很快就攻破了郑军的城墙。

进了城寨，北狄狼主的鼻子差点没气歪。寤生早就做好了逃跑的准备，他不但早就跑了，就连守城的士兵待城墙刚一攻破，便纷纷骑上快马向后面的山谷奔去。

北狄狼主决意要全歼郑军，岂能容他们逃命。一时间鼓号齐鸣，狄军全军疾速前进，对郑军逃兵发起了总攻。

此刻，寤生已站到了临近山谷的山包上，他见狄军已全部进入了他布好的口袋阵，随即向身后一排鼓号挥了挥手。顿时，上百个牛角号一齐吹起，响彻了整个山谷。

狄军被这震耳欲聋的鼓号声吓呆了，纷纷停止追赶，仰天四望，只见漫天箭雨迎面而来。

狄军顿时乱作一团，人赶马，马踩人，一片人仰马翻。

一阵箭雨过后，狄军尚未喘过来气，只见前后左右，山上山下，到处都是郑国军队，如洪水猛兽一般向他们冲杀而来。

北狄狼主怎么也没想到这山谷之中竟然埋伏了郑国的兵马，再加上前面逃跑的部队回头反击，直杀得狄军措手不及。

疯狂的白刃战持续了整整三个时辰，狄军的三万多兵将被斩杀了三分之二，其余全部缴械投降，北狄狼主只得落荒而逃。

5

周平王万万没想到寤生仅凭郑国一军之力就全歼了狄兵。这些天他如同热锅上的蚂蚁，夜夜难眠。特别是虢公从前线归来后，把申侯外通北狄的一切全说了出来，说得周平王背脊直冒冷汗。他把希望全放在等待秦、齐、晋、鲁的救援上了，可他左等右等，等了数天也没听到一个诸侯发兵的消息。他多次急不可耐地找申侯谋求对策，可申侯却在关键时刻一病不起，令他干着急没办法。

待虢公从前线回来后，周平王得知申侯的一切作为，心更凉了，简直可以说是万念俱灰！

他心里很清楚，宋宣公、虢公等人根本就不是北狄的对手，雒邑沦陷，父亲周幽王的悲剧也许很快就会在他身上重演。回想起之前的所作所为，他的肠子简直要悔青了！他不该对郑武公那么狠，以至于大周出现危机时竟无将可用。他不该对申侯无原则地信任，他原以为申侯只是个贪财弄权的小人，没想到申侯竟想谋他的江山！

寤生真是太厉害了！郑军大捷在令周平王欣喜若狂的同时，也让他对申侯的看法有了根本性的转变。他曾无数次暗自发狠，只要能渡过这次危机，他非把申侯五马分尸不可。然而他又深知，一旦杀了申侯，将来谁制约寤生呢?！一旦王庭权力失衡，寤生定会迅速做大，势必危及王权。今日之局面，不就是郑武公病死后申侯一人做大导致的吗？他绝不能让自己犯第二次错误。

有了成熟的思考后，周平王把周公黑肩、虢公和宋宣公召到了寝宫。他就是这样一个人，有了成熟的想法从不立即去执行，总要找人商量商量，直到有人和他的想法合拍共鸣之后，才能够放心去做。

虢公忌父见周平王召见的只有他、周公黑肩和宋宣公，料想定是为了寤生还朝之事。此时此刻，他对寤生充满了复杂感情。内心深处，他还是非常感激寤生的，当初要不是寤生出手相助，他绝不会平安返回。感激的同时，他对寤生又充满了妒忌和恐惧，尤其是想起郑武公灭他东虢之根，他不得不对寤生充满警惕。此一战，充分说明寤生比起他父亲掘突更厉害，也更危险。一旦寤生掌握了大周实权，再像他父亲那样四处搞扩张，那么他第一个灭的可能就是西虢。因此，他必须想方设法说服周平王，必须对寤生有所制约。

周公黑肩心里也是忐忑不安。昨晚深夜，抱病在家的申侯探访他，不但送去了令他激动难眠的礼物，还说出了一个令他如鲠在喉的判断。

申侯冷冷地问："寤生比那掘突如何？是不是更狠、更强、更果断?"

周公黑肩不自觉地连连点头，这小子不鸣则已，鸣必惊人，的确有一套。

申侯又问："柿子可是专拣软的捏呀！你的封地距离郑国最近，又没有重兵把守，寤生要取你的封地简直如同探囊取物！你将如何应对？”

申侯一席话说得周公黑肩一身冷汗。他光顾着为郑军大捷高兴了，还真没想到这一层。

申侯接着说：“周公心里应该清楚，大周当前能够对寤生形成掣肘的只有在下。所以，我请周公想明白，您在大王面前保我其实也是在保你自己，是不是？”说完，一阵大笑。

大难临头竟还如此狂妄，求人竟也求得如此硬气！看申侯那心高气傲的样子，周公黑肩心中极其不舒服。他真想把申侯带来的东西一股脑儿扔到外面，可又着实不舍，只能勉强地笑了笑，算是答复了申侯的请求。

周平王一扫往日忧虑，满面春风地说：“三位爱卿，我早说寤生堪当大任，怎么样？全歼北狄，全歼呀！”说着，响起一阵畅快的大笑。

虢公忌父知道周平王喜欢听奉承话，赶忙上前高声说道：“我王圣明，大王知人善任，调度有方，此次北狄之战，大王应是首功。”

向来老实的周公黑肩脸上赔着笑，没言语。

宋宣公听虢公如此说，酸得牙差点没掉下来，只得苦笑以对。

周平王显然感觉出来虢公说的奉承话有点离谱，哈哈一笑说道：“北狄之战，首功当然是寤生，不过诸爱卿的功绩也不能磨灭。你们说说，该如何奖励我们这些有功之士？”

宋宣公抢先说道：“大王，此次寤生以一国之兵全歼北狄，着实有大功于大周。按例，郑军凯旋之时，大王应亲自迎接。至于奖励，我想大王只需让寤生上朝领政，以上卿之位总领朝政便是对他最大的奖赏。”

周公黑肩连忙附和：“我王，此次北狄之战足以证明寤生的卓越才能，再者王庭上卿着实缺位已久，恳求大王允许寤生上朝领政。”

周平王看了看虢公忌父。

虢公忌父应声说道：“微臣赞同宋公的建议，寤生也着实该上朝为大王出力了！”

周平王这才欣然说道：“众卿和寡人想到了一处，寡人也早想让他上朝领政。好，就依众卿，大军返回之日，寡人亲带百官出城迎接。周公，具体迎接之事就由你操办吧！”

宋宣公看周平王心情极佳，又请示道：“大王，不知您打算对那叛国的申侯如何处置？”

周平王真后悔让宋宣公来议政。在他的印象中，宋宣公子力一向老成持重、寡言少语，今天这是怎么了？他本来想就如何处置申侯听听大家的意见，没想到宋公一上来就把申侯的罪给定死了！

周平王愣了一会儿，故作惊讶地问：“什么？爱卿你说申侯叛国，可有证据？忌父，你说，可有证据？”

虢公忌父见周平王如此说，心中已猜测出他要放过申侯，忙救急般地说：“大王，申侯搬兵不力是事实，但要说叛国，证据还有所不足。”

宋宣公鼻子差点没气歪：“忌父，你我都在前线，申侯和北狄勾结我们都目睹了。前些日子，你还向大王谏言申侯叛国，现如今你为何又这样说？”

虢公一阵冷笑：“我可没看到申侯与北狄勾结。你说说你什么时候看到的？”

周平王看了看周公黑肩，轻描淡写地问道：“周公，你相信申侯会叛国吗？”

周公黑肩应声说道：“大王，申侯……申侯他应该不会背叛大王！”

宋宣公还想辩说，周平王却不容他说话，笑道：“爱卿一心卫国，精神可嘉，寡人相信申侯不会也没那个胆量叛国。不过，对于他搬兵不利之过，寡人还是要严惩的！罚他申国为王师供奉一万石粮草如何？”

虢公忌父急忙响应：“大王英明！此举不仅惩罚了申侯，还解决了王师的燃眉之急。”

周公黑肩也随声附和：“大王圣明！”

宋宣公见周平王心中已有定见，知道多说已无益，遂无奈地说：“一切听从大王安排！”

6

周平王着实给足了寤生面子，他不仅亲自带文武百官出城迎接，还要举行一个庞大的庆功宴。庆功宴不仅三公九卿都要参加，在京的各国诸侯也要全部赴宴。

寤生决心要抓住这次难得的机会，当庭揭露申侯的叛国行径。他深知，这些年来一直是申侯把持着朝政，现如今他上朝领政，申侯绝不会甘心让权，申侯将是他们推行新政的最大障碍。顺利推行新政，首要的就是搬倒申侯。而今他手里有申侯叛国的铁证，如果能趁势一举拿下申侯，那他以后主政的路就没有了最大障碍。

早早地，寤生就带着伯毅、祭足上了朝。他没想到，诸位王公大臣比他来得还早，大家三五成群地聚在朝堂之下窃窃私语。寤生一眼就看见了申侯，他周围聚集着虢公、卫侯、蔡侯等人。也不知他们在说什么，只见申侯眉飞色舞地和他们谈论着，还时不时地放声大笑。寤生心里顿时有种不祥的预感。他之前已经向周平王呈报了申侯叛国的证据，可今天的场合怎么还有申侯呢？而且还表现得如此气定神闲。他一直认为，以申侯叛国谋反的大罪，周平王断不会容他。可从今天的阵势看，难道周平王还要保他？

申侯显然也看到了寤生，便领着众人大摇大摆地走了过来，边走边喊："小寤生，我的好外甥，这次你可给舅舅长脸了，舅舅为你骄傲自豪！"

祭足知道申侯在演戏，倚老卖老在众人面前压制寤生，就想当场令申侯难堪，于是上前一步，向寤生使了个眼色，低声说："君上，不要理睬，我们快上殿吧！"

寤生何尝看不出申侯在演戏，他也想让申侯难堪，但他深知如果真的这样做，不但会留下狂妄不尊礼的恶名，还会让他在王庭成为孤家寡人。他微笑着向祭足点了点头，转身向申侯迎了过去，到了跟前，深施一礼："舅父安好！"说完，向申侯后面众位诸侯拱手施礼道："大家早！"

伯毅满意地看着寤生，一颗悬着的心终于放到了肚里。刚才，他见祭足谏言，真怕寤生脑子一热当场令申侯难堪，不仅留下不尊礼的口实，还会让众人从此看轻寤生。

申侯表现得极其亲密，拉起寤生的手："生儿，走，咱们一起上朝！"

寤生也不回避，微笑着和申侯一起向大殿走去。众诸侯跟在他们后面，不少人在窃窃私语："这申侯真是高！你看寤生对他恭恭敬敬的样子，将来这大周王庭政事还是他说了算呀！"

祭足黑着脸，听人这样说，气得直跺脚。他怕寤生被申侯利用，到头来还是没逃过这个老奸巨猾之徒的诡计。

等大家按照座次坐好之后，周平王也在寺人、宫女的护送下坐上了王座。

众人纷纷起立一齐施礼，施礼完毕，各自回归了本座。

周平王举起酒爵，高声说道："众爱卿，郑伯一举大破北狄，实在是大快人心！来来来，我们敬阵亡的将士！"说完，将酒环绕着洒在面前。

众人也跟着遥祭一番之后，将酒洒在了地上。

随后，周平王又端起酒爵说道："此次迎战北狄，郑伯功不可没，大家请端爵，敬郑爱卿！"

众人一起举爵，向寤生致敬。

周平王紧接着又端起了酒爵，起身说道："众爱卿，从今日起，我大周之上卿便正式上朝领政了，希望大家鼎力相助郑伯，共创大周之辉煌！"

这场庆功宴本是专为寤生准备的，依礼周平王首杯酒应敬寤生。他之所以先敬阵亡的将士，就是想告诉寤生战胜北狄并非他一人之功，希望他不要忘乎所以。之后周平王又对寤生极力褒奖，就是想告诉寤生，以后他就是大周第一依赖之人。

周平王一直盯着寤生，想看看他对自己先抑后扬策略的反应，却见寤生一副安然的样子，就用余光扫了扫寤生身旁的伯毅和祭足，果然发现了他们脸上的不平之色。

周平王心中顿时起了波澜。他一直认为，寤生不过是个刚长大的孩子，北狄之战真正做决策的还是伯毅。以后的朝政，申侯是绝不能委以重任了，他所能依靠和利用的只能是寤生和伯毅，伯毅的意志将直接影响着寤生的决策取向，眼下还需再抬抬寤生，以缓伯毅心中的不平。

想到此，周平王接着说道："爱卿，请给大家讲讲你击败北狄的经过吧!"

寤生躬身施礼："我王，此战大胜不是我一人之力，乃是宋公、卫侯和虢公等合力而战的结果。"

虢公忌父笑道："上卿谦虚，吾等都是败军之将。"

寤生老实地说："为战之策在于知己知彼。正是前几场战役使我们了解了狄军的特点，为此我才大胆采取了伏击分割战略，得以一举击破狄军。所以说前期几场战役虽然小败，功莫大焉!"

伯毅心中暗暗叫苦，心想寤生还是太年轻、太实在，他虽然是想为几位诸侯请功做铺垫，但这样一说很可能会招来各国的忌恨。想到此，他立马站起来想要截住寤生的陈述，却被申侯捷足先登给拦住了。

申侯站起来走到大殿中央，大声说道："我王，上卿说的有道理。此次大胜北狄，虢公、卫侯等着实功不可没！不过，寤生，你身为主帅，拿别人做引子可有点不地道吧?"

伯毅走过来，大声说："申侯此言有失公允，两军对垒必然有人上阵作战，你怎能说先上战场者是引子呢? 再者说，当时虢公、卫侯都是主动请缨，你这样说不是在挑拨我郑国与虢、卫两国的关系吗?"

周平王见卫庄公和虢公忌父满脸愤怒之色，知道如不及时劝阻，朝堂之上定会闹成一锅粥，忙起身说道："二位爱卿不必再言，寡人已知战场情况，此战大胜乃各位爱卿众志成城所致，寡人定会一并嘉奖。"

7

下了朝，卫庄公和虢公忌父直接去了申侯府邸。

卫庄公恨恨地说道："没想到寤生小小年纪竟如此狼心狗肺，他……他竟然拿卫军当对付狄兵的药引，今生今世我和他定势不两立!"

申侯一阵冷笑："想当初，掘突极力阻止你承袭卿位，他儿子寤生刚出山就让你损兵折将，看来他们父子与你真是冤家对头呀！”

虢公忌父默然说道：“申侯，我看此子心计谋略不亚于其父掘突，以后这政务处理可就棘手了！”

申侯冷冷一笑：“可不只是棘手那么简单，你们就等着看吧，寤生这小子早晚会把我们手头的权力全部收走。”

虢公忌父着急地问：“什么？”

卫庄公担忧地说：“我看有这种可能。”

申侯站起身：“不是可能，而是绝对要从我们手中夺权，因为他是国之上卿。”

卫庄公也站起身：“我们就给他来个拒不交权，看他能把我们怎么样！”

虢公忌父苦着脸：“这恐怕不行，按礼，作为上卿他理应统管国之军政。”

申侯来回走动着：“他统管国之军政，凭什么？只要我们三个拒不交权，处处跟他顶着干，看他如何掌权！”

卫庄公满脸奸笑：“是的，我们就跟他软磨硬泡，他交办的任务，我就是拖着不办，看他能把我们怎么样。”

申侯止住脚步，眯缝着眼：“就这么办！”

卫庄公嘿嘿一笑：“只要我们三个抱成团跟他对着干，定让他什么事情都干不成。”

虢公忌父重重地点了点头：“我们如果再把周公黑肩拿下，寤生就愈加孤立无援了，到时候我们四人对他一个，看他如何决策和施政。”

申侯满脸的不屑：“放心，黑肩那个老滑头，我有的是办法收服他。”

8

下朝后，祭足阴沉着脸，肚子里窝满了气。他原想着当朝揭露申侯的罪行，却没想到被申侯倒打一耙，险些让君上下不来台。

众人回到营帐，见伯灵在这里，纷纷跟她打招呼问好。

祭足坐下又起身，满脸不平之色，欲言又止。

寤生看了看祭足，笑问道："爱卿，你是否有话要说？"

祭足起身走到寤生面前，深施一礼："君上，那申侯着实可恨又可恶，他卖国通敌，竟还如此嚣张！"

祭足说着，双膝跪地："微臣……微臣再次强烈建议君上向周王奏禀申侯的通敌行径。"

公子元猛地站起身："老臣附议！一定要向大王如实禀告他的卖国行径！"

寤生看了看二人，转向了伯毅："二位爱卿，坐下说话。尚父以为如何？"

伯毅连连摆手："不可，不可！"

公子元和祭足不解地望着伯毅，齐声道："太傅，证据确凿，有何不可？"

伯毅看了看二人："二位少安毋躁！我们已将此事告知周公黑肩，大王早已掌握申侯的卖国行径，为何他们绝口不提？"

伯灵说道："其实大王和周公早就知道申侯的卖国行径了，他们甚至都知道这次战争的始作俑者是谁。"

祭足看了看伯灵，复站起，大声说道："也许大王正等着我们去当庭指证申侯呢！没人指证，大王也没法公开处理申侯！"

公子元随声附和："祭足说的有道理，这样一来，大王就可以借我们的手除掉申侯。"

伯毅微微一笑："如果申侯能这么容易除掉，大王就不用迁都雒邑了。"

伯灵说道："以目前申侯在王庭的势力，我们的确还难以撼动他。"

伯毅走到营帐中央，接着说："自从先君离开东都，申侯就已完全把持朝政，当今王庭已被他牢牢控制，最为关键的是，申国军队还驻守王庭。此时出手，非但扳不倒申侯，还很有可能引发王庭内乱，到时候不但申侯除不了，我们也会自取其辱。"

公子元起身辩解："太傅，此等通敌叛国之大罪都扳不倒申侯，那以后我们再想扳倒他就更难了。”

祭足跟着急声说道：“太傅，此等机会如错过，恐怕以后再也难觅良机了。现在申侯在王庭处处跟我们作对，有他处处掣肘，君上如何能施展抱负？”

公子元急声说：“是呀，太傅，舍不得孩子套不住狼，若处处谨慎，怎能斗得过那心如豺狼的申侯？”

寤生微笑地看着公子元：“您知道此次战争到底是谁发起的吗？”

公子元笑了：“当然是北狄呀！君上，难道是那申侯发动的吗？”

伯灵认真地说：“太宰，还真叫您说对了，此战就是申侯发动的。”

伯毅接过话说道：“如果不是君上杀伐果断，勇武过人，此时我大周王庭恐怕已经易主。”

公子元惊异地望着伯毅：“太傅，你说什么？果真如此？”

寤生重重地点了点头：“伯灵说的句句属实，此战着实是我舅舅发动的。不过，这场战争胜利的首功在伯灵。要不是她提前收集整理北狄军队的情况和战法，还给我方军队提供准确情报，寡人怎么可能那么轻易打败北狄？”

公子元感慨地说：“没想到不到一年的时间，伯灵姑娘就把王庭商社打造成强大的情报组织，这次完胜北狄，伯灵姑娘着实是首功。”

伯灵连连摆手，笑着说道：“君上、太宰，你们就别再表扬我了。据我掌握的情报，大王的确早就知道这场战争是申侯发动的。你们想想，大王为什么明知道申侯的罪责而不去问责他，主要还是因为大王觉得一时难以撼动申侯之势力。大家请想，目前连大王都难以撼动申侯，仅凭我郑国一国之力能动得了他吗？”

公子元问道：“那申侯为何要发动这场战争？”

寤生说道：“他为了夺我大周江山，为了掌控这天下！他看我前来王庭领政，竟然不惜冒天下之大不韪，鼓动北狄征伐王庭，意图趁机夺大周江山。”

祭足睁大了眼睛，看着寤生：“君上，没想到那申侯竟有如此大的野心。”

寤生叹了口气："君父临终前嘱咐我，申侯父子一直抱有亡我中华之心，当年他们之所以欣然同意王庭东迁，为的就是吞并整个中原。"

伯毅看了看公子元和祭足，说："此次北狄之战，我们不仅大胜北狄，更重要的是阻断了申侯灭我中华之野心，他必定对我们恨之入骨。但是你们要知道，虽然王师在北狄之战中损失殆尽，但申国的军队并没有任何损伤，他们仍驻扎在王庭。另外，申侯将王庭三师调往南申，名为抵御蛮楚，实为掌控汉阳诸姬。此刻，我们还没有与申侯抗衡的实力，万万不可莽撞行事，一切还须从长计议。"

寤生看了看公子元和祭足："尚父所言极是！叔父、祭大夫，你们想过没有，申侯为何敢悍然发动战争？北狄惨败后，他为何还敢在朝堂之上飞扬跋扈？"

公子元连连点头："君上问得好，看来那戎贼根本就没把郑国放在眼里。"

寤生接着说："大家再想想，此刻大王真的信任我们吗？即使信任我们，他敢处理申侯吗？一旦我们的上奏无人响应，以后如何在这王庭立足？"

祭足叩拜于地："还是君上考虑周全，微臣着实冒进了！"

寤生笑了笑："有几个问题需要大家回去好好思考一下，就是将来我们如何在王庭立足？如何与那申侯相处？如何夺回主政之权？想好对策之后我们再议，大家回去休息吧！"

众人施礼，向帐外走去。

等到了大帐门口，寤生忽然说道："请尚父留一下。"

9

散朝之后，周平王差人把周公黑肩召到宫中，呵退左右。

周平王眯缝着眼睛："爱卿，你如何看待今日之朝会？你看那寤生是值得托付之人吗？"

周公黑肩重重叹了口气："我万万没想到，北狄惨败，那申侯竟还如此嚣张，看来大王着实该出手整治他了。”

周平王满脸的苦楚：“爱卿，寡人无时无刻不想整治他，可我整治得了他吗？寡人真后悔呀，要是掘突健在，寡人岂能这样被申侯玩弄于股掌之中？爱卿，你快说说对寤生的看法，他能成为抗衡申侯之人吗？不过，他今日的朝堂表现，令寡人颇为失望。”

黑肩脸上露出了笑容：“大王，微臣对那寤生今日在朝堂的表现倒是有不同的看法。”

周平王惊异地望着黑肩：“是吗？”

黑肩低声说道：“大王，寤生年纪虽小，遇事时却异常持重、冷静，他没被北狄大捷冲昏头脑，在朝堂之上，非但丝毫没有表现出盛气凌人、忘乎所以的气势，还能故意示弱、推功揽过，极其难得呀！”

周平王连连点头：“爱卿，你说，他这是何为？”

黑肩正望着周平王：“大王请想，此刻寤生在京都连上卿府都尚未住进去，更别说在朝堂上站稳脚跟了，甚至连大王对他都还在考察之中。如果此刻锋芒毕露，正说明了他的无知和肤浅。别看此子面似木讷愚钝，实则韬光养晦。大王等着看，此子文韬武略绝对在掘突之上。”

周平王脸上才露出欣然的笑容，却又皱着眉头说：“爱卿，那寤生虽有掣肘申侯之能，但他能为寡人所用吗？”

黑肩狡黠地看了一眼周平王：“大王担心他有不臣之心？”

周平王点了点头。

黑肩一本正经地说：“大王，据微臣所知，寤生打小就立志做当朝的周公旦，所念所盼就是驱除四夷，复兴大周！”

周平王吃惊地望着黑肩：“此子竟有如此宏大之愿？”

黑肩激动地说：“大王，此乃大王之福，大周之福，中华之福呀！”

周平王的情绪也受到了感染：“爱卿，你快说，寡人当如何做才能用好寤生呀？”

黑肩笑了笑：“大王也不用有分外举动，只要您相信他、支持他，不出两年，他定会把申侯赶出东都，到那时大王还有何忧？”

周平王和周公黑肩万万没想到，此刻，一个宫人的耳朵紧贴在宫门上，正屏住呼吸听着里面的谈话。

10

郑国后宫，公子段急促地在武姜房间里来回走动着。

公子段边走边说："母后，怎么办？此次北狄大捷，寤生不仅在国内站稳了脚跟，还成了大王的宠臣。你说我们现在还如何把他拿下？"

武姜无奈地望着公子段。

公子段止住脚步："母后呀母后，都怪你，我让你早点下旨命他让位于我，你就是不听！现在可好，想把他拿下恐怕也不能了。"

武姜无力地说："段儿，你就不要埋怨母后了，更换君上哪儿是母后一道旨意的事情，那是有礼制的。"

公子段生气地说："什么礼制不礼制？王庭有我舅，郑国你又说了算，拿下寤生还不是你一句话的事儿？母后，要不这样，趁现在寤生还没回国，你发布一个诏令，任命我为郑国国君，至于那寤生，他不已是大周的上卿了吗，就不用回国了！"

武姜叹了口气："段儿，事情哪儿有你想的那么简单？母后掌管的环列之卫和腹心之卫均被寤生带走，郑国目前仅有的军队全都掌握在公子吕手中，他岂能任由我们胡作非为？恐怕诏令下发之时，就是我们母子自绝于郑国之期。"

申奇在一旁插言："太后说的有道理，此刻君上痛击北狄，整个王庭都把君上视为当朝英雄，如此作为就是与整个天下为敌，到时候就是宗主也帮不了我们。"

公子段厌恶地看了申奇一眼，怒道："你个阉货，舅舅让你帮母后谋划推我继位，你就知道白吃白喝，什么计策也想不出来，现在还有脸在这里提舅舅，还不给我闭嘴？"

申奇的脸一红，嘴张了又张，终归没说出话来。

武姜无奈地看了看申奇，说："段儿，你未能继位并非全怪申奇，此乃天命。"

公子段仰着头撇着嘴，傲然说道：“母后，儿从不信天命，只信自己的实力。我的事情以后你们别管了，我要用自己的方法让寤生乖乖地把君位让给我。”

正在这时，颍考叔步履匆匆地进了宫。

看到颍考叔，武姜顿时睁大了眼睛，激动地说：“颍大夫，你回来了？我的环列之卫和腹心之卫是不是也回来了？高将军呢？怎么不见他来？”

颍考叔行礼后，马上从怀中掏出一卷帛书递了过去。

武姜接过帛书随手放在了一边，问道：“你给我这个干什么？兵符呢？”

颍考叔说道：“太后，环列之卫和腹心之卫已被君上留在王庭，具体缘由，君上已在帛书上陈明，请太后细察。”

武姜脸色骤变，颤抖着说：“什么？环列之卫和腹心之卫都被寤生留在了王庭？仗不是打完了吗，他还把军队留在王庭干什么？重兵之卫呢？”

颍考叔答道：“重兵之卫没有留下，已被公子元带回郑国。君上说，重兵之卫乃郑国镇国之军，回郑国自当由上卿公子吕掌管。”

武姜气得直打哆嗦，说道：“难道我那环列之卫和腹心之卫不是镇国之军吗？他为何留下这两支军队，却让重兵之卫返郑，这分明就是夺我的兵权！高成吉呢，他怎么不回来见我？”

颍考叔痛心地说：“成吉在和北狄的战斗中不慎受伤，现在雒邑静养，恐怕将不久于人世。”

武姜并不十分关注高成吉的生死，她关心的是这两支大军的兵符，又问道：“军队被寤生留在了王庭，那么兵符呢？兵符，他应该归还于我呀！”

颍考叔苦着脸说：“君上说，大王让我郑国军队长期驻扎王庭，腹心之卫和环列之卫的兵符就由他掌管了。”

武姜气急败坏地拿起帛书扔在了地上，怒道：“什么长期驻扎王庭，这分明就是要夺我的兵权，他这是要把我往死里逼呀！”

公子段幸灾乐祸地说：“母后，怎么样，我说的对吧，我说寤生狼子野心你还不信，现在总该明白他根本就不和你一条心了吧？照我说，他不仁就休怪我们不义，就如我所说，你就下一道诏令，宣布我继位郑国国君好了！”

申奇深知如此就等于自寻死路，只好求助般地向颍考叔望去。当初寤生之所以留下公子吕驻守郑国，为的就是防止他们胡乱作为，现在公子吕手头又有了重兵之卫，恐怕太后和公子段更难在郑国掀起一丝浪花。

颍考叔连连摆手，大声说道：“太后不可，不可呀！此举等同谋反，用不着君上动手，仅公子吕就能置吾等于死地，万万不可，不可呀！”

公子段虽然对申奇多有不恭，但在颍考叔面前，他还是不敢造次的。他见颍考叔这样说，问道：“颍大夫，难道我们就束手待毙，任由寤生收拾我们吗？”

颍考叔问道：“公子，君上何时说过要收拾您？微臣以为，您只要回您的封地安分守己，君上他绝不会动您！”

武姜无力地闭上了眼睛，用手轻轻地揉着胸口。许久，她方才说道：“颍大夫，现在你既已无兵可带，就随公子段前往京地吧！只有你跟着他去，我才能放心。你要好好辅佐公子段把京地经营好，以后才有东山再起的机会，明白吗？”

公子段显然也听明白了母亲的话外之意，他虽然行事冲动，但并不愚钝，他也知道此刻寤生正值鼎盛之时，贸然篡位实不是明智之举，不如龟缩起来伺机而动。他咂了咂嘴，终究没有再说出话来。

颍考叔抱拳应答：“微臣明白，微臣定当竭力辅佐公子。”

第十章 正面对决

1

寤生之所以要伯毅留下来，主要是他突然感到王庭并没有他原来想象的那么简单，特别是申侯目前在王庭的势力，的确还难以撼动。

他原想着，向大王呈报申侯通敌卖国的实证后，大王定会对申侯采取决绝措施。为此，他们还专门找到周公黑肩，就是想联合黑肩，从而一举拿下申侯。他觉得，申侯不仅犯下了通敌卖国的死罪，而且试图借戎狄之手篡权夺政，只要周天子稍微有点血性，定然不会再容申侯存活于世。然而，当一眼看到申侯趾高气扬地出现在王庭门口时，他就知道周天子不会动申侯了，他原本清除申侯势力、独掌朝纲的计划恐怕要破产了。

寤生在深感失望的同时，更加坚定了除去申侯的决心。他很清楚，扳不倒申侯，他中兴大周的远大理想根本就难以实现，说不定还会因申侯而终止。

他在王庭之上故意示弱，就是想看看周天子对自己到底是什么态度，看周天子是想让自己取代申侯领政，还是想继续任用申侯，也就是让周天子在他和申侯之间做出选择。他深知，说出一番那样的话，定会遭到卫庄公和虢公的联合责难，如果周天子听任他们指责自己，说明周天子根本就没有让他领政的打算，他的上卿之位也只是个虚名，根本参与不了王庭的决策，好在最后他看周天子把宝押在了自己身上。但寤生也明显感觉出，周天子对他并不完全放心，留下申侯就是为了制约他。

周天子如此布局，让寤生对自己的新政之路充满了隐忧。在上，周天子对他半信半疑；居中，有申侯、虢公等人的处处掣肘；在下，各诸侯谁会听命于他这个毛头小子？他觉得，此时此景之下，他必须对如何推行新政重新谋划了，否则他的新政别说在大周上下施行，就是连王庭也出不了。

伯灵看出了寤生的焦虑心情，问道："君上，您是否感到现实与当初想象的完全不一样？"

寤生不置可否地苦笑着。

伯毅说道："君上，这非常正常！当初您不了解王庭的情况，设想将来的事情自然就会理想化。现在到了王庭，就需要对眼前的困境和我们面对的所有不利因素进行全面分析，才能有针对性地采取措施。"

寤生苦着脸点了点头，说："尚父，我没想到舅舅在王庭如此树大根深，连大王都不敢动他。更没想到大王如此胆小和浑噩，连是非对错都分不清楚。如此，我们怎能顺利推行新政和改革？"

伯毅摇了摇头，说："大王既不是胆小也不是浑噩，他是在装糊涂呀！他之所以表现出当今之态度，原因有三：一是申侯在王庭已形成大王也难以撼动之势力，大王动不了他；二是大王已无战天斗地之心志，他只想平安度日；三是大王还未真正相信你，不知道你能否成为克制申侯的对手。所以此时此刻推行新政和改革，时机还不够成熟。"

寤生直直地看着伯毅，由衷地钦佩尚父眼光之独到，深为感佩地说："尚父，您是说我们目前工作的重点还是我那'好舅舅'吧？这也正是寡人忧虑的地方，如果扳不倒我舅舅，吾等就难以在王庭站稳脚跟，更别说推行新政和改革了。"

伯毅严肃地说："君上所言甚是，当初周公旦的新政之所以能顺利推行，关键在于他在王庭有绝对权威。君上，所谓新政和改革，实际是利益关系的重组，核心是打破旧的利益关系。您想想，咱要革人家的命，人家能不和咱拼命？所以改革每行一步都有层层艰难险阻，没有绝对的权威和雷霆手段，是不会成功的。"

寤生连连点头，说："还有一条不利因素，就是大王的心志不在发奋图强而在贪图享乐，这是我们难以推行新政的关键。尚父，您说我们如何才能在这场博弈中争取主动？"

伯毅眯着眼睛说道："掐头，去尾，掺沙子！"

寤生不解地望着伯毅，脑子在飞快地思索着这三句话的寓意。

伯毅顿了顿，说道："所谓掐头，就是攻伐申国，动摇他的国本，逼他将王庭的申国军队调回。一旦申侯将申国军队调回，那他在王庭的根基就彻底被削弱了。"

寤生眼里更加充满了疑惑和迷茫。

伯灵眉目含情地望着寤生，说道："你想想，普天之下，谁能攻伐申国？谁愿攻伐申国？"

寤生陷入了沉思。他深知，郑国不可能对申国用兵，两国距离遥远不说，光母后那一关就过不去。那么，让谁去攻伐申国呢？

寤生脑中突然灵光一闪，脱口而出："秦国！"

伯毅哈哈笑了起来："君上睿智！臣说的就是秦国！当年，先君屡次纵容秦国攻伐申国，为的就是让他们两虎相争，以此削弱申国的势力！"

寤生激动地说："近年来，秦与西申争执不断，只要我们加以挑拨，并给予秦财力物力支持，定会激起他们的征伐之心。"

伯毅笑了笑，问道："君上，如果您是秦伯，什么更能激起您的争斗之心呢？臣以为，给钱给物不如给政策！"

寤生恍然大悟，高兴地说道："尚父的意见寡人明白了，给钱给物只能给予秦国一时驱动，只有激发其动力，秦国方能真正对申国构成威胁。这下寡人彻底想通了，您是想让寡人给秦国驱戎归地之策，是不是？"

伯毅高兴地看着寤生，说道："君上，只有此策才能激发秦国征伐申国的动力。不过，光有好的政策还不行，还必须有人去推动。"说着，向伯灵望去。

寤生心中一颤，向伯灵望去。

伯灵上前一步，深施一礼，说道："君上，伯灵愿往秦国，帮助君上实施驱戎归地之策。"

寤生直直地看着伯灵，心中有万分的不舍！

他盼着来王庭，其中一个重要因素就是能和伯灵厮守在一起。他一直没有忘记要给伯灵一个盛大的婚礼，他始终有一个梦想，包括在征战北狄最激烈最关键的时候，他都想着在王庭举办大婚仪式，他要请大王为他和伯灵主持大婚，他要遍请天下诸侯参加，补偿对伯灵的亏欠，让伯灵享受无上的荣光。

可现在，还未等实现他的设想，伯灵却又提出要前往秦国为他奔劳，他着实有万分的不舍和不愿。

伯毅早知道寤生不愿伯灵离开，就语重心长地说："君上，你应该清楚灵儿的能力和她在我伯家的位置，只有她前往秦国，才能把郑国在秦的商社和情报组织建起来！也只有她，才能帮我们把驱戎归地之策落到实处！"

寤生把脸扭向了一旁，眼里噙满了泪。他何尝不知道伯灵的能力，何尝不知道伯家在这天下诸侯中的实力？他很清楚，此次之所以能完胜北狄，最关键的就是伯灵在极短时间内把郑国在各国的商社打造成纪律严明、战力超常的情报组织，正是有了那些源源不断的情报，他才能运筹帷幄，指挥得当，料敌于千里之外，杀敌于神出鬼没之中。暗潜秦国实施驱戎归地之策，伯灵的确是最好最合适的人选。不仅是因为伯灵能力超常，更重要的是伯家在各诸侯国的资源无人可以替代。伯灵正是利用伯家的资源和渠道，才在那么短的时间内实现了对郑国商社的半军事化改造。目前，郑国的商社不仅有财大气粗的商人，还有一支纪律严明的情报组织。

伯灵上前帮寤生擦了擦泪，拍了拍他的肩膀，说道："生儿，你放心，完成了这项任务，我就回来陪你。"

寤生转过身来，问道："尚父，您说的去尾指的是？"

伯毅说道："目前申侯在朝中所依，除卫侯、虢公之外，最坚定的后盾还是申、曾所统领的汉阳诸姬。只要我们从他手中夺得对汉阳诸姬的掌控权，就斩断了他的尾巴。"

寤生脸上露出了欣喜之色，激动地说："尚父，那掺沙子呢？"

伯毅说道："君上，今日的廷议您是否明显感到孤掌难鸣？当今王庭之上有话语权的也就五个半人，就是您和申侯、卫侯、虢公、周公五人，宋公只能算得上半个。您看看这些人中，卫侯和虢公是申侯的死党，周公黑肩又是个墙头草，真正和您一心的就是宋公。要想改变这一局面，必须让晋侯、齐侯、鲁公等大国诸侯来朝任职，一旦您推荐他们进了王庭，廷议时的力量对比就明显会倒向我们，这就是我说的掺沙子。”

寤生坚定地看着伯毅和伯灵，说道：“尚父，我们就先从掐头做起，待时机成熟，寡人要亲赴各国，前去游说列国诸侯。”

2

自从和卫庄公、虢公结成了统一战线，申侯一直期盼着周天子组织廷议。他深知，寤生一直盼着上朝领政，就是为了推行他所谓的新政和改革。现如今，寤生已任上卿，也深得周天子的信任，定会迫不及待地劝说周天子推行新政，也定会在王庭上阐述他的新政条文。

申侯决定组织卫庄公和虢公好好与寤生辩论一番，他要通过这次廷议彻底让寤生颜面扫地，同时也让朝中大臣知道，寤生的上卿不过是个虚名，他申侯才是王庭真正的掌权人。

为此，申侯特意把二人请到家中，三人详细计划起阻击寤生的战略战术。

卫庄公不屑地说：“这个小寤生，别看他人不大，心中鬼点子还真不少！小小年纪，他懂什么？能推行什么新政和改革？”

虢公一直对寤生担任上卿心存嫉妒，忌恨寤生的运气比自己好。尤其是寤生打败北狄后，他心中始终酸溜溜的。他明白申侯的小心思，想利用廷议让寤生难堪，告知朝中的文武百官申侯才是王庭的顶梁柱。但这何尝不是他所想呢？一旦寤生统领百官，王庭中哪儿还有他的位置？想到此，他阴阳怪气地说道：“姬扬兄，寤生立志效仿周公旦，当前又是其心性正盛之时，定会迫不及待地推行他所谓的改革。”

申侯扑哧一声笑了出来，说道：“效仿周公旦？他有周公旦的绝对权威吗？再者，大王会甘心作为摆设任由他折腾吗？还有，即使大王同意，当今之王庭还能号令诸侯吗？如此境况均不利于他推行新政。连形势和时机都看不透，他就异想天开地推行所谓的改革，岂不是滑天下之大稽？”

卫庄公连竖大拇指，说道：“原来申侯根本就没看好寤生的改革，那我们何苦还要阻拦他呢？让他碰得头破血流，岂不是更好？”

申侯摇了摇头，狠狠地说：“我们不能给寤生在王庭掌权立威的任何机会！从他迎战北狄的情况看，这小子不是个因循守旧之人，他的鬼点子多着呢！谁知道他是不是以改革之名夺我们的权呢？”

虢公心中一惊，刚才他还暗暗讥笑寤生幼稚，申侯这样一说，立刻引起了他的警惕，急声说道：“申侯所言甚是，我也觉得寤生所谓的改革十有八九是夺权的花招儿。即使寤生看不透当前推行改革的时机不成熟，但伯毅那个老油条也绝对能看清。事出反常必有妖。明知不可为，偏要执意为之，其目的就是夺权立威。”

卫庄公急声说道：“如此说来，那就不能给寤生任何机会。你说吧，让我们怎么干？”

申侯笑了笑，说道：“这就需要我们三人分工协作，搞好配合。”

虢公问：“如何分工协作？”

申侯说：“忌父兄负责守礼卫制，寡人负责添油加火，姬扬兄负责撒泼闹事，如何？”说完，哈哈大笑起来。

虢公和卫庄公愣了一下，顿时明白了申侯的用意。他们都清楚，虢公向来在王庭以知识渊博著称，卫庄公最会撒泼闹事，最爱无理缠三分，而申侯本人负责添油加火，既可掌控全局，又可旁敲侧击，可进可退。

二人会意地相互看了一眼，也跟着大笑起来。三人下定决心，要在廷议之时给寤生一个下马威，让他在王庭百官之中颜面扫地，让百官明白，王庭大权还牢牢掌控在他们三人手中。

3

伯灵明天就要启程前往秦国了，寤生紧紧拉住伯灵的手，凝视着她，久久无语。看着看着，眼睛又湿润了。

伯灵咧嘴一笑，眼里含着泪说道：“君上，你身为王庭上卿、一国之君，怎能动不动就流泪呢？”

瘖生凄然一笑，说道：“寡人流泪了吗？是沙尘进眼了，进眼里了！”

伯灵叹了口气道：“生儿，天降大任必苦其心志、劳其筋骨，非常之人方能行非常之事。你要做天下人都难以企及的事情，必然要忍受常人难以忍受的寂寞和痛苦，你可对当初的理想有动摇？”

瘖生坚定地摇了摇头：“此生一誓，此志不渝！”

伯灵满意地看着瘖生：“生儿，这条路太难了，我有时候很后悔引领你走上这条路，让你承担常人难以承受的艰辛和困苦。”

瘖生痛苦地说：“我这点苦算什么，倒是你，为了帮我实现愿望，要孤身一身前往秦国那苦寒之地，你让我如何能安心？灵姐姐，要不让祭足去吧，以他的聪明才智，定能代你完成任务。”

伯灵推开瘖生，生气地说：“拘泥于儿女私情，岂能做成大事？生儿，如果我们连相思之苦都忍受不了，何谈安抚天下，兼济苍生？你要知道，既然选择了安抚天下，就要忍受常人难以忍受的人生之苦。”

瘖生急忙解释道：“灵姐姐，你不要生气，我只是不想让你为我去受苦。”

伯灵凝视着远方，感伤地低声说道：“青青子衿，悠悠我心。你我一生相许灵儿就已知足，怎敢祈求长相厮守？”

瘖生又上前紧紧抱住伯灵，泣声说道：“灵姐姐，真是苦了你！”

伯灵依偎在瘖生怀里，说道：“生儿，安抚天下、兼济苍生是我们共同的愿望，只要能帮你实现这一目标，再苦灵儿都不觉得苦，再累灵儿都不觉得累。生儿，你要清楚，虽然祭足很有才智，可伯家的资源只有我才能调得动用得了，如何在秦国打开局面，实施驱戎归地之策，光靠才智是难以奏效的，还需强大的人脉资源去铺垫。”

瘖生抱紧了伯灵，问道：“灵姐姐，你准备如何去做呢？”

伯灵说道：“我所做的只能是辅助工作。到了秦国之后，我会尽快把我们的商社成立起来，尽力把我们的人安插到秦国的公室和重臣家中，在不知不觉中影响他们、引导他们，使秦国的国策能够按照我们的意图制定。”

瘖生问道：“你是想在秦国营造仇视申国、征伐申国的氛围，从而为驱戎归地之策的实施进行铺垫吗？”

伯灵点点头，说道：“只有激起了秦国对申国的仇恨之心，只有让秦国产生征伐申国的必胜之心，他们才能在王庭下发诏令之后，积极主动遵照执行。”

瘖生扳过伯灵的身子，面对着伯灵，下定决心似的说：“灵姐姐，咱们可说好了，这次秦国任务完成以后，你就不能再离开我了，我也再不让你离开我了！”

伯灵笑了笑，说道：“好的、好的！这次任务之后，我再也不离开你了！”

瘖生又像顽童似的说道：“我看你说的不是很诚心，不行，咱们得拉钩！”

伯灵含情脉脉地望着瘖生：“好，拉钩！”

二人的手紧紧地拉着，拉着拉着，炙热的唇便贴在了一起。

4

送走了伯灵，瘖生正式启动了对申国的设局。

瘖生知道自己在周天子心中的位置。周天子虽然表面上对他非常客气和倚重，但内心深处并不是很信任他。现在周天子在王庭唯一信任的是周公黑肩，而周天子又是个没有定力和主见的人。因此，瘖生要想说服周天子，首先必须说服周公黑肩；要想赢得周天子的信任，必须先赢得周公黑肩的信任。

瘖生带着伯毅专程来周公黑肩府中拜访。黑肩看到满满一箱子黄金，眼睛都直了。他没想到瘖生能来府中看望他，更没想到瘖生出手如此大方。

黑肩连连摆手，急声说道：“上卿……上卿，这……这如何是好？”

伯毅笑着说道：“周公，我们君上知道你家人口多，日子过得不容易，特带来一些薄礼，还请笑纳！”

黑肩眼中充满了感激，连声说道："感谢上卿关心，感谢上卿关心！上卿，快请上坐。"

寤生坦然走上主位，坐了下来。

黑肩和伯毅分坐两旁，侍从很快摆上了酒水。

黑肩一副感激涕零的样子，赔着笑说道："真是惭愧，近年来一直得上卿襄助，却未能为上卿排忧解难。"

寤生坦然一笑，真诚地说："周公客气，寤生初到王庭，一切还要仰仗周公支持，诸事还要多请周公指教。唉！寤生每每想起当前大周礼崩乐坏、四夷交侵的局面，就寝食难安！寤生一心想奋发图强，及早改变这颓废之况，可……"

周公黑肩明白寤生的处境和艰辛，也知道寤生的雄心壮志。有申侯横在王庭，寤生着实举步维艰。更为重要的是，周平王并非有为之主，他想的只是个人享乐和保住王位，要的是王庭的平衡和稳定，至于振兴发展和强国富民，并不是他看重的事项。因此，寤生想推行的改革和新政，可谓前途渺茫。

黑肩苦着脸说："上卿，臣下知道您的远大理想。可容臣下说句不中听的话，当下推行新政时机着实不够成熟。就目前朝中形势，即使全力以赴，吾等也不一定能撼动申侯等人。"

伯毅感觉周公黑肩的心已完全倾向寤生了，否则他绝不会说出如此掏心窝子的话，便伤感地说："黑肩兄高义！如果王庭中每位王公大臣都像黑肩兄这样，我大周怎会沦落到现在的局面。"

寤生一脸诚恳地说："周公果然是光明磊落之人！实不相瞒，寤生在上朝领政之前，的确是梦寐以求地想改革旧制、推行新政，强我大周、富我国民。可寤生到了王庭才知道，大周不但有外患，而且有内忧，并且内忧远大于外患，所以也觉得目前改革的时机的确不成熟。寤生此次前来，就是想诚心与周公商讨对策。"

黑肩说道："上卿如此善于审时度势，实乃我王庭之幸！我所说的推行新政时机不成熟，申侯等人的阻力是一方面，更为关键的是，上卿和大王尚未做到上下一心。上卿提出的政纲如果连大王都不支持，又如何去和申侯较量呢？更别说想在王庭有所作为了。上卿，请恕在下多言，您要想在王庭有所作为，首要的还是赢得大王的信任。只有得到大王的信任和支持，上卿施政才能有法理基础呀！”

伯毅问道：“那如何才能得到大王的信任？”

黑肩说道：“要想赢得大王的信任，就需要想大王之所想，忧大王之所忧，围绕大王最闹心的问题提政纲。”

伯毅颔首说道：“黑肩兄所言甚是！那您以为当前大王最为忧心的是什么呢？”

黑肩想都没想，说道：“当前大王最为忧心的无非两件事：一是四夷交侵让大王成天提心吊胆；二是齐、鲁等国不朝，让大王时刻如鲠在喉，正是齐、鲁等国的不朝，造成各国诸侯越来越不按时向王庭纳贡。上卿，实话告诉您，眼下王庭很快就要断炊了。”

寤生和伯毅对望了一眼，会意地笑了，二人对于说服周平王和周公黑肩更有把握了。他们“掐头，去尾，掺沙子”的战略，正好可以解决周平王的心头大患，只要运作好了，周平王定会采纳他们的建议。

寤生立身拱手答谢道：“感谢周公教诲！”

伯毅微笑着说：“黑肩兄，我们君上已有为大王排忧之策，还需您从中周旋，推动实施。”

“什么？你们已有排忧之策？”黑肩吃惊地望着伯毅，急声说道，“如何作为？”

寤生说道：“寤生以为，四夷之所以肆意侵我中华，原因无外有二：一是王庭国穷军废，且难以调动诸侯的军队；二是各国诸侯都在等靠王庭攻伐四夷，自己抵御四夷的积极性不高。就王庭现状来讲，王八师已所剩无几，几无攻伐四夷的能力。所以……”

周公黑肩直直地看着寤生，连连点头，激动地说：“上卿想在调动各国诸侯的积极性上做文章？”但又无奈地说：“现在谁还会听从王庭的命令呢，别说让他们攻伐四夷，他们连朝拜纳贡都不愿了！”

寤生笑了笑，说道：“寤生有一策，不需要王庭给他们下命令，他们定会争相执行。”

周公黑肩顿时瞪大了眼睛，问道："是吗？"

寤生说道："戎狄是膺，荆楚为惩；能攻诸夷，即有其地！"

周公黑肩一愣，继而兴奋地连声说道："高明、高明，高！王庭只需打出攻伐四夷的旗号，给出攻伐四夷的政策，不费一兵一卒即可挑起各国诸侯与四夷的混战。上卿，您是否还有解决齐、鲁等国不朝的良策？"

寤生说道："这也是我想与周公商量的问题，我想请大王派使团出使齐、鲁两国，请两国国君来王庭任职，一旦他们在王庭任了职，还会不朝吗？"

周公黑肩高兴地笑了起来，说道："上卿有经天纬地之才，黑肩佩服！您放心，在下定会尽力劝说大王成全上卿的心愿。"

5

有了周公黑肩在周平王那里的铺垫，寤生方才和周公一起向周平王诉说了自己的政见。

虽然寤生一举大胜北狄，但在周平王的心目中，寤生仍是一个半大的孩子。可当周公黑肩告诉他寤生提出的脱困二策之后，他在异常惊讶的同时，不得不对寤生另眼相看了。当前令他坐卧难安的就是四夷交侵和齐、鲁不朝，四夷交侵让他天天心惊胆战，齐、鲁等国一天不朝就说明他的天子地位没被天下认可。一个没被天下认可的天子，推行任何施政纲领都很难在诸侯中落实。他原想着，寤生上朝后，定会像其父掘突那样想方设法为郑国扩地盘谋好处，他甚至都想好了如何应对寤生向王庭提出的割地奖赏要求。这些年，他把身边的这些诸侯大臣都看透了，这些人一个个满嘴仁义，嘴上说的是为王庭为天子，实际做的无不是在打个人的小算盘，无不是为自己的国家谋利。

周平王真是没有想到寤生竟把复兴大周作为毕生理念，仅此一项，就足见其格局远比身边的这些人大。复兴大周，何尝不是他儿时的梦想，可物是人非，他对此早已有心无力。他很清楚，眼前的大周就如同一个疾病缠身的垂暮老人，不论施用何种猛药也难以令其返老还童，能够苟延残喘地维持下去已经是上苍眷顾了。虽然他没对寤生复兴大周的雄心壮志抱多大希望，但他对寤生那解决王庭眼前困境的对策充满了兴趣。所以当周公黑肩提出寤生的对策时，他的眼睛当时就亮了。能攻诸夷，即有其地，他对这种招数并不陌生，其实追根寻源，这种招数就是他创造的，当初他就是用这种招数才使晋文侯消灭了与他并立的周携王。他相信，用此招对付四夷，必能调动各国诸侯的积极性。关于让齐、鲁两国诸侯上朝任职之事，他觉得用王庭的职务虚名换得两国和天下诸侯的认可，可谓一本万利。

周平王满脸愉悦地接见了寤生和周公黑肩，高声喊道："赐座！"

寤生和周公黑肩施过礼后，坐了下来。

周平王面带笑容地说："上卿，听周公讲你有谏言要上书寡人？"

寤生忙起身说道："大王，臣下自上朝领政无时无刻不想大王之所想，忧大王之所忧！臣下与周公商议国事，觉得当前我大周最为急迫的任务，不外乎以下两条：一是尽快改变四夷交侵的局面；二是尽快解决齐、鲁等国不朝的问题。"

周平王早就知道寤生的谏言内容，为了营造君清臣正的氛围，他故作不知般地深深点了点头，说："爱卿所言甚是，四夷交侵令我大周子民苦不堪言，也令寡人一天到晚心惊肉跳，此乃大周之要务。听说爱卿已有了应对之策，尽管说来听听，寡人一定支持你。"

寤生说道："大王圣明！臣下以为，当下王庭应高举'戎狄是膺，荆楚为惩'的大旗，同时诏令天下诸侯，'能攻诸夷，即有其地'。这样，王庭不用出动八师，一纸诏令即可灭四夷于无形。"

周平王故作沉思，脑子里却算计着各国诸侯灭掉四夷之后的情形。是的，这确是消灭四夷的有效举措，但最后的结果呢，各国诸侯必然在土地、子民等方面远远超越王庭。身边的晋国就是现成的例子，当初正是给了其这一政策，才造就了版图超过王庭几倍的晋国。一旦"能攻诸夷，即有其地"的政策实施下去，必然会产生若干个强大如晋的诸侯国，到时候王庭想制约他们可就难了，这一政策不外乎杀鸡取卵。可现如今王庭八师已被申侯败坏殆尽，不采取这种办法又能怎么办呢？与其让大周土地被四夷夺去，还不如拿来强大各国诸侯。再说，消灭四夷也不是一朝一夕的事情，只要天下诸侯给予王庭充分的尊重，他何苦还要管以后的事情呢？

独自想了一会儿，周平王拍着手说道："好，就依爱卿所言。爱卿，你再说说如何让齐、鲁等国臣服？"

寤生说道："大王，臣愿出使劝说各国诸侯。不过，需要大王许他们以卿位，请他们上朝任职。"

周平王疑惑地望着寤生，问道："卿位？难道爱卿想要让贤？可即使爱卿让贤，上卿之位只有一个，寡人如何许诺那么多人？"

寤生微微一笑，说道："大王，我们可改革卿位，王庭设立左卿一名，右卿若干名，左卿由臣下担任，右卿可根据需要进行设立。"

周平王一拍几案站了起来，兴奋地说："如此甚好！"

周公黑肩说道："大王，既然您同意上卿所提，那微臣就拟诏吧？"

周平王想了想，说道："两位爱卿，此事是否需要征求一下申侯等人的意见，或者廷议一下呢？"

寤生看了看周公黑肩。他深知，申侯绝不会同意这两个政策，一旦征求他的意见或者上了廷议，政策定会胎死腹中。申侯岂能看不出"能攻诸夷，即有其地"就是冲着申国去的，岂能同意？不过，看周平王如此畏惧申侯的态度，寤生更加坚定了彻底剪除申侯势力的决心。

周公黑肩对寤生投来的目光心知肚明。他们早就预料到了，以申侯在王庭的势力，周平王对他诸事都谦让三分，事事都要先听取他的意见。不过，寤生和黑肩也商定好了，要将此事作为一个转折点，从此以后建立起由他们二人和周平王组成的决策小组，彻底摆脱申侯对王庭事务的干涉。

周公黑肩哈哈一笑，说道："大王，微臣以为此事还是不再廷议为好。上卿上朝领政，向大王提出政纲是他职责所在，大王您充分认可，对这已经议定之事为何还要再作议论呢？大王，您也了解申侯等人，您觉得他会同意此事吗？一旦议而不决，大王定会颜面扫地，更为关键的是，以后大王的心腹之痛恐怕永远没有人帮您解决了。上卿，您说是不是？"

寤生起身走到周平王面前，深施一礼，义正词严地说道："大王，寤生以身许国，一心为大王，万死不辞，如果大王事事遵从申侯，令寤生徒有上卿虚名，寤生必将挂印返郑，此生永不来朝。"

周平王没想到寤生如此有血性，连连摆手说道："爱卿误会了，寡人怎能事事遵从那申侯呢？寡人既然委上卿以重任，定然将国事一切托付于上卿。"

周公黑肩要的就是周平王这句话，连忙和稀泥："是呀，上卿，大王对您一直信任有加。大王既然说了将国事一切托付于上卿，定然会事事尊重上卿的意见。大王，您说是不是？"

周平王连声说道："是、是、是！一切托付于上卿！"

寤生站直身子，威严地说道："周公，那就劳烦您草拟诏令，我和大王看过之后，即可诏令天下。"

周平王和周公黑肩的脸顿时白了，他们没想到寤生竟然如此杀伐果断，不给人喘息之机。

他们隐隐感到，寤生的时代要来临了。

6

一石激起千层浪。王庭接连下发的两道诏令，不仅在天下诸侯中引起了强烈反响，王庭内部更是闹翻了天。

申侯、虢公等人一直等着寤生首次组织召开的廷议，他们好借机狠狠地羞辱寤生一番。他们万万没想到，等来等去，等到的却是这样两道诏令。

申侯看到诏令后勃然大怒，狠狠地将诏令摔到了地上，用脚踩了又踩，怒声吼道："什么混蛋诏令！真是反了天了！不经过我批准，不经过廷议，竟然妄下诏令，他们还讲礼制吗？"

申侯越说越生气，抓起酒爵摔到了地上，大声喊叫着："寤生呀寤生，你够狠够毒！"说着，一脚跨过几案，向外走去，嘴里骂骂咧咧，"姬宜臼，你以为寤生来了，就可以摆脱我的控制了吗？我告诉你，这是痴人说梦！"

申侯刚走出厅堂，就迎面碰上了急匆匆而来的卫庄公和虢公。

虢公气喘吁吁地说道："你……你这是要前往何处？"

申侯怒气冲冲地说："我去找大王！我要让他收回诏令！"

卫庄公高声附和道："对，就是要让他收回诏令！他凭啥要许给齐侯、鲁公以卿位？我们在王庭日夜操劳，他们不尊礼制，什么活儿不干，反而成了王庭的功臣，还被委以高官厚禄，这是何道理？"

虢公黑着脸，恨声说道："定是那寤生出的馊主意！还搞什么'能攻诸夷，即有其地'，我看他是唯恐天下不乱！"

申侯痛心疾首地说："两道诏令内容如何暂且不说，如此重大之事，他们竟然不和咱们招呼一声，就私下发布，他们这是要置我们于何地？此令一开，我们在王庭还有何位置？"

卫庄公本就是个急性子，对周平王许齐、鲁两国君侯以卿位充满怨恨，听申侯如此一说，更是觉得委屈万分。他上前拉住申侯，口无遮拦地说："走走走，咱们去找周天子说理！"

三人气势汹汹地来到了王庭，正好寤生和周公黑肩也在。看到寤生，申侯胸中的怒气更大了，瞪着血红的眼珠子冲寤生吼道："小寤生，你……你……"

周平王看三人一个个怒发冲冠的样子，吓得脸色都变了，求救般地望着寤生，连声说："上卿……上卿……"

寤生坦然地望着申侯，微笑着说："舅舅，谁把你气成了这样？"

一声"舅舅"，令申侯的火气更大了，只见他大声吼道："你还知道我是你的舅舅？你眼中还有我这个舅舅吗？"

卫庄公上前一步站到寤生跟前，指着寤生的鼻子说道："小寤生，你不尊礼，不敬长辈！你……你妄为上卿！"

寤生脸色骤变，拨开卫庄公的手掌，怒道："大胆，上卿之名岂是你一个臣子叫的？你还说我不尊礼制，你在大王面前大声喧哗，在王庭上卿面前无礼，以礼该定劓刑！"

卫庄公顿时哑口，不自觉地摸了摸鼻子，退到了后面。

虢公冷笑着说："上卿好大的威风！你不尊礼制，却以礼压人，你以为我们会怕你吗？"

寤生冷冷地看着虢公，说道："虢公，我何时何事不尊周礼了？"

申侯接过了话，恨声说道："你不经廷议就妄下诏令，这难道不是不尊周礼?”

瘩生不屑地望着申侯，说道：“舅舅真是老糊涂了，诏令乃天子诏令，怎能说是我瘩生所下？再者，我请问你，王庭上卿职责何为？上卿职责就是制定国策、总领朝政，大王下诏与瘩生制定国策都是职责所在，难道还需要向你汇报吗?”说着，他转向周公，说道，“周公，你分管礼法，周礼中有哪一条规定说大王下诏需要请示申侯?”

周公黑肩走到瘩生跟前，说道：“上卿，周礼之中根本就没有您说的内容。”

申侯嚣张的气焰顿时降了下来，辩解道：“我并没有说让你们请示于我，我是说如此大事为何不进行廷议?”

瘩生又看了看周公黑肩，问道：“周公，大王一年下的诏令有多少?这些诏令中有多少是经过廷议的?”

周公黑肩老实地说：“大王一年下的诏令有上百个，但经过廷议讨论的不过十之一二。”

瘩生说道：“舅舅，你也听到了，大王诏令是否需要廷议，乃由大王根据情况而定，并且组织廷议乃瘩生之职责，恐怕还用不着你操心吧?”

申侯顿时羞得满脸通红，指着瘩生，怒道：“你……你……好，组织廷议是你的职权，咱们走着瞧!”说着，转身大步向外走去。

卫庄公和虢公对望了一下，转身跟着快步撵了过去。

回到家中，申侯气得浑身打战，咬牙切齿道：“好呀，他们三人真是穿一条裤子了！黑肩和瘩生一唱一和地对付我们，而大王竟然未发一言!”

虢公苦着脸说：“此事我们决不能就此罢休，不给他们点颜色看看，以后我们在王庭连话语权都没有。”

卫庄公跟着附和道：“是呀，你看那瘩生，狂妄得竟然要给我定劓刑!我看谁敢割我的鼻子，我卫国三军也不是吃素的!”

申侯白了卫庄公一眼，心里说，你这个没胆子的货，瘩生一句话就把你吓得不敢吱声，现在又在这儿说什么卫国三军，早干什么去了?

虢公赌气地说：“不行的话，我们回国算了。大王不是重用他瘩生吗，就让瘩生一人在朝中好了!”

申侯恨恨地瞪了虢公一眼，说道：“糊涂！我们离开，不正中寤生的下怀吗？他巴不得我们都离开，这样他就可以在王庭一手遮天了。”

卫庄公接着说道：“可不是嘛，我们一旦离开，再想回王庭可就难了，绝不能便宜了那小子。”

申侯深深地叹了口气：“二位，我没想到寤生这么狡猾，比他父亲掘突还奸诈！虽然首次交手我们处了下风，但并不代表我们输了，以后的路还长着呢！你们俩给我打起精神来，好好议议将来的打算！”

听申侯这样说，卫庄公转变得倒是很快，爽声说道：“说得好，胜败乃兵家常事，目前王庭各项事务仍掌管在我们手中，我不信斗不过他！”

申侯阴狠地笑了笑，说道：“好你个姬宜臼，敢不听我的，我让你连饭都吃不上！”

虢公幡然醒悟，激动地说：“我们就从给养入手！我们索性断了他们的给养供应，看他们还敢不敢无视我们！”

卫庄公也笑了起来，高声说道：“高！虢公，你不是管着我大周的财政吗？我们就断了宫廷和王师的给养供应，看朝中大臣不跟他寤生闹翻天。”

申侯冷冷地说：“朝中大臣是不会闹事的，他们都有各自的食邑，不会因此饿肚子。关键是宫廷和王师，只要我们断了供应，他们一天也活不下去。”

虢公和卫庄公齐声说道：“就依您所言！”

7

寤生知道申侯等人不会善罢甘休，但没想到他们竟敢如此猖狂，竟然断了宫廷和王师的给养供应，而且虢公还主动向他报告，说国库积蓄已用得一干二净。

寤生紧急从郑军中调出部分军粮给养后，专门把伯毅请来细作谋划。

寤生单独把伯毅请来细作谋划，还有第二层考虑。前日，他去王师营地视察，房倒屋塌的凄凉景象让他甚为震惊。他没想到，堂堂王师竟然衰败到如此程度。然而，既然他已下定决心让郑国的腹心之卫和环列之卫驻扎王师营地，就不能让跟他出生入死的兄弟住在这残垣破壁之中。

为此，他专程找到了周公黑肩。黑肩一听要他整治营房，连连摆手，大声说道："上卿，我正要找您，现在王庭连吃的都快没了，哪儿有钱物来修整部队营房呀？"

寤生气愤地说："我也曾看过申国军队的驻地，为何他们的营房修整得那么好？"

黑肩苦着脸说："上卿有所不知，申国军队的营房，包括他们的给养都是由申国自行保障的！"

寤生不解地问："难道我郑国驻扎王庭的军队以后都要由郑国自行保障？"

黑肩认真地说："上卿，实话跟您说，王庭连自己吃饭的问题都解决不了，哪儿有钱物供养军队？上卿，您快想想办法，要不王庭可真的要断炊了。"

寤生问："过去王庭有过这样的情况吗？"

黑肩急声说："经常出现，不过每次都是申侯从申国调粮解决的问题。现在申侯一切都不管了，他让诸事找您，您可要快点想办法！"

寤生心里暗暗叫苦，穷得向诸侯讨饭吃的王庭还叫王庭吗？当前王师损失殆尽，没有强大的王师，王庭靠什么震慑诸侯？他原本想着以郑国军队为基础，让各国诸侯出兵前来王庭服役，重建王八师，现在看来仅军需给养一项就不允许他这么做。

寤生一直梦想着上朝领政。他原想着，只要上朝领政，就可大展身手，施展他中兴大周的远大抱负了。可当他真正走上上卿之位总领朝政之后，才知道现实与梦想相差十万八千里。他一心想复兴的大周早已病入膏肓，朝政废弛，百工懈怠，国家财政更是入不敷出。

自从君父去世，朝政一直由申侯把持着。各国诸侯本就对申侯抱有成见，再加上申侯的霸道无礼，除了在朝任职的宋、卫、虢等国诸侯外，其他人申侯都有得罪。各国诸侯对王室阳奉阴违，不但不再定期派员服役，连朝聘纳贡也不再主动了。

据黑肩说，每次都是王室催要多次，各诸侯国方才勉强送来一些粮食钱物。仅靠周天子自有的收入和产出，根本满足不了周朝八师和王室的各项支出。这些年，王室之所以还能勉强运转，主要靠申国的支撑。

寤生现在终于明白王师为何日渐削减且那么没有战斗力了。以目前大周的财政收入，根本就养不起规模庞大的军队。周平王之所以同意让郑国的腹心之卫和环列之卫充实到王师中，主要还是因为他根本就没有财力招兵买马，重建声名显赫的王八师。当时周平王就说得很明白，将郑国军队充实到王师之中没问题，可有一点要事先说明，王庭是没有粮草供应这支军队的。军队虽在王庭，但后勤给养仍要由郑国保障。周平王还解释说，当初王师的申国军队也是由申国自行保障的。寤生原来还以为是周平王故意在他面前哭穷，实地察看王师营地后，他方知事情比周平王说的还严重。

伯毅好像已经猜出了寤生把他留下的目的，只见他微笑地看着寤生，说道："君上，是不是现实与想象的差距很大?"

寤生脸色沉重地说："尚父，我没想到王庭竟然破败到了这种程度，看来我们推行新政的计划要改变了，当前首要的是解决王庭的吃饭问题。"

伯毅严肃地说："君上，以目前王庭的情况，在大周推行武公之略条件着实还不成熟。王庭在诸侯中根本就没有威望，我们就是发出诏令，各诸侯国也不会执行。"

寤生点了点头，说道："尚父，当前在大周推行武公之略条件的确不成熟。王室维持正常运转都很困难，根本不具备推行改革的条件。当前的王庭，礼崩乐坏，军务废弛，财政匮乏，件件都是必须解决的紧要问题，您觉得应当从何下手呢?还有，重建王八师，光是给养这一项就不允许呀!"

伯毅满意地看着寤生，说："君上所言甚是！君上可知军务废弛、财政匮乏、王庭威望扫地的根源在于何处?"

寤生急声说道："礼崩乐坏！如果从王庭到诸侯人人遵从周礼，我大周怎会出现这样的局面，怎会连自己的吃饭问题都解决不了?"

伯毅激动地说："君上一句话说到了问题的关键！君上要推行新政，必须从遵礼守制抓起。如果各国诸侯都把周礼视作无物，怎会听从王庭诏令，更不会听从我们的安排推行新政。”

寤生起身在房间来回走动着，嘴里念叨着：“遵礼守制，遵礼守制……如果各国诸侯遵礼守制了，就会主动向王庭缴纳贡物，就会派兵到王庭服役……只要把遵礼守制的问题解决，军务废弛、财政匮乏等问题就迎刃而解了！”

8

寤生通过和伯毅的一番交谈，更加坚定了自己的想法。仔细考虑后，他把周公黑肩、宋宣公、伯毅、公子元、祭足等人召集到了府邸。

公子元知道寤生的心思。这段时间，寤生频繁拜访周公黑肩，深入了解王朝的财政收支。他料想寤生把他们叫过来，定是为了解决财政问题。他也没想到现如今大周的财政如此糟糕。周平王自从迁都雒邑后，封赏成了他笼络人心的唯一手段，他不但割地封赏申、晋、郑、卫、虢这些与之亲近的诸侯，还划出诸多采邑分给朝中的大夫和王室成员。原本广袤的东都之地，赏赐给周边的各个诸侯后已所剩无几。令公子元感到悲愤的是，周平王连这仅有的土地也分割成了若干采邑，天子自有的土地和人民实在存余不多。随着周平王影响力的日渐下降，各国诸侯在服力役和朝贡问题上争相拖延，有的非但不来朝贡，连每年的上朝述职都不来了。

寤生待来人都坐下后，沉重地说：“诸位都是寤生倚重之人，大周要实现中兴，还需要仰仗各位。”

祭足率先表态：“上卿放心，吾等定当唯上卿马首是瞻，辅佐上卿，复兴大周！”

周公黑肩和宋宣公一齐抱拳施礼，说道：“上卿放心，吾等一切听从上卿安排！”

寤生看了看大家，说：“周公，民以食为天。孤以为，当前我大周最突出的问题是财政匮乏，如果王庭连吃饭的问题都解决不了，何谈强国兴军？”

周公黑肩脸一红，低声说道：“上卿，在下无能，在下……”

痦生急忙摆手说道："此言差矣！孤绝无指责之意，这一问题连大王都束手无策，岂是你一人能解决的？"

伯毅哈哈一笑，说道："周公，我家君上句句肺腑之言。礼崩乐坏，再加上无节制的分封和赏赐，我大周王庭直属的土地和民众已所剩无几，以此如何供养庞大的王庭和军队？这些年多亏你左右逢源、四处求人，王庭才得以维持运转。"

周公黑肩的眼睛湿润了。这些年他这个"大管家"的日子的确不好过，大家都伸着手找他要钱要物，可谁又知道他的艰辛。为了能筹措到钱物，每次游说各国诸侯催要贡品，他都是好话说尽，尊严全丢，换来的几乎全是冷落和白眼。

宋宣公生气地说道："这些年苦了黑肩兄，这些诸侯真是太不像话了，依礼本该自觉向王庭朝贡，现在反倒成了王庭求他们，而且求着他们也不朝贡。上卿，我实话给你说，近两年王庭的给养都是我们几个在朝任职的诸侯凑的，这样下去可不是办法呀！"

周公黑肩苦着脸说："上卿，自从您上朝领政，申国便停了对王庭的给养，昨天您还向我要军队给养，您可知宫廷也将无米下锅了。我们就是再难，也不能让大王饿肚子呀！"

痦生静静地听着众人的诉说，心中愈加坚定了自己原来的想法，让天下人遵礼守制，各国诸侯必须率先示范。而让各国诸侯带头遵礼，树立王庭权威，让各国诸侯按时纳贡就是突破口。想到此，他说道："周公、宋公，孤以为王庭出现当今之局面，无节制的分封固然是主要原因，但最根本的还是因为礼崩乐坏，各国诸侯、王朝大夫如果都能遵礼守制，王庭岂能出现财政危机？孤以为，督促各国诸侯遵礼守制，就要以朝贡为突破口。"

祭足连连点头，快声说道："君上所言甚是！礼崩乐坏，乃大周当今之痛疾，君上在推行新政前首治乱象，实乃高明之举。"

伯毅说道："君上以尊礼之名督促各国按时纳贡，合情、合理、合规。按时纳贡，本就是各国诸侯应遵之礼，我们再也不能让周公低三下四地求他们了。"

宋宣公说道："可各国仍不遵怎么办？"

周公黑肩低声说道："我在督促各国诸侯纳贡时，何尝不是搬出周礼？可他们根本就不听呀！"

寤生冷笑一声，说道："不听王朝号令，不遵从周礼，与四夷有何区别？我们也该给他们点教训，好让他们长长记性了！"

宋宣公的脸一黑。他何尝听不出寤生的话外之意，只是没想到寤生年纪轻轻，竟然有如此杀伐决断之心。王朝向诸侯国用兵，除了当年周公旦平叛三监之乱，大周立国多年还从没有过。他看了看寤生，说道："上卿是想对一些诸侯国用兵吗？"

寤生毅然决然地说："这要看各个诸侯国对王庭诏令的态度了。如果他们拒不听从王庭诏令，我们就要攻伐一些国家，杀鸡骇猴。王庭的权威树不起来，我们什么事情也做不了！"

9

申侯府。

申侯和虢公、卫庄公正在秘密商议着如何对寤生领政进行掣肘和扰乱。

卫庄公本来就对寤生继任上卿之位心怀嫉妒和不满，如今寤生果真上朝领政，更让他满心都是醋意。巨大的失落感和挫折感让他不仅对周平王充满了怨气，更对寤生恨得咬牙切齿，他酸溜溜地说："申侯，您看看寤生那不可一世的样子，他眼里哪儿有您？不说您是他的舅舅，就是看在您这些年一直执掌王庭的分上，他也得处处以您为尊呀！"

虢公打心底里就对寤生不服气。特别是征战北狄，虢国之兵受到重创，他把罪责全归在了寤生身上，他认为虢军之所以损失那样惨重，完全是被寤生利用了，寤生用虢军损伤来迷惑北狄之兵，寤生的胜利其实就是虢军累累白骨铺就的。北狄之战，不仅让他丢尽了颜面，也成了他心中永远的痛。可这种疼他又无法向别人说出口，只能打掉牙往肚子里咽。他见卫庄公如此说，跟着说道："没有我们虢、卫两国军队的牺牲，哪儿有他的北狄大捷？他现在傲气得连自己舅舅也不放在眼里了，我看是该给他点颜色看看了，否则他真不知道天高地厚！”

申侯心里乐了。心想，你们两个还拿话激我呢，岂不知我与那寤生早就势同水火，既然你们对寤生如此反感，我不妨也激激你们。想到此，他不动声色地说：“寤生今日召集周公黑肩和宋公子力到他府上议事，可曾知会你们？”

脾气暴躁的卫庄公果然一点就着，高声说道：“寤生组织议事为啥只叫黑肩和子力，不叫我们？他这分明就是想把我们排除在外！”

虢公对卫庄公阴阴地说：“他一直看你我二人不顺眼，有事岂会跟我们商量？你就等着看吧，以后的朝政不会有我们的事儿了！”

卫庄公霍然站起，边走边说道：“这破朝政有何可干的？他不让老子干，老子索性就撂挑子不干了，我……我回我的卫国去！人家齐国、鲁国的诸侯不来朝任职，不也过得好好的吗？”

申侯站起身把卫庄公拉到座位上坐下，说道：“卫侯，走还不简单，我们抬腿就能走！但是，我问你，你就甘心寤生一天到晚对你指手画脚，发号施令？就甘心让寤生在王庭独领朝纲，揽权专行？我们只有留在王庭，才能对寤生处处掣肘，才能让他的日子不好过！”

虢公连忙说道：“是呀，我们只有留在王庭，才能制约寤生，才能阻止他恣意妄为。姬扬兄，你和子力不是儿女亲家吗？你一定要想办法把子力拉到我们的阵营来，黑肩那个墙头草一旦看子力加入了我们，定会主动脱离寤生。到时候看他寤生孤家寡人一个，如何在朝中领政。”

卫庄公冷着脸没有说话。他对宋宣公也有说不出的反感，特别是在其继承爵位上朝任职后，他心中的怨恨更强烈了，寤生和子力都可以继承父位在王庭任职，唯独他的卿位一直拖到现在，大王却不给他任命。说实话，他嫉妒寤生，更嫉恨子力。寤生好歹是他们姬姓一族，是周天子的近亲，可他子力一个殷商后裔，周天子为何如此的厚爱？

申侯接着说道：“虢公所言甚是！若能把子力拉到我们的阵营里，我保证让那黑肩跟着我们跑！”

卫庄公摇了摇头，苦着脸说：“你们是不了解那子力呀！他刚来王庭任职，心劲儿正高着呢，况且他名利心重，一心想干出点事儿来，将来能够留名青史。”

申侯哈哈一笑，说道：“即使子力和黑肩不入我们的阵营又何妨？他们三个人，我们也是三个人，只要我们三个抱成团和他们作对，他们什么事情也做不成，是不是？”

虢公也笑了起来，说道：“是！我们是三对三，只要我们三个不同意，他的任何政令都出不了王庭。”

卫庄公抱拳施礼说：“申侯放心，吾定一切听从您的安排！”

10

申侯没想到，寤生竟然再次没跟他有任何沟通，就将向各国督促纳贡的问题直接提交到廷议上。他冷冷地看着周公黑肩，一股又一股怒气从胸口直往脑门上蹿。

周公黑肩站在大厅中央，心情沉重地说：“大王，诸侯按时纳贡的问题不能再拖了，现在王庭的给养最多只能撑三天，再不解决此问题，我们连饭都吃不上了。”

周平王大惊，急声问道：“什么？只能撑三天时间？你速去各国催要，赶快想办法解决呀！”

周公黑肩摇了摇头，说：“大王，关键是微臣催要不到呀！上次微臣游走各国，一粒米也没催要到，多亏上卿慷慨送来上千石粮食，我们才支撑到现在。大王，王庭必须有督促各国按时纳贡的制度和办法，现在光靠微臣的脸面前去催要已经彻底不管用了！”

周平王无奈地看了一眼周公黑肩，转向了申侯，说道：“爱卿，可有对策？”

申侯冷冷地哼了一声，向寤生望去，说道：“大王，现在是上卿领政，这个问题您应该问上卿！”

周平王急忙转向寤生，问道：“上卿，可有对策？”

寤生微微一笑，起身说道：“大王，依照周礼，缴纳贡物、派人服力役、保卫王庭和述职等，本是各国诸侯之基本职责，现在他们竟然连缴纳贡物都不遵从了，可见礼崩乐坏到何种程度。微臣以为，各国诸侯不按时缴纳贡物只是问题的表象，要想彻底解决这一问题，必须从根源下手。”

周平王急声问道：“如何从根源上下手？”

寤生斩钉截铁地说：“遵礼守制！各国诸侯如果不遵礼守制，与四夷有何区别？微臣想从按时缴纳贡物入手，强力整治礼崩乐坏问题。”

申侯冷冷地打断了寤生的话：“年轻人呀，就好高骛远！饭要一口一口吃，事要一件一件做。我看你还是先把王庭的吃饭问题解决之后，再解决什么礼崩乐坏问题吧！虢公，你说呢？”

虢公笑着说道：“申侯所言甚是！我们总不能饿着肚子去督促各国诸侯遵礼守制吧？再说，礼崩乐坏已是陈年痼疾，哪儿能说解决一下子就能解决了？”

卫庄公笑得更响，边笑边说道：“幼稚，真是幼稚！打出遵礼守制，就能让各国诸侯主动纳贡？真是痴人说梦。黑肩你说，你哪次不是依据周礼去各国催要贡物的，哪次不是搬出周礼的条文来，管用吗？”

申侯转向周公黑肩，说道：“周公，你说说，你游走各国催要贡物时，搬没搬出周礼？”

周公黑肩抬头看了看寤生，老实地说：“我是搬出了周礼，可……可他们不遵从呀！”

卫庄公挑战似的看着寤生，说道：“上卿，您听见了吗？周公每次催要贡物都是依据周礼，可管用吗？您所说的从根源解决问题，本就是老掉牙的做法，而且根本是无用之法。大家说是不是？”说着，自顾自地大笑起来。

寤生冷冷地看着众人，一直等卫庄公止住了笑，方才一字一句地说：“就是因为各国诸侯不遵从周礼，我们才要高举遵礼守制的大旗，只有遵礼我们才有讨要贡物的正当理由。微臣请大王向各国诸侯下诏，限他们在一个月内缴齐所欠王庭的贡物，否则王庭就要以不恭为名，对他们采取手段！”

申侯的脸一寒，他已听出了寤生的话意。寤生显然是想对一些诸侯国用兵，想通过武力手段树立王庭的权威，讨要贡物不过是他征伐诸侯的理由。申侯心里暗暗为寤生的年少张狂感到窃喜，他太清楚王庭的实力了，不说王庭军队的粮草供应，当年征战四方的王八师现在就是一个空壳子，连三等小国的兵力都赶不上。他深知，一旦寤生率王师征伐诸侯，各诸侯国势必会同仇敌忾，对付寤生，到时候一旦寤生出师不利，他就可联合各国诸侯向天子上书，群起而攻之，一举扳倒寤生，免了他的上卿之职和郑国国君的爵位。想到此，他顿时改变了主意，既然寤生一心找死，他何不推一把，借机除了这个眼中钉。当今之际，他不仅要支持寤生提出的策略，还要把他逼到死角，让他不得不对各国诸侯用兵。只要战端开启，他就可以暗暗联合各国诸侯共同对付寤生。一旦出现各国诸侯共同讨伐寤生的局面，寤生的死期也就到了。

想到此，申侯直直地望着寤生，皮笑肉不笑地说道："上卿之意，是想对各国诸侯用兵？"

寤生冷冷地看了申侯一眼，大声说道："如有必要，对于那些拒不执行王庭诏令的诸侯就要使用征伐之策。"

周平王顿时睁大了眼睛，他没想到寤生小小年纪竟有如此雄心和胆略。他深知，这些年来王庭对各国诸侯的影响力越来越弱，特别是申、晋、宋、卫、齐、鲁等大国都有了足以抗衡王庭的实力，贸然向其用兵，一旦打不赢，王庭可真就颜面尽失，再想向各诸侯讨要贡物，恐怕亦无可能。

周平王张了张嘴，欲发表意见，却硬生生地被申侯拦住了。申侯一边拍手一边说道："好，好，好！上卿年纪轻轻竟有如此雄才大略，此乃我大周之福呀！"说着，他转向周平王，深深一揖，"大王，微臣支持上卿的遵礼杀将立威之策。对那些不遵王庭诏令的诸侯，是该用雷霆手段教训他们了。"

卫庄公疑惑地看着申侯，欲言又止。他们原本说好的，不论寤生提出什么策略，都团结一致和他唱对台戏。他看不懂申侯为何忽然变了卦，转而又强力支持起寤生来。

申侯显然已经看出了卫庄公心中所想，他冲卫庄公笑了笑，说道："卫侯，上卿以雷霆手段威慑诸侯，强力整治礼崩乐坏，是何等雄才大略，可谓前无古人，吾等为了大周中兴应放下个人成见，鼎力相助上卿，你说是不是?”

虢公早已明白了申侯的用心，他见申侯如此说，起身来到厅堂中央，高声说道：“上卿为大周中兴殚精竭虑，吾等定全力辅佐上卿。大王，臣等支持上卿之策!”

周公黑肩和宋宣公也走到了厅堂中间，齐声说道：“大王，臣等支持上卿之策!”

周平王无奈地看着众人，嘴咂了又咂，方才说道：“好吧，既然汝等支持，那就拟诏吧!”

11

寤生坐在几案前，手里拿着竹简，心早已跑到了外面。

王庭遵礼纳贡的诏令已经下发一个多月，竟然如同鱼沉雁杳般，没有产生任何波澜，各国诸侯都跟没事人一样，非但没人主动纳贡，竟都懒得向王庭解释。说白了，各国诸侯根本就没把王庭诏令当回事儿。

寤生心中悲凉到了极点，在极度悲凉的同时，对大周的境况越来越感到愤懑。他感觉，如果不用重手整治朝纲，用不了多久，大周王庭就会沦为和三流诸侯之国一个等级。一旦成了这个局面，那将是天下苍生的灾难，不说四夷交侵，各诸侯国相互间的攻伐吞并就会令中原大地战火不断。为天下苍生计，再难他也要放手一搏。

寤生放下竹简，独自念叨：“不知各国的情报传来否?这个祭足，好几天了也不见他的影子。”

王庭诏令刚一下发，寤生就安排祭足启动了郑国情报系统，要求派在各国的商探立即行动起来，不仅要掌握各国诸侯对王庭诏令的态度，还要密切关注申侯是否派人在各国做手脚。他深知，申侯对他的遵礼纳贡之事绝不会袖手旁观，定会想方设法破坏。及时掌握各国的动态，对下一步的决策极为关键。祭足没来向他汇报，说明各国的情报还没有收集上来。

寤生索性站起身向外走去，迎面碰到了匆匆而来的伯毅，急忙问道：

“可有动静了?”

伯毅摇了摇头，满脸苦色地说：“君上，各国仍旧没有动静。唉！王庭的诏令竟然被各国诸侯如此无视，以后我们如何号令诸侯？这种局面必须改变，否则新政将难以推行。”

寤生傲然地望着远方，说道：“尚父，您不用着急，这种局面一定会改变的！走，咱们到大营看看去。”

这段时间，寤生把所有的精力都用在了王师营房的建设上。他深知，能否在王庭站稳脚跟，能否实现他兼济天下的理想，在王庭建立一支听命于自己的王师非常关键。为此，他特意要求公子元，郑国军队在王庭的营房建设规格一定要高于申国军队，将士的福利待遇和伙食标准也要高于申国军队，一定要让郑国的将士在王庭牢牢地扎下根来。

得知君上要来视察军营，公子元带着高渠弥、祝聃、公孙子都等人早早地就等在了大营门口。

寤生从路车上下来后，公子元等人躬身叩拜：“君上!”

寤生向众人点了点头，说：“尚父，走，看看咱们的新营房!”

众人信步向营房走去。大营之内已经修饰一新，不但坍塌的房屋全部得到修整，就连营区的每个角落都被打扫得干干净净。

寤生满意地说：“三叔真不愧是我郑国的大管家，仅仅十多天时间，一个破烂颓废的营房竟被整修得如此整洁壮观!”

公子元忙说：“君上，这都是高渠弥和祝聃他们干得好。您不知道，高将军、祝将军，对了，还有我们的小子都，他们可都是身先士卒，带着士卒们一起上房铺路呀!”

寤生冲着伯毅边走边说：“尚父，我大周、我郑国有这么好的将士，何愁不能中兴!”

伯毅微笑着，意有所指地说：“君上英明，将士齐心，我们定能战胜一切困难和敌人!”

众人走到了校场，正在训练的士卒们立刻收队，齐声喊道：“君上、君上、君上!”

寤生疾步走向指挥台，高声喊道：“大周将士威武！郑国将士威武!”

高渠弥、祝聃、公孙子都等人带头高喊："君上威武！君上威武！君上威武！"

"君上威武！君上威武！君上威武！"的呼喊声顿时在营区响了起来，将士们一个个精神抖擞，一浪接一浪的高呼声瞬间响彻云霄。

在将士们的呼喊声中，寤生带着众人进了公子元的帅帐。

刚刚坐下，祭足便急匆匆地走了进来。

看到祭足，寤生知道遵礼纳贡之事已经有了眉目，爽声说道："祭大夫，来，坐下说话。"

祭足看了看众人，在公子元下首坐了下来，躬身叩拜，说道："君上，事情不妙呀！"

公子元急声问道："祭大夫，此话怎讲？"

祭足环视了一下众人，说道："君上、太傅、太宰！那可恶的申侯，果然派出多人游说各国诸侯，让他们装聋作哑，无视王庭诏令。"

公子元紧握拳头，恨恨地骂道："这个戎贼，他是存心跟我们作对！"

伯毅却是一副淡然的样子，低声问道："申侯都派人去了哪些国家？"

祭足说："太傅，这也是我不解的，他不派人到齐、鲁、晋、秦等大国游说，却将游说之人都派到陈、蔡、许、戴等小国。"

伯毅哈哈一笑，说道："这就是申侯的高明之处，齐、鲁、晋、秦等大国早已视王庭诏令为无物了，再说他们也根本不会受申侯的意见左右，所以无论申侯是否派人前去游说，他们自然都不会前来纳贡。而那些小国就不一样了，他们对王室，特别是对君上还是很忌惮的，心中定在犹豫不决，申侯派人去，就是为了让他们吃下定心丸！"

祭足霍然醒悟，连声说道："原来如此！"

寤生问道："祭大夫，各国诸侯对王庭诏令的态度如何？"

祭足激动地说："君上，太傅真乃神人也！正如太傅所说，那些大国根本就没把王庭诏令当回事儿！一些小国担心惹怒君上，开始的确想来王庭纳贡，却被申侯派出的人堵了回去。那申侯派的人竟然说君上在王庭不会待太久，很快就要被大王赶回郑国了。"

公子元愤然而起，怒道："这个戎贼，他凭什么说君上会被大王赶回郑国？君上，怪不得他在廷议时转而支持我们，原来是在搞暗中作梗之术。”

祭足说道：“君上，微臣认为应该把申侯派人到诸侯中游说之事报告大王，让大王彻底认清他的嘴脸，就是不治他的罪，也得把他赶回申国去！”

寤生扑哧一声笑了出来，说：“你以为大王不了解申侯？可他了解了又能怎么样？申侯犯下叛国和意图颠覆周政之重罪，大王都不敢动他，就凭他去游说诸侯小国之事，大王就动得了他吗？”

伯毅接过话，说道：“君上，开弓没有回头箭！遵礼纳贡是君上领政后办理的第一件事，绝不能半途而废，不论采取什么办法都要有成效。”

寤生满意地看了看伯毅，说：“尚父，可有对策？”

伯毅起身说道：“君上，微臣以为，我们也需派人前去游说诸侯，申侯不是没有派人去那些大国吗？我们就反其道而为之，前往几个大国进行游说，不论缴纳多少，只要他们有了向王庭纳贡的举动，我们就赢了。”

寤生连连点头，说道：“寡人正有此意！不过，在派人前去游说诸侯之前，还需王庭再下一道诏令，言明凡是抗拒不遵周礼者，王庭一定会采取惩戒措施。尚父，此事由你和周公共同办理吧！”

伯毅点头应允，问道：“君上，游说诸侯之事，您可想好去哪些国家，派谁前去？”

寤生当即说道：“秦、晋、齐！至于游说之人，就由您和周公、宋公辛苦一下吧！”

12

申侯没想到寤生会因为遵礼纳贡之事让周王二次下诏，而且根本没经过廷议就直接下了诏。既然寤生阵营已经出招，他们也得及早采取对策。为此，他以畋猎之名把虢公和卫庄公邀了出来。

在雒邑东郊的苑囿里，三人各自带队纵马奔驰，搭弓射箭，每人都收获了不少猎物。

在一片空旷的草地上，三人边吃着烧烤边商谈对策。

卫庄公恭维地说："申侯真乃神人也！果然如您所料，秦、晋、齐、鲁那些大国根本就没将寤生当盘菜。"

虢公说道："许、戴那些小国，得亏咱们派人前去进行了一番游说，否则还真可能被他们坏了大事。现在好了，没有一国响应号令，看他寤生如何向大王交代！"

卫庄公笑道："估计寤生那小子的鼻子一定给气歪了！"

虢公跟着笑道："鼻子气不歪嘴也会气歪！"

说着，二人哈哈大笑起来。

卫庄公豪爽地举起酒爵，大声说道："来，干！"

申侯却没有二人表现出的那般兴奋，只见他放下酒爵，低声说道："我们也不能高兴得太早了。你们也许还不知道，今天大王又向各诸侯国下诏了，还是为了遵礼守制之事。"

卫庄公一摔酒爵，站了起来，大声说道："什么？这么大的事儿我怎么不知道？不经过廷议，寤生就让大王下诏，这本身就有违周礼！"

申侯连连摆手，说道："卫侯，少安毋躁！遵礼守制，他郑国何时遵过礼守过制？寤生所谓的遵礼守制，不过是他试图掌控王庭的手段而已。"

虢公愤愤然地说："从姬友开始到姬掘突，他们都是道貌岸然的骗子。什么虢郐寄帑，不过是抢夺虢、郐之地的谎言。他们不但以寄帑之名霸占虢、郐之地，竟然还灭了虢、郐二国，试问他姬友遵从了周礼吗？"

卫庄公坐了下来，生气地说："还有掘突，利用王师竟然灭了十国，更为可笑的是，掘突竟然将这十国的土地和百姓尽数收入他郑国囊中，试问他的所作所为可曾遵从周礼？那天要不是您拦着，我真想和寤生辩论一番。你寤生要大家遵礼守制，可以呀，你先带头把霸占的土地和人民归还给人家！一个带头违制之徒，现在竟然大言不惭地让大家遵礼守制，你们说可笑不可笑？"

申侯叹了口气，说道："都怪我父亲当初对掘突太宽容，养了这么个白眼狼！我看这个寤生呀，比他爹掘突更难缠。你们看看他的行事作风，才到王庭几天，就这样独断专行！我们如不提前对他进行'猎杀'，以后都不要在这王庭待了！”

卫庄公疑惑地问道：“不在这儿，我们去哪里？难道寤生要把我们赶走吗？”

虢公冷笑着说：“像这次下诏一样，如果他事事独断专行，所有朝政都不让我们沾手，还待在王庭有什么意思？到时候不用他撵，我们就会负气而走。”

申侯连连点头，说道：“虢公说得对！对寤生这小子，我们决不能掉以轻心。”

卫庄公不以为然地说：“我虽然尚不知道那诏令的内容，不过我认为，仍旧没用，各国诸侯不会听他的，最终结果还是竹篮子打水——一场空！他这是自取其辱。”

虢公说道：“卫侯，我们也不可盲目乐观。我看寤生不是莽撞之人，再说还有伯毅那老狐狸的辅佐，此次下诏他们定是为下一步的大动作铺路。”

申侯说道：“虢公，我也有此预感。此次诏文明确提出，对拒不执行诏令的要采取手段，看来他还真是想用兵。”

卫庄公冷笑道：“他敢？即使他敢，大王也不会同意。这些年来，大王一直想方设法笼络诸侯，会因此对诸侯用兵？再说仅靠郑国之兵就敢跟一个甚至多个诸侯为敌吗？”

申侯忽然眼睛一亮，说道：“对呀！以他郑国之兵怎么能敌得过天下诸侯，一旦他出兵征伐，我们鼓动众诸侯一同应对，看他寤生如何应对！”

虢公眯着眼睛说道：“我们还要设法让寤生在诸侯面前声名狼藉，到时候不论他征伐诸侯时官话说得多么漂亮，都改变不了其违制在先的事实。他所谓的正义之战也就成了霸权之争，首先在道义上就已落了下风。”

申侯高兴地击掌说道：“虢公说的有道理，我们就是要让寤生的正义之战变为霸权之争，到时候各国诸侯定会同仇敌忾对付寤生。你们有何良策？”

卫庄公激动地说：“唇齿相依！一旦寤生的征伐之战演变成霸权之争，各国诸侯定会抱团对付郑国。”

虢公说道："卫侯，我们能不能这样做，让几国诸侯上表大王，既然上卿提出遵礼守制，他理应在诸侯中做出表率，把吞并各国的土地归还各国。只要上卿这样做，他们定会遵礼纳贡。你们觉得此策如何？"

申侯陷入了沉思，许久方才说道："好！此策高明，寤生根本不可能归还土地，此举一旦在各国传开，寤生定会声名狼藉。"

卫庄公也仰起头想了一会儿，好像想到了什么，脸色突然大变，兴奋地说："申侯、虢公，我们还可以在郑国的公子段身上做做文章。寤生他不是要遵礼守制吗？让公子段采取点动作，违制作为，看他寤生如何处理。一旦他对公子段不作处理，他怎么有理由去攻伐诸侯？"

虢公说道："好、好！我以为卫侯所提建议甚好，我们可以双管齐下！"

申侯长长地出了口气，大声说道："你们真不愧是孤的神助，就这么办！"

虢公问道："申侯，上表之事你看安排哪国为好？"

申侯心中显然已经有了意向，只见他脱口而出道："陈、蔡两国！"

13

在出使秦、晋、齐三国之前，寤生分别把周公黑肩和宋宣公等人请到了府中。他之所以选择这三国，是因为这三国的君主都极其讨厌申侯。先说秦国，目前与申国可以说是半月一小打，一月一大打。晋国国君因为曲沃问题，对申侯恨之入骨。齐国这些年不纳贡不上朝，主要原因就是申侯在王庭理政。

寤生相信，只要把功夫做到家，定能得到三国的支持。他觉得，三国纳贡不在于东西多少，关键在于他们派出使团来王庭朝拜纳贡的举动。只要有了这些大国的示范带动，他就可以名正言顺地对不听话的小国用兵了，恩威兼用，他坚信只要计划落实到位，预定目标就一定能实现。

寤生第一个召见的是周公黑肩。

周公黑肩听说要让他出使晋国，心中不由得暗暗叫苦。他感到为难，并不是因为晋国缴纳不起贡物，而是因为晋昭侯心中对王庭充满怨恨，他把封其叔父成师于曲沃的责任全怪到王庭身上。当年，晋昭侯愤然辞去了王庭卿士，还带走了王师的晋国之兵，后来连每年的贡物也不缴了。

周公黑肩老实地说："上卿，此次晋国之行十有八九会白跑一趟。您也许不知道，当年那晋侯可是负气离开王庭的，他对王庭的怨气大着呢！他曾发誓，从此再不和王庭来往。"

寤生微笑着说："周公，你可知，那晋侯明着怨恨王庭，其内心深处恼恨的是申侯。晋国之所以出现当前的局面，都是拜申侯父子所赐。当初，晋侯正是受了申侯父子的胁迫利诱，才犯下了当今的大错，他羞于明说，所以把怨恨一股脑儿都赖在王庭身上。"

伯毅在一旁搭话："黑肩兄，你应该明白申侯当初为何这样做。"

周公黑肩茫然地看着伯毅，说道："定是成师贿赂了那申侯。"

伯毅摆了摆手，说道："非也！申侯父子吞并我中原之心昭然若揭，分化晋国、掌控郑国都是他吞并中原的具体行动。你只要向晋侯讲清申侯的狼子野心，向他说明上卿与申侯的艰苦斗争，相信晋侯一定会对你另眼看待。"

周公黑肩脸上慢慢地呈现出了喜悦之色，激动地说："当初晋侯在朝任职时，我们时常私下交流，他内心深处着实对申侯父子恨之入骨，但我们都以为申侯父子收了成师的好处，还真没有想到这一层。"

寤生说道："周公，你可把上次北狄侵犯大周的实际情况告知晋侯，相信他定会做出正确的判断。请你告诉他，此次遵诏纳贡是与我们一起抵御申侯篡权的具体行动，不在于他向王庭缴纳多少贡物，关键在于带头遵礼守制的态度。请告诉他，只要这次支持了寡人，他日寡人定帮他拿回曲沃，帮他解决心头之患。"

伯毅接着说道："黑肩兄，你在觐见晋侯之前，可先拜访一下大夫师服，由师服带你一起去见晋侯。另外，你这次出使不能以王庭太师的身份，需要以上卿特使的身份暗暗前去。"

周公黑肩嗫嚅着低声说："暗暗前往，暗暗前往，我不能空着两手去见人家吧！"

伯毅哈哈一笑，说道：“周公放心，一切上卿都给你准备好了，不仅给你准备好拜访老朋友的礼物，上卿还派祭大夫跟你一同前往。祭大夫可掌管着我郑国所有的商探呀，到时候你有何需要，尽管安排即可。总之，要不惜一切代价确保出使成功。”

周公黑肩激动地站起身，伏身叩拜：“上卿，如此，黑肩定不负使命！”

14

安排完出使晋国的任务，寤生又把宋宣公请了过来。

宋宣公对出使齐国也有不同意见，当寤生向他提出出使齐国后，他当即说：“上卿，您为何择齐而弃鲁呢？”

伯毅知道宋宣公心中的想法和担忧。宋宣公的妹妹仲子是鲁国夫人，而且是鲁惠公极为宠爱的夫人。他觉得前去鲁国游说，有妹妹的引荐和帮助，成功的概率也会大一些。而齐国国君齐庄公和他根本不熟悉，他担心到齐国吃闭门羹，完不成游说任务。

寤生转身看了看伯毅，冲伯毅点了点头。

伯毅清了清嗓子，说道：“宋公，在下知道仲子夫人在鲁国的分量。可您想过没有，这次出使的任务是让各国诸侯遵从王庭诏令，那鲁公对大王误解甚重，即使有仲子夫人帮忙协调，恐怕也难以说服鲁公。”

宋宣公惊疑地问道：“大王和鲁公有很大的过节？我为何没有听说过？大王那样一个谁也不愿意得罪的人，怎么会和鲁公有过节呢？”

伯毅叹了口气，说道：“当年，秦伯用天子礼祭祀天帝，报到王庭后，先君武公理政，就报请大王同意了秦伯的请求。后来申侯理政时，鲁公也想用天子礼祭祀天帝，鲁国奏报上来后，申侯坚决不同意，非但不同意，还暗暗告知鲁公说是大王的意见，还说大王骂鲁公是自不量力的乌鸦。这下可彻底激怒了鲁公，他不但用天子礼祭天，还专门上报王庭，从此再也不上朝纳贡。”

宋宣公的脸色渐渐暗了下来。他深知鲁公的为人，心胸狭窄、任性刁钻、执拗刻薄不说，还最爱记仇和钻牛角尖。宋宣公心中不由得暗自庆幸，如果自己不了解这一情况，贸然前去鲁国，非但完成不了游说的使命，还定会被那鲁公羞辱得颜面扫地。他知道，虽然鲁公跟他没过节，但鲁公为了羞辱天子和王庭，定会拿他开刀。更为可怕的是，宋、鲁两国的关系很可能因此而恶化。

寤生见宋宣公面有难色，微笑着说："宋公，虽然您和那齐侯不熟，但您出使齐国有成功的三大条件。"

宋宣公疑惑地望着寤生，问道："哪三大条件？"

寤生说道："一、齐侯是理性务实的人；二、齐侯遵礼守制，并且对当前的礼崩乐坏深恶痛绝；三、据我掌握的情况，目前齐侯对王庭有所求。"

宋宣公急声问道："对王庭有所求？目前的王庭连糊口都难，能给他什么？难道他想来王庭任职？"

伯毅接过了话，说道："非也！近年来，齐国深受北狄骚扰之苦。您和上卿此次北狄大捷，令齐侯大为震惊，他迫切想请上卿帮他抵御北狄。"

宋宣公认真地听完，高兴地说："上卿的考虑真是周全，如此，出使齐国必成。"

寤生颔首浅笑，说道："宋公，到了齐国，您可以告诉齐侯，如果北狄再侵扰齐国，我们必派兵协助。另外，我派出高渠弥将军与您一同前往，可让他给齐国军队讲解一些抵御北狄的策略。"

宋宣公起身叩拜，激动地说："多谢上卿，子力定当不负使命。"

15

寤生和伯毅一直将宋宣公送出了府门之外。

回到正厅，寤生说道："尚父，咱们也该议议您出使秦国之事了。"

伯毅说道："君上，您有何安排？"

寤生摇了摇头，认真地说："我还没想好，不过我觉得首要的是您不能以王庭使者的身份大张旗鼓地过去。"

伯毅点了点，说道：“微臣明白君上的担忧和顾虑，在下的确不能以王庭使者的身份前往，一则在下在王庭没有职务，二则出使晋、齐的都是有封地的诸侯，我以王庭使者的身份出使定会让秦国感到难堪和被轻视。”

寤生信任地望着伯毅，脸上堆满了笑。他感觉出尚父已经对出使秦国有了应对之策，于是说道：“尚父，说说您的计划吧。”

伯毅坚定地说：“君上，微臣想以商人的身份带着商队前往秦国。另外，微臣还想请君上将缴获北狄的刀枪器械交给微臣，由微臣以货物之名暗暗带到秦国，进献给秦伯。秦国之事君上尽管放心，伯灵在那里一切均已布置周全，老臣此次出使秦国，定不辱使命！”

寤生看着伯毅，欲言又止，犹豫再三，终于说道：“尚父提及秦国与西戎作战之事，寡人油然想起一事，想与尚父商议。”

伯毅微笑着说：“君上请讲。”

寤生说道：“寡人以为，舅舅之所以在王庭如此横行，一个重要的因素就是这里驻扎着两万申军，能否……”

伯毅哈哈一笑，说道：“微臣明白君上的心思了，您是想让申国调回驻扎王庭的申军？”

寤生重重地点了点头，说道：“只有拔本塞源方能削弱舅舅在王庭的影响力。只要秦国加大对西戎各部落的攻伐力度，让申国陷入征战之中，舅舅自然就要把重心放在申国。所以，尚父这次出使秦国的核心任务，就是让秦国发起对申国的全面战争，逼迫申国调回驻扎在王庭的军队。”

伯毅闭上眼睛沉思了一会儿，连连拍手，说道：“高、高、高，好一个拔本塞源之策！不过，君上，此策成功的关键在于秦国能否以举国之力攻伐申国和西戎，要想秦国为我所用，我们必须抛出诱饵呀！”

寤生想了想，坚定地说：“诏令秦伯，夺得戎地尽归于秦！”

伯毅激动地跳了起来，颤声说道：“如此，定能激起秦与申、戎的争斗！申侯在王庭的好日子就真的不长了。君上，此事是否先请示一下大王？”

寤生看了看伯毅，果断地说：“不用！您此去秦国，尽管向秦伯传王庭诏令。征伐四夷，谁夺得土地和人口算谁的，是大王和寡人定的一项基本国策。大王早已昭告天下，为何秦国还在小打小闹，就是因为他们对王庭的这一诏令还不相信，担心大王反悔。您拿着王庭诏令出使秦国，让他们尽管放手执行即可！"

伯毅连连点头，说："还是君上想得周全！臣定当劝说秦伯以举国之力攻伐申国！"

寤生高兴地说道："当下，秦国最需要的，就是有效杀伤戎狄的刀枪器械，尚父将北狄的刀枪器械进献秦伯，定会让他如获至宝！尚父以商人身份出使秦国，虽然能够避免申国的阻拦和骚扰，但这一路也必然充满无数风险。为保证您的安全，我派祝聃和子都与您一同前往。"

伯毅连连摆手，说道："君上，他们还要护卫您的安全，您不用担心微臣的安危，微臣自有应对之策。"

寤生满含深情地说："尚父乃我郑国、我大周的定盘星，绝不能有丝毫闪失。祝聃和子都您尽管带去，王庭这里还有三叔呢！寤生唯盼您速去速回！"

太傅俯身叩拜："如此，老臣感谢君上厚爱！"

16

卫庄公正在陈国宫廷诉说着寤生的不是，唾沫星子飞溅："那寤生要求各国诸侯遵礼守制，他自己何曾遵礼？就拿这刚下的诏令来说吧，依礼王庭下诏是要经过廷议的，寤生既没进行廷议，也没请示大王，就让周公黑肩给诸国下了诏。"

申侯原本想派一名家宰前去游说陈国，后来，当他听说寤生派宋宣公和周公黑肩出使晋、齐两国后，当即改变了主意。为此，他专门找虢公和卫庄公商议。没想到卫庄公自告奋勇提出出使陈、蔡两国，并信誓旦旦地说，一定会让两国诸侯向天下昭告寤生的丑行和险恶用心。卫庄公风尘仆仆地到达陈国后，未做休息就直接前去面见了陈桓公妫鲍。

陈桓公不由得睁大了眼睛，问道："什么？王庭下诏，寤生他竟不知会大王，也不和申侯商议，他也太专政揽权了吧？"

卫庄公冷冷一笑，说道："他寤生依仗抵御北狄有功，在王庭为所欲为，现在连大王都不放在眼里，更别说申侯了。"

陈桓公不安地问："卫侯，此次王庭下诏要采取手段惩治不遵礼纳贡之人，寤生他不会真的用兵征伐吧？"

卫庄公满脸的鄙夷，说道："不过是虚张声势，他敢与天下诸侯为敌吗？郑国军队目前虽然气势正旺，但不过是伯爵之国，并且国内十大士族蠢蠢欲动。申、晋、宋等大国都不敢征伐诸侯，小小郑国能有何为？"

陈桓公陷入了沉思。

陈国上卿公子佗问道："宋公、申侯是何等勇猛之人，他们就甘心让寤生这样胡作非为？"

卫庄公四下望了望，放低声调，说道："申侯何等谋略，岂能甘心居于寤生小儿之下。"

陈桓公和公子佗听卫庄公这样说，眼睛直直地望着他，齐声问道："难道申侯是另有所谋？"

卫庄公用力一拍双手，说道："当然了！申侯看寤生小儿如此肤浅浮躁，就设下欲擒故纵之略，先任寤生由着性子折腾，待到天怒人怨之后就会伺机罢免他的上卿之职，拆分郑国，让他再也难以翻身。"

陈桓公挠了挠头，说："原来如此！我想申侯也不会任由那寤生胡乱折腾。"

公子佗问道："卫侯此行不会是专门前来讲述寤生的不是吧？您想要我陈国做什么，不妨明说。"

卫庄公眨了眨眼，说道："公子果真明白人！实不相瞒，我此次出使陈国，乃是受申侯所托，申侯想让陈侯和蔡侯配合他演一出大戏。"

陈桓公不由得睁大了眼睛，急声问道："什么大戏？"

卫庄公阴阴地说："申侯想让您和蔡侯昭告天下诸侯，细数他郑国不遵周礼吞并十国的违制事项，并正告郑国，如果归还十国的土地，汝等定当率先遵礼纳贡。"

公子佗急忙说："此举定会激怒寤生，如果他兴兵伐陈怎么办？"

卫庄公笑了笑，说："要不怎么说是一出大戏呢？申侯要的就是他出兵，只要他出兵，事情就成了。”

公子佗担忧地说：“此刻郑国兵强马壮，我陈国军队恐怕难以抵抗。”

卫庄公说道：“你怕什么？我此次出来，不但游走陈、蔡两国，还要到申国把南申的军队给你们调过来。另外，郑国的环列之卫、腹心之卫要守卫东都，寤生能抽出来伐陈的只有重兵之卫，到时候陈、蔡、申三国的军队还能打不过郑国的一支重兵之卫？”

陈桓公极难为情地说：“卫侯，我陈国不惜得罪郑国，并且还要承受战争之苦，最后我能捞到什么好处呢？总不能让我白忙活一场？”

卫庄公心中油然生出一股怒气，暗骂道：真是个势利小人，怨不得寤生不愿娶你陈国之女。不过，他很快控制住了心中的不悦，满脸堆笑地说：“怎么会让你白忙活呢？申侯说了，只要你帮他扳倒了寤生，就保举你到王庭任卿士，还要割郑国一邑之地给你陈国。”

陈桓公脸上顿时笑开了花，颤声说：“申侯……申侯真的说让我到王庭当卿士？他可是亲口所说？”

卫庄公心中暗骂道：看你那蠢样，还想到王庭当卿士？为了稳住陈桓公，他故作信誓旦旦地说：“是的，申侯亲口说的，他还说让我当左卿士，你当右卿士，让我们以后精诚合作！”

陈桓公站起身，激动地在厅堂里来回走动着，嘴里独自念叨：“右卿士，右卿士，好，卫侯尽管放心，明日我们就向天下诸侯昭告那寤生的种种罪恶。”

公子佗的脸上却没有丝毫的喜悦，他看陈桓公如此得意忘形，想出言劝阻，嘴张了几张又合上了。他深知自己的哥哥刚愎自用的性格，此刻说多了，定会引起他的怀疑和反感。不过，他心中已经预感到，用不了多久，陈国就会遭受灭顶之灾。他很清楚，寤生为了遵礼守制，短时间内连发两个诏令，为的就是给征伐不听诏的诸侯做铺垫。以寤生一举歼灭北狄的谋略，征伐诸侯他不会向大国动手，也不会动很小的国，他定会拿陈、蔡、许这些不大不小之国下手，这也是申侯和卫庄公游说陈、蔡两国的主要原因。

公子佗没想到陈桓公为了那根本没有影儿的卿位，竟然自愿往刀口上撞。不过也好，将来等他撞得头破血流，引得举国天怒人怨时，自己正好可取而代之。

陈桓公见公子佗阴沉着脸，久久不语，不高兴地说："吾弟，难道你不想让寡人当大周的卿士？为何苦着一张脸不说话呢？难道你觉得寡人不够圣明？"

公子佗慌忙叩拜在地，大声说道："臣弟愚笨！君上英明神武，臣弟无时无刻都佩服得五体投地！"

陈桓公冷冷地说："你支持寡人讨伐那寤生吗？"

公子佗战战兢兢地说道："君上圣明，臣弟定当全力支持！"

第十一章 陈国会战

1

接到报信后，公子段和申奇快马加鞭赶到了郑国新郑。一路上，公子段和申奇一刻也没有停息，一路策马狂奔。

公子段身披长长的披风，雄赳赳气昂昂地大步迈进了武姜的寝宫，远远地就喊道："母后、母后，王庭的人在哪里？王庭来使在哪里？"

申奇一路小跑跟在后面，连声说道："公子、公子，你慢点，等等老奴，等等老奴。"

武姜听到喊声，慌忙迎了过来，看公子段一身英武的样子，不由得笑逐颜开，低声数落道："看你着急的样子，是不是一路奔袭到此的？你看看，满脸满身都是土。"

公子段一边大步往里面走，一边不耐烦地说道："哎呀，母后，你怎么老是这样呢？我已经长大了，你快说，王庭来使在哪里？"

申侯派出的家宰从帷幔后面走了出来，连声夸赞："公子威武！"

长得一表人才的公子段最喜欢别人夸赞他，便疾步上前拉住申侯家宰的手，急声说道："快说，我舅舅让你给我带来了什么指令？"

武姜上前帮公子段解下披风，递给了申奇，说道："你这孩子就是心急，坐下来，我们慢慢说。"

申侯家宰拍了拍公子段的手，笑着说："公子，太后说得对。我们让你回来，就是为了坐下来一起好好谋划的。”

公子段也感到了自己的失态，他看了看申奇，辩解道：“我问过那个老家伙，他一点信息也不给我透露，你说我能不着急吗？”

待各自坐好后，申侯家宰方才说道：“公子，你在郑国施展作为的机会来了！我家宗主说，你尽可在京邑筑城、扩军、占地，他全力支持你，要钱给钱要物给物，并且会在大王那里为你美言。”

武姜担忧地说：“如此岂不有违周礼？寤生对此岂能视而不见听而不闻？”

申侯家宰说道：“太后，有宗主在后面支持，你怕什么？再说，公子在自己的封地筑城扩军，晋国已有先例，你们可能不知道，现在曲沃桓叔的地盘已经赶上了晋侯，前有车后有辙，怕什么？再说，寤生现在王庭领政，他满心都是王庭的事情，哪儿有心思管郑国的这些小事？”

公子段傲然说道：“他寤生在王庭当上卿风风光光，就不允许我在郑国扩大点地盘？”

武姜直直地看着申侯家宰，依旧不放心地说：“你跟我说实话，兄长到底是何心意？过去他一直让我约束段儿，为何此刻却让段儿放手去做？”

申侯家宰冷冷一笑，说道：“宗主还不是被那寤生小儿给骗了，开始他觉得能管控得了寤生，但没想到现在寤生不仅跟他对着干，还要想方设法把宗主赶回申国去。”

公子段生气地说：“早知今日，何必当初！我早说寤生就是个白眼狼，当初舅舅要是支持了我，他哪儿还有现在的烦恼？”

武姜怒道：“段儿，不得无礼！我跟你说过多少次了，当初你舅舅是想让你继任国君的，怪只怪你那偏心的父亲，是他不想让你继承君位。”

公子段满不在乎地说：“好了，好了，都怪父亲！”

申侯家宰心中暗笑，看来这公子段徒有一身好皮囊，中看却不中用，嚣张跋扈，满口胡言，头大无脑，一切随着自己的心性来。不过这样也好，只有这样的人才会为宗主所用，才会听从自己的安排。这样的人，只要诱惑到位，他会不顾一切做出很多疯狂的事情来。

想到此，申侯家宰嘿嘿一笑，说道：“公子，我家宗主一直看好你，以前他之所以让你克制，是想让你积蓄力量等待时机呀！现在机会来了，宗主专门派我来见你，顺便还让我给你送来了十车军械和五十车粮食，供你扩军之用。”

武姜疑惑地望着申侯家宰，急声问道：“你不是只身前来的吗，什么时候带的这些东西？”

申侯家宰笑着说：“太后，军械粮草已运抵公子段的封地京邑。公子吕在新郑虎视眈眈地盯着您，我敢把军械粮草运到这里吗？”

武姜连声说道：“还是家宰思虑周到。”

申侯家宰问道：“公子，目前您能调用的兵力有多少？”

公子段爽声说道：“千余人。”

武姜顿时瞪大了眼睛，问道：“你什么时候养了这么多兵马？”

公子段诡秘一笑，说道：“母后，我不告诉您，是怕您担心。实话告诉您，我不但拥有上千兵马，还将寤生派去的京邑大夫给关押了起来，现在的京地就儿子一个人说了算。”

武姜没想到公子段背着她做了这么多违制之事，她用手指着公子段，连声说：“你……你……你……”

申侯家宰却高兴了，他也没想到公子段如此大胆。既然公子段手头有军队，索性就让他夺城，把事情闹得越大越好。面对亲兄弟的违制，看他寤生如何处理。

公子段转向申侯家宰，问道：“家宰，你不是说谋划吗？你说说我应该怎么做，需要我做什么？”

申侯家宰说道：“公子，您回去后，可公开将京邑大夫驱逐出京地，随后向周边城邑发出诏令，让他们限期向您报到，否则便出兵征伐。”

公子段问道：“他们如果不听诏令怎么办？”

申侯家宰说道：“打呀！一个城邑的驻军不过百人，您的上千兵马很快就能将他们拿下。一旦您夺得周边的几座城邑，就可招兵买马、扩军筑城了。到时，我家宗主会再给您输送军械粮草。”

公子段说：“万一寤生征伐我怎么办？你也知道郑国三军的厉害，我这千余兵马别说抵御郑国三军，连重兵之卫也抵挡不住。”

申侯家宰说道："这您不用担心，寤生绝不会对您用兵。我实话告诉您，现在寤生正在酝酿着征伐诸侯呢，郑国军队都会被他拉到征伐诸侯的战场上，您在郑国不论怎么干，他都没有精力来对付您。这就是我说的机会！公子呀，机不可失、时不再来，等寤生腾出手来，您再想发展壮大可就真的难了！"

申侯家宰一席话，令公子段热血沸腾，他站起身，在房间里来回走动着："机不可失、时不再来，机不可失、时不再来！真乃天助我也，我终于可以放手一搏、扬眉吐气了！"

武姜看着公子段近乎疯狂的样子，忧心忡忡地说："段儿，你可要想好，开弓没有回头箭，你如果真的这样做了，你兄弟二人可要反目成仇了。寤生他……他绝不会任由你这样做。"

申侯家宰低声说道："太后，您不用太过担心，寤生征伐诸侯必败，到时候大王定会免了他的上卿和郑国国君之位，公子段手头有兵马有地盘，可顺理成章地成为郑国的继任国君。如果一味龟缩等待，到时候即使寤生下台，公子吕、公子元等人一定会取而代之，您甘心把郑国大好的江山交给他们吗？"

申侯家宰的话让武姜打了个冷战，她还真没有考虑到这一层，眼中不由得充满了怒火和恨意，恶狠狠地说道："段儿，既然主意已定，你就放手去做吧，母后全力支持你！"

2

陈国的告天下书在诸侯中传开，一石激起千层浪，顿时在王庭上下引起了广泛热议。

公子元急得团团转，他在大堂内来回走动着，边走边怒声骂道："真是条疯狗！如此欺辱我郑国，绝不能放过他。君上，请让我带兵征伐陈国！"

寤生稳坐在几案之后，不急不躁，好像他早已预见了这样的结果。

公子元止住了脚步，大声说道："君上，您就说句话吧，现在都火烧眉毛了，您还不急不躁？他们不但羞辱您，连先君也一块骂了，是可忍，孰不可忍！”

寤生微微一笑，说道：“三叔，少安毋躁！我那好舅舅派卫侯和虢公出使陈、蔡、许等国，想必也定会派人潜入我郑国活动，你就等着看吧，大戏还在后面呢！”

公子元急声问道：“难道我们要忍下这般羞辱吗？”

寤生脸色一变，严肃地说：“三叔，我定会出兵征伐陈、蔡等国，只不过时机未到，我们连对方的底牌都尚未摸清，怎么贸然出兵？”

寤生又说：“一则看蔡、许、陈三国的后续动作，二则等尚父、周公、宋公归来。不过，你说得对，我们也不能在这里无所作为。三叔，你现在办两件事，一是即刻整顿郑国之王师，随时准备出发；二是派人前往郑国，让上卿以演习之名将郑国的重兵之卫调往陈国边境，待宋国军队到达后，即可动手夹击陈国，速战速决！”

公子元此刻方才明白寤生等宋宣公归来的目的，他要组织郑、宋联军共同征伐陈国，如此必胜。他满眼感佩地望着寤生，大声说道：“君上，微臣这就去安排。”

公子元正要转身离去，伯毅带着祝聃和公孙子都步履匆匆地走了进来。

寤生慌忙起身迎上前去，激动地说：“尚父，您回来了！”

伯毅满脸疲倦，人瘦了整整一圈，他俯身叩拜，声音沙哑地说：“君上，您预料的果然没错，他们出手真够狠的！”

公子元惊疑地望着伯毅等人，问道：“太傅，你们这么快就赶回来了？”

祝聃在一旁插言：“太傅把沿途诸国的商社全部调动了起来，在百里之处设立给养站，每一处都有上好的战马备我们更换，十天十夜，太傅和我俩都是在马上吃、睡的。”

寤生急忙拉住了伯毅，眼里涌满了泪，上下不停地打量伯毅，哽咽着说：“尚父为我大周如此拼命，寤生感激涕零！”说着，帮伯毅解下披风，扶着他向旁边的几案走去，“尚父，快坐下休息。来人，给尚父上酒菜。”

伯毅坐下后，公子元、祝聃和公孙子都也在两旁坐了下来。

侍从很快将酒菜摆了上来。

寤生端起酒爵，大声说道："来，祝贺尚父归来！"

伯毅举了举酒爵，说道："君上，我们三人有幸不辱使命！"

寤生高兴地说："尚父，说说你们的秦国之行吧。"

伯毅放下酒爵，说道："君上、太宰，此次前往秦国，得亏伯灵在秦国巧为运作，秦国以国宾之礼款待我们。还有，君上舍得让微臣将缴获北狄的军械带过去，那秦伯见到我们带去的北狄军械，真是如获至宝，大喜过望，连声感谢。"

祝聃接过了话："其实秦国上下也正在等王庭的诏令，那秦伯更是明白人，他看到王庭的诏令，又见我们带去如此多的礼物，就已经明白君上您对他必有安排。还未等太傅向他提出，他就直接问道：'上卿有何安排，伯毅兄尽管一一道来，寡人定当照办。'"

伯毅接着说："当微臣向他提出遵诏派人出使王庭的要求后，秦伯满口答应，并承诺向王庭进贡十车粮食、一车金币。"他停顿了一下，又低声说道，"微臣觉得秦国连年战争，粮食对于他们来说更为珍贵，就私自做主，让秦国只需准备一车金币即可，至于十车粮食则由我郑国商社筹备。臣犯下不请之罪，请君上责罚！"

祝聃急声辩解道："君上，太傅把此事的恩德都记在了您身上。太傅言讲，赴秦之前，君上念及秦国长年为大周征战戎狄，专门交代，只要有遵礼纳贡的行动即可，不在于贡物多少。为表示郑国对秦国的支持，贡物之事郑国可全部办理。秦伯听后，感动得眼泪都流了出来，哽咽着说，待平定西戎，他必亲自来朝拜谢君上。"

寤生感动地看着伯毅，激动地说："尚父何罪之有？尚父处处为寡人着想，处处为寡人立德树威，寡人感谢上苍将尚父赐予郑国！"

公孙子都上前一步，说道："君上，陈国的檄文是怎么回事？真是欺人太甚！太傅之所以这么急着赶回，就是因为陈国的檄文。"

伯毅也问道："君上，如果微臣猜得没错，定是那申侯派人去了陈国。"

寤生点了点头，说："他不仅派人去了陈国、蔡国，还去了郑国，我们就等着看吧，更有味的东西还在后面呢！”

公子元扑哧一声笑了出来，说道：“君上，他们都把你骂得罪大恶极，我和太傅都急成这样了，你为何一点也不生气和着急呢？”

寤生笑了笑，说道：“三叔，生气和着急有用吗？我没想到陈侯竟然这样愚蠢，既然他想往刀口上撞，我们就拿他来开刀。”

伯毅直直地看着寤生，问道：“君上心中已有计划？”

寤生胸有成竹地说：“尚父，我舅舅派卫侯出使陈、蔡、许三国，想必他已经猜出我们会选择陈、蔡这些不大不小的国家用兵。”

公子元惊疑地问道：“他既然已经猜出来我们会往哪个方向用兵，那为何还让陈国发那檄文，这不是故意为我们征伐陈国提供理由吗？难道是他脑子糊涂了？”

寤生摇了摇头，说：“他的脑子很清醒，他就是想让我们征伐陈国，而且想让我们一败涂地，这样就可以在大王面前诉说我的种种不是，以此逼大王免去我的上卿之位甚至我的君位。他派卫侯游说三国，无非就是想让三国抱团来应对我们的征伐。”

祝聃一拍几案，站了起来，怒道：“那申侯好狠的心，好阴毒的计谋！”

伯毅摆了摆手，示意祝聃坐下，说道：“君上，您想如何对陈国用兵？”

寤生说道：“要想对陈国一战完胜，必须借助宋国、稳住蔡国、拖住南申和许国，一旦让陈、蔡、南申、许四国军队兵合一处，势必会增加战争时间。”

伯毅激动地说：“君上所言甚是，此次征伐必须速战速决、一战完胜，一旦征伐之战打成持久战，我们就败了。”

寤生连连点头，说道：“我那好舅舅就是想用战争拖住我，之后发动各国诸侯联名弹劾我，将来不论能否打赢陈国之战，我们都已输了。要想速战速胜，必须想法拖住南申和许国的军队。”

伯毅直直地看着寤生，脸上突然涌满了笑，低声说道：“上卿是想以蛮楚牵制南申和许国？”

寤生笑着点了点头，说："寡人以为，尚父的掐尾之策已到实施之机，我们不妨戳一戳蛮楚的龙须，以此收回对汉阳诸姬的控制。"

伯毅想了想，说："此事就由祭足去办吧，让他拿着上卿的诏令出使楚国。以祭足的三寸不烂之舌，定会把那楚君气得吐血。"

公子元问道："太傅，万一楚君一怒之下杀了祭足怎么办？"

伯毅哈哈笑道："不会！实话告诉你们，伯灵已经去了楚国，由伯灵居中运作，以祭足的八面玲珑，他定会不辱使命。"

寤生大惊，急声问道："尚父，您说什么？灵儿她……她又只身去了楚国？"

伯毅说道："您还不了解灵儿？她在秦国的使命已经完成，主动要求去的楚国。不过也好，正好与君上实施的掐尾之策不谋而合，有她在楚国，我们就不用担忧祭足出使楚国的安危了。"

寤生感慨地说："每到寡人生死攸关之时，灵儿都舍身赴险，寡人此生也难以还清对她的亏欠了！"

伯毅劝道："君上不必为此内疚，灵儿她身为郑国之人，为郑国为君上效力是她的职责和荣光。"

公子元不放心地说："太傅，话虽这样说，可灵儿一女子只身前往楚国那荒蛮之地，遇到危险可该如何是好？"

寤生陷入了沉默，心中好似打翻了五味瓶，什么滋味都有。既有对伯灵的感激，又有对自己的鞭策，还有对实施掐尾之策的信心和把握。他坚信，有伯灵在楚国，事情就已经成功了大半。

3

郑国上卿公子吕府门前，一个披头散发、衣衫褴褛的乞丐艰难地迈上台阶，身子一软歪倒在地上。

两个卫兵急忙上前，怒喝道："走，快走！这里是上卿府，到其他地方讨饭去！"

乞丐张开干裂的嘴唇，有气无力地说："我乃京邑大夫，快送我见上卿！有……有十万火急的要事汇……报……”说着，头一歪，晕倒在地上。

两个卫兵对望一下，抓起乞丐的衣服看了又看，说道：“此人衣服虽破，但着大夫锦服，我们快将他送到上卿那里。”说着，二人把乞丐抬进了内府。

公子吕正坐在几案边发呆。郑国也接到了陈国的檄文，公子吕尚未看完，就气得将檄文扔到了一旁。他深知，陈国之所以敢这样做，定是有那申侯在背后撑腰，否则仅凭陈国之力，陈侯绝对不敢招惹郑国。他很清楚，申侯定是冲着寤生的遵礼纳贡来的。此刻寤生不在身边，他不知道寤生对此事的反应，真怕寤生一时冲动犯下错误。

公子吕心里那个急呀！他真想飞到寤生身边，与寤生共同谋划如何妥善处理来自陈国的挑衅。但他也知道，他一刻也不能离开郑国，寤生将郑国交给了他，他必须替寤生牢牢守住郑国。他急切地盼望着来自王庭的消息，迫切想知道寤生对此事的态度和下一步的打算，可寤生和伯毅竟然像忘了他一样，已经许久没给他来信了。

卫兵将乞丐抬到公子吕面前，说道：“上卿，此人说他是京邑大夫，说从京邑逃奔而来。”

公子吕慌忙走上前察看，一眼认出是京邑大夫原繁，急声呼道：“原繁，你怎么成这个样子了？”

原繁曾是重兵之卫的将军，跟随公子吕多年，沉着冷静，深得公子吕的信任和赏识。北狄之战后，就是公子吕推荐原繁前往京邑任职的，目的就是让他监督公子段。他已经很久没有得到原繁的消息了，心中也曾暗暗怀疑原繁是否被太后收买。如果不是因为寤生不在国都，他早就亲往京邑实地察看了。

原繁闭着眼睛，嘴里反反复复地说：“我要见上卿，我要见上卿……”

公子吕看原繁嘴唇干裂，脸色黝黑，已瘦得没个人形，一把抱住原繁，心疼地说：“原繁，你睁开眼看看，我就在你跟前呀！快，快弄些水来！”

厅堂仆人端来了水，公子吕一小口一小口地给原繁喂了些水。原繁终于睁开了眼睛，看自己正躺在公子吕怀中，禁不住抱住公子吕大哭起来："上卿，上卿……"

公子吕拍了拍原繁，着急地说："原繁，莫哭，莫哭！你快说，京邑是不是发生了重大变故？"

原繁收住悲声，哽咽着说："上卿，臣有辱使命，罪该万死呀！"

公子吕怒声说道："原繁，京邑到底发生了什么事情？"

原繁坐正身子，说道："那公子段想要造反呀！他无故把臣关押了整整三个月，臣费尽千辛万苦才从监狱里逃了出来。从监狱里逃出来后，臣才知道公子段已豢养私兵千余人，并且他还给上鄙、下鄙大夫发出诏令，要他们限期归降，否则就要出兵征伐！"

公子吕站直身子，怒声吼道："什么？诏令？归降？征伐？段儿他想干什么，他要叛国谋反吗？"

原繁扑通跪下再次哭泣道："上卿，都怪臣受了那公子段甜言蜜语的蒙骗，臣罪该万死！"

公子吕在厅堂里来回走动着，安慰道："原繁，你休再自责，段儿既然已起谋反之心，你能活着回来就已经不错了，快起来吧！"说着，他转向身边的仆人，"带原繁将军吃些东西，换洗一下。"

原繁下去后，家宰走到公子吕跟前，说道："上卿，是否将这一消息告知君上？"

公子吕止住脚步，说道："你快去请颍考叔大夫，我们要好好商议一番。"

家宰应声出了门。

公子吕在厅堂里来回走动着，眉头不由得拧成了疙瘩，心中犹如翻江倒海一般。他很清楚，这所有的一切肯定都是申侯谋划的，没有申侯在背后撑腰，公子段根本不敢在京邑这样无法无天。联想到陈国的檄文，他更加坚定自己的判断，公子段的所作所为无非就是申侯的一步棋，他要从内外两个方向搞乱郑国，进而废了寤生。想到此，公子吕不由得惊出一身冷汗。他暗暗告诫自己，越是关键时候越要冷静，决不能贸然行动。

颍考叔疾步走进了厅堂，叩拜施礼："上卿！"

公子吕急忙扶起他，说道："颍大夫，快请起！君上和太傅让我们一起守护郑国，没想到京邑竟然出现了内乱。"

颍考叔笑了笑，说："上卿，家宰已将京邑之事告知我，您如何看待此事?"

寤生离开郑国之前，曾明确告诉公子吕，郑国之事要与颍考叔商议。公子吕深知颍考叔的本事，不但在谋略上不输伯毅、祭足等人，而且往往能拿出别人意想不到的奇策。

公子吕据实说道："段儿所为定是申侯安排的，与陈国檄文也必有关联，申侯他是想内外夹击，乱我郑国呀!"

颍考叔连连点头，说道："上卿所言甚是！对公子段所为，我们绝对不能孤立地看，亦不能简单对待。我意，此事需尽早告知君上，以便他统筹谋划应对之策。"

公子吕说道："是的，可派谁去呢，我目前不能离开郑国。"

颍考叔坚定地说："此刻正是危机之时，上卿绝不能离开郑国，王庭之行就由在下代劳吧!"

公子吕忧虑地说："太后那里能放你走开吗?再说，太后肯定业已知晓此事，她能让你为君上所用吗?"

颍考叔胸有成竹地说："上卿，实不相瞒，我早已知道公子段的不臣之心，并已报告君上。君上讲，多行不义必自毙，要我静观其变，却没想到公子段做得如此过分。此事还得面见君上，据实禀告。我已以家母病重为由，向太后告假。在下悄悄前去面见君上，应该不是问题。"

4

向来胆小的周平王开始有点沉不住气了。他没想到，偷鸡不成蚀把米，王庭下的两道诏令非但没得到各国诸侯的响应，还招来了陈国的檄文。许国也跟着凑热闹，言辞激烈，昭告天下对上卿口诛笔伐。更为令人生气的是，许国胆大包天，顺便把王庭和他也一块儿给骂了。

周平王让寺人把寤生和周公黑肩紧急召到了宫中，二人刚刚坐下，就见申侯步履匆匆地进了宫。

申侯恨恨地瞪了寤生一眼，未向周平王施礼就一屁股坐在了几案旁。显然，他心中对周平王也窝着一肚子的气。

周平王看了看申侯，此时他也没有心思计较礼节问题，又转向寤生，埋怨道："上卿呀，当初我就跟你说，现在的王庭已不同于往日，诸事都要小心谨慎。现在可好，我们自取其辱，非但没有诸侯前来纳贡，还招来了陈、许两国的辱骂，真是丢大人啦!"

寤生微微一笑，说道："大王，谁说没人纳贡？秦、晋两国的上卿已到王庭，他们都带来了众多贡品，并且齐国的贡品也会很快送来。"

申侯的脸色一黑，怀疑地向寤生望去。

周平王顿时高兴起来，激动地说："上卿，你说的可是真的，秦、晋、齐三国真的前来王庭纳贡了？"

周公黑肩躬身施礼，说道："大王，上卿说的一点不假。秦国送来一车金子、十车粮食，微臣已清点入库，秦国上卿明日即上朝叩拜大王，并呈上贡品清单。"

周平王满意地说："没想到……没想到王庭的诏书还有这么大的威力，看来还是齐、晋这些大国懂得遵礼守制呀!"正说着，周平王的脸色忽然又阴郁了起来，望着寤生说道，"上卿，你准备怎么处理陈、许这些不懂事的小国？他们这样辱骂你、辱骂王庭，我们可不能……"

还未等寤生说话，申侯抢先说道："大王，蛮楚北上犯我大周，大军已到南申边境，如果我们放任不管，他们不日即可打到王庭。"

周平王一听楚兵要打到王庭，顿时慌了，急声问道："这些年，我大周与那蛮楚一直相安无事，他们怎么会突然侵扰我们？"

申侯看了看寤生，恨恨道："这要问上卿了，他私自派人出使楚国，要楚君向王庭称臣纳贡，气得楚君暴跳如雷！楚君于是扬言要打到王庭，问罪王庭呢。"

周平王转向寤生，埋怨道："上卿，那蛮楚一直就不服从王庭，你为何招惹他们？现在他们要打过来了，你说怎么办？"

寤生起身说道："大王，兵来将挡，我泱泱大周岂能怕那些蛮楚!"

申侯霍然站起，大声说道："兵来将挡！你说得轻巧，那你就带兵去抵御蛮楚吧。"

寤生也站起了身，冷冷地说："舅舅将王师主力放在南申，另外还有汉阳诸姬互为拱卫，难道舅舅要对他们弃之不用吗？"

周公黑肩也跟着起身说道："大王，当今之际，应当让南申即刻行动起来，联合诸国，共同抗击蛮楚。"

申侯着急地来回走动着，边走边说："以南申和周边诸国的军队根本就难以抵御蛮楚的进攻，大王您需要尽快想办法呀！"

寤生坚定地说："挡不住也得挡！大王，养兵千日，用兵一时，汉阳诸姬和南申等国，加上驻扎在那里的王师，难道还抵御不住一个蛮楚？"

周平王看申侯和寤生顶牛顶在了一起，求救般地向周公黑肩望去，说道："周公，万一汉阳诸国挡不住蛮楚，可如何是好？"

周公黑肩走近寤生，说道："上卿，您刚到王庭，可能还不了解，他们着实难以抵御蛮楚的进攻。"

寤生叹了口气，说道："周公，攘外必先安内，陈、许公开挑战王庭的权威辱骂王庭上卿，如果不给他们点教训看看，我如何能在诸侯中立威？汉阳诸国如何能听我指挥？他们不听我的指挥，我去了又有何用？大王，臣建议由申侯带领申国之兵前去抵御蛮楚。"

申侯指着寤生，气急败坏地说："上卿，你想看我的笑话不是？你明知道申国军队抵御不了楚国军队，还让我带兵前去，是何居心？"

上次北狄之战，周平王就对申侯有很大的看法。他看申侯对此次蛮楚来侵，又想远远地躲开，不由得怒道："北狄之战，你申国就没出一兵一卒，这次你还想置身事外吗？"

周公黑肩转向申侯，说道："蛮楚侵扰之事，难道您真的不准备管了吗？"

周平王从玉榻上走了下来，冷冷地说："这次你申国再不出兵，寡人真是难以跟众卿交代！"

申侯原本打算出兵，他故作如此低的姿态，不过是想挑起寤生的好强之心，让寤生为他打头阵、当炮灰。他见寤生根本就没上当，哈哈一笑，说道："大王，此事涉及我大周根本，我岂能不管。不过，眼前还需汉阳诸国抵御蛮楚一阵子，我即使带兵前去御敌，也得做做战前准备。"

周平王拉住申侯，问道："需要做哪些准备呢？"

申侯看了看寤生，说道："大王，对于蛮楚，王庭不出手则罢，一旦出手就要彻底打痛他们，让他几十年不敢再侵扰大周。眼下，王庭由上卿领政，至于如何出兵，如何准备，这要看上卿如何安排。微臣完全服从上卿的指令。"

周公黑肩见申侯这样说，顿时感到轻松了起来。他深知寤生对于如何抵御蛮楚已经有了计划，满怀崇敬地望着寤生，问道："上卿，你计划如何迎战蛮楚呢？"

寤生胸有成竹地说："我计划组织两路大军开往汉阳边境，一路由申国、虢国、卫国三国联军组成，途经虢国、唐国等地，从西线开往汉阳边境；一路由我郑国军队和宋国、晋国组成联军，途经宋国、陈国等地，从东线开往汉阳边境，这样我们即可对蛮楚实现包围之势，一举把他们赶到汉江以南。"

周公又问道："这两路大军都由谁来统领呢？"

寤生看了看申侯，坚定地说："舅舅，西路大军就由您来统领吧，东路军就由我掌管吧，我也正好借机会会那陈侯。"

申侯不安地说："寤生，你真的要攻伐陈国吗？此刻，我们应一致对外，集中力量对付蛮楚，而不是窝里斗。"

寤生笑了笑，说："舅舅，我什么时候说要攻伐陈国了？我们取道陈国，是为了让陈、蔡诸国的军队编入东路联军之中，是为联合他们共同抵御蛮楚。"

周公黑肩高兴地说道："是的，只要陈国听从上卿调度，上卿岂会攻伐他们？"

5

颍考叔的到来，令寤生大吃一惊，他霍然起身。

身边的人更是惊得目瞪口呆，他们谁都没有想到太后武姜身边的红人，竟然星夜兼程，前来雒邑面见寤生。

寤生呵呵一笑，说道："诸位爱卿，今日我就将颍考叔大夫的真实身份公开一下，他其实是我君父派在母后身边的卧底。这些年多亏他忍辱负重，才使郑国没有出现大的动乱和波折。"

此刻，公子元才真正理解过去寤生为何处处对颍考叔谦让了，原来先君早有安排。

其实伯毅早就知道颍考叔的身份，但是他认为颍考叔亲自前来雒邑面见君上，定是因郑国发生了天大的事情，不由得急声问道："颍大夫，郑国是不是出了大事？"

寤生坐了下来，问道："颍大夫，郑国出了什么事情？"

颍考叔稳了稳神，说道："君上、太傅、太宰，公子段已豢养私兵上千，不但监押了京邑大夫原繁，还攻占了上鄙、下鄙两座城邑。"

不等颍考叔说完，公子元怒声喝道："段儿好大的胆，他这不是谋反吗？上卿怎么不出兵平叛？"

高渠弥、祝聃等人也个个义愤填膺："真是太过分了，这定是申侯的主意，他这是想从内部搞乱我郑国！"

伯毅阴沉着脸，一句话也没说，看得出他心中也是极其愤恨。

寤生脸色倒是极其平静，低声问道："颍大夫，原繁现在怎么样？"

颍考叔说道："原繁大夫经历九死一生，才从京邑逃到了新郑，目前正在上卿府，身体倒没有大碍。"

寤生又问道："母后呢？她参与此事没有，是不是她授意段儿做的，这一切可是她的主意？"

颍考叔回答："此次公子段攻占上鄙、下鄙两座城邑，太后着实没有参与，也不知道这件事情。我想，公子段的所作所为应该是受申侯所驱使。前不久，他派人给公子段送去粮饷和军械，谁能想到竟是让公子段攻城夺地。也怪臣下粗心大意，没有及时报告君上，臣下向君上请罪。"

寤生长长地松了口气，转向伯毅，问道："尚父，此事您怎么看？"

伯毅起身施礼，说道："君上，颍大夫说得对，公子段所作所为定是受那申侯驱使，据商社掌握的情报，申侯派人给公子段送去了几十车的粮食和军械。在我们准备讨伐陈国的关键时刻，他让公子段在郑国作乱，定是想从内部扰乱我们的作战计划，以配合陈、蔡、许、南申等国联军与我们作战。”

寤生冷冷一笑，说道：“做他的美梦吧！尚父，您以为陈、蔡、许、南申诸国能组建联军吗？”

伯毅微微一笑，说道：“根本不可能！申侯曾专门派卫侯前去蔡国游说，为何蔡国至今没有跳出来？说明蔡侯根本就不愿意蹚这浑水，更不会和陈国组建抗击王师的联军。再说南申和许国，现在蛮楚大军长驱直入，他们抵抗蛮楚还力不从心，哪儿有精力管陈国的破事。君上的借力打力之策，委实高明呀！”

寤生脸上也露出了微笑，说道：“这还多亏祭足呀！不过，这次我是真想捋捋蛮楚的‘老虎尾巴’。”

伯毅惊疑地看着寤生，不解地说：“君上，您故意惹怒楚君，难道不是为了用他们牵住南申等国吗？”

不仅伯毅惊异，公子元、高渠弥、祝聃等人对寤生的话也有些不理解，他们一个个惶恐地望着寤生，急切地等他回答。

寤生环视了一下众人，自信地说：“你们不要把蛮楚想得那么可怕。各国诸侯为什么不把我们放在眼里？是因为他们总觉得我们战胜北狄是侥幸，这次我就要通过挫败蛮楚在诸侯中立威。”

公子元一直惦记着征伐陈国和公子段造反的事情，此刻见寤生的最终目的是征伐楚国，心中顿时焦灼，忍不住问道：“君上，陈国和段儿怎么办？任由他们胡闹？”

寤生从众人的眼神中已经看出来，不仅公子元着急，高渠弥、祝聃等人也都窝着一肚子火，都盼着他下命令去收拾陈国和公子段。可是处理问题应分轻重缓急，他找楚国掰手腕，就是不想通过自相残杀来立威，所以目前对于公子段必须忍耐。刚听说公子段的种种恶行后，他也很愤怒，当时也想让公子吕带领重兵之卫前去征伐。可他安静下来后，觉得目前贸然对公子段用兵，于情于礼都还有些牵强，不如将此事交与母后来处理，如果公子段能改过自新，何苦要兄弟反目呢？

想到此，寤生平静地说：“三叔，陈国和段儿不能混为一谈。陈国辱我大周、辱我郑国，对他们我们决不轻饶，必须痛击之！段儿的胡闹，说到底还是我们的家务事，他犯下如此错误，我作为兄长也有失察和管教不力之责，我看段儿还是交由我母后处理为妥。”

听罢，颍考叔高兴地说：“君上宽厚仁爱，先君在天有灵定会非常欣慰！”

公子元见颍考叔这样说，咂了咂嘴，到了嘴边的话又硬生生地咽了回去。他是极想对公子段用兵的，他觉得公子段如此胆大包天，不给公子段点教训，以后定会闯下大祸。可他见颍考叔搬出了先君，就知道不能再说了。作为叔叔，他如果执意让两个侄子骨肉相残，传出去他还怎么在郑国立足？

高渠弥走到大厅中央，躬身叩拜，大声说道：“君上，如何行动，您就安排吧，我们一定坚决执行！”

寤生哈哈一笑，说道：“高将军是不是已经等不及了？好，下面我就给大家分一下工。”

众人纷纷起身，等待着寤生派发将令。

寤生说道：“尚父，您即刻带着寡人的信函赶回郑国拜见太后，让太后出面管教段儿，此次最好能说服太后让颍考叔抓紧赶赴京邑，负责管教段儿。另外，您让上卿带领重兵之卫火速赶往郑、陈边境，待我们联军赶到后，东西夹击，一举拿下陈国。太宰，您带领腹心之卫前往京邑，如果段儿不听劝告，就把他缉拿回去交给太后。”

颍考叔看了看寤生，问道：“君上，在下即刻返回郑国？”

寤生感激地注视着颍考叔，说道：“颍大夫，你此行雒邑，我母后应该不知道吧？”

颍考叔据实答道：“太后的确不知，我以回颍地探病母亲为由离开新郑，她应该不知道我来到了这里。”

寤生问道：“我母后她身体可好？饮食怎样？可有提及寡人？”

颍考叔敬重地望着寤生，说道：“太后她身体很好。她时常在臣下面前提及君上，说她还真是看错了您，没想到您的英明神武一点不低于先君。君上征战北狄期间，太后时常夜不能寐，非常惦记君上的安危！”

寤生脸上露出了欣喜之色，低声说道：“寡人没想到母后竟然还能惦记着我！”

颍考叔说道：“君上，母子连心，太后虽然对君上要求苛刻，但她内心深处还是非常牵挂您的。”

伯毅问道：“君上，对如何处置公子段可有安排？”

寤生转向伯毅，叹了口气，说道：“多行不义必自毙！尚父，颍大夫目前尚不合适公开出面处理段儿之事，您回郑国之后，还是酌情处罚段儿吧，只要他主动撤出两座城邑，可既往不咎。寡人不想因此事让母后伤身。”

颍考叔感动地深施一礼，大声说道：“君上圣明，臣下替太后谢谢您，臣下告退！”

寤生起身一直把颍考叔送到了厅堂门口，低声说道：“颍大夫，母后那里还望您代寤生妥为照顾，遇有情况望及时告知。至于段儿，还望您在母后那里加强引导，母后溺爱段儿，看似爱他，实则在害他呀！”

6

连日来，申侯如同热锅上的蚂蚁般坐立不安。自从楚国动手以后，南申几乎天天传来坏消息，楚国军队已攻占了三个小国，打到了南申边境。他一心想着联合南申、陈、蔡诸国抵御郑国军队，没想到楚国突然动手，而且下手非常狠，大有一举歼灭汉阳诸姬之势。

南申使者满含热泪哀求道：“宗主，您快点督促大王发兵吧，王庭再不发兵，不但南申要灭，汉阳诸姬也逃不了灭国的命运！”

申侯很清楚，卫国、虢国虽然目前跟他走得很近，不过是相互利用罢了，中原各国真正和他一心的只有汉阳诸姬。经过多年的经营，汉阳诸姬已成为他的嫡系。一旦汉阳诸姬被楚国歼灭，他逐鹿中原的梦想将彻底破灭，这是他万万不能接受的，这些年的苦心经营绝不能让蛮楚给破坏了。

令申侯憋气的是，他明知道蛮楚这次突然袭击汉阳诸姬是寤生的杰作，是寤生用来对付他的策略，却拿寤生没一点办法，甚至还得一切听从寤生的安排。为了保住南申和汉阳诸姬，他只有乖乖地与寤生合作。

申侯憋气，卫庄公和虢公心里也不舒服。周平王下诏，让他们带兵随同周公黑肩绕道虢国前去抵御蛮楚，他们知道这是寤生的安排，心里抵触，不愿意带兵前往，可又找不出拒绝的理由。他们很清楚，此次蛮楚北上不同于北狄南侵，北狄是为索要钱物，蛮楚可是为大周的地盘。说白了，此次如果不能坚决抵御住蛮楚北上，以后汉江以北的中原诸国谁也别想有好日子过。不过，不让寤生付出点代价，就顺从地听从其安排带兵御敌，他们心里着实不甘。

他们对于出不出兵心存犹豫，便来找申侯，就是想请他拿个主意。如果申侯不同意他们出兵，他们就坚决不出兵，管他蛮楚如何歼灭汉阳诸姬，跟他们又有什么关系。对于周天子，他们更不在乎，随便找个理由就把他给打发了！

二人窝着一肚子气来到了申侯家，见申侯在屋里团团乱转，齐声问道："您可是为蛮楚北上忧心焦虑？"

申侯看到二人，如同见到了救星，大步上前抓住二人的手，急声说道："二位，二位，南申危矣，危矣！"

虢公心一沉，申侯的态度已表明，他不会反对他们出兵的。想到此，他拍了拍申侯，慢声说道："莫急，大王已下诏，命我二人随同您即刻出兵，绕道虢国从西线抵御蛮楚。"

卫庄公接过话说道："寤生和宋公带领郑、宋、晋、陈、蔡等国军队从东线进攻蛮楚。"

申侯无力地说："蛮楚来势汹汹，这也许是最好的办法了。我们必须想尽一切办法保住汉阳诸姬。"

虢公摇了摇头，说："寤生要带领陈、蔡等国的军队，陈、蔡等国会听他的吗？这恐怕只是寤生一厢情愿的设想，他们绝不会听命于他。"

卫庄公说："不知道寤生这小子葫芦里到底装的什么药，为了在王庭树威，他两次鼓动大王下诏，又派人出使秦、晋、齐三国，费了那么大的劲，绕来绕去，无非就是通过攻打陈、蔡这些小国来杀将立威。眼看各项准备工作已做完，就要实施他的计划部署了，却又虚晃一枪把目标调整到了蛮楚身上。你们可知道，蛮楚北上就是寤生故意挑起的，他派祭足出使楚国，设计激怒楚君，就是为了发动这场战争。我看，寤生这小子不是疯了，就是脑子有问题！”

申侯陷入了沉默，许久他才说道：“寤生他清醒得很！他设计发动对蛮楚的战争，就是为了破解我们的围堵战略。你们想想，面对蛮楚的攻伐，汉阳诸姬哪儿还有精力与陈、蔡合兵，一起抵御其攻伐？现在好了，他组建郑、宋、晋三国联军假道陈、蔡，就是为攻伐他们呀！”

卫庄公急声说道：“你说怎么办？要不我们也不绕道虢国了，直接将申、卫、虢大军带到陈国边境，看他寤生如何攻伐陈国？”

申侯连忙说：“不妥！现在汉阳诸姬十万火急等待救援，我们早去一时，就能少被蛮楚灭一国。你们也清楚，目前天下诸侯只有汉阳诸姬是我们的嫡系，如果他们都被蛮楚歼灭了，我们将来在王庭的地位可就真的岌岌可危了。”

卫庄公问道：“那陈国怎么办？他们怎么抵御寤生的三国联军？”

申侯无力地说：“寤生不是没说攻伐陈国吗？只要陈国放低姿态，主动配合他组建联军，只要不给他攻伐的理由，他应不会对陈国动手。再说，陈侯那个蠢货，是他自己往上撞，我们犯得着为他操心吗？”

虢公叹了口气，说道：“看来也只有这样了。迎战蛮楚，我们可需尽力而为？寤生既然挑起了这场战争，就应该让郑国之兵冲锋上阵，我们被他寤生拿来当出头鸟，怎么想怎么憋气！”

申侯苦着脸说：“如果我猜得没错，寤生带的三国联军定会在陈、蔡两国拖延一段时间，所以我们必须抓紧开赴前线。为了汉阳诸姬，你们切不可藏私，否则后果真的不堪设想！等寤生的大军开赴前线后，你们可视情而动，要想方设法让郑国军队打头阵当先锋。”

卫庄公诡秘一笑，说道：“这个你放心，我们定会让寤生尝到他发动这场战争的苦果。”

7

寤生下定决心要拿陈国开刀。他命郑、晋、宋三国联军浩浩荡荡开赴到了陈国，连同郑国的重兵之卫，从东、北、西三个方向对陈国形成了包围。

寤生很了解申侯的为人，也知道汉阳诸姬在申侯心中的分量。汉阳诸姬是他的嫡系，陈、蔡不过是他利用的对象。为了保住汉阳诸姬，他根本不会在乎陈、蔡两国的死活的。

他也摸清了陈桓公妫鲍的性格，那是个一点火就着的家伙。只要逆了他的龙鳞，他会不顾一切跟你对着干。

正是算准了这一点，寤生才带领军队大张旗鼓地赶到陈国国都，并形成了对陈国的包围之势，目的就是激怒陈桓公妫鲍。

为了进一步激怒陈桓公，寤生特意以上卿的身份向陈国拟了份诏书，命令陈桓公即日前来拜见。对于前去传诏的人选，他特意选择了宋国公子。一旦陈桓公对宋国公子不敬，很快就会引起联军对陈国的激愤。

果然不出寤生所料，陈桓公对联军围城气得火冒三丈，他在大殿上跳着脚骂寤生。令他气愤的是，寤生竟敢公然违制，率大军进入他陈国，还将他的国都团团包围起来。寤生诏告天下要遵礼守制，今天却带头违制，公然侵略别的国家！这个寤生满口仁义道德，干的却是小人行径！他要去王庭告寤生，要在天下诸侯面前揭露寤生的恶行，要向周天子讨要个公道！

陈桓公在对寤生重兵围城感到愤怒的同时，对申侯也充满了怨气。当初，申侯派卫侯前来游说时，信誓旦旦地表示要当他的坚强后盾，几个国家联合起来对付寤生。现在寤生率领大军长驱直入，已经到了陈国都城，申侯竟然不管不问，连信儿都不传一个，这不是明显的坑人吗？

不过，陈桓公心中仍存有一丝侥幸，他不相信寤生真敢公然讨伐陈国。他想，寤生如此假公济私报复陈国，难道就不怕遭到天下诸侯的谩骂和非议？再说，寤生虽然是上卿，可王庭之上还是申侯说了算，以他和申侯的关系，申侯会任由寤生胡来？他觉得，寤生不过是虚张声势来吓唬吓唬他，为的是逼他就范、迫他屈服。只要他坚决顶住瘧生的恐吓，一定会在申侯那里赢得赞扬和赏识，到时候他到王庭任职的愿望说不定就顺利实现了。他认为，此次只要能坚决顶住瘧生的侵扰，陈国就可以一举成名，赢得天下诸侯的赞扬。

就在陈桓公在大殿之上患得患失之时，宋国公子与夷拿着诏书进了大殿。与夷走到大殿中央，高举诏书："陈侯听诏，上卿命你即刻带领宗亲和臣下前往城外接驾！"

此次前来陈国传诏是与夷主动争取的。他的目的就是尽快立功，让天下诸侯看看，也让他那糊涂父亲看看，他与夷是有真本事的。

宋宣公原本是派弟弟子和随瘧生出征的，他已下定决心要将君位传给子和。对与夷，他也不是没有想过将君位传于他。但随着对与夷的观察，宋宣公越来越感到与夷不适合担任一国之君。不说文韬武略，就说与夷那狂妄自大、冲动暴虐、好战成性的心性，就很容易给宋国黎民百姓带来灾难。为了宋国的千秋大计，他宁愿有违周礼，也要将君位传给品行高洁的子和。

不过，宋宣公也很清楚，与夷一定不会甘心自己将君位传给子和，他早已开始在宋国凝聚自己的势力，将来一定会给子和带来不少麻烦。此次他派子和随瘧生南征蛮楚，胜利归来后，一定能很好地巩固和提升子和在宋国的地位和声誉，也对他巩固宋国的政权助力。

公子与夷何尝不明白父亲的想法。他早就对父亲如此偏爱叔叔子和产生了嫉妒和怨恨，可再怎么恨，再怎么怨，他也只能深埋在心底，丝毫不能表现出来。因为父亲现在还牢牢掌控着宋国，他表现出的丝毫不满，只能增加父亲对他的不喜欢和不信任，只会更加坚定父亲将君位传给叔叔的决心。他要想赢得父亲的信任和倚重，让父亲转变传位给叔叔的想法，就必须让父亲看到他的能力，看到他的文治武功，让父亲认识到只有他才能强大宋国，也只有他才最适合做宋国的国君。

此次瘧生率军南征蛮楚，与夷自然也看到了展示才华、提升地位的机会，他想只要能独自带兵随瘧生南征，胜利后一定能改变父亲对自己的看法。他甚至想到，即使父亲固执己见坚持传位给子和，有了南征蛮楚的政绩，他也就有了和叔叔争夺君位的资本。为了争得这次随瘠生南征的机会，他整整磨了父亲一天一夜。为了说服父亲，他又哭又闹，甚至把爷爷武公都搬了出来，说爷爷如何鼓励他为宋国建功立业、保国安民。父亲耐不住他的软磨硬泡，最后才同意了他随瘠生出征，不过却没有让他担任宋国军队的统帅，而是作为子和的副手，随同大军一同出征。

与夷心里充满了恨意，可他很清楚，这已是最好的结果，再争取亦徒劳无益。也正是因为如此，在进入联军后他处处与子和争风头，不论瘠生派什么任务，他都抢先争取，为的就是在联军中展示自己。

陈桓公看公子与夷那不可一世的样子，刚刚熄灭的怒火腾一下又蹿到了脑门上。尤其是听说瘠生要他带领宗亲和臣下前往城外接驾，再也控制不住，一拍几案站了起来，怒声吼道："大胆！你一个小小的来使竟敢命令寡人？来呀，给我推出去砍了！"

士兵一拥而上，就要捆绑公子与夷。

公子与夷见陈桓公来真的了，顿时慌了，大声喊道："两军开战，不斩来使！我是王庭派来的传诏官，你凭何斩我？我是宋国世子，砍了我，宋国绝不会放过你们，我父亲和叔叔定会灭了你们陈国！"

陈桓公完全被愤怒冲昏了头脑，歇斯底里地吼道："小子，你敢威胁我？我砍的就是你宋国世子，给我推出去砍了，砍砍砍，砍了！"

众士兵拉起公子与夷要往外走，公子与夷扭着身子不动，一边哭喊道："两军开战还不斩来使，你凭什么杀我？"

正在这时，公子佗疾步走了进来，冲着士兵大声说道："休得无礼！快松开王庭使官！你们想造反？难道你们想让陈国亡国吗？"

公子佗这句话其实是说给陈桓公听的。他很清楚，一旦陈桓公杀了公子与夷，瘠生一定会以此为由灭了陈国。

陈桓公见公子佗竟敢公然违逆自己，抓起几案上的竹简向公子佗砸了过去，尖叫着吼道："妫佗，你要干什么，难道你要跟寡人作对不成？"

公子佗慌忙双膝跪地，泣声说道："君上，公子与夷万万不可杀呀！我们千万不能中了瘠生的一箭双雕之计！"

陈桓公一愣，直直地看着公子佗。他心中最大的忌讳就是怕人说他不如寤生沉稳聪慧。他与寤生都是少年继位，而且继位时间相差不到一年。少年时，他去郑国看望姑母陈夫人，曾和寤生共处了几个月。朝夕相处下，他自觉在文韬武略方面都要比寤生高出一筹，打内心深处就看不上寤生那个呆瓜。令他万万想不到的是，几年后的今天，寤生那个呆瓜不仅打败了北狄，还稳稳地当上了王庭上卿。他在嫉恨的同时，深感命运的不公。他自诩有经天纬地之才，为何上天却不给他那样的机会。也正是因为这一心结，所以当卫庄公前来游说时，他根本未细加思考就同意了与寤生作对。不过，他虽然心中嫉妒寤生，但对寤生的一系列作为，还是暗暗佩服的，他心中早已把寤生当作了一生的对手。当他听到一箭双雕之计，心中顿时犯起了嘀咕。他想通过这次对抗寤生在天下诸侯中扬名，若反而中了寤生的算计，可就丢人丢大了。

公子与夷心中不由得一惊，不自觉地将目光转向了公子佗。

陈桓公疑惑地望着公子佗，问道："上卿，此言怎讲？"

公子佗从地上爬了起来，看了看公子与夷，说道："君上，您是被愤怒迷惑了眼睛，没有看出寤生的险恶用心。寤生为何早不派人前来宣诏，为何在大军深入都城之后再派人来宣诏？并且他为何要派宋国世子前来宣诏？"

面对公子佗的三问，不仅陈桓公蒙了，公子与夷也被他说得一头雾水。

公子与夷走近公子佗，急声问道："难道我前来陈国宣诏，也中了寤生的算计？"

公子佗冷冷一笑，说道："世子，你岂止是中了寤生的道，他是想借我们的手要你的命呀！"

公子与夷脸色骤变，颤声问道："我与他无冤无仇，他为何要我的性命？"

公子佗冷冷一笑，说道："世子真是聪明一世，糊涂一时呀！天下诸侯谁不知道上卿子和在与世子争夺君位，寤生与子和是什么关系你应该最清楚呀！借我们的手除掉你，子和不就可以顺利继承君位了吗？"

陈桓公见公子佗与公子与夷二人一问一答，完全把他置于脑后，胸口又涌满了怒火，不高兴地说道："妫佗，你跟他说那么多干什么？你跟我说说寤生算计的另一雕是什么？”

公子佗满脸苦楚地说道：“君上，寤生想灭我陈国！他大军围我都城，就是想一举灭陈！他要的就是我们杀了公子与夷，这样就可以统率联军对我们行灭国之策呀！”

“什么？他要灭陈？”陈桓公大怒，三步并作两步地跳到公子佗跟前，吼道，“我就是要杀与夷，看他寤生究竟敢不敢灭陈！”

公子与夷看陈桓公简直疯了，深知再不低头示弱，恐怕真的性命难保，慌忙掉转身子扑到陈桓公脚下，跪在地上连连磕头，边磕边说道：“陈侯饶命，饶命呀！都怪我年幼无知，上了寤生那小子的当！”

陈桓公恶狠狠地看着公子与夷，冷笑着说：“哼！想灭我陈国，他寤生还没那个能耐！与夷呀与夷，怪就怪在你太蠢了，不该被寤生利用。死罪我可以免，但活罪决难饶！来呀，给我行三十军棍，赶出城外！我在城门口等着他，看他寤生能奈我何？”

8

公子与夷被打得皮开肉绽，像条死狗一样被扔到了城外。

与夷心中恨透了陈桓公妫鲍，也恨透了君父和叔叔子和。妫鲍明知道这是寤生一箭双雕之计，还把他打得这么狠，完全没有顾及他是宋国世子，更完全没有将宋国放在眼里。他发誓，一旦等他得了君位，一定要灭了陈国，以报今日之仇、之辱。更可恨的是，如果不是君父昏了头，如果不是他一门心思要将君位传给叔叔子和，他怎么可能如此立功心切随寤生攻打蛮楚，那妫鲍如何敢对他大打出手？还有叔叔子和，为了和他争夺君位，百般讨好君父，在国内处处出风头，处处挤对他，把他比得一钱不值，令他在宋国如丧家犬一般。

与夷心中更恨寤生。以前他还以为寤生是个有本事的人，对申侯、卫侯、虢公等人排挤寤生感到不平，通过这件事，他才深深地认识到，原来这个寤生少年老成，其阴毒狠辣不亚于他人，甚至更阴险。怪不得当时寤生对他的请求答应得那么干脆利索，原来早就存了害人之心，让自己白白挨了一顿毒打，还险些丢了性命。他和寤生本无过节，君父还对寤生那么好，处处帮他事事助他，寤生竟然为了自己的一点私利，为了帮那子和顺利继位，不惜让他去当牺牲品，真是心狠手辣之徒，他这样怎对得起自己君父，怎对得起一心帮助他的宋国？

此时此刻，与夷才真正地认识到，把自己的前途命运寄托在别人的良心之上，真是太幼稚太可笑了！他必须尽快成熟起来，他要用尽一切手段，谋取自己应该得到的利益，决不能让本该属于自己的一切便宜了任何人。

此时此刻，与夷更加坚定了夺取君位的决心。只有夺得了君位，他才能实现自己的理想，才能赢得别人的尊重和敬仰；只有夺得君位，他才能发起反击，才能让这些有负于他的人付出惨痛的代价，才能发泄心中的仇恨和愤怒！

与夷在满怀愤恨的同时，也想好了回去后如何向寤生交差，他要充分利用这次机会彻底把自己的锋芒隐藏起来，他要让寤生和叔叔看到他的窝囊和无能，更要让陈桓公为他的鲁莽行为付出惨痛的代价。

宋国上卿子和见与夷被抬进来，浑身是血，慌忙迎上去颤声说道：“与夷、与夷，出你这是怎么了？谁把你打成这样？”

寤生看与夷被打得这么惨，三步并作两步急忙来到了担架跟前，怒道：“谁把世子打得这么狠！疾医，快喊疾医！”

与夷脑子非常清醒，他能感受到叔叔和寤生的着急与关心，但他仍旧紧闭着眼睛，故作昏迷。

两个侍从放下了担架，结结巴巴地说：“陈侯……是陈侯命人打的世子，他……他看完诏令就要命人把世子推出去砍了，多……多亏陈国上卿公子佗讲情，世子才……才免了一死，却被打了三十军棍，给……给扔到了城外。”

子和见与夷一直昏迷不醒，紧抓着与夷的手，眼里涌满了泪，泣声说道：“与夷、与夷，你快醒醒！你要有个三长两短，我可如何向你君父交代？”

与夷心里暗骂道：到现在你还在演戏，其实你内心深处是多么盼望我死在陈国，我今天定要看看你怎么把这场戏继续演下去！想到此，与夷慢慢地睁开了眼睛，痛苦地呻吟起来。

子和看与夷清醒了过来，激动得泪流满面，急声说道："与夷、与夷，你终于醒了！"

与夷直直地看着子和，眼里也挤出了泪，无力地说道："叔父，侄儿以为再也见不到您了！侄儿无能，让宋国蒙受奇耻大辱，我还不如死在陈国呢！"说着，哽咽着哭了起来。

与夷已完全改变了原来的想法，他原想着通过这次南征蛮楚好好表现一下自己，以此得到君父的认可。可此次出使陈国，让他深切地认识到了人性的险恶和政治斗争的可怕，只有留着命回到宋国，他才有机会和叔父争夺君位，否则一切愿想都是空的。他下定决心，从此以后再也不逞能和露强，一定要在叔父和寤生面前表现得无能，否则这次征伐蛮楚之行可能令他再也难以回到宋国。他要通过示弱，让叔父放松对他的警惕，让寤生能够放过他，平安回到宋国。

子和站直了身子，眼睛怒视着前方，厉声说道："好一个狂妄的妫鲍，竟敢如此打我世子，辱我宋国，此仇不报，誓不为人！上卿，您就下令吧，我要率军踏平陈国！"

营帐中的公子吕、祭足等人一个个也愤然起身，齐声说道："上卿尽管下令，吾等即刻率大军踏平陈国！"

寤生要的就是这个效果。他环视了一下众人，一眼看见晋公子姬平满脸疑惑地望着众人，深知调动大家同仇敌忾攻打陈国还欠把火。他之所以长驱直入带兵直逼陈国国都，就是因为晋、宋两国对攻打陈国还有不同的想法。陈国不恭的是他寤生，他们不甘心被寤生利用。在思想尚未统一的情况下就贸然攻打陈国，晋国和宋国定然不会出全力。只有把宋、晋两国对陈国的怒火激发起来，才能一鼓作气拿下陈国。所以一路来，他要的就是彻底激怒陈桓公，要的就是陈桓公犯错。

想到此，寤生起身来到了帅位之上，看了看晋公子姬平，叹声说道："世子，寡人没想到这妫鲍如此狂妄，他藐视王庭、辱我寤生不说，竟然如此不把我们联军放在眼里。晋、宋都是王庭的一等大国，他竟然如此不屑一顾，当众羞辱。如果世子前往陈国，恐怕也是现在的下场。联军围城，他妫鲍公然殴打联军使官，置联军脸面于何地，置晋、宋、郑三国脸面于何地？如不对这妫鲍严加惩处，我三国哪儿还有脸面取信于天下诸侯？我作为主帅哪儿还有脸面统率三军？真是岂有此理！”说着，用力向几案拍去。

痦生不轻不重的一席话顿时把姬平的决战之心给激发了起来，尤其是最后两句话，着实让姬平感到了危机。是呀！虽然挨打的是宋世子与夷，可他却是联军的使官，如果自己在此问题上没有明确态度，不但会被郑国的痦生和宋国的子和笑话，还会被天下诸侯嘲笑，恐怕从此以后他会彻底失去晋国军队的支持和信任，更重要的是，一旦失去军队的信任，即使将来他继承了君位，也很难坐稳。

姬平躬身施礼，大声说道：“这妫鲍真是狂妄无礼，藐视王庭，辱我联军，是可忍，孰不可忍！请上卿发令，我晋军甘愿打头阵当先锋，灭了陈国！”

宋上卿子和见姬平请缨要打头阵，忙躬身施礼，急声说道：“上卿，陈国打的是我宋国世子，此仗我不冲在最前面，不仅无法向我们的君上交代，我也对不起跟随我出征的宋国将士！”

痦生激动地站了起来，大声说道：“好！二位忠勇可嘉！既然大家都争着当先锋，打头阵，那就让大家都当先锋、都打头阵！高渠弥、祝聃，你们与宋上卿、晋世子各带一路军队，四路大军各攻一门，同时进攻陈都，力求速战速决，以迅雷之势迅速拿下陈都！”

姬平、子和、高渠弥、祝聃四人一齐上前，躬身施礼，大声说道：“吾等定不辱使命！”

痦生看着四人，大义凛然地说道：“我联军是正义之师、威武之师、文明之师！陈侯虽无道，但我联军有大义。大家一定要记住，当前我们的敌人是蛮楚，此次对陈国只是略施薄惩，不是灭国屠城。攻城之时，你们可尽力施为，一旦进入城内就要严格管教部属，切不可烧杀抢掠！我在这里提前警告大家，谁的军队出问题，我就对谁军法从事！大家务必牢记我们联军是正义之师，一定严格约束部属！”

四人抱拳施礼，说道："上卿放心，吾等定当严格约束军士！"

寤生满意地看了一眼四人，大声说道："出发！寡人将在陈国宫廷为大家设宴庆贺！"

9

赶走了宋国世子与夷，陈桓公穿上铠甲登上了城楼。他想着，寤生定会先礼后兵，两军对垒，先咏战斗檄文进行一番文斗。他要亲自咏读陈国的战斗檄文，借此机会痛批寤生的种种不礼行为，在各国军队面前揭开他的虚伪面具，让天下人好好看一看寤生的丑陋嘴脸！

其实，自从寤生带领联军进入陈国之时，陈桓公就盼着这场战前辩论。所以，他早就安排前方各邑放弃抵抗，尽管放行王庭联军杀向陈都。与此同时，他早已安排太宰起草了战斗檄文，并亲自动手对檄文进行了反复修改。他幻想着，要通过这篇羞辱寤生的战斗檄文，在天下诸侯中一举成名，从此令寤生再也不敢轻视和小看自己。

陈桓公想起小时候在郑国生活的日子，每次姑母让他和寤生一起背诵经典，他都是倒背如流，那寤生却次次磕磕巴巴背不全，那个狼狈样令他现在想起来都想笑。他甚至想象着，在这气势磅礴的檄文面前，寤生被羞辱得面红耳赤的样子，更想象着从此以后，他不但会赢得天下诸侯的赞扬，陈国上下也定会像神一样崇拜和敬仰他。

也正是有了这些想法，陈桓公在前往城头之时，把文官百官全拉过去了，为的就是让大家看看他的精彩表演，让大家为他鼓气喝彩！

陈桓公威武地站在城头之上，做好了宣读檄文的一切准备。可他万万没想到，寤生根本就不按套路出牌，非但没有按照战争礼跟他列队对阵，连阵前宣读檄文也免了，四路大军从东、南、西、北四个方向同时发起了攻击。

望着大水淹城般的王庭联军，陈桓公顿时蒙了，气急败坏地骂道："寤生，小寤生，你……你好不要脸，竟然连战争礼也不遵从了？"

陈桓公身边的文武官员更惊慌，因为守城军队都被陈桓公调到了北门，东、南、西三门的将士加在一起也不足千人，根本抵御不了联军的几万大军。

公子佗心中恨透了他这个志大才疏的荒唐哥哥，他有一套都城防御的策略，可任凭他怎么劝说，陈桓公就是不听，坚持认为寤生会遵从战争礼跟他先礼后兵，还把全部兵力都调到这里来观看他表演，真是幼稚、荒唐！

公子佗见陈桓公六神无主的样子，上前一步说道：“君上，赶快派兵支援呀，再不去支援，东、南、西三门用不了一个时辰就要被攻破，到那时我们就全完了！”

陈桓公这才回过味来，慌慌张张地说道：“支援，支援！对，赶快去支援，赶快去支援！”

公子佗不满地看着陈桓公，怒道：“君上，你抓紧派兵呀！”

“对对对，派兵！”陈桓公环视了一下众人，颤声说道，“公子佗、公子印、龙句，你们各带一旅速往东、南、西三门支援！”

三人再也等不及了，陈桓公话刚一出口，他们就冲下城头，各带一旅向三个城门奔赴而去。

公子佗等人刚走，王庭联军就对北城门发起了猛攻。攻城军队就是郑国高渠弥带领的腹心之卫，只见郑国军队先是一阵箭雨，紧接着步兵就搭起云梯，攻上了城墙。

高渠弥和祝聃赤膊上阵，手提利刃第一个冲上城墙。

陈国军队根本就没想到郑国军队会有如此打法，他们的车兵在城门后一字排开，就等着陈桓公下令开出城外，与郑国军队一决高下呢。还未等他们反应过来，郑国的弓弩兵和步兵也攻上了城头。弓弩兵居高临下，对着陈国的车兵又是一阵狂射。

陈国军队本来就已惊慌失措，面对郑国军队的二次箭雨，顿时如无头苍蝇一样四散逃窜。一时间，车挤车、马踩马、人压人，陈国的车兵人仰马翻，乱作一团。

陈国军士有被掀下车的，有被马踏在地上的，有被多辆车挤在当中的，有被弓箭射死的，死伤遍地，血流成河。

陈桓公见郑国军队攻上了城头，早就吓得成了一摊泥。只见他瘫坐在地上，任凭身边的寺人怎么拉也起不来。寺人索性一齐上前，抬起他向城下逃去。

刚走了几步，就被人拦住了出路。郑国猛将祝聃带着一小队士兵将陈桓公团团围了起来，陈桓公的守卫举刀就往前冲，还未等冲到祝聃跟前，就被弓弩射成了刺猬。

祝聃冷笑着说："我看你们谁还敢反抗？束手就擒吧！"

众寺人放下了陈桓公，搀扶着他立在了祝聃对面。

陈国太宰一马当先冲到了陈桓公前面，用手指着祝聃，大声喝道："大胆狂徒！在我们君上面前，你休要太猖狂，快让寤生前来见我家君上！"

祝聃蔑视地看着陈国太宰，一阵狂笑，笑声未了，他忽然举刀向陈国太宰的脖颈砍去，陈国太宰的头颅着刀而飞，抛向了陈桓公，喷涌的鲜血洒了陈桓公一脸一身。

"啊……"陈桓公顷刻间瘫坐在地上，吓得脸色苍白，身子颤抖得如筛糠一般。

身边的寺人、文官呼啦啦全跪在了地上，连声求饶道："求求你们，别杀我们，别杀我们！"

祝聃上前一步，大声说道："把陈侯给我架起来！"

两个军士快步上前，一左一右把陈桓公架到了祝聃跟前。

祝聃瞅着浑身是血的陈桓公，说道："来呀！把他交给君上处理！"

10

宋国的军队负责攻打的是东门，大军一到，陈国的守城军士就弃城四散逃窜了。

宋上卿子和带领大军长驱直入，不费吹灰之力就进了城。刚进城，就迎面碰上了前来支援的公子佗。

看到宋国军队，公子佗深知大势已去，再抵抗已无任何意义。想到此，他灵机一动，急忙吩咐军队分列两侧，让出主道，将迎战抗击变成了夹道欢迎。

公子佗远远地就跪在了地上，泣声说道："罪臣公子佗前来迎驾宋国大军！"

子和万万没有想到此举攻陈竟然如此顺利，城门军士没有抵抗不说，陈国上卿竟然前来夹道欢迎宋国军队。他疑惑地望着公子佗，挥了挥手，让大军止住了脚步。

跟随前来的世子与夷知道叔父担心有诈，忙走上前来，说道："叔父，侄儿以为这公子佗应是真心来降，您尽管前去受降即可。"

子和看了一眼公子佗，说道："看来他倒是个识时务的人。"便纵马来到了公子佗跟前。

公子佗依旧跪在地上，深施一礼，说道："上卿，我有罪，未能说服我那狂妄的哥哥，错打了世子，以至于招来这灭国之祸，请上卿降罪！"

与夷快步走了过来，扶起公子佗，说道："请快起，还多亏你救了在下性命，我叔父定不会难为你的。"

子和冷冷地说："前面带路，至于如何治你们的罪过，还是见了上卿之后再说吧！"

看公子佗在前方走了一段距离，与夷快步走到子和跟前，低声说道："叔父，你觉得寤生会如何处置陈侯？"

子和看了看前方的公子佗，说道："上卿不是说了吗，对陈国只是略施薄惩。"

与夷又低声说道："叔父可劝说寤生，免了那妫鲍的君位，让公子佗接任，这样公子佗定会对我宋国感恩戴德，陈国亦定然对我宋国耳提面命！"

子和仰起头想了想，说道："此事还得上卿定夺。不过，你说的倒有些道理。"

见叔父表扬自己，与夷激动地说："叔父，你想想，此次攻打陈国谁是最大的受益者？当然是郑国和寤生了，只要我们想法促成公子佗接任陈国君位，那我宋国就是最大的受益者。"

子和点了点头，说："好，等会儿见到上卿，我就和他提提这事！"

有公子佗带路，子和等人很快来到了陈国宫廷。

子和、与夷信步走了进去，见寤生和晋世子姬平、公子吕等人已端坐在宫廷之上，躬身施礼道："子和前来交令。"

寤生忙起身说道："二位辛苦了，快快入座。"

子和举目四望，见左侧上首处留有两个空位，便向与夷使了个眼色，走过去坐了下来。

公子佗见陈桓公瘫坐在地上，便走了过去，深施一礼，泣声说道："罪臣妫佗参见上卿！"说完，紧挨着陈桓公跪了下来。

寤生看了一眼公子佗，将目光转向了子和、与夷，威严地说道："陈侯妫鲍不守礼制，不遵王庭，昏庸无道，竟敢公然殴打王庭使官，大家说说该对他如何处理吧？"

晋世子姬平怒道："对此等狂妄违逆之徒，就应该免除君位，处以极刑。"

寤生满意地冲姬平点了点，又转向子和、与夷，说道："上卿、世子，你们的意见呢？妫鲍殴打宋国世子，让世子受了不白之冤，今日寡人就给你们做主，你们觉得应该如何处置他呢？"

子和起身说道："妫鲍不遵周礼，不恭王庭，在下同意晋世子的建议，免除妫鲍的君位，改由公子佗来继承陈国君位。"

坐在地上的妫鲍一直抱着侥幸的心态，试图通过装疯卖傻免除此劫，此时他看晋国世子和宋国上卿一致要求免他的君位并处极刑，顿时慌了，连滚带爬地扑到寤生脚下，哭着说道："上卿救我！我错了，我错了！只要上卿再给我一次机会，我一定遵从周礼，恭从王庭，恭从上卿！"

寤生怒视着妫鲍，大声说道："妫鲍，你竟敢殴打王庭使官，真是胆大包天！此刻认错，你不觉得已经晚了吗？"说着，用余光扫了一下伯毅。

伯毅起身走到大厅中央，躬身施礼，说道："君上，这妫鲍着实可恶可杀，但依据周礼，免除君侯的爵位要报王庭公议和大王批准，况且我们当前的第一要务是征伐蛮楚，我们是否给他一个机会，让他在征伐蛮楚的战场上将功折罪？"

妫鲍见伯毅为他说话，顿时明白事情还有转机，高举双手大喊道：

“上卿，妫鲍愿上战场杀敌赎罪！”

公子吕也上前一步，走到伯毅跟前，说道：“臣附议，陈侯应该惩罚，但我们此刻最大的敌人是蛮楚，在这非常之时，我们当团结一切可以团结的力量来对付蛮楚，请君上三思！”

宋国上卿子和看公子吕也在为妫鲍求情，顿时明白郑国人早已谋划好了如何处置妫鲍，寤生征求他的意见，不过是出于礼节。不过，从内心深处讲，他是不想废黜妫鲍的。对公子佗，他早闻其贤明，今日一见，发现此人果真是能屈能伸的聪明之人。陈国作为宋国的近邻，选一个贤能的人做君主绝不是宋国之福。对于宋国来说，陈国只有朝政混乱才能为他们所用，才不至于威胁到宋国，他们才能从陈国获得最大的利益。

正如子和所料，寤生早就和伯毅、公子吕等人商议好了处置妫鲍的对策。公子吕和祭足都提出要废黜妫鲍，寤生没有表态却连连摇头。伯毅淡然一笑，说道：“上卿，陈国与郑国山水相连，多年来一直对我郑国虎视眈眈，您觉得陈国有一个什么样的君主对我们更有利呢？”

祭足霍然警醒，连声说道：“还是太傅考虑得长远！”

这时，寤生方才开口说道：“尚父和祭大夫想通过废黜妫鲍来掌控陈国，可你们想过没有，让精明圆滑的公子佗继任君主，他会安心听命于我们吗？”

伯毅说道：“我们想掌控陈国，难道宋国就不想吗？你们等着看吧，宋国定会提议废黜妫鲍，到那时公子佗并不一定会记我们郑国的好，他会把恩情记在宋国头上。”

伯毅一席话说得公子吕、祭足等人连连点头。

最后，寤生说道：“待会儿商议处置妫鲍之时，还需要尚父、上卿与寡人做好配合。”

众人忙会意地点了点头。

寤生故作严肃地皱起了眉头，说道：“尚父说的有道理，我们诸事一定要遵礼守制，一切按照周礼行事。”说着，他转向子和，“上卿，依礼寡人的确没有权力废黜妫鲍，你看是不是让他戴罪立功为好？”

子和忙站起身，深施一礼，说道：“子和一切遵从安排！”

寤生又转向晋世子姬平，问道："世子，您是否同意再给妫鲍一次机会？"

姬平起身拱手道："遵从上卿处置！"

寤生看二人都同意伯毅的意见，正了正身子，说道："诸位爱卿的意见都很有道理，不过，当前我们最大的敌人是蛮楚，最大的任务是征伐蛮楚，此刻正是用人之际，我们就对陈侯略施薄惩吧！"说完，他威严地环视了一下众人，接着说道："为惩治陈侯的不恭之罪，也为陈国的万民考虑，从此以后陈国由陈侯和公子佗共同主政。当下，陈侯带领陈国军队随寡人南征，公子佗留在陈国主政。陈侯、公子佗，你们可愿意？"

陈桓公和公子佗连连磕头，立马说道："一切听从上卿安排，我们愿戴罪立功，以赎对王庭不恭之罪！"